国家社科基金重大招标项目
上海市促进文化创意产业发展财政扶持资金项目

文化观念流变中的英国文学典籍研究
British Literature midst Changes in the Idea of Culture

总主编：殷企平

卷 三

文化观念生长时期的英国文学典籍研究

The Idea of Culture in British Literature:
*Volume Three — **Burgeoning***

曹山柯 等著

上海外语教育出版社
SHANGHAI FOREIGN LANGUAGE EDUCATION PRESS

图书在版编目(CIP)数据

文化观念生长时期的英国文学典籍研究/曹山柯等著.—上海：上海外语教育出版社，2020
（文化观念流变中的英国文学典籍研究/殷企平主编）
ISBN 978-7-5446-6594-0

Ⅰ.①文… Ⅱ.①曹… Ⅲ.①英国文学-近代文学-文学研究 Ⅳ.①I561.064

中国版本图书馆CIP数据核字(2020)第231735号

出版发行：**上海外语教育出版社**
（上海外国语大学内）　邮编：200083
电　　话：021-65425300（总机）
电子邮箱：bookinfo@sflep.com.cn
网　　址：http://www.sflep.com
责任编辑：田慧肖

印　　刷：苏州市古得堡数码印刷有限公司
开　　本：710×1000　1/16　印张 33　字数 503千字
版　　次：2020年12月第1版　2020年12月第1次印刷

书　　号：ISBN 978-7-5446-6594-0
定　　价：118.00 元

本版图书如有印装质量问题，可向本社调换
质量服务热线: 4008-213-263　电子邮箱：editorial@sflep.com

总　序

  学界对于"文化"观念的研讨方兴未艾,在过去的几十年中,专门探究"文化"的论著可谓汗牛充栋,可是在英国的语境中梳理文化观念发展轨迹的工作,一直不尽如人意。最令人遗憾的是,这些工作多着眼于抽象的理论概念梳理,或者说观念史的演绎,而较少介入文学典籍的研究。我们认为,文学典籍的研究实在不可缺席,因为它能提供对文化状况的细腻、丰满的把握,并且有助于充分阐释文学典籍在引领文化走向、塑造共同价值方面所发挥的作用。偏重抽象的理论概念梳理,忽视文学典籍的研究,这种不合理倾向有其背景,即学界对所谓"大观念"有一种痴迷。如克利福德·格尔茨(Clifford Geertz,1926—2006)所说,当今世界常常会"有一种大观念(grande idée)的突然流行",而且"一些观念往往带着强大的冲击力突现在知识图景上。顷刻之间,这些观念解决了如此众多的重大问题,似乎向人们允诺它们将解决所有的重大问题,澄清所有的模糊之处"。[①] 姑且不论这种言论是否真有道理,我们至少不难想到,所谓"流行的大观念"必须是恰当的,否则不可能解决问题,遑论"重大问题",也不可能澄清模糊认识,遑论"澄清所有的模糊之处"。由此可知,对文化观念的研讨,必须做到恰当,而这个"恰当"离不开对文学维度的深入研究。

  撇开上述缺憾不提,现存相关研究的时间跨度也不甚理想,不是局限于某个时代,就是拘囿于少数代表人物。即便在这种被框定的范围内,不少专论也是貌似举其荦荦大端,却难免标举不全,甚至有严重的破绽。例如,莱斯利·约翰逊(Lesley Johnson)的《文化批评家:从马修·阿诺德到雷蒙德·威廉斯》(*The Cultural Critics: From Matthew Arnold to Raymond Williams*,1979)一书虽然较多地讨论了英国历史上的一些文化批评家,但充其量只是文化理论意义上的断代史,而且在论及19世纪的文化批评家时,只是浮光掠影

[①] 克利福德·格尔茨:《文化的解释》,韩莉译,南京:译林出版社,2014年,第3页。

地涉及托马斯·卡莱尔(Thomas Carlyle,1795—1881),并且完全忽略了查尔斯·金斯利(Charles Kingsley,1819—1875)。再如,杰弗里·H. 哈特曼(Geoffrey H. Hartman,1929—2016)在《文化的重大问题》(*The Fateful Question of Culture*,1997)中追溯文化主义的思想源头时,虽然具体讨论了马修·阿诺德(Matthew Arnold,1822—1888),但是对卡莱尔和约翰·罗斯金(John Ruskin,1819—1900)等重要作家的分析过于简短。又如,西蒙·杜林(Simon During,1950—)编纂的《文化研究读本》(*The Cultural Studies Reader*,1999)收录了各路名家有关"文化研究"的作品,但其中提到阿诺德和威廉·莫里斯(William Morris,1834—1896)等文学/文化思想家的寥寥无几且着墨轻浅。

相对而言,雷蒙德·威廉斯(Raymond Williams,1921—1988)的《文化与社会:1780—1950》(*Culture and Society: 1780—1950*,1958)和《漫长的革命》(*The Long Revolution*,1961)是迄今为止最详细也最经典的关于英国文学的文化主义传统的研究。威廉斯最重要的发现是,19世纪思想史的一个重要产物是关于文化观念演变的假说。不过,他的研究有一个缺陷,即在选择研究对象时轻视乃至漏掉了许多对19世纪文化观念发展史做出重要贡献的文学家,如沃尔特·司各特(Walter Scott,1771—1832)、简·奥斯汀(Jane Austen,1775—1817)和艾尔弗雷德·丁尼生(Alfred Tennyson,1809—1892)等;就文化观念在20世纪的发展而言,其所涉作家则更加不够全面。同时,威廉斯仅侧重对文化观念的发展做宏观把握,虽然旁征博引,但是较少对具体文本做细致的研究。

在观念史研究方面,特里·伊格尔顿(Terry Eagleton,1943—)的《文化的观念》(*The Idea of Culture*,2000)和《文化》(*Culture*,2016)是两部绕不开的力作。《文化的观念》在梳理了各种文化观念之后指出,无论在前现代还是后现代时期,文化都与社会生活密切相连。该书的最大优点是指出在19世纪初,"文化观念开始从'文明'的同义词转变成它的反义词",[①] 并对这一转变过程做了分析。在《文化》中,伊格尔顿进一步对上述过程做了饶有趣味

---

① Terry Eagleton, *The Idea of Culture*, Oxford: Blackwell, 2000, 9.

的描述,并精到地指出"文明如今只关乎事实,而文化却追问价值"。① 伊格尔顿的观点超越了阿瑟·O. 洛夫乔伊(Arthur O. Lovejoy,1873—1962)、昆廷·斯金纳(Quentin Skinner,1940—)和以赛亚·伯林(Isaiah Berlin,1909—1997)等人,但是后三者的贡献也都具有里程碑意义。洛夫乔伊在《存在巨链——对一个观念的历史的研究》(*The Great Chain of Being: A Study of the History of an Idea*,1936)中指出,在西方思想传统中存在一些基本的"观念单元"(unit-ideas),即"在个体或一代人思想中起作用的、或多或少未意识到的思想习惯",而观念的最具活力的部分,往往活跃在富有想象力的著作中。② 这一论断实际上为本丛书的文学典籍③ 研究提供了学理上的依据。在洛夫乔伊工作的基础上,斯金纳进一步指出,"观念单元"并非固定不变的,因此更有价值的工作是追溯这一概念定义在具体历史语境中不断发生的变化。④ 伯林则认为不能把观念局限在具体的历史环境中,因为伟大的观念具有自身的生命力。⑤ 所有这些研究都能为我们提供借鉴,但它们毕竟不等同于本丛书立足于文学典籍所做的研究。

本丛书名为"文化观念流变中的英国文学典籍研究",关键词为"文化观念"和"文学典籍",因此有必要先对此二者做以下界定:

1) 本丛书所说的"文化观念",是限定在文学典籍视域中的文化观念,特指文学典籍中所体现的、具有针对现代文明的批判内涵的、支配一个民族总体生活方式的思想观念。在西方思想语境中,"文化"一词的含义有其逐渐展开与深化的过程,其基本脉络是从物质走向精神、从个体走向社会两种向度的延伸和转变。早在18世纪,欧洲启蒙思想家们就从社会变迁和历史发展的角度,直接或间接地论述了"文化"与"文明"这两个概念以及它们在语义上既紧

---

① Terry Eagleton, *Culture*, New Haven and London: Yale University Press, 2016, 10.
② 诺夫乔伊:《存在巨链——对一个观念的历史的研究》,张传有、高秉江译,邓晓芒、张传有校,南昌:江西教育出版社,2002年,第5页。作者Lovejoy现在多译为"洛夫乔伊",本书亦取此译法。外国人名翻译常因人因时而异,本丛书多遵循现行规范,对已出版的文献则尊重原状,如实著录。后文同类情况不再一一说明。
③ 关于"文学典籍"的含义,请参见本序下文中的定义。
④ Quentin Skinner, "Meaning and Understanding in the History of Ideas," *History and Theory* 8, no. 1 (1969): 35-36.
⑤ 贾汉贝格鲁:《伯林谈话录》,杨祯钦译,南京:译林出版社,2011年,第24页。

密相连、又相互抵牾的关系。在英国,"文化"(culture)一词最早使用于 1420 年,① 但是其语义跟如今广为使用的"文化"不尽相同。不过,在 18 世纪之前的英国,文化观念虽然还未正式形成,但是其内涵早已处于孕育期,并经历了漫长的萌芽/生发阶段,这一现象在文学作品中尤为明显(这也是本丛书着眼于文学典籍的原因之一)。自 19 世纪以降,由于卡莱尔和阿诺德等人的不懈努力,"文化"一词越来越具有针对现代文明的批判内涵,因而常被用来指涉人类完善自身的一种状态或过程,或者指涉人类精神领域的实践和成果,更指涉个体和社会大众的生活方式。广义的观念史,常常也被译为思想史,与英文 history of ideas 或 intellectual history 对应,而狭义的观念史则类似范畴史或概念史。本丛书取其折中,在宏观层面上力求通过对文学典籍文本的整理与阐释,辨梳文化观念的关键词如何借由文学典籍文本意义的衍射,来反映其思想内涵和发展过程的复杂性、多样性和矛盾性;同时也在微观层面上着力于描述文化观念及其范畴,以及它们对文学典籍生成的潜在规定和形塑影响。

2) 本丛书所说的"文学典籍",是指受到"文化观念流变"这一关键词限定的、在文化观念流变中发生重要作用的文学典籍。它有别于文学经典,是一个比文学经典宽泛的概念;它不限于单纯的文学作品,而是拓展到与文化观念相关联的文学领域。凡是与文学相关的、在阅读史和社会发展史上有重大影响的、具有重大文化价值的文献,都是我们考察的对象。因此除了文学作品,它还包括文学批评著作、文学理论著作、文学流派宣言、文学刊物中的特写、文学传记,甚至包括文学翻译著作。所有这些典籍,既延续着本土文化的血脉和基因,又吸纳着外来文明的元素和精华。总之,文学典籍具有文化史和思想史的坐标原点价值,反映着一个广阔的领域,包孕着一个民族的历史、文化、风俗、道德、思想等多重文化观念,以及文学赖以作为媒介和手段的、记录着丰富文化资料的语言文字。

本丛书题目中的"文化观念流变"即"文化观念史"。顾名思义,本丛书侧重于"文学典籍"和"文化观念史"这两个关键词的互补、互释与互证:一是在

---

① "culture," in *Oxford English Dictionary*, 2nd ed., on CD-Rom (v. 4.0), Oxford: Oxford University Press, 2009.

欧洲思想史的背景下,在英国文化观念的系谱学演进历史中,来探讨英国文学典籍的生成、表现和发展;二是从英国文学典籍的整理、重释与研究入手,捕捉相关文本细节所衍射的文化观念以及它们所构成的思想语义场。这一研究不仅需要分析把握文学作品的细节,也需要把目光投向中西方近年来文化史研究的相关知识学背景。在设计框架和推进落实的过程中,我们注重文学作品的文本细节与相关文化理论的契合与互释,以期通过文本细读和观念细察,在爬梳文化观念流变的过程中勾勒作家、作品的"点",文学思潮与社会思潮的"线"以及英国社会变迁的"面",使三者深度结合,进而在整体感知与微观"厚描"之间保持一种思想上的张力,呈现一种学科互涉的知识学新景观。

近年来,新文化史研究在西方史学界方兴未艾,其研究思路为文学、社会学、心理学等关联学科的发展提供了新的范式借鉴。剑桥大学历史学者彼得·伯克(Peter Burke,1937—)致力于历史学与社会科学的沟通,采用跨学科的视角,在传统文化史研究的对象、方法和视域等方面多有挖掘,开拓了新的研究空间。在伯克看来,文化史在20世纪下半叶的复兴,得益于"内部研究"和"外部研究"两种方法的有机结合。前者"着眼于在本学科范围内来解决一系列问题",而后者则更倾向于"把历史学家的实践跟他们所生活的时代联系在一起"。① 伯克认为,以往文化史研究成果斐然,但"遗漏了某种难以捉摸却又非常重要的东西",而新文化史倡导的内部研究路径恰恰提供了一种"弥补手段",即强调"复数形式'文化'的整体性",这在一定意义上克服了"当前历史学科的碎片化状态"。② 与此不同,外部研究对当下学科拓展的意义则在于"它将文化史的兴起与政治学、地理学、经济学、心理学、人类学和'文化研究'等领域中发生的广泛的'文化转向'联系了起来",使得新文化史的研究兴趣"日益"转向了"特定群体在特定时代和特定地点所持有的价值观"。③

什么是新文化史视域中的文化?伯克认为,在人文社会学科"文化转向"的大背景下,"要把什么东西说成不是'文化',反倒变得愈来愈困难"。④ 关于

---

① 彼得·伯克:《什么是文化史》,蔡玉辉译,北京:北京大学出版社,2009年,第1页。
② 同上,第2页。
③ 同上。
④ 同上,第3页。

如何以新文化史的视角观照文学典籍所折射的观念生成与变迁,伯克的《什么是文化史》(*What Is Cultural History?*,2004)一书不无启发作用。在伯克看来,经典是指"某一特定文化里的'经典书写'和'文化书写'",也就是指"所有具有读写能力的读者拥有的'共同知识及其联想物'";文学作品和"文化术语"的"经典化",其目的在于帮助读者以阅读为阶梯,以沉淀观念为思想进路,成为"新文化体里的好公民"。① 对此,我们所要加以补充的是,任何真正的文学典籍——不一定是人们刻板印象中的"经典"——都是一种文化书写。

在国内学界,早在1998年,常金仓就指出,文化史研究的目的就是"从大量的事实中捕捉、发现、确定文化现象"。② 2011年,黄兴涛在《文化史的追寻——以近世中国为视域》一书中把文化史研究定位为一种"研究省思"。③ 在他看来,所谓"省思",即指一种包含三个层面的"深度追求":

其一,一般性研究聚焦于"相对单纯的文化人物和事件",虽然"综合度相对较低","却是进一步深化研究的基础"。④

其二,文化史研究更重要的命题在于"从各文化因素和门类的相互联系的视野中找出一些有意义的、相通相贯的共像和问题",进而"揭示文化内部各因素的关系实态",由此研究者务必具备"广博的知识储备和把握文化整体的能力"。⑤

其三,文化史的研究理路应该是从"文化与社会政治、经济的互动关系"和"对具体的文化现象和问题的解析中"展现"对文化时代精神的揭示及其文化社会功能的把握"。⑥

可以说,上述"深度追求"呼应了彼得·伯克的一个重要观点,即文化史研究应从"辩证的角度考察文化与社会之间的关系"。⑦ 此外,上述三个层次的梳理还凸显了当下文化史研究"更注重揭示思想观念、文化价值的社会化过程、对社会的渗透和影响"这一趋向,⑧ 这无疑对本丛书的思路设计和细节推进具

---

① 彼得·伯克:《什么是文化史》,第164页。
② 常金仓:《穷变通久:文化史学的理论和实践》,沈阳:辽宁人民出版社,1998年,第39页。
③ 黄兴涛:《文化史的追寻——以近世中国为视域》,北京:中国人民大学出版社,2011年,第1页。
④ 同上,第4页。
⑤ 同上。
⑥ 同上。
⑦ 同上。
⑧ 同上,第5页。

有启发作用。

在西方知识学系谱中,观念史与文化史关联密切,其研究成果和范式特质在西方学界积淀已久。在伯克看来,"1800年至1950年这一时期可称为文化史的'经典'时代",这一时期的文化史学家更多关注的是"艺术、文学、哲学、科学等学科中杰出作品的'典范'",这些经典作品也由此构成了观念形成与观念传播的"伟大传统"。① 在中国学界,较早引入观念史研究的学科是政治学和历史学。在《观念史研究:中国现代重要政治术语的形成》一书中,金观涛、刘青峰将观念史研究定义为"研究一个个观念的出现以及意义演变的过程"。② 在他看来,"观念"一词"最早源于希腊的'观看'和'理解'",观念即指"人用一个(或几个)关键词所表达的思想"。③ 人们通过这些特定的关键词来"表达某种意义",并在与他人沟通的过程中"使其社会化",从而"形成公认的普遍意义",以期在更为广泛的社会语境中"建立复杂的言说和思想体系"。④ 金观涛、刘青峰认为:一方面"观念作为意识形态的组成要素,比意识形态更基本",研究者"只有厘清观念的起源,才能理解意识形态的形成和演变";另一方面,"观念作为用关键词表达的可社会化的思想",研究者要分析其形成和变迁,"就必须去探讨表达该观念的关键词的出现,并分析其在不同时期的意义"。⑤

文化观念的内涵非常丰富,其梳理需要一种跨学科的知识积淀和学术视野。在历史学家爱德华·帕尔默·汤普森(Edward Palmer Thompson,1924—1993)看来,"'文化'是一个笨重的词,它把如此多的属性纳入一个平常的包裹,实际上可能混淆或掩饰了应该在它们之间加以辨别的东西"。⑥ 在伊格尔顿眼中,"'文化'最先表示一种完全物质的过程,然后才比喻性地反过来用于精神生活"。⑦ 汤普森对文化观念的分析提醒我们应注意文学研究和文化研究在内涵与方法之间的平衡,而伊格尔顿的观点则启发我们应整体把握"文

---

① 彼得·伯克:《什么是文化史》,第7页。
② 金观涛、刘青峰:《观念史研究:中国现代重要政治术语的形成》,北京:法律出版社,2009年,第3页。
③ 同上。
④ 同上。
⑤ 同上,第5页。
⑥ 爱德华·汤普森:《共有的习惯》,沈汉、王加丰译,上海:上海人民出版社,2002年,第11页。
⑦ 特瑞·伊格尔顿:《文化的观念》,方杰译,南京:南京大学出版社,2003年,第2页。

化"一词在内容语义上的流动性,注重物质层面和精神生活的互释关联。

随着文化史研究领域的深化与拓展,"观念的文化史"研究也以其"杂糅"的特质松动了传统文学研究的学科边界束缚,在一定意义上实现了文化与文学在观念聚焦中的有机贯通。为进一步实现这种贯通,我们选择了以下10个关键词来勾勒文化观念的主要内涵:"转型焦虑""愿景描述""共同体形塑""审美趣味""心智培育""文学语言的创造""民族良心""道德伦理传统""工作/生活方式"和"秩序诉求"。这些内涵的萌芽、生长、成熟、拓展和裂变都可以在相关时期的文学典籍中得到印证。本丛书内容还涉及另外一些关键词,如"进步""财富""身体""性别""认同""地理""景观""精神""物质""阅读""传统""记忆"和"情感"等。可以说,对上述关键词在文学典籍中的复现进行重点研究,有助于重新勾勒文化观念在文学史中的嬗变轨迹。近年来,西方学界也有不少从文化史的视角来研究文学的尝试,蒂姆·阿姆斯特朗(Tim Armstrong)的《现代主义:一部文化史》(*Modernism: A Cultural History*,2005)即是一例。作者将文学上的现代主义和社会历史语境重新进行深度连接,从时间、新媒体、市场、消费、身体、自我、政治美学、感知、科技、种族、他者、帝国、审美情趣等文化史研究视角勾勒了现代主义的知识形态和文学谱系。在阿姆斯特朗看来,现代主义与现代性互为主体,近来的研究趋势是"将现代性放在文化范畴中","放在一切受文化影响的人类活动中来加以规定和诠释"。① 随着"后现代"和全球化的演进,学科"公认的界限已被打破","代之而起的是互为交融和相互关联",在这样的社会与知识语境中,"我们所理解的文化领域是由各种互为关联的活动所组成"的,因此,"对现代主义的研究势必与文化领域紧密相连"。②

在研究过程中,我们得益于人类学家格尔茨和新历史主义批评家斯蒂芬·杰伊·格林布拉特(Stephen Jay Greenblatt,1943—　)提供的成果,前者的"厚描"理论和后者的"自我形塑"理论对于提升本丛书理论高度依然具有很重要的学理价值。在盛宁教授看来,所谓"厚描",即"把人置于他所处的环境

---

① 蒂姆·阿姆斯特朗:《现代主义:一部文化史》,孙生茂译,南京:南京大学出版社,2014年,序第1页。
② 同上。

之中、对他和他所处文化机制的关系反复加以描述",而"自我形塑"则意味着"在阐释文学作品所可能包含或表现的历史意义时,必须将文学作品纳入某种特定历史时期的生活范式"。① 格尔茨、格林布拉特和阿姆斯特朗的观点似乎都印证了一种新研究范式的出现,这种范式转型恰如彼得·伯克所言:"思想的创新常常是在躲避边界警察和跨进其他领土时取得的成果。"② 朱丽·汤普生·克莱恩(Julie Thompson Klein, 1944—)在《跨越边界——知识、学科、学科互涉》(Crossing Boundaries: Knowledge, Disciplinarities, and Interdisciplinarities, 1996)一书中指出,科际整合与知识碰撞已经成为一种新的学术潮流,"学科互涉"和"边界跨越"的趋势引领了传统研究的自我创新,有效地推动了人文社科领域中很多新概念和新范式的诞生。克莱恩在对文学的学科互涉问题进行了知识谱系考察之后,进一步指出,文学与历史是一种"毗邻关系",新历史主义既是一种"特殊的实践",也是一种"普遍的趋势",在很多学术著作中所体现的"不同联系和定位的融合"反映了近年来"知识的重大转向",这个转向意味着文化已不再是一个"单纯、连贯、整体性的系统",而是一个"倾向性、碎片性、冲突性的领域"。③ 克莱恩同时强调:"文学文本是历史、社会、政治和经济环境的产物,这些东西一度被认为是'外在于'文本,而现在必须将文本重新纳入其中。"④ 本丛书的撰写及前期研究也遵循了类似的思路。

雷蒙德·威廉斯指出,"文化"一词在19世纪的社会语境中蜕变出一种新的含义,既意味着"对自然成长的照管""社会智性之发展"以及"艺术的整体状况",也包括"物质、智性、精神等各个层面的整体生活方式"。⑤ 本丛书借鉴威廉斯对文化的这个定义,侧重从文学典籍的生成语境出发,考察文化观念与"整体生活方式"在文学作品中的互动,分析文化观念、语义变迁、话语转型和文学生产的深层关联,以期推动文学与历史学、社会学等相关人文学科之间的对话,通过点、线、面结合的跨学科研究,尝试深化对英国社会/文化的整体性

---

① 盛宁:《人文困惑与反思》,北京:生活·读书·新知三联书店,1997年,第151页。
② 彼得·伯克:《什么是文化史》,第136页。
③ 朱丽·汤普森·克莱恩:《跨越边界——知识、学科、学科互涉》,姜智芹译,南京:南京大学出版社,2005年,第200页。
④ 同上。
⑤ 雷蒙·威廉斯:《文化与社会:1780—1950》,高晓玲译,长春:吉林出版集团有限责任公司,2011年,第4页。

把握,推动"静态"的传统文学研究走向一种更具流动感的文化"实践"。

前文提到,本丛书内容涉及的关键词之一是"进步",意在指涉"进步"的异化和社会转型。在经历了19世纪相对漫长的一个稳定期的基础上,欧洲主要国家在20世纪初进入了相对的"太平盛世"。以法国为例,社会有机体虽然"有着各种弊端",但其"总体表现还算令人满意"。① 一方面,国家"体制似乎逐步稳固,国家的经济、殖民和外交地位尚未遭到挑战";另一方面,"法兰西文明的魅力又将大量的文人与艺术家引向了在当时堪称光明之城的巴黎",② 整个法国呈现出一种活力和自信。在奥地利作家斯蒂芬·茨威格(Stefan Zweig,1881—1942)看来,"太平盛世"意味着"一切都那样稳固,在自己的位置上不可动摇","在既有的秩序中,一切都不会变"。③ 这是一个"理智的时代",理性是生活的主宰,"一切极端的、暴力的事情都不可能发生"。④ 这种"太平盛世"似乎赋予了生活一种"真正的价值",也是"大众一致的生活理想"。⑤ 茨威格显然把握到了那个时代最深层的社会心理结构——"人们深信自己一生都能阻止任何厄运闯进生活",这类想法如此普遍,如此深入人心,既代表了一种"令人动容的信念",又意味着社会心态上一种"巨大而危险的自负"。⑥ 在当时的很多欧洲人看来,时间的车轮刚刚驶过了几十年,"一切邪恶和暴力均被消灭","对于这种不断'进步'的坚信"在当时已经变成一种近乎牢不可破的"宗教信仰","普遍的繁荣已经越来越明显,越来越迅速,越来越丰富",以致"人们相信这'进步'已胜于相信圣经"。⑦ 在画家威廉·冈特(William Gaunt,1900—1980)的眼中,此时的英国"生活费用不高,而且日渐兴旺",似乎和法国一样,也在经历着一个"镀金的时代";但是与这种"兴旺"相伴而生的却是一种"虚假的娱乐升平",人们情绪浮躁,精神领域里有很多东西"显得分外空洞,没有风

---

① 米歇尔·维诺克:《美好年代:1900—1914年的法国社会》,姚历译,长春:吉林出版集团股份有限公司,2017年,第378页。
② 同上。
③ 斯蒂芬·茨威格:《昨日世界:一个欧洲人的回忆》,史行果译,北京:作家出版社,2017年,第2页。
④ 同上。
⑤ 同上。
⑥ 同上,第3页。
⑦ 同上。

骨,也缺乏目标"。①

通观 18 世纪以来的欧洲社会历史,"进步"是对人们生活产生最大影响的观念之一,可是在进入 20 世纪之后,这一观念却面临着语义的分裂和多重的思想纠缠。人们既崇尚享乐却又"焦灼不安",因为前面有一个"并不理解的过去",而后面却必须要面对一个"难以应付的未来"。② 不仅是英国,整个欧洲当时都面临着社会与文化转型的问题。社会转型必然带动文化观念的变化,而文化观念的变化也势必触发牵引社会转型的进程,这两者以何种方式在文学作品中构成了一种相互形塑的逻辑关联? 这也是本丛书力图聚焦的一个问题。在社会学中,转型的"型"是一个"结构的概念",它包含三个层面:"社会与自然的关系""社会内部人与人的关系"以及"社会与其自身心理的、精神的和思想的关系"。③ 在社会学家看来,所谓"转型",也就是从一种结构类型向"另一种通常是更为高级的结构类型"的转变。④ 从社会与自然的关系来看,传统社会指的是"自然形成"的社会;从社会内部人与人的关系来看,传统社会指的是"各种各样自然形成的有机体、共同体社会";而从社会与自身关系来看,传统社会则是建立在心理、精神和思想三重维度上的"具备某种心理原型和共同心理的神圣社会"。⑤ 就此意义而言,社会转型也就是指"从自然形成的、神圣的共同体社会向文明创造的、世俗的政治社会的结构转型"。⑥

可以说,社会转型是现代社会学对历史进程的一种描写和判断,而"转型社会"则是指"介于传统社会与现代社会之间、处于结构性转型中的社会"。⑦ 对这种转型的回应就是一种文化,而且常见于文学典籍之中。社会转型是一个十分缓慢的过程,其漫长的轨迹则留在了文学作品里。前文所说的"太平盛世"和"镀金时代"并非一蹴而就,而是经历了几个世纪的准备阶段,而文学典籍在每个阶段都有相应的回应,这就是本丛书要从中世纪写起的原因。

"太平盛世"和"镀金时代"这两个词的内涵非常丰富,不仅概括了英、法两

---

① 威廉·冈特:《美的历险》,肖聿译,南京:凤凰出版集团,2005 年,第 238—239 页。
② 同上。
③ 路杰:《转型社会的权威认同》,北京:国家行政学院出版社,2015 年,第 12 页。
④ 同上。
⑤ 同上,第 17 页。
⑥ 同上。
⑦ 同上。

个主要欧洲国家在 19 世纪末、20 世纪初的那种或隐或现的社会演进特质,也充分折射出一种个体对社会现实的精神感受和价值判断。这种感受和判断意味着,在大多数民众的心中,相信"进步"——从 18 世纪之前就开始慢慢形成的观念——已经成为一种具有主导性的社会心态。随着工业化、商业化和殖民化的进一步发展,英国社会的现代化程度不断提升,这些变化一方面佐证了"进步"一词在新时代的持续有效性,同时也迎来了文化思想界饱含质疑的反思。如诺斯洛普·弗莱(Northrop Frye,1912—1991)所说,这是一个"革命和嬗变的时代","一切过程都在加速运转"。① 在弗莱的眼中,这种"加速运转"本身也包含着时代的悖论,"任何想从过眼烟云似的景观中辨认出什么的努力,它本身就有一种使它过时的效应,因为一旦你们确认这是什么东西,它实际上就已经隐入过去了"。② 在论及变革对社会心理的影响时,弗莱指出现代世界"普遍存在着一种对于变化的惊恐情绪","事情的进展太快了,转瞬即逝,根本来不及细看"。③ 这种感受就像中世纪"狂奔逐猎"的传说,"死者的灵魂必须整日整夜地向前飞奔,却又不知该上哪儿去。谁如果体力不支而掉队,顿时就会化为齑粉"。④ 弗莱把这种对"进步"景观的感受和心态概括为一种"进步的异化",它意味着伴随着文明的进步,人类最终却迎来了无处安放自己灵魂的文化困境,"总有什么在催逼着你往前赶,越来越快,越来越快,致使你最终感到绝望"。⑤

波兰社会学家彼得·什托姆普卡(Piotr Sztompka,1944—)指出,自启蒙运动以来,西方语境中"进步"一词的外延和内涵得到了进一步的扩充与丰富,呈现出非常"复杂的现代意义"。⑥ 在社会学研究中,"阐释进步观念的演变过程"具有丰富的思想内涵,既是为了发现"现实与愿望、存在与梦想"之间的"永久鸿沟",也是为了探寻"人类状况的根本特征"。⑦ 在《社会变迁的社会学》

---

① 诺斯罗普·弗莱:《现代百年》,盛宁译,香港:牛津大学出版社,1998 年,第 7 页。
② 同上。
③ 同上,第 8 页。
④ 同上。
⑤ 同上。
⑥ 彼得·什托姆普卡:《社会变迁的社会学》,林聚任等译,北京:北京大学出版社,2011 年,第 23 页。
⑦ 同上。

(*The Sociology of Social Change*，1993)一书中，什托姆普卡梳理了进步观念在西方历史中的语义演进。在他看来，"进步观念"最早可以追溯到古希腊和犹太教传统：一方面，古希腊人对社会的"进步与改善"有着自己的体认和思考；另一方面，犹太教也始终强调"神意和天意"关于人类发展的进步逻辑。"两条思想线索"碰撞汇流，形成了"犹太-基督教传统"。这一传统赋予了"进步"一词最早的知识形态和思想内涵，同时也把进步观念变成了"基督教相信天意的一种世俗化观点"。① 到了中世纪，进步观念和"思想领域"以及"乌托邦"产生了新的关联，开始成为一种面向未来世纪的愿景想象。进入启蒙运动之后，"进步"一词延续涵括了以往不同时期的语义积累，同时也在历史、文学、宗教和科学的综合维度上凸显了自身在观念史层面上的与时俱进。在1795年出版的《人类精神进步史表纲要》(*Esquisse d'un tableau historique des progrès de l'esprit humain*)一书中，孔多塞(Marie Jean Antoine Nicolas de Caritat, Marquis of Condorcet, 1743—1794)把人类历史分为"十个时代"，并以历史哲学家的眼光梳理了从部落时代到科学复兴这一漫长过程中人类社会进步的诸多变化。在他看来，历史学的作用在于能"预见人类进步""指导进步"和"促进进步"，② 而"进步取决于人类理性的发展"，因此人类也有充分的理由"对未来寄予无穷的信心和希望"。③ 孔多塞还强调，"理性进步"和"科学与技术的进步"应"保持并驾齐驱"，④ 这种"人类不断进步"的观念带有浓郁的乐观主义色彩，并奠定了启蒙运动的基调，同时也对19世纪以后的现代进步观念产生了重要的影响。

在进入19世纪以后，"进步观念已成为常识"，不但"被哲学普遍接受"，而且也逐步"融入文学、艺术和科学"之中，逐渐辐射与沉淀为一种为普通大众所接受的主流价值取向。也正是在这一时代语境中，"浪漫的乐观主义精神和相信人类的理性和力量相伴而生"，人们开始接受并相信"科学和技术可以无限

---

① 彼得·什托姆普卡：《社会变迁的社会学》，第24页。
② 孔多塞：《人类精神进步史表纲要》，何兆武、何冰译，北京：生活·读书·新知三联书店，2003年，第9页。
③ 同上，译者序第3页。
④ 同上，第191页。

扩展和进步"。① 在什托姆普卡看来,19世纪的这一充满乐观基调的进步观不仅渗入人类精神生活的各个微观层面,同时也在宏观维度上整体形塑了对未来社会的愿景。不过,随之而来的是对进步论的怀疑。1881年,英国人麦布里奇发明了世界上第一架电影放映机,这台机器改变了世人记录时空的方式,也对人类的情感与思想交流产生了深远的影响。1887年,德国社会学家斐迪南·滕尼斯(Ferdinand Tönnies,1855—1936)出版了《共同体与社会》(*Gemeinschaft und Gesellschaft*)一书,阐明了"共同体"与"社会"这两个概念在人类文明史框架中各自的发展形态和内在关联。什托姆普卡指出,对于梳理"进步"一词的语义系谱而言,滕尼斯此书的重要贡献在于它肯定了"早期传统共同体美德","预期"了"对进步的普遍失望",同时也表达了对社会变迁中"进步本性"的"怀疑",以此提醒人们关注"发展的副作用"。② 滕尼斯在书中指出,在世纪之交,社会学研究中的"共同体概念"已经"深深地浸入普遍的意识之中",已经成为现实生活中"生机勃勃的感情的中心点"。③ 不过,在社会生活实践中,工业文明和城市文明对传统共同体的瓦解作用也愈发明显。在大城市里,怀着"金钱欲、享受欲"的人们聚集到一起,"艺术追逐着面包","对传统事务的依恋松弛了","家庭制度也陷入衰落与瓦解";少数人凭借"意志的力量","在一个十分狭小的圈子里崭露头角,兴旺起来",而更多的人则沉浸在"生意"之中,在"利益"的驱动之下"远走他乡,分道扬镳"。④ 在滕尼斯看来,西方社会已经走入一个"鼓励竞相挥金如土的世界",这个社会"千方百计"要确保的是"资本家和商人的利益优先于一切需求","追求享受"不仅变得很普遍,而且似乎已是"天经地义",在这样的现实包围中,人的精神世界正在一步步走向衰退和荒芜,走向"毁灭和死亡"。⑤

滕尼斯的上述观点可以被视为对孔多塞进步观的回应。后者的核心是基于对知识进步的理性崇拜,但是在《人类精神进步史表纲要》出版后的一百年

---

① 彼得·什托姆普卡:《社会变迁的社会学》,第24—25页。
② 同上,第26页。
③ 斐迪南·滕尼斯:《共同体与社会:纯粹社会学的基本概念》,林荣远译,北京:北京大学出版社,2010年,第34页。
④ 同上,第74、262、264页。
⑤ 同上,第265页。

里,法国思想界对此反思的声音不绝于耳,并且在 1908 年乔治·索雷尔(Georges Sorel,1847—1922)出版的《进步的幻象》(*Les Illusions du Progrès*)一书中达到了高潮。新旧世纪之交,西方社会对未来世界充满着乐观与美好的愿景,而索雷尔却对延续了一个世纪的线性进步理论进行了系统的反思。在该书英译者约翰·斯坦利和夏洛特·斯坦利(John and Charlotte Stanley)看来,该书以其"反理性主义激进立场迎合了当时的风气",呈现出两种矛盾交织的思考面向。一方面是大西洋彼岸的美国后来居上,经过近两百年的发展与"扩张",国力蒸蒸日上;在"自由理性主义"的浸润之中,进步观念对于这一时期的美国人似乎具有"某种特别的魔力"。[1] 政治家们热衷于"我们所取得的巨大'进步'",而普通人也把进步当成"生活的几大目的之一"。[2] 那一时期的美国社会主流都乐于相信"新的发现都会有益于大众","人类理性的运用可以增进人类的福祉"。[3] 但是另一方面,在西方文明发源地欧洲大陆,很多文化圈中的知识人对于进步观念却意外地表现出一种冷静和淡漠。在这些人看来,"理性和科学并没有给人类带来解放,反倒奴役、贬低了人类"。[4] 1889 年,为了庆祝法国大革命一百周年,并赶超 1851 年伦敦世博会的耀眼光芒,法国人建成了埃菲尔铁塔。铁塔展现了 19 世纪进步观念下人类技术革命的伟大成功,但铁塔的建设也伴随着莫泊桑等三百多位法国文化名人的反对。1900 年,也就是铁塔建成后的第 11 个年头,第 9 届世界博览会在巴黎如期召开,再一次向世人展现了西方最新的工业成果和科技进步。这次博览会与往届不同,它第一次展示了很多殖民地"落后"而新奇的文化风俗;在特定的历史语境中,"先进"和"落后"并置,文明和原生态混杂,让会展充斥着一种居高临下的反差、猎奇和怪异。在熙熙攘攘的观会人流中,高耸的埃菲尔铁塔似乎变成了一种极具机械蕴意的新景观,变成了展示西方文明与进步的人造幕布;它所包含的"进步"意象在工业、商业、科技、殖民、环幕电影等交织而成的语境中起到了二律背反的作用,促使世人对西方文明进程进行反思。

---

[1] 乔治·索雷尔:《进步的幻象》,吕文江译,上海:上海人民出版社,2003 年,英译者导言第 8 页。
[2] 同上。
[3] 同上。
[4] 同上。

《进步的幻象》是进入 20 世纪后西方出版的第一本反思进步逻辑的著作。索雷尔通过该书分析了"进步"这一观念如何"发轫并且盛行于一个技术性的时代"。① 在他看来,"进步观念"之所以在 21 世纪显得如此重要,就在于它已经变成了一种"居主导地位"且同时"具有深远政治后果"的"意识形态"。② 对此,什托姆普卡也有相关的论述。他强调进步并非一个"超然、客观、纯描述性的概念",而是"属于价值观范畴","总是相对于一定的价值观而言的"。③ "进步"话语之所以在 20 世纪呈现出一种动摇与衰落、一种"觉醒和幻灭",一方面是因为这个观念本身就有"各种不协调、矛盾和不合理之处",另一方面是因为在经验层面也存在着一些"与其极为矛盾的历史事实"。④ 从社会学的角度来看,"进步"一词的核心逻辑其实是一种"反思性的观念",正是在与社会现实的多向互动之中,这种观念"在明显的繁荣期盛行,在问题期衰落"。⑤ 什托姆普卡此言呼应了索雷尔对进步观念的批判,切中了"进步"话语与社会变迁之间的关联实质,也为分析 20 世纪上半叶西方社会的文化矛盾和转型危机提供了独特的视角。

埃里克·霍布斯鲍姆(Eric Hobsbawm,1917—2012)是 20 世纪享誉思想界的史学大家,他的系列著作考察了英国和欧洲现代历史的重要变迁,分析了西方现代化进程的演进规律和思想特质。《断裂的年代:20 世纪的文化与社会》(*Fractured Times: Culture and Society in the Twentieth Century*,2013)一书立足于世界史的学科框架,以独特的杂糅视角勾勒了西方世界在 20 世纪的整个发展历程。细密的史料爬梳以及对历史碎片中关键概念的廓清,使得该书呈现出一种独特的思想深度和知识学广度。在霍布斯鲍姆看来,20 世纪是一个"失去了方向的历史时代",其社会表征就是一种文化"断裂":"欧洲资本主义在 19 世纪确立了对全球的统治,并通过武力征服、技术优势和自身经济的全球化改变了世界;但与此同时,它还带来了一整套强大的信仰和价值观,并自然而然地认为这套观念比其他的都优越。这一切加起来构成了

---

① 乔治·索雷尔:《进步的幻象》,英译者导言第 10 页。
② 同上。
③ 彼得·什托姆普卡:《社会变迁的社会学》,第 27 页。
④ 同上,第 28、31 页。
⑤ 同上,第 31 页。

'欧洲资产阶级文明',而这个文明在第一次世界大战结束后却再也没有恢复元气。"① 霍布斯鲍姆认为,如果要对欧洲历史和社会进程中的这种文化断裂有更深层次的把握,研究者还需要结合共同体的观念来进一步辩证思考。在霍布斯鲍姆看来,"19世纪社会学家提出的'共同体'或'社会'的概念填补不了这个浩大的虚空",这种断裂的后果之一即是一种社会心理和时代精神上的"认同危机"。② 这种认同危机意味着人类在如下一系列问题上陷入了困境:"我们在这个虚空中的位置是什么?我们在实际生活中处于人群中的什么地位?我们属于谁?属于什么?我们是谁?"③

从观念史的层面来看,霍布斯鲍姆的"文化断裂"也可以具体细化为一种"话语断裂"。在霍布斯鲍姆看来,产生断裂的原因大致可以归结为三点:1)"20世纪的科学和技术先是改变了、后又摧毁了过去谋生的方法";2)"西方经济的迅猛发展催生了大规模消费的社会";3)"大众作为选民和消费者获得了决定性的政治发言权"。④ 也正是"在这三重打击下,旧有的社会制度已完全无力招架"。⑤ 小说家E. M. 福斯特(E. M. Forster,1879—1970)曾以颇带感性的文字描写了这种断裂感。在他眼中,维多利亚时代的英国"调子是温和的,地平线上悬浮的黑云也只有巴掌那么点儿大,可以说是快乐时光"。⑥ 在那个年代,人们"讲究博爱行善",言谈举止中都"洋溢着人文主义精神和知性的好奇心",大家都相信"人人各不相同且理应各不相同,对社会的日渐进化也深信不疑";而时至今日,"一切都大变特变了",生活再也不可能如以往那样"舒适惬意",旧日的"世界观"已经"危危欲坠于深渊悬崖的边缘"。⑦ 在福斯特看来,这种断裂感让人无所适从,变得焦虑和茫然,要想"成功地"应对这种"现代的挑战",就必须"调和新的经济概念和古老的道德原则"。⑧ 福斯特指出,19世纪下半叶以来的自由主义学说虽然在经济上取得了巨大成功,夯实了"进

---

① 艾瑞克·霍布斯鲍姆:《断裂的年代:20世纪的文化与社会》,林华译,北京:中信出版社,2014年,第Ⅴ—Ⅵ页。
② 同上,第208页。
③ 同上。
④ 同上,第Ⅸ页。
⑤ 同上。
⑥ 福斯特:《现代的挑战》,李向东译,北京:作家出版社,1998年,第58页。
⑦ 同上,第59页。
⑧ 同上。

步"话语盛行的物质基础,但同时也"导致"了"供求盲目和弱肉强食的资本主义丛林竞争"。① 在一波波社会变迁和观念大潮的冲击之下,很多人"已经不适应现在的物质世界",而传统的道德信仰则有可能为这"大乱之世"中"主义间的冲突"和"忠诚的分裂"找到某种救赎的良方。② 福斯特痛心于英国传统生活中那些"不可替代之物毁于一旦",他呼吁"为了世界不至于土崩瓦解",社会主流必须重扬精神生活的旗帜,务必在"新的经济关系"中,为艺术与人性的连接、为那些长期以来被物质文明所"轻蔑"的共同体元素"保有一席之地",唯有这些积极元素的维系、平衡和发展,才有可能使人类在不断的反思中"与野兽划出界线",从而在思想和文化层面"脱离原始的黑暗"。③

  福斯特对上述"断裂"所做的回应,只是无数英国文学家所做回应的一个典型例子。前文提到,"进步"话语在 20 世纪呈现出了一种动摇与衰落,其原因在于进步观念本身就充满了矛盾,尤其是在经验层面存在着与其极为矛盾的历史事实。事实上,"进步"话语光环的褪去还有一个更重要的原因,这就是历代文学家对它的推敲和质疑。这不光是"19 世纪英国小说的最强音",④ 而且不同程度地体现于不同时期、不同体裁的英国文学作品。对"进步"话语的推敲,就是对现代化/现代性的回应。英国是最早见证现代化的国家,也最早见证了现代性——与现代化相匹配的现代价值体系。童明曾经巧妙地用"赋格"一说来形容现代性以及质疑它的思辨策略。与现代化相匹配的"现代性"是以工具理性、科学主义、客观知识主体论以及以鼓吹"无限进步"的宏大叙述为特征的现代价值体系,而童明所说的"现代性赋格"则多见于文学著作,二者"恰如赋格音乐中的主题和对题,一问一答,相互追逐"。⑤ 鉴于童明的相关研究几乎不涉及英国文学,而是以探讨法国、俄罗斯和德国的个别代表性作家为主,因此我们有必要延伸这一话题,在英国文学领域找到突破性空间。

  本丛书审视的对象,正是上述"赋格音乐"中的对题,即英国文学家/批评

---

① 福斯特:《现代的挑战》,第 59 页。
② 同上,第 61 页。
③ 同上,第 62—63 页。
④ 殷企平:《推敲"进步"话语——新型小说在 19 世纪的英国》,北京:商务印书馆,2009 年,第 3 页。
⑤ 童明:《现代性赋格:19 世纪欧洲文学名著启示录》,桂林:广西师范大学出版社,2008 年,第 1 页。

家持续不断地从文化观念的视角对现代文明及其价值体系发出的质询。作为一种文化传统,对现代性的反思至少可以追溯到 18 世纪。如罗伯特·康·戴维斯(Robert Con Davis)和罗纳德·施莱伏尔(Ronald Schleifer)所说,18 世纪就已经存在着一种"与启蒙理性'秩序'相对的文化秩序",[①] 但是更确切地说,"文化"的种子早在资本主义萌芽时期就已经埋下了,因而我们的视野将扩大到中世纪的一些作品,如《农夫皮尔斯》(*The Vision of Piers Plowman*, 1370—1390)和《坎特伯雷故事集》(*The Canterbury Tales*, 1387—1400)等——朦胧的文化意识早在那里就有迹可循了。也就是说,本丛书的研究范围远远超出了前文所说的威廉斯和约翰逊等人的著述。更具体地说,本丛书共由 6 卷组成,其总体框架如下:

卷一为《**总论**》,着眼于英国整个现代化转型时期文化观念和英国文学典籍之间互动关系的综述。本卷还负有一个前勾后连的使命,即引导本丛书其他各卷论证以下核心观点:就最主要的文化命题而言,伟大的英国文学家们在不同时期给出了相同的答案,即生活质量不在于发达的工业、诱人的科技经济指标,而在于共同体的和谐,在于精神与物质的互补和平衡。

卷二为《文化观念**萌芽**时期的英国文学典籍研究》,承接《总论》卷,追根寻源,展现早期英国文化观念和文学典籍之间的互动关系。时间跨度从中世纪后期开始,一直到 1688 年"光荣革命"。这段时期跨越了英国的近代早期(early modern)时期,是英国文化观念流变中的现代性和个人主义的源起时代。本卷的出发点之一,是承接《总论》卷中梳理的关键词,后者所代表的文化内涵有不少已经萌发于这一时期。例如,因田园文明向商业文明过渡而产生的"转型焦虑",早在杰弗里·乔叟(Geoffrey Chaucer, 1342—1400)的作品里就已经初现端倪。

卷三为《文化观念**生长**时期的英国文学典籍研究》,时间跨度从 1688 年"光荣革命"开始,一直持续到 1815 年英法战争结束前后,刚好跟所谓"漫长的 18 世纪"相吻合。自中世纪末期开始萌芽的文化观念在这一历史时期内快速生长,在农业文明和工业文明的撞击中不断修正、融合并且成形。继弗朗西

[①] Robert Con Davis and Ronald Schleifer, *Literary Criticism: Literary and Cultural Studies*, New York: Longman, 1998, 322.

斯·培根(Francis Bacon,1561—1626)和托马斯·霍布斯(Thomas Hobbes,1588—1679)之后,经验主义哲学在英国大放异彩,约翰·洛克(John Locke,1632—1704)、乔治·贝克莱(George Berkeley,1685—1753)和大卫·休谟(David Hume,1711—1776)等人的本土哲学思想脉络深刻地影响了英国文化的构成,这种情况一直持续到19世纪二三十年代。自此之后,外来的德国浪漫主义哲学和文学思潮经由卡莱尔等人极大地影响到英国的文化观念与思想构成。就文化观念的流变而言,18世纪的文坛巨擘塞缪尔·约翰逊博士(Dr. Samuel Johnson,1709—1784)和亚历山大·蒲柏(Alexander Pope,1688—1744)等人与英国启蒙运动时期以来的洛克和沙夫茨伯里(Anthony Ashley Cooper, 3rd Earl of Shaftesbury,1671—1713)等人一脉相承,为推崇理性与注重道德的文学传统注入了强大动力。新古典主义的长期盛行、18世纪前期小说的兴起和18世纪后期浪漫主义的崛起分别成为这一历史时期之内文化观念在英国快速生长与嬗变的征兆。除"转型焦虑"以外,其他一些关键词(如"审美趣味"和"心智培育")所指涉的文化内涵在这一时期渐现雏形。例如,塞缪尔·泰勒·柯勒律治(Samuel Taylor Coleridge,1772—1834)已用"培育"来表示他心中的文化,而威廉·柯珀(William Cowper,1731—1800)和威廉·华兹华斯(William Wordsworth,1770—1850)甚至直接使用了"文化"一词。卷三对这些文化内涵雏形的揭示和分析,为卷四描写文化观念的成熟起了铺垫作用。

卷四为《文化观念**成熟**时期的英国文学典籍研究》,时间跨度基本与维多利亚时期吻合。这一卷重点探讨两个问题:1) 英国文化观念的成熟期为何是在维多利亚时期? 2) 维多利亚文学家们是如何扩充文化观念内涵,从而助推其进入成熟期的? 解答这两个问题的关键在于论证如下观点:就"文化"和"文明"观念而言,必须有众多文人学者致力于它们的语义区分,才能确保文化观念的成熟;恰恰是在维多利亚时期,几乎所有优秀的文学家都承担起了给"文化"和"文明"分家的工作,都奋起批判独尊"事实"的文明,都表达了含有价值诉求的文化思想。这一时期的文学家们对文化的观照,已经更自觉地表现为对秩序/共同体的诉求、对人类生活总体方式的观照、对人的全面发展状况(各种禀赋和潜能的协调发展)的观照,也表现为对追求单向度发展的"进步"

话语的强烈质疑。

卷五为《文化观念**拓展**时期的英国文学典籍研究》,聚焦从爱德华时期到二战结束之前英国文学与文化观念之间的互动。跟上一卷所关涉的历史时期相比,此时文化观念的内涵和外延更为丰富,而且有了一些新的特点。这一时期,英国社会的思想格局经历了世纪末的转变以及各种新思潮的碰撞与洗刷,而两次世界大战更是对英国民族的文化心理与身份意识产生了深远的影响,因此文学家们的文化之旅更加艰难。他们在上一时期文学家们所做工作的基础上,继续拓展文化观念的内涵,如对转型焦虑、共同体意识、文化身份和审美趣味的深度探索等。例如,伊丽莎白·鲍温(Elizabeth Bowen, 1899—1973)的《心之死》(*The Death of the Heart*, 1938)所呈现的转型焦虑,包含了趣味和伦理两个层面,是对转型焦虑的深度挖掘。鲍温等人继承了上一时期查尔斯·狄更斯(Charles Dickens, 1812—1870)等人质疑"进步"话语的传统,而这一传统在二战之后又由格雷厄姆·斯威夫特(Graham Swift, 1949—)等人予以继承(见卷六)。由此,本卷承前启后的作用也得以彰显。

卷六为《文化观念**裂变**时期的英国文学典籍研究》。这一时期的文化观念受到了后现代主义思潮和经济全球化浪潮的强烈冲击,以致新一代作家必须回应这一冲击,而这种冲击和回应导致了文化观念的裂变。例如,关于"共同体"和"英格兰特性"的观念出现了多样化和多重性的趋向,甚至出现了"反文化"这样的一些术语。此时文学家们的文化诉求和道德关注呈现出有别于上一时期的新特点。也就是说,文化观念的新变迁影响了当代的英国文学典籍,从而得到了后者的反映和折射。剖析两者间的互动关系,尤其是它们在战后全球化背景下的互动,构成了本卷的主要任务之一。如何在经济高速发展的形势下营造共同文化?英格兰特性是否还存在?英国文学如何再现英格兰特性?这些都已成为英国知识界普遍关注的话题,也是本卷要回答的问题,而回答这些问题的同时,也是在对以上各卷做出呼应。特别值得一提的是,在众多当代优秀文学家的努力下,一种更加包容、更富有弹性的英格兰特性得以形成,而种族已经不再是(作为文化身份的)英格兰特性的标识。例如,在V. S. 奈保尔(V. S. Naipaul, 1932—2018)的笔下,一些国外移民逐渐抵达并融入了英国文化,甚至比原居民更熟悉其所在地,更具有共同体情怀。更值得注意的是，像彼得·阿克罗伊德（Peter Ackroyd，1949—　）这样的一些作家用出色的创作表明：杂糅拼贴并非"后现代"的专利，而是英国文化遗产的一部分；正视多元化/多样性未必意味着混沌，而杂糅/包容可以成为一种绵延不绝的民族传统。另外，阿克罗伊德和奈保尔等人都重视语言的建构性，但是他们的语言不但没有解构传统，反而因其本身的稳定性成为维护与更新传统的力量。这一切对于所有面临建设多民族共同体任务的国家都具有深刻的启示意义。

在上述每卷的正文①之后，都附有与之相对应的代表性文学典籍的汉语译文，或首译，或重译。在英国文化观念史中，不少意义重大的文学作品尚未译出，而已经问世的译作有些则存在较多质量问题。本丛书的翻译部分（见各卷附录）旨在弥补上述缺陷，并为各卷的阐述提供更宽厚的佐证基础。②

最后，还有必要强调一下本丛书各个关键词的关联性。如前文所述，本丛书用以勾勒文化观念主要内涵的关键词分别是"转型焦虑""愿景描述""共同体形塑""秩序诉求""审美趣味""心智培育""文学语言的创造""民族良心""道德伦理传统"和"工作/生活方式"。它们彼此之间都有着内在的联系，甚至密不可分。例如，对于社会转型的焦虑除了是对上述"进步"话语的回应之外，还意味着人类的工作/生活方式（因转型）出了问题，或者说"礼崩乐坏"——社会秩序混乱，伦理道德败坏。本丛书所说的"文化"既因为"转型焦虑"而发生，又必须提供走出焦虑的途径，如描述各种愿景，包括共同体愿景、乌托邦愿景或者关于美好社会秩序的愿景等。而这些愿景的实现离不开心智的培育、民族良心的锻造和民族特性的构建以及提倡理想的工作/生活方式等。对于所有这些文化内涵的关联性、复杂性和丰富性，非文学典籍不足以充分表达。这就是本丛书的题目赖以立足的理由。

总之，从中世纪后期开始，英国文学伴随着近代社会的转型而演变；几个世纪以来的英国文学既是这一社会转型进程的产物，又积极影响着这个进程。从《乌托邦》（Utopia，1516）到《一九八四》（1984，1949），从莎士比亚到石黑一雄（Kazuo Ishiguro，1954—　），英国文学不断对侧重物质文明的现代价值体

---

① 本丛书部分正文章节已作为阶段性成果发表过。
② 本丛书（包括正文和附录）未注明译者的汉语译文为笔者自译，不再一一注明。

系发出质疑,通过展望理想的共同体生活,逐渐形成一个强大的文化主义传统。大量的文学典籍在争论与创新中以丰富多彩的文学意象不断地影响着民族的想象,打造着英国的公共文化,成为民族核心价值体系的建设者与守望者,帮助英国在世界各民族中相对顺利地完成了社会转型。

当代中国在现代化进程中处于重大的历史转折时刻,习近平总书记强调指出:"文化是一个国家、一个民族的灵魂","文运同国运相牵,文脉同国脉相连"。① 如今,建设"文化强国"这一目标已上升为我国的国策。在这样的时代背景下,对文化观念流变中的英国文学典籍进行充分的梳理、阐释和评价,以期提供借鉴,已经成为他山之石的当然之选。

殷企平　胡　强

---

① 习近平:《在中国文联十大、中国作协九大开幕式上的讲话》(2016年11月30日),《人民日报》2016年12月1日第2版。

本卷撰写分工说明

（按姓氏拼音排列）

曹山柯：绪论 "文化"观念在新古典主义思潮中的生长与蜕变

  第一章（第一节） 报刊文学的兴起

  第一章（第二节） 用文学传统浇灌文化之苗：约翰逊的《英语词典》和文学创作

  第二章（第一节） 《罗马帝国衰亡史》：国家观念与共同体损毁

  第二章（第三节） 司各特文学作品中的共同体思想——以《艾凡赫》为例

  第五章（第一节） "英雄"形象与账簿语言：《鲁滨逊漂流记》的文化隐喻

  第五章（第三节） 《帕梅拉》中的美德共同体建构

  第六章（第二节） 科贝特和他的《骑马乡行记》

  第八章（第一节） 风俗喜剧与通俗文化

  第八章（第二节） 惩罚与奖赏：《造谣学校》的伦理道德关怀

  第八章（第三节） 《屈身求爱》与共同体形塑

  结语 文化观念成长过程中的砥砺与磨合

陈尚真：第六章（第一节） 哥德史密斯：想象中往昔美好的英格兰

陈姝波：第九章（第一节） 沃波尔的焦虑和愿景：《奥特朗托城堡》中哥特元素的政治解读

  第九章（第二节） 《古舟子咏》：柯勒律治的文化救赎之梦

  第九章（第三节） 《弗兰肯斯坦》：玛丽·雪莱的焦虑

高 乾：翻译 附录1 《旁观者》日报

  翻译 附录2 《英语词典》序

高乾、王海丽：翻译 附录3 据教会理念与国家理念论政教宪法（第一章至第八章）

胡　强：总序(合写)

李海明：第三章(第一节)　情感主义思潮：泛道德语境中的文学观念变迁

　　　　第三章(第二节)　"令人感到温暖的东拉西扯"：《项狄传》对理性崇拜的抗争

　　　　第三章(第三节)　"我们解剖一切，却谋杀了生命"：华兹华斯的诗风与文化诉求

李思兰：第七章(第一节)　《奥鲁诺克》与文学公共领域中的秩序建构

　　　　第七章(第二节)　文化传统与《伊芙琳娜》中的自我形塑

　　　　第七章(第三节)　蒙太古夫人书信中的女性自由愿景

马　弦：第一章(第三节)　蒲柏《夺发记》的诗性语言及教诲意义

　　　　第五章(第二节)　《格列佛游记》中的乌托邦冲动与反乌托邦特征

孙勇彬：第四章(第二节)　《格兰迪生爵士》：新兴阶级的责任自觉

　　　　第四章(第三节)　《拉塞拉斯》的文化之旅

叶逸祺、赵莹、刘芳元：翻译　附录3　据教会理念与国家理念论政教宪法(前言、广告、第九章至第十二章)

殷企平：总序(合写)

　　　　第二章(第二节)　华兹华斯笔下的深度共同体

　　　　第四章(第一节)　作为秩序的文化：伯克对英国文学的影响

　　　　第六章(第三节)　从《曼斯菲尔德庄园》看奥斯汀的幸福伦理观

目 录

绪　论　"文化"观念在新古典主义思潮中的生长与蜕变 …………… 1
　　第一节　18世纪英国文学的准则：崇尚理性　4
　　第二节　皈依古典——寻找新的创作模式　8
　　第三节　弘扬道德——关注人格修养和社会使命　13

第一章　"心智培育"和文学传统根脉的接续 ………………………… 19
　　第一节　报刊文学的兴起　22
　　第二节　用文学传统浇灌文化之苗：约翰逊的《英语词典》和文学创作　36
　　第三节　蒲柏《夺发记》的诗性语言及教诲意义　47

第二章　国家观念与共同体形塑 ………………………………………… 61
　　第一节　《罗马帝国衰亡史》：国家观念与共同体损毁　64
　　第二节　华兹华斯笔下的深度共同体　77
　　第三节　司各特文学作品中的共同体思想——以《艾凡赫》为例　89

第三章　文学对理性主义思潮的反拨 …………………………………… 105
　　第一节　情感主义思潮：泛道德语境中的文学观念变迁　108
　　第二节　"令人感到温暖的东拉西扯"：《项狄传》对理性崇拜的抗争　115
　　第三节　"我们解剖一切，却谋杀了生命"：华兹华斯的诗风与文化诉求　125

第四章　秩序意识与责任感的初步形成 ………………………………… 139
　　第一节　作为秩序的文化：伯克对英国文学的影响　142
　　第二节　《格兰迪生爵士》：新兴阶级的责任自觉　155
　　第三节　《拉塞拉斯》的文化之旅　167

第五章　小说的兴起所隐藏的文化符码 ……………………………… 177
第一节　"英雄"形象与账簿语言：《鲁滨逊漂流记》的文化隐喻　180
第二节　《格列佛游记》中的乌托邦冲动与反乌托邦特征　192
第三节　《帕梅拉》中的美德共同体建构　202

第六章　幸福愿景与幸福伦理 ……………………………………… 217
第一节　哥德史密斯：想象中往昔美好的英格兰　219
第二节　科贝特和他的《骑马乡行记》　227
第三节　从《曼斯菲尔德庄园》看奥斯汀的幸福伦理观　236

第七章　自我形塑与公共领域 ……………………………………… 247
第一节　《奥鲁诺克》与文学公共领域中的秩序建构　249
第二节　文化传统与《伊芙琳娜》中的自我形塑　260
第三节　蒙太古夫人书信中的女性自由愿景　271

第八章　风俗喜剧中的通俗文化因素 ……………………………… 281
第一节　风俗喜剧与通俗文化　283
第二节　惩罚与奖赏：《造谣学校》的伦理道德关怀　295
第三节　《屈身求爱》与共同体形塑　307

第九章　转型焦虑的不同文化显像之路 …………………………… 317
第一节　沃波尔的焦虑和愿景：《奥特朗托城堡》中哥特元素的政治解读　320
第二节　《古舟子咏》：柯勒律治的文化救赎之梦　332
第三节　《弗兰肯斯坦》：玛丽·雪莱的焦虑　351

结　语　文化观念成长过程中的砥砺与磨合 ……………………… 363

主要参考文献 ………………………………………………………… 372

附录1　《旁观者》日报 ……………………………………………… 398
第10期　398

第 230 期　*401*

附录 2　《英语词典》序 ･････････････････････････････ **404**

附录 3　据教会理念与国家理念论政教宪法 ････････････ **426**
　　前言　*426*
　　广告　*435*
　　第一章　*437*
　　第二章　*444*
　　第三章　*450*
　　第四章　*452*
　　第五章　*455*
　　第六章　*459*
　　第七章　*465*
　　第八章　*469*
　　第九章　*473*
　　第十章　*476*
　　第十一章　*481*
　　第十二章　*486*

索引 ･･ **491**

绪 论

"文化"观念在新古典主义思潮中的生长与蜕变

18世纪的英国经历了波澜壮阔的深刻社会变革。1688年"光荣革命"推翻了复辟王朝,建立了君主立宪政体:新国王必须由议会选举产生,国王的专断横暴权力被遏制,处于议会监督之下。英国的两个主要执政党(托利党、辉格党)也源于此时,它们在政治上相互斗争但又相互制约,使英国政局得到一定程度的平衡,既消除了大一统时期呆板、停滞、毫无生气等弊端,也避免了国内破坏性的冲突和内战的危险,为后来的工业革命创造了有利条件。英国著名史学家麦考莱(T. B. Macaulay,1800—1859)在《英国史》(*The History of England from the Accession of James the Second*,1848)中简明扼要地回顾英国宪政历史时,不无感慨地说道:"我们的民主是最贵族的,我们的贵族是最民主的。"[①]他还从辉格党的立场对辉格党做了独特的阐述:

我理解的辉格党人,不是盲从任何书本内容的人,即便那本书的作者可能是洛克;不是对某政客任何行为都表示支持的人,即便那个政客可能是福克斯;不是接受任何圈子流行观点的人,即便那个圈子可能由该时代最优秀最高贵者组成。对我而言,回顾历史,我能够辨认一个伟大的政党:这个党时常受挫,却从未灭绝;尽管带有时代的缺陷,却总是处于时代领先地位;尽管犯有很多错误甚至罪行,却在坚实的基础上确立我们的公民和宗教自由。对于这个党,我很自豪是它的一员。[②]

麦考莱的这段话清楚地表明,1688年的"光荣革命"使英国的文化观念发生了根本性的嬗变,即君主的绝对权威被议会削弱,托利党和辉格党对王权起到了

---

① 托马斯·麦考莱:《英国史》,刘仲敬译,长春:吉林出版集团有限责任公司,2012年。转引自《文化纵横》2015年第3期的图书广告。
② 转引自裴亚琴:《麦考莱辉格主义政治思想述评》,《山西师大学报(社会科学版)》,2016年第1期,第3页。

很大的制衡作用。此时的英国已经进入了社会经济发展的快车道,"民族共同体"的概念也渐渐深入国民意识,为文化观念的嬗变打下了基础。

"公民自由"和"宗教自由"在启蒙运动时期成为思想革命的重点,即坚持人类理性的核心地位,用"自然之光"照亮人们心智的黑暗,用理性驱除迷信和愚昧,使人类从自我的枷锁中解放出来,获得真正的自由。这种思想在17世纪欧洲文学艺术领域里引发了"新古典主义"思潮,并深刻地影响了18世纪及后来的文学艺术创作,可以说是一场意义深远的文化上的革命。

18世纪的英国,政治、正义、自由、道理等问题都得到热烈讨论,例如洛克(John Locke,1632—1704)的《关于国民政府的两篇论文》(Two Treatises of Government,1689)、休谟(David Hume,1711—1776)的《人性论》(A Treatise of Human Nature,1739)、《道德政治论》(Essays, Moral, Political, and Literary,1741)以及卢梭(Jean-Jacques Rousseau,1712—1778)的《社会契约论》(The Social Contract, or Principle of Political Right,1762)、《论人间不平等的起源——这种状况是天经地义的吗?》(What Is the Origin of the Inequality among Men, and Is It Authorized by Natural Law?)等。这些问题在英国的讨论不仅发生在政治界、哲学界、文化界,还发生在文学界。在当时的新古典主义观照下,英国文学像一台强大的播种机,在英国的大地上不断地播撒着先进伦理道德和美好共同体的种子,使得英国文化观念在时代变革期生长、蜕变。

第一节
18世纪英国文学的准则:崇尚理性

对启蒙哲学颇有研究的著名哲学家卡西尔(Ernst Cassirer,1874—1945)曾经指出:"'理性'成了18世纪的汇聚点和中心,它表达了该世纪所追求并为之奋斗的一切。"①其实,从某种意义上说,理性本身就是一种"共同体形塑",试图建构生机勃勃的有机体。理性是西方思想史上的主要概念,对理性的本质和功能的探讨一直是西方哲学的重要内容之一。但是,从西方思想发展历程的整体来看,理性受到极大推崇应该是在启蒙运动时代,在文艺上表现为新古典主义思潮。

新古典主义的立法者和代言人布瓦洛(Nicolas Boileau-Despréaux,1636—1711)在他被后人奉为圭臬的《诗的艺术》(L'art Poetique,1674)里对理性做出了很高的评价。他认为,艺术不仅要以理性为出发点,而且还要以它为归宿:

> 在理性的控制下韵不难低头听命,
> 韵不能束缚义理,义理得韵而愈明。
> 但是你忽于义理,韵就会不如人意;
> 你越想以理就韵就越会以韵害义。
> 因此,首须爱理性:愿你的一切文章
> 永远只凭着理性获得价值和光芒。②

可见,在新古典主义文艺思想里,理性是颇为举足轻重的,它是文艺作品的思想灵魂,也是必不可少的美学理论基础。理性在很大程度上决定作品的好坏和成败,无论情节的安排还是性格的塑造都要妥帖地在理性的指导下进行。

在新古典主义文艺思想的指导下,18世纪的英国文坛崇尚理性,注重形式,强调艺术形式与内容的完美和谐。新古典主义把自然、古典和模仿这三个概念连成了一气,这时理性引导艺术家和文人透过自然现象去把握世界本质。这样一来,文人们更容易遵从自然生活的原生态,彰显出时代的本色来。这个时期有不少重要作家都受到新古典主义的影响。例如,亚历山大·蒲柏(Alexander Pope,1688—1744)、威廉·布莱克(William Blake,1757—1827)、

---

① 卡西尔:《启蒙哲学》,顾伟铭等译,济南:山东人民出版社,2007年,第3—4页。
② 布瓦洛:《诗的艺术》,任典译,北京:人民文学出版社,1959年,第4页。其中"义理"按朱光潜《西方美学史》(上卷)第186页引文改译为"理性"。

约瑟夫·艾迪生(Joseph Addison,1672—1719)、乔纳森·斯威夫特(Jonathan Swift,1667—1745)、塞缪尔·约翰逊(Samuel Johnson,1709—1784)、丹尼尔·笛福(Daniel Defoe,1660—1731)、奥利弗·哥德史密斯(Oliver Goldsmith,1730—1774)、理查德·布林斯利·谢里丹(Richard Brinsley Sheridan,1751—1816),以及早期的威廉·华兹华斯(William Wordsworth,1770—1850)等,都在新古典主义的语境下,写下了诸多不朽的经典文学作品。

蒲柏是受到新古典主义思潮影响的伟大作家之一。他1688年出生,这一年恰逢英国发生资产阶级"光荣革命",这预示着他的成长和文学创作与新古典主义的影响联系在了一起。尽管他幼年身患疾病,落下残疾,终身羸弱,但凭着勤奋、好学和坚忍不拔的精神,他在诗歌创作领域获得很大成功,留下了不少诸如《论批评》《夺发记》《群愚史记》和《温莎森林》等珍贵的诗歌经典作品。

《夺发记》(*The Rape of the Lock*,1713—1717)是蒲柏的著名仿英雄体长篇叙事诗。在诗中,他戏拟古代经典史诗的题材,以宏大叙事的手法,描写当时伦敦上流社会发生的一件微不足道的小事,旨在取得滑稽、夸张的艺术效果。《夺发记》讲述了一连串滑稽故事,起因是倾心于贵族小姐贝林达的男爵趁其不备剪下了她一缕卷发。这原本是一件很小的事情,却引发了一场大的骚动。贝林达及其家人愤然要求男爵归还头发并立即道歉,结果未能如愿,因此两个大家族之间结下怨恨。贝林达的卷发是一个隐喻,也是诗歌的中心议题,即在社会交往中,人们应该遵从什么样的公共原则来保障并维护正常的社会关系,以确保理性、和谐的社会秩序的运行? 换言之,共同体应该怎样维系? 卷发真的那么重要吗? 真的可以代表女人的贞洁吗? 蒲柏在这里以一种嘲讽的手法做出了回答。

贝林达的好友苔丽丝特里丝委派普拉姆先生向男爵索要被夺去的卷发,遭到了男爵的无情嘲弄和拒绝。正当双方相持不下、针锋相对的时候,地精安布里仍然没有放过贝林达,他恶作剧地将小瓶子猛然打开,将里面的"悲哭药水"泼洒了出来。顷刻间,贝林达声泪俱下,她一边大声哭泣,一边当众诅咒起来:

> 永远诅咒这令人憎恨的一天,
> 它夺去了我最最宝贝的发卷!①

显然,蒲柏把代表传统文化的卷发被夺"事件"放在"小题大做"的视角下加以讽刺和嘲笑:那些平日里装得一本正经、文雅得体、举止拘谨、彬彬有礼的绅士、太太和小姐们,此时已经完全丧失了平时应有的风度和理智。贝林达以及她周围贵族社会小圈子里的人们,都不约而同地卷入了一场混乱的争吵之中。而安布里——邪恶的化身——则高高地蹲坐在一只烛台上,幸灾乐祸地观看下面正在急速升温的混战,高兴得直拍手称快。

蒲柏在《夺发记》里把传统的生活方式、审美趣味、伦理道德与身份认同联系在了一起,使读者看到了 18 世纪时代转型中英国文化的嬗变。在新的生活方式和审美趣味的时代,如果还是像以往那样按照传统的思维方式行事,那么就一定会经历贝林达那样的遭遇。因为全然不同的生活方式和审美趣味在新的社会身份系统中逐渐形成,所以品味、趣味、判断力和生活方式必然都反映出当下社会身份系统的要求。在《夺发记》里,贝林达之所以落得一个尴尬境地,是因为她不知道传统文化发生了变化,新的文化已经产生;如果她还认为一缕头发仍然代表女人贞洁的话,那么注定是落后于时代的,必然会遭到时代的奚落。

在《夺发记》里,蒲柏充分展现了新古典主义思潮影响下的"正确理性"(Right Reason)。他对贝林达的讽刺和嘲笑,就是在批评她没有理性。对理性的弘扬是蒲柏新古典主义文学创作的一个基本点,他在《论批评》里非常明确地写道:

> 让正确的理性驱走乌云的阻挡,
> 真理如同阳光的照亮不可抵抗;
> 不必盲目自信,认清自己的不足,
> 充分利用朋友的优势,包括仇敌。②

---

① 转引自马弦:《蒲柏诗歌研究》,北京:社会科学文献出版社,2013 年,第 83 页。
② 同上,第 56 页。

毋庸置疑,蒲柏"正确理性"的提法与布瓦洛在《诗的艺术》中所提的理性是一脉相承的,即文学艺术要遵从自然规律,把形式与内容、技巧与思想、韵律与节奏、人物与环境等看作既相互矛盾、相互制约,又相互生成的辩证有机体。

这种理性在文学上的反映不仅存在于蒲柏的诗歌当中,而且还存在于其他文人的作品中,如:斯梯尔(Richard Steel,1672—1729)的《闲谈者》(*The Tatler*,1709—1711)、艾迪生的《旁观者》(*The Spectator*,1711—1712)、斯威夫特的《格列佛游记》(*Travels into Several Remote Nations of the World by Lemuel Gulliver*,1726)、约翰逊的《英语词典》(*A Dictionary of the English Language*,1755)、笛福的《鲁滨逊漂流记》(*The Life and Strange Surprising Adventures of Robinson Crusoe*,1719)、理查逊(Samuel Richardson,1689—1761)的《帕梅拉》(*Pamela*,1740)、菲尔丁(Henry Fielding,1707—1754)的《汤姆·琼斯》(*The History of Tom Jones, a Foundling*,1749)、斯特恩(Laurence Sterne,1713—1768)的《项狄传》(*The Life and Opinions of Tristram Shandy*,1759—1767)、哥德史密斯的《屈身求爱》(*She Stoops to Conquer*,1773)、谢里丹的《造谣学校》(*The School for Scandal*,1777)、华兹华斯的《序曲》(*The Prelude, or, Growth of a Poet's Mind; An Autobiographical Poem*,1850)等。诸如此类的18世纪英国文学作品无不透射出理性的光芒,取得了理想的共同体形塑效果。

第二节
皈依古典——寻找新的创作模式

理性在18世纪的英国起到了举足轻重的作用,它使英国传统文化悄然发生嬗变。理性之所以对文化具有如此大的影响力,是因为它凝结了人类实践经验和智慧的抽象形式,具有普遍性,可以作为实践主体与客观存在交流时的最基本、最重要的工具和手段。托马斯·阿奎那(Thomas Aquinas,约1225—

1274)十分明确地指出:"理性有从意志发展到行动的能力;因为理性可以依靠某种目的之被希求这一事实,指挥一切必要的力量去达到那个目的。"[1]托马斯在这里告诉我们,理性可以指导人的社会实践,而实践是人的重要存在方式之一;不同群体的人总是以不同的社会实践方式来展示自己的存在。

  18世纪英国人的存在方式在文化传统上已经发生了很大变化,读者从那个时期的文学思想和文学创作中可明确地感知到。莎士比亚戏剧是传世经典,历代的评论家都本着"古为今用"的原则,对莎士比亚戏剧进行过诸多的评论,而不同时代的评论则体现了那个时代独特的社会文化风貌。莎士比亚的同时代剧作家本·琼森(Ben Jonson,约 1572—1637)称赞他为"时代的灵魂!……我们舞台的奇迹!"[2]然而,到了17世纪中期以后至18世纪,在古典主义的影响下,评论界认为尽管莎士比亚有天赋,但毫无创作法则的观念。17、18世纪的莎士比亚戏剧评论是遵循新古典主义艺术规则的。所以,在那个时代,评论家认为莎剧存在这么几个方面的问题:"1. 违反三一律(the three unities)的创作原则:在情节发展上出现了超过三十六小时的时间跨度,场景转换频繁,剧情枝节繁多。2. 悲剧和喜剧成分混杂,不利于营造纯粹的悲剧或纯粹的喜剧气氛。3. 戏剧中的上层人物有下层人物不入流的习性,没有为观众树立道德典范;而且,莎剧没有反映惩恶扬善的原则,不利于教化民众。4. 戏剧语言夸张,有堆砌辞藻的毛病。这样看来,莎剧显然是'粗野的',算不上是艺术。"[3]德莱顿(John Dryden,1631—1700)在其晚年的文章《悲剧批评的基础》("The Grounds of Criticism in Tragedy",1679)中说:"我不得不承认莎士比亚也有缺陷,但不在于激情本身,而在于表达方式:他常常用词语遮挡意思,有时造成无法理解……热烈的想象使他迷狂,超越了判断力的边界,不是新造词和短语,就是将现有的词汇野蛮误用。"[4]伏尔泰(Voltaire,1694—1778)也在《论悲剧》("On Tragedy")一文中说:"莎士比亚的《裘力斯·凯撒》

---

[1] 托马斯·阿奎那:《阿奎那政治著作选》,马清槐译,北京:商务印书馆,1963年,第104—105页。
[2] 侯维瑞主编:《英国文学通史》,上海:上海外语教育出版社,2001年,第167页。
[3] 史晓丽:《赤子诗人——17、18世纪英国评论界眼中的莎士比亚》,《人文杂志》,2007年第3期,第117页。
[4] Brian Vickers, ed., *The Critical Heritage: William Shakespeare* (Volume 1), London and New York: Routledge,1979,263.

野蛮而没有规则,对艺术规则一窍不通,带给英国戏剧的是毁灭。"①这些观点和看法不一定正确,但是它们激起的讨论有助于英国民众审美趣味的提高,这具有很大的文化意义。

新古典主义时期出现了对莎士比亚戏剧的负面评论,这是正常现象。然而,这些负面评论并不能遮盖莎士比亚戏剧的光辉。莎士比亚研究集大成者塞缪尔·约翰逊在《莎士比亚戏剧集》(*The Plays of William Shakespeare*,1765)中指出:"除了荷马,也许不容易找到一个作家能像莎士比亚那样创作丰富,像他那样把自己研究的科目大步推进,或者把那么多的新鲜东西注输给他自己的时代或是自己的国家。"②从18世纪对莎士比亚戏剧的评价来看,英国受到新古典主义影响的程度是很深的。

18世纪英国文学批评对莎士比亚的戏剧提出质疑和批评,这与新古典主义的"三一律"不无关系。新古典主义者把布瓦洛《诗的艺术》奉为理论法典,该书第三章中这么写道:

> 剧情发生的地点也需要固定,说清。
> 庇利牛斯山那边诗匠能随随便便,
> 一天演完的戏里可以包括许多年:
> 在粗糙的演出里时常有剧中英雄
> 开场是黄口小儿终场是白发老翁。
> 但是我们,对理性要服从它的规范,
> 我们要求艺术地布置着剧情发展;
> 要用一地、一天内完成的一个故事
> 从开头到末尾维持着舞台充实。③

莎士比亚的戏剧是没有遵循"三一律"原则的,所以受到了新古典主义文艺批评的质疑。这种现象恰好说明当时的英国文化处于某种反传统的状态,也说

---

① 转引自白利兵:《新古典主义莎评的困境》,《四川戏剧》,2014年第3期,第43页。
② 侯维瑞主编:《英国文学通史》,第163页。
③ 布瓦洛:《诗的艺术》,第32—33页。

明人们的思想意识发生了嬗变。英国戏剧在17世纪颇具"淫逸放荡"特色,一直萎靡不振,即使进入了18世纪,相比散文和小说,戏剧创作都显得黯然失色;直到哥德史密斯和谢里丹出现,英国戏剧才有了一定程度的改观。

哥德史密斯所作《屈身求爱》的问世,"给被过度的感情所窒息的戏剧带回来一点真正人性的气息",它"保持了情景的幽默和干脆鲜明的人物描写"。① 哥德史密斯在《屈身求爱》里的"真正人性的气息"实际上是他寻找一种新的创作模式的结果。该剧在很大程度上是符合"三一律"要求的:它的副标题是"一夜的误会",也就是说,它的情节、时间、地点是保持一致的。《屈身求爱》全剧五幕,单线发展,情节发生在一个地点,即在郝嘉思的家——马洛和韩士廷不知道他们入住的是郝嘉思先生的家,还以为郝嘉思先生和他女儿是客栈的老板和侍从——一长夜所发生的荒唐、离奇的闹剧。

汤姆·戴维斯(Tom Davis,1952—2012)在《屈身求爱》的导论里说:"郝嘉思小姐宁愿颠覆阶级角色(class-roles),为情侣们营造一个自由自在的谈吐空间,好让他们谈恋爱时摆脱阶级观念的束缚,使得马洛呈现出撒谎或沉默的一面。"② 显然,戴维斯在这里提到的"阶级角色"是一个颇具社会学意味的词语,与女权主义有着密切的联系;用它来阐述哥德史密斯的喜剧《屈身求爱》中的人物,彰显出那个时代追求个性解放的风气,即主张婚姻自由,把个人从父母包办婚姻的锁链中解放出来。这实际上就是一种自我形塑,而自我形塑往往是跟共同体形塑联系在一起的,因而在文化转型中是颇有意义的。

《屈身求爱》里的马洛、托尼和韩士廷都处于青春期,他们的"性爱"与婚姻都受到了传统门第观念的压迫和限制,几乎没有选择的自由,因此心理上承受着无形的压抑。这种压抑是一种无意识,虽遭隐藏,却不时地跳出来与压抑者对抗。与其说马洛在郝嘉思先生家的种种粗鲁言行、韩士廷与奈维尔策划的私奔,以及托尼对母亲安排他与表妹成婚的态度等是"一夜的误会",还不如说是他们的无意识的反映。"无意识是被压抑之物",③"压抑的本质在于将某些

---

① 艾弗·埃文斯:《英国文学简史》,蔡文显译,北京:人民文学出版社,1984年,第210页。
② Davis Tom, "Introduction," *She Stoops to Conquer*, by Oliver Goldsmith, New York: W. W. Norton & Company, 1979.
③ 弗洛伊德:《自我与本我》,杨韶刚译,《弗洛伊德文集》(第六卷),车文博主编,长春:长春出版社,2004年,第118页。

东西从意识中移开,并保持一定距离,……压抑并不阻碍冲动代表在无意识中的继续存在,阻止它组织各种力量建立新的连接"。① 非常有趣的是,在《屈身求爱》里,弗洛伊德式的压抑模式在喜剧的剧情发展中起到了举足轻重的作用。也就是说,哥德史密斯早在弗洛伊德之前,就用文学形式揭示了类似的心理文化现象,这可以看作当代英国文化观念注重无意识这一内涵的先声。

17和18世纪,新古典主义得到发展,它提倡唯理文艺观点,认为艺术必须从理性出发,排斥艺术家主观思想感情,这种思潮也培育了具有理性的人性。当时的不少文学作品内容在这方面起到了积极作用。在新古典主义思潮的影响下,18世纪英国文学创作倾向于寻求某种新的模式。具体地说,戏剧表现为感伤喜剧,如《屈身求爱》和《造谣学校》等;散文表现为自由洒脱、亲切朴实,如报刊《闲谈者》和《旁观者》等刊登的文章;小说则表现为游记类型,如《格列佛游记》和《鲁滨逊漂流记》等。从这些清新的创作模式中,我们可以捕捉到新的文化气息。

笛福的《鲁滨逊漂流记》一开始就有耐人寻味的描述:鲁滨逊的父亲希望他学法律;如果这样,"他在故乡故土既可生活得优裕自如,又可能得到有力的保荐,只要自己勤奋工作,将来自可发家致富。只有穷得铤而走险的人或雄心勃勃又富有资财的人,才去海外冒险,去干出一番出人头地的大事业,去以非同寻常的作为显身扬名"②。这是英国传统文化里的思想,受到了鲁滨逊的坚决抵制。他对别的什么事情一概不感兴趣,一心只想出海冒险,而这正是18世纪的英国文化精神之一,反映了那个时代的价值趣味。

《鲁滨逊漂流记》里有一个颇为出彩的特点——账簿语言,却鲜有人问津。账簿语言是那些对商务往来的叙述,它最能体现那个时代的文化精神。鲁滨逊离开巴西种植园、被困在孤岛上28年之后,他的种植园仍然在那里,合作伙伴和代理人并未侵吞他的财产和利益,而是一如既往、认真负责地履行着契约义务,把他的种植园打理得井井有条,并持续不断地获利;他的合伙人和代理人以及修道院院长把一份详细的账单交给了他,种植园又回到了他的手里。

---

① 弗洛伊德:《压抑》,宋广文译,《弗洛伊德文集》(第三卷),车文博主编,长春:长春出版社,2004年,第162页。
② 笛福:《鲁滨孙历险记》,黄杲炘译,上海:上海译文出版社,2006年,第2页。

这一细节虽小,却反映了那个时代的契约精神。"契约从本质上讲是一种安排社会关系的法律形式,社会关系的契约化意味着下述文化公理的弘扬与实现:平等的讨论和自由的选择是社会交往的基本形式;社会交往的双方须相互承认并尊重对方的独立法律人格;对他人的支配须以双方一致同意的条件为前提;领受他人之财物或服务者,也负有根据公平的约定给对方以回报的义务。"[①]这就是契约精神,也是共同体的追求;它反映了平等、公正、诚信和协商等思想品格和价值。这种思想品格和价值在18世纪的英国,正在慢慢演变为文化观念的新内涵,而《鲁滨逊漂流记》里的账簿语言恰好是这些文化内涵的新象征。

第三节
弘扬道德——关注人格修养和社会使命

《鲁滨逊漂流记》里所折射出来的契约精神,说明小说要向读者灌输一种应该遵循的伦理道德价值观,这在18世纪英国文学作品中十分普遍。这种现象在很大程度上表明,18世纪英国社会文化经过文学作品的影响和培育,正在悄然发生着流变,并促使"共同体观念"(the idea of community)的形成。这里的"共同体"指的是,文人在其文学作品创作中有意或无意地表现出对人人为之努力的美好愿景的追求与关怀。注重文艺的伦理道德教育功能,该诉求在西方古已有之,古罗马诗人、批评家贺拉斯(Quintus Horatius Flaccus,前65—前8)就认为文学艺术的内容应该完全通俗化为道德、法律,优秀的文艺作品应该具有"寓教于乐"的教育功能。流行于18世纪英国的新古典主义思潮对古典主义中的这一传统思想颇为重视。在新古典主义看来,"真""善""美"像孪生兄弟一样,是不可分离的整体:没有"真"就不可能有"善"和"美",没有"美"

[①] 袁祖社:《社会生活契约化与中国特色公民社会整合机制创新》,《天津社会科学》,2002年第6期,第35页。

也不可能有"真"和"善",当然,没有"善"就更谈不上"真"和美"了。于是,道德成了衡量文艺作品好坏的基本标准。

布瓦洛在《诗的艺术》里这么写道:

> 你的作品反映着你的品格和心灵,
> 因此,你只能示人以你的高贵小影。
> 危害风化的作家,我实在不能赞赏,
> 因为他们在诗里把荣誉丢到一旁,
> 他们背叛了道德,满纸都诲盗诲淫,
> 写罪恶如火如荼,使读者喜之不尽。
> ……
> 一个有德的作家,具有无邪的诗品,
> 能使人耳怡目悦而绝不腐蚀人心:
> 他的热情绝不会引起欲火的灾殃。
> 因此你要爱道德,使灵魂得到修养。①

布瓦洛的《诗的艺术》被公认为新古典主义文艺理论的法典。之所以这么说,是因为它在某种意义上致力于诗歌创作的共同体形塑,这无疑会对18世纪英国文学的创作产生一定影响。《诗的艺术》把作家的道德义务和社会使命感放在头等重要的位置,让文艺发挥教化功能。布瓦洛反对文艺作品中的"卑劣""猥琐""过分"和"离奇"的内容,认为作家应该时刻把"真""善"与"趣味"融为一体,"要爱道德,使灵魂得到修养"。这些见解和思想都被英国文学和文化一一吸收,值得我们深入探讨。

其实,18世纪英国文学的道德教化从报刊那里就开始了,而斯梯尔和艾迪生则是这个领域的佼佼者。"出于当时社会上政治斗争的需要,报刊杂志的读者增多,加之1695年废止了出版物的审查法,大量时新报纸、文学杂志在18世纪如雨后春笋竞相出现,散文体则是当时最流行的文体。"②报刊的散文

---

① 布瓦洛:《诗的艺术》,第32—33页。
② 侯维瑞主编:《英国文学通史》,第265页。

具有一定的教谕价值,它蕴含不少能够满足资产阶级思想启蒙需要的客观属性,是一种新的思想传播工具,具有政治价值和伦理道德价值。读者会发现,《闲谈者》和《旁观者》刊登的文章反映了一个醒目的特点,即作者大多是站在当时新兴资产阶级的立场上发表意见和看法的。试举一例如下:

  境遇不好的人总怨恨境遇比自己好的人……商人究竟干了什么事竟让罗杰爵士如此不高兴呢?商人没有拆毁过谁的围墙,也没有践踏过谁的小麦;他从辛勤劳动者身上不取分文;他对穷人为他做的工作付了报酬,他与人类共享利益。由于备置货船和加工制造买回的货物,他提供了各种业务和人们可以赖以谋生的各种职业,数量之多,不是最富的贵族力所能及的。①

从报刊文学所隐含的政治价值和伦理道德价值来看,它从一问世就开始了对英国公民进行心智培育的伟大蓝图。王佐良先生在谈到18世纪英国报刊文学时说:

  这些刊物不仅传播时事和社会新闻,而且发表议论。这后者是一个新因素,由于有这个因素刊物就不止是宫廷公报或街头传单的重演,而变成现代的舆论工具,能够对社会施加强大影响。当时英国已经出现的托利与辉格两大政党之争,促成了有利于报刊的发展,而广大中产阶级读者群的存在又使得报刊能有市场,于是从世纪之初,各种名目的报刊相继出现,而当时文坛上的头面人物无不与这家或那家报刊发生关系,或主笔政,或撰文稿:艾狄生、斯梯尔、笛福、斯威夫特、菲尔丁、约翰逊、哥德史密斯等都是。②

《闲谈者》和《旁观者》杂志上的文章语言自然柔顺,但观点却辛辣犀利,颇有说服力,深刻反映了那个时代人们对贸易和商人的看法以及他们的价值观念。
  文艺作品想要对社会产生理想的道德影响,就要加强艺术家和作家的

---

① 转引自侯维瑞主编:《英国文学通史》,第271页。
② 王佐良:《复辟时期与十八世纪上半的英国散文》,《外国文学》,1990年第5期,第51页。

个人人格修养,使他们具有社会使命感;而优秀的文艺作品也能够反映出艺术家、作家和人民的心灵面貌和道德精神。18 世纪英国的文学作品大多是些"无邪的作品",具有一定的社会批判力度,起到了良好的教育效果。塞缪尔·理查逊(Samuel Richardson,1687—1761)的《帕梅拉》就是一部颇具道德教化意义的小说,它的问世像"一阵情感风浪席卷了全国"①,掀起了一股《帕梅拉》热潮。《帕梅拉》的影响如此之大,以至于流传出一些关于该书受欢迎程度的令人难以置信的故事,例如:"伦敦以西的斯劳小镇的村民每天聚集在一起'听书'——听《帕梅拉》的朗读。他们听到帕梅拉最后终于嫁给了 B 先生时,非常兴奋,一起涌到教堂去敲钟庆贺。类似的情况也发生在兰克夏的普雷斯顿,那儿在 18 世纪也算是个偏僻的地方。当地的报纸连载《帕梅拉》的节选,而在刊出帕梅拉结婚情节的那天,当地的教堂不但鸣钟,还挂上了彩旗。"②

《帕梅拉》这部小说的主线是"贞洁",它自始至终地贯穿在整个故事当中,既是故事的起点,也是故事的终点。《帕梅拉》里的"贞洁"或"贞操"的英文可以是 virginity,维基百科对此词的解释是"没有经历过性交的人的处女或处男状态",而这种状态是受到那些赋予这种状态以某种价值和意义的文化传统或宗教传统影响的;尤其是未婚女性,她们往往是与个人的纯洁、荣誉和价值联系在一起的。③ 在《帕梅拉》的中文译本里,在很多地方都可以找到"贞洁"的字样,但是如果对照英文原文就会发现,"贞洁"这个词在《帕梅拉》这部原版小说里多对应 virtue。是译者翻译错了吗?并不是。把 virtue 译成"贞洁"不但没有错,而且是非常合理的,因为《帕梅拉》这部小说就是描写主人公帕梅拉是如何坚守贞洁的,而这种坚守本身就是美德。传统希腊人所认定的人类美德一般包括勇敢、节制、虔敬、正义和智慧,这种对美德的看法强调了人的思想能力,以及通过理性控制自身欲望和引导自身行为的能力。这种观点在康德那

---

① 转引自朱卫红:《贞洁美德报偿——论〈帕梅拉〉的贞洁观》,《外国文学研究》,2006 年第 4 期,第 85 页。
② 转引自吕大年:《18 世纪英国文化风习考——约瑟夫和范尼的菲尔丁》,《外国文学评论》,2006 年第 1 期,第 36 页。
③ https://search.yahoo.com/search;_ylt=Ah395M41f58uFQihk9_2Zz6bvZx4?p=virginity&toggle=1&cop=mss&ei=UTF-8&fr=yfp-t-901&fp=1 (accessed 2015/5/3).

里得到了进一步肯定:"反抗一个强大而不公正的对手的能力和有意识的决心是坚韧,如果与我们之间的道德倾向相关,则是美德。"①

帕梅拉对贞洁持之以恒的坚守让她的主人 B 先生非常感动,因而打消了想要占有她的邪恶意图,正式娶她为妻。这个结果是颇有意义的,它向天下人宣告:"美德就是一种获得性的人类品质,对它的拥有与践行使我们能够获得那些内在于实践的利益,而缺少了这种品质就会严重地妨碍我们获得任何诸如此类的利益。"②帕梅拉的美德的确有了回报,就像《帕梅拉》的副标题所补充的那样:美德有报。

《帕梅拉》引起了众多批评家的注意。有人认为,《帕梅拉》是"关于权力的话语"。③ 另外有人认为,《帕梅拉》是"放荡乡绅与出身卑微却贞洁的女仆之间的对峙","使故事具有了比主人公之间纯粹个人纠纷更重大的意义"。④ 还有人认为,"自 1688 年政治和解之后的几十年里,英国资产阶级一直试图从贵族那里攫取一定程度的意识形态霸权,该小说不仅仅是对这种情形的阐述,而且是这种情形的动因"。⑤ 这些观点各有千秋,虽然都有一定的道理,但也显示了各自的偏颇。实际上,《帕梅拉》为读者展示的是一个伦理道德的共同体世界,它为正在演进中的文化观念输送了新的内涵。

18 世纪的英国文学界受到新古典主义思潮的影响,而理性对新思想的产生起着积极的催化作用。朱光潜(1897—1986)指出:"'理性'就是笛卡儿(René Descartes,1596—1650)在《论方法》里所说的'良知',它是人人生来就有的辨别是非好坏的能力,是普遍永恒的人性中的主要组成部分。"⑥无论是艾迪生的散文,还是蒲柏的诗歌,或是谢里丹的戏剧和菲尔丁的小说,它们都和 18 世纪其他优秀文学作品一道,为读者展开了一个值得他们追求的共同体

---

① 转引自尼古拉斯·布宁、余纪元编著:《西方哲学英汉对照辞典》,北京:人民出版社,2001 年,第 1060 页。
② A. 麦金太尔:《追寻美德》,宋继杰译,南京:译林出版社,2003 年,第 242 页。
③ M. A. Doody, "Richardson's Politics," *Eighteenth-Century Fiction*, 2. 2 (1990): 113 - 126.
④ Watt Ian, *The Rise of the Novel: Studies in Defoe, Richardson and Fielding*, Berkeley & Los Angeles: University of California Press, 1957, 166.
⑤ Terry Eagleton, *The Rape of Clarissa: Writing, Sexuality, and Class Struggle in Samuel Richardson*, Minneapolis: The University of Minnesota Press, 1982, 4.
⑥ 朱光潜:《西方美学史》(上卷),北京:人民文学出版社,1963 年,第 170—171 页。

世界。在那里，人们对人类美好的"共同意识"保持敬畏和尊重。敬畏和尊重意味着对美德产生报偿之思维，即以自然的赏罚分明效果使美德这一神圣的自然道德法则得到敬畏和尊重。因此，18世纪的英国文化在文学作品的影响下发生了流变。

第一章

"心智培育"和文学传统根脉的接续

文学起源于人类的思维活动,是人类文化发展的一种表现形式。文化在历史进程中不是孤立、静止的,而是发展、变化的。经过了启蒙运动之后,人的目光更多地从神那里转向了人的本身,这是西方社会意识形态的重大转变,也是西方文化的巨大进步。处于那个时代的英国毋庸置疑地经历了这么一个历史发展过程。文化的发展和进步需要一个民族心智的培育,它在发展和进步的同时不但不会与传统决裂,而且还会是一种传统根脉的接续。18世纪的英国文学在很大程度上反映了英国文化的"心智培育"(the cultivation of the mind)过程,体现了伴随英国文化进步过程的对自由的追求。

萨特(Jean-Paul Sartre,1905—1980)说:"人是自由的,人就是自由。"①对自由理念的培育就是一种"心智培育",18世纪英国的报纸、杂志——如《闲谈者》(*The Tatler*)、《旁观者》(*The Spectator*)和《漫步者》(*The Rambler*)等——在这方面起到了举足轻重的作用。从报刊文学所隐含的政治价值和伦理道德价值来看,它从一问世就开始了对英国公民进行心智培育的伟大蓝图。对天赋观念论的批判,在很大程度上是为新时代到来而准备的一种心智的培育,它从根本上抽空了基督教原罪说和君权神授的基础,试图召唤人们大胆、勇敢地进入一个理想的"共同体"(community),在那里,人"按照自己的理念生活",②走向"持续的完善和最终的、完美的满足"。③

---

① 萨特:《存在主义是一种人道主义》,周煦良、汤永宪译,上海:上海译文出版社,1988年,第12页。
② 施莱格尔:《浪漫派风格:施莱格尔批评文集》,李伯杰译,北京:华夏出版社,2005年,第115页。
③ 同上,第12页。

第一节
报刊文学的兴起

　　社会的发展和进步与文学的创作和传播有着密切的关系。文学艺术的创作和发展从传统形式向新的形式的过渡或嬗变,往往是通过社会意识形态或社会文化的变化而发生的。尤其是在重大的社会历史变革时期,新的思想观念总是通过文学艺术的形式得以传播的,以表现出对传统体制和制度的批评意识和反叛姿态;它们在对广大民众进行启蒙的同时,还为时代变革起到了积极的思想准备作用。

　　18世纪的英国经过了1688年的"光荣革命"后,建立起了比较高效、先进的资本主义政治体制。英国急切渴望崛起,急切需要财富来支持国内资本主义的发展,因此战争成了它牟取财富的重要手段和途径。依赖强大的海军和不断加强的国力,英国终于击败了劲的对手法国,摇身一变,成为当时首屈一指的世界霸主。七年战争之后,英国控制了印度辽阔的区域,掠夺了大量的金银和财富。据印度经济学家的计算,从1757年至1815年的58年间,英国人从印度掠夺的财富达10亿英镑之多。[①] 财富的掠夺和积累为英国工业革命的迅猛发展注入了真正的动力,正如马克思指出的那样,"七年战争使东印度公司由一个商业强权变成了一个军事的和拥有领土的强权,正是这个时候,才奠定了现时这个东方不列颠帝国的基础"。[②]

　　迅速崛起的英国在摆脱传统文化对其束缚的同时,经历着一种前所未有的转型焦虑,即传统社会结构体系向现代化范型(modernization paradigm)社会结构转型所引发的焦虑。"这种焦虑其实就意味着变革,因为它导向了对于

---

　　① 张佳音:《18世纪英法商业战争对英国工业革命的影响》,《成都大学学报(教育科学版)》,2008年第11期,第93页。
　　② 马克思、恩格斯:《马克思恩格斯全集》(第九卷),北京:人民出版社,1961年,第188页。

现代文明的批评实践,导向了对理想社会的憧憬和描绘,乃至为实现理想而从事的各种社会实践。"①转型焦虑使大量人群承受焦虑的精神压力,构成一定的社会张力,对社会稳定造成很大影响。虽然转型焦虑和社会变革之间的矛盾可能引发社会的动荡,但突如其来的生活方式和传统观念嬗变要求人们必须做出"唯有适应"的选择,因为人生活在这个世界上不仅要追求温饱的物质生活,而且还要追求一个能够给予他更加高尚的精神生活的空间和方式,即一个更加进步和完美的社会。当时的文学创作和传播为社会的进步和完善提供了不可替代的精神食粮。

一、心智培育

英国经验主义哲学家洛克曾经指出:"一切观念都是由感觉或反省来的——我们可以假定人心如白纸似的,没有一切标记,没有一切观念,那么它如何会又有了那些观念呢?……它们都是从'经验'而来的,我们的一切知识都是建立在经验上的,而最后是导源于经验的。"②这就是洛克的"白板说",它是针对天赋观念论而提出来的,并从认识主体出发,全面而系统地探讨了"人类知识的起源、确定性和范围",对天赋观念论进行了猛烈的攻击和批判。天赋观念论早在柏拉图那里就开始了,到了洛克的时代,笛卡尔的天赋观念论在欧洲大陆得到广泛的信仰,而随着斯图亚特王朝的复辟,不少天赋观念论的信奉者纷纷涌现,对人们的思想认识造成很大危害。

天赋观念论有一明显的特点,即把某些观念的普遍必然性和人们对它的一致同意作为其天赋性的证明,针对这一情况,决定了洛克把对普遍同意说的驳斥作为批判天赋观念论的突破口,而且也在一定程度上决定了洛克的批判只能以白板说为武器。这是因为,既然天赋观念论者把普遍同意说作为观念天赋性的论据之一,因此,只要指出或证明人的心灵在认识之初是一块白板,

---

① 殷企平:《艺术地生活:莫里斯的文化观》,《杭州师范大学学报(社会科学版)》,2012年第2期,第41页。
② 洛克:《人类理解论》,关文运译,北京:商务印书馆,1983年,第68页。

无任何记号或观念,那么,天赋观念论实际上就等于被批判了。①

对天赋观念论的批判在很大程度上是为新时代的到来对人们进行的一种心智培育,它从根本上抽空了基督教原罪说和君权神授的基础,试图召唤人们大胆、勇敢地进入一个理想的"共同体",在那里"人类天生都是自由平等和独立的,如不得本人的同意,不能把任何人置于这种状态之外,使其受制于另一个人的政治权利。任何人放弃其政治自由并受制于公民社会的种种限制的唯一方法,是同其他人协议联合组成为一个共同体,以谋他们彼此间的舒适、安全和和平的生活,以便安稳地享受他们的财产并且有更大的保障来防止共同体以外任何人的侵犯"。② 从自由出发,洛克还认为所有公民都有享受平等受教育的权利,并且人人都能够被教育成优秀的公民。道德教育是洛克教育思想的核心,他认为,"在一个人或者一位绅士应具备的各种品质之中,我将德行放在首位,视之为最必需的品质;他要有存在价值,受到敬爱,被他人接受或容忍,德行乃是绝对不可缺少的。缺乏德行,无论是在阳世还是在阴间,我认为他都毫无幸福可言"。③

洛克对天赋观念论的否定和对教育的提倡反映了那个时代启蒙主义思想对心智培育的要求,这在很大程度上体现在当时开始兴起的报刊文学里面。文学作品是作家在某一个特定社会历史环境下的产物,而作家是具有一定知识结构和社会阅历的创作主体,他们肩负着时代的责任和使命,在审美创造时,把社会教谕价值毫无保留地编织在文学作品的叙述中。这些都在 18 世纪初期的英国报刊文学里留下了鲜明的痕迹,那个时代的文学作品以报刊形式在英国社会文化的建构中起到过举足轻重的作用。

18 世纪初的英国出版界出现了一种非常值得研究的现象,即报纸、杂志的兴起和繁荣。斯梯尔、艾迪生、笛福以及斯威夫特等杰出文人此时都已经声名鹊起,都以散文著称,都是"办报人",在报业方面的成就非常突出。事实上,英

---

① 杨芳:《浅析洛克白板说理论的哲学思想》,《贵州师范大学学报(社会科学版)》,1996 年第 4 期,第 53 页。
② 洛克:《政府论——论政府的真正起源、范围和目的》(下篇),叶启芳译,北京:商务印书馆,1996 年,第 59 页。
③ 洛克:《教育漫话》,杨汉麟译,北京:人民教育出版社,2006 年,第 128 页。

国的非官方新闻业在 17 世纪的七八十年代就已经很兴旺了,1679 年议会否决了压制性的《印刷法》,使新闻自由初见端倪。"光荣革命"之后,出版许可证制度被取消,言论和出版自由基本形成。① "出于当时社会上政治斗争的需要,报纸、杂志的读者增多,加之 1695 年废止了出版物的审查法,大量时新报纸、文学杂志在十八世纪如雨后春笋竞相出现,散文体则是当时最流行的文体。"② 报刊的散文具有一定的教谕价值,它蕴含不少能够满足资产阶级思想启蒙需要的客观属性,是一种新的思想传播工具,具有政治价值和伦理道德价值。政治价值主要指启蒙主义思想蓬勃发展的英国文人和思想家们,运用报刊文学作为武器,积极投入反封建和反教会的斗争;伦理道德价值主要体现在报刊文学在很大程度上尽量满足资产阶级及其所代表的整个大不列颠民族的人际关系需求,以及新兴资产阶级自我认识的精神需要,它反映了资产阶级整个价值体系的核心问题。

长期以来,学界对英国期刊和散文的起源及其发展的研究都会涉及《闲谈者》《旁观者》和《漫步者》等报纸、杂志,它们的成功不仅因为发行上获得了利润,最重要的是它们开辟了一些非常实用的专栏,涉及新闻和日常生活;除此之外,还对当时的社会、伦理、文学和哲学等问题进行议论。安妮女王统治时期,各种不同名称的报纸、杂志与日俱增,出版业发展很快,例如:1702 年仅有 22 种报纸、杂志,但到了 1707 年,这个数字攀升到 32 种,到 1711 年这个数字更高达 50 种。③ 尽管斯梯尔和艾迪生假装他们的报刊不谈政治,但实际上,他们的报刊还是在潜移默化地影响着读者的政治见解。

随着报纸、杂志上散文的定期出版发行,新闻工作者会下意识地在一段时间内强化或引导政治舆论。例如,由笛福主办受政府支持的《瞭望》(Review)就采用了这一策略。在安妮女王执政时期,比较有趣的、公开透明的政治期刊均支持当权的那一方,而反政府的《旁观者》则选择更加拐弯抹角的方式进行表

---

① 参见钱乘旦、许洁明:《大国通史·英国通史》,上海:上海社会科学院出版社,2007 年,第 191 页。
② 侯维瑞主编:《英国文学通史》,第 265 页。
③ W. R. Mcleod and V. B. Mcleod, "Chronological Index of Extant Newspapers and Periodicals," in *A Graphical Directory of English Newspapers and Periodicals, 1702 - 1714*. Morgantown: West Virginia School of Journalism, 1982, XVI-XXI.

达,其目的是提高社会的文化修养。事实上,《旁观者》的创办人和主要撰稿人艾迪生在创刊之初就已经表明了自己的立场:"我生活在这人世上,倒愿以人类的傍观者自居……我决意在辉格党人和托利党人之间严守中立。总之,我以傍观者身份活动于生活的各个方面,这正是我有意在这份报纸中保持的特色。"[①]

事实上,《旁观者》秉持着一个鲜明的心智培育目标,即冶炼情操,雅化人的举止和心态,培养对于他人利益的敏感性。为达到这一目标,《旁观者》努力构建了一个能够发出不同声音的平台,利用散文作为策略或锐利武器,刻意地把达官贵人们放在一个尴尬的境地,如在赞扬新兴工商阶层的同时,称后者所做的贡献"不是最富的贵族力所能及的"(详见本卷绪论第三节)。除了表达辛辣犀利的观点之外,《旁观者》上的文章大都措辞优雅,自然柔顺,这种刚柔并济的特点有助于推行新兴工商阶层的价值观念,显然是践行了心智培育的目标。

二、文学语言的创新

18世纪英国民众的世界观和价值观直接反映在了那个时期的报纸、杂志和文学作品里,而文学作品就是一面镜子,反映出人民的社会文化生活及其所有特殊的色彩。凡是优秀的文学作品都渗透着时代精神,从中可以看到人民的使命和人类历史发展的轨迹,而这些都通过语言栩栩如生地编织起来。虽然"文学是语言的艺术"看似老生常谈,但文学确实可以触摸到时代跳动的脉搏,还能够让读者品尝到"体验的真实":

> 体验是经验中的一种特殊形态,体验是经验中见出深意、诗意与个性色彩的那一种形态。……更进一步说,经验一般是一种前科学的认识,它指向的是真理的世界(当然这还是常识、知识,即前科学的真理);而体验则是一种价值性的认识和领悟,它要求"以身体之,以心验之",它指向的是价值世界。换言之,体验与深刻的意义相连,它是把自己置于价值世界中,去寻求、体味、创造

[①] 转引自侯维瑞主编:《英国文学通史》,第273页。

生活的意义和诗意。①

"体验的真实"使英国读者在 18 世纪的散文和小说中真切地感受到那个时代的文化风貌。一般说来,英国散文生成于文艺复兴时期,到了 18 世纪得到进一步繁荣发展,而这一历史时期的英国已经成为具有向海外扩张条件的世界霸主。与此同时,重商主义理念已经为朝野上下所接受,对外贸易变得越来越重要。辉格党长期执政,为发展海外贸易提供了保障。辉格党代表着英国最大的土地贵族,但同时也代表以伦敦为基地的海外大商业利益。托利党则代表地方中小贵族的利益,其眼界比较狭隘,更具地方性和保守性。② 随着工商阶层的崛起,越来越多的英国人变得富裕起来,变得有知识、有身份、有地位,他们开始向往绅士文化,而当时的报纸、杂志对这种文化起到了一定的积极引导作用。例如,《闲谈者》在第 21 期上专门讨论了绅士的基本特点:

我将开始与通常被称作绅士或善谈之人的他交谈。一般认为,富于想象、快乐奔放,并在想象和快乐时不失风度,这些都是绅士素养的基本特点。但是,与这类人相处多了,我们都会注意到良好的教养顶点与其说表现在乐于助人,不如说表现在从不伤害他人。因此,尽管他难得让你愉快,但绝不会让你震惊;他会助你保持喜好,而不热衷于讨你喜欢,更不会惹你生气(就善于交谈的人而言,最必要的才能——我们通常希望一个优秀的绅士应该具有的才能——就是良好的判断力)。所以,善谈之人必不可少的才能,即我们通常称作"优秀绅士"的才能,是适宜的判断力。在这方面完美的人就是最佳伙伴,他自己却全然不知;他远远胜过其他任何人,比起盲目的人强上十倍。③

在这段引文中,我们可以轻易地找到关于一个绅士应该具备的基本素养:"warmth of imagination, quick relish of pleasure, and a manner of becoming

---

① 童庆炳主编:《文学概论》(全国自考教材),武汉:武汉大学出版社,2000 年,第 93 页。
② 参见钱乘旦、许洁明:《大国通史·英国通史》,第 198 页。
③ 参见 The Tatler, Vol. I, 1899, ed. with Introduction & Notes by George A. Aitken, London: Duckworth & Co. 该集子在 Google 网站可以免费下载。

it"(富于想象,快乐奔放,并在想象和快乐时不失风度)。除此之外,斯梯尔还对如何才能成为一个优秀的绅士发表了指导性的意见:"... height of good breeding is shown rather in never giving offence, than in doing obliging things."(良好的教养顶点与其说表现在乐于助人,不如说表现在从不伤害他人)。最后,斯梯尔还给出了发人深省的建议:"The most necessary talent therefore in a man of conversation, which is what we ordinarily intend by a fine gentleman, is a good judgment."(就善于交谈的人而言,最必要的才能——我们通常希望一个优秀绅士应该具有的才能——就是良好的判断力)。斯梯尔的这一番话就是一种有关人之德行和品质的教育,这与洛克在《教育漫话》里所提倡的绅士教育思想是完全一致的。人是环境和教育的产物,有什么样的社会环境和什么样的教育,就会产生什么样的人;只有在一个具有良好教育环境的社会里,才可能造就出有利于社会的、有道德的人。由此可见,当时的报纸、杂志为英国文化的发展做出了难以磨灭的贡献。

斯梯尔发表在《闲谈者》第 21 期上有关绅士问题讨论的文章是一篇说理透彻的散文,与该报纸的宗旨相一致:"这张报纸的宗旨是揭露生活中虚伪装饰,剥去狡猾虚荣和矫揉造作的伪装,从衣着言谈一直到举止行为都提倡一种简洁。"①去伪装、去矫揉造作和提倡简洁不仅反映在内容上,还反映在《闲谈者》所登散文的文学语言上。文学语言是文学作品中最为重要、深刻的意义传递媒介,它具有高度的自觉性,是日常普通语言经过技术加工后的产物,传递着作家内心深处的声音,可以在读者的脑海里绘制出具有情感意义的意象。文学语言形成意象的功能可以称作"形象精灵"(the eidolon),"eidolon"这个词源于希腊文,意指偶像崇拜,是指异教徒对虚假神灵进行崇拜的渎神行为。不过,随着时光的迁移,该词的语义后来演变为批评家用来形容期刊作品中人物形象的术语:

"形象精灵"有时似乎可以与"人物形象"(personas)交互使用,但通常情况下,批评家们把它用作一个特定风格的术语,所以一个期刊的主要人物形象就

---

① William J., Long, *English Literature*, London: Ginn & Co., 1919, 285. 参见侯维瑞主编:《英国文学通史》,第 268 页。

统称为"形象精灵"……从语源学讲，它介于"人物形象"(personas)和"角色功能"(role-playing)之间。"人物形象"乍一看似乎贴切，因为它源自拉丁字词，意指"面具""人物"或"角色"，而"形象精灵"在柏拉图世界里是一个设计的形象、双面人、幽灵或某个人的幻影。"形象精灵"就是由作者操纵的自己的幻影投射；于是，在讨论期刊时会有一个专门指涉作者人物形象的有意义的特定术语，因为不少期刊的特点是不仅有一个主要的"形象精灵"，而且还有许多其他不断出现的人物、朋友和编辑的关系，或者虚构信件的写手。[①]

"形象精灵"的艺术手法在诸如《旁观者》之类的报纸、杂志中比较常见。例如，在《旁观者》第 2 期，斯梯尔介绍了一个以罗杰·考夫雷(Sir Roger De Coverly)为首的旁观者同仁所组成的俱乐部，其成员都体现了"形象精灵"这一高妙的艺术手法：作者和杂志的编辑把自己的思想通过俱乐部、罗杰爵士或安德鲁爵士的意象投射出去，于是，他们的思想或形象犹如"幽灵"和"幻影"，栩栩如生地呈现在读者的面前。

  这种散文的艺术手法直接影响了 18 世纪的游记小说创作。早在文艺复兴时期，英国的小说发展已具雏形，随后流浪汉小说、传奇故事促使小说得到进一步发展。进入 18 世纪后，尽管小说创作已经突破了传统的手法和观念，但小说文本的叙述模式不但仍然带着散文叙述的痕迹，而且还明显地流露出道德教诲的意图。斯威夫特的《格列佛游记》就是一个很好的例子，请看下面一段：

  我告诉他：三四百年以前发明了一种调配粉末的方法。星星之火落在一堆粉末上，哪怕这堆粉末高得像座山，也会马上整个燃烧起来，烈焰腾空，声响和震动比打雷还厉害。按照管子的大小，把一定分量的粉末装在一根铜管或者铁管里，就可以射出一颗铁弹或者铅弹，那股力量来得又猛又快，什么东西也阻挡不住。用这种方法射出去的最大的弹丸，不但可以一下子消灭一支军队，而且能够把最坚固的城墙轰成平地，把载着一千名兵士的船只击沉海底。

[①] Manushag N. Powell, *Performing Authorship in Eighteenth-Century English Periodicals*, Plymouth: Bucknell University Press, 2012, 23–24.

如果这些舰只是用铁链连在一起的,弹丸射出去就会打断桅杆和船索,把几千人的身体炸成两半截,把一切消灭干净。我们时常把这种粉末装在空心的大铁球里,用一种机器把铁球射进我们正在围攻的一座城池,准可以把道路炸毁,把房屋炸成粉碎,碎片四处纷飞,在附近行走的人民都会脑浆迸裂。我很知道这种粉末的成分,那都是一些既便宜又普通的东西。我也知道配制的方法,并且可以指导他的工人制造一些和国王陛下国内的事物大小相称的炮管,最长的不超过一百英尺。只要有二、三十根这样的炮管就可以在几小时内摧毁王国领疆内的最坚固的城垣,如果京城的人民胆敢违抗陛下命令,也可以把整个京城毁灭。

国王听到我谈论这种可怕的机器和我提出的建议却大为震惊。他很惊异像我这样一个卑微无能的昆虫(借用他的说法)竟能有这样不人道的想法,谈起来还随随便便,似乎对于我所描写的那种杀人机器所造成的最普通的结果和流血破坏的情景全然无动于衷。他又说:最先发明这种武器的人一定是魔鬼之流,人类公敌。他坚决地说,虽然再没有比学术上的或者自然界的新发现能更使他感到愉快,但是他却宁愿抛却半壁河山也不想与闻这种秘密。①

这是《格列佛游记》第 2 卷"布罗卜丁奈格游记"第 7 章的一段。它读起来颇有几分散文的风味。除此之外,斯威夫特还运用了"形象精灵"的艺术手法,把他的理念呈现在读者面前。无论这一段里的"我"也好,还是"国王"也好,都是作者斯威夫特的面具或幽灵/幻影,是斯威夫特通过对小说设计或构思的操纵,把自己的思想和灵魂直接投射在读者的脑海里。因此,与其说是"我"或者"国王"在说,还不如说是斯威夫特本人在说。这种艺术手法是很有意义的,它使读者从心底里感觉到了战争、杀戮和暴力的丑恶,因为读者的认识和斯威夫特的思想合二为一,即他们的思想都深入到认识对象的本质特点中去了,从而达到了心智培育的目的。

---

① 斯威夫特:《格列佛游记》,张健译,北京:人民文学出版社,2000 年,第 114 页。

三、审美趣味的嬗变

"形象精灵"的艺术手法不仅把作者的思想和意图毫无保留地传递给了读者,而且给读者带来无穷的满足、愉悦和审美趣味。那么,什么是趣味?"趣味是生活的原动力。趣味丧失掉,生活便成了无意义。"①18 世纪英国文人对趣味的关注,达到了史无前例的程度,这可以看作文化观念流变的一个新动向。

无论是在现实生活中,还是在文学艺术作品中,趣味在很大程度上影响着人们的审美创造、审美感知和审美评价。如果文学艺术作品不能够调动起读者的趣味,那么就不可能产生审美活动,就不可能在读者心里引起震动或激起浪花,其结果是,作者的思想和意图就不能够投射到读者的脑海里去影响他们并被他们所接受。所以,文学作品中的趣味性或者说审美趣味是极其重要的,它是一种试图摆脱工具理性、功利主义和单向度追求物质利益的审美判断。在 18 世纪报刊文学兴起的时候,它从根本上质疑启蒙主义运动所谓的"光明而进步"的现代观,对英国优秀文学经典的产生起到了积极的促进作用。

英国虽然早在 17 世纪的中叶就已经完成了资产阶级革命,推翻了封建专制制度,人民也有了一定程度的自由和民主,但封建和宗教的愚昧残余还存在,还需要继续用"自由和民主"的思想来进一步开启民众的觉悟。18 世纪启蒙运动的初衷就是教育大众、传播知识、启迪理性并解放思想,进而带领受宗教和传统腐朽观念影响的人们摆脱对现世生活的悲观情绪。启蒙思想家认为,万物都要服从自然法则,而理性就是自然法则的终极体现。然而,启蒙运动所产生的效果并不都尽人意,战争、杀戮、暴力和贪婪都会打着自由和民主的旗号大行其道,给人类社会留下无穷的灾难和遗憾。令人悲痛的是,这种战争、暴力和掠夺的发起者和领导者往往不但没有受到应有的惩罚,反而被当作民族英雄加以崇拜和歌颂。对这种现象,艾迪生在《旁观者》第 26 期上刊登了《威斯敏斯特漫游》一文,表示质疑和不满:

每当心情沉重的时候,我经常独自在威斯敏斯特大教堂里散步;那里有些昏暗,它也是这么设计的,与整个建筑的庄严肃穆和躺在那里的人的情形浑然

---

① 谭容培:《论审美趣味》,《湖南师范大学社会科学学报》,1991 年第 2 期,第 61 页。

一体,在我心里产生忧郁之情,更确切地说,是思想,那也没有什么不愉快的。昨天,我在墓地和教堂花了一下午时间,倘佯在几个埋葬逝者的区域开心地欣赏那里的墓碑和碑文。多数碑文记录的只不过是逝者出生和去世的日期;他的一生就是在按照这两种情形理解的,人人都如此。我不得不去查看那些存在的标记,黄铜或大理石是否可以被视为逝者的萨蒂尔(Satyr),他们没有留下半点纪念物,只是生和死的记录。这让我想起来在英雄史诗的战役中所提到过的几个人物,他们都获得了响当当的称号,不是因为别的什么,就是因为战死沙场;不是因为什么而著名,就是因为脑袋被敲破……当我看见那些国君俯在推翻他们的敌人旁边时,当我看见敌对的谋士们肩并肩地躺在墓穴里时,或者想到那些用竞争和辩论把世界分隔开来的神圣的人们时,我就悲哀而惊愕地回忆起人类渺小的竞赛、派系和争吵。①

这一段是艾迪生在威斯敏斯特大教堂(Westminster Abbey)漫游后写下的感想。教堂里的一排排墓碑和墓志铭令他触景生情,浮想联翩。该教堂坐落在英国伦敦议会广场西南侧,最初由笃信宗教的国王"忏悔者"爱德华于1050年下令修改,1065年建成。整座建筑金碧辉煌,静谧肃穆,被公认为英国哥特式建筑的杰作。它既是英国国教的礼拜堂,又是历代国王举行加冕大礼、王室成员举行婚礼的大礼堂,还是一个国葬陵墓,从亨利三世到乔治二世,有20多位国王都葬在这里。一般的人在威斯敏斯特大教堂漫游,也许只为宏伟的建筑和豪华的陵墓所吸引,但对于主体已经觉醒的艾迪生来说,他的感觉和知觉没有被客体的表象所掩盖,而是随着主体良知的展开,深化、细腻、丰富而深刻的认识便通过理性的推理、反思和判断投射到大脑里,让他看到了表象背后的东西,并深刻地理解和感觉它,最后不得不发出深深的感叹:人在世时,伟大或渺小、神圣或卑劣把他们分割开来;但死后,他们都被埋在同样的泥土里,还会有什么值得去争吵?!

这一段文字很美,读者读后会产生一种无奈的、惆怅的美感。之所以有美感,是因为里面包含了文学趣味。艾迪生认为,"最能打动心灵的还是美。美

---

① 参见 The Spectator, Vol. I, 1891. Edited with Introduction, Notes & Index by Henry Morley。该集子在 Google 网站可以免费下载。

立刻在想象里渗透一种内在的欣喜和满足……我们看到不同种类的具有感觉能力的人都各有各的美的概念,每一种类的人对于他们自己的那种美都特别易受感动……对着这些无边的景象,我们就被投入一种既愉快又惊奇的心境;抓住了它们,灵魂中就感觉到一种可喜的平静和惊奇"。① 文学趣味是文学作品之所以能够深深吸引读者的地方,它是作者的修养、风格和情趣在文学作品中的存在和反映,因而能对读者的精神追求施加美学意义的影响。

艾迪生在《旁观者》的上引文字里表达的是一种启蒙时期的理想情怀,从中可以看到《旁观者》所凸显的几个特征:思想内容的进步性、艺术构思的趣味性和语言风格的典范性。

思想内容的进步性首先是指"时代性",即《旁观者》积极站在时代的前沿,对当时英国宫廷伤风败俗、道德沦丧、低级下流的生活方式和社会现象进行批判,就像上述引文中所表现出来的对"国君"和"伟人"的否定态度一样:在不少人看来,埋葬在威斯敏斯特大教堂的都是一些国君、伟人和神圣人物,但在艾迪生看来,他们同普通人一样有派系和利益之争,一样搞阴谋诡计;实际上,他们比普通人更渺小。"时代性"还体现在《旁观者》(第10期)中的如下宗旨:"世道沦落,罪恶和愚蠢之举已经到了令人绝望的田地",因此有必要把读者"挽救出来"。

其次,是指"通俗性"和引导性。《旁观者》虚构了一个"旁观者俱乐部",代表社会各界的成员活跃在文章里,既有阳春白雪,也有下里巴人;既有探讨友谊、爱情、人生、宗教等比较有思想性的严肃题材,也有嘲弄虚荣浮夸、愚昧无知的轻松幽默作品。② 这些散文作品涉及生活琐事、男女情爱,人物形象都栩栩如生,对不同年龄、不同性别、不同阶层、不同教养的人都起到了一定的积极引导作用。

艺术构思的趣味性是指文章的幽默、机智和故事性的有机结合。艾迪生在《旁观者》第35期上讨论并分析了"幽默"和"机智"的关系,进而指出:"在所有作品当中,作者更倾向于幽默,而真正的幽默则是智慧与欢乐相结合的有意

---

① 北京大学哲学系美学教研室编:《西方美学家论美和美感》,北京:商务印书馆,1981年,第95—96页。

② 参见居祖纯:《试析艾迪生风格》,《外语研究》,1987年第2期,第15—18页。

义的产物。"①艾迪生在《旁观者》第 98 期和第 127 期等期上颇为刻薄地取笑了城市妇女忽高忽低的头部装饰,以及越鼓越大的环裙。在第 98 期上,艾迪生写道:"大自然中没有什么比妇女的头饰更变化多端了……十年前,那头饰看上去高耸云霄,好像人类的女性远远高于男性。女人的块头如此之大,以致我们男人在她们面前显得如此渺小,渺小得如同蝗虫一般。现在,所有女人的块头又因头饰矮得像是缩了水的'靓丽一族',看起来像是另类一样。"他在第 127 期上写道:"为了替这些宽大的环裙辩解,妇女们说,宽大的环裙透风凉爽,非常适合季节;但在我看来,这只是一种炫耀和借口而已;众所周知,这么多年以来的夏天都不那么热,所以她们抱怨热肯定不是天气的问题。我不妨问一下这些纤弱的女士们,为什么她们要在自己母亲跟前想要更凉爽些呢?"从这两则例子,读者不难发现,《旁观者》的文章都情节简洁,措辞文明,趣味风雅;戏谑逗乐时,一本正经,庄重严肃;讽刺讥嘲时,却装得格外虔诚;文章通过幽默和机智,力透纸背地挖苦讽刺了那些追求虚荣、时尚的城市女性,起到了理想的教诲作用。

语言风格的典范性是指《旁观者》的文章"既高雅又朴实"(elegant simplicity),是无法模仿和难以传授的,艾迪生的文章尤其具有这种特点。布莱尔(Hugh Blair)是一个比较古板苛刻的学者,尽管他对《旁观者》的第 411—414 期做过"肉中挑刺"般的阅读,还指出过其中的缺点和错误,但最终他不得不承认,这些只不过是"太阳上的斑点","遮掩不住太阳的光芒"。他还说,艾迪生"无疑是英语中最完美的榜样"。布莱尔还从《旁观者》第 6 卷第 411 期中引出了开头的一个句子,作为例证:"Our fight is the most perfect, and most delightful of all our senses."(就我们所有的感觉而言,我们的战斗最完美无瑕,也最令人愉悦)。他认为,这句话作为文章的开头非常美妙,它简明扼要,寥寥数词就把文章的要旨展现了出来。艾迪生也许本应该写成"Our fight is the most perfect, and the most delightful …",但是他却恰到好处地省略了定冠词 the。一般来讲,当作者想要突出所说的客体或对客体进行区分或相互比

---

① 参见 *The Spectator*, R, Vol. I, 1891, Edited with Introduction, Notes & Index by Henry Morley。该集子在 Google 网站可以免费下载。

较时,定冠词的重复也是正常的、必要的。假如艾迪生想要表达"我们的战斗是最'令人愉悦'(delightful)和最'有用的'(useful)",那么定冠词 the 就要适当地重复,以凸显出某种特征。但是,"perfect"和"delightful"之间并没有多少对比,所以定冠词 the 就没有了重复的空间。① 艾迪生本人的文风清晰简洁,思想却非常深刻。他的文章颇具语言风格上的辩证要领,需要随意的时候就随意,不拘泥于形式,但也不粗俗低劣,留给读者亲切自然之感;需要典雅时就呕心沥血,精雕细刻,字斟句酌,让读者发现语言的美妙之处和强大感染力。

英语语言魅力在《旁观者》上的体现,在很大程度上与《钦定版圣经》有关。1611 年 5 月,《钦定版圣经》(又称《英王詹姆斯钦定本圣经》)出版,让英语得以规范;尼科尔森在 2003 年出版的专著《上帝的秘书们:〈钦定版圣经〉诞生记》里对当时的 47 位翻译圣贤赞许道:"他们以幽灵之身存在于我们的生活,虽无形,却被永远地倾听,并以其译文的'文雅、浅显和优美',使英语丰富。"② 然而,最重要的是,《钦定版圣经》的英语从此成为楷模,深入民间,使普通百姓也能够以自己的语言阅读《圣经》。语言优美、行文流畅的《钦定版圣经》不仅使信众把它视作强大的思想武器,而且还在他们努力掌握这个武器的同时,使他们受到《钦定版圣经》典雅文风的熏陶和浸染,从而造就了艾迪生之类的文人以及《旁观者》的经典文学语言。

艾迪生在《论洛克的巧智的定义》里说:"凡是新的不平常的东西都能在想象中引起一种乐趣,因为这种东西使心灵感到一种愉快的惊奇,满足它的好奇心,使它得到它原来不曾有过的一种观念。……这就是这个因素使一个怪物也显得有迷人的魔力,使自然的缺陷也能引起我们的快感。"③ 无论是《闲谈者》还是《旁观者》,它们之所以在历史上能够产生深远的影响,是因为它们都能够给读者带来新的不平常的东西,引起快感,这就是文学趣味。它们以简洁、朴实、清晰、易懂的文学语言,通过"形象精灵"的艺术手法,把作者的思想意识投

---

① 在 Google 网站输入"Lectures on Rhetoric and Belles Lettres"就可以找到 Lectures on Rhetoric and Belles Lettres 第 1 卷,从电子书目录中选择 Critical Examination of the Style of Mr. Addison in No 411 of the Spectator. 网址为: http://books.google.com.hk/books/about/Lectures_on_Rhetoric_and_Belles_Lettres.html?id=48MCAAAAYAAJ (accessed 2015/8/12)。

② 转引自康慨:《〈钦定版圣经〉400 年:当上帝说英语》,《中国新闻周刊》,2011 年 5 月 23 日,第 58—59 页。

③ 转引自北京大学哲学系美学教研室编:《西方美学家论美和美感》,第 97 页。

射到读者的心灵屏幕上,使他们从时代转型期的焦虑中觉醒过来,逐渐认识并把握自我,让自己的心智得到培育,并在时代进程中为社会文化的进步贡献了自己的力量。

第二节
用文学传统浇灌文化之苗:约翰逊的《英语词典》和文学创作

在为英国文化观念输入"心智培育"这一内涵的文人兼学者中,塞缪尔·约翰逊博士堪称佼佼者。他是英国18世纪最引人注目的大文豪,是当时伦敦文学俱乐部的领袖人物,以至于18世纪后半叶常常被称作约翰逊时代。他于1755年问世的两卷本《英语词典》(A Dictionary of the English Language, 1755)曾产生了轰动效应,这不仅因为他的词典编撰成就使国王授予他一笔300英镑的年金,而且还因为他与切斯特菲尔德伯爵的纠葛——那场纠纷已成为千古佳话,其副产品《致切斯特菲尔德伯爵书》(Letter to Lord Chesterfield, 1755)则已成为千古名篇。约翰逊的《英语词典》和文学作品从一个较深的层面反映了他那个时代的风格和特点,即崇尚理性,主张天赋人权,强调"自由、平等、民主"等进步理念,以唤起民众的觉醒。所有这些都可看作约翰逊为培育民众心智所做的贡献。

一、约翰逊的"骑士精神"

约翰逊热心于国民的心智培育,这跟他从小养成的"骑士精神"不无关系。反映他骑士精神的事例有许多。限于篇幅,我们只举两例:一是他对恩主制度的叛逆,二是他对传统婚姻观念的超越。这两桩事情跟他的文学创作和词典编纂交织在一起,成为英国文坛上的佳话,深深地影响着英国人的文化生活。

先说他对恩主制度的叛逆，以及他与切斯特菲尔德伯爵的那段恩怨，而这还得从贵族庇护文化的英国传统说起。也许，有人认为贵族不学无术，即便在文化生活当中有贵族的出现，他们也只是附庸风雅。实际上，这种看法并不十分正确，是对贵族在历史发展时期所起作用的误读。贵族在历史进程中不但参与了文化艺术活动，而且在某种程度上还是文化艺术活动以及文人、艺人的庇护者。英国早在中世纪就开始了庇护制度，随着政治、经济和社会的变化而变化，是一种独特的社会文化的反映，它深刻地影响了英国社会的各个方面。例如，由于埃莉诺王后对诗歌的爱好和对诗人的庇护，因此普罗旺斯的游吟诗人文化在英格兰宫廷得以传播。然而，这种传统的庇护文化在塞缪尔·约翰逊那里产生了冲突和碰撞，使他成为恩主制度的叛逆者。

约翰逊的叛逆始于他和切斯特菲尔德伯爵的交往。切斯特菲尔德是当时英国的显赫贵族、政客和作家，享有提携年轻文人的盛名，所以约翰逊于1747年恭谦有礼、满怀敬意地把《英语词典》的编纂计划呈送给他，希望得到他的帮助，不料受到了他的冷落。据说，"事实是这样的，当约翰逊在伯爵的外厅苦苦等了一天之久时，一种厌恶之感油然而生，害他等待的理由是切斯特菲尔德伯爵在接待来客，及至最后开门时，科利·锡伯走出来了。当约翰逊发现是他而使自己长时间被拒之门外时，立时火冒三丈，忿然拂袖而去，从此没有再回来过"。① 不过，按照约翰逊自己的说法，他和切斯特菲尔德伯爵之间从来没有产生意外的"反目"事件，而是伯爵一贯怠慢，才使他决意与伯爵断绝关系。在《英语词典》即将出版前夕，切斯特菲尔德伯爵曾在《世界报》上写了两篇文章，专门加以介绍，并期望约翰逊会把这部巨著呈献给他。一般来说，赞誉是会令人愉快的，也一定会得到被赞誉者的友好回应；可是这一次，伯爵却想错了，他从约翰逊那里得到的却是一份措辞严厉、充满了讽刺挖苦的信件，试摘录其中一段如下：

阁下，对溺水而拼命挣扎的人，他不肯伸出援助之手，竟漠然置之，而那人抵达彼岸时，则遽遽乎向他投以援助。这样的人堪称恩主吗？现在承蒙阁下

---

① 詹姆斯·鲍斯威尔：《约翰逊博士传》，王增澄、史美骅译，上海：上海三联书店，2006年，第55页。

不弃,要是早有这种关注,诚堪为美意,可惜您的关注未免为时过晚,我已经对此心怀淡漠,不能领受。此时此际,我已孑然一身,而已无人与此分享矣。我已薄有名声,对于这种恩赐赞助,我已无此需要。我既没有受惠于人,则难言领情而申表感激,况且天意既然委我有自助之力,独自编竣此书,我也不喜欢公众会认为,我的词典编纂的功绩归功于任何恩人,谅这不能算是不识好人心的刻薄话语吧。①

这封信非常机智地数落了伯爵以前对约翰逊的冷漠态度,把伯爵傲慢、专横和无礼的真面目毫不留情地揭露出来。从这封信里,我们可以看到约翰逊身上的骑士精神所包含的文化思想价值:仁慈、公正和正义。这篇堪称"文人独立宣言"的著名信件,不啻是以约翰逊为代表的英国新兴资产阶级对传统封建势力的反抗。从此,文坛上的庇护制度逐渐在英国和欧洲大陆消失,这似乎可以看作约翰逊等人践行"心智培育"的结果。

再说他对传统婚姻观念的超越。据詹姆斯·鲍斯威尔(James Boswell, 1740—1795)的《约翰逊博士传》(*Life of Dr. Johnson*, 1791)记载,约翰逊青年时期,适值私通盛行和社交自由之际,但他在哪一方面的行为都是非常严格地遵守道德规范的,他的情爱言行证实他是一个追求真爱的人,这与当时上层社会情人普遍化、公开化的社会文化正好相悖。在波特太太的前夫去世之后,约翰逊情谊诚笃地追求着这个比他的年龄大两倍且家境称不上殷实的女人,这让一般人很难理解,唯一的解释是:波特太太一定有能够激起他不同寻常的炽烈情怀的过人之处,或者他自己胸怀一种超越传统婚姻观念的想法。所以,当他们这一对新人骑马走在了前往德比的教堂去举行婚礼的路上时,才会听到约翰逊下面这段妙文趣谈:

老弟,她曾读过许多旧的中世纪骑士故事,她的头脑里已经充塞着这种稀奇古怪的想法:一个有气魄的女性,不妨把她的爱人当作狗一样遣使。老弟,在这种思想支配下,她起初说我骑得太快,她不能跟上我,而在我骑得稍慢一

---

① 詹姆斯·鲍斯威尔:《约翰逊博士传》,第59—60页。

点时,她超过了我,又抱怨说我骑得太慢,落在他后面了。我无意成为反复无常的奴隶;于是我决定像我本来打算的一样善始善终。我因此春风得意马蹄疾,策马向前,直至我离开她远远的,完全看不见她。由于那条路在两道树篱间逶迤向前,因此我心中有数,她不会看不到路。同时我设法做到她很快就会赶上我的。当她赶上我时,但见她两眼泪汪汪。①

看完这一段文字,我们如同回到了某篇中世纪骑士文学作品的境界,或是一首普罗旺斯抒情诗之类的情境里,重新体验骑士的思想情感、审美观念、道德规范和行为准则。实际上,约翰逊在情感上倒还真的有些骑士气质,他显露出一种堂堂男子汉的气概和坚定;事实也证明,"他是一位感情极为深厚,并有些溺爱的丈夫,这种感情一直保持至约翰逊太太生命弥留之际。我们从他的《祈祷与沉思》中可以发现非常明显的证据,那就是他对她的关注和宠爱从未停止过,甚至在她去世后还一如其旧"。② 毋庸置疑,约翰逊是受到了中世纪骑士文学作品影响的,因为他酷爱文学作品,十五岁时就读了不少古典文学作品,如《皮翠克全集》以及古希腊诗人安拉克里昂和希斯欧提的作品;进入牛津大学之后,又读了诸如尤利匹底斯的《悲剧》、维吉尔的《伊利亚德》、贺拉斯的《诗艺》以及奥维德的《变形记》等,丰富的阅读使他视野开阔,并逐渐形成了自己的思想。

也就是说,约翰逊不仅通过著书立说,而且通过自己的婚姻/生活方式来承接文学传统,传递文化薪火,为"心智培育"这一文化事业做出了贡献。他博览群书,从文学作品中汲取丰富的养分,并使自己在婚姻上进入了一个甜蜜之"梦"的殿堂,"与其说是梦,不如说是愿景",③即一种关于美好生活的构想、憧憬和愿望。这种愿景的理念充满了荣誉感,它反映在约翰逊博士的骑士精神里头,因为"荣誉感体现出高度的伦理价值,骑士的自尊时刻准备厉行仁慈和正义……我们注意到骑士的情感导致了爱国主义。爱国主义所有最优秀的素质——牺牲精神、公正、保护受欺压者的愿望——均萌生于骑士精神的土

---

① 詹姆斯·鲍斯威尔:《约翰逊博士传》,第 20—21 页。
② 同上,第 21 页。
③ 殷企平:《"文化辩护书":19 世纪英国文化批评》,上海:上海外语教育出版社,2013 年,第 220 页。

壤。……骑士精神如果没有包含高尚的社会价值，它不会在几个世纪的时间里成为生活的理想。"①可以说，约翰逊推崇并践行的骑士精神，就是一种文化理想，它含有心智培育的内涵，在英国文化观念的发展轨迹中留下了印记。

二、约翰逊的词典编撰思想

塞缪尔·约翰逊的名声是与他的《英语词典》紧密联系在一起的。最早的词典雏形始于13世纪供人们诵读、记忆拉丁词汇之用的拉丁语—英语词汇表。17世纪出现了"难词"词典，即解释源于拉丁语、希腊语、希伯来语等的英语外来语词典。约翰逊所处的18世纪是现代英语词典编纂的开端。在他之前，较为著名的词典有：约翰·克西(John Kersey，生卒不详)的《新英语词典》(*A New English Dictionary*，1702)，内森·贝利(Nathan Bailey，1691—1742)的《词源英语大词典》(*An Universal Etymological English Dictionary*，1721)与《不列颠辞典》(*Dictionarium Britannicum*，1730)以及伊弗雷姆·钱伯斯(Ephraim Chambers，1680—1740)的《百科全书；或艺术与科学通用字典》(*Cyclopaedia: or, An Universal Dictionary of Arts and Sciences*，1728)。② 从约翰逊的《英语词典》诞生到今天，已经过去200多年了，但它仍然堪称英语词典史上的一座巍峨丰碑。

18世纪之前，书本往往被看作是与尊严和敬重联系在一起的，但到了18世纪中叶这种观点发生了变化。印刷和图书装订技术的进步，以及公众文化水平的提高，意味着图书、文本、地图、小册子和报纸等能够以合理的价格广泛地满足社会生活的需要，而印刷文本的大量问世则迫切需要一套比较标准的语法、词汇拼写以及词汇定义系统加以规范。于是，可以成为典范的权威词典的编纂成为必然的时代要求。词典的编纂和语言规范之间存在着密不可分的关系，无论是收词、标注、释义还是例证，都是和语言的规范问题分不开的。约翰逊的《英语词典》是单语词典，它的产生有着一定的文化背景，是语言和文化发展到一定程度的产物，这正如切斯特菲尔德伯爵对《英语词典》所做出的评论那样：

---

① 约翰·赫伊津哈：《中世纪的衰落》，杭州：中国美术学院出版社，1997年，第105—106页。
② 徐海：《塞缪尔·约翰逊词典编纂思想探析》，《学术研究》，2007年第11期，第136页。

必须承认,我们的语言目前正处于混乱状态,迄今也许不会有比这种语言更糟糕的了。在当今自由和开放贸易的时代,许多单词和用法是从其他语言引进、采纳和归化的,这些已经大大地丰富了我们自己的语言。让它仍然保持着它也许从其他语言中借用时所有的真的力量和优美,而不要像塔披亚的姑娘那样,被许多冗繁的装饰物弄得不知所措,乃至芜杂不堪。甄别的时刻现在似乎已经到来。宽容、采纳和归化使那些引进的新词新语广泛流传。我们现在需要可靠的规则和权威。……然而,语法书、词典和我国语言史,经历了各自几个不同的发展阶段,现在国内的仍然未能臻于理想,迫切需要来海外异域的。我谨此大胆放言,约翰逊先生的这份劳动成果,现在将十分充足地弥补不足,并将大大有助于我国语言在其他许多国家更广泛地传开。初学者由于发觉没有标准可供凭藉,会感到泄气,因而他们认为任何标准都是没有用的,时至今日,他们将不受迷惑,备受鼓舞。[①]

切斯特菲尔德伯爵的评论在当时被约翰逊看作假意殷勤的手段,然而,在200多年后的今天看来,或许约翰逊的抱怨有些偏激了,因为切斯特菲尔德伯爵的上述评论是非常中肯的,也是颇有深度和远见的。说它中肯,是因为它比较清楚地透露出如下信息:1. 当时的英语正处于混乱状态,急需一部权威的词典使外来语汇及其表达方式规范起来;2. 当时自由和开放贸易需要外来词语的力量对本国语言进行充实与丰富;3. 约翰逊的《英语词典》将大大有助于英语在其他许多国家更广泛地传开。

当时的英语"处于混乱状态"一说是比较客观的,因为英国语言的构成是很复杂的,它在历史上多次广泛而又深刻地受到外来语言的影响。公元449年,盎格鲁、撒克逊和朱特三个日耳曼部族入侵大不列颠,这次入侵对英语的诞生和形成起到了关键作用。这三个部族的方言属于低地西日耳曼语,有不少共同点,尤其是盎格鲁和撒克逊的语言风俗,它们之间有着更多的共通之处。后者逐渐与当地人的语言融合,产生了我们如今所说的"古英语"。古英语字母主要采用由罗马教士传入的拉丁字母,被皈依基督教的盎格鲁、撒克逊

[①] 詹姆斯·鲍斯威尔:《约翰逊博士传》,第56—57页。

人所采用。在随后的基督教活动中,许多拉丁词和拉丁化了的希腊词也被传入,并渗入古英语当中。后来,由于纳维亚人(包含挪威人和丹麦人)对大不列颠岛的占领,古英语不可抗拒地受到北欧文化的影响。例如,近代英语中有[sk]音的 sky、skill 和 scrub 等都源于丹麦语。再后来,由于公元 1066 年诺曼底公爵威廉对大不列颠的大举入侵,法语成为正式的官方语言,大量的法语词汇和法语化了的拉丁词汇融入英语当中,如劳动人民所使用的英语 cow、bull、ox,指代之物在上了餐桌之后就改用诺曼语来称呼,变成了 beef;而 sheep 和 lamb 上了餐桌就改用 mutton;swine 和 pig 也就改用 pork 或 bacon 了。在社会文化发展过程中,英语以东南部方言为基础,对北方和中部方言加以吸收和融合,发展成为伦敦方言,到了 15 世纪末,伦敦方言被普遍看作标准英语。由于方言的影响,中古英语在语音上有所变化,有些用诺曼语拼写替代了古英语的拼写形式,使词的拼写与读音逐渐分离开来,在词汇量的构成上大部分是从拉丁语的古英语发展而来的,其次是吸收以法语为主的外来语——仅 1250—1400 年间,就有约一万多个法语词汇融入英语。①

诺曼底人统治英国的 300 多年间,大量的法语词汇与英语常用词汇相互融合,极大地丰富了英语词汇,形成了庞大而复杂的词汇系统。随着历史的发展,虽然新的外来词汇排挤了原来意义相同的词汇,使得古英语里的一些词汇逐渐消失,但很多保留下来的老词汇与新词汇相互合作,形成了大量的同义词,其能指相异,而所指却相似,因而让意义的表达更加准确而炫彩,例如:

英语固有词汇	法语借词	拉丁语借词
holy	sacred	consecrated
ask	question	interrogate
fear	terror	trepidation
fire	flame	conflagration
time	age	epoch

---

① 戚冰:《外族入侵对英语的形成和发展的影响》,《上饶师院学报》,1986 年第 2 期,第 112—113 页。

正是由于大不列颠民族广泛吸收了欧洲文化和外来语,才使英语成为完整的语言,能够与拉丁语、法语和意大利语等语言相媲美,并且可以较容易地提炼为文学语言。

尽管早在 14 世纪,乔叟(Geoffrey Chaucer,约 1343—1400)开创了英语写作的先例,即用地道的伦敦方言创作出脍炙人口的《坎特伯雷故事集》(*The Canterbury Tales*,1387—1400)等文学作品,栩栩如生地勾画出了当时英国社会的人情世态和风貌,但那时的英语在规范上还存在着很多问题,还处于"混乱状态",这对于开始雄心勃勃走向世界的英国来说,是一件非常遗憾的事情;所以约翰逊的《英语词典》像一场春雨,催生了语言的规范化,从而为前文所说的"心智培育"事业奠定了基础。可以说,《英语词典》本身就象征着"健全理智"的培育,或者说是"使国家越来越成为表达最优秀的自我的形式",其目的是"让天下人心趋于大同"。① 因为他的《英语词典》在收词、释义、例证、完整、创新和规范等方面都特色鲜明,远远优于他前面任何人所编纂的词典,以至于现代英语词典在很多地方都如法炮制。约翰逊还有一个最重要的创新处,即通过文学作品的引用来阐释词汇的意思,引用多达 114 000 处,试举一例如下:

OPULENCE	**富裕**
Wealth; riches; affluence	富有、富裕、富饶
"There in full *opulence* a banker dwelt,	"opulence 里面住着一个银行家,
Who all the joys and pangs of riches felt;	满心欢喜、富贵,乐哈哈;
His sideboard glitter'd with imagin'd plate,	闪亮的橱柜里摆设着金碗银盘,
And his proud fancy held a vast estate."	得意的内心里梦想着豪宅大院。"
(Jonathan Swift)	(乔纳森·斯威夫特)

---

① 马修·阿诺德:《文化与无政府状态:政治与社会批评》,韩敏中译,北京:生活·读书·新知三联书店,2002 年,第 196 页。

为了更好地使 opulence 这个词汇的释义做到"简明、完整、清晰",约翰逊除了给出 wealth、riches 和 affluence 三个同义词作为释义外,还从乔纳森·斯威夫特的文学作品中摘引了一个意义完整的语篇作为例证,使读者能够完全领会并把握这个词的意思和用途。实际上,这种做法有意无意地起到了一种文化传播作用,也就是心智培育的作用。一言以蔽之,约翰逊的《英语词典》像一台播种机,它在帮助人们查阅并使用词汇的同时,还把英国文化的种子撒向了世界各地。

三、从词典到诗歌和小说

约翰逊为心智培育事业所做的奉献不仅体现于他的《英语词典》,而且体现于他的诗歌创作和小说创作。当然,相对而言,《英语词典》在作为心智培育的文化方面所起的作用更大。因此,我们若要对他做出较为全面的评价,仍然要从《英语词典》说起。

上一小节的分析表明,约翰逊颇像托马斯·卡莱尔(Thomas Carlyle,1795—1881)所说的"伟人"或"英雄":"就伟人而言,我不揣冒昧地断言:他应该是真诚的,不然就无法让人信服他的伟大。在成就伟人的诸多因素中,真诚是根本,是第一要素。没有人能胜任一项工作,除非他首先怀着诚挚的态度,就连米拉伯、拿破仑、彭斯和克伦威尔也不例外。我称伟人为诚恳的人。应该说,诚恳——深切、伟大、真实的诚恳——是一切带有英雄品质者的首要特点。"[①]约翰逊的品质里就隐藏着深切、伟大、真实的诚恳。不仅如此,他还把诚恳的品质投入了心智培育的事业,在编纂《英语词典》时也是如此。例如,当有人指出他的《英语词典》中有不当的例子时,他不但丝毫也不感到困窘,而且还表现出坦然的神情,就像一个女士曾经问他怎样开始对"pastern"(马足的"骸")下定义时所轻松地回答的那样:"不知道,太太,完全不知道。"[②]他胸怀坦荡,实事求是,不喜欢幻想和不着边际的东西,极其痛恨社会交往中司空见惯的说假话、假殷勤、假仁假义和言不由衷的风气。有一次,他对鲍斯威尔说道:

---

① 转引自殷企平:《"文化辩护书":19 世纪英国文化批评》,第 73 页。
② 詹姆斯·鲍斯威尔:《约翰逊博士传》,第 64 页。

我的好朋友，你务必把那言不由衷的东西从你心里排除干净。你讲话，可以和人家一样：当着客人，你可以说，"先生，我是你的最微贱的仆人。"实际上，你不是他的最微贱的仆从。你可以说，"这是凄惨的时代；生在这时代是一件苦恼的事。"实际上，你对这时代并不关心。你对一个人说，"你旅行中最后一天碰到天气不好，身上弄得这样潮，使我难过。"实际上呢，他身上干也好，潮也好，你一点也不在意。你可以这样说话，这是交际场中讲话的习惯；但思想时千万不要这样无聊。①

约翰逊之所以真实诚恳，与洛克哲学思想的影响是分不开的。在《英语词典》里，为了更好地对词汇进行释义，他往往寻求在各个领域有代表性的作品，从中选取经典语句作为词典的例证。"因为他[洛克]著有《人类理解研究》，他的作品也为 idea、memory 和 mental 等相关词汇提供了例证。"②由此可见，约翰逊读过约翰·洛克的许多作品，并且还是经过了悉心研读的，从他的整个人生轨迹来看，他受到洛克白板说的影响最大。

白板说不仅在洛克哲学中占据着重要地位，而且还对整个近代西欧哲学产生过重大影响。可以确凿地说，白板说是为了适应当时哲学争论的需要，针对与笛卡尔（Rene Descartes，1596—1650）等人的天赋观念论而提出来的。笛卡尔认为，"说明的方法"的特征是逻辑在先，要说明事物的本质，把握事物的确定性，只能从在先的前提——公理或原则——进行推论，才能获得必然性知识。结论的必然性和确定性有赖于前提的必然性和确定性，后者是前者的逻辑展开。笛卡尔承认，就人的具体认识过程来说，感觉经验是在先的，但就科学的认识来源，也就是科学发现的逻辑来说，普遍原则和公理是在先的。③ 天赋观念论的泛滥在当时扰乱了思想，阻碍了人们对自然的正确认识，因此，

---

① 转引自范存忠：《鲍斯威尔的〈约翰逊博士传〉》，载詹姆斯·鲍斯威尔《约翰逊博士传》，第13页。
② 郭启新：《约翰逊及其〈英语词典〉研究》，南京大学博士论文，2011年，第108页。
③ 侯晓丽：《浅析笛卡尔的"天赋观念论"》，《山西高等学校社会科学学报》，2007年第4期，第64页。

针对天赋观念论者的主要论据普遍同意说，洛克指出：人们虽然应用普遍的同意作为论据来证明天赋的原则，可是在我看来，这个论证似乎还可以解证出，根本就没有所谓的天赋原则，因为一切人类并没有公共承认的原则。就"思辨部分"的"凡存在者存在"、"一种东西不能同时存在而又不存在"这两条被称为"普遍同意"的原则而言，人类的大部分根本就不知道这回事，当然儿童和白痴就更想不到它们。同样，"道德的原则更是不配称为天赋的"。从表面上看，"公道"似乎是人们一致同意的，但事实并非如此。因为如果一切人都讲"公道"，社会上就不会出现欺骗抢劫、图财害命的现象了。①

显然，洛克的白板说反驳了"'在一些人中存在着的一种牢固观点，认为在理智中存在着某些天赋的原则……在人的心灵上打下了印记，它是灵魂一开始就接受下来的，并且是与生俱来的'。洛克对此不仅是作为非真理而加以拒绝，而且他认为，这种学说在那些可能会误用它的人的手中是一种危险的工具。如果一位有手腕的统治者能够使人民相信某些原则是天赋的，这就可能'使他们脱离对他们自己的理性和判断的运用，把他们推向信仰，使他们保持信任而无法作进一步的解释'。而且，'在这种盲目轻信的状态中，他们就可以更容易统治了'"。②

1738年5月，约翰逊出版了诗篇《伦敦——仿玉外纳第三首讽刺诗而作》("London"，1738)，诗歌一问世便光华四射，与他的名字永远联系在了一起。"而同一天，蒲柏发表了《一千七百三十八：类似贺拉斯作品的一个对话》。这一巧合使人们自然把约翰逊的诗歌与蒲柏的并列比较，当时读者反响甚佳。"③诗歌花了很多篇幅描写伦敦的黑暗一面："除去可恶的贫穷遭人指责和羞耻，/无以计数的罪恶在这里通行无阻。贫穷，只有它受到严峻的法律追缉，/贫穷，只有它招来文人墨客的笑骂。"④不过，约翰逊并没有停留在针砭时弊，而是信心百倍地呼唤人们为寻找幸福而努力奋斗：

---

① 崔永杰：《洛克的白板说探析》，《山东师大学报（人文社会科学版）》，1992年第3期，第21页。
② S. E. 斯通普夫，J. 菲泽：《西方哲学史：从苏格拉底到萨特及其后》（修订第8版），邓晓芒等译，北京：世界图书出版社，2009年，第230页。
③ 刘意青主编：《英国18世纪文学史》，北京：外语教学与研究出版社，2006年，第129页。
④ 同上。

> 快,让我们起来,去寻找幸福的场所,
> 从此再不需要忍受压迫和欺辱,
> 尽管处处可见令人伤痛的事实:
> 真有价值的人因贫穷而难以发展,
> 在这拜金至上的地方,世事甚为艰难,①
> ……

显然,《伦敦》这首诗是为培育国人心智而写的,它教育人不靠"天赋",而靠自己的努力,靠自己的勇敢和坚强。

约翰逊还留下了一部小说《阿比西尼亚王子拉塞拉斯:一则故事》,也颇具心智培育的功能。小说主人公拉塞拉斯王子被父王幽禁在世外桃源般的"幸福谷",但是他偏要外逃寻找幸福。他的经历展示了一个哲理:基于愚昧、忧惧、希望和欲念的"幸福"并不可靠,对此的寻找和追求最终将走向失望;"不满"乃是生活本质的特征,所谓幸福只是对变化的期待;而欲望已经常常和真实的物质需要相脱离,只会把人引入为了追求而追求的怪圈。小说给出的并非"万事皆空"或"人间无幸福可言"这样简单而绝对的告诫,而是对知识和真理本身的反思。正是通过这样的反思,约翰逊为重在心智培育的文化观念输送了新的内涵。

第三节
蒲柏《夺发记》的诗性语言及教诲意义

作为心智培育的文化,在蒲柏(Alexander Pope,1688—1744)的笔下也时有体现。他的《夺发记》(*The Rape of the Lock*,1713—1717)就是一个范例。

---

① 刘意青主编:《英国18世纪文学史》,第130页。

该作品不但是一部仿英雄体讽刺史诗,同时还是一部充满教诲意义的长篇叙事诗。《夺发记》受到广泛欢迎的主要原因之一,是诗人蒲柏能够借助于诗性语言巨大的创造性能量,将审美与教诲的双重目的植入"陌生化"的语言中,不但展示了心智培育的方法,还有效地实现了培育读者心智的目标。在下面三个小节中,我们将围绕诗中的三种象征性"话语"展开讨论,即对"头发"的讽喻、"精灵"的影射,以及"情人"的形塑进行深入分析,论述作者是如何借助诗性语言的创造性能量,使读者在不知不觉中受到教诲,并认同诗歌中所隐含的作为心智培育的文化诉求。

一、"头发"的讽喻

《夺发记》采用宏大叙事的手法,嬉戏地模仿古代经典史诗的体裁,来描写当时伦敦上流社会发生的一件小事。蒲柏最初应朋友卡瑞尔(John Caryll, 1625—1711)的提议,就一桩荒唐事件写诗一首,以取得滑稽、夸张的效果,达到教诲的目的。诗歌中,"头发"这个词的蕴意是多层次的,"头发"被用来讽喻精神的蜕变和灵魂的丧失,反映了贝林达和她所属的贵族圈子的思想状况和道德实质,折射出上层社会人们心智的空虚、无聊,以及价值观的颠倒、堕落。作者的真正意图,是让读者在不经意中明白一个道理——女人的头发仅仅只是暂时的美丽,是不能持久拥有的东西,从而得出结论:人们只有依靠"理性",这才是维护人与人之间友好交往和正常社会秩序的制胜法宝。

贵族小姐贝林达为了出席社交场合,精心炮制了两缕美丽的卷发,深深吸引了贵族少爷男爵的注意,于是男爵偷偷地剪下了她的一缕头发。然而,这样一件区区小事竟然掀起了一场轩然大波,让两个家族的成员卷入了大范围的争吵和对抗。这意味着,对于贝林达所属的上流社会贵族阶层人们来说,女人的头发已经不再是普通意义上的头发,而是承载着一定的社会价值,从而构成了"女性头发"这一"形式"与所隐含"内容"之间的复杂关系。

在诗歌中,"头发"是贵族小姐出席社交场合时征服众人,尤其是征服男人的特殊装备,它象征着女性独有的无穷魅力,请看对下面一段对贝林达头发的描写:

> 这位天仙,为了征服全部人类,
> 精心炮制两绺卷发,垂悬在脑门后
> ……
> 发丝的迷宫捕获了爱情的俘虏,
> 纤细的枷锁将铁石心肠紧紧缚住
> 毛茸茸的头发如鸟儿引我们上当,
> 丝丝毛发让人沦为猎物猝不及防,
> 闪闪的秀发把堂堂男人诱入圈套,
> 一根美丽发丝轻轻松把我们系牢。(Ⅱ,19—28)①

在这一小段里,描写"头发"的原语词汇就出现了六个:locks、Curls、hairy、Lines、Tresses、hair。闪亮动人的卷发俘虏了男人的心,使男人痴迷;即使意志无比坚强的男性,在用柔软、细密发丝编织起来的迷宫里也会走失方向,就如掉进罗网的鸟兽一样被牢牢困住。显然,在作者笔下,"头发"作为一种隐含丰富而特殊意义的象征性话语,变成了一件社交场合征服男人的"武器"。

贝林达漂亮的卷发吸引了男爵,使他难以自拔。在他眼中,"头发"是情场上要获取的猎物。他欲火攻心,就像古战场上厮杀的勇士那样下决心要缴获那件美丽的"战利品"(Prize,Ⅱ,30)——头发,哪怕是不择手段,因为,"不管是靠武力,还是靠欺诈;当一个情人的辛苦得到了回报,没有人会问起用的是哪种手段"(Ⅱ,29—32)。这里,作者直接搬用了描写古代战争时所惯用的典型"对句"(antithesis)——"不管是靠武力,还是靠欺诈"(By Force to ravish, or by Fraud betray),它通常用来形容古代战争上人们所采取的战术或计谋。读者对于古代那场举世闻名、声势浩大的特洛伊战争应该不会感到陌生。古希腊人远征特洛伊城长达十年之久,使用"武力"(by Force)久攻不下,最后,在预言家卡尔卡斯的启发之下,奥德修斯采用了"木马计",即诗句中所指的"欺诈"(by Fraud),才得以攻克下特洛伊城。如今,这种用于古代战争的计谋,却被

---

① John Butt, ed., "The Rape of the Lock," *The Poems of Alexander Pope*, London: Methuen & Co. Ltd., 1963. 后文出自同一著作的译文,将随文括注出处诗行,不再另注。

一位王公贵族用在了追求女性上面,古典史诗里的战场被置换成现代贵族交际圈的情场,而现代贵族妇女的"头发"则代替了古代英雄们战斗中缴获的"战利品"。这种在价值上的降格和观念上的颠倒,暗示了18世纪英国社会人们道德的堕落和精神的退化,也暗示了心智培育的紧迫性。

更令人可笑的是,前面"头发"作为一件具有性诱惑力的东西,却又被夸张地描写成为一件庄重、"神圣"(sacred,Ⅲ,153;Ⅳ,133)的物品,等同于女性的贞操和"名誉"(Honour,Ⅳ,105)。在贝林达和她所属贵族小圈子的观念里,女人只要保持了头发的完好无损,就等于保住了女人的贞洁,而如今贝林达的头发被夺走,这意味着她的贞洁和名誉的丧失。

蒲柏借贝林达的朋友苔丽丝特里丝之口,描绘了头发被剪下将要出现的后果:

> 天哪!强盗将你的秀发四处炫耀,
> 让花花公子羡慕,让女人们惊讶,
> 可是,神圣无比的名誉绝不容许,
> 所有安逸、享乐和美德都将远去。(Ⅳ,103—106)

这时作者不无揶揄地议论:秀发从贝林达那可爱的脑袋上被剪了下来,再也不能与它的根部重合,就如同头发曾经拥有的名誉,"失去后再也不能恢复"(never more its Honours shall renew,Ⅳ,135)。透过这种揶揄嘲笑,我们可以听到作者的警告:心智培育若再不加强,荒唐可笑的观念还会继续蔓延。

在失去"头发"这一看似简单的事实背后,隐藏着当时人们价值观念的混淆和扭曲。事实上,贝林达不可能脱离作为普通人所拥有的自然属性——对异性的渴望,在她的内心深处始终隐藏着对世俗男人的渴望。然而,她过于注重外在的名声和留给公众的印象,并不关心自己内在道德的提升和精神的修养。她之所以为失去一小缕头发而大动肝火,只不过是受到当时社会流行的错误贞操观念的影响,虚荣心作梗罢了。下面两行诗将贝林达真实的内心显露无遗:"剪掉几根隐蔽的毛发并不算心狠,/偏要夺走如此暴露的卷发太残忍!"(Ⅳ,175—176)显然,对于贝林达来说,名誉的丧失比贞操的失去更加可怕。"头发"代表着贝林达外在的"名誉",头发被夺走,就等于贞操/名誉的丧失。此刻,女性的贞操和名誉被物化了,内在的美德被外在的美貌和名誉所取代。这说明,在英国18世纪贵族小圈子里,人们的心智已经浅薄到了无以复加的地步。

蒲柏在诗歌最后部分通过汉普敦宫女主人克拉丽莎之口,发表了这样一段意味深长的讲话:

> 一切荣誉和努力是多么微不足道,
> 除非明智保住了美貌带来的荣耀;
> 男人将赞美我们在包厢前的得体:
> "不光看漂亮的脸蛋,美德第一!"
> ……
> 可是,唉,脆弱的美貌容易被摧,
> 就如头发卷曲或是不卷照样转灰;
> ……
> 剩下的力量只是我们自身的魅力,
> 保持了良好的心态才是长久之计?
> 相信我吧,良好的心态胜过一切,
> ……　　　　　　　　　(Ⅴ,15—31)

上引诗行的关键词是"明智"(good Sense,Ⅴ,16)、"美德"(Virtue,Ⅴ,18)和"良好的心态"(good Humour,Ⅴ,31),而这些都是健全的心智所不可或缺的。换言之,蒲柏此处从正面点明了健全心智的要素。他最初创作《夺发记》时只有短短两章,第二年,他加入了"精灵机关",将诗歌扩充到了五章。1717年,他又特地将包含"明智"的上引诗行添加了进去,才算是最后定稿。蒲柏在注解中对此作了特别说明:"克拉丽莎这个人物是后来加进去的,目的是更加清楚地阐明该诗的道德主题。"[①]言下之意,心智培育要突出道德主题。

---

① 蒲柏专门为这段话做了注解,英文原文如下:"A new Character introduced in the subsequent Editions, to open more clearly the Moral of the poem, in a parody of the speech of Sarpedon to Glaucus in Homer."参见 Butt, ed., "The Rape of the Lock", 36。

通过"头发"引起的小风波，蒲柏讲了有关心智培育的大道理：女人的头发，不管是"卷曲或是不卷"（Curled or uncurled），都如同她们的美貌那样，会随着岁月渐渐变化，失去它原本的价值和意义；对所有女性来说，只有"明智""美德"和"良好的心态"，才是真正能够持久拥有的东西。蒲柏所宣讲的"明智"，实际上是一种与人的道德力量相关的理解力和判断力，即人们用以支配并控制情欲的能力，而这显然是需要通过心智培育来获得的。受过心智培育的人，就能如亚里士多德所说，"在他明知欲望是不好的时候，就不再追随"。① 简而言之，蒲柏通过对"头发"的创造性描写，赋予了它无形的生命，使它转化成为一种意蕴丰富的象征性话语，将人们的种种扭曲、颠倒、错误的价值观和道德观折射出来，从而对读者实施了心智培育，同时点明了心智培育的关键，即讲究明智，追求美德，养成良好的心态。

二、"精灵"的影射

蒲柏在《夺发记》里巧妙地采用了一套称为"机关"（machinery）②的创作手法，建构了一个由"精灵"（spirits）组成的超自然虚拟世界。蒲柏在诗的前言绘声绘色地介绍：女人在去世之后，她们的"虚荣心"（Vanities，Ⅰ,52）③依然以代表其突出特性的四大元素隐形地存活下来，各自归属于四类精灵之一，分别是"气精""地精""仙子"和"蝾螈"。"地精在地面活动，总是爱搞些恶作剧；而气精们居住在空中，他们的处境可是最优越的啦。"④诗歌中，作者主要通过对气精和地精这两类极端精灵的生动描写，借助"精灵"这样一个"陌生化"的象征话语，向读者展现贝林达所属的上流社会的真实面貌，以此影射女主人公贝林达以及她所属的上流社会人们内心世界的荒芜和道德的沦落，进而反衬出心智培育的必要性。

在《夺发记》中，揭示世人浅薄心智的主要手段是嘲讽。在上文提及的四类精灵中，气精是最优良的形态，其外部加内部特征是：柔软和透明、虚假和

---

① 苗力田主编：《亚里士多德全集》，第八卷，北京：中国人民大学出版社，1992年，第139页。
② Butt, ed., "The Rape of the Lock," 217.
③ Butt, ed., "The Rape of the Lock," 请参见《夺发记》的前言里蒲柏对"机关"的解释和讨论。
④ Ibid., 217-218.

做作。他们实际上就是贝林达的内心世界和道德实质的外化。气精俨然扮演着贝林达"贞洁"(Purity,Ⅰ,71)的守护神角色,被戏称为"一群低空轻兵"(the light Militia of the lower sky,Ⅰ,42)。他们的首要任务就是保护好贝林达,使她不受到外界的干扰和腐蚀,尤其是不受到来自男人的诱惑和侵犯。比如,气精的首领爱丽尔以设问的方式叙述:"在那些五花八门的晚会和化装舞会上,是谁保卫着那些意志软弱的少女们的纯洁,使她们免遭不怀好意的花花公子的诱惑或遭受危险的侵袭?……当缠绵悱恻的音乐声响起,舞蹈激发了高涨的热情时,又是谁防止那些少女们春心荡漾?"(Ⅰ,71—76)对于这些提问,爱丽尔自信地回答:那就是守护在她们周围的气精!因为,这些高明的精灵清醒地认识到:"所谓名誉,不过就是将男人隐藏在下面的一个字符"(Tho' Honour is the Word with Men below,Ⅰ,78)。这里,爱丽尔道出了他眼中女性"名誉"的实质。所谓"贞洁"和"美德",并不是指女性内心真正的纯洁、无瑕和真诚,她们只要在表面上拒绝男人的诱惑,与他们保持一定距离,保住自己对外的贞洁"名声"即可。"名誉"对于气精来说只是一个空洞的、漂浮的、没有实际价值和意义的字符。

贝林达之所以一味追求表面的虚伪道德,其根本原因是她的虚荣心在作祟。作为贝林达小姐的人格象征,气精在无形当中对贝林达施加各式各样的影响,他们小心翼翼地看护着贝林达的名誉。当贝林达坐上游船前往汉普敦宫参加社交活动的时候,爱丽尔亲自挂帅,大张旗鼓地命令精灵们紧紧围绕着贝林达的耳环、扇子、手表和卷发。他还特地精心挑选了50个气精团团守护在她那层层叠叠的裙边,真是极尽小题大做之能事。从这段精妙、夸张的描述中,我们深深感受到了作者嘲讽的力度。在叙事中,气精本身就是贝林达以及所有女性的道德化身。气精的外表优雅、高贵、轻飘、自在,身体如同"液体"(fluid,Ⅱ,62)般柔软、透明,这暗示了他们善变、轻佻、浮夸和虚幻的本性,影射着包括贝林达在内的所有善于卖弄风情的女性的虚伪道德。① 所以说,气精真正关心和追求的并不是贝林达的"贞洁"和"美德",而仅仅是其外表的美丽、炫目和动人。如此力度的嘲讽,处处都暗示了健全心智的缺席。

---

① Yasmine Gooneratne, *Alexander Pope*, London: Cambridge University Press, 1976, 44.

气精还试图干预贝林达内心的思想活动。在 18 世纪的英国,那些爱慕虚荣的女人们的脑子里装着的无非是一些精品店里的各式小饰品和小玩意儿,如梳子、发夹、丝带、剪刀和扇子,等等。于是,为了预防贝林达小姐受到某种诱惑而"堕落",气精忙不迭地频繁更换着她脑海中"精品店"(Toyshop,Ⅰ,100)的小物品,以阻止她把注意力都放某个固定的男人身上。最具讽刺意味的是,对心智浅薄的贝林达小姐而言,防止堕落的"良药"竟然是虚荣心:

> 虚荣,万般变幻地涌现,
> 将她们心中的玩偶轮流变换;
> 发套与发套不相上下,剑穗与剑穗势均力敌,
> 此情郎淘汰了彼情郎,这马车超过了那马车,
> 凡夫俗子也许称之为轻浮草率
> 还是视而不见吧!气精们自会计算。(Ⅰ,99—104)

这些诗行反映了她心智的空虚,暗示了她轻浮、草率、肤浅和善变的品质,也说明她不具备清晰、完整和健全的价值观和道德观。然而,气精却对这个事实视而不见,企图用自己的超自然力量来粉饰门面,真是机关算尽。这恰恰说明了他们眼中所谓的贞洁和美德,只不过是外表的装饰和点缀,笼罩着一层虚假和欺骗的阴影。他们实际上看重的,不过是打着"贞洁"旗号的"名誉"罢了。

《夺发记》里的精灵以一种超自然力量的面貌出现,虽然他们的神灵形象被大大弱化了,远不能跟那些古代神祇的威严和神圣相提并论,但他们仍然像奥林匹斯山众神那样,在故事中交替着对贝林达和整个事件的发展进行了象征性控制。首先是气精爱丽尔企图使贝林达远离世俗的情感纠葛,阻止她落入男人的爱情圈套,但怎奈贝林达只是个有血有肉的平凡女性,注定不可能超凡脱俗,爱丽尔只得伤心地离她远去。随后,故事里换成了一个阴沉的家伙来控制她,这就是地精安布里。地精是四类精灵中另一个具有极端特征的精灵,与生活在空中的气精相反,他居住在阴暗的地下,通常是邪恶道德的化身。贝林达的另一种心智缺陷则象征性地通过地精表现了出来,如:失控、愤怒、歇斯底里、傲慢、仇恨,等等,这些特征被传统社会道德观念认为是女性的邪恶。

因为一绺头发被剪,贝林达在安布里的无形控制下而失去了理智和节制,她大发雷霆,情绪完全失去了控制,终于致使两个家族的成员都卷入了一场大的讨伐和争斗。

诗歌中,随着贝林达的一绺头发被剪下,事件发展到冲突的高潮。这时安布里——"一个阴暗、险恶的家伙"(a dusky melancholy Spright, Ⅳ,13)——在头发被剪掉的瞬间,迅速地下沉到了幽暗、阴森的"愤怒穴洞"(Cave of Spleen, Ⅳ,16)。这里"Spleen"兼有"脾脏"与"怒气"双层含义。在蒲柏生活的时代,脾脏通常被认为是抑郁症、头痛病、癔症等的发源地,而这些被当时的社会认为是女性所特有的病症。因此,"愤怒穴洞"具有双层的意义,它的所在地其实就在贝林达的腹腔内,同时也暗指她内心世界,里面深藏着她那被压抑了的隐秘情感和欲望。在"愤怒穴洞"里,安布里拜见了"刚愎任性的女王"(wayward Queen, Ⅳ,57),她统治所有从15岁至50岁的女性。安布里恳求女王使贝林达丧失理智、大发脾气;女王同意了,将女性肺部的所有元气(包括"哀叹""痛哭""狂怒""尖牙利舌")用一只口袋统统装了起来,连同一只装满眼泪和悲伤的小药瓶递给了他。安布里扑闪着他那黝黑的翅膀,兴高采烈地带着这两件礼物从"愤怒穴洞"重新回到了地面。他猛地将口袋罩在了她们的头上,顿时,贝林达怒火万丈,而她的朋友苔丽丝特里则大惊小怪地呼叫起来。贝林达的家人向男爵索要被抢去的头发,却遭到了无情的嘲弄和拒绝。安布里仍然没有放过贝林达,他恶作剧地将瓶子一下子打开,将里面的悲哭药水泼洒了出来。刹那间,贝林达声泪俱下,当众怒骂起来:

> 永远诅咒这令人憎恨的一天,
> 它夺去了我最最宝贝的发卷!(Ⅳ,147—148)

如此小题大做,彰显的不仅是贝林达的心智缺陷,而且是她所在整个社交圈的心智缺陷。

在"夺发"引起的风波中,双方相持不下,愤怒和疯狂的情绪在众人当中愈演愈烈,泛滥成灾。那些在平日里装得一本正经的绅士、太太、少爷和小姐们,此时已经完全失去了应有的风度和理智,而此刻地精安布里却高高地蹲在一只烛台上,幸灾乐祸地观看着下面正在急速升温的混战,高兴得拍手称快。由于贝林达与她所属上流社会的人们过分追求表面的虚荣,而忽略了真正德行的修养,导致产生了错误、扭曲和颠倒的道德观和价值观,从而将区区一件小事闹得沸沸扬扬。蒲柏虽然没有从正面来谈论矫正这一混乱局面的方法,但是他叙述的故事本身昭示了一个道理,即欲改变上述局面,须从德行修养入手,而德行修养正是心智培育的关键所在。

蒲柏凭借自己丰富的想象力和诗歌才能,呈现了一个由无数精灵组成的虚幻世界,创造了一个由"精灵"隐喻建构的"陌生化"诗性语言,从而将审美与教诲的双重目的植入其中。实质上,气精和地精各自所象征的道德价值和精神内涵,"彻底暴露了贝林达脆弱的处境,体现了女性经验中对于贞洁态度自相矛盾的双重属性",[1]充分展示了贝林达在名誉与欲望之间的彷徨、冲突和矛盾,而这一切皆因她那浅薄的心智所致。作者对此进行了挖苦和讽刺,意在暴露她所代表的整个上流社会扭曲的、错误的人生价值观和伦理道德观,并暗示了改变这一现象的唯一途径,即心智培育。

三、"情人"的形塑

《夺发记》一开篇,作者就连珠炮式地发问:"是什么可怕的纠纷因爱慕所致?……是什么奇怪的动机,驱使一个绅士袭击一位淑女?又是什么更加奇怪的原因,使这位淑女要拒绝这位绅士?"(Ⅰ,1—10)[2]这是在向读者交代:诗歌要讲述的就是一件因男女之间萌生爱慕之情而引发的纠纷。虽然这未必是一个单纯的爱情故事,但对于男女之间的情感及男女交往关系的描写自然是不可避免的。"情人"(Lover)这个词在诗歌中反复出现,它并不是指诗歌中出现的某个明确、特定的人物形象,而是以模糊的、隐形的和暗示的方式出现。由于作者对"情人"的成功形塑,因此它不再是单纯意义上的情人,而转化为一种"陌生化"了的、蕴含着"反讽"意义的象征性话语,具有极大的讽喻功能。正是这种反讽和讽喻,有效地揭示了诗中人物的心智缺陷,以及从事心智培育的

---

[1] Felicity Rosslyn, *Alexander Pope: A Literary Life*, Hampshire: Macmillan Distribution, 1990, 42.

[2] Butt, ed., "The Rape of the Lock," 218.

必要性。

  诗歌的开头描述，天虽然大亮，贝林达却还没有起床，这时她的睡梦中出现了"一位风度翩翩的年轻人"（A Youth more glitt'ring than a Birth-night Beau，Ⅰ,23）。他把自己的嘴唇凑近贝林达的耳朵，似乎在说着甜言蜜语，这使得仍然在梦境里的她脸上泛起了红晕。这情节使我们想起了《圣经》里的夏娃被毒蛇引诱的画面。这里，"情人"以一个抽象、虚幻的面貌出现，让我们对这位"梦中"情人究竟是谁产生了疑问：他是贝林达生活中的某个真实、具体的人吗？也许可以在下文找到答案。此时，正守护着贝林达的贞洁和名誉的气精首领预感到了即将发生的"厄运"（暗示头发将被强夺），他很快警觉起来，急忙把她从梦中唤醒。"据说我们的女主人公贝林达，/醒来后首先瞥见了一封情书，/伤感、迷人和热情的话来不及看，/幻象通通从她的脑袋里烟消云散"（Ⅰ,117—120）。从这几行诗里我们推测，前面提到的那个年轻人，或许仅仅只是贝林达睡梦中（或脑海里）的"幻象"？这时读者又产生了另一个疑问：那么这封"情书"背后的主人公是谁？他与贝林达梦里的"年轻人"是同一个人吗？作者没有交代，但我们从贝林达的目光落在情书上的一瞬间，她脑子里的"幻象……烟消云散"这个情节推测，他们并不是同一个人。就这样，情书产生了另一个抽象、模糊的"情人"形象。诗歌对于"情人"的形塑以这种模糊、虚幻和漂浮的特征出现，是否暗示着贝林达在内心里从来没有专注于某个固定的情人？下面的分析也许可以给我们更多的启示。

  前文提到，气精试图干预贝林达内心的思想活动。我们对于那一段精彩诗句应该记忆犹新。众气精为了预防贝林达小姐受到男人的勾引而堕落，试图依靠自己作为神灵的力量，频繁不断地变换着她脑海中"精品店"的小物品，如"发套""剑穗""马车"等，以阻止她倾心于某个固定的男人。在气精不遗余力地干预下，男人在这一连串巧妙、诙谐、生动的转喻中，变成了一堆仅仅能暂时吸引女人的注意力，却不能真正打动她们芳心的小饰品和小玩具。[1] 这里，蒲柏运用各种修辞和音韵效果，对贝林达的心智缺陷进行了莫大的嘲讽，再次证明了她对于"情人"并不具有真情实感，从而暗示了她的三心二意、见异思

---

[1] Paul Baines, *The Complete Critical Guide to Alexander Pope*, London: Routledge, 2000, 66.

迁、爱慕虚荣、表里不一、反复多变等个性品质。

下面发生的事更进一步证明了贝林达的浅薄：当气精爱丽尔发现男爵手里拿着剪刀从贝林达的背后几度逼近，而贝林达虽然也屡屡回头却毫不戒备时，他焦急万分地急忙凑到她的胸前正想要提醒她，却"赫然发现，/尽管她用尽各种技巧掩饰，/她的心中藏着一个世俗情人"(Ⅲ,139—144)。爱丽尔在贝林达的内心深处窥见到了一个"世俗的情人"(An Earthly Lover, Ⅲ,144)，他恍然大悟，原来过去所有的努力都是徒劳的。尽管贝林达极力掩饰，装出一副圣洁、清高、不食人间烟火的样子，可实际上她对于异性有着强烈的欲望。强烈的虚荣心使得贝林达的外部表现与她的真实思想严重不符，这充分说明她的心智缺陷是很严重的。

如果说，诗歌对于"情人"的形塑大多带有间接、模糊、隐形或者虚幻的特征，从而影射了贝林达颠倒、混乱和退化的爱情观和道德观。那么，诗歌中还有一个以真实、具体面貌出现的"情人"，那就是夺发者——男爵。然而，由于诗中对古典史诗情节和片语的戏仿，这个所谓的"情人"形象被大打折扣。前面已经提到，头发的强大诱惑力吸引了男爵，使他不由得产生了攫取它的冲动，这里诗人发出议论："不管是靠武力，还是靠欺诈；/当一个情人的辛苦得到了回报，/没有人会问起用的是哪种手段"(Ⅱ,29—32)。这里，对于经典史诗里惯用语的借用产生了滑稽、嬉戏的效果。男爵虽然模仿着古战场上厮杀的勇士，但他摩拳擦掌地要缴获的"战利品"并不是兵器或者俘虏，而是头发！这是对男爵心智缺陷的极大讽刺。下面的情节更令人可笑：男爵暗自思忖，如何使用一些爱情的小伎俩，甚至借助于神灵的力量，来帮助他迅速地获取那件"战利品"（头发），并达到能够永远拥有它的目的。于是，他像史诗里出征前的英雄们那样筑起了高高的祭坛，向神灵发出虔诚的祷告：

> 为了这个目的，他祈求阿波罗出面，
> 幸运之神啊，快赐予我各种力量吧，
> 不过都是为了爱——筑起爱的祭坛，
> 摆上十二大本法国浪漫故事，金边镶嵌。

还搁上三只吊带袜,和一只手套;
加上过去几段爱情遗留的各种信物。
用温情脉脉的情书,他点燃了香火,
再吹出三声爱的叹息,让火焰高高升起。(Ⅱ,35—42)

令人捧腹的是,他摆在祭坛上的贡品不是牛羊,而是法国浪漫小说、爱情信物、情书等用来求爱的世俗物品。他心智的空虚由此昭然若揭。

事实上,男爵所扮演的是贝林达现实生活中的伪"情人"角色。之所以这么说,是因为他并非真正地爱上了贝林达本人,只不过是被她美丽的卷发——确切地说是被她的美色所迷惑了。他一心想得到和拥有的只是她的头发,而不是她的爱情。男爵的行动和语言都表明,他追求的并不是真正的爱情。后来发生的事情就更加证明,他渴望得到的并不是贝林达小姐的芳心,而是她的头发及其所代表的"荣誉"。在他成功剪下了贝林达的一缕头发后,他洋洋得意地向众人炫耀:"凭着这缕神圣的卷发,我敢发誓,/只要我还活着,还有一口气,/我将永远紧握着我赢得的战斗果实,决不放手"(Ⅳ,133—138)。所以,当贝林达及其家人要求男爵归还头发时,他断然拒绝了,致使事态愈演愈烈,最终发展到不可收拾的地步。

《夺发记》对"情人"的形塑向读者传递了这样的信息:贝林达与她所属社会的人们只是注重物质的东西,过于讲究表面的虚荣而忽略了真正德行的修养,以致道德价值观发生扭曲,甚至颠倒;要拨乱反正,就要从心智培育做起。

综上所述,蒲柏的《夺发记》深刻揭露了心智缺陷所带来的危害。面对这些危害,蒲柏从创造出诗性语言入手,使读者在产生审美愉悦过程中得到启发和教诲,以达到培育心智,纠正或消除庸俗、虚假和堕落的社会风俗与道德观念的目的。更具体地说,《夺发记》的心智培育功能最多表现为道德教诲功能,正是在这种道德教诲的实践中,蒲柏的作品于心智培育层面与文化观念发展史形成了互动。

第二章
国家观念与共同体形塑

作为共同体形塑的文化,在18世纪和19世纪早期英国文学中表现得越来越明显,其主要标志是文学家们与国家观念之间的互动。

18世纪的英国发生了重大历史变革。工业革命不仅改变了人们的社会生活方式,还改变了英国的传统文化。从霍布斯(Thomas Hobbes,1588—1679)到洛克,他们的国家理论使得英国文化对传统的国家观念产生新的理解。霍布斯和洛克都是社会契约论的提倡者;但是,由于他们理论研究的基础和出发点不同,他们所主张的社会契约理论呈现出一定的差异。"在建立国家的目的这一问题上,霍布斯认为,建立政治社会即国家的目的,就是为了让人们过一种和平、友好的生活,摆脱战争状态。而洛克认为,建立政治社会即国家的目的不是过一种和平、友好的生活,而是为了保障人类的利益,特别是保障人的生命、自由和财产权这些神圣的自然权利。"[1]"在人民是否拥有反抗和革命的权利问题上,霍布斯和洛克的观点截然相反:霍布斯认为,签订社会契约的人民,并不拥有反抗和革命的权利;而洛克认为,如果国王或政府践踏法律、破坏社会契约、侵犯人民的生命、健康、自由或财产权,那么,人民就拥有反抗和革命的权利。"[2]"在理性王国的政治形式上,霍布斯是主张与政治民主化的历史潮流相悖的封建君主专制制度,洛克则反对霍布斯的封建君主专制制度,而主张顺应世界政治民主化潮流的君主立宪制度。"[3]

霍布斯和洛克关于国家观念的理论直接影响了文学、历史学、社会学、哲学等学科的发展,对后来学者的思想起到了积极的启迪作用。例如,横跨文学领域和史学领域的爱德华·吉本(Edward Gibbon,1737—1794)从1776年开始,陆续出版了一部旷世巨作《罗马帝国衰亡史》(*The History of the Decline and Fall of the Roman Empire*),探讨罗马帝国衰亡的原因。在这部长达六

---

[1] 曹宪忠:《社会契约理论:霍布斯与洛克之不同》,《文史哲》,1999年第1期,第106页。
[2] 同上,第108页。
[3] 同上,第109页。

卷的历史/文学长卷里，读者一定会发现，罗马帝国的"国家"观念在历史进程中发生了嬗变，即值得帝国全体国民追求的国家共同体发生了嬗变，结果导致了罗马帝国的衰亡。吉本写《罗马帝国衰亡史》或许是要为"如日中天"的大英帝国敲响警钟：像罗马帝国一样，一个国家无论多么强盛，一旦其共同体的基本精神和原则受到损毁，就失去了值得人民捍卫的价值，最终一定会被人民抛弃；这样的国家就必然走向衰退，直至灭亡。

例如，英国著名小说学家司各特（Sir Walter Scott，1771—1832）在他的历史小说中就突出了国家观念的流变问题。在他的小说《艾凡赫》（*Ivanhoe*，1819）里，狮心王理查推崇代表骑士精神的价值观，如荣誉、怜悯、诚实和公正，并使其成为国家共同体的基本精神，以形成新的国家观念。这样一来，诺曼人和撒克逊人之间的根本矛盾和仇恨情绪得以消解，英国最终发展成为一个统一的多民族国家。

第一节
《罗马帝国衰亡史》：国家观念与共同体损毁

爱德华·吉本的《罗马帝国衰亡史》自问世以来一直被看作启蒙运动时期的杰出史书，但是它同时也是英国文学史上的一座里程碑——它所重现的历史，是用文学语言写就的。更确切地说，它是一部文史哲不分家的典范，从中我们既能领略史学家的智慧，又能分享美丽的诗性语言，还能接触深奥的哲思。更重要的是，它构成了英国文学与文化观念互动史上一个不可忽视的环节。

《罗马帝国衰亡史》讲述了从安东尼时代到欧洲文艺复兴时期的罗马，跨越了1 300多年的历史。吉本在书写这段历史时，尽量避免个人的感情色彩，从理性、科学的视角去探讨罗马帝国衰亡的原因。就是在这一探究过程中，他形成了关于人类共同体兴盛衰亡的一些见解，从而为文化观念的演进提供了新的思想资源。

关于罗马帝国衰亡的原因,西方学者一直在进行研究,主要观点如下:

1. 偶然事件论:19世纪末,英国历史学家J. B. 伯里(John Bagnell Bury,1861—1927)在《后期罗马帝国史》(*A History of the Later Roman Empire*,1889—1923)里认为,西罗马帝国的逐渐瓦解不能以任何必然性的原因说明,而是一系列偶然事件造成的。他列举的第一个偶然事件是匈奴人入侵欧洲。

2. 基督教影响论:关于罗马的衰亡是否由基督教引起这一问题,早在5世纪初就有争论。当时,西波城主教奥古斯丁(Saint Aurelius Augustinus,354—430)在其著作《上帝之城》(*The City of God*,413—426)里驳斥了这种观点,他认为罗马的灾难是罗马人的罪恶造成的,基督教传播之前罗马的灾难更多。

3. 人口下降论:1955年,美国密歇根大学教授阿瑟·E. R. 博克(Arthur E. R. Boak,1888—1962)在《人力短缺和西罗马帝国的衰亡》(*Manpower Shortage and the Fall of the Roman Empire in the West*,1955)里提出人口下降理论,即大干旱和大瘟疫等自然灾害引起的人口下降是罗马帝国逐渐瓦解的主要原因。

4. 种族混杂论:美国历史学家坦尼·弗兰克提出种族混杂促使西罗马帝国衰亡的观点。他根据约13 900个墓碑人名,指出罗马居民的近90%是外国人。整个罗马帝国的公民成分改变了,整个意大利以及高卢和西班牙的罗马化部分在帝国时期是由东方血统的人所控制的。

5. 土壤枯竭论:俄裔美国学者符拉特米尔·G. 辛柯维奇在1916年发表的一篇题为《重新评价罗马的衰亡》的文章里,把罗马帝国的衰亡归因于土壤枯竭。他说,以多种形式表现的罗马帝国的"内部的衰退",归根到底,是由于意大利和其他各省存在着大片大片的贫瘠、荒芜的土地。土壤枯竭限制了人们劳动生产率的提高,这使罗马的毁灭不可避免。

6. 气候变化论:美国埃尔斯沃思·亨廷顿(Ellsworth Huntington,1876—1947)教授于1917年发表《气候变化与农业衰竭作为罗马帝国衰亡的因素》("Climatic Change and Agricultural Exhaustion as Elements in the Fall of Rome",1917),认为古代世界的贫困和物质、道德、精神的衰退,在很大程度

上是由于气候一阵阵的变化所引起的。他所说的气候变化并非指温度而言，而是指某一地区的降水情况。气候变化造成降雨量和水分的迅速而突然的上升或下降。他总的论点是：气候变化对文明发展极为重要。①

以上关于罗马帝国衰亡的六种观点都有一定的道理，但是读了《罗马帝国衰亡史》之后，读者也许还会产生另外一种看法：罗马帝国衰亡是由于共同体的损毁而引起的。"共同体意味着人类真正的、持久的共同生活，而社会不过是一种暂时的、表面的东西。因此，共同体本身必须被理解为一种生机勃勃的有机体，而社会则是一种机械的聚合和人工制品。"②共同体是一种积极向上的社会力量，它不但在私人领域中，而且还在公共领域中起着积极作用；它包含了较强的平等性，而公正性和平等性是共同体存在的基础。在罗马帝国的鼎盛时期，其共同体在一定程度上代表着全体公民的利益；也就是说，共同体的目的是实现共同利益，或者是为了罗马帝国所有成员的共同利益。然而，屋大维（Gaius Octavius Augustus，前63—后14）在共和末期内战胜利后，建立了独裁政治体制，摧毁了共和贵族，压制了平民力量，这就从根本上损毁了共同体，因而也就导致了罗马帝国的衰落和灭亡。

一、吉本与《罗马帝国衰亡史》

吉本从小就喜欢读书，尤其对历史颇感兴趣，认为历史是智慧之源。他对文学和哲学也都很感兴趣。1761年，他发表了用法文撰写的处女作《论文学研究》，在欧洲大陆获得好评。从这本书中，读者可以看出他对古代史学家们的了解、对罗马共和国体制与法律的关心，以及对孟德斯鸠著作的熟悉，这些都从侧面反映了他具有共同体思想的原因。在《论文学研究》里，吉本还特别提到了具备哲学风格的历史学家，并强调"哲学家不一定是历史学家，而历史学家不管怎么说，要尽量做一个哲学家"。③他所主张的哲学历史观表现为三个方面：一、强调以俗世为历史的焦点，人性重于神性；二、排斥个人英雄主义，

---

① 以上六点参见吴秉曼：《关于西罗马帝国灭亡原因的几种论点》，《世界历史》，1983年第4期，第88—91页。
② 转引自殷企平：《西方文论关键词：共同体》，《外国文学》，2016年第2期，第71页。
③ 爱德华·吉本：《罗马帝国衰亡史》（第1卷），席代岳译，长春：吉林出版集团有限责任公司，2008年，导读第5页。

群体的需要决定一切;三、力主人类社会的矛盾现象是常态。这些基本观点成为他撰写《罗马帝国衰亡史》的指导思想,①也成为他想象人类共同体的哲学基础和史学基础。

吉本萌发撰写《罗马帝国衰亡史》的冲动,本身就是一个颇具诗意的、美丽而动人的故事。1763年,吉本离开英国前往欧洲大陆漫游,其时正值启蒙运动的高涨时期;他在巴黎待了一段时间,与狄德罗、达兰贝尔、爱尔维修、霍尔巴赫等"百科全书派"的著名学者交往密切,他们向宗教神学和封建势力挑战的革命精神对他产生了很大影响。1764年,吉本前往罗马,那里的文化、风土人情和古迹震撼了他的心灵,使他徘徊在古代的梦中,其间他多次表露出难以形容的激动心情:

经过一夜的辗转难眠,我踩着高昂的脚步,走上罗马广场的废墟;刹时间,每个值得纪念的地点,不论是罗慕路斯(Romulus)站立的地方,或图利(Tully,即西塞罗)演讲的地方,或凯撒(Caesar)被刺倒下的地方,全映入了我的眼帘。
……
今天清晨,我到图拉真纪功柱上面,我不想用文字来描述它。您只需自己想象一下,一支高达一四〇呎的巨柱,用大约三十块纯白大理石构成,上面刻有浮雕,其高雅与精致,不亚于亚普公园(Up-Park)里的任何一个壁炉的雕饰(chimney piece)。②

或许吉本把这一情景过分戏剧化了,但他的灵感绝非仅仅是一道意外的灵光,而是他从少年时起长期阅读并接触罗马典籍和历史的过程中逐渐培育出来的。除了自幼接受古典的训练和对罗马的历史广博涉猎之外,吉本在欧洲游览期间还大量研读了罗马人文、历史和地理方面的典籍,从而加深了对古罗马的了解和认识。尤其是在意大利的"朝圣"过程中,他亲临古罗马遗迹,为其辉煌的过去所折服、所感动;于是,他在卡皮托山(Capitoline)上静坐沉思,萌发出撰写《罗马帝国衰亡史》的雄心壮志:

---

① 爱德华·吉本:《罗马帝国衰亡史》(第1卷),导读第5页。
② 同上,导读第6页。

那是在罗马,1764年10月15日,我正坐在卡皮托山的废墟上沉思,忽然传来神殿里赤脚僧的晚祷声,我的心中首度浮现出写作这座城市的死亡的想法。

……

那是在卡皮托山的废墟中间,我的心中首次出现写一部书的想法,这部书曾让我着迷和几乎花了我生命中的二十年光阴。①

这"二十年光阴"的结晶,是对人类历史文化曲折发展的一种再现,其场面之恢宏、史料之丰富、语言之壮美,令人叹为观止。前文提到,关于罗马帝国衰亡的原因,学界仁者见仁,智者见智。然而,如果我们从共同体的视角来解读《罗马帝国衰亡史》,就会有一种截然不同的观点:罗马帝国之所以衰亡,是因为它在历史进程中损毁了把罗马帝国带入鼎盛时期的共同体,即损毁了那种给全民带来利益和好处,并值得他们追求的一种生机勃勃的有机体。罗马帝国的繁荣昌盛,是在当时的民主体制下实现的,但是由于后来的独裁统治,它的衰亡就不可避免了。如果人民不能依法拥有发言权,不能依法获得利益和自由,不能依法享有法律赋予他们的权利,那么共同体就被损毁了。这时,人民的基本权利、利益和自由再也得不到保障,因为"只有在共同体中,个人才能获得全面发展其才能的手段,也就是说,只有在共同体中才可能有个人自由"。② 吉本所讲述的故事背后隐藏的正是这样一个道理。

要充分理解上述道理,我们还得从国家观念说起。

二、罗马帝国时期的国家观念及其嬗变

《罗马帝国衰亡史》长达六卷,其中多次涉及"国家"观念的嬗变及其原因。这是一个很有意思的问题,非常值得探讨。

在古罗马时期,国家观念是由民族、领土、疆域以及合法行使最高权威的政治共同体等所决定的。古代社会没有正式的国家概念,这一点无论中西都

---

① 爱德华·吉本:《罗马帝国衰亡史》(第1卷),导读第5—7页。
② 马克思、恩格斯:《马克思恩格斯选集》(第一卷),中共中央编译局译,北京:人民出版社,1995年,第119页。

是一样的。中国古代在先秦时期,"国家"二字虽已合用,却各有本义:天子所治曰"天下",诸侯所治曰"国",卿大夫所治曰"家","天下""国"和"家"是有等级差别的统治区域,只有天子统治的"天下"才算是国家。秦汉之后,"天下"与"国家"通用,含义指向疆土和民众,但不同于完全现代意义上的政治概念。①

西方古代也和中国相似,没有近(现)代意义上的国家观念。古代西方的国家观念与城邦、领地和公国紧密相连,就像柏拉图所说的那样:"由于有种种需要,我们聚居在一起,成为伙伴和帮手,我们把聚居地称作城邦或国家。"②这种建立在城邦观念上的国家观念,在罗马人那里发生了嬗变,演绎出"共和国"观念。《罗马帝国衰亡史》通过疆域、民族、宗教和政体的演变,揭示了罗马帝国国家观念的嬗变过程,这对任何一个国家——尤其是对当时被称作"日不落"的英国——都是一个提醒。

罗马帝国曾经日臻繁荣,空前繁盛。它对外的一系列重大征战,都在共和时期完成。到了奥古斯都(Augustus)(即屋大维)执政时,他放弃了吞并世界的野心,开始以稳健的作风来操控帝国及其对外关系。当时,罗马的疆域已经相当阔大,西到大西洋,北至莱茵河和多瑙河,东以幼发拉底河为界,南达阿拉伯和阿非利加的沙漠。辽阔的疆域以及帝国所处的巅峰状态,使秉性平和的奥古斯都养成了爱好和平的习性,不再凡事都诉诸武力。他在执政期间提出的怀柔政策为后来的继承者所全面接受。

更具体地说,奥古斯都在对外方面以两种方式来显示罗马帝国的实力。

其一,以武力为后盾,对周边弱小的国家和民族或威胁,或利诱。奥古斯都派遣自己的特命全权大使前往各地,与各国举行高级别的会谈,以加强联系,"从而巩固了与这些国家的关系,为国家谋取利益,并保持边疆的稳定"。③ 有一个很好的例子可以说明问题:罗马帝国在与帕提亚人的交往中,不费一兵一卒就使他们交换了克拉苏和安东尼入侵那里时遗弃的军旗。对于那些被征服的外邦人,奥古斯都的政策是:"凡可赦免而无害于安全者,我都宁

---

① 王刚:《国家概念的演进轨迹与解读视角——兼评马克思的国家概念》,《天中学刊》,2015年第1期,第38页。
② 柏拉图:《国家篇》,《柏拉图全集》(第二卷),王晓朝译,北京:人民出版社,2003年,第326页。
③ 转引自杨俊明、巢立明:《奥古斯都与罗马帝国早期的城市化运动》,《吉首大学学报(社会科学版)》,2005年第2期,第38页。

愿赦免而不消灭他们。"①

其二,直接以武力扩大帝国的版图。"在罗马历史上,奥古斯都征服的领土比任何其它统治者征服的领土都要多。"②在征服过程中,罗马人大量兴建城市,它们都位于各部族的中心位置和交通要道上。罗马帝国所进行的战争都在远离罗马的地方,极大地维护了罗马城市的稳定和发展。这时候,在罗马人心目中的国家观念就是"强盛、征服、掠夺和安抚",这是国家和人民的最高利益。

然而,罗马帝国的强盛并不是永久不衰的,内部的倾轧和外部征战的失利都会导致罗马帝国的地位发生动摇。公元 395—397 年,被称为蛮族的哥特人在狄奥多西大帝死后不久,就发生叛乱。在阿拉里克的带领下,哥特人没有遇到任何抵抗就越过马其顿和帖撒利的平原,很快进入了维奥蒂亚(Boeotia)和辐基斯(Phocis)等地。他们屠杀服役年龄的男子,焚烧村庄,掳走美貌的妇女,掠走战利品和牛群。从苏尼乌姆(Sunium)海岬,到迈加拉(Megara)的整个阿提卡(Attica)地区,都受到了毁灭性的摧残。当时,有位名叫辛尼西乌斯(Synesius)的希腊哲学家访问君士坦丁堡,劝勉皇帝要有男子气概,以榜样激励臣民的勇敢精神,拿人民的军队来取代蛮族的佣兵。辛尼西乌斯还鼓励狄奥多西的儿子亲自率领军队迎战蛮族。就在他的思想引起大家讨论不休时,君士坦丁堡发布一份诏书,宣布晋升阿拉里克的职位,让他成为东部伊利里亚的主将。这种妥协策略使哥特人的野心更加膨胀;阿拉里克受到意大利美景和财富的吸引,一心渴望把哥特人的旗帜树立在所有罗马城墙上,并把罗马人三百次凯旋所积累的战利品都夺取过来,供他自己和他的军队享用。③ 这个时候,罗马帝国的军事优势已经逐渐消失,它的子民都难以获得国家的保护。人民大脑中的国家观念自然不同于罗马帝国的强盛时期,自然会发生嬗变。

公元 408—409 年,阿拉里克把罗马包围得水泄不通,切断了它和所有邻近地区的联系。骄横成性的罗马人开始还只是惊异和气愤,继而感受到粮食

---

① 转引自杨俊明、巢立明:《奥古斯都与罗马帝国早期的城市化运动》,第 38 页。
② 同上。
③ 爱德华·吉本:《罗马帝国衰亡史》(第 3 卷),席代岳译,长春:吉林出版集团有限责任公司,2008 年,第 87—93 页。

短缺所带来的痛苦和恐怖。饥荒灾情不断扩大,危及了元老院议员。议员们从小养尊处优,根本无法忍受这种濒临绝境的日子。于是,元老院派两位使节与哥特人谈判。使臣们鼓起勇气,用温顺的口吻恳求般地问阿拉里克:"啊!国王,如果所有的金银财宝你都要,那么打算留些什么给我们呢?""你们的命!"高傲的征服者这么回答。① 至此,罗国帝国已经失去了它的全部尊严。它不仅逐渐丢失了扩张得来的辽阔疆域,而且连本土都被外族入侵蹂躏。也就是说,此时它的国家观念已经不再可能包括对"强盛、征服与掠夺"等问题的思考。

  罗马帝国国家观念的嬗变,不仅反映在疆土的丢失上,还反映在民族身份和宗教信仰的认同上。罗马帝国的民族和宗教信仰颇为多样复杂,就像塞涅卡所说的那样:"罗马人在征服的土地上定居。"②就特权而论,差异还是存在的:罗马人的特权即使普及帝国每个人,意大利和行省之间还是有差别的;前者被尊为政治的中枢和国家的基础,是皇帝和元老院议员的出生地,至少他们都居留此处。不过,就公民身份而论,从阿尔卑斯山山脚到南端的卡拉布里亚(Calabria),所有意大利人一出生就是罗马公民,原有的差别待遇清除得干干净净,于是一个伟大的民族在不知不觉中凝成,经由语言文字、生活习惯和典章制度的统一,共同肩负起强权帝国的重责大任。罗马人认为,语文影响到民族的风俗习惯,所以在武力征服的同时,非常重视拉丁语的大力推广。帝国在征服西部领域的同时也实施教化,未开化的蛮族很快就降服;知识和礼仪带来新的印象,开启他们的心智。维吉尔和西塞罗(Marcus Tullius Cicero,前103—前43)所使用的语言虽然不可避免地混杂着以讹传讹的谬误,但仍然广泛被阿非利加、西班牙、高卢、不列颠和潘诺尼亚的民众所采用。③ 然而,蛮族的入侵改变了罗马帝国的民族身份认同。在罗马帝国的漫长岁月里,民族融合是一个持续的过程;匈奴、哥特以及日耳曼等所谓的蛮族都对罗马帝国进行过骚扰、入侵乃至统治。例如,奥多亚克作为统治意大利的第一位蛮族,不仅引进了日耳曼和西徐亚战士,而且还使他们成为罗马人的主子。昔日的蛮族

---

① 爱德华·吉本:《罗马帝国衰亡史》(第3卷),第143页。
② 同上,第30页。
③ 同上,第28、31页。

现在成了罗马的统治者,这意味着这部分日耳曼民族早已经融入了整个罗马帝国。

上述融合还改变了宗教信仰。基督教初进罗马时是受到打压的。尤其是罗马那场烧了九天的著名大火,引起了尼禄对基督徒的迫害。然而,"格拉提安登基以后,不仅行事谨慎而且头脑开明,严辞拒绝这些亵渎神明的标志,把发给祭司和灶神处女的年俸,使用于国家或教堂的社会服务,废止他们的荣誉地位和豁免特权"。① 格拉提安的做法实际上是在拆除古老罗马迷信的架构,后者曾在民意和习俗的支持下,屹立了1 100年之久。想当年,异教还是元老院的合法宗教,议员集会的厅堂或神庙都供奉着胜利女神的祭坛和雕像。如今,罗马帝国的本土崇拜被视为异教,这无疑为基督教的发展提供了空间。卢梭在谈到国家时,曾这么说道:"我们每人把自己的人身及全部力量共同置于总意志的最高指导之下,而我们以法人的资格把每个成员理解为整体的不可分割的一部分。"②在罗马帝国处于顶峰的时期,祭司被视作神职人员,无论军队出行还是国家遇到危难,都要请他们观天象或卜卦,对有关事情做出预言;而现在这种宗教形式被当作异教,基督教被视为正教。在这种语境下,文化发生了嬗变,作为文化观念内涵的"国家/共同体"自然也发生了嬗变。国家观念的嬗变预示着罗马帝国的共同体将发生重大变化,意味着罗马帝国要么走向更加强盛的未来,要么走向衰亡。

三、共同体的损毁与罗马帝国的衰亡

罗马帝国国家观念的嬗变意味着罗马帝国的意识形态出现了变化,同时也意味着国家政治共同体面临新的考验。自由和民主是任何时期、任何社会、任何共同体赖以存在的基本理念和基础,而健全的国家就是一个承载着这些理念的共同体。恩格斯(Friedrich Engels,1820—1895)说:"应当抛弃这一切关于国家的废话,特别是出现了已经不是原来意义上的国家的巴黎公社以后……一到有可能谈论自由的时候,国家本身就不再存在了。因此,我们建议把'国家'一词全部改成'共同体'(Gemeinwesen),这是一个很好的古德文词,

---

① 爱德华·吉本:《罗马帝国衰亡史》(第3卷),第47页。
② 转引自曹树金:《国家概念再探析》,《辽东学院学报(社会科学版)》,2015年第1期,第27页。

相当于法文的'公社'(Commune)。"①言下之意，人民应该生活在"公社"型的国家政治共同体里面，因为只有这样的共同体方可保障他们的民主和自由。《罗马帝国衰亡史》所要揭示的正是这类共同体的缺席，以及由此带来的灾难性后果。

罗马帝国经历了王政时代、共和时代和帝国时代三个时期。王权逐渐集中，公民大会权力不断陨落，元老院也从最初高于"王权"和库利亚会议的中心地位退回到一个形同虚设的机构，尤其是在屋大维建立了罗马帝国之后。吉本在提及这一段历史时这样写道：

> 元老院在丧失尊严以后，所拥有的权力如过眼云烟，何况很多名门世家已被清除殆尽，共和国拥护者的精神和才华，经过战场的大肆杀戮和战败的公敌宣告(Proscription)，完全消失得无影无踪。有一千多位各式各样的人物，被有计划地指定为元老院议员，有些人到达此一阶层，因为既无权力，又未能像前人一般获得应有的荣誉，而深感羞耻。②

屋大维重组元老院，并自称国父。他和忠心耿耿的阿格里帕一起，精心筛选元老院议员名单，并把议员的财产资格提高为一万英镑，因而产生了一批新的权贵家族。显然，新当选的元老院议员都是他的亲信或支持他的人；虽然他以这种方式恢复了元老院的尊严，但行政权凌驾于立法之上，宪政体制也一定会名存实亡。

屋大维建立了共和国向帝制过渡的君主政体。尽管他还保留了共和制这层虚伪的外衣作为掩护，保留了共和制的各种行政机构，如公民大会、元老院、执政官，以及共和时期的行政管理方式，但这些官职的权力逐渐被他架空。屋大维大兴个人崇拜，把自己塑造成神明一般的人物，"元老院为赞颂屋大维对罗马做出的贡献，正式授予他'奥古斯都'的尊号，同时还决定在元老院会堂中设置一面金盾镌文颂扬屋大维的英勇无畏，宽厚仁慈和公正

---

① 转引自肯尼斯·梅吉尔：《马克思哲学中的共同体》，马俊峰、王志译，《马克思主义与现实》，2011年第1期，第166页。

② 爱德华·吉本：《罗马帝国衰亡史》(第1卷)，第50页。

笃敬"。① "在万众欢呼和拥戴下,他获取了一系列的荣誉和权力:公元前30年,他重新被确认为终身保民官(六年前他曾获得这一权力);公元前29年,获得'大元帅'称号(Imperator);公元前28年,获得'元首'称号(Princips Senatus);公元前27年,又获得'奥古斯都'的称号(Augustus)。他还是执政官、行省统治者、大祭司长等,俨然一位集各种密集权力于一身的专制君王。"② 其实,屋大维对元老院的三次清洗使得这个原本用作议事的机构成为他唯唯诺诺的忠实臣仆。

更有甚者,为了方便自己的独裁统治,奥古斯都建立了所谓的"御前会议"。"从公元前27年开始,元首组织了一个类似元老院常委会性质的议事会","公元13年以后,元首家族三位成员成为这个会议的永久成员,原抽签选的委员会改为由元首亲自圈选,不必经元老院同意"。③ 这种做法实际上已经把共和时期元老院举足轻重的权力完全吞噬一空,而这时的"元老院无论眼前或将来都得仰人鼻息,因之元老阶层中大多数人变得耽于享乐,胸无大志,只图寻求安逸奢侈生活,以奉承谄媚主上为荣,共和制时代作为国家元老所拥有的奉献为乐、争取民主自由的精神已丧失殆尽了"。④ 奥古斯都的做法是与共同体的基本精神和基本准则完全背道而驰的。元老院原本是一个民主、自由的共同体,它代表着普通民众和国家的利益;统治者的个人权力在元老院受到遏制,国家和公民的权利在元老院受到保护;元老院的议员们能够积极、自由、民主地与国家最高领导人商谈国家大事。元老院的议员在议事时有积极性,还有自由性、民主性,正像英国哲学家格林(Thomas Hill Green,1836—1882)所说的那样,"积极意义上的自由把所有人的力量都平等地解放出来,以为公共利益作出贡献"。⑤ 元老院大多数人在屋大维的淫威之下,变得只求安逸奢侈的生活,以奉承谄媚主子为荣,这是对共同体基本精神的损毁。在这种语境下,罗马帝国的衰亡也就在所难免了。

---

① 李雅书、杨共乐:《古代罗马史》,北京:北京师范大学出版社,2004年,第249页。
② 宫秀华、刘琳琳:《奥古斯都行省改革政策论析》,《东北师大学报(哲学社会科学版)》,2007年第6期,第25页。
③ 李雅书、杨共乐:《古代罗马史》,第249—250页。
④ 同上,第250页。
⑤ 转引自郭凤英、邢永富:《个体自由与国家共同善的和谐——T. H. 格林的积极国家教育职能观分析》,《教育理论与实践》,2014年第34期,第3页。

继屋大维之后，罗马帝国历史上出现过不少暴君，这大概都要归咎于一个原因，即当权者的权力没有受到约束。公元211—217年期间，罗马帝国统治者卡拉卡拉就是一个非常残忍的暴君。其父塞维鲁临终前留下遗嘱，要求军队拥护他的两个儿子卡拉卡拉和格塔继承帝位。卡拉卡拉不能容忍与弟弟格塔共享权力，就趁母后召见他们的机会派人埋伏在四周，当着母亲的面把格塔杀害了。据历史资料记载，凡是格塔的"友人"，无论男女，都惨遭杀害——他的卫士、自由奴、替他处理事务的大臣、陪着他消遣的同伴、那些因他得到升迁的官吏，以及与他有深远关系的随从人员，都无一幸免，受害者人数竟达两万左右。在《罗马帝国衰亡史》里，吉本把卡拉卡拉视为人类的公敌：

他在谋害格塔以后过了一年（公元213年）就离开首都（从此没有回来过），其余的统治期间全部在帝国的几个行省，特别是喜欢流连东方，所到之处轮流成为他蹂躏和掠夺的对象。元老院的议员被迫同行，无不恐惧他那善变的性格，每天提供巨额经费供他享乐花用，而他毫不放在眼里，随意丢给卫士朋分。卡拉卡拉并且在每个城市兴建宏丽的行宫和剧院，有的他根本就没有去过，也不下令停止修建。大多数富有的家庭因为被处以罚金或没收财产而家破人亡，一般人也因巧立名目和日益增长的税赋而苦不堪言。国家太平无事时，他稍有不如意便勃然大怒。他在埃及的亚历山大里亚发布大屠杀令，从位于塞拉庇斯神庙的行营，亲自监督杀害几千公民和外国人。他从不在意要杀多少人，也不管他们有没有罪，只是冷酷地通知元老院，所有的亚历山大里亚人，不管是被杀死还是已经逃走，全部同样有罪。①

卡拉卡拉没有继承父亲优秀的品德和智慧，而是学到了历代君王最暴虐、最愚蠢的一面。他父亲虽然对军方很慷慨，但还能审慎地加以约束，不至于造成严重后果；而卡拉卡拉则把纵兵殃民当作统治策略来推行，完全摧毁了共同体的基本精神和原则，以致军队和国家全部难逃覆灭的命运。国家是一

---

① 爱德华·吉本：《罗马帝国衰亡史》（第1卷），第112—113页。

种政治共同体,就像亚里士多德在《政治学》里所说,"我们所见的每一个城邦(城市)都是某一种类的社会团体,一切社会团体的建立,其目的总是为了完成某种善业——所有人类的每一种作为,在人类自己看来,其本意都是在求取某一种善果。既然一切社会团体都以善业为目的,那么我们也可以说,社会团体中最高而包含最广的一种,它所求的善业也一定是最高和最广的:这种至高而广涵的社会团体就是所谓'城邦',即政治社团(城市社团)"。① 这里的"政治社团"实质上就是政治共同体,它是至善的社会团体,"以善业为目的"。卡拉卡拉本应作为这个政治共同体的领头人,可是他昏庸霸道,残酷无情,草菅人命。他主导的这个政治共同体已经名存实亡,他和这个国家也就在劫难逃了。

吉本花去毕生精力来写《罗马帝国衰亡史》,除了他对罗马历史特别感兴趣之外,还因为当时的英国正在疯狂进行海外扩张,逐渐成为"日不落帝国"。如同当年的罗马帝国一样,英国正处于历史上最强盛的时期。吉本说,当他坐在卡皮托山的废墟上沉思时,他心中浮现出要再现这座城市衰亡的想法;虽然他没有点明此时大英帝国和昔日罗马帝国的相似之处,但是我们完全可以推论:罗马的废墟引发了吉本的联想,他很可能看到了英国的未来景象。对此时此刻的吉本来说,没有任何东西比眼前的废墟更触目惊心了,"无论书本上告诉我们那个民族如何伟大,他们对罗马最繁荣时代的描述,远不足以传达废墟显示的景象"。② 废墟带来的震撼不仅使他下决心写一部《罗马帝国衰亡史》,还要为"如日中天"的大英帝国敲响警钟:就像罗马帝国一样,一个国家无论多么强盛,一旦其共同体的基本精神和原则受到损毁,就失去了值得捍卫和追求的价值,最终一定会被人民抛弃。这难道不是一种文化遐想?里面难道没有共同体形塑这一文化观念的内涵?

---

① 亚里士多德:《政治学》,吴寿彭译,北京:商务印书馆,1981年,第341页。
② 爱德华·吉本:《罗马帝国衰亡史》(第1卷),第6页。

第二节
华兹华斯笔下的深度共同体

十几年来,越来越多的学者把目光投向了华兹华斯(William Wordsworth, 1770—1850)的"共同体情怀"。内中最引人注目的是英国牛津大学教授纽琳(Lucy Newlyn)跟牛津布鲁克斯大学高级讲师怀特(Simon White)之间的争论。纽琳于 2003 年发表了以"《序曲》中的共同体"为副标题的文章,强调华氏的长诗《序曲》(*The Prelude*)"旨在以'诗人心灵的成长'为切入点,进而展示怎样奠定仁慈社会的基础。在华氏看来,从一个人对共同体的责任来审视自我,不失为最好的角度"。① 这一观点受到怀特的质疑。后者一方面承认"该诗关乎共同体在个人成长中的作用",另一方面则断定这种意识"被挤压在整个叙述的缝隙之中",②或者说只是在叙述人口中得到了"压制性描述"。③ 怀特在这一观点的基础上进而提出,"《序曲》在总体上缺失了有关工作和工作共同体的再现","缺失了近距离的工作意象",其原因是作者"想要迎合上流社会读者的期待"。④ 不过,怀特又强调华氏后来在思想上经历了一个质的飞跃,因而在其晚期作品《漫游》(*The Excursion*)中"较少关注人类个体的作用……而是更多关注局部社会结构……与其说他致力于谴责那些给人类带来痛苦的人,毋宁说他致力于探究通向具有正当功能的人类共同体的途径";⑤也就是说,"随着《漫游》的杀青,华兹华斯的诗学完成了一种转向,原先它扎根于对个人

---

① Lucy Newlyn, "The Noble Living and the Noble Dead': Community in *The Prelude*," in *The Cambridge Companion to Wordsworth*, ed. Stephen Gill. Cambridge: Cambridge University Press, 2003: 55 - 69, 9.
② Simon White, *Romanticism and the Rural Community*, Hampshire: Palgrave Macmillan, 2013, 59.
③ Ibid., 66.
④ Ibid., 64.
⑤ Ibid., 67.

英雄的再现,此时则重视人与人之间的联结"。① 怀特和纽琳的观点各有千秋,其共同优点是揭示了华氏诗歌中的共同体意识,但是他们的研究都有失偏颇:纽琳只偏重个人对共同体的责任这一角度,而怀特则把个人和共同体看作对立的概念,对两者之间的辩证关系缺乏洞察。事实上,华氏对共同体的思考是多层次、多角度的,因此我们的相关研究也应该在较为宽广的语境中展开。

为了比较充分地理解华兹华斯的共同体思想,我们有必要以"共同体"这一概念的基本含义作为思考的起点。下面我们就从共同体的定义谈起。

一、深度共同体

在共同体研究史上,德国学者滕尼斯(Ferdinand Tönnies,1855—1936)是一个绕不过的探讨者。他曾经在与"社会"相对的意义上,给"共同体"下了一个经典性定义:"共同体意味着真正的、持久的共同生活,而社会不过是一种暂时的、表面的东西。因此,共同体本身必须被理解为一种生机勃勃的有机体,而社会则是一种机械的聚合和人工制品。"②这一定义跟华兹华斯的共同体情怀十分契合。

在华兹华斯所生活的时代,由于工业化浪潮的冲击,传统的乡村共同体正处于土崩瓦解的境地,而新型的共同体还未出现,这情形就像阿诺德(Matthew Arnold,1822—1888)后来描述的那样,处于社会转型期的人们"徘徊于两个世界之间,/一个已经死去,/另一个还无力诞生"。③ 时代同时也催人思考怎样建立新世界/共同体,但是让华氏十分担忧的是,那个"不忠不义的时代"竟有一批"愚蠢先生与虚伪先生……将本不/口渴的羊拼命赶往它们/一向回避的水池"。④ 这几行诗句剑指当时弥漫于英国社会的唯理性主义和机械主义思潮,诗行中的"愚蠢先生与虚伪先生"则是以葛德汶(William Godwin,

---

① White, *Romanticism and the Rural Community*, 79.
② Ferdinand Tönnies, *Community and Civil Society*, trans. Jose Harrisand Margaret Hollis, Cambridge: Cambridge University Press, 2001, 19.
③ Matthew Arnold, "Stanzas from the Grande Chartreuse," in *The Poems of Matthew Arnold*, ed. Kenneth Allot. London: Longmans, 1965, 288.
④ 威廉·华兹华斯:《序曲或一位诗人心灵的成长》,丁宏为译,北京:中国对外翻译出版公司,1999年,第68页。

1756—1836)为代表的、热衷于"启蒙理性秩序"或"启蒙工程"的思想家。华氏曾经一度追随过葛德汶,原因是后者在《政治正义论》(An Enquiry Concerning Political Justice, 1793)等书籍中描绘了关于未来理想社会的蓝图,可是随着时间的推移,华氏发现葛氏所构想的是一个由机械主义原则主宰的社会,也就是滕尼斯所说的"机械的聚合"(这在"将本不口渴的羊拼命赶往它们一向回避的水池"这一比喻中得到了生动的体现),而华氏所向往的则是"高于一般机械因素"①的、情理交融的共同体,也就是滕尼斯所说的"生机勃勃的有机体"。我国学者丁宏为曾经令人信服地指出,华氏的"许多诗行可以说是与葛氏的公开商榷",②这一点在我们研究华氏共同体思想时值得优先考虑。事实上,华氏对理性至上的机械主义语境进行挑战的例子很多,下面这几行广为人知的诗句就是典型的例证:"我们那好事的理智,/扭曲了事物美丽的形式:——/我们解剖一切,却谋杀了生命。"③类似的表述在《序曲》中也可找到:华氏反思自己当初追随葛氏时"也动用逻辑/推论,片刻间摧毁生命中的奥秘。然而,恰恰是/这些奥秘,曾经——并且将会/永远——使四海一家,结为兄弟"。④ 此处的"使四海一家,结为兄弟"显然是一种共同体情怀,并且显然是跟"摧毁生命"的"逻辑推论"以及"谋杀了生命"的"好事的理智"格格不入的。换言之,华氏在憧憬人类的未来时已经意识到,共同体的建设首先要从破除对工具理性/机械主义的迷信入手。

至于该怎样破除上述迷信,华兹华斯有着多方面的思考。除了纽琳所说的个人对共同体的责任,以及怀特所说的社会结构之外,华氏更多考虑的是共同体的纽带、人们的共同信念、人与社会之间的互动和辩证关系、人与人(包括死者和未出生者)之间的沟通、人与大自然的沟通,等等。对于这些因素的一些表述,即便未直接采用"沟通"一词,也包含了沟通的意思。例如,人们的共同信念构成了人与人之间沟通的基础。笔者想要强调的是,华氏考虑的各类沟通都有一个共同的要素,即情感——不仅是个人的情感,更重要的是社会的

---

① 丁宏为:《理念与悲曲——华兹华斯后革命之变》,北京:北京大学出版社,2002 年,第 160 页。
② 同上,第 155 页。
③ William Wordsworth, "The Tables Turned," in *The Norton Anthology of English Literature*, Vol. 2, ed. M. H. Abrams, New York: W. W. Norton & Company, 1986, 151.
④ 威廉·华兹华斯:《序曲或一位诗人心灵的成长》,第 314 页。

情感结构(the structure of feeling)，而这正是唯理性主义和机械主义思想体系所缺乏的。虽然华氏并没有用过"情感结构"这一术语，但是他的有关思考跟发明这一术语的威廉斯(Raymond Williams，1921—1988)可谓不谋而合：在威氏那里，情感结构意味着一种"深度共同体"(the deep community)，而只有在这深度共同体中，"沟通才成为可能"；① 华氏在想象共同体时所关注的也恰恰是怎样使上述各类沟通成为可能，因而他心目中的共同体实际上也是一种深度共同体。

换言之，华兹华斯为追求共同体的深度，十分关注上述沟通的深度。为确保这种深度，他不会就沟通而谈沟通。例如，他在提倡人与人之间的沟通时，往往会考虑这些沟通的基石，如人的心智培育，而心智的培育必然会涉及个人独思、反思的场景，尤其是从大自然汲取养料、灵感和启迪的场景。正是在这一点上，他的论述常常遭到误读。前文提到的怀特就曾指责他一度沉溺于"个人英雄的再现"，另一位批评家克拉克也曾断言《序曲》"宣扬个人主义思想"。② 这些指责的理由是《序曲》的大部分篇幅所呈现的是诗人独处的画面。丁宏为曾经从华氏笔下"悲曲"意象所代表的"基本的、永在的、普遍的状况"入手，驳斥了那些指责华氏"见河山而不见现实"的观点。③ 丁宏为还举了《序曲》中批评现行大学的浮躁，同时憧憬理想学苑的例子：

(理想的大学应该成为)
一个娴雅端庄的所在，反刍
动物的乐园，恬静的生命能自由
徘徊；河旁有苍鹭喜欢伴着
缓缓流水进餐，翠柏尖顶的
鹈鹕孤身独憩，在冥思默想中
沐浴太阳的光芒。④

---

① Raymond Williams, *The Long Revolution*, Harmondsworth: Penguin Books, 1961, 65.
② Timothy Clark, *The Theory of Inspiration: Composition as a Crisis of Subjectivity in Romantic and Post-Romantic Writing*, Manchester: Manchester University Press, 1997, 94.
③ 丁宏为：《理念与悲曲——华兹华斯后革命之变》，第6—7页。
④ 威廉·华兹华斯：《序曲或一位诗人心灵的成长》，第69页。

此处的"反刍动物""孤身独憩"和"冥思默想"都有独思独行的意味,但是诚如丁宏为所说,"诗人作为'反刍动物'(ruminating creatures)不是逃避生命能量,而是力求更多、更细地汲取生活滋养"。① 笔者想要补充的是,在很多情况下,华氏笔下"孤独者"的形象并非断绝了与他人的交往和沟通。就《序曲》而言,虽然大量篇幅展现语者(第一人称叙事者)独处的情景,但是他并非为了独处而独处,而是为了更好地与人相处。

这么说的主要依据有二。

其一,《序曲》语者在孤独中所思考的大都是人类的共同命运。还在学童时代,他便开始独自思考一个人如何从小就"与生机盎然的/宇宙结下患难与共的友情"。② 他还提到自己跟柯勒律治(Samuel Taylor Coleridge,1772—1834)从少年时代起就"志同道合",都"在孤独中追寻着同样的真理"。③ 诗中"沉思默想"和"独自游荡"的字眼频频出现,但是语者所观所思的对象却并不孤独。例如,第四卷《暑假》写他如何在漫游时"回到沉思默想的世界",可是紧接着就出现这样的文字:"当时/人间的生活也让我产生/新奇感,我爱那些人的劳作,所指的/正是他们的日常生活。常常/惊奇地看到,这安宁的景象犹如/争春的花园,数日不见就现出/不同的姿色,因为(当然不必/谈论某个花园的变化),在这/狭小的山谷中,人们互为邻舍……"④此处,尤其是"我爱那些人的劳作"和"人们互为邻舍"那两句,诗人的共同体情怀跃然纸上。在快接近全诗尾声时,语者有这样一段思考:"……当时我说:'/该审视社会大厦的基础,看一看/那些靠体力劳动为生的人们,/劳作之繁重大大超过其所能,/还要承受人类自我强加的/不公正,但他们拥有多少心智的/力量,多少真正的德行!'/为做出/这一判断,我主要着眼于自然界的/人类群落,农民耕作的田野/(何必再寻他处?);……我仍然渴望在骚乱中找出具体的事实与情景,引起更贴近我们个人生活的同情……"⑤学术界对这一段文字的解读一般都聚焦于华氏跟葛德汶的争论(葛氏主张把美德建筑在学识之上,其理由是农民过于愚昧,不足

---

① 丁宏为:《理念与悲曲——华兹华斯后革命之变》,第5页。
② 威廉·华兹华斯:《序曲或一位诗人心灵的成长》,第40页。
③ 同上,第48页。
④ 同上,第88页。
⑤ 同上,第330—331页。

以代表美德,而华氏则认为农民拥有心智的力量和真正的德行)。对此,我们需要加以补充的是,诗人在此表达了强烈的共同体关怀,或者说对共同体的深度关怀,因为它涉及了共同体的社会基础、主要依靠对象以及(由在大自然辛勤耕作的普通农民所引领的)共同体伦理。同样具有深度意义的是"引起更贴近我们个人生活的同情"这一句,它所蕴含的思想跟艾略特(George Eliot,1819—1880)的"同情观"毫无二致(艾略特深受华氏影响,这已是不争的事实)。我国学者高晓玲在研究艾略特时这样说:"'同情',有时可以被理解为同胞感(fellow-feeling),强调共同的情感体验,以区别于居高临下的怜悯姿态……'同情'则侧重于主体对他人感受的认同体验,或者说主体之间的情感流通。这种同情经常显现出比冷静的理智更为强大的社会整合力量,是维系社会和谐的重要纽带。"① 这段话同样也适合于解读华兹华斯。

其二,《序曲》语者常常独憩于大自然的怀抱,为的是从中悟到共同体的真谛。他在第一卷中强调:"我的灵魂有美妙的播种季节,/大自然的秀美与震慑共同育我/成长……"② 这种培育看似只跟个人有关,但是共同体的建设离不开个人心智的培育。前文提到,共同体的建设首先要从破除对工具理性/机械主义的迷信入手,而《序曲》语者从大自然中得到的启示恰恰能帮助他破除上述迷信,如他在"开始追求她(笔者按:指大自然)"后得到的启示:"……有谁会用几何的/规则划分他的心智,像用/各种图形划定省份?谁能/说清习惯何时养成,种子/何时萌发?谁能挥着手杖,/指出'我心灵之长河的这一段源自/哪方的泉水'……"③ 传递同样思想的文字在诗中俯拾皆是。例如,《序曲》第六卷和第八卷中就不乏"击败理性主义的片段——惊奇、震慑、变故、机遇和厄运交替出现,抵制理性的钳制"。④ 与理性主义思维方式相对立的是审美情趣和审美判断,而后者正是共同体建设所必需的,所以诗人-语者"常观/大自然的形态,从中获取了审美的/尺度"。⑤ 对审美的诉求在第十三卷中又得到了加强;

---

① 高晓玲:《"感受就是一种知识!"——乔治·艾略特作品中"感受"的认知作用》,《外国文学评论》,2008年第3期,第11页。
② 威廉·华兹华斯:《序曲或一位诗人心灵的成长》,第12页。
③ 同上,第38—39页。
④ Susan Wolfson, "The Illusion of Mastery: Wordsworth's Revisions of 'The Drowned Man of Esthwaite,' 1799, 1805, 1850," *PMLA* 99, No. 5 (1984): 917-935, 922.
⑤ 威廉·华兹华斯:《序曲或一位诗人心灵的成长》,第133—134页。

它的标题就是"想象力与审美力,如何被削弱又复元",而使之复元的是大自然(语者从大自然中得到了如下启示):"应以兄弟的情谊/看待卑微的事物,尊重这美好的/世界中它们那默默无闻的位置。/经过如此(笔者按:即大自然的)调教与安抚,我再次/发现,人类社会能给予欢乐,/能承接我的爱与真纯的想象。"①此处的共同体情怀再明显不过了。在同一卷中,语者还坦言大自然帮助他"澄清什么会持久,什么将消逝;面对那些以世界的统治者自居、将意志强加给良民百姓的人们,我看出他们的傲慢、愚蠢、疯狂,不再感到奇怪;即使他们有意于公共福利,其计划也都未经思考,或建筑在模糊或靠不住的理论上;我也让现代政治理论家的著作接受其应有的检验——生活的检验:人间的生活,……于是看清,那冠以'国家财富'大名的偶像多么可怕……"②这里的"公共福利""人间的生活"和"国家财富"都属于共同体关怀的范畴。更重要的是,"冠以'国家财富'大名的偶像"那一句显然是针对亚当·斯密(Adam Smith,1723—1790)及其《国富论》的。华兹华斯嘲讽斯密的理论,称其为"模糊或靠不住的理论",这跟他对葛德汶理性/机械主义思维模式的批判是一致的。这种批判一方面有赖于从大自然汲取的审美尺度,另一方面则着眼于对共同体的深度关怀。

以上分析表明,在华兹华斯的共同体思想中,个人和社会这两个概念是无法截然分开的。威廉斯发表过一个著名的观点,即社会和个人本来就是你中有我、我中有你的"共生共长的过程",③这一观点其实早在华氏那里就生根发芽了。学术界常常误指华氏宣扬个人主义,其实是不理解他深谙个人与社会之间的辩证关系——不深究个人,就没有共同体的深度。

二、共同体中的陌生人

共同体思想的深度还体现在对待陌生人的态度方面。假如一个共同体容不下陌生人,或者让陌生人受到冷遇,那它就毫无深度可言。华兹华斯在这方

---

① 威廉·华兹华斯:《序曲或一位诗人心灵的成长》,第 328—329 页。
② William Wordsworth, *The Complete Poetical Works of William Wordsworth*, London: Edward Moxon, Son & Co., 1869, 518. (基本参考丁宏为的译文,个别文字做了更动。)
③ Williams, *The Long Revolution*, 118.

面有比较深入的思考。英国沃里克大学乔恩·米教授曾经注意到华氏喜欢描写陌生人相遇、交谈的情景,并称之为"华兹华斯邂逅诗"(the Wordsworthian encounter poem)。乔恩·米虽然欣赏华氏对陌生人的关注,却得出了如下结论:"在华兹华斯邂逅诗中,经常出现比较正式的交谈,经常再现至少牵涉两个交谈者的场面,但是交谈的结果很少是相互理解。人的内心抵制揭示。"①乔恩·米的这番话是对耶鲁大学教授布罗米奇的呼应。后者在 20 世纪 90 年代末提出,华氏诗歌给人以这样的总体印象:"每个人的道德动机都很特殊,我们永远无法深入了解这些动机,因而也无法对它们做出判断。"②情形果真如此吗?假如真的如此,那么华氏笔下的共同体就缺乏深度了——缺乏相互理解的"交谈"谈不上深度沟通,因而也构不成深度共同体。

不知为什么,乔恩·米在论证上述观点时"醒目"地忽略了华兹华斯的《序曲》。事实上,《序曲》不乏(陌生人相互)深度沟通的例子,哪怕如前文所述,它常常因所谓的"个人英雄主义"而受到诟病。在第七卷《寄居伦敦》中,诗人对人们"互为邻舍,却不相往来"的异化现象进行了批判:"……那里的人们/怎么可能互为邻舍,却不相/往来,竟然不知道各自的名姓。"③针对这一情形,诗中有许多正面的描述,都可以看作对共同体的提倡、想象和憧憬。在第二卷《学童时代(续)》中,诗人-语者对柯勒律治发出了这样的心声:"我的朋友!你在都市中长大,见惯异样的景象,但我们通过不同的途径最终达到同一目标。为此我才与你交流……"④显然,"为同一目标"而进行的"交流"是一种深度交流。在第四卷里,诗人-语者在旅途中跟一位疾病缠身的老兵邂逅,在开始交谈时,后者有"一种心不在焉的/神情不时流露,让人觉得/陌生",但是诗人-语者帮助他在一个农舍里找到安歇之处(在此,农舍主人的共同体情怀也不言自喻),随后便出现了如下动人的一幕:"看到他能在舒适中安歇,我这才/放心,并恳求他此后不再在/路边伫留,如此身体状况,该及时求助于车夫或他人的帮

---

① Jon Mee, *Conversable Worlds: Literature, Contention, and Community 1762 to 1830*. Oxford: Oxford University Press, 2011, 192.
② David Bromwich, *Disowned by Memory: Wordsworth's Poetry of the 1790s*. Chicago and London: The University of Chicago Press, 1998, 65.
③ 威廉·华兹华斯:《序曲或一位诗人心灵的成长》,第 171 页。
④ 同上,第 48 页。

助。/听到我的责怪,他脸上又现出/那种幽灵般的温柔,慢慢说道:/'我信赖至高的上帝,我信赖从我/身旁经过之人的那双眼睛。'"①这里,"信赖"一词的连续出现,以及"幽灵般的温柔",表明陌生人已经不再陌生,原先陌生的情态可以通过深度交流来化解。

在第九卷《寄居法国》中,诗人-语者与一位陌生的军官邂逅,两人一见如故,陷入"长谈,/一次又一次,都具有相当的说服力"。② 他们的交谈涉及"一些十分美好的话题",而且他们都致力于"通过/扩散而不衰竭的知识,使社会生活/公正有序,明净清纯"。③ 这样的交谈分明是关切共同体的深度。值得留心的是,第九卷几乎有一半的篇幅被用来呈现上述长谈,其共同体情怀呈递进态势。例如,在"使社会生活/公正有序,明净清纯"那一句之后,又出现了这样的文字:"我们列出古代故事里的壮举,/……以及世间平民/百姓如何相互安慰,相互/激励;……分散的/部落如天上的云朵遍布各方,/却能共持新见,结成一体。/……一边交谈,/一边默思着理性的自由、对人类的/期望、正义与和平,啊,这是/何等的甘美!……"④此处的共同体情怀已经超越了地域、国度,达到了人类大同的境界。尤其令人回味的是"遍布各方,却能共持新见,结成一体"那一句,它体现了关于共同体之根的深度思考。共同体的根应该扎在哪里?是扎在某块土地里,还是扎在某种见解/观点中?这在英国历史上曾引起过不少争论。怀特曾把诗人彭斯(Robert Burns,1759—1796)看作"观点派"的代表,因为他认为共同体"就扎根于某种世界观",或者说"一种具有凝聚力的世界观"。⑤ 我们认为,华兹华斯也是这一观点的典型代表,甚至更胜一筹。须进一步指出的是,华氏的上述诗文还从深层次上回答了陌生人如何认同共同体的问题,以及每一个共同体成员怎样对待陌生人的问题:对每一个具体的共同体成员来说,与陌生人相遇、相处乃至互相沟通是无法回避的日常生活现象;一个共同体是否有凝聚力,取决于每个成员怎样想象自己所在的共同体,包括想象陌生人,这是"因为即便在最小的民族里,每个成员都永远无法认识

---

① 威廉·华兹华斯:《序曲或一位诗人心灵的成长》,第97—98页。
② 同上,第247页。
③ 同上,第245页。
④ 同上,第245—246页。
⑤ White, *Romanticism and the Rural Community*, 152, 177.

大多数同胞,无法与他们相遇,甚至无法听说他们的故事,不过在每个人的脑海里,存活着自己所在共同体的影像"。① 也就是说,对每个共同体成员来说,大部分同胞都是陌生人,那么怎样才能在彼此陌生的人中间产生凝聚力呢?华氏的"共持新见,结成一体"实在是精辟的解答。

事实上,与陌生人相遇和沟通的情景在《序曲》中比比皆是。例如,在第十三卷中,诗人-语者强调自己"还珍视另一种经历":

>   在能让我静思的地方独行数日,
>   采撷那些一步步将我引向
>   智慧的知识;或像个乘风远来的
>   小鸟,轻盈,欣悦,向陌生的田野
>   或丛林高歌问候,而他们也不会
>   沉默,必做欢迎的回声;或当这
>   快乐的跋涉不再有趣,我会
>   与人交谈——在荒凉的旷野,面对
>   前伸的漫漫长路,或在农舍的
>   长椅旁,在旅人歇脚的泉边;在这样的
>   地方,每遇一人都似曾相见。②

"每遇一人都似曾相见",这分明是深度共同体才有的境界!更耐人寻味的是,这一境界与"独行数日"并不矛盾——独行的诗人"像个乘风远来的小鸟",这表明他是大自然的有机部分,而正是在有机生成的、与大自然水乳交融的共同体中,路人相见才会有似曾相识的感觉。这些深刻的寓意,显然未能被怀特们理解,也遭到了乔恩·米们的曲解。我们不妨再举一例,说明华氏心目中陌生人之间沟通所应达到的程度:"……当我开始打量、/观察、问讯所遇到的人们,无保留地/与他们交谈,凄寂的乡路变作/敞开的学校,让我以极大的乐趣,/天

---

① Benedict Anderson, *Imagined Communities: Reflections on the Origin and Spread of Nationalism*. London: Verso, 1991, 6.
② 威廉·华兹华斯:《序曲或一位诗人心灵的成长》,第 332 页。

天阅读人类的各种情感,/无论揭示它们的是语言、表情、叹息或泪水;在这所学校中洞见/人类灵魂的深处……"①这里,"无保留地与他们交谈""天天阅读人类的各种情感"以及"洞见人类灵魂的深处"都明白无误地指向了深度沟通。在具有这样深度沟通的共同体里,即便发生乔恩·米所说的"内心抵制揭示",也肯定是暂时的现象。

在华兹华斯的笔下,还有跟上述情景截然相反的描写,如《序曲》中诗人-语者在剑桥经历的社交场面:"所见惟有浮华的青年:漂亮的/蝴蝶纷纷在眼前招摇,喋喋/不休的鹦鹉在耳边饶舌;人的/内心似无轻重,外部世界/只有浮华俗丽的场景。"②这段描写属于诗人-语者的反思部分——他反省自己曾经喜欢跟同伴们"高声喧闹,在无益的闲聊中/耗去……时光";此时的分贝很高,却毫无意义,因为交谈者并"不寻求与他人共享内心的/欢愉"。③ 在这种场面的反衬之下,全诗中频频出现的陌生人相遇、相谈、相助乃至相知的画面就显得更加感人。通过这种对照,华兹华斯传达了一层深意:只要有共同的价值观,即便是陌生人之间也会有深度沟通;相反,若无共同的信念和理想,即便是熟人之间也只能形同陌路,沟而不通。

在华兹华斯的词典里,"陌生人"还包括所有的死者。他的许多诗歌中都出现了坟地和出殡队伍的意象,如《漫游》第二卷中的一幕:诗人-语者和漫游者(the Wanderer)在旅行途中跟一支送殡队伍相遇,他俩被出殡者所唱挽歌的歌词深深打动:"在坟墓中您的爱是否被人感知……"④对诗人-语者和漫游者来说,那位躺在灵柩里的死者肯定是陌生人,但是那段歌词却把他们联系在了一起。那歌词说出了华氏心中的境界:一个理想的共同体应该包括那些已故的人们,尽管他们可能只活在很遥远的过去。当漫游者目睹出殡者庄重地、轻轻地安葬死者时,他情不自禁地说道:"哪一个旅者目睹此情此景,/不管他来自多远的地方,不管他有多么**陌生**,/会不承认博爱的纽带呢……"⑤用博爱的纽带连接生者和死者,这不失为一种共同体情怀。诗中更发人深省的是漫

---

① 威廉·华兹华斯:《序曲或一位诗人心灵的成长》,第333页。
② 同上,第69页。
③ 同上,第62页。
④ William Wordsworth, *The Excursion: A Poem*, New York: C. S. Francis & Co., 1850, 63.
⑤ Ibid., 69.(粗体为笔者翻译时所加,以示强调。)

游者和独居者(the Solitary)之间的一段对话:独居者把他看到的一个下葬者称为"倒霉蛋",而漫游者则称那些安葬在郊区墓地的死者为"有福之人",理由是"他们生前收获千般爱,/死后总有人悼念"。① 当时在场的诗人-语者也表明了态度:"独居者(称死者为'倒霉蛋'时)带着一丝有嘲讽意味的笑容,/这让我颇感不快……"②也就是说,华氏对这个独居者所代表的观点是持批评态度的。在他描绘的图景中,那些已故者往往是家庭、社会/共同体所不可或缺的部分。例如,在名诗《我们是七个》中,七兄妹之一的小姑娘在姐姐珍妮和哥哥约翰相继去世之后,仍然坚持自己家有七个兄弟姐妹(全诗的情节围绕她跟诗人-语者"我"之间的对话展开):

"有两个进了天国,"我说,
"那你们还剩几个?"
小姑娘回答得又快又利索:
"先生! 我们是七个。"

"可他们死啦,那两个死啦!
他们的灵魂在天国!"
这些话说了也是白搭,
小姑娘还是坚持回答:
"不,我们是七个!"③

这是一段感人肺腑的对话,除了传递小姑娘对家人的真挚情感之外,还具有一层更深的含义:小姑娘真情流露,实际上是给诗人-语者上了一课;对于后者来说,珍妮和约翰是完完全全的陌生人,但是他确确实实被小姑娘的回答打动了,因而对那些已故的、从未谋面的同胞们多了一种新的认识,一份新的情感——从"回答得又快又利索""坚持回答"和"说了也是白搭"等字里行间,我

---

① Wordsworth, *The Excursion: A Poem*. 70.
② Ibid.
③ 华兹华斯:《华兹华斯诗选》,杨德豫译,北京:外语教学与研究出版社,2012年,第24—25页。

们不难体会到诗人-语者对小姑娘的钦佩、认同,以及有关文化层面的反思。

当我们重温华兹华斯有关"陌生人"(包括已故同胞)的思考时,不禁会想起艾略特(T. S. Eliot,1888—1965)的相关思想。艾略特在《文化定义札记》(*Notes towards the Definition of Culture*,1948)一书中对当代人的家庭概念(其实跟共同体概念有关)提出了批评,因为后者往往只包括生者,而且大都不超过三代人。针对这一现象,艾略特阐述了自己的文化思想:"当我说到家庭时,心中想到的是一种历时较久的纽带:一种对死者的虔敬,即便他们默默无闻;一种对未出生者的关切,即便他们出生在遥远的将来。这种对过去与未来的崇敬必须在家庭里就得到培育,否则永远不可能存在于共同体中,最多只不过是一纸空文。"① 值得特别一提的是,艾略特此处直接用了"共同体"一词,直接把共同体的命运跟对待死者等陌生人的态度联系在了一起。应该说,华兹华斯早于艾略特一百多年就表达了类似的思想,而且给予了诗意的表达。

第三节
司各特文学作品中的共同体思想——以《艾凡赫》为例

作为共同体形塑的文化,其内涵在司各特时代得到了加强。关于共同体的想象,在很大程度上表现为国家观念的形成和演进。司各特的许多文学作品描写过去的历史,但都不免带有浓厚的当下历史的气味,尤其是带有关于当下国家/共同体的思考。他把过去的历史、国家、种族之间的矛盾放在当下的历史语境中进行解读,使它焕发出崭新的意义。他最著名的小说《艾凡赫》是根据中世纪民间传说写成的,讲述狮心王理查在"十字军"东征失败后回到国内,依靠艾凡赫等亲信,重新夺回王位的故事。虽然司各特写的是英国历史上的民族、民族矛盾与国家观念的演变,但是读者可以看到所有国家的种族、种

---

① T. S. Eliot, *Notes towards the Definition of Culture*, Croydon: Faber and Faber, 1948, 44.

族矛盾和国家观念都是这样在历史发展过程中生成、发展和演变的。这部小说颇具文化和历史认知意义。要了解该小说所体现的国家观念,还得从司各特笔下的骑士精神入手。以下我们就从骑士精神对阶级矛盾的消解说起。

一、骑士精神对阶级矛盾的消解

英国在 18 世纪末和 19 世纪初面临诸多矛盾。不少英国人对法国大革命的激进思想显示出同情和支持态度。法国大革命像一场史无前例的风暴彻底动摇了欧洲封建主义和旧贵族的存在基础,同时也让英国人意识到英国君主立宪制的问题;一场类似法国大革命的政治改革诉求在英国初露端倪。托利党政府对民众的改革要求进行镇压,生怕一点松动就会引起法国事态的重演。它压制民间的改革团体,逮捕其领导人,对他们进行审判。它好几次通过议会法令停止实行人身保护法,从而可以不经过审判就关押持不同意见者。1790 年,伯克(Edmund Burke,1729—1797)出版《法国革命感想录》(*Reflections on the Revolution in France*),对法国革命进行猛烈抨击,认为:"法国大革命对英国制度、传统和根本安全形成巨大风险……建议对革命宣传和平封锁。"[①]

工业革命的发展使当时的英国社会孕育出两个新的阶级,即工厂主阶级和工人阶级。前者以残酷的剥削手段获得日益增多的财富而昭著于世,后者以其牺牲自己的利益,变得越来越贫穷而惹人注目,这两个阶级在"旧制度"下都没有选举权,无法在现存政治体制内提出自己的要求。在这种社会政治语境下,最吃亏的要数工人阶级。恶劣的工作和生活条件使工人的健康状况十分低下,在曼彻斯特和伯明翰等工业大城市,工人的平均寿命只有 30 岁,远远低于全社会的平均水平;因此,工厂主阶级和工人阶级之间的矛盾是非常激烈的,他们之间的冲突到了一触即发的地步。这时候,非常需要一种文化的协调来缓和或消解这种激烈的阶级敌对状态,而《艾凡赫》就是在这个时候问世的。

《艾凡赫》一开始就给读者展示了一幅阶级差异的画面:戴着铜环的牧猪人葛斯、戴着同样铜环并专门搞笑的愚人(相当于插科打诨的弄臣)汪八,以及穿戴豪华的主人塞德里克。司各特对这三个人进行了如下描写:

[①] 霍特:《卡斯尔雷的对欧政策:1812—1822》,孙克强译,天津:南开大学出版社,2012 年,第 36 页。

1. 对牧猪人葛斯的描写：

这人头上没戴什么，一头乱蓬蓬、纠结在一起的浓密头发，经过日光的长期曝晒，已是带有铁锈的赭红色，恰好与他近乎黄色或琥珀色的满脸胡子形成了鲜明的对照。他的服饰中只有一件东西还没讲到，但它十分醒目，不能不提起，那便是他脖子上的一只铜环。它类似于拴狗的项圈，只是没有任何开口。铜环绕着他的脖子焊得牢牢地，大到不致妨碍他的呼吸，可是又小到除非用锉刀挫断，否则绝不可能从脑袋上取下来。在这独特的护喉环甲上刻着几个撒克逊文字，大意如下："贝奥武尔夫之子葛斯，生为罗瑟伍德乡绅塞德里克老爷之家奴。"①

2. 对愚人汪八的描写：

他的上衣染了一层鲜红的紫色，在上面又用各种颜料画了些怪诞的装饰图案。他上衣的外面还罩了一件短披风，勉强盖住了大腿的一半。披肩是深红色的布做的，有浅黄色的衬里，但已肮脏不堪。他可以把披肩从一个肩膀披到另一个肩膀，还可以随意把它包住整个身子；因此，尽管它长度不够，宽度却足可以做一幅光怪陆离的帷幕。他的胳膊上套着几只细细的银镯子，脖颈上也套着同样质地的金属项圈，上面刻的字是："愚人之子汪八，生为罗瑟伍德乡绅塞德里克老爷之家奴。"②

3. 对庄园主塞德里克的描写：

他穿一件深绿色束腰外衣，领圈和袖口镶有一种人们称之为白鼬皮的灰白色毛皮，这种毛皮不如白貂的毛皮名贵，据说是用灰色的松鼠皮做的。上衣没有扣纽扣，里边是一件仅仅裹在身上的绛红色里衣；下身的马裤也是同样的颜色，只是很短，没有达到大腿的下部，让膝盖露在外面。他脚上的鞋子与农

---

① 瓦尔特·司各特：《艾凡赫》，王天明译，南京：译林出版社，2004年，第6页。
② 同上。

民穿的样式相同,不过质地较好,鞋面上有镀金的搭扣。他的两只手腕都带着金镯子,脖颈上套着一只硕大的黄金项圈。他的环腰皮带上也镶着许多金饰纽,皮带上挂着一柄笔直的双刃短剑,尖锐的剑尖十分锋利,几乎垂直地悬靠在他的腿边。他座位的背后挂着一件镶皮毛的深红大氅,还有一顶绣得很讲究的同样料子的便帽。①

这里,司各特描写了两个不同阶级的人,他们的基本面貌形成了鲜明的对照。牧猪人葛斯和愚人汪八都是撒克逊人,属于同一个阶级。他们贫穷,受制于庄园主;而庄园主塞德里克以及撒克逊人的首领则属于这个民族的统治阶级。阶级差别决定了他们之间是不存在公平、良心和正义的。但是,读者会非常惊奇地发现,在《艾凡赫》里,牧猪人葛斯和愚人汪八所代表的阶级与庄园主塞德里克所代表的阶级在一种神秘力量的引导下"和谐"地走到了一起,并为了同一个目标而努力奋斗。这个神秘的力量是什么呢?是骑士精神。

"骑士"这个词的英语为 knight 和 chivalry。虽然 knight 和 chivalry 翻译过来都是"骑士",但还是有区别的;前者指具体的骑士个体,而后者则指骑士气概或骑士精神。"早期的骑士起源于日耳曼习俗的重装骑兵,是中世纪欧洲战场的主力军;11 世纪以后在教会的影响下,骑士逐渐演变为'基督的战士',并成为一种身份标志;13 世纪左右在教会和社会环境的约束下,形成了一种绅士风度和骑士精神。"②骑士精神孕育在西欧封建社会的土壤中,骑士当中有不少人来自社会中下层,他们为国家或大封建领主建功立业,并得到国王或大领主的封赏,使其骑士身份获得认同。骑士身份使骑士能够以一种特殊阶层的资格进入上流社会。

但是,成为一个真正的骑士并非一件轻松、容易的事情。骑士必须恪守如下基本信念:谦卑、荣誉、英勇、牺牲、怜悯、诚实和公正,等等。首先,骑士必须在思想上充满正义感,而正义感最显著的体现是"忠君"和"护教"。基督教和封建君主是正义的象征,是骑士必须保持忠诚并捍卫的;而任何背叛君主和

---

① 瓦尔特·司各特:《艾凡赫》,第 27 页。
② 陈志坚:《西欧中世纪骑士的起源和演变》,《首都师范大学学报》(人文社科版),2002 年第 4 期,第 20 页。

基督教的行为都是邪恶的。另一方面,正义感还包括保护弱者、除暴安良、出生入死等侠义行为。其次,骑士必须英勇,不怕牺牲,誓死捍卫荣誉。作为骑士,荣誉高于生命,他随时准备着为自己和家族的荣誉英勇战斗,甚至牺牲;忠君、护教和行侠等都是荣誉的具体内容。再次,骑士要崇拜爱情和勇于追求爱情。布林顿·克里斯多夫等在《西洋文化史》中指出:"骑士精神培养出'罗曼蒂克的爱情'。对一个理想的女人所产生的爱,一种做不到的、非尘世的和精神上的爱。这个理想的女人可以使崇拜者高贵起来。这种爱不是被抒情诗人唱出的肉欲之爱,而是对典型女性美德近乎宗教式的挚爱。"①

《艾凡赫》这部小说是以"骑士精神"为主导的。尽管庄园主塞德里克和牧猪人葛斯、愚人汪八都不是骑士,但他们身上具有骑士精神。他们的基本品质把他们紧紧地团结在一起,为了一个共同利益而勇敢地战斗。牧猪人葛斯和愚人汪八是非常勇敢、机智、诚实、公正的,并且对自己的主人赤胆忠心。当圣殿骑士团统领布赖恩·布瓦吉贝尔对葛斯和汪八出言不逊、恶意挑衅时,"葛斯以一种野蛮、凶狠和仇恨的目光迎着他。尽管有些迟疑,他已凶狠地把一只手搭到了刀柄上"。②牧猪人葛斯和愚人汪八都是社会底层的农奴,他们最终的目标是摆脱农奴身份,戴上自由人的腰带和盾牌。当他们的主人塞德里克被伪装成绿林好汉的诺曼人掠走后,两人侥幸逃脱,但是汪八不由得犹豫起来,"几次想转身回去……一起当俘虏";他还自言自语道,"现在我得到了自由,该拿它做什么用呢?"③这段内心独白说明汪八对主人忠心耿耿。

庄园主塞德里克、他儿子艾凡赫以及丽贝卡等一行人被押到牛面将军雷金纳德的城堡关押起来,作为人质换取赎金。这时,汪八装扮成修士,机智地进入了城堡。他找到关押塞德里克的房间,要主人和他对换服饰,然后逃离城堡。塞德里克非常感动,因而在离开前说道:"我相信,我能找到办法搭救罗文娜,……还有你,我可怜的汪八。在这件事情上,你不会让我背上良心包袱的。"④这意味着统治阶级与被统治阶级之间的激烈矛盾和裂痕出现了某种程

---

① 转引自张晓婧、涂剑:《简析骑士精神的实质和社会条件》,《法制与社会》,2010年第22期,第285页。
② 瓦尔特·司各特:《艾凡赫》,第18页。
③ 同上,第200页。
④ 同上,第269页。

度的弥合。可能有人会说,这是一种过于天真的阶级调和论,但是我们必须在当时的历史语境下考察司各特的思想——不管他的解决方案是否可行,他想要弥合阶级裂缝的愿望无可厚非,而且他所宣扬的骑士精神及其观照下的共同体代表了一种文化理想,它伴随着勇敢、诚实、忠诚和公正等价值观,对当时英国国家观念的演进起到了积极的作用。

二、民族矛盾语境下的国家观念流变

英国早期文化被称作凯尔特(Celts)文化,凯尔特人是铁器时代欧洲和前罗马时期印欧民族的一部分。至于他们是什么时候进入不列颠的,目前还没有一个肯定的回答;但早在公元前7—前1世纪,那些操着凯尔特语的人改变了不列颠的社会生活:武士们带着铁戟,农夫们带着铁镰、铁斧和窄型的铁犁铧。公元47年,罗马人征服了不列颠地区,建成了从埃克塞特到林肯的壕坑大道。罗马对不列颠的征服意味着外来文化对本土民族文化的渗透。公元287年,盎格鲁-撒克逊海盗首次掠夺了不列颠沿海地区;公元429年之后,更多的撒克逊人深入不列颠腹地,他们拓殖了这块土地,并相继引来了更多的同类,开始了对不列颠的全面统治,直到1066年威廉公爵在威斯敏斯特加冕为威廉一世——这意味着诺曼人对不列颠统治的开始,法语成了统治阶级及其仆人的日常语言。

然而,虽然诺曼人统治了英国,但是这并不意味着英国就是一个合法的国家了,原因是英国的土著民族——撒克逊人——不认可诺曼人的统治,诺曼人和撒克逊人之间的战斗或战争时有发生。在这种情况下,英国作为一个由诺曼人统治的国家,其存在是受到撒克逊人质疑的,也是不成熟的。司各特的《艾凡赫》在国家观念问题上做出了探索,它为读者展示了一个事实:国家观念是会随着时代的进步发生嬗变的。

"国家"这个概念的源头可以追踪到古希腊。英文的"国家"(state)一词源于古希腊语polis,它本义是指古希腊的城邦。古希腊没有形成现代意义上的国家,而是在各个地区构筑城墙,形成一个个的城邦;这些城邦相互交往,形成一定的认同,在关键的时候联合起来共同抵御外来侵略。对于生活在城邦里的人来说,该空间是共有的,人们之间是平等的,每个人都有资格参与公共事务,也会受到保护。有的学者认为,城邦只是一个人民及其政治生活的概念,"与作为现代国家概念核心的合法'统治权'毫无相关"。① 这种观点其实过于偏激。我们认为,城邦制实际上就是国家观念的雏形,也是人们为了自己共同利益而形成的政治共同体。城邦制衰落之后,古罗马于公元前 509 年建立了共和国,实施了所谓的国家统治。古罗马著名政治家西塞罗认为,"国家是人民的事业,但人民不是某种随意聚集在一起的人的集合体,而是大量的民众基于法的一致和利益的共同而结合起来的联合体"。② 西塞罗试图在阐述一个普遍意义上的国家观念,但他的国家观念里不免带着城邦观念的色彩。

古罗马帝国灭亡后,中世纪的欧洲陷入邦国林立的封建割据时期,基督教神权政治观念成为意识形态的主导;所以,国家的地位和作用不但受到限制而且还被降低。那时候的国家观念是与基督教神权观念紧密联系在一起的。到了中世纪晚期,随着文艺复兴和宗教改革的影响和冲击,民族国家的崛起成为欧洲最为显著的政治现象之一。民族国家是继城邦、共和国(帝国)和封建邦国之后出现的大型政治实体,也是现代国家的基本形式。英国政治思想史大师昆廷·斯金纳(Quentin Skinner,1940—)总结了导致现代国家概念产生的四个观念前提:1) 把政治学视为道德哲学分支中研究统治术的学问,即去除宗教意识的干扰,讲述亚里士多德《政治学》中掩藏的"政治科学"传统;2) 证明国家不受任何外来宗主权管辖的独立性,即邦国或城市共和国有事实上独立于神圣罗马帝国的地位;3) 承认国家在领土内作为立法者和最高权威是无可匹敌的,即教会应从属于世俗权力,没有国家的允许,任何团体和组织都不能存在;4) 政治社会(国家)被看作仅为政治目的而活动,即国家权力须与宗教事务相分离。在这种思想积淀的基础上,"到了 16 世纪末,至少在英国和法国,我们发现 State 和 L'État(国家)这些词首先在它们的现代意义上被使用了"。③

以上阐述表明,国家观念在历史长河中不是固定的,而是变动不居的。这

---

① 列奥·施特劳斯、约瑟夫·克罗波西:《政治哲学史》,李红润等译,北京:法律出版社,2009 年,第 123 页。
② 西塞罗:《论共和国 论法律》,王焕生译,北京:中国政法大学出版社,1997 年,第 39 页。
③ 转引自王刚:《国家概念的演进轨迹与解读视角——兼评马克思的国家概念》,《天中学刊》,2015 年第 1 期,第 39 页。

些流变在司各特的《艾凡赫》里有所反映。司各特是苏格兰人,出生在苏格兰的爱丁堡,"作为一个终生保守的'苏格兰爱国主义者'(而不是英格兰),他对苏格兰文化终生痴迷;……他的绝大多数小说都是以苏格兰为背景的,只有少数几部取材于英格兰历史,《艾凡赫》就是其中之一"。① 司各特做过苏格兰塞尔扣克郡副郡长,还做过爱丁堡高等民事法庭庭长。1813 年,他被授予"桂冠诗人"称号,但他拒绝了;但是,1820 年国王乔治四世授予他"从男爵"勋位时,他倒是欣然接受。他的这些经历注定了他在小说《艾凡赫》中的基本态度,即虽然他是苏格兰人,但也是大不列颠的臣民;所以,《艾凡赫》里的国家观念在小说人物身上的反映也代表了他对大不列颠帝国认可的程度。

在小说《艾凡赫》的开端,司各特开诚布公地点明了不列颠当时作为一个"国家"是种什么样的混乱状况:

> 诺曼底威廉公爵的征服造成的后果,使封建贵族的暴虐统治大大加剧,而下层的民众进一步陷入了水深火热的苦海之中。到了第四代,时间仍然不足以调和诺曼人和盎格鲁-撒克逊人之间的仇恨情绪,也没有因为他们使用共同的语言,有着休戚相关的利益而使这两个敌对民族和睦共处。征服者仍在为胜利沾沾自喜,而被征服者难免要在因战败而带来的一切屈尊下辗转呻吟。黑斯廷斯战役已使统治权完全掌握在诺曼贵族手中,而这只诺曼贵族之手,正如我们的历史书所言之凿凿的,是一只残酷无情的手。整个撒克逊民族的王公贵族,不是命丧黄泉,就是被剥夺了继承权,纵有例外,也绝无仅有;能依然在祖先的乡土上占有土地的,哪怕只有二、三等的业主,也已寥寥无几。②

这段阐述说明,在当时的英国,至少有两个民族——诺曼人和撒克逊人——之间存在着难以调和的对抗性矛盾。"在朝廷上,在排场和奢靡不下于朝廷的大贵族城堡中,诺曼法语是唯一通用的语言,在法庭上,辩护和审判也使用这种语言……但是,土地的主人和被压迫的、耕种土地的下等人之间,必须能够互相沟通,这就逐渐形成了一种由法语和盎格鲁-撒克逊语混合而成的方言,充

---

① 瓦尔特·司各特:《艾凡赫》,王天明译,南京:译林出版社,2004 年,代译序第 1 页。
② 同上,第 3 页。

当他们彼此了解的工具。"①问题也就随之而来了：到底谁才是真正的英国人？

在小说中，篡夺了王位的约翰亲王粗暴而专横，视撒克逊人为贱民，并极度鄙视他们。在比武场上，他向茹尔沃修道院院长建议，把"爱与美之女王"的荣誉给予犹太商人以撒的漂亮女儿丽贝卡。当修道院院长提出反对意见，并建议将此殊荣授予撒克逊美女罗文娜时，亲王蔑视地说道："撒克逊人或犹太人，狗或猪，有什么不同！我说了，哪怕仅仅是为了气气那些撒克逊乡巴佬，也应该提名丽贝卡。"②可见，约翰亲王没有把其他种族当作本国臣民来对待。在他眼里，撒克逊人也好，犹太人也好，他们甚至狗彘不如。同样，撒克逊人也不把诺曼人当作英国人，而是把他们当作外族人。当约翰亲王的支持者圣殿骑士和修道院院长一行到庄园主塞德里克家里借宿时，塞德里克严正地对修道院院长说："我希望您能原谅我用我本族语言与您谈话，也希望如果可能的话，您也用这种语言回答我。"③这足以说明，撒克逊人和诺曼人之间的矛盾该有多深。国家是人民赖以生存的政体，而撒克逊、诺曼和犹太民族那时还不能够为了基于一致的法律和共同的利益而联合起来。这个时候的国家观念只能是"城邦"似的，是独立的割据而已。

我们不妨再举一例：比武失败的圣殿骑士团统领布赖恩·布瓦吉贝尔一行伪装成绿林好汉，把塞德里克和他受伤的儿子艾凡赫、犹太商人以撒和他的女儿丽贝卡以及罗文娜等人掠走，关进了牛面将军雷金纳德的城堡，作为人质换取巨额赎金。牛面将军对犹太人以撒进行恐吓：如果他不交出一笔巨额赎金，就把他放在一个烧红的大火炉上像烤牛排那样烧烤。以撒不敢抗拒，只得认输。庄园主塞德里克对这种绑架行为痛恨不已，他心里想："这个国家世世代代属于我们撒克逊人，现在我们两个撒克逊人，我和阿特尔斯坦，在这儿拥有我们的土地，难道这太过分了吗？——那么处死我们吧。你们先是剥夺了我们的自由，现在再剥夺我们的生命，这样，你们的暴政就算功德圆满了。如果撒克逊人塞德里克不能拯救英国，他愿意为她而死。"④到底谁才是真正的英

---

① 瓦尔特·司各特：《艾凡赫》，第 3—4 页。
② 同上，第 82 页。
③ 同上，第 36 页。
④ 同上，第 214 页。

国人?这里提出了同样的问题。对以牛面将军雷金纳德为代表的统治阶级来说,他们诺曼人是真正的英国人;因为他们是统治者,是贵族,所以他们有权力剥夺其他任何种族的财产,甚至生命。而对于塞德里克来说,撒克逊人才是真正的英国人,才是这个国家的主人。

事实上,不管诺曼人还是撒克逊人,他们的国家观念都是错误的。真正的国家观念还没有在他们大脑中形成。只有等到狮心王理查从"十字军"东征的"圣地"返回以后,一个具有共同体性质的国家概念才在诺曼人和撒克逊人的头脑里逐渐产生,一个真正的、作为国家的英国才得以实现。

艾凡赫在小说里被称作"被剥夺了继承权的骑士",①他在比武场上都是以这个"名字"进行比赛的。之所以这么称呼他,是因为作为一个撒克逊人,他追随狮心王理查前往中东征战,并成了狮心王理查的心腹。他父亲塞德里克对此不满,随即剥夺了他的继承权。狮心王理查和艾凡赫一起悄悄潜回英国,暗中联系旧部,为夺回王位做准备。艾凡赫一直蒙面,参加了由约翰亲王主持的比武大会,并击败了后者派出的所有骑士。不幸的是,他在比赛快要结束时受了重伤。在这关键时刻,装扮成"黑甲懒虫"勇士的理查王冲进比武场,击败了那些与艾凡赫打斗的骑士,使艾凡赫取得了决定性胜利。后来,当庄园主塞德里克一行被圣殿骑士等坏蛋劫持时,理查王指挥当地的农民和绿林好汉攻陷了城堡,并救出艾凡赫等人。这些情节在小说中是颇有意义的,它们的更迭出现表明,英国的国家观念在发生着变化。换言之,以牛面将军为代表的"城堡"观念必定要消亡,取而代之的是一个新的国家观念,即诺曼民族与撒克逊民族互相联合的、具有法律和伦理基础的国家。

三、骑士精神观照下的国家共同体

《艾凡赫》讲述了一个中世纪时期的骑士故事,而中世纪是基督教最迅猛发展的"黑暗时代"。历史学家们对中世纪多持负面看法,但天主教认为,中世纪是宗教与社会保持和谐的时期,根本谈不上"黑暗"。司各特在《艾凡赫》里描写了整个基督教社会对犹太人以撒及其女儿的鄙视,的确涉及了中世纪黑

---

① 瓦尔特·司各特:《艾凡赫》,第89页。

暗的一面。尽管丽贝卡用犹太人祖传的神秘医术治好了很多平民的疾病,但她仍然被认作女巫,并被判处火刑。这时,司各特通过丽贝卡之口对施害者进行了谴责:

你说到的犹太人的情形,正是由于你这类人的迫害造成的。上帝在震怒中把他们驱逐出了自己的国家,但是勤劳给他们打开了一条赢得力量和影响的道路,这是压迫留给他们的唯一出路。读一读上帝选民的古代历史吧,告诉我,难道耶和华在各国用来显示奇迹的那些人,那时是守财奴和高利贷者吗?……犹太人就像被刈的青草,任人蹂躏践踏,与路人的泥土混合在一起。然而,他们中间仍有不甘辱没他们祖先的人,阿多尼康之子以撒的女儿便将是其中的一个!再见!我不羡慕你充满血腥味的荣誉;我不羡慕你北方异教徒的野蛮出身;我不羡慕你的信仰,它永远只停留在你的嘴上,但从未深入你的心灵,也决不会体现在你的行动上。①

这番慷慨激昂的言辞与其说是对犹太异教徒的同情,不如说是对苏格兰人受到不公正待遇的申述。司各特是苏格兰人,他的民族也是受过凌辱的,因此我们不难看出其中的深意。

自1066年威廉一世称王以后,历代英格兰君主都致力于不列颠领土的拓展。1272年,史称"苏格兰铁锤"的爱德华一世继承英格兰王位。与以往的英格兰国王相比,他对苏格兰更具有野心。1296年春,爱德华一世率领大军入侵苏格兰,挑起了一场规模宏大的残酷战争。1307年,爱德华一世拖着病体对苏格兰进行了最后一次远征,但死神已经悄然降临。临终时他留下遗愿:英格兰军队要携带他的骨灰征战苏格兰,直到最后一个苏格兰人投降。最令英格兰烦恼的是,自爱德华一世起,苏格兰问题开始与英格兰对法战争紧密联系起来。1295年,苏格兰与英格兰的敌手法国结成联盟;从此,苏格兰成为欧洲大陆抗衡英格兰的一支重要力量,它随时可以与法国结成联盟,对抗英格兰。法国只要控制了苏格兰,就获得了一个在英格兰家门口发起进攻的基地,从而使

---

① 瓦尔特·司各特:《艾凡赫》,第450—451页。

英格兰不得安宁,这一切在英法百年战争期间有着深刻的体现。

从苏格兰和法国的关系来看,当时的苏格兰是依附法国的。也就是说,苏格兰的国家观念是与法国联系在一起的,而不是与英国联系在一起的。

英格兰国王亨利八世对苏格兰进行了自爱德华一世以后最猛烈的进攻,还于1544年焚烧了爱丁堡,但苏格兰没有屈服。1548年7月苏格兰与法国签订《哈丁顿条约》:年幼的苏格兰女王玛丽将与法国王太子成亲,苏格兰王国由法国国王亨利二世保护。条约签订后,玛丽女王被送往法国,苏格兰开始由法国掌控。这使得法国在苏格兰的势力达到了顶点。法国国王亨利二世毫不掩饰地宣称:"苏格兰就像我的儿子一样。"从此,"法国获得全面支配苏格兰的地位,苏格兰无疑已成为法国的一个行省"。①

然而,1560年苏格兰的宗教改革使其与罗马教廷决裂,疏远了与天主教法国的政治和宗教上的联系,转而与英格兰结成新教同盟,将对外关系的重心转移到了不列颠。1603年,英格兰女王伊丽莎白去世,都铎王朝断嗣,王位由苏格兰君主詹姆斯六世继承,英格兰与苏格兰由此实现了王位联合。国王迁居伦敦后,以在外君主的身份委托苏格兰枢密院在北方王国代行王权,苏、英两国的议会、司法和经济体系仍相互独立,按各自原有的传统和习惯向国王缴纳税收、年金,在国王作战时为其提供武装力量。詹姆斯在英格兰加冕后,提出了将苏格兰和英格兰全面合并,在不列颠岛上建立单一君主制和统一国家的主张。虽然当时这个合并的主张由于种种原因没有得到实施,但是它为1707年两国的合并打下了坚实的基础。②

英格兰与苏格兰的合并,反映了双方国家观念的嬗变。《合并法》第4条规定:自合并之日起,联合王国的所有臣民可在联合王国及联合王国所辖殖民地进行自由贸易和自由往来;除了《合并法》中的一些特殊规定外,英格兰人与苏格兰人享受同样的权利与特权。此条款既符合苏格兰长久的愿望,也是

---

① 李丽颖:《1707年英格兰、苏格兰合并的特征》,《世界民族》,2011年第6期,第80—81页。
② 袁利宏:《17世纪苏格兰殖民扩张进程与不列颠国家的形成》,《杭州师范大学学报(社会科学版)》,2014年第3期,第55页。

对苏格兰最有用的条款。通过与英格兰合并,苏格兰加入了当时欧洲最大的自由贸易区。通过与富裕的英格兰合并,苏格兰得到了丰富的经济利益。[①] 即便如此,不少苏格兰人在合并之后,都对自己的家乡和文化情有独钟,不抛不弃。例如苏格兰诗人彭斯在创作于1790年的《我的心呀在高原》里这么写道:"我的心呀在高原,这儿没有我的心/我的心呀在高原,追赶着鹿群/追赶着野鹿,追赶着小鹿/我的心呀在高原,别处没有我的心!"[②]在这首诗里,他仍然把苏格兰称作"你是品德的国家,壮士的故乡"。[③] 诗歌中不但充满了他对苏格兰家乡的秀美山川的讴歌,还流露出他对祖国故土的深深眷念。

《艾凡赫》的重心是英格兰金雀王朝第二位国王狮心王理查,以及他在艾凡赫等人帮助下夺回王位的故事,但不免带有苏格兰情结,这表现在撒克逊人、犹太人与诺曼人的关系上。然而,无论这些不同种族和民族之间存在着怎样的对立和矛盾,它们在骑士精神的观照下,组成了一个共同体,具有共同的国家观念,它们的矛盾是国家内部矛盾。

也就是说,司各特在《艾凡赫》里从事的共同体想象,颇似安德森(Benedict Richard O'Gorman Anderson,1936—2015)所说的"民族共同体想象"。[④] 他的国家观念与传统苏格兰人的大不相同,即使和彭斯的国家观念相比也非常不同。在他眼里,英国是一种全民共同体的存在。如前文所说,他推崇的骑士精神包括荣誉、怜悯、诚实和公正等价值观,而(书中)狮心王理查把它们都整合在了国家共同体里面,让真善美的诉求成为国家的基本精神。结果,一切对立的因素发生了变化,都朝着共同体方向发展。庄园主塞德里克是一个民族自尊心很强的人,"恢复撒克逊民族的独立,是他一心追求的目标。为了它,他已经心甘情愿地牺牲了家庭幸福,放弃了他亲生儿子的利益"。[⑤] 由于他儿子是狮心王理查的骑士,跟随理查闯天下,还因为理查自己就是骑士,而且舍身救了塞德里克和他儿子的性命,甚至对篡夺王位的约翰亲王和绿林好汉们实施赦免,体现了国家共同体的精神;因此,他最终放弃了原来的意志和想法:

---

① 李丽颖:《1707年英格兰、苏格兰合并的特征》,第83页。
② 彭斯:《彭斯诗选》,王佐良译,北京:外语教学与研究出版社,2012年,第55页。
③ 同上。
④ 胡赣栋:《民族、民族主义与国家建构类型》,《国外社会科学》,2014年第2期,第37—38页。
⑤ 瓦尔特·司各特:《艾凡赫》,第191页。

塞德里克对诺曼族国王的反感也大为削弱了：首先，由于意识到要把新王朝赶出英国是不可能的(这种感情起了很大的作用)，大家对事实上的国王表示了忠诚；其次，塞德里克的坦率作风赢得了理查的好感，使理查对他格外垂青。用《沃杜尔文稿》的话来说，对这位高贵的撒克逊人，国王给予了如此礼遇，以至他在宫中做客还不满七天就获得恩准，让他的义女罗文娜和他的儿子艾凡赫结为伉俪。①

狮心王理查不但允许罗文娜和艾凡赫的婚礼在最为庄严的约克大教堂里举行，而且还亲临婚礼现场。这实际上就是安德森所说的"民族归化"策略，②让"历经忧患、一直受歧视的撒克逊人觉得他们的合法权利有了较可靠的保障，前景更为美好，这比通过危险的、难测的内战去争取更合理"。③ 狮心王理查的做法与马克思的一个观点颇为接近，即国家是"以地域和财产为基础的政治组织"。④ 如果理查像诺曼贵族牛面将军那样，试图剥夺本土撒克逊族的土地和财产，等待他的只有对抗和死亡。所幸的是，他没有那样做，而是成功地用骑士精神统一了国家。在他之后，英格兰帝王还把法语和撒克逊语混合起来使用，充当他们彼此沟通的工具。"在使用这种语言时，征服者和被征服者的语言奇妙地混合了。后来，随着古典语言和南欧各民族语言的引入，它变得更完美，更富有表现力。"⑤

随着诺曼人和撒克逊人之间根本矛盾的化解，他们的国家观念都发生了嬗变，荣誉、怜悯、诚实和公正这些价值观都融入了他们的生存环境。在这种生存环境中，所有的公民都得到了平等对待，他们与国王是平等的朋友关系，这就是《艾凡赫》所呈现的一幅理想的共同体图景。小说中的如下描写是这一图景最具亮色的部分：

---

① 瓦尔特·司各特：《艾凡赫》，第520页。
② 胡赣栋：《民族、民族主义与国家建构类型》，第37页。
③ 瓦尔特·司各特：《艾凡赫》，第520页。
④ 转引自晁天义：《重新认识国家起源与血缘、地缘因素的关系》，《史学理论研究》，2014年第2期，第67页。
⑤ 瓦尔特·司各特：《艾凡赫》，第4页。

在一棵巨大的橡树下,招待英国国王的林中宴会匆忙地准备好了。围坐在他身边的人对于他的政府而言,是些不法之徒,但现在却构成了他的朝廷和卫队。随着酒壶的传递,这些粗犷的林中人很快便对国王的在场失去了敬畏之情。唱歌和说笑声你来我往,从前的事迹讲得有声有色。……嬉戏作乐的国王也跟这伙人一样,全然不顾自己的尊严,与大家一起欢笑、狂饮、开玩笑。①

随着这欢声笑语,司各特的共同体思想得到了升华。在文化观念史上,他并未留下什么高谈阔论,但是他用生动的故事和有趣的画面,展示了共同体这一文化观念的深刻内涵。

---

① 瓦尔特·司各特:《艾凡赫》,第478页。

第三章
文学对理性主义思潮的反拨

文化观念的生长和流变,其本身就意味着对理性主义思潮的反拨。

理性主义滥觞于欧洲启蒙运动的扩展与科学实证的兴起。欧洲的启蒙运动从17世纪到18世纪涌动了百年之久,被史家称为"光的百年"。伽利略(Galileo Galilei,1564—1642)、培根(Francis Bacon,1561—1626)、牛顿(Isaac Newton,1643—1727)和洛克等人所倡导的科学实证思想也在这百年之中深入人心。然而,随着时间的推移,人们发现启蒙思想和科学实证的滥用形成了理性主义桎梏,压制着人们的情感,窒息了思维的活跃。文学艺术从来就是时代的晴雨表和风向标,同时也是社会文化观念变革强有力的助推器。当我们把目光聚焦到18世纪英国的时候,我们不得不对这一时期文学对理性主义思潮的反拨发出由衷的赞叹。

18世纪和19世纪早期的英国,文学对理性主义思潮的反拨主要表现在情感的宣泄与弘扬上,着重于探求人内心深处的感觉,推崇想象与灵视。具体来说,主要体现在以下三个层面:一、情感主义思潮:泛道德语境中的文学观念变迁;二、"令人感到温暖的东拉西扯",如《项狄传》对理性崇拜的抗争;三、以华兹华斯为代表的诗风与文化诉求。

总的来说,18世纪和19世纪早期的英国文学对理性主义思潮的反拨其实就是对机械的、呆滞的、僵化的、缺乏人性和情感的低层次理性的反拨。这样的反拨虽然发生在那个时期,但毋庸讳言,它直到今天还具有重大的现实意义,即文化意义。

第一节
情感主义思潮：泛道德语境中的文学观念变迁

人类自有了文学以来，文学的功能没有大的变化，但文学的观念却随着时代的变迁而变迁，同时还会带动文化观念的变迁。

18世纪和19世纪早期的英国，社会上呼啸着理性主义的劲风，而文坛上却澎湃着情感主义的思潮。"情感运动，又称感伤主义运动，是起自英国而后波及欧洲的一种文学潮流，得名于斯特恩的小说《穿行法国和意大利的感伤之旅》(A Sentimental Journey through France and Italy)。"[①]当时的情景由下面这个细节可见一斑："……情感至上变为18世纪60年代最典型的表现方式。例如，劳伦斯·斯特恩的《项狄传》(The Life and Opinions of Tristram Shandy, 1759—1767)不仅进入了王宫，而且也进入了普通人家的客厅，既吸引了富豪，也吸引了商贩。"[②]那么，情感主义为什么会在此时的英国文坛流行呢？

国内外许多学者都对这一问题进行了思考。归纳起来，大约有如下五种观点：

1. 文艺复兴之后，贵族从武士转化成廷臣，从武到文，趣味趋于文雅和精致。

2. 现代化进程开始以后，国内尖锐的阶级矛盾趋向缓和，大规模武装斗争失去了必要性。又由于工业化、商业化和殖民掠夺等原因，英国社会的富裕程度越来越高，人们受教育的机会增多，享受的闲暇时光也日益增多，从而有了培育善感情怀的可能。

3. 社会趋于"女性化"，即女性参与社会活动——尤其是文艺活动——的

[①] 保尔·兰福德：《日不落帝国兴衰史——18世纪英国》，刘意青、康勤译，北京：外语教学与研究出版社，2013年，第184页。

[②] 同上。

机会增多。

4. 复辟时代国家教会宽容派的影响、剑桥的柏拉图学派以及沙夫茨伯里等人的影响为情感主义推波助澜。①

5. "情感主义美德是阶级权力再分配中的一种自觉的文化武器,是某些社会群体和个人谋求更高社会地位、争取更大社会影响的方式。"②

上述观点都不无道理,但是都带有一定的片面性。我们认为,情感主义文学兴起的主要原因是英国文人们对理性主义思潮的回应。下面我们就从"脱去理性的实证"说起。

一、"脱去理性的实证"

就英国诗歌领域而言,对理性主义做出最有力回应的是威廉·布莱克(William Blake,1757—1827)、华兹华斯、柯勒律治、雪莱和济慈(John Keats,1795—1821)等浪漫主义诗人。如本章引言中所说,理性主义造成的桎梏压制了人们的情感,窒息了思维的活跃。针对这一现象,布莱克喊出了许多人的心声,即"要脱去理性的实证":

> 要脱去理性的实证(Rational Demonstration),靠的是相信救世主,
> 要依赖灵感,脱去记忆的褴褛的破布,
> 要从阿尔比安的身上脱掉培根、牛顿和洛克,
> 脱掉他的污浊的外衣,给他穿上想象的服装,
> 要从诗歌中脱掉所有与灵感无关的东西……③

---

① 参见 J. M. S. Tompkins, *The Popular Novel in England: 1770-1880*, London: Methuen, 1961, 92-93; Patricia Meyer Spacks, *Imagine a Self: Autobiography and Novel in Eighteenth-Century England*, Canbridge MA: Harvard University Press, 1976, 130, 132; Robert Markley, "Sensibility as Performance," *The New 18th Century*, ed. Felicity Nussbaum and Laura Brown, New York and London: Methuen, 1987, 212-215; Shaftesbury, "Sensus Communis," in *Eighteenth-Century English Literature*, ed. George Tillotson et al., New York: Harcourt, 1969, Pt. Ⅲ, Sect. 3, 282-284.

② 黄梅:《推敲"自我":小说在18世纪的英国》,北京:生活·读书·新知三联书店,2003年,第317页。

③ William Blake, *The Complete Poetry & Prose of Blake*, ed. David V. Erdman, An Anchor Book, New York: Doubleday, 1988, 142. 译文见丁宏为:《真实的空间》,北京:北京大学出版社,2013年,第37页。

此处，布莱克显然是在矫枉过正。事实上，他并非全盘否定理性的实证，并非要抛弃那些推崇理性的科学家和哲学家，而是想让人的心灵摆脱理性主义的桎梏。理性主义崇尚事实，但事实一旦和认知联系起来，就会因人的思想境界和情感寄托不同而发生差异。如布莱克所言，"人各相异，所见不同"（As a man is, so he sees.）。① 也就是说，面对现实，各人有各人的情感和感受，不可能理性地定于一格。让我们再以布莱克的生动比喻为例：

在守财奴眼里，一枚钱币比太阳更光辉美丽，一个装钱的旧袋子比一棵果实累累的葡萄树更美妙动人。同是一棵树，一些人会因之喜不自胜，而另一些人则认为这棵树不过是碍事的绿色东西而已。面对自然，有些人只看到荒诞和残缺，……有人则熟视无睹，而在有想象力的人眼中，自然就是想象本身。②

这里，布莱克提出了应对理性主义的策略，即放飞人的想象力。布莱克的这一观点得到了其他浪漫主义诗人的呼应，如雪莱在《音乐》（断片一）里写下的诗句：

你是打开泪泉的银钥，
灵魂在泪泉边痛饮，使头脑如醉如痴；
你是埋葬了千万种恐惧的、最温暖的墓穴，
恐惧之母——忧虑——像一个瞌睡的孩子，
在花丛里熟睡了。③

雪莱笔下那"打开泪泉的银钥"，就是布莱克所说的想象力。若单纯地从理性的角度来看，"泪泉"不可能有钥匙，"灵魂"不可能在"泪泉边痛饮"，"忧虑"不可能"像一个瞌睡的孩子"，更不可能"在花丛里熟睡"。换言之，因为有了想象

---

① William Blake, "To Dr. Trusler," 23 August, 1799, in *The Letters of William Blake*. Ed. Geoffrey Keynes. Cambridge, MA: Harvard University Press, 1970, 30.
② Ibid.
③ 雪莱：《雪莱抒情诗选》，杨熙龄译，上海：上海译文出版社，1981年，第52页。

力,泪泉不但没有干涸,而且击穿了理性主义的岩石。

无独有偶,济慈于1817年11月22日致他的好友本杰明·贝莱的信中说:

我深知心灵中真情的神圣性和想象力的真理性——由想象力捕捉到的美也就是真的,不管以前有过没有——因为我对人们所有的激情和爱情都是这个看法,它们在达到崇高境界时都能创造出真正的美。

……

朴实的富于想象力的心灵是可以从它本身得到一种满足的。举个将小比大的例子:难道你从来就没有在一个美妙的地点,被由美妙的声音唱出的熟悉的歌曲突然打动,因而再一次感受到这支曲子过去在你的心灵上引起的思想和波动?难道你不记得当时你把唱歌的人想象得美得不得了,可是因为你深被打动,你又确实是这么想的。①

这一段话让人想起了华兹华斯的名诗《孤独的割麦女》("The Solitary Reaper")。诗中那姑娘,连同她的歌曲,以及周围的场景和氛围,经由想象成为千古绝唱,可谓美轮美奂。

想象力一旦放飞,就必然"脱去理性的实证"。放飞的想象力意味着审美趣味和审美判断,是对理性主义价值体系的反拨。恰如童明所说,"美学判断是比其他判断更复杂,也更高端的判断。它深入人生命的欲望,融炼感性、理性、意志力、想象力为一体形成艺术感动(美),以此评判是非、善恶、高下。美学判断的复调使它优于理性判断的单调,它超然于功利目的,以生命的丰富多样为愉悦的根本,又反衬出道德判断的狭窄格局。"②我们还须补充一句:审美判断是要诉诸情感的,而且最好是诉诸强烈的、有感染力的情感,而这样的情感必然要与真和美紧密地联系在一起。这一切单靠理性是做不到的。正是看到了这一点,英国浪漫主义诗人们才都脱去了"理性的实证",才都扬起了想象

---

① 济慈:《济慈论诗书信选》,周珏良译,《外国诗》,北京:外国文学出版社,1983年,第264—265页。
② 童明:《现代性赋格》,桂林:广西师范大学出版社,2008年,第72页。

力的风帆。这一变化,不仅是英国文学史上的大事,而且是文化观念史上的大事——从此以后,文化观念多了一层质疑理性主义的内涵。

二、彰显人性,推崇情感

对理性主义做出回应的不只是上述英国诗人们。18世纪的英国小说家们也在这方面做出了重要贡献,其最突出的表现就是彰显人性,推崇情感。

如今学界对18世纪小说的研究,其兴奋点往往表现为对"后现代"的痴迷。许多学者都曾强调,"反理性主义""异化"和"解构"等20世纪出现的"后现代"理论,在18世纪的英国小说中已经有了实践。例如,曹波先生就认为"主体的稳定性和理性主义并不是18世纪英国所有重要小说的突出特征,与之相背而行的是对理性的怀疑、主体的异化、解构主义的萌芽、情感主义的盛行"。① 这一观点无疑是正确的,不过我们所要强调的是:18世纪英国小说所代表的情感主义思潮及其对理性主义的反拨,恰好为当时的文化观念增添了一层新的内涵。

上述反拨的一个具体表现,就是把眼光投向复杂的现世生活(与理性主义的简单化倾向相对照),投向复杂的人性这一"广阔的题材",就像菲尔丁在为自己小说定位时所说的:

> 这里替读者准备的食品不是别的,乃是人性。……一位作家要想将人性这么广阔的一个题材写尽,比一位厨师把世界上各种肉类和蔬菜都做成菜肴还困难得多。②

人性的问题是复杂的问题。要想张扬人性就得注重人的情感,注重人心灵的自由自在,而要做到这些,就要冲破理性主义的束缚;要想维护人性的健全,则要维护人性的纯洁、美好与善良,而要做到这些,就不要让人性受到任何程度的伤害。

---

① 曹波:《人性的推求:18世纪英国小说研究》,北京:光明日报出版社,2009年,第8页。
② 亨利·菲尔丁:《弃儿汤姆琼斯的历史》,萧乾、李从弼译,北京:人民文学出版社,1994年,第9—10页。

理性主义的重要流弊之一就是扭曲人性。当理性的算计和金钱、商业利益捆绑在一起时,其对人性的伤害更显得触目惊心。理性主义的这种流弊在笛福的小说中就得到了揭露。例如,《鲁滨逊漂流记》(The Life and Strange Surprising Adventures of Robinson Crusoe,1719)的主人公鲁滨逊就浸润着极强的冒险精神、创业理念和科学理性,是新兴资产阶级意识形态的理性代言人。他是一个精于算计的经济个人主义英雄。在孤岛也好,不在孤岛也好,他的理念就是发财。然而,如果世间的一切事务都遵循理性的算计,人除了发财和攫取金钱没有其他任何理念,那么,人性将变得扭曲与丑陋不堪。

笛福不仅写了男性的经济个人主义英雄,他还塑造了精于算计的女性个人主义英雄。在小说《摩尔·弗兰德斯》(Moll Flanders,1722)中,他展现了一个用女人独有的美色资本精心地算计男人金钱的女性形象。她和男人之间的交往就是做交易,她认为"婚姻是为了互相利用,为了共同的利益,为了做生意,爱情是没有多大关系或者根本是没有关系的"。[1] 如果男人"拿满把的金子放在我的手里",对于男人的非礼,"我也绝不会反对"。[2] 弗兰德斯有过13次婚姻,与多个丈夫生养了孩子,但她把所有的孩子都遣散了,一直以独身的状况示人。弗兰德斯的算计当然充满了理性,然而这样的理性却牺牲掉了道德和情感,也就极大地摧残了人性。

在另一部小说《幸运的情妇罗克姗娜》(Roxana, the Fortunate Mistress,1724)里,笛福又刻画了一个有着强烈经济意识和精明算计的、用情色进行交易的女商人。她的行为十分理性,却极其冷酷。她的原则是,年收益不超过500英镑就不考虑嫁人。在18世纪的英国,一个人年收益在50英镑,就已经跻身中产阶级了,可见罗克姗娜的贪婪。且听她自己的声言:"我已到了听不见自己良心呼唤的地步",[3]终至"把良心全扼杀掉了"。[4] 通过对这样一个人物形象的塑造,笛福实际上完成了他对理性主义的反拨。

---

[1] 笛福:《摩尔弗兰德斯》,梁遇春译,北京:人民文学出版社,1982年,第57页。
[2] 同上,第18页。
[3] 笛福:《罗克姗娜》,天一、定九译,广州:花城出版社,1984年,第46页。
[4] 同上,第48页。

18世纪英国的另一位重要作家斯威夫特也是一名坚决反理性主义的斗士。对斯威夫特及其作品,国内的评论多集中在其愤世嫉俗的人格特征和鞭辟入里的讽刺艺术,忽略了斯威夫特作为理性主义盛行时期第一个理性怀疑论者的地位,以及格列佛作为英国小说史上第一个典型的异化人物的事实。① 格列佛到底是否"第一个典型的异化人物",这可以商榷,因为鲁滨逊无疑也是一个异化了的人。但无论如何,斯威夫特作为一个理性怀疑论者的地位是毋庸置疑的。在《一个小小的建议:为防止爱尔兰贫民的子女成为父母或国家的负担,并使他们有益于社会而提出》("A Modest Proposal: For Preventing the Children of Poor People in Ireland from Being a Burden to Their Parents or Country, and for Making Them Beneficial to the Public", 1729)一文中,斯威夫特全用冷漠的理性口吻行文,对理性主义侵害下人性的丧失进行了尖锐有力的讽刺:

……在周岁之时,一个营养齐全的健康婴儿无论烧、烤、煎、煮,都是一种味道最佳、营养最高又最有益健康的食品;而且我敢说,用来做原汁肉块或者蔬菜烧肉,也会同样美味。……就卖给全国各地有权有势的人士;当妈的当然要注意,最后一个月要喂足奶水,把孩子养胖了好做菜肴。②

斯威夫特撰写此文的时候,爱尔兰民不聊生,饿殍遍野,可是偏偏有"政治算学家"运用理性的算计,冷漠地提出爱尔兰民众与可用金钱买卖的黑奴有同等价值,其理由是人民都是国家的财富。对于这样丧失人性良知的言论,正直而敏感的斯威夫特极其愤慨,于是写下了这篇反讽文章,给那些丧心病狂的人以迎头痛击。这篇文章是讽刺文学的巅峰之作,首当其冲的就是理性主义。换言之,就反击理性主义这一内涵而言,《一个小小的建议》是英国文学与文化观念互动史中绕不过去的一环。

如果说斯威夫特的《一个小小的建议》只是就一件事情来抨击理性主义的恶劣及其对人性的扭曲,那么他的小说《格列佛游记》(*Gulliver's Travels*,

---

① 曹波:《人性的推求:18世纪英国小说研究》,第8页。
② 同上,第79页。

1726)就是多方位对理性主义做出回应的佳作。鉴于黄梅先生在《推敲自我：小说在 18 世纪的英国》一书中已经对此做过十分细致的探讨,我们不妨从中引用一段,作为概括:

斯威夫特是作为"启蒙的抵制者和'现代精神'的敌人"而驰骋于文坛,他的作品是对以"启蒙"思想为代表的所谓"现代性"——包括理性主义,实验的和理论的科学以及由此派生出的"进步"史观、认为人性本善的新看法、新富阶级的行为方式,等等——全面的口诛笔伐。①

还须强调的是,在 18 世纪的英国文坛,斯威夫特并不孤立,许多作家都投身于反拨理性主义的事业之中。纵观那一时期的小说,给予理性主义最有力反击的当属劳伦斯·斯特恩的小说《绅士特里斯川·项狄之生平与见解》(*The Life and Opinions of Tristram Shandy, Gentleman*, 1759)——以下简称《项狄传》。这部以插科打诨为特色的小说,张扬着人性的大旗,掀动起情感的波涛,把 18 世纪英国文学对理性主义的反拨推向了让人震惊的高度。正因为如此,本章下一节将围绕《项狄传》展开讨论。

第二节
"令人感到温暖的东拉西扯": 《项狄传》对理性崇拜的抗争

1759 年,在英国小说史上是值得纪念的一年,这一年斯特恩出版了《项狄传》的第一、二卷。此后数年间,作者又陆续出版了后续的各卷,到 1767 年发表了第九卷,终于画上了休止符。按斯特恩自己的计划,他还要继续写下去,

---

① 黄梅:《推敲"自我":小说在 18 世纪的英国》,第 112 页。

但身体一向不好的斯特恩于 55 岁时离世,天不假年,壮志未酬,殊为可惜。

《项狄传》是怎样的小说?普林斯顿大学英语教授乔纳森·兰姆(Jonathan Lamb)在他的论文《斯特恩和不合常规的夸张文体》("Sterne and Irregular Oratory")中这样说:

> 在 18 世纪的英国小说家中,劳伦斯·斯特恩向来被认为是最无拘无束的一位,他的《项狄传》也通常于 18 世纪小说诸多叙述样式中被标记为最古怪、最异乎寻常的小说作品。①

兰姆教授的评论代表了评论界许多人的观点。不管人们是否另有意见,就《项狄传》最初给人们的阅读体验而言,它被标记为"古怪、异乎寻常"应该是说得过去的,起码说明它是一部特立独行的书,让人们见识了小说还可以这样写。不过,今天我们要思考的是:《项狄传》呈现出其独特的样式,必定有着自己不可取代的深刻而内在的依据。数百年的沧桑过去,回头再读《项狄传》,感觉它仍然以独特的冲击力挑战人们的理性认识,展现着它的现实意义,在文化观念的层面尤其如此。

一、用文化劲风吹散了理性主义的迷雾

《项狄传》真的很"古怪、异乎寻常"吗?若从文学对理性主义思潮反拨的视角上来看,深入地进行剖析,18 世纪英国文坛出现《项狄传》这样的小说也许不是偶然的现象。

18 世纪的英国正是工业革命蓬勃兴起的时代,工业革命的产生基于科技的发展,而科学技术发展的基础则在于对事物进行冷静的理性探索与分析。那时让人目不暇接的新成就似乎皆来自科学的理性探索,"18 世纪中叶人们迷恋的主要不是神学辩论,也不是哲学思考,而是应用技术"。② 解剖刀是冷冷的刀,对人体的解剖要冷静细致,经不起情感的泛滥;机械的运转依赖部件、螺

---

① 转引自 John Richetti, *The Eighteenth Century Novel*, Shanghai: Shanghai Foreign Language Education Press, 2007, 153。
② 保罗·兰福德:《日不落帝国兴衰史——18 世纪英国》,第 178 页。

丝、螺母的严丝合缝,容不得情感的扰乱。所以,社会上弥漫崇拜理性的风气,这似乎理所当然。

但是,回到文化生活层面,理性思维不能解决人们心灵上的问题。人的精神生活、情感生活乃至琐屑的世俗生活,绝非理性所能掌控。在农业文明向工业文明转型的时期,这个问题更为突出。当熟悉的生活方式行将改变,而新的生活又带来许多不确定因素之时,人们会产生焦虑,18世纪的英国现实即是如此。科技的发明、工业的兴起所赋予人们的理性思维取代不了,也压抑不住这种转型焦虑。活人非尸体,生活非机械,即使是在理性主义思潮甚嚣尘上的时期,人与生俱来的、奔涌在心底的情感也不会乖乖听命于理性的束缚。

《项狄传》的最大特色是作者任由心中的情感自由自在地奔涌,这也是它能在当时取得巨大成功的一个原因。作者写作之时直抒胸臆,不管小说结构,不管人物塑造,不管情节呼应,只管跟着情感走,率真、任性、自由、无拘,敢哭、敢笑、敢怒、敢骂、敢调侃、敢讽刺、敢攻击,想到哪写到哪。在斯特恩之前,似乎没有哪个作家这样写作。斯特恩自己曾说:"我笑着笑着就哭了起来,但在同样多愁善感的时刻,我哭着哭着又破涕为笑了。"[①]这种写作方法本身就是对理性主义的一种反拨。

从当时的时代语境来看,理性主义思潮的底气来自科学,但科学就一定科学吗?斯特恩对许多"科学"的说法都进行了调侃、讽刺与嘲笑。

小说开篇的文字就让读者大为惊异——斯特恩以主人公项狄的口吻,描写了主人公父母亲在怀他那一刻的活动:

> 我希望我的父亲或母亲,或者他们两人,都意识到了他们怀我的时候,自己是在干什么,因为对于这件事情,他们俩都是责无旁贷的;如果他们适当地考虑过他们当时的所作所为是多么地事关重大;——这不仅仅牵涉到一个理性生命的产生,而且还可能密切关系到他的健全的体格和气质,或许还旁及他的精神和思想模式;——而且,尽管他们并不知晓,甚至他们全家的运气也可能受到当时最主要体液和情绪的影响……你们大家,我敢说都听说过血气,说

[①] 劳伦斯·斯特恩:《项狄传》,蒲隆译,上海:上海译文出版社,2012年,第52页。

它如何父传子,子传孙,代代相延——诸如此类的说法可多得很呢……

　　请问,我亲爱的,我母亲说道,你该没忘了上钟吧?——老天——!父亲惊呼了一声,同时注意把声音压低。①

　　这一段文字虽然惊世骇俗,但读起来却一点也不黄色下流。斯特恩的嘲讽针对的是当时流行的"体液""血气"这些理性概念的无稽。从医学的角度而言,体液、血气这些词语都是科学的说法,也是理性的思维,但在斯特恩看来,这些所谓的理性思维却与情感格格不入。

　　斯特恩选择父母做爱这样非同寻常的事件来做他小说的开篇,其主旨在于明白地向世人宣告他小说的基调:他要用情感来向理性抗争。他尖锐地向读者提出了一个问题:在两情相悦的时刻,或者直截了当地说,在男欢女爱激情高涨的时刻,是要情感还是要理性?是从内心深处享受情感的甜蜜,还是从思维的理性上考虑体液的分泌?斯特恩清楚地知道读者自有答案,而且这答案明确而合理:当然要情感不要理性。如是,斯特恩以他独有的、不可思议的辛辣笔触,对理性主义思潮进行了无情的嘲笑与抨击。

　　他调侃科学/理性思维的例子不胜枚举。在第八卷第二十四章,他花了整整一章的篇幅来描写托比叔叔如何看一个女人的眼睛——沃德曼太太主动地坐在托比身边,要托比看她的眼睛,说是要看看有没有灰尘或是沙子落在了她的眼睛里面:

　　我望见他的烟斗在他的手里晃来晃去,烟灰从里面掉了出来——他瞧着——瞧着——然后揉揉他的眼睛——再瞧着,那种好性情比伽利略寻找太阳黑子还要多一倍。

　　——枉费功夫!因为凭赋予这个器官生命的神力起誓——这会儿沃特曼寡妇的左眼像她的右眼一样明亮——里面既无灰尘,也没沙子……只有一束闪烁的诱人的火苗,悄悄地从它的每个部位中喷射出来,从四面八方,射向你的眼睛——②

---

①　劳伦斯·斯特恩:《项狄传》,第4页。
②　同上,第539页。

著名科学家伽利略于1610年发现了太阳黑子,在世界科学史上这无疑是非常重要的事件,然而,在斯特恩看来,人与人之间的情感,比任何科学事件都重要。所以,他才断言托比叔叔看沃德曼夫人时"那种好性情比伽利略寻找太阳黑子还要多一倍"。斯特恩的潜台词再明白不过了:情感比理性更重要。

无疑,斯特恩是从人的情感需求角度来评价托比叔叔和沃德曼夫人的交往的。寻找太阳黑子固然重要,但那只是少数人的事儿,绝不是生活的常态。芸芸众生所需要的是情感的互相依存,这是人间不可置疑的伦理道德。人与人、人与社会以及人与自然之间必须要有正常的情感交流,在本真情感基础上形成的伦理行为才是合理的行为,才是可以被接受的道德观念,以此出发而产生的各种规范才真正是合理的规范。

《项狄传》问世之后,最受诟病的是其结构的散乱。但深究起来,也许这里正隐藏着作者的匠心,他要对理性做有力的抗争:理性要求逻辑性,要求线性思维,明晰连贯,但斯特恩却反其道而行之,偏偏让小说结构散漫,缺乏中心,不循逻辑,充满跳跃性思维。换言之,前言不搭后语/东拉西扯成了小说最引人注目的特征。

从书名来看,小说的主人公应该是项狄先生,可是,从小说结构/情节的安排上来看,绅士项狄却不是小说的中心。如前文所述,小说第一卷第一章写项狄母亲受孕,这大大出乎读者的意料,而项狄的出生却在小说的第三卷,整部书已经过去了三分之一的篇幅。等写到项狄是否穿裤子,已经在小说的第六卷第十八章了。在18世纪的英国,小孩子在四五岁前穿的是长装,是不穿裤子的,据此推测此时的项狄,大约也就是四五岁的年纪。也就是说,小说过去了三分之二,项狄先生竟然还是一个儿童。总之,整部小说没花多少笔墨来写项狄,关于他只有不多的几件轶事:出生时鼻梁受伤,穿裤子年纪时被窗框砸伤了男孩子的命根子,成年后在欧洲旅行……那么人们不禁要问,这部小说到底写些什么呢?因为有关项狄的那一点儿事情敷衍不了九卷之巨的篇幅。

小说的主角似乎另有其人:项狄的父亲、母亲、叔叔、叔叔的跟班、牧师、乡下的庸医、寡妇……总之,作者是想到哪儿就写到哪儿,想让谁出场就让谁出场,正如福斯特在谈到《项狄传》时所说的那样:"(小说中)藏着一个神明,它的名字就是'混乱'(muddle)。"①

《项狄传》最擅长的手法就是东拉西扯。就以第三卷写项狄出生为例:此卷的前五章全是东拉西扯,从第六章起才涉及孩子的分娩问题,但只是理论上谈到孩子出生的艰难,并没有涉及产妇与婴儿,尔后又岔开去谈一些与分娩不相干的事情。直到第十三章,才切入到母亲分娩,但又岔开去谈接生婆与医生的争执(那位医生名叫斯洛普,医术糟糕,却夸夸其谈,与人争论起来没完没了);一直扯到第十七章,医生才"从门口沿着好心的老接生婆领的路,朝我母亲的房间走去"。② 总算走到产房了,但医生去了就开始接生了吗? 不是,又开始东拉西扯了,这回一直就扯到了第二十一章,而第二十章又特别令人匪夷所思:在这一章里,作者用了比平常多得多的篇幅,洋洋洒洒地插入了"作者前言"。作者就这样东拉西扯,扯到第三十章,才回到母亲的分娩和项狄的出生:母亲的生产不顺利,出了问题,"小孩子的鼻梁被一把产钳夹断了……"③接下来,斯特恩又不管项狄母子了,而开始扯鼻子的事情,直到第三卷结束,都没有小项狄的什么事了。

尽管如此,在18世纪的英国,《项狄传》是一部广受欢迎的著作,其根本原因是它在冷冷的理性之风中给了当时的人们——特别是社会中上层的人们——以心灵上的温暖。可以说,《项狄传》犹如一股文化劲风,吹散了理性主义的迷雾。

维特根斯坦(Ludwig Josef Johann Wittgenstein,1889—1951)说:"我们不能思考我们所不能思考的东西;因此我们也不能说我们所不能思考的东西。"④斯特恩只能思考他所能够思考的东西,也只能创作他思考出来的东西。而他的思考其实就是时代所赋予他的思考,他的作品与他所处的时代与社会紧密联系在一起。他的《项狄传》干预了当时英国社会整体文化生活,他的情感主义对理性主义形成了反拨,而这反拨就是一种文化书写,是对文化观念内涵的一种扩充。

---

① 福斯特:《小说面面观》,苏炳文译,广州:花城出版社,1987年,第96页。
② 劳伦斯·斯特恩:《项狄传》,第173页。
③ 同上,第198页。
④ 路德维希·维特根斯坦著:《逻辑哲学论》,贺绍甲译,北京:商务印书馆,1996年,第85页。

二、《项狄传》的成功自有原因：顺应社会需求的作品

《项狄传》式的东拉西扯，在现今的读者中是很难引起共鸣的。习惯于快餐文化的、脚步匆匆的人们不太会耐烦读这样的小说，甚至专业的英国文学研究者也是如此。譬如，在三联书店出版了专著《推敲"自我"：小说在18世纪的英国》的黄梅先生，在为《项狄传》小说中文译本写的专文中承认："有些大名鼎鼎的巨著，比如《尤利西斯》或《逝水年华》，我从来没有本事持续阅读。《项狄传》也是如此。读一读，放一放，再随缘随机地翻开书另读或重读某一段，是我和这类书打交道的常态。"①这就让人们不得不思索，为什么斯特恩同时代的人却能津津有味地阅读《项狄传》这样不着边际、东拉西扯的作品呢？

一个原因是，斯特恩东拉西扯的实际意义在于这种方式能冲破思想的束缚，具有在理性主义思潮氛围中解放思想的作用。"一旦经验主义和理性概念蜕变为极端而机械的唯一理性思维，一旦启蒙思想演化为对软性模糊因素的恐慌和对一点点个人智性判断力的过分自信，所谓思想的解放就会变成思想的压迫。"②当人们普遍感受到理性主义思潮对人的思想压迫的时候，人们当然会欢迎对理性主义思潮进行冲击的作品。《项狄传》中的如下表白就是思想解放的一种体现：

我心中有一种强烈的倾向，要在这一章一开始就信口开河，而且我不愿意让自己的想法落空。——因此我就这样开始吧。

如果莫摩斯的玻璃根据那位批评大师提出的修改意见真的装在人的胸口上，——首先，下面这种愚蠢的后果一定会接踵而至，——那就是说，我们当中最有智慧、最庄重的人，只要我们活着一天就必须拿一枚硬币缴一天的窗户费。③

此处所说的"窗户费"，指的是英国当时一项很奇怪的税，即对房屋窗户的征税。这项税从1696年一直征收到19世纪中叶才停止。老百姓对这项税收是

---

① 劳伦斯·斯特恩：《项狄传》，第15页。
② 丁宏为：《真实的空间》，第25页。
③ 劳伦斯·斯特恩：《项狄传》，第66页。

很不满意的，于是斯特恩就假借古希腊神话中专司嘲弄与非难指责之神莫摩斯的名义，对此进行了抨击和嘲讽。生活在斯特恩同时代的英国人，读到这一段文字肯定会舒心地一笑。斯特恩的这段文字本身就是解放思想后的产物，他大胆地对世事进行着评论，以调侃的方式、生动的语言来评论当时人们所关心的事件，回答人们心中的疑惑，表达人们心中的不平和愤懑，尤其是对政府的不满，而这是要有勇气的。就在同一章，斯特恩还抨击了当时已经来到英国的意大利阉人歌手——为了保持女声，一些男童从小就被做了手术，英国公众对此不满，但出于利益上的原因，英国的歌剧舞台上还是出现了这些阉人的身影。[①] 这一现象其实也是理性主义思维方式的产物，是单从利益角度处事的结果。斯特恩对此的抨击，既说明了他反抗理性主义的立场，也说明了他的勇气——他的批评要触动当时权贵们的利益；没有勇气和自由的思想，他是不会这样做的。

一言以蔽之，斯特恩对时弊的针砭是密集而不讲情面的。他信手拈来，调侃讽刺，显示了思想的自由活泼。他对理性主义思潮的冲击，呼应着情感主义热潮，同时也发挥着解放思想的功效。

前文提到，摆脱理性主义厚重的压抑，是当时英国社会的时代需求。换言之，情感主义的流行有其深刻的历史原因：当时人们在心灵深处需要抚慰，需要平衡。《项狄传》可谓应运而生。譬如，他写一头驴子，事件小得不能再小，但人们却愿意读这样的文字：

一头可怜的驴子挡住了我的去路，他刚刚拐进门来，背上驮着两只大驮筐，是来收集不要钱的芫菁头和白菜叶的；他迟疑不决地站着，两只前蹄跨在门槛里，两只后蹄站在街道上，不太明白是不是该进来。

喏，这是个我不忍心打的畜牲（不管我多么匆忙）——他的眼神和姿势流露出一种对痛苦的默默忍耐，是那么真挚，又在极力为他求情，所以总是解除我的武装，甚至于我不想对他说句难听的话……[②]

---

① 劳伦斯·斯特恩：《项狄传》，第67页。
② 同上，第486—487页。

这段文字明写驴子,实写人的感情,赞赏的是一种爱怜和悲悯。这样的感情可能都存在于每个人的心中,但未被注意到,也没有细细地去品味,一经斯特恩细致优雅地描写出来,很容易就在人们心中引起共鸣。人一旦有了这样的悲悯情怀,在社会交往中处理人与人之间的关系,就会做到和谐与柔和,心情也会好起来。读着这样的文字,人们获得的东西会多于字面的故事。斯特恩擅长在感情上下功夫,也就自然得到读者在情感上的呼应,作者与读者有了情感的交流,作品自然就会流行。

斯特恩的东拉西扯之所以受到人们的喜爱,还有另外一个重要的原因,即他的作品非常贴近生活,而这本身又是对理性主义的反拨,因为过于理性的东西往往远离生活。例如,斯特恩书里的对话特别的多,就像大家坐在一起随意闲谈,给人以随意的温暖与亲切。英国著名作家、评论家伍尔夫在评论斯特恩文学语言的特点时说:

> 他那样跳动的、散珠无串的句子像电光石火般地急来骤去,如同有才气的健谈家说话,总是冲口而出,不受拘束的。就连标点符号也不像在文字里用的,而是口语式的,能把谈话中语调和联想都带进书里。意念又是那样次序凌乱、突如其来、任意跑题,与其说是从文学出发,不如说是从生活出发。……由于文体特殊,这本书就像半透明体,平常把作者、读者远远隔开的那些陈规俗套统统不见了。这就使我们尽可能贴近了生活。①

这一段评论虽然是评论斯特恩的另外一部作品《感伤的旅行》的,但移过来评论《项狄传》也再恰当不过。

还须指出的是,斯特恩虽然东拉西扯,他的语言却非常精彩。他在《项狄传》中的文字犹如天马行空,有着浓郁的情感因素,浸润着嘲讽情绪,而这本身跟理性主义呆板、机械的思维方式形成了鲜明的对照。也许有人会认为他的语言带有游戏的性质,但是我们不能错误地理解"语言游戏"的严肃内涵。关于"语言的运用是一种游戏"这一说法,维特根斯坦曾指出过其真实含义:"游

---

① 弗吉尼亚·伍尔夫:《伍尔夫批评散文》,瞿世镜编选,上海:上海文艺出版社,1999年,第38页。

戏是通过嫡亲相似性(family resemblance)彼此相通的,而这也适用于语言,适用于语言的各种用途:询问、诅咒、祝贺、祈祷,等等。"①在《项狄传》里,出现最多的恰恰就是询问、诅咒、祝贺和祈祷等表达方式。这些方式最能表明"语言是一种公开的社会存在",②因为在这些方式中,"一句话的意义被看作它拥有的所有意义的总和……这就把意义与人的活动联系起来,并且最终与人的整个的生活方式联系起来了"。③《项狄传》的语言风格是和作者的整个生活方式相联系的。恰如陈思和先生所说,"斯特恩的夸张的形式实验不可能是孤立产生的,其实任何真正先锋形式的实验背后,一定是有作家自身的生活内容作为支撑"。④《项狄传》就是对作者自己所处生活的反映,同时又是对生活的干预,即抗拒呆板、机械的思维方式。

《项狄传》对理性思维的突破还表现在他创作手法的创新上。我们几乎可以说,斯特恩早在18世纪就运用了"意识流"的写作手法;他笔下的"意识流",就是情感之流,其矛头直指当时的理性主义思潮。不过,他当时并未意识到他会成为"意识流"的开山鼻祖。他运用这一手法,纯出自创作的需要。可以说,他天才地觉察到了社会和时代需求的脉搏,因此诉诸情感,冲破理性的束缚,甩开了沉重呆板的、机械的表述方式,看似不合理性/逻辑,但实际上却符合人性的逻辑。

最后必须指出的是,斯特恩通过《项狄传》建立了自己的美学体系。这一体系的意义已由黄梅说得非常明白:"在早期现代社会中,技术理性……日益复杂的社会结构和以理性计算为基础的竞争心态急剧发展,独立的美学体系的出现正是对这一趋势的补充和补偿。"⑤《项狄传》这样的美学体系得以建立,昭示着英国文人的文化诉求,包括用幽默心态和绅士风度来对抗以技术理性为标志的社会价值观。项狄是以绅士的身份出现的,而绅士及其文化内涵与外延是英国对人类的独特贡献。当然,如前文所言,项狄这位绅士在小说中的

---

① 布莱恩·麦基编:《思想家:与十五位杰出哲学家的对话》,周穗明、翁寒松等译,北京:生活·读书·新知三联书店,2004年,第126页。
② 同上,第127页。
③ 同上,第125页。
④ 劳伦斯·斯特恩:《项狄传》,第22—23页。
⑤ 黄梅:《推敲"自我":小说在18世纪的英国》,第315—316页。

戏份所占比例不算多,但是他的独特形象本身就是一种文化象征。加上全书的"东拉西扯",《项狄传》足以温暖人心,足以反拨理性主义,足以为文化观念注入新的内涵。

第三节
"我们解剖一切,却谋杀了生命":华兹华斯的诗风与文化诉求

对理性主义思潮形成反拨的还有 19 世纪初兴起的英国浪漫主义诗歌,其代表人物当首推威廉·华兹华斯。华兹华斯的贡献不一而足,但是就本书主题而言,最值得关注的是他的诗风和文化诉求。

在谈到英国浪漫主义诗歌和华兹华斯的时候,王佐良先生曾经有过这样的评价:"到了 19 世纪初年,五位浪漫主义大诗人相继出现,其中华兹华斯以哲理入诗,以白话写诗,开辟了全新的境界;……诗歌变成了一种情感潮流和思想力量,英国诗把它的抒情性发挥到了极致。"[①]这里,王佐良先生已经涉及华兹华斯的诗风和文化诉求。"以白话写诗",指的是华兹华斯诗风的朴素与清新;"以哲理入诗",指的是他的文化诉求上升到了哲理的高度。可惜的是,王佐良先生没有在此基础上做进一步的阐释,而这种阐释对于研究华兹华斯,尤其对于研究他与文化观念史的互动,是非常必要的。

一、隽语和隐喻:修辞艺术彰显华兹华斯的诗风

对任何一种文学样式来说,文学语言的创造都非常重要。每一次文学语言的创新都是一次新旧观念的剧烈碰撞,对文化观念来说尤其如此。

1798 年,华兹华斯和柯勒律治一起出版了标志着英国浪漫主义诗歌开启

---
① 王佐良:《王佐良文集》,北京:外语教学与研究出版社,1997 年,第 769 页。

的《抒情歌谣集》(Lyrical Ballads, with a Few Other Poems)。华兹华斯为这本诗集写了著名的《前言》。他说:"这些诗的主要目的,是在选择日常生活里的事件和情节,自始至终竭力采用人们真正使用的语言来加以叙述或描写,同时在这些事件和情境中加上一种想象力的色彩,使日常的东西在不平常的状态下呈现在心灵面前。"①此处,华兹华斯提出了四点主张:1)诗歌写日常生活;2)诗歌用日常语言;3)诗歌要有想象力;4)诗歌诉诸心灵。这四点主张构成了浪漫主义诗歌的宣言,它上承18世纪末英国文坛上刮起的反对"诗歌辞藻"之风,也一扫古典主义诗歌追求工整对偶等弊端,给英国的诗坛带来了清新之风,影响所及直至当代。这些都已被学界频频提及,但是对本书来说,华兹华斯的上述主张都是跟理性主义话语针锋相对的,后者的特点是抽象、机械和苍白,因而远离人们的日常生活和语言,更谈不上想象力,甚至是排斥想象力的。

华兹华斯的诗风是自然的诗风。他优秀的诗作语言质朴,风格清新,情感充沛,意象瑰丽,存意高远,蕴涵隽永。百年以降,关于华兹华斯诗风的研究文章汗牛充栋,然而他在诗歌修辞方面所达到的高度尚留有值得开拓的认识空间。譬如说,他用白话入诗,是因为诗歌一旦脱离日常生活和日常的语言,就会走入扼杀真实情感的死胡同。许国璋先生在《中国大百科全书》中为语言下了这样的定义:"人类特有的一种符号系统。当作用于人与人的关系的时候,它是表达相互反应的中介;当作用于人和客观世界的关系的时候,它是认知事物的工具;当作用于文化的时候,它是文化信息的载体。"②须要补充的是,一旦修辞介入了语言的表达,语言的中介、工具、载体的功能就上升到了一个新的高度。在文学语言的创造方面,华兹华斯最值得称道的地方应该是他成功地运用了修辞艺术。他的优秀诗歌都有着鲜明的修辞特征,保持着生动的艺术形象,交织着浓郁的文化情结,始终与呆板的、机械的思维方式形成鲜明对照。他用他特有的诗性修辞语言来抒写日常生活,并从中形成独特的美学价值,当然也为他那个时代的人们化解了"转型焦虑"(参见本书第一章第一节引言

---

① 屠岸、章燕:《自然与人生》,《湖畔诗魂——华兹华斯诗选》,杨德豫译,北京:人民文学出版社,1990年,第3页。
② 许国璋:《许国璋文集》,北京:商务印书馆,1997年,第17页。

部分)。

让我们以华兹华斯的《彩虹》("The Rainbow")一诗为例:

彩　虹

我每见彩虹飞挂空中

便心儿跃起,无比激动:

过去如此,我在童年,

现在如此,我已成年,

将来如此,我入老年,

否则,我宁愿去死!

孩子是成人的导师,

愿我一生光阴,

天然虔诚,有如赤子。①

这首诗收入华兹华斯的诗集《有关童年的诗》(*Poems Referring to the Period of Childhood*)中,原诗无标题。为方便叙述,我们不妨把它题为《彩虹》。可以说,它完美地体现了华兹华斯的诗学主张,是英国浪漫主义诗歌的典范之作。我们这样说,理由有四:

其一,它写的是日常生活,彩虹是人们司空见惯的现象。

其二,它用的是日常用语,明白晓畅,质朴无华。

其三,它具有想象力。

其四,它诉诸人的心灵。

值得注意的是,这首诗的想象力和诉诸人心的力量凝聚于"孩子是成人的导师"这一句话,这是典型的隽语,意思就是与通常见解相反的论述或论点,但是在事实上是真实的。就通常的见解而言,孩子不可能是成人的导师——若用简单的理性去推断,那就更不可能。然而,如果我们运用想象力,特别是问问内心的感受,就会明白孩子的确可以作为成人的导师。彩虹象征着一切真

---

① 原诗见华兹华斯:《华兹华斯诗选》(英汉对照),杨德豫译,北京:外语教学与研究出版社,2012年,第3页。该诗为笔者自译。

善美的事物。人生第一次看见彩虹,如果是发生在童年,这种激动会非常纯洁与真挚,小孩子们会欢呼雀跃,踏着雨后的积水跟着彩虹奔跑,那种兴奋与快乐是难以言表的。然而,到了中年,到了老年,人们也许还能再看见彩虹,但可悲的是,不再像第一次看见彩虹时那样激动不已了,不可能再光着脚丫子奔跑着兴奋地大声呼喊,难以再体会到童年时的激动与幸福了。人成年了,老迈了,经验丰富了,世故多了,感情却越来越淡薄了,对自然和世事的反应也越来越迟钝了,终于也越来越远离了人生的幸福与真谛。这一变化在当时还有一个更深刻的原因,即工具理性诱使成人追逐名利,或迫使成人为功利而忙碌,而对名利的追逐会使人远离童年的纯真。

"孩子是成人的导师",这一隽语承载的是一种文化策略,它针对的就是理性主义思潮。在对待人生的好奇态度上,在热爱人生的热烈程度上,小孩子往往是大人的学习对象。赤子之心最是难能可贵。然而,要在漫长的一生中都保持孩提时代那种对美好事物强烈的新鲜感,这绝非易事。如果一个人不管是在童年,还是在中年,或者是在老年,每次看到天上的彩虹时都能童心焕发,并推而广之,终生都能如小孩子那样纯洁地热爱生活,这才称得上是真正懂得了人生的真谛,而懂得这一真谛的人是不会被冷冰冰的理性所束缚住的。作者在诗的结尾还表达了永远童心不泯的愿望,"否则,宁愿去死!"这一震人心魄的诗句,是他文化诉求的生动注解。需要再度强调的是,《彩虹》不但白话入诗,而且讲究修辞艺术,这一诗风本身就是反机械主义的,当然也是反理性主义的。

让我们再来看诗人另一首诗《孤独的割麦女》中的两句:

> 你听!这一片清越的音波
> 已经把深深的山谷淹没。[①]

此处,诗人想象声音是水波,并极其自然地引出下一句:声音的水波把深深的山谷淹没。虚拟与想象拓展了人们的认知,声音具有了美学价值上的意义,可

---

① 华兹华斯:《华兹华斯抒情诗选》,杨德豫译,长沙:湖南文艺出版社,1996年,第165页。

以充盈世界,也因而能滋润因崇拜理性而变得有些枯燥的心田。诗人的想象在虚拟空间飞扬,诗人真实的情感附丽于虚拟的想象,意蕴不再苍白和空洞。这种修辞艺术的匠心独运,使得文学作品有了艺术感染力,一旦诉诸人的心灵,对人的心智培育乃至对社会的匡正都不无裨益。

诗人另一首诗《一个英国人有感于瑞士的屈服》有异曲同工之妙:

> 两种声音;一种是海的呼啸,
> 一种是山的喧响,都雄浑强劲;
> 年年岁岁,你欣赏这两种声音,
> 自由女神呵,这是你酷爱的曲调!
> 暴君来了,你怀着神圣的自豪
> 奋起反抗;却徒劳无功,终于
> 你被逐出了阿尔卑斯山地区,
> 那里的激流飞瀑你再难听到。
> 你两耳既已失去了一种幸福,
> 请把留下的这一种牢牢保住;
> 否则,女神呵,你该会怎样悲悼:
> 当山洪一如往昔雷鸣不止,
> 当海浪轰然扑打岸边峭石,
> 而两种威严的乐曲你都听不到!①

这首诗被华兹华斯视为其生平第一佳作,无论是思想还是艺术都达到了很高的境界。英国和瑞士两国,一为海岛之国,一为山地之国,诗人将两个国度比作两种声音:海的呼啸和山的喧响,并且指出这两种声音都是自由女神酷爱的曲调。可悲的是,山国瑞士屈服于暴君(指拿破仑)了,山的声音没有了,瑞士失去了独立与自由。有感于此,诗人大声呼吁英国人不要让海的声音失去:"请把留下的这一种牢牢保住。"他强烈希望英国不要失去独立与自由,这是典

---

① 华兹华斯、柯尔律治:《华兹华斯、科尔律治诗选》,杨德豫译,北京:人民文学出版社,2001年,第197—198页。

型的愿景描述,对人民心中的共同体形塑有着积极的意义。

通过隐喻的运用,诗人展示了对自由和国家独立自主的真挚热爱和深刻认知。相信海的呼啸之声、山的喧响之声会在英国人民、瑞士人民乃至世界人民的心中轰响,正义的力量一定会以排山倒海之势维护世界和平。

诗人用他的诗作表达了民族良心,同时也让我们知道,仅仅有民族良心是不够的,还要有能充分表达民族良心的手段和方式。在上引诗歌中,隐喻的运用、虚拟与假设空间的运用,以及鲜明的意象,都是他的表现手段和方式。修辞手段是诗人诗风的外延,是为诗人愿景服务的手段,同时也最为集中地体现了华兹华斯诗风的清新与不同凡响。没有"孩子是成人的导师"这样的隽语,没有"海的呼啸"与"山的喧响"这样的隐喻,华兹华斯的诗作将不足以寄托他的文化情怀,不足以与民族良心这样的文化观念形成呼应。

二、生命与情感:人生的意义凝聚华兹华斯的文化诉求

华兹华斯对人生意义的思考在他的文化诉求中占据着重要的位置。

"英国浪漫主义本身就是第一次工业革命和法国资产阶级革命两大革命的产物。"①

华兹华斯正好赶上了这两次大革命,他对人生意义的思考与这两次革命有关。两次大革命对他心灵的震撼是巨大的,他的诗歌创作无可置疑地打上了这两大革命的烙印。

就初衷而言,法国大革命是伟大的革命,是底层广大群众为了谋求更美好的生活,对不合理制度的奋起抗争;英国工业革命也是伟大的革命,是人类通过生产力的变革,突破自身局限,进而提高生活质量的壮举。然而,法国大革命是资产阶级的革命,并不能解决广大人民的诉求,罗伯斯庇尔为首的雅各宾派恐怖的暴力专政将上万人送上了断头台,拷问着心灵敏感的诗人对政治、人生、人性的认知;英国的工业革命则更为复杂,大工业生产的出现让英国得以依靠坚船利炮,在世界范围内进行血腥的殖民掠夺,也导致以逐利为目标的商业贸易主义横行天下,机械文明裹挟着理性主义排斥着人的情感,这一切都对

---

① 王佐良:《王佐良文集》,第 778 页。

人的心灵带来了冲击,甚至威胁到人的生存。

对上述两大革命进行反思,成了华兹华斯的终身使命,这是一种文化使命。为完成这一使命,他的诗歌表现出了王佐良先生所说的那种"空前的尖锐性":

> 英国浪漫主义的特殊重要性半因它的环境,半因它的表现。论环境,当时英国是第一个经历第一次工业革命的国家,世界上最大的殖民帝国,在国内它的政府用严刑峻法对付群众运动,而人民的斗争则更趋高涨,……从布莱克起始,直到济慈,浪漫诗人们都对这样的环境有深刻的感受,形之于诗,作品表现出空前的尖锐性。①

华兹华斯的作品当然也"表现出空前的尖锐性"。他倾心于大自然,颂扬大自然,但他的诗无论是思想感情还是表现形式都是尖锐的,尖锐于批判非人间生活常态的政治格局,尖锐于批判庸俗的、不良的、蒙昧的世风,更尖锐于批判机械文明和工具理性;他以"湖畔派"诗人著称,但透过表面上的啸傲风月,应该看到他最关心的是正常的人间生活、人的生命意义和人的内心感受,这些都是文化观念的重要内涵。他在《序曲》中的诗行可以为证:

> 就这样,我渐能澄清什么会持久,
> 什么将消逝;对那些以世界统治者
> 自居,将意志强加给良民百姓的
> 人们,我看出他们的傲慢、
> 愚蠢、疯狂,不再感到奇怪;
> 即使他们有意于公共福利,
> 其计划都未经思考,或建筑在模糊
> 或靠不住的理论上;我也让现代
> 政治理论家的著作接受其应有的

---

① 王佐良:《王佐良文集》,第776—777页。

　　　　　检验——生活的检验：人间的生活……①

这些诗句极具文化意义,尤其是"能澄清什么会持久,什么会消逝"这两句,它们暗示悖逆人性的机械文明必将消逝,同时强调"人间的生活"应该以人的一切为旨归,人应该在常态下生活,应该有人的尊严、人的情感,否则生活就不可能持久。华兹华斯此处分明就是在讲文化——按照威廉斯的说法,经过从罗斯金(John Ruskin,1819—1900)到利维斯(F. R. Leavis,1895—1978)等数代人的努力,"用文化表示'生活方式',这一用法进入了普通人的言语",②而我们此处的分析表明：华兹华斯在他们之前就已经在关注作为生活方式的文化了。

　　诗人的文化诉求首先是对生命意义的诉求,其中主要是对人的生命的珍惜与敬重。这种珍惜与敬重是剥离了人的外在身份、地位、财富、权势、名誉等一切身外之物,是直奔人的心灵、情感和操守而去的。诗歌基于这样的文化诉求,就能震撼人的心灵,唤起人性的自觉,以及人应当具有的慈悲爱怜。这样的诉求必然是激烈反理性主义的,华兹华斯的诗歌《我们是七个》就是如此：一个乡下的八岁小姑娘,兄弟姐妹七人,其中有两人已经长眠于地下,但无论诗中的"我"如何盘诘、诱导,小姑娘始终不渝地认为她的兄弟姊妹是七个,而不是五个。

　　这是对生命的尊重。热烈纯真的情感战胜了冰冷呆板的理性分析。

　　诗人的感情是充沛的,诗人的感觉是敏锐的。在农业社会向工业社会的转型期中,诗人首先捕捉到了社会深层次涌动的焦虑,在大多数人还懵懵懂懂时,诗人已经看到了工具理性对人的道德的侵袭。就如聂珍钊先生所说,"英国科学的发展促进了工业革命,但是却导致了人们对机器的厌恶和反抗,19 世纪初期的浪漫主义文学正是这种情绪的反映"。③ 华兹华斯是表达这种情绪的佼佼者。

---

　　① 威廉·华兹华斯：《序曲或一位诗人心灵的成长》,第 329—330 页。
　　② Raymond Williams, "The Idea of Culture," *Essays in Criticism: A Quarterly Journal of Literary Criticism*, No. 3 (1953): 241, 239 - 266.
　　③ 聂珍钊主编：《20 世纪西方文学》,武汉：华中师范大学出版社,2003 年,第 3 页。

真正的浪漫主义诗歌是从华兹华斯开始的，浪漫主义直接扫除的对象之一就是启蒙运动时期以来人们崇尚的理性思维——随着时间的推移，理性思维走向了自己的反面，其最大的弊端就是无视人的情感，失去了对生命的珍惜与敬重。

对人的生命的珍惜与敬重，从深层次来说表达的是对人的热爱。这种热爱在他为一个叫露西(Lucy)的女孩所写的组诗中表现得淋漓尽致。且读其中的一首：

> 她住在杜福河源头清泉旁，
> 道路荒芜，无人践踏，
> 这姑娘没人赞赏，
> 也几乎没人爱她。
>
> 紫罗兰长在苔石旁，
> 半遮半掩，若隐若现，
> 一颗星辰，孤悬天上，
> 清辉闪闪，分外耀眼。
>
> 她活得默默无闻，
> 死去也无人知晓，
> 当露西香殒冷坟，
> 啊，我的人生全变了。①

这首诗的最后一句比较费解，也是诗眼所在，内涵丰富，震撼人心。为什么露西静卧坟墓之中，会让诗人觉得他的一切全变了呢(The difference to me!)？一层意思是，他爱的人去世了，而他还活着，阴阳永隔，再不能相见了；逝者无知，但活着的人却感受到人生意义的变化。另一层意思是，他思考了露西的一

---

① 华兹华斯：《华兹华斯抒情诗选》，第37页。

生,她是一个好姑娘,静静地生活在偏远的乡下,虽寂寂无闻,但芳华难掩,如紫罗兰一般美丽;品德高洁,似星辰闪耀,但为什么没有人爱她?诗人得出的结论是:社会太冷酷,就像长满青苔的冰冷的石头;人间太寂寥,没有更多的心灵去陪伴她如星辰样闪耀。因此,一个美丽寂寞的、得不到爱的姑娘的去世,让诗人受到极大的震撼。总之,从此他的人生全然不同于从前了,他要更加热爱生活,更加热爱一切值得称赞的人,所以,他写了一组诗来献给露西,就是大声疾呼:希望人性觉醒,多一些柔情和慈悲,更加尊重生命,尊重爱。

"爱,无比崇高的爱,如灵魂/充盈着我诗歌的所有篇章……"①(Love, blessed Love, is everywhere/The spirit of my song;……)从爱身边的人开始扩展到爱人民,爱国家,爱民族,而其中最根本的是对身边的人,对所遇见的人都能产生慈悲的挚爱,这就是华兹华斯传播的爱,就是他为理想的生活方式——即前文所说的"文化"——所注入的内涵。他在另外一首写给露西的诗中就明确地说出,他对露西的爱就是对英国的爱。在这一点上,他把人性中的爱提升到了一个新的高度:

> 英格兰!那时,我才懂得
> 我对你多么热爱。
> ……
> 你晨光展现的,你夜幕遮掩的
> 是露西游憩的林园;
> 露西,她最后一眼望见的
> 是你那青碧的草原。②

生命与爱是华兹华斯诗风的核心。没有人性的觉醒,没有柔情和慈悲,不尊重生命,没有对人的爱,没有对外在一切敏感、真挚的爱,就没有他的诗歌。诗歌只是情感与思绪的外泄,外在形式与内在本质永远是一致的:火,燃烧起来,火苗向上,放射光芒和热量;水,流动起来,汩汩不停,发出浪击的声响。火与

---

① 华兹华斯:《华兹华斯抒情诗选》,第38页。
② 同上,第39页。

水的形态取决于它们内在的本质,而内在的本质也因为外在的形态而得以彰显。这样的诗风是对当时英国人生活方式的文化形塑。华兹华斯对此深有感触。

华兹华斯写湖光山色、花草树木的诗歌很多,这仍然与尊重生命的内涵有关。透过现象看本质,诗人是用自然风光的意境来表达他心目中理想生活的本质,或者说人类精神文明应有的健康本质。也就是说,我们也可以通过山水、田园诗来认识诗人的内心世界。下面的诗行就是一例:

> 我的心灵便欢情洋溢,
> 和水仙一道舞踊不息①。

这是华兹华斯名诗《水仙》("The Daffodils")中的最后两句。跟陶渊明(352/365—427)、王维(701—761)以及世界上所有的大诗人一样,华兹华斯描写自然风光的目的之一,就是对愿意在自然状态下和谐生活的人表达敬意、尊重和热爱。"和水仙一道舞踊不息"的人有着洁净的品质,不会喜爱钩心斗角的官场、灯红酒绿的宴席,以及如蝇逐臭的商界。在这种文化意义上,作为浪漫主义诗人,华兹华斯讴歌了具有审美判断力的人及其生活方式,后者心中迸发的是健康的审美情感。可见,华兹华斯诗歌的审美对象,以及他的修辞形式,都隐含着对理性主义的抨击,同时是对健康、和谐、正义的褒扬,因而表达了他鲜明的文化立场。诗人在对理性主义的反拨中,建立起一种正面的生活价值,阐释了一种值得后人思索的、健康的人生意义,这分明是与文化观念史的一种互动。

华兹华斯的文化诉求是多方面的。除了爱,他还推崇人性的温良和心智的优雅。他的一首短诗《往西走》("Stepping Westward")是这方面的范例。一天,华兹华斯和他的旅伴与两位衣着考究的女士邂逅,其中一位女士打了一个招呼:"怎么,你们向西走?"②就是这么一句问候,却让诗人激动不已:

---

① 华兹华斯:《华兹华斯抒情诗选》,第78页。
② 同上,第163页。

> 她走在自己家乡的湖畔，
> 那一声招呼，亲切委婉；
> 是温文有礼的殷殷致意，
> 我们感受到其中的魅力；
> 当我凝望西天的霞彩，
> 那袅袅余音宛然犹在——
> 向我显示了人性的温良……①

此处最要紧的是"人性的温良"。在另一首诗歌《序曲》中，华兹华斯曾哀叹自己——其实是指许多英国人——"失去天然的优雅与温慈"②，这和《往西走》形成了呼应。显然，"人性的温良"也好，"天然的优雅与温慈"也罢，都是人类在理性主义的狂潮中所丧失的东西。一旦"将人类理性奉为至尊，/视其为自己的神灵"，③人类也就失去了本体，而这是诗人所不愿看到的，因此，他要在他的诗歌中将天然的优雅与温慈找回来。

华兹华斯在表达他的文化诉求时，还有一个显著的特点：他喜欢孤独，抒写孤独。为此他常遭诟病，被贴上了"孤芳自赏"和"消极遁世"等标签。然而，就华兹华斯而言，关注并尊重个人层面上的思想感情，就是对大众盲从理性这一社会风气的批判与反拨。重视人内心深处的感觉，是对人的热爱，对生命的敬重，是文化理想的一种高端表达。人内心深处的感觉是与人的情感息息相关的，理性主义者在进行理性分析时，往往不考虑个人独具的情感因素。然而，离开了个人独具的内心真实情感，怎么能探究人生的意义呢？华兹华斯敏感地觉察到了这一问题，他的许多优秀诗篇都着重抒写个人独具的内心感受。离开了这样的认知，就可能对华兹华斯的诗歌产生误读。

让我们再回到《水仙》。如何正确理解这首诗？正确的解读应该是将其看作人与水仙的对话，抒写的是个人心灵深处的感觉，切忌诉诸理性分析。此诗开篇即说："我独自漫游，像一朵云/高高飘过谷地和山峰"（I wandered lonely

---

① 华兹华斯：《华兹华斯抒情诗选》，第163页。
② 华兹华斯：《序曲或一位诗人心灵的成长》，第313页。
③ 同上，第272—273页。

as a cloud/That floats on high o'er vales and hills)。诗人把他自己描写成一朵云。有评论家说这是因为诗人在法国革命失败后感到孤独,这种说法有些牵强附会。① 诗人只是说"独自漫游",表达的是诗人内心深处的独特感受,是一种带有哲理意味的人生探索。诗人的"独自"强调的是:人如果能时刻反省,就最能明白自己的感觉,最能在自然的景观中获得人生的启示,从而提升自己的思想境界。诗人在提倡独立的、自由的思想与感受,提倡人能够与自然沟通。没有内心感受的人生不是真正意义上的人生,每个人都要学会向自己的内心深处去寻求感受,而且还要加以珍惜。这一思想得到了柯勒律治的呼应,他在《沮丧:一首颂歌》("Dejection:An Ode")里写道:"我不要指望依赖外在的景物来赢得热情和生命,/因为它们的源泉都内在于心灵。"②诗人是一个国家和民族中最敏感的人,是最先觉察风起于青蘋之末的人,也是最忧国忧民的人。华兹华斯就是一个有忧患意识的诗人。

诗人的忧患意识在时代转型时期更为明显。华兹华斯生活在农业文明向工业文明急遽转型的时代,而这一转型是由理性主义思潮主导的,他由此产生的忧虑可想而知。理性是必须有的。重视理性,甚至于有那么一点儿对理性的崇拜,都无可厚非。然而,对理性崇拜过了头,就会束缚人的精神。一泓清泉如果不再流动,只会变成死水一潭,最后腐败干涸。精神需要的是自由活泼,让想象力飞扬。雪莱之所以歌唱云雀,着眼点就在于云雀的自由自在。歌唱云雀其实是歌唱人的自由精神,而华兹华斯歌唱自己化身为云朵,与雪莱的用意可谓异曲同工。在英国文学与文化观念的互动史中,这朵云彩分明就是一座桥梁。

---

① 参见屠岸、章燕:《自然与人生》,第6页。
② 转引自丁宏为:《真实的空间》,第80页。

第四章

秩序意识与责任感的初步形成

作为秩序的文化,在18世纪和19世纪初叶渐渐深入了国民意识。助推这一意识的首要功臣是英国的文学家们。

英国文学家们的秩序意识自然跟动荡的社会有关。英国社会步入18世纪后,工业的迅速发展和商贸的海外扩张使得经济增长速度大大提升。经济的迅猛发展加强了英国国力,并使它的海军在击败了强劲的对手法国后,成为首屈一指的世界霸主,从世界各地掠夺了大量的金银和财富。据印度经济学家的计算,从1757年至1815年的58年间,英国人从印度掠夺的财富达10亿英镑之多。[①] 财富的掠夺和积累,反过来为英国工业革命注入了新的动力,其发展之迅猛,速度之惊人,让英国人经历了一种前所未有的转型焦虑,即传统社会结构体系向现代化范型(modernization paradigm)社会结构转型所引发的焦虑。转型焦虑使大量人群承受精神压力,造成了社会的动荡。用马克思主义的术语来说,这种转型是一种"恶":"恶是历史发展的动力借以表现出来的形式。这里有双重意思,一方面,每一种新的进步都必然表现为对某一神圣事物的亵渎,表现为对陈旧的、日渐衰亡的、但为习惯所崇奉的秩序的叛逆;另一方面,自从阶级对立产生以来,正是人的恶劣的欲望——贪欲和权欲成了历史发展的杠杆,关于这方面,例如封建制度和资产阶级的历史就是一个独一无二的持续不断的证明。"[②]

尽管"恶"在历史发展过程中是不可避免的,但是它的泛滥一定会引发社会动荡和不安;因此,在历史发展转型期,需要培养国民的秩序意识和责任感,使社会得以协调发展。在英国,率先意识到这一点的是敏感的文学家们。从塞缪尔·理查逊(Samuel Richardson,1689—1761)的《查尔斯·格兰迪生爵

[①] 张佳音:《18世纪英法商业战争对英国工业革命的影响》,《成都大学学报(教育科学版)》,2008年第11期,第93页。

[②] 马克思、恩格斯:《马克思恩格斯选集》(第四卷),中共中央编译局译,北京:人民出版社,1972年,第237页。

士》、蒲柏的《夺发记》,以及塞缪尔·约翰逊的《拉塞拉斯》里,我们就可以捕捉到一种转型焦虑,以及它所催生的秩序意识和责任感。他们都把目光投向了"义"与"利"的冲突,这是因为在那个社会转型期里,人们所面临的最大冲突就是道德与利益的冲突;"重义轻利"往往成为一种价值取向。"义"就是道德存在,而"利"则是物质存在。上述文学家们对"义"与"利"的探讨,并非要寻找如何消灭人欲,而是寻找如何恪守"义"。这种探寻赋予了相关文学作品以伦理意义,即一种价值存在的规范性和秩序性。正是在这一意义上,相关时期的英国文学家们为文化观念注入了秩序新内涵。

第一节
作为秩序的文化:伯克对英国文学的影响

伯克对英国文学有着深远的影响,可是这方面的专题研究寥若晨星。伊格尔顿(Terry Eagleton,1943—)最近发表《文化》(*Culture*,2016)一书,其中近20页用来讨论伯克的文化思想,可是涉及后者与英国文学关系的点评却零星散见,其中关于伯克跟奥斯汀(Jane Austen,1775—1817)之间的联系相对多一些,但是也只占了不到1页的篇幅。不过,该书对伯克文化观内涵的探讨为我们展示了一个契机,激发我们去专门研究伯克对英国文学的影响。

伊格尔顿跟先前许多学者一样,注意到了伯克对国家秩序的重视,对历史传统、社会习俗的尊崇,以及对工具理性、全盘革新的警觉。跟先前学者稍有不同的是,他把兴奋点放在了伯克著述中的 manners[①] 一词上,并强调"我们如今就把它指称的东西叫做文化"。[②] 我们认为,manners 这一研究角度为审视

[①] 英语 manners 一词含义十分丰富,我们不妨通过朱虹的一段话来理解其意:"英语中 manners 的概念包括许多内容——举止、言谈、礼貌、风度、待人接物的态度,总之,一个人的文明教养的综合表现,暂且称之为'教养'吧。"参见朱虹:《英国小说的黄金时代》,北京:中国社会科学出版社,1997年,第35页。本文对于该词的翻译将因语境而异。
[②] Terry Eagleton, *Culture*, New Haven and London: Yale University Press, 2016, 65.

伯克文化观与英国文学之间的互动提供了无限可能性：自伯克以降，擅长运用教养(manners)题材的英国文学家层出不穷，而且这教养不仅关乎人们的日常言谈举止和礼貌风度，更关乎国家的治理、社会风气的养成，以及社会秩序的维持和演进。鉴于伊格尔顿在讨论上述文化观念内涵时只是捎带地提及少数英国文学作品，我们有理由从较多的英国文学作品入手，进一步探索后者跟伯克文化思想之间互动的轨迹。

一、教养胜于法律

伯克有一段关于 manners(下面这段引文中译成"教养")的名言：

> 教养比法律还重要……教养就像我们呼吸的空气，其运作持续稳定，始终如一，虽不易察觉，却能惹恼或安慰我们，腐蚀或净化我们的灵魂，提高或降低我们的人格；既能使我们变得野蛮，也能让我们变得高雅。教养把形态和色彩赋予了我们的生活。①

伊格尔顿在《文化》一书中注意到了上引观点，并强调教养关乎"伯克的整个文化课题"，②或者说"构成了所有权力、契约、权威和合法性的母体"；换言之，伯克眼中的教养——即文化——是"一种积淀，权力落脚并扎根于其间"。③ 伊氏还同时指出"这一意义上的教养也是……简·奥斯汀终生关注的对象"，并简短地以《傲慢与偏见》中年长的两位贝内特姐妹为例，强调在奥斯汀的笔下，"抽象的道德原则要经过得体而生动的体验，才会被人接受，才会变得可爱"。④ 不过，关于奥斯汀小说跟法律/社会治理之间的关系，《文化》一书中语焉不详，倒是他本人在 11 年前所发表的《英国小说》中有比较明确的阐述："'教养比法律还重要'……这正是奥斯汀赞扬的信条。只有把法律和规则转化为诱人的行为方式，才能让人们学会欣赏法规的力量。若要确保社会下层

---

① Edmund Burke, *The Portable Edmund Burke*, ed. Isaac Kramnick, Harmondsworth: Penguin, 1999, 520.
② Eagleton, *Culture*, 73.
③ Ibid., 65.
④ Ibid.

对国家的忠诚,就不能简单地依靠一套自上而下的抽象法则,而要依靠一种整体生活方式,其形态既优雅,又有序,还对整个社会负责。治理社会的健全方式不是压制,而是文化。"①不无遗憾的是,伊氏并没有以《傲慢与偏见》为例,来具体说明上引观点。事实上,该小说中的达西和凯瑟琳德·包尔夫人都是各自社区的管理者/治理者,不过他们的治理方法因各自的教养不同而不同。且看凯瑟琳·德·包尔夫人充当地方治安裁判官时的情形:"这位贵妇人虽然并不负责郡里的治安事宜,却是本教区最起劲的执法官……哪里有村民在吵架,在发牢骚,或是日子太贫穷,哪里就是她所奔赴的地方。她总能解决分歧,平息怨言,并通过责骂村民来创造和谐,造就富庶。"②这是一段极具反讽意味的描述,它说明凯瑟琳·德·包尔夫人根本不配做一名治理者,而这又跟她的傲慢和无礼——缺乏教养——脱不了干系。与此形成对照的是,达西把他所经营的庄园管理得井井有条,而这也跟他的教养有关——从女管家雷诺兹太太的口中我们得知:他不仅从小就很有教养,而且"对穷人和蔼可亲",因而"他的佃户和用人中没有一个不赞扬他的"。③ 达西和凯瑟琳·德·包尔夫人所管辖的区域都不算太大,但是书中折射出的文化/秩序观却意义重大:奥斯汀写的是某个村庄,或是某个庄园和教区,但是她心中装的是整个国家,以及治国理政的方法,而这又跟教养有着千丝万缕的联系。正因为如此,manners 一词在她笔下频频出现。根据朱虹的统计,该词"在《傲慢与偏见》一书中出现竟达113 次之多"。④

奥斯汀提倡的教养有一个前提,即接受磨炼,自我成长。在《傲慢与偏见》中,达西和伊丽莎白的恋爱史就是一部成长史。虽然如前文所说,达西在彭伯里庄园总是以礼待人,风度可嘉,可是他对伊丽莎白所在社会阶层持有偏见,因而表现傲慢,不过他在跟伊丽莎白的交往中学会了自省,走出了偏见。换言之,他经历了一个自我怀疑、自我反省的过程,而且其中夹杂着痛苦的磨炼(如失恋)。同样,伊丽莎白也经历了一个洗心革面、自我改造的过程;她起先自恃

---

① Eagleton, *Culture*, 118.
② Jane Austen, *Pride and Prejudice*, New York: Signet Classic, 1989, 144.
③ Ibid., 206-207.
④ 朱虹,《英国小说的黄金时代》,第 35 页。

聪明,对达西的本性连连误判,偏见丛生,不过后来终于觉醒,发现自己不但不了解达西,并且连自己都不认识:"我的行为真可恶啊!我自以为有眼光,有能力,还一直沾沾自喜! ……可是在今天这一刻之前,我从来就不了解自己!"①从自以为是,到自我怀疑,再到自我成长,伊丽莎白和达西都经历了痛苦的磨炼。他俩历经磨难后终成眷属,这在表面上跟许多爱情故事别无二致,可是在这表面的雷同背后却藏有深意:伊丽莎白婚后将和达西一同管理彭伯里庄园,而由一对都具有自我怀疑精神的人来承担理政重任,那自然是最让人放心的。更确切地说,在奥斯汀的笔下,自我怀疑的精神既是教养的前提,又是教养的一大要素。这种自我怀疑的精神正是伯克所提倡的,甚至是他身体力行的。陆建德在论述伯克的自由观——其中涉及国家的秩序和社会的治理——时曾经引出阿诺德,后者赞扬"伯克在为身不由己的热情所压倒的时候,仍能保持一种自我怀疑的精神",而这种精神正好构成了"英国文学乃至任何文学中最优秀的品质之一"。② 也就是说,从伯克到奥斯汀,再到阿诺德,有一条把治国理政与文化教养紧密结合的传统。

上述传统还体现于其他许多英国文学作品。查尔斯·狄更斯(Charles Dickens,1812—1870)的小说就是一例:他笔下的"大人物"大都缺乏教养,因而总是他冷嘲热讽的对象,从中我们可以捕捉到伯克的影响。根据马格内特的考证,狄更斯"开写《尼古拉斯·尼克尔贝》之前,肯定已经读过伯克的作品了"。③ 这部小说常把镜头对准一些政府要员,他们虽然会在公共场合假装斯文,却总在关键时刻出洋相,甚至露出狰狞面目。在小说第二章中,有一个涉及巨额资金的"公共事务会议"场面,与会者包括那个"假发随时都可能抖落下来"的麦修·帕克爵士,以及"两个生气勃勃的国会议员";他们"看起来文雅悦人",但是用以维持会场秩序的手段却很残忍——为了平息会场的喧闹声,竟默许警察殴打"门口附近鸦雀无声的人们……用警棍……变着花样地抽打"。④ 更具讽刺意味的是,帕克爵士还在会上高调颂扬英格兰,称其为"一个

---

① Austen, *Pride and Prejudice*, 176.
② 陆建德:《破碎思想体系的残编》,北京:北京大学出版社,2000 年,第 191—192 页。
③ Myron Magnet, *Dickens and the Social Order*, Delaware: ISI Books, 2004, 7.
④ 狄更斯:《尼古拉斯·尼克尔贝》,李自修等译,杭州:浙江工商大学出版社,2012 年,第 11—12 页。

自由的伟大民族"。① 用暴力"维护"秩序,并在施暴中大谈自由,这正是伯克当年痛斥的现象。他在《法国革命感想录》中就曾这样说道:"没有智慧和德行的自由是什么呢? 它是万恶之首。没有了指引和约束,自由就是愚蠢、邪恶和疯狂。"②在这一段话的前面两个段落中,伯克还反复论证了"公共秩序"的重要性,并强调"良好的秩序是一切美好事物的基础"。③ 当然,秩序的形成和维护离不开法律,但是值得回味的是,伯克心中理想的立法者首先须有教养:"真正的立法者应该心中充满情感。他应该热爱同胞,尊重同胞,并对自我保持警觉。"④此处"心中充满情感"(to have an heart full of sensibility)是双关语:伯克要求立法者(包括执政者)不仅有感情,而且懂感情——sensibility 一词首先指感受/甄别他人情感的能力和敏感性,尤指不伤害别人的感情。显然,这是一个有教养者才具备的品质。至于下文中"热爱同胞""尊重同胞"以及"对自我保持警觉"等品质,那显然更是良好教养的体现。伯克这一思想对狄更斯的影响也是显而易见的:跟伯克一样,狄更斯也十分看重(社会治理者的)教养和秩序之间的微妙联系。如马格内特所说,狄更斯不谈秩序则罢,一谈就会提出"统治者应该为被统治者做什么"这一问题,并"坚信一个民族对统治者的要求远远不止是'权威'",更重要的是"在趣味和愿望方面的教化作用"。⑤ 狄更斯的这一观点在其故事情节、人物刻画方面常有体现,最多的表现为对那些"大人物"的挖苦讽刺。除前文提到的《尼古拉斯·尼克尔贝》之外,《荒凉山庄》也是一个典型的例子。书中有一大堆"大人物",如热衷于竞选的莱斯特·戴德洛克爵士,以及分别当过首相的库德尔议员和杜德尔议员,还有那位生财有道的大法官(书中未给出他的名字,无非是要凸显这类人物的普遍性)。他们都毫无教养,极端傲慢。例如,莱斯特"有一个总的观点,即世界没有了山脉,照样可以运行,但若是没有了戴德洛克家族,那就全完了"。⑥ 再如,那位大法官的教养由其"业绩"得到了折射:"法庭多年以来积累的智慧,足以给生活

---

① 狄更斯:《尼古拉斯·尼克尔贝》,第 11—12 页。
② Edmund Burke, *Reflections on the Revolution in France*, London: Penguin Books, 2004, 373.
③ Ibid., 372 - 373.
④ Ibid., 281.
⑤ Magnet, *Dickens and the Social Order*, 194.
⑥ Charles Dickens, *Bleak House*, London: Vintage Books, 2008, 9.

中最普通的事物制造百万个障碍,使其得不到解决。"①教养的缺乏,必然导致执政者的失败,这就是狄更斯给世人的警示,也是他对伯克的呼应。

受伯克影响的远不止狄更斯和奥斯汀。陆建德曾经提到,在乔治·艾略特(George Eliot,1819—1880)的小说《激进党人菲利克斯·霍尔特》(*Felix Holt, the Radical*,1997)的附录《致工人辞》里,"伯克式的忧虑和审慎处处可见"。② 须要补充的是,该书正文也深受伯克的影响。小说主角之一哈罗德·特兰姆森是一位致力于政治改革的激进党人(虽然他对当时的政治形势知之甚少),他为人处世的方式很值得剖析:

哈罗德行事迅速,处事果断。至于别人对自己怎么看,他一概报以冷漠,除非这些看法有助于实现他的既定目标,或者会妨碍他实现这些目标。特兰姆森太太已经感受到了儿子的这些特点——她的感受就像身边停着一只强壮而不受管束的大鹏;不错,这只大鹏有一刹那会任凭自己的翅膀被她抚摩,可那只是因为她身边正放着食物。③

这段刻画可谓入木三分。哈罗德热衷于从政,但是对别人的见解"一概报以冷漠",即便在母亲身边也像"不受管束的大鹏";偶尔也会显得温顺,"可那只是因为她身边正放着食物"。支配这种举止的显然是"有奶便是娘"的价值观。与此形成呼应的是书中另一段描述:"(哈罗德)有一种衡量事物的特殊方式,即任何事物价值的高低都取决于它给自己带来的愉悦程度。他的好性情跟同情心无关:他会为别人做好事,甚至会迁就纵容某个人,但那绝不是出自对他人思想情感的彻底理解或由衷的尊重。"④这样的描写暗含作者对于教养的深刻理解。前文提到,伯克要求从政者不仅有感情,而且懂感情。失去了这一前提,就失去了教养的核心内涵,也就失去了从政的基本保证,而这正是艾略特和伯克的相通之处。

① Dickens, *Bleak House*, 135.
② 陆建德:《破碎思想体系的残编》,第 200 页。
③ George Eliot, *Felix Holt, the Radical*, Hertfordshire: Wordsworth Editions Ltd., 1997, 25.
④ Ibid., 345.

前文所举的例子大都从反面印证伯克对具体作品的影响(达西和伊丽莎白的例子除外)。事实上,正面的例子也不少。限于篇幅,我们仅以特罗洛普的《首相》(*The Prime Minister*, 1875)为例。该小说主人公派利塞是一位有教养的首相。下面是他跟罗希娜夫人在公园里散步聊天的情景:

"大人,坏天气从来都吓不倒我。我总是穿着厚厚的靴子,而且必须是软木的靴底……我对靴底很挑剔。"

"软木靴底挺不错!"

"我想我能活到今天,要归功于软木靴底,"罗希娜夫人来了劲儿。"在银桥区有个名叫斯普莱特的人会做这种靴底。大人你曾经找他做过鞋吗?"

"我想我没找过他,"首相回答道。

"那你最好试一试。他做得很好,还很便宜。伦敦的那些商人们总是漫天要价。斯普莱特做的靴子很结实,穿上整整一个冬天以后才需要更换。我想你大概从来不为这些事情操心吧?"①

罗希娜夫人是一个无权无势、甚至有些背时的老太太,而主人公却是一位日理万机的首相,但是他十分耐心地听她聊软木靴底这类琐事,这充分体现了他的教养。在这文雅的言谈举止背后,还有一层深意:派利塞十分厌恶身边那些表里不一、尔虞我诈的政客,而向往清明的政治、诚实的作风。从他对罗希娜夫人的如下评价中,我们能进一步揣摩他的行政作风:"她很自然,而且对他一无所求。当她谈论软木靴底时,她毫无其他意思。"②不难想见,派利塞在政务中也讲求自然,实事求是。总之,通过派利塞的教养和情趣,以及他作为首相的正面形象,我们再次瞥见了伯克对英国文学的影响。

二、教养与道德想象

在伯克的文化思想中,教养占据着道德高地。美国学者希梅尔法布

---

① Anthony Trollope, *The Prime Minister*, Oxford and New York: Oxford University Press, 1983, 253.

② Ibid., 255.

(Gertrude Himmelfarb)于 10 年前发表《道德想象》(*The Moral Imagination*)一书,其第一章专门讨论伯克,其余各章分别讨论不同领域里的作家和思想家,最后还专辟一章讨论特里林(Lionel Trilling,1905—1975),并用"道德想象"作为后者的副标题。书中多次论及教养跟道德的关系,而且在引言中强调,"'道德想象'可以用作书中所有章节的副标题"。[①] 令人纳闷的是,虽然该书开篇就说"伯克把'道德想象'这一术语引入了政治话语",[②]但是全书没有一处直面该术语的定义,甚至在《莱昂内尔·特里林——道德想象》这一章中也没有明确界定,更没有直接论述教养跟道德想象的关系。用"道德想象"来串联伯克、英国文学乃至特里林,这是一种极富启发性的思路,对于理解教养概念的道德内涵尤其如此。

《道德想象》一书中多次提及特里林的名著《自由的想象》(*The Liberal Imagination*,1950),却未重视其中最有名的《教养、道德和小说》("Manners, Morals and the Novel")一文,而恰恰是后者较为清楚地揭示了教养跟道德想象的关系。在特里林看来,要把握它们的关系,首先要确定"教养"一词的含义,因而他给出了这样的表述:

> 我把教养理解为一种文化萦绕耳际隐隐作响,驱动着人们的社会交际。这种潜在文化的内涵,除了能够阐明的那部分以外,还关联着它存身其中的整个语境,而这语境是随时随地变异的,稍纵即逝。关于在你所处的语境中,怎样才能获取应有价值,它至多只表述了一半,有的则全未表述,甚至无法表述。换句话说,教养是由细小行动来暗示的,有时是服饰或装饰艺术,有时是语气、手势、重音或节奏,有时则是语词的特殊频率或特殊意义,必须特别留心。无论这种文化教养的价值是好是坏,正是它聚拢着同属一种文化的人……[③]

这段精彩的论述还带有弦外之音:一个社会/国家能否长治久安,在很大程度

[①] Gertrude Himmelfarb, *The Moral Imagination*, Chicago: Ivan R. Dee, 2006, ix-x.
[②] Ibid., ix.
[③] Lionel Trilling, *The Liberal Imagination*, New York: New York Review Books, 1950, 206-207.

上取决于社会群体各个细小的行动、衣着和环境(连同它们的价值取向)的耳濡目染,以至习焉不察的语气、手势和用词频率等。与此形成呼应的是,特里林在全文结尾处一连两次使用了"道德想象"一词——他虽然也没有直接给出"道德想象"的定义,却明确指出"自由发挥道德想象的成果是道德现实主义",并且强调小说是"道德想象最有效的手段":

就我们时代而言,道德想象最有效的手段是小说,过去两百多年皆是如此。……小说的伟大之处和实用之处在于,它坚持不懈地把读者自己卷入有道德的生活,邀请他审视自己的行为动机,暗示他反思自己对现实的认识,从而意识到现实与先前常规教育中所说的并不一样。小说教会我们认识人类的森罗万象,以及这种丰富性的价值,而其他文类还未做到这一点。①

如果我们把上面引用的段落两相参照,就不难发现教养和道德想象之间的关系了:道德想象意味着细察行为动机的能力,也就是对前一段引文中"细小行动"乃至语气手势的敏感性和洞察力,这本身就对教养提出了很高的要求——本文上一小节所说的 sensibility 和自我怀疑精神其实都与此有关;此外,道德想象还意味着心胸开阔,具备神驰于人类大千世界的能力。换言之,道德想象包含了教养,或者说是教养的升级版,它所做的工作单靠理性是做不到的,而这正是伯克当年提出"道德想象"这一概念的初衷。鉴于美国学者莱文(Yuval Levin)在这方面有过概述,甚至超过伯克自己的总结,我们不妨来看一下他的阐述:

伯克……认为政治确实需要理性,但是人类理性并不直接跟世界互动,而总是要借助想象才能这样做。我们从感官汲取的资料只有在想象的帮助下,才会变得井然有序。不管用哪一种方法,理性都要通过心绪和热情来运作,因此关键在于发挥好他所说的"道德想象"。如果发挥不好,那么我们的理性就

---

① Trilling, *The Liberal Imagination*, 222.

会导向暴力和无序。①

一言以蔽之,单靠理性,有可能导致暴力和无序,而道德想象则是秩序的保证。那么,伯克的上述学说跟英国文学结成了怎样的姻缘呢? 希梅尔法布写《道德想象》,本来似乎就是要回答这一问题的,但是她却给了我们这样一个总体印象:"道德想象"概念不用界定,因为其含义是不言自喻的,是明摆在乔治•艾略特、奥斯汀、狄更斯、迪斯雷利(Benjamin Disraeli, 1804—1881)和穆勒(James Mill, 1773—1836)等人作品里的。应该承认,希氏所选的作家作品都跟道德想象有关,而且她的不少分析相当精彩,可是她未能一一点明这些作品跟道德想象的内在联系,这不能不算作一种遗憾。有鉴于此,我们有必要加以深究。

就以希氏所分析过的《米德尔马契》(*Middlemarch*, 2000)为例。关于乔治•艾略特的这部小说,学术界围绕下面这个问题展开了一场旷日持久的辩论:小说女主人公多萝西娅为何改嫁威尔•拉迪斯劳? 希氏敏锐地捕捉到了这一话题,并视其为"《米德尔马契》的中心道德议题"。② 她在展开自己的论点之前,援引了詹姆斯(Henry James)对小说的批评:"亨利•詹姆斯指责道:在故事过半时,多萝西娅的第一任丈夫死了,从此读者的注意力都集中在一个'相对琐碎''略显虚假'的问题上,即'她究竟会不会嫁给威尔•拉迪斯劳?'"③希氏未能提到的重要例子——有些是更重要的例子——还有许多,如安德森(Quentin Anderson)的评论:"他(威尔)是《米德尔马契》主要人物中最薄弱的一个,这不仅是因为他是一个半瓶子醋的形象,而且还因为他这一形象未能得益于乔治•艾略特的智慧。读者看不懂他。"④言下之意:多萝西娅改嫁威尔这一情节也未得益于艾略特的智慧。在批评界更具影响的是利维斯(F. R. Leavis, 1895—1978)的批评,后者认为多萝西娅(的婚姻选择)不仅体

---

① Yuval Levin, *The Great Debate*, New York: Basic Books, 2014, 58.
② Himmelfarb, *The Moral Imagination*, 13.
③ Ibid.
④ Quentin Anderson, "George Eliot in Middlemarch," in *George Eliot: A Collection of Critical Essays*, ed. George R. Creeger, New Jersey: Prentice-Hall, Inc. Englewood Cliffs, 1970, 159.

现了"'精神饥渴'亢奋含糊中的混沌困惑",而且还体现了"白日梦般的自我放纵"。① 直到 21 世纪,类似的观点依旧非常活跃。就在《道德想象》问世的前一年,米勒(J. Hillis Miller)还斩钉截铁地断定:多萝西娅改嫁威尔是一种"任性的选择"。② 在这样一种批评氛围中,希梅尔法布介入上述辩论显然具有重要意义。

然而,希氏论证的方法尚有可商榷之处。她为多萝西娅的选择辩护,并给出了两个主要理由。

其一,希氏认为多萝西娅和威尔的结合有助于他俩互相救赎。为说明这一观点,希氏拿书中另一人物利德盖特跟威尔进行比较(前者胸有大志,而后者则不在乎大作为),进而强调假如多萝西娅嫁给了利德盖特,那么小说就会"缺失道德层面的戏剧性",因为"利德盖特本来就不需要救赎"。③ 相反,由于威尔在志向方面不如利德盖特,不可能成就伟大事业,最多只能成就有益的小事业,因此他需要多萝西娅的帮助。用希氏的原话说,"多萝西娅通过帮助他完成小使命而救赎了他,同时也救赎了她自己"。④

其二,希氏认为多萝西娅和威尔联合演绎了乔治·艾略特的"世俗责任观"(the secular idea of duty)。在希氏看来,艾略特旨在用世俗责任观"替代宗教",因此它"必须让每个人够得着";换言之,这种责任观"不仅适合于英雄、圣人或天才,而且适合于普通人",也就是像威尔这样的人。⑤ 希氏还援引了小说中的一句名言:"我们所有人出生时都处于一种道德愚昧状况,都以为自己是至高无上的,好像世界就是一个奶头,专为我们吸吮而存在似的。"⑥希氏紧接着写道:"要克服这种'道德愚昧'状态,我们就必须断奶,走出幼稚的自我圈子,在道德上成熟起来,担负起责任和义务。在拉迪斯劳身上,我们正好见证了这种成熟,也见证了一个人如何走向道德成熟。"⑦

---

① 利维斯:《伟大的传统》,袁伟译,北京:生活·读书·新知三联书店,2002 年,第 132 页。
② J. Hillis Miller, "The Ghost Effect: Intertextuality in Realistic Fiction," *Symbolism*, Vol. 5, 2005, 130.
③ Himmelfarb, *The Moral Imagination*, 16.
④ Ibid.
⑤ Ibid., 19.
⑥ George Eliot, *Middlemarch*, Hertfordshire: Wordsworth Editions Ltd., 2000, 345.
⑦ Himmelfarb, *The Moral Imagination*, 19.

希氏的"辩护词"确实涉及了"道德想象"概念的某些内涵,如乐于承担虽小却有益的使命,以及自我反省、自我成长的意识和能力,等等。然而,她的论证至少有两个毛病。首先,分析《米德尔马契》的整个章节竟无一处使用"道德想象"概念。其次,虽然她实际上从道德想象的角度探讨了多萝西娅和威尔的婚姻,却没有为多萝西娅的选择依据提供例证。事实上,希氏只是从艾略特的立场来看问题。艾略特当然希望通过男女主人公的故事来传达道德救赎的寓意,可是若从多萝西娅的立场出发,就很难想象她会为了某个男子实现道德救赎而嫁给他——需要救赎的男子很多,她嫁得过来吗?诚然,希氏说的是"互相救赎"。然而,即便是互相救赎,也构不成婚姻的充分条件(可以是必要条件)。一对需要互相救赎的男女,并不一定要通过婚姻来达到目的。换言之,道德救赎只是上述婚姻的客观效应。要使多萝西娅和威尔结合,还得他俩相爱才行。那么,多萝西娅爱上威尔的主观前提是什么呢?不可能只是去救赎他。依笔者之见,这主观条件是他俩志同道合,也就是有共同的道德想象——共同的教养、共同的理想、共同的情操、共同的自我怀疑精神,以及通过"细小行动"来实现道德担当的共同愿望。既然是这样,多萝西娅只有在威尔身上看到上述品质才有可能爱上他。然而,希氏没有从小说中撷取任何具体的例子来加以证明,而仅仅满足于如下定论:多萝西娅"爱拉迪斯劳,因为她知道他虽有弱点,却能够真正完成'小而好的工作';对她而言,这就是道德的真实意义"。[①] 那么,多萝西娅凭什么**知道**拉迪斯劳能够完成那些'小而好的工作'呢?对此,希氏未提供任何证据。

这类证据其实不难找到。在故事中,多萝西娅对威尔·拉迪斯劳的认识是有变化的,其原因来自两个方面。

一方面,多萝西娅看到了威尔的自我成长。他俩初次见面时,威尔坦言不愿意"靠做苦工赢得任何成绩"(他没有工作,生活上靠卡苏朋接济),而多萝西娅无法认同他的享乐主义价值观,因而"有些震惊,发现一个人居然可以把一生都当作假期"。[②] 威尔甚至争辩说"最好的虔诚是享受"。[③] 不过,在多萝西

---

① Himmelfarb, *The Moral Imagination*, 19.
② Eliot, *Middlemarch*, 172.
③ Ibid., 182.

娅的影响下，威尔决定不再依靠接济，承诺"开辟一条道路，除了自己不依靠任何人"。① 小说进入尾声时，他已经两度当选议员，"成了热情的公共人物，在……一些改革中干得很好"。②

另一方面，多萝西娅在威尔身上发现了她原先没有发现的优点。例如，在第80章中，多萝西娅去费厄布拉泽家做客；谈笑间，主人的姨妈诺布尔小姐突然手忙脚乱起来，说是她的玳瑁药匣不见了。费厄布拉泽随后解释道：那药匣为威尔所赐，所以才会有那场慌乱。这样一个小插曲，却让多萝西娅感动不已，她赶紧借故告辞，回家后发出一声长叹："啊，我原来是爱他的！"③就是那只不起眼的小药匣，最终敲定了女主人公心中的爱。这是为什么呢？虽然叙述者没有正面回答，但是我们不难由此推断：多萝西娅从中看到了威尔的教养，看到了他平时对小人物的关爱——诺布尔小姐是一位弱小的老处女，家境贫穷，可是威尔真诚地关心了她。我们还可进一步推断：赠送小药匣只是威尔无数"细小行动"中的一个。

至此，我们终于看清了多萝西娅的婚姻选择跟道德想象的内在联系：她和威尔都不以善小而不为；正是在无数体现教养的"细小行动"中，并在不断自我反省的过程中，他俩逐渐收获了爱情。在多萝西娅的选择背后，是艾略特在文化/秩序层面上所做的选择：一个理想的社会可以没有一心想要惊天动地的利德盖特，却不可以没有无数个从小事做起的威尔——他最后进入议会，并能出色地工作，这说明国家治理的重任应该由他这样的人来承担。艾略特花大力气做此选择，其实还透露出她的担忧：离开了教养，离开了道德想象，社会就会失序。这也是伯克的担忧。

伯克对英国文学的影响范围之大，远远超出了我们在此所提及的作家和作品，更重要的是，这种影响往往非常深刻，需要较大篇幅才能说清，这也是本节第二部分仅以一部小说为分析对象的原因。不管怎么说，我们的分析已经表明：伯克和英国文学的姻缘值得专门研究，而作为一种社会秩序的文化不失为一个很好的切入口。

---

① Eliot, *Middlemarch*, 185.
② Ibid., 686.
③ Ibid., 646.

第二节
《格兰迪生爵士》：新兴阶级的责任自觉

塞缪尔·理查逊的第三部书信体小说《查尔斯·格兰迪生爵士》(*The History of Sir Charles Grandison*, 1753)在我国学界一直未得到足够的重视。2006年出版的《英国小说发展史》就是一个典型的例子。该书对这部小说仅有寥寥数语的介绍和一句话的评论，认为"这部作品写得枯燥乏味，充满道德说教和劝善修身之道"。① 这一情形可能跟西方学界的有关评论不无关系。西方现代学者几乎都忽视了《查尔斯·格兰迪生爵士》的存在，即使有些评论，大多数也是负面的：针对这部小说，"情节结构性不强""缺乏真正的道德张力""动作单一乏味"及"相对笨拙"等词语频频出现。例如，哈里斯认为这部小说明显的不足在于其行文方式。② 又如，金基德-维克斯认为"整部小说落入了教训主义的俗套"，而且把它描述成"一本古怪的书"。③ 还有一些批评家认为小说中人物进退维谷的情境比较琐碎，没有多大意义。甚至连很有同情心的学者麦克勒普也认为"社会上令人尴尬的事件应该被更加有分量的悲剧性冲突所替代"。④ 假如这些指责如实，那么理查逊的这部小说相对不受重视，应在情理之中。然而，《查尔斯·格兰迪生爵士》果真是枯燥乏味，充满道德说教之作吗？如果我们仔细考察这部小说的历史文化语境，就会发现它实际上塑造了完美的绅士形象及其存身的共同体愿景，含有一种"乌托邦冲动"，充满了有趣的插曲和感人的情境，蕴藏着深刻的伦理道德关怀。

---

① 蒋承勇等：《英国小说发展史》，杭州：浙江大学出版社，2006年，第53页。
② Jocelyn Harris, *Samuel Richardson*, Cambridge University Press, 1987, 6-7.
③ Mark Kinkead-Weekes, *Samuel Richardson, Dramatic Novelist*, London: Methuen and Co. Ltd., 1973, 366-367.
④ Alan Dugald McKillop, *Samuel Richardson*, Chapel Hill: University of North Carolina Press, 1936, 213.

一、共同体与秩序意识

上文提到,《查尔斯·格兰迪生爵士》展示了一幅共同体愿景。顾名思义,共同体意味着一种秩序。想象/建造共同体的人都带有秩序意识,都向往一种有持久生命力的秩序,而非暂时的、表面的秩序。德国学者滕尼斯曾这样对比"社会"和"共同体"的意义:"共同体意味着真正的、持久的共同生活,而社会不过是一种暂时的、表面的东西。"① 那么,理查逊所处的"社会"是怎样的呢? 它适逢英国资产阶级上升时期,也是诸多深刻变化的发生期。理查逊的许多同胞都陶醉在工商业快速发展所带来的"文明"之中。他们普遍表现出对科学、理性和发明创造的痴迷和信心,以及对海外殖民超额利润的狂热追求。例如,小说家笛福就曾经投资开发潜水器,并一度经营砖瓦厂。再如,东印度公司的原始股在复辟后30年间每年获利达20%—40%,"少数豪富掌握了从东方贸易得来的巨额财富"。② 然而,令理查逊感到焦虑的恰恰是新兴资产阶级道德上的危机。社会财富的增长及市民阶级的兴起导致了一系列的利益及权利的冲突或调整,使得旧的等级秩序和道德秩序逐渐瓦解,而新的体制和秩序还未形成。物欲张扬和政治腐败是这一转型期英国社会生活的主要景观,其情状在蒲柏的诗中可见一斑:

> 我们的青年,一个个身穿外国金钱的号衣,
> 在邪恶面前献舞;长者则在她身后匍匐在地!
> 看呀,人们熙熙攘攘争先恐后拥向那尊泥偶
> 供奉上自己的国家、父母、妻子和亲生骨肉!
> 听吧,她那黑暗的号角响彻平原山谷
> 鼓噪说:"不被腐蚀,即是耻辱。"
> ……
> 骗子的机智,娼妓的勇气,
> 令千万人百般钦羡,心仪不已。

---

① Tönnies, *Community and Civil Society*, 19. 译文引自殷企平:《〈好伙伴〉与共同体形塑》,《浙江工商大学学报》,2016年第2期,第5—11页。

② G. M. Trevelyan, *English Social History*, Green: Longmans, 1942, 220.

所有的人都举目瞻仰,满怀畏敬
那些逃脱或挫败了法律的罪行!
真理、价值和智慧却日日遭到非议——
"如今,惟一的神圣之物乃是卑鄙"。①

由此可见,当时的英国社会是一种"机械的聚合"。② 这种情势下学徒出身的中年印刷商理查逊自觉承担起道德改良的使命,在自己的作品里描绘了一幅理想的共同体蓝图。他的《学徒手册》(The Apprentice's Vade Mecum, 1734)和《模范尺牍》(Letters Written to and for Particular Friends: On the Most Important Occassions, 1739)都旨在劝导读者按照道德规范来约束自己的行为和生活。在谈到《克拉丽莎》(Clarissa, 1747—1748)的创作时他曾说,道德指导和警示是"我创作《克拉丽莎》的唯一目的"。③ 在《查尔斯·格兰迪生爵士》的前言中,他就该书的宗旨做出了这样的阐述:着意于表现一个男人的楷模;他信奉上帝,品德高尚,生机勃勃,精神振作,即便身陷充满诱惑的场合,也始终言行一致;即便功成名就,也仍然和蔼可亲;他幸福快乐,又能给别人带去幸福。④ 也就是说,理查逊所塑造的查尔斯这一人物,是个典型的绅士形象。

这一绅士形象所要支撑的是以格兰迪生庄园为模板的共同体愿景。在理查逊笔下,格兰迪生庄园风景秀丽,秩序井然,主仆诚信为本,人际关系和谐,恋爱婚姻自由,宗教信仰多元。理查逊别出心裁地通过脚注的形式引入了露西女士的一封信,其中这样描绘格兰迪生庄园:"这个宏伟、宽敞的宅邸坐落在一片开阔的园子中间,有好几条大道直通房前。园子的北面流淌着一条蜿蜒的小溪,很可能是一条河流,里面有很多鳟鱼和其他种类的鱼……园子本身的景色很打眼,遍布草坪,树木繁盛,一丛丛粗壮的大树……花园、葡萄园等规划

---

① Alexander Pope, *Poetry and Prose of Alexander Pope*, ed. Aubrey Williams, Boston: Houghton Mifflin Company, 1968, 285-286. 译文引自黄梅:《推敲"自我":小说在18世纪的英国》,第79—80页。
② 殷企平:《〈好伙伴〉与共同体形塑》《浙江工商大学学报》,第5—11页。
③ John Carroll, ed., *Selected Letters of Samuel Richardson*, Oxford: Clarendon Press, 1964, 224.
④ Samuel Richardson, *The History of Sir Charles Grandison*, ed. Thomas Archer, London: George Routledge & Sons, 1924, v.

得很美……中间一座精巧的石桥横跨小河,各种树木种植在自然的斜坡上,较高处是果树,第一排是围成半圆形的梨树,然后稍远是苹果树,还有樱桃树、李子树、杏子树等,一排低过一排……"①需要特别留心的是,露西对于格兰迪生庄园里果园的描述跟弥尔顿对于伊甸园的描述相呼应:人间乐园的主题,期待着天堂的快乐。这里的一切显得那么自然和谐,秩序井然,然而这描绘在正文中却没有出现,可以说是理查逊有意为之——这是他对于想象中共同体"场所"的理性设计,其中的秩序意识跃然纸上。令人遗憾的是,1924 年托马斯·阿奇尔在编辑新版《查尔斯·格兰迪生爵士》时却省略了这一脚注。

格兰迪生庄园展现的不是一个封闭和孤立的共同体地块,虽然它看上去似乎是"没有边际的",②然而这是幻觉效果,在现实中它是有界限的,不过它是开放型的。它的成员与外界始终保持着不间断的来往和联系,而且范围之广,已经越出了国界的限制。查尔斯爵士带着他的新娘去爱尔兰旅行,他也希望信奉天主教的意大利朋友能够访问他的庄园。虽然他的新娘哈丽艾特对此心存芥蒂,"查尔斯爵士,一位彻头彻尾的英国人,怎么能够和一位意大利女子幸福生活呢?"③实际上,查尔斯爵士心胸宽广,思想开放,对所有国家的人们都非常仁慈:他是一位"世界公民"。④ 查尔斯爵士长期在国外生活的经历使得他对于英国的宗教、政府和风俗更有亲切感。格兰迪生庄园不断有朋友到访,查尔斯也忙于出访和回访。通过走访邻居,查尔斯建立了令人愉快的邻里关系。书中如下的描写俯拾皆是:查尔斯爵士"12 月 18 日,去了伦敦,为了解决布查普女士(Lady Beauchamp)和爱德华爵士之间的争端……最后满足了两人各自的需求"。⑤ 在故事的结尾,如哈里斯所说,"查尔斯爵士……又回到了全人类未来幸福时代的世界里",⑥一种"理想的世界",⑦获得"乐园般的和谐"。⑧ 多

---

① Samuel Richardson, *The History of Sir Charles Grandison*, Vol. vii, 4th editon, London: Harrison and Co., 1762, 23 - 25.
② Richardson, *The History of Sir Charles Grandison*, 1924, 466.
③ Richardson, *The History of Sir Charles Grandison*, 1762, 10.
④ Richardson, *The History of Sir Charles Grandison*, 1924, 461.
⑤ Ibid., 475.
⑥ Harris, *Samuel Richardson*, 138.
⑦ Ibid., 162.
⑧ Ibid., 168.

迪在格兰迪生庄园也发现了"精神上和道德上的和谐",①那里"实现了人类的愿望",②"爱情以走进婚姻殿堂为结局"。③ 所有这些都是关于秩序的想象,是一种乌托邦。

伊格尔顿认为乌托邦有"好""坏"之分:"坏"乌托邦("bad" utopia)仅仅描述良好的愿景,但是往往流于幼稚,不切实际(可望而不可即),而"好"乌托邦("good" utopia)旨在从当下/现在(the present)的政治力量中找到能够改造现实的力量,从而搭建起连接现在和未来的桥梁。④ 显然,理查逊对于格兰迪生庄园乌托邦式的描绘属于后者。他刻画了一个以查尔斯爵士为代表的共同体,以此回应英国社会所面临的以下问题:"以个人利益最大化的经济行为如何能摆脱随之而生的个人与他者及社会的疏离? 在人人都为自己私利而奋争的情况下,个人利益如何得到最有效保障? 如何在社会资源有限的条件下,个人主义经济行为实现可持续性发展而不是涸泽而渔,最终导致私欲的无限膨胀,社会道德沦落?"⑤理查逊给出的方案就是像查尔斯爵士那样,在秩序井然的共同体中自觉承担家庭责任,与他人诚恳交往,慷慨给予。这将是以下两个小节的中心话题。

二、共同体与责任意识

理查逊回应时代要求,把格兰迪生庄园这一理想共同体的核心人物查尔斯爵士塑造成一位绅士典范,能够切实履行其家庭责任之人。在共同体中,家庭是以婚姻和血缘关系为纽带的。作为家庭的一员,查尔斯爵士首先要承担的是孝敬父母的家庭责任。德国著名法学家和史学家塞缪尔·冯·普芬道夫(Samuel, baron von Pufendorf, 1632—1694)在其著作《人的全部责任》的第2部第3章的开篇中指出,父母的权力是最古老、最神圣的权威,孩子要尊敬父母,服从父母的命令。他还说,"正如父亲不能在孩子还需要教育和帮助的时

---

① Margaret Anne Doody, *A Natural Passion: A Study of the Novels of Samuel Richardson*, Oxford: Clarendon Press, 1974, 362.
② Ibid., 366.
③ Ibid., 346.
④ Terry Eagleton, *The Idea of Culture*, Oxford: Blackwell Publishing, 2000, 22.
⑤ 胡振明:《对话中的道德建构——十八世纪英国小说中的对话性》,北京:对外经济贸易大学出版社,2007年,第110页。

候把孩子赶出家门一样,儿女不能在没有得到父亲首肯之前离开父亲的家"。① 普芬道夫一方面强调父母有责任赡养并教育孩子,让他们成为对社会有用的人,另一方面要求孩子对父母绝对服从。威廉·高吉(William Gouge, 1575—1653)在他的《家庭责任》(Of Domestical Duties)中提出类似的要求,他说:"儿女就像父母的物品,后者对前者具有绝对的权力,前者必须听从后者的命令和处置。……处于父母掌握中的儿女(哪怕是继承人长子)与仆人毫无二致。"②《格兰迪生》也反映出家长的权威和子女的顺从。

查尔斯爵士的母亲来自贵族家庭,是 W 伯爵的妹妹,带来一大笔嫁妆。书中写道:"她是最为优秀的女士。尽管她勤俭持家,但并不小气,相反非常慷慨和仁慈。她贫穷的邻居非常喜欢她。她的餐桌上很丰盛。她也非常好客。"③母亲非常疼爱格兰迪生,从儿子懂事起就灌输洛克的教育理念,使其明晓道德正义、仁慈和宽容,儿子也很听从母亲的教诲。可惜的是,在他还是青少年的时候,由于父亲与他人决斗受伤,让母亲精神受到严重打击,不久便离开人世。从他时刻铭记母亲的教导可以看出,他是个孝顺的儿子。

理查逊通过对比的方式,突出共同体中家庭责任意识的重要性。父亲托马斯爵士与查尔斯分别作为旧的封建贵族和新兴资产阶级的杰出代表。尽管查尔斯出身是贵族,有着世袭的爵位,但他的父亲不善经营,在他继承家业的时候需要依靠自我奋斗来获得财富,成为资产阶级的一员。他们在履行家庭责任方面正好形成了鲜明的对比。托马斯爵士风流倜傥,生活奢华,除了用纸牌和骰子来赌博之外,他还沉迷于其他各种时尚的消遣,特别是赛马和打猎。父亲留给他每年英格兰 6 000 英镑和爱尔兰 2 000 英镑的地产收入,几乎被他消耗殆尽。对于家务,他从来都不闻不问。平时他很少待在家里,家里的事情都交由夫人来料理。他曾经离开妻子整整六个月,出发的时候,只是计划去巴黎短途旅行,但他一时兴起,便延长了旅程。更加不可原谅的是,他让别人写

---

① Samuel von Pufendorf, *The Whole Duty of Man According to the Law of Nature*, trans. Andrew Tooke, ed. Ian Hunter and David Sauders, Indianapolis: Liberty Fund, 2003, 179. 参见朱卫红:《文学伦理学批评视野中的理查生小说》,武汉:华中师范大学出版社,2011 年,第 182 页。

② Rita Goldberg, *Sex and Enlightenment: Women in Richardson and Diderot*, Cambridge: Cambridge University Press, 1984, 31. 参见朱卫红:《文学伦理学批评视野中的理查生小说》,第 182 页。

③ Richardson, *The History of Sir Charles Grandison*, 1924, 119-120.

信转达妻子,自己却连只言片语都没有写过。① 对待情人,托马斯爵士也不负责任。像其他贵族一样,他同管家欧德汉姆太太住在埃塞克斯,只想满足自己的生理需求,并无真正的情感投入。妻子去世以后,他办一桩假的婚礼来欺骗欧德汉姆太太,让她误认为自己就是他的妻子,两人同居很长时间,并生了两个孩子。当他突然离世,由于没有名分,欧德汉姆太太以及孩子的生活一下子就失去了依靠。

对待自己的儿子和女儿们,托马斯爵士也是一位不负责任的父亲。虽然托马斯爵士爱他的儿女们,比如在格兰迪生小的时候就经常带着他到户外骑马和击剑,使其拥有高超的骑术和剑术,但这并不能说明他是一位有责任心的父亲。在妻子去世以后,他就把年少的查尔斯送往欧洲游学,使其孤身在外生活多年。乍一看,这是对孩子的一种教育方式,有利于培养其独立性。实际上,真正的原因是父亲以这种方式支走查尔斯,使其远离自己,不妨碍自己的享乐。有一次 W 伯爵告诉一些绅士,想知道托马斯爵士为何允许自己深爱的儿子离开他这么多年,托马斯爵士给出的理由是,他儿子的价值观和道德观与自己的生活方式不符:"我打算开始改变我的生活方式;然后我就告诉我的儿子。"②但是,托马斯爵士继续了一年又一年,只是停留在"打算"上面。期间,查尔斯很想回到离别已久的英国,以解思乡思亲之苦,但没有得到父亲的允许。他也曾请求父亲在巴黎或离英国近的其他地方和他见个面,也遭到了拒绝。直至父亲去世,少年离家的他都未能与父亲见上一面。后者支走了儿子,女儿们的生活和教育他就不闻不问了,只顾自己在外寻欢作乐。托马斯爵士明确告诉女儿们以及她们的求婚者,他不会给很多嫁妆。如果他不给卡洛琳一先令作为嫁妆,他会感到很满意。因为他已经欠儿子三万多英镑了。姐姐卡洛琳与查尔斯的朋友 L 爵士相互倾心爱慕,托马斯爵士横加干涉;当卡洛琳不得已和心爱的人分开,失声痛哭时,托马斯叫道:"这位女子为何而哭?——为什么,卡洛琳,你肯定会有一位丈夫,我告诉你。不久我就会带你去伦敦市场。你会首先去雷诺拉(Ranelagh)市场吗?音乐会或是早餐?或者我会把你带到

---

① Richardson, *The History of Sir Charles Grandison*, 1924, 120.
② Ibid., 124.

歌剧或戏剧院？哈哈哈！你要在头发上戴上你母亲的宝石饰物,或是在你的胸上,来吸引那些家伙的眼球。"①他有意带自己的女儿到伦敦的社交场合,好让有钱人看上她们,来改善自己的经济状况:"下一个冬天打算把她们带到镇上。到那里让她们看看周围,她们能够喜欢上谁,谁能够喜欢上她们。"②由此可见,托马斯爵士是一位极不负责任的父亲。

与托马斯刚好相反,查尔斯是一个极负责任的儿子。在父亲经济遇到困难的情况下,他主动要求父亲减少自己的生活费,以减轻其财政负担。父亲在世时,查尔斯一方面由于游学在外,另一方面也是由于服从父亲的意愿,他似乎对姐姐和妹妹没有给予实质性的关心和帮助。特别是他的朋友 L 爵士请他帮助说服他父亲,成全其与凯洛琳的婚事,也遭到了他的拒绝。但在父亲去世以后,查尔斯成为一家之主,这时他对姐姐凯洛琳和妹妹夏洛特的关心和帮助称得上无可挑剔。他不但给了她们各一万英镑的丰厚嫁妆,让她们平分了母亲留下的所有珠宝首饰,还促成了她们各自的幸福婚姻。更重要的是,他以自己的实际行为,使两位姐妹感受到亲情,成为她们精神上的支柱和学习的榜样。他们一见面,查尔斯就张开双臂把姐妹俩紧紧拥在胸前,并说道:"我最亲爱的姐妹们,接受你们的兄弟吧,你们的朋友;我确信我对你们的爱从未减弱过。"③这样的情境令姐妹俩激动得热泪盈眶。

查尔斯自觉承担家庭责任,还表现为他对待爱情和婚姻的审慎态度。这一点通过对比显得更为突出。小说中反面的贵族形象有着共同的特征,即不尊重女性,通常是利用引诱或武力的途径来得到对方的身体,而不打算为自己的行为负责。例如,道德败坏的哈格雷夫爵士就企图采取暴力手段强娶拜伦小姐,而托马斯爵士和 W 爵士(查尔斯的舅舅)都是以引诱的方式不明不白地占有自己管家的身体,从未考虑她们的未来生计。书中有这样一个情节:花花公子哈格雷夫爵士对美丽善良的拜伦小姐一见倾心,几次求婚未成,就强行劫持她到一隐蔽地点,逼迫成亲,但牧师见拜伦小姐宁死不从,未敢主持婚礼;在他们前往另一地点的途中,路过的查尔斯听到了拜伦小姐的呼救,及时救下

---

① Richardson, *The History of Sir Charles Grandison*, 1924, 127.
② Ibid., 125.
③ Ibid., 134.

了她,并把受伤的拜伦小姐带回家中照顾。这样,拜伦小姐与查尔斯家庭成员建立了亲密的友谊,而且还爱上了舍己救人的查尔斯爵士。然而,出于对女性的尊重和高度责任感,尽管他也深深地被拜伦小姐的美貌和美德所吸引,却克制着自己的感情,婉言拒绝了她的爱情,因为他在国外游学期间已经与一位意大利名门贵族的女儿克莱门蒂娜到了谈婚论嫁的地步,觉得自己还没有权利开始一段新的感情。查尔斯也是克莱门蒂娜哥哥的救命恩人,遂成为她家的贵宾,得到了克莱门蒂娜女士的芳心,但不同的宗教信仰以及克莱门蒂娜家庭阻碍了他们的恋爱进程,查尔斯爵士迫于无奈,才中止了与她的约定。在与克莱门蒂娜相处过程中,查尔斯爵士也表现出高度的责任感。当他得知克莱门蒂娜由于思念自己而精神抑郁,就带着英国最好的精神科医生,远赴意大利给她治病。对于充满激情、疯狂追求自己的意大利富家小姐奥利维娅,查尔斯也表现出高度的自制能力,没有利用对方对自己的爱慕而做出不合道德规范的行为。奥利维娅从意大利一路追随他到英国,在查尔斯家里大胆表白,愿意将所有财产都交给他,也愿意放弃自己的宗教信仰,但查尔斯还是有礼貌地拒绝了她的好意。

总之,理查逊通过刻画查尔斯爵士这一形象,向世人传递了如下文化思想:共同体的维系有赖于其成员的责任意识,尤其是核心成员的责任意识。有人会问:以上分析证明了查尔斯爵士对家庭成员和恋人的高度责任感,但是对于其他人,他又会有什么样的表现呢?我们将在下一小节予以回答。

三、诚恳交往,慷慨待人

要实现共同体秩序,单靠对家人/恋人的责任感是不够的,还需要所有成员从事"集体认同的实践"。[①] 就格兰迪生庄园而言,这种实践体现于人际交往和人际关系上,或者说体现于道德实践。换言之,理查逊是通过小说人物格兰迪生所处的复杂人际关系,来实施其道德关怀的,因为"道德实践就是在人与人之间的互动关系中实现。在互动的过程中,道德才得以发挥它的社会作用,

---

① Francis Mulhern, "Towards 2000, or News from You-Know-Where," in *Raymond Williams: Critical Perspectives*, ed. Terry Eagleton, Oxford: Polity Press, 1989, 86.

成为一种规范性的调节力量"。① 在理查逊笔下，庄园的主人查尔斯爵士是诚恳交往的典范。他自始至终都诚恳做人，乐于助人，他的全部的行为方式都具有人情味儿。

在他的社会交往中，最感人的是他与贫苦大众（他的仆人和佃农）的交往。虽然查尔斯爵士对于他的庄园非常爱护，力求成为该地区条件最好的庄园，但是他并没有把修缮工作强加给他的佃户，而是常年雇佣一位瓦匠和一位木匠，一年之中有三个月雇佣一位锯木工，只要有需要就进行修缮，这就减轻了佃户们的劳动负担。他不仅自己待人诚恳，而且也倡导并教育他人诚实做人。佃户们了解他的为人，尽管他不在场，但只要他给出的指令，就像他本人亲自在场一样。对于所有的仆人，他最看重诚恳这一品质，并且以实际行动感染他们。在他写给领班的书面指令上，他不时地要求他们对待佃户时必须公正，就像对待他本人一样："你们是我的朋友，也是我的工人。只要记住，我不能忍受欺骗。欺骗我一次，我会原谅他；但他不会有第二次机会欺骗我，因为我不是一位怀疑他人的人，不想成为值得怀疑之人的警卫。"② 查尔斯爵士还竭力解决庄园中的医疗问题。他聘请一位药剂师，并付钱买他的药分发给仆人或是贫困之人。在他管家的房间里，就有一个漂亮的玻璃箱子，里面装满了药品。这些药品都是这位药剂师分发给那些付不起钱的佃户的，而且他也从不拒绝佃户之外的那些穷人。查尔斯爵士还免除了一位非常值得尊敬的年轻人的房租。他曾经跟随伦敦一家医院的一位著名外科大夫，认真学习医术。当佃户们有意外发生，如果外科大夫找不到，他就会去救急。这样，庄园里的医疗就得到了保障。

查尔斯爵士不仅帮忙解决贫苦大众的实际问题，而且还注重他们精神上的需求。为了提升他们的生活情趣，查尔斯爵士在管家的房间设立图书馆，供佃户和仆人们借阅。图书分为三类：神学和道德类、家政类和历史类书籍。书架上有明确的标识，每本书后面也有同样的标识，容易归位。为了经久耐用，还用黄色软皮革包了封面。如果未能归还书籍，还会有很小数目的罚款。

---

① 胡振明：《对话中的道德建构——十八世纪英国小说中的对话性》，第 34 页。
② Richardson, *The History of Sir Charles Grandison*, 1924, 475.

当新书出来的时候,管家会买些他认为符合以上三类的合适书籍。而且,据库左夫人说,园丁在花园里的小房子中可以查阅与园艺相关的书籍。①

还值得注意的是,查尔斯爵士在与人交往时不仅带着爱心,而且具备了交往者的基本素质和交往艺术。查尔斯爵士通过走访熟悉自己庄园中的每一位佃户,以及附近的农民,了解他们的家庭和生活状况,需要的时候,他会免掉他们的田租欠款。对于那些没有成功希望的贫困农民,他会买下他们的农场。在国外游学的时候,他先后学习畜牧业和法律,成为庄园主以后,他躬身践行,征得佃户的同意,在大小不同的农场实现作物轮种,出钱资助佃户饲养牲口,以促成他们至少能够在某一方面获得收成。因此,他总是能够未雨绸缪,及时处理"事先预见到的、可能出现的事情"。② 就这样,查尔斯爵士很自然地赢得了喜爱和尊敬。书中人物哈丽艾特就曾这样说道:"你难道从查尔斯·格兰迪生爵士的仆人们的默默尊敬和兢兢业业中,看不出他们有多么崇敬他们的主人吗?"③与正常社会交往相对照的,则是人际关系的蜕变。笛福曾经把18世纪英国工商业社会里的一切人际关系描述为对物质财富占有的关系。④ 正是为了对抗这一"物质财富占有关系",理查逊才如此强调共同体中诚恳交往这一品质。

诚恳是一种态度,而慷慨则是付诸实际行动。在格兰迪生庄园中,查尔斯爵士不仅自己慷慨解囊,也鼓励他人做慈善事业,并帮助人们找到适合自己的恋人和幸福。庄园中人物的恋爱和婚姻都有了完美的结局。像蒲柏作品中被称为"罗斯之人"的慈善家约翰·库尔一样,查尔斯爵士提供嫁妆,使得没有多少财产的女性守信并体面地嫁人。有了嫁妆,奥贝瑞女士就能够和经过改造的男仆威廉·威尔森结婚,并有足够的钱来参与他姐姐的生意。查尔斯爵士也曾慷慨给予误入歧途的奥布瑞恩女士经济支持,而且承诺如果她成为一个好妻子,对她还会有更多资助。他亦促使吉发德夫人、他叔叔以前的情人,把她的养老金赠给年轻的女性一部分,作为她们保持童贞的一种鼓励。

---

① Richardson, *The History of Sir Charles Grandison*, 1924, 473-474.
② Ibid., 475.
③ Ibid., 476.
④ http://www.docin.com/p-451058290.html (accessed 2015/3/16).

他还试着把但比先生的遗产划分为多份小额基金,来资助女孩儿嫁给诚实的男人。

理查逊之前两部小说都是以女性为主人公,侧重于家庭生活。在《格兰迪生》中,他把查尔斯爵士放在了活动范围更为广阔的公共空间,所以查尔斯爵士对于自己的公共责任有着充分的认识,认为人人需要遵守国家的法律,不管是宗教的还是世俗的,他们要以公正的良心来行事。查尔斯在处理公共事务时,不仅在物质上帮助周围的人,而且在精神上也通过教育来改造他人。对待周边贫困之人,他乐善好施,为佃农请医买药并减轻租金,为父亲和舅舅的管家的生活都做了安排。他父亲与欧德汉姆太太同居多年,还生了两个孩子。姐姐和妹妹以及堂兄都希望查尔斯爵士把她和孩子从庄园赶走,但他本着负责的态度,给予他们足够的经济资助,使得他们的未来生活有了依靠。

对待朋友,他慷慨接济,解决纷争,成为许多人的遗嘱执行人。艾米丽的父母关系一直不好,母亲与外界有染,所以她父亲去世时就把她和财产托付给了查尔斯爵士。然而,当艾米丽母亲得知丈夫留下了大笔遗产,就带着新婚丈夫及其帮手前来闹事,并以武力相威胁,要求带走女儿和财产。查尔斯爵士先是以礼相待,但在两人都拔出剑来的时候,查尔斯爵士毫不示弱,一招解决一个,轻松解除了两个人的武装,然后再化解艾米丽和母亲的隔阂,并给予她母亲和继父经济上的支持,帮助他们一家过上正常的生活。

对待社会上的邪恶势力,查尔斯爵士毫不退让,挺身而出,见义勇为,并凭借自己的口才和行为,对他们进行教育,促使他们改邪归正。哈格雷夫及其狐朋狗友就是一例。在查尔斯爵士的解救之下,哈格雷夫强娶拜伦小姐未能如愿,他就纠集了一帮同党,欲与查尔斯爵士决斗。然而,查尔斯没有答应与他决斗,却表示愿意与他面谈,以消除其对自己的仇怨。查尔斯只身一人来到哈格雷夫家中,以自己的实力,化敌为友,使得哈格雷夫及其朋友认识到自己先前的错误行为,表示从此改过自新。后来,查尔斯爵士在巴黎又出手相助身陷险境的哈格雷夫及其朋友梅西达,从此赢得了他们的尊重。查尔斯爵士改造了这些社会不稳定的因素,体现了他维护秩序的意识和本领。

综上所述,理查逊在《查尔斯·格兰迪生爵士》中塑造了一个完美的绅士形象,展示了一幅秩序井然的共同体图景,散发着浓郁的文化气息,传递着缤纷的文化信息，而其中最重要的是理查逊对秩序的高度重视。就凭这一点，他在文化观念发展史上应该占有重要的地位。

第三节
《拉塞拉斯》的文化之旅

为文化观念注入秩序内涵的还有塞缪尔·约翰逊。他在许多作品中都表达了以秩序为内核的文化思想。限于篇幅，我们此处只探讨他在小说《阿比西尼亚王子拉塞拉斯：一则故事》(The History of Rasselas, Prince of Abissinia: A Tale, 1759)中与文化观念的互动。

《阿比西尼亚王子拉塞拉斯：一则故事》是塞缪尔·约翰逊创作的唯一一部小说，常常被简称为《拉塞拉斯》。这也是他生前见到自己作品流传最为广泛的一部，出版后很快就被译为法文、荷兰文、德文、俄文和意大利文等多种文字。对此最为正面的评论可能要数沃特·拉雷爵士(Sir Walter Raleigh, 1552—1618)在《英国小说》中的裁定：《拉塞拉斯》"情节结构安排巧妙，注重节奏，以疯狂的天文学家的故事为高潮……"[1]然而，评论界对该书的评论则多持负面意见，普遍认为：《拉塞拉斯》结构非常简单，约翰逊并没有付出多少精力来写这一"东方故事"。[2] 有些批评家指责该故事叙述不连贯且枯燥无味，毫无重要意义，而且故事结尾也未能得出任何结论就草草结束了事；[3]还有评论家认为故事中的人物行动缺乏戏剧性。[4]《拉塞拉斯》果真是枯燥无味，毫无重要意义之作吗？

如果我们仔细考察《拉塞拉斯》的历史文化语境，就会发现约翰逊在《拉塞

---

[1] Sir W. Raleigh, *The English Novel*, London: J. Murray, 1894, 206.
[2] T. Seccombe, *The Age of Johnson* (3rd ed.), London: George Bell and Sons, 1907, 12.
[3] G. J. Kolb, "The Structure of *Rasselas*," PMLA 66, No. 5(Sep. 1951): 698-717, 698.
[4] G. Sherburn, *A Literary History of England*, ed. Albert C. Baugh, New York and London: Appleton-Century-Crofts, 1948, 994-995.

拉斯》中提出了一系列发人深省的文化命题,如什么是人生的意义、什么是正确的生活道路、什么是幸福,等等。依照鲍斯威尔的解读:约翰逊在《拉塞拉斯》中表明那些无法令人满意的现状是暂时的,给人向往永恒的希望。① 欧仁普莱斯也认为,《拉塞拉斯》设想生命的意义最终只能在未来世界中找到,而不是这个世界;正确的选择只能引导人们早些获得启示,人类的幸福也只能在永恒生命中找到。② 但另一方面,对于霍金斯③和欧弗莱赫蒂④等人来说:该作品设想生命毫无意义,也没有正确的人生道路,人类的幸福也是虚幻的。然而,我们认为,对于上述问题的回答,实际上也是对18世纪英国面临的一系列文化危机的回应,其中包括约翰逊对旧的田园牧歌式生活方式的批判,也有对新的科技发展所带来后果的忧患意识,尤其是对于社会转型引发秩序危机这一问题的焦虑。有鉴于此,我们拟从约翰逊对于转型时代的焦虑入手,剖析《拉塞拉斯》中所体现的文化/秩序观。

一、田园牧歌式(阿卡迪亚式)生活方式与幸福

如黄梅先生所说,约翰逊"可以算是近代以来英国历史上影响最大的文化人之一"。⑤ 他的文化观与他所处的转型时代以及由此生发的焦虑有关。他的一生见证了农业文明向工商业文明转型,以及由此引发的一系列思想、情感和文化方面的危机。英国从15世纪开始的剥夺农民土地的"圈地运动",到18世纪逐渐结束。在1760年之前,议会共颁布了214项圈地法令。法律已经成为掠夺农民土地的工具。成千上万失去土地的农民,或沦为雇工,或加入城市产业大军,为工业革命提供了大批廉价的劳动力。随着工业的迅猛发展,农业的资本主义经营方式破坏了田园牧歌式的农牧生活,也就是破坏了原有的生活秩序。英国农牧业发生了全面变革,城乡手工业发展迅速,国内外市场体

---

① James Boswell, *Life of Johnson*, ed. R. W. Chapman, New York: Oxford University Press, 241–242.
② I. Ehrenpreis, "Rasselas and Some Meanings of 'Structure' in Literary Criticism," *Novel: A Forum on Fiction* 14, No. 2 (Winter 1981): 101–117, 115.
③ Sir J. Hawkins, "The Life of Samuel Johnson," in *LLD.*, ed. Bertram H. Davis, New York: Macmillan, 1961, 156.
④ P. O'Flaherty, "Dr. Johnson as Equivocator: The Meaning of Rasselas", *MLQ* 31, No. 2 (June 1970): 195–208.
⑤ 黄梅:《推敲"自我":小说在18世纪的英国》,第268页。

系逐步形成。在社会性质微妙而复杂的变化中,阿卡迪亚式的世外桃源和田园牧歌式的理想幸福生活已经不复存在。在如此动荡的社会当中,该怎样寻求幸福?怎样的生活秩序才能确保幸福?对此,约翰逊有着自己的敏锐思考。

在《拉塞拉斯》中,约翰逊讲述了年轻的阿比西尼亚王子拉塞拉斯走出"幸福谷",在诗人伊姆拉克和公主乃卡娅等人的陪同下,沿着尼罗河遍访各阶层的生活,探寻人类幸福的真谛。约翰逊首先否定的是阿卡迪亚式世外桃源的幸福生活,他看到了其中人们精神生活和物质生活的失衡现象,而这也正是约翰逊所处时代注重商业、发展工业的社会特征。王子身处"幸福谷"之中,为什么还感到不幸福?"幸福谷"是什么样子的呢?在约翰逊笔下,"幸福谷"中拥有一切生活必需品,看上去是地球上的天堂:"看到的尽是精心安排好的美景,处处令人赏心悦目。王子和公主们漫步在芳香的花园里,睡在安全无恙的城堡中。所有艺术设计都迎合他们的要求,满足他们的心意。"①幸福谷中的园艺精美,那里"通过人工喷水系统,空气保持凉快。其中的一处丛林,专为女士而设,里面安装鼓风机,由河水不停推动;乐器摆放相距不远不近,有的靠风,有的靠水,奏出柔和的音乐"。②爱德华·托马恩认为"幸福谷"中的花园意象……是真实的园艺实践。③然而,很明显约翰逊关注的不是18世纪园艺实践的真实描绘:"幸福谷"及其花园只是一种能够吸引所有感官的风景,它给人类感官提供的审美快感是暂时的,那里的居住者是不能够得到永恒幸福的。"幸福谷"中虽然物质极大丰富,可是人们在精神上却得不到满足,拉塞拉斯自比身边的牲畜:"每个在我身边走动的牲畜,有和我一样的物质需要;饥饿时,它吃野草,口渴时,它饮溪水。饥渴解决了,它也满足了,然后便睡去……像这些动物一样,我有饥饿,也有口渴,可我在饱食解渴后却无法使自己宁静安息。"④此处约翰逊表达的文化/秩序思想非常深刻:从表面上看,"幸福谷"的生活非常安宁,几乎是秩序井然,然而拉塞拉斯的内心却得不到安宁。也就是

---

① 塞缪尔·约翰生:《幸福谷——拉赛拉斯王子的故事》,蔡田明译,北京:国际文化出版公司,2006年,第6页。
② 同上,第15页。
③ E. Tomarken, *Johnson*, "*Rasselas*," *and the Choice of Criticism*, Lexington: University Press of Kentucky, 1989, 45.
④ 塞缪尔·约翰生:《幸福谷》,第7页。

说,约翰逊理想中的秩序首先是精神层面的秩序,而且是以精神和物质相平衡为前提、为特征的秩序。在"幸福谷"(影射18世纪英国工业社会)中,丰裕的物质生活没有充实的精神生活与之相平衡,因此是一种失序的社会,幸福也就无从谈起。

接着,约翰逊对田园牧歌式的生活方式进行了批判,指出缺乏教养和贫富不均——也是一种失序——是造成人们不能幸福生活的原因。在第19章"田园生活一瞥"中,在通往隐士洞穴的途中,"一路走在田野里,看到牧羊人赶着羊群,羔羊在草地上嬉戏"。① 诗人伊姆拉克指出"简朴宁静的田园生活"是世人常常羡慕的、理想的幸福状态。但在接下来的两段中,旅行者们发现牧羊人"都是粗人,胸无点墨,无法对自己的职业作好坏的比较……几乎难以从他们那里学到任何东西"。② 这里约翰逊揭示:不接受教育,精神生活也就无从谈起。而且牧羊人对自己状态所持的观点也表明了他们与富人关系的觉醒意识:"他们的内心充斥着愤愤不平,自觉注定要做牛做马,为富人累积财富。他们枯燥的目光里暗含着对富人的仇视。"③ 事实上,当时没有一种乡村生活能够与城市现实彻底分离。由于机器时代的到来,成千上万的乡下人背井离乡来到城市谋生。约翰逊也是其中的一员。他于1737年被迫离开乡村,口袋里装着两个半便士,同学生加里克一起前往伦敦谋生。数月之后,约翰逊受雇于爱德华·凯弗经营的《绅士杂志》,开始了他的职业作家生涯。贫穷牧羊人的不幸福来源于他们物质生活的匮乏和精神生活的缺失,而对于约翰逊来说,无论生活在乡村,还是在城市,贫穷就意味着要忍受压迫和歧视,也是毫无幸福可言的。

既然穷人不能得到幸福,那么,是不是生活在美丽风景之下的富人就能够得到幸福呢?离开牧羊人,拉塞拉斯和同伴们来到一片树林。这里他们发现了一处被开发的地块,"浓荫最深处,有条林荫道,两旁是修剪得整整齐齐的灌木丛,两边的树木枝丫靠人工交叉盘缠;空地上设有花床;一条小溪沿路潺潺

---

① 塞缪尔·约翰生:《幸福谷》,第61页。
② 同上,第62页。
③ 同上。

流过,有时从开阔的岸边流入到小潭,有时绕过一堆垒起的石块,喃喃细语"。① 这里呈现的似乎是一处"无害的奢侈"之地,而且"到处绽放着笑脸"。② 花园的主人既富有,又受人欢迎,他的仆人们也都带着笑容,宫殿里充满了欢乐。看到这一切,拉塞拉斯忍不住想,"这正是他所要寻找的幸福"。③ 但实际上,正如这位主人所说,"这些都是表面现象"。④ 他的富有让他生活在危险之中。埃及的巴萨是他的敌人,"憎恨我的财富和名望"。⑤ 一旦受到攻击,表面的假象就会被揭穿:"那时,我的敌人会霸占宫殿,在我种植过的花园里作乐。"⑥这里,约翰逊又一次巧妙地提出了他的文化命题,即财富不等同于幸福,用财富支撑的平静/秩序只是表面的。

二、科技与幸福

上文提到,约翰逊对逝去的农业文明的回应紧扣人的精神满足这一线索,而对随之而来的工业文明的崛起,也是同出一辙。约翰逊在《拉塞拉斯》中已经意识到科学主义和工具理性的局限性,尽管它们能够给人们的生活带来便利,有着实用价值或是娱乐功用,但是缺失了精神的力量。在《论飞行》这一章节讲到有一个工匠,以其机械制造的知识而闻名。他发明了许多既实用又有娱乐价值的引擎设备。他用一个由溪水推动的轮子,把河水引进水塔,输送到皇宫每个房间去;还利用喷水系统,保持空气凉快;甚至安装鼓风机,由河水不停推动乐器,利用风或是水作业来鸣奏悠扬的音乐。特别值得注意的是,文中出现了"引擎"意象,这自然而然地使人联想到蒸汽机。这篇小说写于1759年,而英国工业革命就是以蒸汽机的使用为标志的。光是这一章节中,就出现了这么多与机械有关的词(如 mechanic、engine、wheel、fans 等),自然有其深意。约翰逊是要告诉我们:新兴的工业文明仰仗的是机械力量和物质力量,并不能够给人类带来精神上的满足和永恒的幸福。机械的发展所带来的物质

---

① 塞缪尔·约翰生:《幸福谷》,第 62—63 页。
② 同上,第 63 页。
③ 同上。
④ 同上。
⑤ 同上。
⑥ 同上。

的、实用的状况并没有给王子带来快乐,他还是落落寡合,离群独处。约翰逊借"幸福谷"中精通力学的工艺家之口,表述了他对于机械式文明的焦虑,并预见到科技可以给人类带来灾难,因而提出拥有技术的人必须要有善心。如果技术被恶人掌握,人们的人身安全就会受到威胁,财产就得不到保障,社会秩序就会遭到破坏。"歹徒任意空袭,我们怎能保护安良?空军跨过城墙,越过高山,飞过海洋,防不胜防。北狄空军居高临下,袭击经济重镇,所向无敌。居于南海,赤身露体的土人会从天而降,连这快乐山谷,王邸所在之地也会侵入。"①而且,结局也非常明显,约翰逊以轻松的笔调否定了通过技术走向幸福路径的可能性。气球驾驶员想制造出一双翅膀,并运用空气动力学原理和数学来证明它们能够飞行——但结果是只有跳入湖中,计划以失败而告终。但是这已经预见到真正能够实现的军用飞行器的发展:"一群北方野蛮人可以在风中盘旋,用不可抗拒的暴力,把在他们下面的果实累累的居民区摧毁。"②约翰逊有生之年在伦敦看到了比空气还轻的飞行器的首次飞行,就在他去世前一年,他的信件显示他对其有着极大的兴趣。不过,约翰逊从来不认为科学能够凭一己之力解决所有的问题。

在第39章至第47章,约翰逊还通过学识渊博的天文学家的故事,来说明即使善良的人拥有了科学知识,也不能获得幸福;而且受科技主宰的不光有人类的外部世界和物质世界,而且还有人类的内部世界和精神世界,不光有人的行动方式,而且还有人的思维方式和情感方式。在外人看来,这位天文学家是世间最快乐的人,他"神超形越,却不傲慢;彬彬有礼,却不虚伪;能言善辩,却不卖弄才情"。③ 不过,他却认为自己的人生选择是错误的:"我把时间花在学习上,没有得到任何实际的人生经历。所掌握的科学,就其大部分而言,对现在的人类都没有实际用处。我获得了知识,却付出了所有享受舒适生活的代价;我失去了与可爱的异性交往的友谊,家庭温暖的幸福。"④天文学家一方面强调了科技的强大力量:"我操纵气候,调节四季:太阳听命于我,东起西落;

---

① 塞缪尔·约翰生:《幸福谷》,第15页。
② 同上,第18页。
③ 同上,第111页。
④ 同上,第140页。

乌云呼之即来,大雨滂沱;一声令下,尼罗河泛滥;我驯服天狼星,消除暑热;克抑巨蟹星,减低气温。"① 另一方面,他也强调科技的有限性:"一直以来,惟独自然界的飓风不听我指挥,以致赤道灾情惨重,我无法阻止,也无法控制。"② 而且,天文学家在与王子一行人交往的过程中,流露出了压抑和痛苦情绪。他坦承自从拥有了这种能力,就远不如从前那样幸福。由此可见,获得科学知识给他的情感和思维带来了深刻的影响,使其只能在孤独寂寞的探索中生活。

我们有必要强调一下,约翰逊并非不重视科学技术的发展。事实上,与蒲柏和斯威夫特相比,他对科学知识有着极大的兴趣,特别是化学、医学、天文学和自然历史。他非常熟悉他所处时代化学学科的进展,了解化学在制造业、艺术和医药等领域的作用。在他的各类作品中,有多种意象和隐喻来自科学。而且他还亲自做科学实验。在他旅行的时候,他观察并评论各种物品的制造过程——英格兰的玻璃制造、法国的瓷器和窗帘的制作、威尔士的铜器和铁器制造,等等。在给苏珊娜·斯拉尔的一封信中,他建议其应该利用每一个获得知识的机会:"用赫谢尔望远镜观察太空";他还告诉她"去化学家的实验室",因为"所有的科学真理都是有价值的"。③

然而,约翰逊关于自然科学和自然科学家的观点在《弥尔顿传》中表述得最为明确。他谈到了弥尔顿年轻时创办私人学校时的情形:"弥尔顿的目的似乎是要教授一些比普通文法学校更加实在的内容,即通过阅读那些研究自然学科的作者所著文章,比如《农事》,和古人的有关天文的一些论文……"④ 约翰逊对此的评论是:"事实上,外部自然的知识,以及这些知识所需要或包括的科学,并不是人类思维伟大或是时常的任务。无论是我们为了行动或是谈话,无论是我们希望它有用途或是能够带来快乐,首先需要的是关于对与错的宗教和道德知识……审慎和正义是超越所有时代和地点的美德;我们是永久的道德家。"⑤ 这里,约翰逊认为自然科学关注的只是人类的外部世界和物质世界,

---

① 塞缪尔·约翰生:《幸福谷》,第113页。
② 同上。
③ D. Cody, "Samuel Johnson's Interest in Science and Technology," in *The Victorian Web*, 2000-06, https://victorianweb.org/previctorian/johnson/scienceintro.html.
④ Samuel Johnson, *The Lives of the Most Eminent English Poets* (Vol. 1), London: C. Baldwin, Printer, 1821, 70.
⑤ Johnson, *The Lives of the Most Eminent English Poets* (Vol. 1), 70.

而关乎个人存在意义的道德更重要,也就是说人类的内部世界和精神世界更为重要。"如果弥尔顿反对我的观点,我有苏格拉底为我辩护。……他们似乎认为,我们被置于此地是为了观察植物的生长或是星星的运动。而苏格拉底的观点是,我们不得不学习的应该是如何行善和避恶。"①由此可见,约翰逊是反对自然科学过于盛行的,他"比现代反科学的先知和前人更加准确"。②

这样的主题在他 30 年的写作生涯中反复出现,如他关于格莱德斯(Gelidus)的叙述。格莱德斯是约翰逊以母校牛津大学大学学院(University College)的老师约翰·库尔森(Rev. John Coulson,1719—1788)为原型而创作的人物,他"具有深入研究的钻研精神……长期以来,他希望解决困扰着研究科学的教授们的一些问题,而这些问题正是给他的天才和勤奋所预留的"。③ 格莱德斯对他兄弟的沉船消息唯一的反应就是对天气的兴趣;当听到附近城镇失火的消息,只引出他对大火本身几句简短的怨言。格莱德斯既不与他人分享欢乐和痛苦,也忽视自己妻子的温柔和孩子们的拥抱,而把注意力放在计数雨滴的多少,关注风向的改变,以及计算月食的周期。从这样一位科学狂人的例子可以看出,科学对人的思维/感受方式有着重大的影响。这一主题在《漫步者》第 137 期、《闲散者》(*The Idler*)第 88 期中又再次出现,如皇家协会的一些成员对于科学有着极大的期望:"这样的时代被认为很快就要到来,即发动机将会永不停息的旋转,我们的健康通过万能药得到保障,知识会通过现实的人物来提供,商业通过可以战胜暴风雨行至各大港口的轮船得以扩张。"④在所有这些评论背后,是约翰逊对于人类文化进程的深思熟虑,是对于机械式的反文化现象的深深焦虑。在一味追求工具理性和物质进步的病态文明进程中,最容易丢失道德价值,包括真、善、美、正义、仁爱和怜悯,而这些价值在《拉塞拉斯》中的天文学家身上就闪烁着光辉。"他的正直和仁慈与他的学问同样好。为任何一件善事,向他咨询或要求捐款时,他都乐意去做,可以暂时停下自己最细致的观察实验和最兴致勃勃的研究工作。在他最忙的时

---

① Johnson, *The Lives of the Most Eminent English Poets* (Vol.1), 71.
② J. R. Philip, "Samuel Johnson as Antiscientist," *Notes and Records of the Royal Society of London* 29, No. 2 (Mar. 1975): 194.
③ Ibid., 195.
④ Ibid., 196.

候,即使处在与世隔绝的状态,所有请求他的人也都能得到他的帮助。他说,'尽管我不允许自己懒惰和享乐,为慈善事业,我的门是敞开的。一个思考太空的人,要具有美德'。"①这里,约翰逊把道德修炼和心灵改造放在了比科学更为重要的位置,因为只注重科技发展的思维模式,必然导致一种畸形的、失衡的生活方式,而这必然导致人类社会的严重失序状态。

三、审美快感与幸福

特别值得一提的是,约翰逊对当时盛行的经验论哲学家洛克的幸福观进行了质疑。洛克坚持他的经验主义立场,认为外界事物作用于人的感官,引起了人们的各种情欲和感受,才引起了人们的苦乐感。他从人类所具有的"趋乐避苦"的心理和自然倾向出发,认为幸福就是快乐:"极度的幸福就是我们所能享受的最大的快乐。"②针对洛克的观点,约翰逊在《拉塞拉斯》中暗示了不同的见解,即虽然成熟的心智从田园和自然风光的审美过程中可以获得快感,但这样的时刻是非常短暂的,这可以从故事中"快乐的旅行"一例看出:在去金字塔旅行时,一行人"不时地停下来……观察到各种被毁坏的古城外貌和古代居民的遗迹,留意周围的旷野和耕作过的田地"。③公主忠诚的女仆佩凯对于掳她的阿拉伯人带她看的景色也很欣赏:"登上楼台,一望千里,河水曲曲折折,进入眼帘。白天,随着日光移转,风景也不雷同,我四处浏览,许多事物,前所未见。"④在开罗时,大家从博士家中往回走,"沿着尼罗河,大家都欣赏月光在水中荡漾"。⑤ 然而,这样的场景能够提供的只是转瞬即逝的快乐,而《拉塞拉斯》关注的是长久的幸福。审美时刻随着时间的推移,会退变为空洞的凝视。例如,佩凯一开始喜欢四处浏览不同的风景,但很快就发现这种快乐的不足:"一切事物,朝看暮厌,令人烦闷。"⑥这和伊姆拉克年轻时候对于大海的反应如出一辙:"首次漂洋过海,不见陆地,放眼四周,惊叹不已。一望无际,心情豁然

---

① 塞缪尔·约翰生:《幸福谷》,第 126 页。
② 罗国杰、宋希仁:《西方伦理思想史》(上),北京:中国人民大学出版社,1985 年,第 91 页。
③ 塞缪尔·约翰生:《幸福谷》,第 96 页。
④ 同上,第 118 页。
⑤ 同上,第 134 页。
⑥ 同上,第 118 页。

开朗,初以为百看不厌,未几,发觉大海茫茫,千篇一律,令人生厌。"①由此可见,自然风景所带来的审美快感,并不能够让人在精神上得到满足,也不能提供持久的幸福。而且,约翰逊认为追求这种感官的快乐,只是把人类降格为动物的层次。在《拉塞拉斯》中,约翰逊把无知和兽性联系在一起。② 例如,佩凯把沉溺于感官满足的女人与动物相比:"她们从一个房间跑到另一个房间,如一只笼中的小鸟,从一边飞到另一边。她们为一时情绪高涨而歌舞,就像小羊在草地上跳跃。"③尽管她们会欣赏自然景色,但是她们在精神上仍然空虚:"她们的时光,一部分消耗在看河流上飘浮的物体,还有就打发在观看云彩飘浮在天空中的各种形态。"④言下之意,对于人类的幸福而言,精神上的满足最为重要。

综上所述,约翰逊考虑的核心问题是人类正确的生活方式,即如何实现精神文明和物质文明的同步发展,以及如何实现从农业文明向工业文明的完美过渡,这一切都含有高度的秩序意识。他对人类生活方式的关注,也就是对文化/秩序的关注。更确切地说,《拉塞拉斯》通过阿比西尼亚王子追寻幸福的故事,生动地演绎了文化观念的秩序内涵。

---

① 塞缪尔·约翰生:《幸福谷》,第26页。
② 参见 R. G. Walker, *Eighteenth-Century Arguments for Immortality and Johnson's Rasselas*, Victoria:The University of Victoria Press, 1977, 36-41.
③ 塞缪尔·约翰生:《幸福谷》,第119页。
④ 同上。

第五章

小说的兴起所隐藏的文化符码

在英国，作为文化观念内涵的"自由""公正"和"道德"，以及"心智培育"和"共同体形塑"，跟小说的兴起有着千丝万缕的联系。

小说的兴起可以说是18世纪英国文化发展中的一件了不起的事情，它标志着英国向现代工业社会转型过程中文明程度的提高。小说的兴起暗示着在那个变革的时代，虽然存在着这样那样的时代转型焦虑，但人们在辛勤劳作之余还可以进行比较高雅的娱乐和享受：小说阅读。小说阅读不但给人们带来了精神享受，而且为他们敞开了一个广阔的世界，在那里他们能够读到他们所不知道的东西，并在思考中对现实进行超越，使他们的审美趣味和伦理道德水平得到培育和提高。18世纪的英国是一个走向世界霸权的"日不落"帝国，它的核心政治经济理念就是全球化的贸易和领土的扩张；所以，那个时代的大多数小说和其他类型的文学作品均与这个主题及由其引发的"自由""公正""伦理""道德"等问题紧密相关。例如：笛福的《鲁滨逊漂流记》(*The Life and Strange Surprising Adventures of Robinson Crusoe*, 1719)里就大量涉及了"自由""公正"和"伦理"问题。

人类发展史从某种意义上来说，就是争取自由的历史。处于不同历史时期的人类对自由、公正和伦理道德的理解与追求一定会有所不同，18世纪的英国是受到了卢梭和洛克等人的哲学思想影响的，他们的所谓"自由"都是与法制和道德紧密联系在一起的，是受到法制和道德制约的，是有善恶之分的。尽管洛克相信人生而自由，但他还认为："在一切能够接受法律支配的人类的状态中，哪里没有法律，哪里就没有自由。这是因为自由意味着不受他人的束缚和强暴，而哪里没有法律，哪里就不能有这种自由。"[①]自由不是绝对的，世界上从来没有什么一个人可以完全按照他的自由意志去做的自由。只有在法律和伦理道德的制约和指导下，人的人身、言行、思想、财富等才会得到保护，人才

---

① 洛克：《政府论》(下篇)，叶启芳、瞿菊农译，北京：商务印书馆，1964年，第35页。

会获得真正的自由。这些在那个时代的重要小说——如《鲁滨逊漂流记》《格列佛游记》(Travels into Several Remote Nations of the World by Lemuel Gulliver, 1726)和《帕梅拉》(Pamela, 1740)——里都得到了充分展现。

在《鲁滨逊漂流记》里,鲁滨逊是一个具有冒险精神的英雄,是一个劳动者。他的英雄形象以"账簿语言"的形式凸显出来。所谓账簿语言,就是这么一种语言叙述形式:借商贸或经济活动的语言叙述/阐述或揭示当下商贸或经济活动情形,为读者展示一幅以商贸或经济活动为背景的社会活动图景。在《格列佛游记》里,作者的逆向叙述造成了漫画式视觉,给读者带来了巨大的心理冲击,反映出当时英国乃至整个欧洲社会在新旧世界转型期产生的断裂和畸形发展所引发的文化焦虑,以及由于这种焦虑情绪的聚集所爆发出来的乌托邦冲动,即对美好社会理想的憧憬和向往。在《帕梅拉》里,作者在描写帕梅拉的美德和德行的过程当中,为读者建构了一个伦理共同体的世界。在这个世界里有帕梅拉、帕梅拉的父母、B先生的母亲、B先生的女管家杰维斯太太、帕梅拉的朋友以及那些支持帕梅拉的人。这些人是有道德或有德行的人,他们对帕梅拉产生过极其重要的影响。因此,帕梅拉身上所体现出来的美德和德行成为一种理想的共同体的建构要素,而德行同时又是由共同体形塑的。

对"自由""公正"和"道德"的探讨,以及对一个理想的共同体的向往,成为那个时代的强音,也是那个时代小说的文化符码,它预示了一个新时代的到来。

第一节
"英雄"形象与账簿语言:《鲁滨逊漂流记》的文化隐喻

18世纪的英国经历了从传统农业社会向现代工业社会的过渡,圈地运动迫使农村人口向城市大量转移,而土地所有权的变更把农民从土地的束缚中解放出来;结果,由小农、乡绅、工匠和商人构成的前现代社会结构遭到重创。

这是工业化进程摧毁传统社会秩序的结果。英国著名历史学家阿诺德·汤因比(Arnold Toynbee,1889—1975)把自由视为英国工业经济发展的根本,认为"个人自由的无比信念和人的自爱是神的天意的信仰",是《国民财富》的精髓,是国民财富得以增长的时代基础,个人自由的崇高价值"是《国民财富》获得其魔力的工业自由的信条……他们声称这是人类最惊人的权利之一,(人类)不仅有思想和言论的自由,而且还有生产和交换的自由"。[①] 正是自由的缘故,英国工业革命才得以蓬勃发展起来,才有了更加成熟的商贸竞争,才有了积极的海外市场开拓。这些在《鲁滨逊漂流记》里都有着鲜明的体现。自由、冒险和商贸是 18 世纪英国的主旋律,也是那个时期人们的生活方式,而在这个突破传统文化限制的时代中人们的心智却得到了培育。

一、冒险精神与审美趣味

鲁滨逊出生于一个中产阶级家庭,家境富裕;他父亲原来是一个商人,挣得了一份不小的财产后,便收了生意,移居到约克城与当地的大户人家小姐结了婚。鲁滨逊的父亲希望他学法律,其理由如下:"他在故乡故土既可生活得优裕自如,又可能得到有力的保荐,只要自己勤奋工作,将来自可发家致富。只有穷得铤而走险的人或雄心勃勃又富有资财的人,才去海外冒险,去干出一番出人头地的大事业,去以非同寻常的作为显身扬名。"[②]从鲁滨逊父亲的劝导中,我们可以看出,在传统文化里,只有两种人才适合去海外冒险:一是穷人;二是有雄心壮志的富人;像鲁滨逊这样出生于中产阶级的人是不适合去海外冒险的。然而,鲁滨逊也许继承了父亲的经商基因,对别的什么事情一概不感兴趣,一心只想出海冒险。

第一次航海,鲁滨逊登上了驶往伦敦的商船,它刚开出亨伯湾就遇到了大风和惊涛骇浪,连老海员的脸上都露出惊骇的神色,鲁滨逊更是吓得魂飞魄散;看到这种情形,船长连连摇头,对他说道:"你再也不该出海了;这次经历已

[①] Arnold Toynbee, *Lectures on the Industrial Revolution of the 18th Century in England*, London: Rivingtons, 1884, 11 - 13.
[②] 笛福:《鲁滨孙历险记》,黄杲炘译,上海:上海译文出版社,2006 年,第 2 页。

经为你提供了清楚明白的证据,说明你不宜当海员;你应该接受教训。"①鲁滨逊没有气馁,他下船后不久又登上了另一条前往非洲的船,开始了他第二次航海。他同这位诚实可靠、光明磊落的船长结下了深厚的友谊。在船长的指导下,他掌握了一些必要的数学知识和航海守则,学会了写航海日志和观察技巧;除此之外,还赚了相当多的钱。不幸的是,他们的船遭到海盗的袭击,鲁滨逊落到了海盗船长的手里,沦为奴隶,被带到属于摩尔人的萨里港。在与海盗船长的交往中,鲁滨逊赢得了他的信任,并利用海盗船长让他和另一个摩尔人一起驾着小船出海捕鱼的机会逃跑了。在逃跑过程中,他在海上遇到了一艘驶往巴西的西班牙大船,因此获救。船长是一个非常正直、厚道、诚实的人,他不但让鲁滨逊免费搭乘他的船,而且还以最公正的价格收购了他的小船和上面的货物,使他攒下了一笔钱。非常幸运的是,鲁滨逊到达巴西后,船长便把他推荐给一个同样忠厚正直的甘蔗种植园主,鲁滨逊在那里不仅学会了种植甘蔗和制糖的门道,而且下决心要成为一个像他一样的种植园主。于是,鲁滨逊先弄了一份巴西入籍证书,然后倾其囊中所有,买下一大片生荒地,开始了种植园的开拓计划。

种植园给鲁滨逊带来了相当可观的利润,如果当时他把那种生活继续下去,完全可以兴旺发达,财源滚滚,过上安逸清净的富豪生活。可是,当几个同他熟识的商人和种植园主提议去几内亚偷运黑奴,以解决种植园的劳动力时,他就无法抗拒遨游天下的梦想,心甘情愿地跟着去了。他在悉心安排自己的种植园归谁管理后,便登上驶往几内亚的大船,开始了第三次航海冒险。在航行了约莫12天的时候,鲁滨逊的船遇到了风暴,远离了一切商船常走的航线。船只不仅撞上暗礁后破损漏水,而且还搁浅在一处沙丘上,动弹不得。于是,他们只得放下救生艇,爬上去逃生。救生艇被排山倒海的巨浪掀翻;转眼间,所有的船员都落入海里,只有鲁滨逊一个人侥幸被海浪冲到一个荒无人烟的孤岛上,开始了之后28年的荒岛"流放"般的生活。

《鲁滨逊漂流记》里充满了冒险精神、商贸气息和账簿语言,而作为主人公的鲁滨逊已经成为家喻户晓的英雄。他之所以在读者那里成为英雄,是与他

---

① 笛福:《鲁滨孙历险记》,第12页。

们的审美趣味分不开的。人的审美趣味不是与生俱来的,而是在人类社会活动过程中产生的,即在劳动中产生的。人类的社会活动就是一种劳动,是包括了脑力劳动和体力劳动在内的社会活动。劳动是人自身为获得物质资料而进行的基础活动,是有意识和目的地改造自然的物质性活动。恩格斯说:"动物仅仅利用外部自然界,单纯地以自己的存在来使自然界改变;而人则通过他所做出的改变来使自然界为自己的目的服务,并支配自然界。这便是人同其他动物的最后的本质区别,而造成这一区别的还是劳动。"①因为人类所从事的社会活动即劳动都是大同小异的,所以能够在审美趣味上找到相似的心理功能:感官、想象力和判断力。人的主体目的意识在具体的社会活动之前就已经形成,渗透到了观念之中,并以观念的形式保存在大脑里;所以,马克思说:"在蜂房的建筑上,蜜蜂的本事还使许多以建筑师为业的人惭愧。但是,即使最拙劣的建筑师和最巧妙的蜜蜂相比也显得优越,自始就是这个事实:建筑师在以蜂蜡构成蜂房以前,已经在头脑中把它构成。劳动过程结束时得到的结果,已经观念地存在着。他不仅引起自然物形式的变化,同时还在自然界中实现他的目的。"②也就是说,人的审美趣味是受传统观念影响的,与主体经验和目的一起构成观念模式,并在这个观念模式的范围内对世界的价值进行认知和判断。

就鲁滨逊而言,他的价值认知和判断由书中大量的账簿语言及其叙述形式得到了折射:

把我从海上救起的那艘船到达巴西后,因为要筹办货物装船,又要为出航作准备,在港口里一停就是三个月左右;待到那位善良而友好的船长要返航时,我已多多少少在筹划种植园的事了。他听说我还有一点款子在伦敦,便友好地建议说:"英格兰先生,"——这是他一向对我的称呼——"如果你写好信交给我,给我正式的委托书,并向那位在伦敦替你保管钱的人提出,要她把你这笔款子汇到里斯本,由我指定的人收下,另一方面也写明你在这里需要的

---

① 马克思、恩格斯:《马克思恩格斯选集》(第五卷),中共中央编译局译,北京:人民出版社,1972年,第517页。
② 马克思:《资本论》(第一卷),中共中央编译局译,北京:人民出版社,1975年,第172页。

货品,那么只要有上帝的保佑,我再来此地时就可以把你要的东西带来;但是世事难免多灾多变,我倒希望你别把那笔款子全拿出来冒险,不妨先取出一百镑来碰碰运气——照你刚才讲的,那是你那笔钱的一半;如果这次办得顺当,那一半也可照此办理;如果这一次出了差池,你还有另一半可用来接应。"①

非常有意思的是,《鲁滨逊漂流记》里的这种账簿语言很容易让读者联想到《一千零一夜·辛巴达航海旅行的故事》里的某些情节,如下面的这段叙述:

第四天,那位长者来看我,对我说:"孩子,你给我们慰藉了;赞美真主,是他使你安全脱险的啊。现在你要不要随我往市场去走一走,卖掉你的货物,然后收买别的东西。"

我被问得莫名其妙,缄默不语,私下想道:"我哪来的货物呢? 他说此话到底是什么意思?"继而长者又对我说:"孩子,你别犹豫、顾虑了,来吧,我们一起上市场去看看,如果有人收买你的货物,所出之价,又合你的心意,就卖掉它;假若出不上价,就把货物暂且收存在我的储藏室里,等行情上涨时再卖也不迟。"

我考虑了一会儿,私下想道:"顺从着他,前去看看那到底是什么货物吧!"于是我对他说:"听明白了,遵命就是。老伯,你所做的事都是有福分的,应该事事听从你的指示才对。"

我随长者来到市中,见我乘来的那只小船已经被他们拆开,那些木头原本都是檀香木,摆在那里托人售卖。开盘后,商人们争相竞买,价格增到一千金币之后就稳住了。长者回头对我说:"你听着,孩子:这是目前的行情,这样的价格你愿意脱手吗? 或者还是暂且忍耐一时,让我替你收存在储藏室里,等价格上涨时候再卖?"②

这段叙述跟前面《鲁滨逊漂流记》里的那段一样,虽然来自两部完全不同的文

---

① 笛福:《鲁滨孙历险记》,第33页。
② 《一千零一夜》,纳训译,北京:人民文学出版社,2003年,第101—102页。

学作品,但是都属于"账簿语言",即都是与商贸或经济活动相关的叙述。著名经济史学家厄兹韦伦(Eyup Ozveren)认为,"要想了解早期的市场是如何运作的,首先需要回到《水手辛巴达第七次出海旅行的故事》。在这个故事里,人们只要瞄上一眼就可以对集市(bazaars)有个大概的了解"。[①] 须特别留意的是,与这种账簿语言相伴而行的是诚信、公正和善良等价值——这些在《一千零一夜》和《鲁滨逊漂流记》里都显露无遗。换言之,从小说的账簿语言中,我们可以瞥见笛福倡导的价值观和文化思想。

把鲁滨逊从海上救起的老船长十分友好和善,他不仅帮助鲁滨逊在巴西站稳脚跟,还替他出谋划策,如何使用他手上有限的资金。正因为有这样正直、坦诚、善良的人引导,鲁滨逊不但发了财,而且也成为一个正直、坦诚、善良的人。他被困在荒无人烟的孤岛上时,对"奴仆"礼拜五丝毫没有表现出奴隶主与奴隶的态度,而是跟后者形成了相互关心、爱护的平等关系。当他离开荒岛,回到阔别了35年(荒岛上28年)的英国后,首先对为他尽心保管财物的恩人进行救济,对两个姐妹和哥哥的两个孩子进行了资助。然后,他乘船前往里斯本,了解他的种植园情况。他的种植园打理得很好,赚了很多的钱。他不但把部分钱财捐献给修道院,供他们用来济贫扶困,而且还把部分钱财给予当初救过他的老船长,显示出一颗感恩图报的心。

所有这类叙述使用的都是"账簿语言",却被用来塑造了鲁滨逊这一既有冒险精神,又有道德良心的人物,这是笛福的独特之处,也是他那个时代的特有产物。显然,《鲁滨逊漂流记》的英雄形象和账簿语言是以营造一个正直、坦诚、善良的商贸环境为目的的。笛福敏锐地觉察到他那个转型时代有可能带来道德失序的危险,尤其是冒险家们很可能为追求经济利益而置伦理道德于不顾,所以他塑造了一个有道德的冒险家。笛福是把这样一位人物作为审美对象来刻画的。从这个层面上讲,审美趣味就意味着当时人们的"道德本身"。审美趣味是与正直、高尚、善良的道德相一致的,正如赫尔德说的那样:"如果谁在十字架旁打了一个人,只是为了看这种残忍的死能体现艺术,那他就是一个恶棍;而谁把罗马投入火灾之中,为了歌唱特洛伊的火灾,那

[①] Eyup Ozveren, "Bazaars of *The Thousand and One Nights*," *Euro. J. History of Economic Thought* 14, No. 4 (December 2007): 629–655.

他就是一个尼禄①。"②鲁滨逊是一个跟尼禄截然相反的人物。笛福通过这一人物的塑造,是为了在充满冒险精神的茫茫商海之中引导世人的审美趣味,从中我们可以感受到一种文化关怀。

二、另类生存与心智培育

鲁滨逊是一个乌托邦社会的缔造者。这一点具有非凡的文化历史意义。作为文明人的鲁滨逊流落荒岛,退回到了自然状态中。然而,他通过自身的努力,把一个他最初视作"绝望岛"的地方改造成了一个"幸福岛",一个迷你的乌托邦社会。③ 这似乎是要告诉人们:鲁滨逊不是被困在一个荒无人烟的孤岛,而是进入了一个潜在的"幸福岛"或乌托邦。事实上,鲁滨逊把那个荒无人烟的孤岛看作"人间地狱",在迫不得已的情况下孤独而顽强地活下去,直到最后被一艘英国大船救走。从鲁滨逊在孤岛上的情状来看,他经历的是一种另类生活,而另类生存恰恰培育了他的心智。

在刚来到孤岛的那些日子里,鲁滨逊充满了苦恼、空虚和恐惧;于是,他选定近旁一棵枝叶繁茂的大树,准备晚上爬上去过夜,等第二天再考虑怎么个死法,因为在他看来,实在没有生存下去的可能。然而,鲁滨逊并没有自杀,他坚忍不拔地活了下来。在荒无人烟的孤岛上,活着比死去更加困难。在来到孤岛之前,鲁滨逊为人处世根本就不以宗教信条为准,可以说他脑海里毫无宗教观念。对于落到他头上的事情,他往往认为是机运所致,或把它们归因于天意。但是,自从见到他无意间抖落的大麦种子在不该长禾苗的地方偏偏莫名其妙地长了出来时,他开始有了精神力量:"我不由得大吃一惊,开始相信创造奇迹的上帝,认为是他不凭播种,就叫地上长出庄稼,其目的无非是要我在这个凄凉的荒岛上生存下去。"④非常有趣的是,读者一定会发现,鲁滨逊与大自然对抗的勇气和毅力使他在荒岛上体验了人类发展的全部过程:居住洞穴、

---

① 注释:尼禄(Nero,拉丁文:Nerō Claudius Caesar Augustus Germanicus,54—68),罗马皇帝。公元64年,罗马大部在罗马大火中烧毁,但尼禄却在火灾发生时拉小提琴。
② 约翰·哥特弗里特·赫尔德:《赫尔德美学文选》,张玉能译,上海:同济大学出版社,2007年,第136页。
③ 牛红英:《〈鲁滨逊漂流记〉与西方乌托邦思想》,《外国文学研究》,2007年第5期,第85页。
④ 笛福:《鲁滨孙历险记》,第73页。

自建房屋→食物采集、狩猎→农业种植→畜牧、养殖→阶级社会。在孤岛上的28年里,他的心智在这全部过程中得到了充分的培养。

居住洞穴、自建房屋是鲁滨逊来到荒岛所做的第一件事情。为了提防荒岛上可能存在的野人或猛兽,确保自己的生命安全,他必须要修建一个牢靠的住所。他这样确定了住所地点的选择条件:1)要有淡水,益于身体健康;2)能避免在烈日下暴晒;3)能抵御生番或野兽的袭击;4)能望得见大海,以便有朝一日天从人愿,等哪条大船驶过时不会丧失获救的机会。① 这种谋划具有明确的意向性,是鲁滨逊的心智体现。意向性是心灵活动的指向性,按照约翰·塞尔(John R. Searle,1932—)的说法,"意向性是为许多心智状态和事件所具有的这样一种性质:世界上的客体和事态通过它而被指向……"②在意向性的引导下,鲁滨逊选择一处山岩凹进去的地方支起帐篷,并沿着半弧线的内缘竖起了两排坚实的木桩围栅,而那些木桩都是深深打进地里的,露出地面约五英尺半,顶部都削得尖尖的。他还做了一架短梯,以方便翻越栅栏进出;这样一来,人和野兽都无法突破或越过它,夜里尽可以放心睡觉了。除了这个人造的住处之外,鲁滨逊还发现了一处易守难攻、里面比较干燥的自然山洞。于是,他把最放心不下的一些东西储藏在山洞里面,其中包括火药和所有的枪支、铅弹。

食物采集和狩猎是和住房同样重要的事情,如果没有食物,鲁滨逊一定会饿死。所以,他一登上荒岛,就开始寻找食物。首先,他看到岛上有大量的飞禽,于是朝栖息在树上的一只大鸟开了这个岛上有史以来的第一枪。除了猎杀大鸟,他还猎杀山羊以补充食物的不足。在荒岛上,他还发现了甜瓜和葡萄,于是把葡萄采摘下来,放到太阳底下晾晒,做成葡萄干后收藏起来,待以后享用。后来,他在一处海岸发现了海龟,于是海龟和海龟蛋便成了他收集的对象,成为他的美餐。狩猎和食物采集不仅使鲁滨逊活了下来,而且使他认识到即使在荒岛上,作为存在的人仍然是有意义的,这就开始了他那独特的心智培育。

---

① 参见笛福:《鲁滨孙历险记》,第54页。
② 普莱尔·雅各布:《心灵能做什么:非意向世界中的意向性》,高新民译,《心灵哲学》,高新民、储昭华主编,北京:商务印书馆,2002年,第665页。

心智培育在于内在的反思和体悟,在于对外界的观察和思考之后形成一种理想的追求,以确定自我在天地之间的价值地位。鲁滨逊身处荒芜的孤岛,却通过观察、体验和思考,逐渐走上了人的文明之境。一次,他偶尔抖掉大麦,结果地上长出了大麦苗,由此他意识到这个孤岛的不少土地都可以耕种,而农耕是解决他吃饭的最好办法。于是,他用自己造的木头铲子开垦了一块土地,播下稻谷和麦粒。通过多次农耕尝试,他变成了一个种田的行家里手,知道何时播种最合适,也知道每年有两次播种季节和两次收获季节。为了提高生活质量,他还在岛上编箩筐、烧陶器,让自己的生活品质朝着更高的文明水平发展。他的心智在艰苦的自然环境中得到了进一步培育,有了"应当期望什么"为内容的理想追求。从宽泛的层面上看,"应当期望什么"的追问所指涉的"也就是成己与成物,成己意味着自我通过多方面的发展而走向自由、完美之境;成物则是通过变革世界而使之成为合乎人性需要的存在"。①

鲁滨逊从修建自己的住所到狩猎,从采集食物到开展农耕,都是一个追求"成己与成物"的心智培育过程。在这个过程中,他的身心不断得到解放,也变得更加自由自在,朝着人类文明不断地靠近。鲁滨逊在孤岛上从狩猎到养殖山羊的转变,具有极其重要的心智意义,因为他"在成己与成物的过程中,既赋予期望与理想以实质的内涵,也使自身的存在获得了内在的意义"。② 他在平时野羊吃草的几个地方挖了几个大坑,上面铺些树枝等盖起来,引诱野羊陷进去。用这种方法,他捕获了三只小羊——一公二母,在住处旁边围了一个篱笆养起来,因为他知道:"待到我弹药用完之后,如果还指望吃到羊肉,那么唯一的办法就是驯化野羊;到了那个时候,我屋外也许会有一群羊的。"③

尽管鲁滨逊不断朝着人类文明靠近,但他仍然孤独一人,算不上是人类社会,因为人类社会是人作为"理性生物"交往与活动的结果。社会本质规定了"人注定是过社会生活的;他应该过社会生活;如果他与世隔绝,离群索居,他就不是一个完整的、完善的人,而且会自相矛盾"。④ 鲁滨逊在孤岛上也注定最

---

① 杨国荣:《论意义世界》,《中国社会科学》,2009 年第 4 期,第 23 页。
② 同上。
③ 笛福:《鲁滨孙历险记》,第 139 页。
④ 费希特:《论学者的使命人的使命》,梁学智、沈真译,北京:商务印书馆,1997 年,第 18 页。

终要过社会生活,成为一个"完整的、完善的人"。孤独无助的鲁滨逊在岛上终于等到了与人交往的机会。一天,生番带着两个俘虏来到鲁滨逊的荒岛,其中一个俘虏被他们用木棍打死,开膛破肚,另一个俘虏趁机赶快逃跑。当吃人的生番们追赶逃跑的俘虏时,鲁滨逊开枪射杀他们,并救出了那个逃跑的俘虏,后来给他取名"礼拜五"。第一次遇到了人,第一次听到礼拜五和他说话;尽管听不懂,但是让他觉得很舒服,因为在超过25年的时间里,他除了自己的嗓音之外,这是他第一次听见人的嗓音。这时,心智培育得到很大的提升,显示出人类心灵的重要特征:认知(cognition)、情感(emotion)和意志(volition),这不仅反映在鲁滨逊的身上,而且更多地反映在了礼拜五的身上。

在鲁滨逊的教导下,礼拜五从喜爱吃人肉到放弃吃人肉,转而喜欢吃牲畜肉和谷物,完成了从生番到现代人的真正转变。除此之外,礼拜五还学会了如何使用枪支弹药,如何耕种。鲁滨逊教会了礼拜五说英语后,便逐渐指引他认识上帝。鲁滨逊指着天空对他说:"这位创造万物的伟大天主就住在那儿;他以他的能力和智慧创造了世界,也以同样的能力和智慧治理这个世界。"[①]礼拜五对鲁滨逊关于宗教的教诲心悦诚服,这表明心智培育在他身上起到了前所未有的作用,使他在较短的时期内各方面都从野蛮状态上升到了现代文明。

三、走出荒岛:契约精神的弘扬

笛福所处的时代恰好是资本主义扩张时代,18世纪的英国已经发展成所谓的"日不落"帝国,其殖民势力已经在美洲、非洲和亚洲产生巨大影响。《鲁滨逊漂流记》所讲述的故事就是对那个时期英国海外扩张和殖民掠夺的反映。海外扩张和殖民意味着"走出国门挣钱",这成为当时英国社会生活的主流,也是英国人的生活方式。

《鲁滨逊漂流记》同其他航海故事有许多类似之处,但它的魅力却深刻得多。它表现了一种过去的文学作品中所没有表现过的人生价值观念,即人活着,应该为个人的物质财富而勤勉工作。应该善于经营、敢于冒险、具有开拓

[①] 笛福:《鲁滨孙历险记》,第205页。

精神。这种人生价值观念与古典的流行观念不同。无论是荷马笔下的阿喀琉斯、但丁笔下的自己、高乃依悲剧中的英雄,他们的人生追求大体说来都是荣誉和爱情。而鲁滨逊的追求是财富及其体现者——金钱。①

人之价值的彰显不是简单的"存在"或像鲁滨逊那样在"荒岛"上孤独地存在,而是生活、实践于世界,作为历史发展的推动者或创造者,表现为一种开放的、生成的、发展的存在。为了这个缘故,笛福必须安排鲁滨逊走出孤岛。

鲁滨逊自从被困在孤岛的那一天起,就渴望逃离。他在修建自己住处的时候,就考虑到要把住处修建在能够看见大海的地方,以便有朝一日哪条船驶过时,不会丧失获救的机会。他在岛上进行耕种、畜牧也是为了能够活下去,等待离开孤岛的那一天到来。他还在岛上砍下大树,做成大型独木舟,幻想能够划着它,跨过海洋到达陆地。他在岛上开天辟地地读《圣经》,最喜欢上面的那句话:"要在患难之日求告我,我必搭救你。你也要荣耀我。"②他自己不断默默地问自己:"上帝能搭救我离开此地吗?"③他不停盘算来盘算去,想尽办法要离开这个孤岛。他的愿望在艰苦的努力当中一步步得以实现。在解救了礼拜五之后,想离开孤岛的愿望更加迫切,他想要礼拜五协助他驾驶那艘大独木舟离开孤岛,到他的部落去找流落在那里的 17 个西班牙人。还没等他实施这个计划,一帮生番带着几个俘虏来到他们的孤岛上,准备杀了烤着吃,鲁滨逊和礼拜五把他们救了下来;而非常凑巧的是,被救下的人当中有礼拜五的父亲和一个西班牙人。不久,鲁滨逊的处境出现了转机。一艘英国货船在孤岛附近发生哗变,并抛锚停留在海面;鲁滨逊他们救出了被流放在岛上的原船长,又帮他夺回了船。这样一来,鲁滨逊和礼拜五得以一起离开孤岛,回到了阔别 35 年的英国。

鲁滨逊的孤岛生存技巧、心智培育和逃离计划都跟 18 世纪英国商贸活动相契合。更重要的是,鲁滨逊在这些活动中秉承了公正和诚实的精神,这不但

---

① 来安方:《从〈鲁滨孙漂流记〉看英国价值观念的改变》,《河南大学学报(社会科学版)》,1995 年第 6 期,第 41 页。
② 笛福:《鲁滨孙历险记》,第 88 页。
③ 同上。

表现为他对礼拜五等人以礼相待,而且还反映在他离开孤岛后,收回他在巴西的种植园这一表现上。

鲁滨逊虽然是礼拜五的"主人",但鲁滨逊没有按主仆关系对待他,而是平等相处。鲁滨逊把礼拜五从生番那里解救出来之后,与他一起分享食物,不分彼此;还亲手为他缝制衣服:"随后我为他做了件羊皮短袄,如今我的裁缝手艺已相当不错,做这件短衫时使出了浑身解数;我还给了他一顶帽子,那是我早先用兔皮做的。"①除了礼拜五以外,鲁滨逊对待被"流放"在岛上的哗变船员也是相当公正和人性化的。鲁滨逊离开孤岛时,把如何防御敌人或野兽的措施以及如何做面包、种粮食、晒葡萄干和养牲畜的方法告诉他们;还给他们留下足够的枪支弹药。除此之外,鲁滨逊还告诉他们将有 16 个西班牙人要来这里,并写下一封信让他们转交;他要他们向他保证一定会与那些西班牙人平等相处。这里体现了一种契约精神,"契约为一种合意,依此合意,一人或数人对于其他一人或数人负给付、作为或者不作为的债务"。②"契约在西方曾经是启蒙和革命的圣经,从人类文明史来看,近代文明的形成主要是借助了两种力量:一个是技术,一个是契约……西方近代以来的社会实质上是契约关系的社会……现代政治秩序以自由民主为基本内容。它的实现有赖于契约并以契约为基础。"③契约随着资本主义的兴起,被赋予了浓厚的社会、政治和道德意义,这在《鲁滨逊漂流记》里颇为显著。

鲁滨逊离开巴西种植园后,被困在孤岛 28 年,他的合伙人和代理人(那个把他从非洲救出来的老船长)同所有人一样,以为他已经不在人世了;所以,他的种植园被交给了政府管理。在他被法律认定死亡之前的种植园收益,一部分被用作投资,另一部分捐献给了奥古斯丁修道院,作为慈善基金。当见到鲁滨逊仍然还活着时,老船长十分高兴,并把他管理鲁滨逊种植园期间的账目拿给他看,盈利颇丰。接收他庄园的政府也出示了接手种植园之后的收入明细,同样有很好的收益。奥古斯丁修道院的院长也给了他一份详细账单,并非常

---

① 笛福:《鲁滨孙历险记》,第 197 页。
② 《拿破仑法典》,李浩培等译,北京:商务印书馆,2006 年,第 148 页。
③ 袁祖社:《社会生活契约化与中国特色公民社会整合机制创新》,《天津社会科学》,2002 年第 6 期,第 35 页。

坦诚地承认,尽管用于医院方面的钱已经无法回收,但他那里还有872个莫尔尚未分配掉,应该仍然属于鲁滨逊的名下。在老船长的证明之下,鲁滨逊非常顺利地收回了他在巴西的种植园。

《鲁滨逊漂流记》的账簿语言及其叙述的商务往来,反映了一种公正、坦诚、守信的契约精神。即使鲁滨逊离开了整整35年,他的合作伙伴和代理人都没有侵吞他的财产和利益,而是一如既往、认真负责地履行着契约义务,把他的种植园打理得井井有条,并持续不断地获利。这一情节与其说完全反映了那个时代的现实,不如说反映了笛福的文化理想:他早早预见到那个转型时代可能出现的失序——即后来阿诺德等人所说的"anarchy"——危险,所以塑造了鲁滨逊这一讲信用的形象,而且描绘了一幅由良性契约精神主导的社会图景,作为防范失序的文化策略。他所推崇的"契约从本质上讲是一种安排社会关系的法律形式,社会关系的契约化意味着下述文化公理的弘扬与实现:平等的讨论和自由的选择是社会交往的基本形式;社会交往的双方须相互承认并尊重对方的独立法律人格;对他人的支配须以双方一致同意的条件为前提;领受他人之财物或服务者,也负有根据公平的约定给对方以回报的义务"。① 这样的契约精神,其实是对现代文明进程中可能出现的诸多问题的规范,体现了平等、公正、诚信和协商等文化思想和价值。从这一意义上讲,正是在弘扬契约精神的过程中,笛福完成了他与文化观念发展史的互动。

第二节
《格列佛游记》中的乌托邦冲动与反乌托邦特征

作为愿景的文化,在《格列佛游记》这部小说中既表现为乌托邦冲动,又显示出反乌托邦的特征。《格列佛游记》是18世纪英国杰出作家乔纳森·斯威

---

① 袁祖社:《社会生活契约化与中国特色公民社会整合机制创新》,第35页。

夫特(Jonathan Swift, 1667—1745)的代表作，它的创作年代正值英国由封建社会向资本主义社会过渡的重要历史阶段。1688 年，封建贵族阶层与新兴资产阶级妥协，经过了"光荣革命"，颁布《权利法案》以限制王权，加强了议会的大权，这就使英国建立起了君主立宪制。革命之前发生的"圈地运动"，以及之后统治阶级对本国人民的横征暴敛和海外殖民扩张，使得英国资本主义快速发展。然而，转型期的英国社会却存在种种弊端，进一步激发了社会在各个阶层的矛盾。《格列佛游记》正是反映这个时期真实状况的一部力作。为了更好地达到讽刺和抨击的目的，小说运用陌生化的语言和违背常规的叙述方法，形成了小说所独有的另类话语；另类话语的逆向叙述，实则反映出当时英国乃至欧洲社会在新旧世界转型期产生的断裂和畸形发展所引发的文化焦虑，以及这种焦虑情绪所激发的对美好社会理想的乌托邦冲动(the utopian impulse)。从某种程度上看，小说中的乌托邦冲动似乎提供了良好的愿景，但是它所包含的美好梦想往往是幼稚的、不切实际的、可望而不可即的。于是，作为合乎逻辑的必然结果，小说叙述最终走向了反乌托邦(anti-utopia 或 Dystopia)的特征，从而构成了作品对社会现实在政治、经济、文化和道德等诸多领域最猛烈的讽刺和批判。

一、逆向叙述中的另类话语

《格列佛游记》里的乌托邦图景和反乌托邦景象是互相交错的。要读懂这种犬牙交错的画面，首先要读懂充斥着该书的逆向叙述及其所倚赖的另类话语。

斯威夫特以其深刻的洞察力和尖锐的批评眼光，揭露英国资本主义社会在政治、经济、军事、科学和文化等方面的腐败和堕落。从表面上看，《格列佛游记》是写实主义的，采用第一人称，以主人公格列佛本人的视角进行讲述，力求在日期、地理位置、航海路线、事件等方面做到翔实、精确，实质上却是对《鲁滨逊漂流记》等游记体小说的戏拟性模仿，也是斯威夫特所作《桶的故事》《书籍之战》等讽喻故事的延续和发展。小说在艺术手法上别出心裁，构思奇特、巧妙，它主要依靠陌生化的叙述语言和违背常规的叙述方法，即大量采用影射、反语、佯谬、夸张、戏拟和对比等手法进行逆向叙述，同时突出含混的艺术风格，形成了一套小说所独有的另类话语。可以说，《格列佛游记》通过对传统叙述形式的颠覆，建构了一个强大的反讽话语体系。

在小说的第一卷"利立浦特——小人国游记"里，影射手法的例子比比皆是。比如：通过描写朝廷和君臣之间的各种劣行，影射英国政治的黑暗。大臣们因为鞋跟的高低引起的激烈争论而分为了两个党派，高跟党和低跟党，他们之间矛盾十分尖锐，达到水火不相容的地步，这让我们联想到当时英国的两大政党——辉格党和托利党，以及它们之间旷日持久的政治纷争。又比如，书中描写国王狂妄自大，他在任命重要官员时的依据是谁在绳子上跳得更高而不跌下来；官员们为了获得高官厚禄，不惜冒生命危险来练习，这情景既影射国王的武断和昏庸，又暗指官员们的投机钻营和贪得无厌。另外，吃鸡蛋应该先打破大端还是小端的争执，影射了天主教和新教在仪式上的分歧；而利立浦特与邻国布莱夫斯库之间的战争，则影射英国与法国之间长期以来的西班牙王位继承争夺战。

反语作为另一种艺术手法在小说中也被大量采用，充分显示了作者无与伦比的讽刺才能。例如，小说第二卷"布罗卜丁奈格——巨人国游记"里，当国王向格列佛询问英国的情况时，格列佛夸耀自己国家的种种功绩和荣耀，然而，国王对此却提出了一大堆疑问和异议，指出他描述的那些成就，无非就是些阴谋、叛乱、大屠杀、流放等。这时格列佛描述了自己的内心："我不得不耐着性子。我任凭别人对我那高贵而可爱的祖国大肆侮辱……，我所讲的每一点都比实际情况好很多，因为我向来偏袒自己的祖国。古希腊的历史学家就劝告历史学家多说自己国家的好话，这也是非常有道理的。"①格列佛还自以为是地议论："我们应该给这位君王足够的宽容之心，因为他完全与世隔绝，所以……他的这种无知产生了许多偏见以及狭隘的思想，而这些东西在我国以及欧洲的文明国家是根本不会有的。"②这里的描写从表面上看，是在赞扬格列佛的爱国心和宽容之心，但实际上却讽刺并嘲笑了许多英国人的那种虚伪、自大和狭隘的民族意识。反语的运用在小说的末尾（涉及殖民问题时）最为明

---

① 乔纳森·斯威夫特：《格列佛游记》，程庆华、王丽平译，北京：中央编译出版社，2010年，第35页。

② 同上。

显。主人公结束了十几年的游历生活回到英国之后,便反对将殖民势力引向自己所到过的地方,因为他担心会出现这样的后果:"……国王立刻派船前往那地方。国王还对一切惨无人道、贪欲放荡的行为大开绿灯,整个大地于是遍染当地居民的鲜血。"① 就在这时,作者忽然"歌颂"起上述种种暴行的始作俑者——英国政府:"但是我直言不讳地说,这一段描述跟英国民族毫无关系。英国人在开辟殖民地方面所表现的智慧、关心和正义可以做全世界的楷模……他们派出最能干、最廉洁的官员到各殖民地管理行政,严守正义;更使人高兴的是,他们派出去的总督都是些最警醒、最有德行的人,全心全意只考虑到人民的幸福和他们国王主子的荣誉。"② 这里,反语的效果极佳,其讽刺力远远胜过了直接的谴责。

除了反语,佯谬也是小说逆向叙述的一种手法,佯谬又可称为反论、悖论,即自相矛盾的人或事。小说的第四卷"慧骃马国游记"中描述,格列佛到了慧骃国,他被看成是"野胡"(一种生性贪婪、好斗、淫荡、丑陋,没有理性的人形畜生)的同类,尽管他想尽办法,向慧骃证明自己与野胡有着本质的区别,并向慧骃介绍人类是如何理性地治理国家,同时还介绍人类的法律、战争和医术等,极力偏袒自己的祖国和同胞。然而,面对慧骃的质疑,他却欲盖弥彰,因为慧骃"发现我身上有野胡的全部特征,不过稍有几分理性而略微文明罢了",③而这并不能否定格列佛作为一只"野胡"的本质。还有,当格列佛被赶出慧骃国,回到自己的国家时,他已经热爱上了慧骃,而对野胡深恶痛绝,所以他无法面对自己的妻子和家人,他称他们为野胡,不许他们靠近,因为受不了他们的气味,也从不跟他们亲近或者待在一间房里。平时他只待在马厩里,与两只小马亲近。从这种戏剧化的描写中,我们明显觉察到了嘲讽的意味,这时的格列佛实际上已经处在一个自相矛盾、进退两难的境地。他一边谴责人类的骄傲,但他对家人的态度恰好表现出异常骄傲;他厌恶并憎恨野胡,而他却始终摆脱不了自身作为一个野胡同类的命运。

小说中还运用了许多夸张手法,以达到挖苦、讽刺的目的。其中,小说的

---

① 乔纳森·斯威夫特:《格列佛游记》,第 233 页。
② 同上。
③ 同上,第 213 页。

情节以真实的基础作为叙述背景,从而使小说中的漫画式夸张描写与细致、逼真的描写形成反差,产生出滑稽、荒诞的艺术效果。比如对小人国的描写,那里的人身高不足六英寸,他们的宫殿和房屋小得就像儿童积木一样,当王后的宫殿失火时,格列佛走过去撒泡尿就将其熄灭了,等等。在大人国时,格列佛被国王的儿子淘气地抓起双腿,举在空中,国王把格列佛从他手中抢过,对着他的左脸狠狠打了一个耳光,"这一个耳光足可以打倒一支欧洲骑兵。"① 还有,格列佛从慧骃国回到家中,他的妻子把他抱在怀里吻他,由于"许多年不习惯碰这种可厌的动物了,所以她这么一来,我立刻就昏了过去,差不多一个小时后才醒过来"。② 这种滑稽的情形着实令人忍俊不禁。

除影射、反语、悖论和夸张之外,小说中的逆向叙述手法还有戏拟、象征和对比等。同时,小说还突出其含混的艺术风格,使意义得到无限的延伸和拓展。主人公格列佛的叙述故作严肃,极具变化,时而显得天真无邪,时而过度夸张,让人真假难辨,表面上叙述客观、不动声色,却不断与实际情景矛盾对抗,在正语叙述的字里行间似乎更多地掺杂着讽喻,使读者很难判断作者的真实意思和态度。小说的逆向叙述风格所形成的一套另类话语,使作品获得了更加丰富多变的文化内涵,即不仅指向了作为乌托邦的文化理想,还传递了由反乌托邦所衬托的文化忧思。

二、乌托邦冲动下的愿景描绘

《格列佛游记》逆向叙述造成了漫画式视觉,给读者带了巨大的心理冲击力,反映出当时英国乃至整个欧洲社会在新旧世界转型期产生的断裂和畸形发展所引发的文化焦虑,以及由于这种焦虑情绪的聚集所爆发出来的乌托邦冲动,即对美好社会理想的憧憬和向往。在小说中,乌托邦作为愿景和理想的描绘和展望被表现得极为生动而形象,以第二卷和第四卷最为突出。这也印证了在故事的最后,斯威夫特假借小说主人公的名义说明自己写这部小说的主要目的:"一个旅行家的主要目的应当是使人变得越聪明越好,应当用异国他乡的正反两方面的事例来改善人民的思想,……只想给人类传递见闻,教育

---

① 乔纳森·斯威夫特:《格列佛游记》,第 61 页。
② 同上,第 229 页。

人类。"①因此,作者在小说里虚构了一个美好的理想社会以表达他对当时社会的关切和担忧,并以此提供治疗社会弊病的良方。

在第二卷"布罗卜丁奈格——巨人国游记"里,国王具有令人崇敬、爱戴和敬仰的所有品质,有杰出的才能、伟大的智慧、高深的学问,还有统治国家的雄才。然而,当格列佛向他描述了英国的政治、经济、法律、教育等之后,并向他推荐一种"粉末和铁球"(指杀人武器)时,国王惊讶不已,表示"最先发明这种机器的人,必然是邪恶的天才,人类的公敌"。② 对此,国王表示"宁可失去半壁江山,也不愿听到这样的秘密"③。国王憎恶一切阴谋诡计,也不懂玩弄权术,因为"他们至今还没能像欧洲一些比较精明的才子那样把政治变成一门科学"。④ 国王表示,不论是君王还是大臣,心里每一点神秘、精巧和阴谋都令他厌恶。这是因为,他那里既没有敌人也没有敌国,所以他不懂得国家机密到底为何物。国王把治理国家的知识范围划得很小,不外乎是些关于理智、正义和仁慈的常识,目的是尽快解决民事、刑事案件等。国王甚至提出:"谁能使本来只出产一串谷穗、一片草叶的土地长出两串谷穗、两片草叶来,谁就比所有的政客更有功于人类,对国家的贡献就更大。"⑤在格列佛以及欧洲人眼里看来,国王这样的想法是多么简单、天真和幼稚,"这是我们欧洲人始料不及的……"⑥可见,国王的这种治理思想和他的统治方法,在当今的现实社会以及各国之间的政治斗争中,是不可想象的,也是行不通的,因而只是作者在乌托邦冲动下产生的愿景。不过,这种乌托邦愿景并非毫无用处,它至少可以用来针砭时弊,而在斯威夫特笔下,它还促使世人从文化层面思考了治国理政的前提和方法。

第四卷"慧骃马国游记"描写的俨然是一副乌托邦的理想国画面。我们看到,那个国家由一种被称为"慧骃"的智马统治,这些高贵的慧骃生来就具有种种美德,根本不知道理性动物身上的罪恶是怎么一回事儿,所以它们的伟大准

---

① 乔纳森·斯威夫特:《格列佛游记》,第 290—291 页。
② 同上,第 99 页。
③ 同上。
④ 同上。
⑤ 同上,第 100 页。
⑥ 同上,第 99 页。

则就是培养理性,一切都受理性支配。这里,作者假借格列佛之口,对于18世纪英国和欧洲所鼓吹并遵从的"理性"进行了讽刺性议论和对比:"理性在它们那儿也不是一个会争论的问题,不像我们,一个问题你花言巧语从正面谈可以,从反面谈也可以";"它们(慧骃)的理性因为不受感情和利益的歪曲和蒙蔽,……所以,诸如争议、吵闹、争执、肯定虚假、无把握的命题是遍及英国以及欧洲大陆的现象,而这些在'慧骃'们这里都是些闻所未闻的罪恶"。① 格列佛还写道:"友谊和仁慈是'慧骃'的两种主要美德,这两种美德并不限于个别的'慧骃'而是遍及全'慧骃'类。从最遥远的地方来的陌生客人和最新近的邻居受到的款待是一样的。不管它走到哪里,都像到了自己的家一样。……我就曾经看到,我的主人爱抚邻居家的孩子跟爱抚它自己的孩子是一样的。而且,……无论哪里缺少什么(这种情形很少),大家全部同意全体捐助,马上就供应那个地方所缺少的物资。"② 这样的景象与现代文明社会的腐化、堕落以及人们之间的欺骗、争斗,形成了多么鲜明的对比!葛德汶甚至认为:"与有史以来作家们所刻画的理想国度相比,慧骃社会的人们对于政治平等的真正原则有着更加深刻的认识。"③ 正因为如此,格列佛在这个国家待了一段时间之后就受到了感化和感动,他心理平衡,身心愉快,既不用害怕朋友的背叛,又不必担心上当受骗。虽然还不到一年,格列佛却已经对它的居民非常热爱和尊敬了,拿定主意永远都不回到人类中来,而要在这些可敬的"慧骃"中间度过余生。他越来越喜欢上这个国家,再也不愿意回到英国和自己的家了。

或许,上文中葛德汶的说法未免有些不切实际,而且斯威夫特本人也绝不会赞同他的这种盲目乐观,即人类社会有朝一日也会得到慧骃国家那样的统治。④ 这是因为,一般说来,优秀的文学典籍都有一种"乌托邦冲动",而乌托邦这个词所包含的内容并不是片面的,它本身既是一种愿景和理想,同时也隐含着对社会现实的批判。

---

① 乔纳森·斯威夫特:《格列佛游记》,第209页。
② 同上。
③ William Godwin, *Enquiry concerning Political Justice and its Influence on Morals and Happiness*, ed. F. E. L. Priestley, 3rd ed., 3 Vols, (1798; rpt. Toronto: The University of Toronto Press, 1946), 2: 209n.
④ Eugene R. Hammond, "Nature-Reason-Justice in *Utopia* and *Gulliver's Travels*", *Studies in English Literature*, 1500–1900 22, No. 3 (Summer 1982): 468.

特里·伊格尔顿指出：乌托邦有"好""坏"之分。"坏"乌托邦（"bad" utopia）仅仅描述良好的愿景，往往流于幼稚，不切实际（可望而不可即），而"好"乌托邦（"good" utopia）旨在从当下/现在（the present）的政治力量中找到能够改造现实的力量，搭建起现在和未来的桥梁。① 就斯威夫特而言，他的创作目的不是单纯地提供愿景，而是要同时提出批评，并试图改变现实。也就是说，他不仅满足于提供乌托邦愿景，而且对丑恶的社会现实进行针砭，这种针砭在他的笔下演绎成了一幅幅带有反乌托邦特色的图景。更确切地说，乌托邦概念在《格列佛游记》中实现了意义的反转，即演化出对社会现实强烈批判的特征，即反乌托邦特征，这在小说中得到了充分展示。我们下一小节的讨论将围绕这一话题展开。

三、现实批评中的反乌托邦特征

具有反乌托邦特征的小说一般也是以虚构为主要方式，不过与乌托邦小说描绘美好生活的图景不同，反乌托邦小说虚构的是违背理想的荒谬社会，借以对现实进行影射和讽刺。如果说《格列佛游记》第二卷"布罗卜丁奈格——巨人国游记"和第四卷"慧骃马国游记"主要属于乌托邦性质，那么，第一卷"利立浦特——小人国游记"和第三卷"勒普塔诸岛——飞岛国游记"则更多地属于反乌托邦性质。

第一卷"利立浦特——小人国游记"具有明显的童话色彩，也经常被当作童话故事来阅读。然而，在它的童话外壳下，其实是一部政治讽喻，它采用影射和夸张等手法，对乌托邦式的纯真世界进行了彻底的颠覆。例如，宫殿里的那些善于耍手段、搞阴谋的大臣们影射的是当时英国首相瓦尔浦以及其他内阁重要成员，大臣们为邀功争宠而像猴子一样比赛杂技或进行军事操演，这些都是对英国政治的腐朽、堕落的描写和讽刺。

第三卷"勒普塔诸岛——飞岛国游记"的内容比较庞杂，涉及英国社会、古代历史和当时的科学研究，以及爱兰民族反抗运动等诸多内容。飞岛国的人相貌异常，衣饰古怪，整天都在沉思默想。国王和贵族都住在飞岛上，老百姓

---

① Eagleton, *The Idea of Culture*, 22.

则住在巴尔尼巴比等三座海岛上。斯威夫特写作这一卷的时候,正值爱尔兰人民反对英国殖民统治,争取民族独立的时期;飞岛象征着英国殖民统治者,他们高高在上,飞来飞去,欺压下面的老百姓,掠夺他们的资源。对于他们属地的居民,飞岛国君主更是采取残暴的手段:稍有叛逆,就将飞岛驾临于上空,阻隔下面的阳光,如果老百姓依然反抗,国王就拿出他的绝招:"让飞岛直接落在他们的头上,用这种办法将人和房屋一起统统毁灭。"①这里揭露和声讨的正是英国对爱尔兰的殖民统治和罪行。飞岛上有一座"拉格多大科学院",那里的科学家脱离人民与实际,从事不着边际的"科学研究",研究的都是些荒诞不经的课题,结果造成全国遍地荒凉,房屋坍塌,人民无衣无食。比如:科学院的一部分是专门给倡导沉思空想的学者们用的。有一位教授发明了一个用木头架子搭起的机器,他向来访者格列佛吹嘘说,这个机器能够证明如何运用这种实际而机械的操作方法来改善人的思辨知识。这里所讥讽的是当时脱离实际的机械、肤浅和荒谬的科学研究。又比如,在语言学校里,有三位学者在讨论如何改进本国的语言,他们主张废除语言,以物代词,"大家在谈到具体事情的时候,把表示那具体事情所需的东西带在身边",②他们认为这样不但对身体有好处,而思想表达也变得更简练。这里暗中讽刺的是皇家学院那些要求语言像实验报告一样"精确",一个词只能代表一种事物和它的性质。接着,格列佛来到巫人岛,岛上的总督精通魔法,能随意召唤任何鬼魂,格列佛因此而会见了古代的许多名人,结果发现史书上的记载有很多不符合史实,甚至是非颠倒。叙述者故作严肃,不动声色,却在陈述着明显荒诞不经的事情,让人忍俊不禁。

虽然小说的第二卷和第四卷主要是"乌托邦"冲动的愿景描写,但不乏"反乌托邦"的特征描写。第二卷"布罗卜丁奈格——巨人国游记"既具有童话的色彩,也具有乌托邦小说的特征。它所描绘的国王公正不阿、法律简明扼要、军队纪律良好、人们之间的关系井然有序,显示出一个理性、健全社会的总体特征。然而,从局部来看,通过格列佛的叙述,我们仍然可以不时地看到一些负面的现象。例如,收养格列佛的那一家人,将他带到各处进行展示,以获得

---

① 乔纳森·斯威夫特:《格列佛游记》,第 128 页。
② 同上,第 140 页。

钱财;宫廷里的侏儒因为格列佛受到了王后恩宠,因此时不时找机会排挤并陷害他;还有宫女们的粗俗和淫荡,她们对待格列佛就像对待一个无关紧要的动物一样,一点也不讲礼貌。譬如,"她们把我放在梳妆台上,当着我的面脱得精光……"① 这些细节实际上都是"反乌托邦"特征的描写。

第四卷"慧骃马国游记"是一部典型的动物寓言,讲述的是高贵理智的马"慧骃"和人形野兽"野胡"。它虽然表达了许多对乌托邦理想的良好愿望,但是其反乌托邦特征却更为明显。这一部分所谈论的问题和涉及的深度都超越了前面几卷,所讽刺的不只是社会制度方面,而是深入到对人性和人类生存状态的观察和批评。最为突出的就是对野胡的描写。野胡有人的外表,但面目可憎,其行为举止反映了自身最野蛮和原始的欲望。例如,野胡对金钱极度贪婪,"在……某些地方的田野里,有不同颜色闪闪发光的石头。野胡们极其喜爱,有时这些石头的一部分就在土里埋着,它们就会整天整天地用爪子去把石头挖出来,然后运回去一堆堆地藏在自己的窝里……"② 有时候,野胡们为了争夺这种石头而互相残杀,发生激烈战争。这里说的"闪亮的石头"就是指"宝石"。实际上,野胡就是贪婪、自私的人类的真实化身,它"代表了人类兽性的自然内核"。③ 此处的讽刺之辛辣,可谓无以复加。

在斯威夫特笔下,慧骃是一种理性的动物,"根本不知道理性动物身上的罪恶是怎么一回事,它们的伟大准则就是培养理性,一切都受理性支配"。④ 这里,作者假借格列佛的口气进行叙述,时而显得过于极端,赞美之词也显得毫无保留,这就使得作者的真实意图难以捉摸,表面的赞美中似乎还不时带着揶揄或讽刺的意味。对于慧骃们唯理主义的倾向,斯威夫特是否全然赞同和接受呢?显然不是。他在描绘乌托邦愿景的同时,反乌托邦的情绪特征也掺杂其中。例如,慧骃们对于死既不感到高兴,也不感到悲伤,它们结婚的目的只是为了生育,生了一对子女便不再同居,除非孩子夭折。丈夫死后,妻子并不会伤心,言语行动跟别人一样愉快,亲友们更是无动于衷,等等。这种违反人

---

① 乔纳森·斯威夫特:《格列佛游记》,第89页。
② 同上,第203页。
③ Norman Brown, *Life against Death*, New York: New England University Press, 1959, 176.
④ 乔纳森·斯威夫特:《格列佛游记》,第209页。

性的、冷冰冰的"理性"是否真的为作者所欣赏和赞同呢？答案显然是否定的。又比如，慧骃们特别注重血统，根据毛色来分等级、选择婚姻，毛色不纯的就只能当仆人。慧骃对待野胡的态度居高临下，极为鄙视甚至憎恨，那么，这是否说明慧骃跟野胡一样，也犯有"骄傲"的罪行呢？另外，根据格列佛所述，友谊和仁慈并不局限于个别的慧骃，而是遍及全慧骃类，然而，它们却大量杀死年长的野胡，毫不留情，只留下几只小野胡帮助拖拉或背运东西，替它们服务。这些事实是否跟慧骃身上所谓的美德——友谊和仁慈——相冲突呢？这里，在一个看似完美的乌托邦理想国度中，却充满了种种冷漠和残酷的具有反乌托邦特征的描写，显示出作者斯威夫特对于18世纪英国和欧洲所宣扬的理性主义中某些不合理成分所持有的怀疑和批判态度。

克洛艾·休斯敦曾经有过这样的评论："《格列佛游记》……是乌托邦式写作的这样一个范例，即它采取的是乌托邦的写作模式，却不具备乌托邦的理想和乐观精神。这种反省式的乌托邦思想恰好是小说所具有的讽刺性的突出特征。"[①]这一评论基本上是中肯的。我们所要补充的是：《格列佛游记》里充斥着另类话语的逆向叙述，既表达了转型期焦虑所引发的乌托邦冲动以及愿景描绘，又凸显出种种鲜明的"反乌托邦"特征。然而，就是在这种思想和语言的激辩和交织中，这部作品的意义得到无限拓展，从而构成了作品对社会现实在政治、经济、文化、历史和道德等诸多领域的讽刺和批判，同时构成了与文化观念史的互动。

第三节
《帕梅拉》中的美德共同体建构

塞缪尔·理查逊的《帕梅拉》引起了众多批评家的注意，有人批评它是"关

[①] Chlöe Houston, "Utopia, Dystopia or Anti-utopia? *Gulliver's Travels* and the Utopian Mode of Discourse," *Utopian Studies* 18, No. 3, Irish Utopian (2007): 425–442, 442.

于权力的话语";①另外有的评论把它定格为"放荡乡绅与出身卑微却贞洁的女仆之间的对峙","使故事具有了比主人公之间纯粹个人纠纷更重大的意义"。②还有的评论认为:"自1688年政治和解之后的几十年里,英国资产阶级一直试图从贵族那里攫取一定程度的意识形态霸权,该小说不仅仅是对这种情形的阐述,而且是这种情形的动因。"③这些观点各有千秋,虽然都有一定的道理,但也显示了各自的偏颇。实际上,《帕梅拉》为读者展示的是一个伦理道德的共同体世界。

一、帕梅拉:完美德行的象征

西方学者保罗·J. 查拉(Paul J. Chara)谈到美德时这样写道:"美德是存在于品质和行为中的善与应当的道德准则,这些准则引导个人追求道德完善,避免道德堕落。"④美德是一种稳定的道德人格或道德个性,它是人在长期优良文化修养中形成的,体现了人对现实世界的超越性。人如果要超越现实的世俗世界,他就需要提升人的生存境界,而生存境界的提升是需要思想境界加以支撑的,美德也是做人的思想境界。人是否达到了做人的思想境界,这取决于他的认识,而知识可以帮助他辨别善恶,体现出他对心灵境界的认识;因此,古希腊哲人苏格拉底认为"美德即知识";"通过将知识和美德等同起来,他认为恶行或恶乃是缺乏知识。正如知识就是美德,恶行也就是无知"。⑤这种美德观在理查逊的书信体小说《帕梅拉》里得到了充分的展现。

《帕梅拉》的主人公帕梅拉是出生在一个贫苦家庭的少女,她父母都为人正直、本分,且非常看重女人的贞洁,视其为女人的美德。帕梅拉在他们那里受到了根深蒂固的美德教育。帕梅拉12岁那年去到一个贵族家里当女仆,在

---

① Doody M. A., "Richardson's Politics," *Eighteenth-Century Fiction* 2, No. 2 (1990): 113-126.
② Watt Ian, *The Rise of the Novel: Studies in Defoe, Richardson and Fielding*, Berkeley & Los Angeles: University of California Press, 1957, 166.
③ Eagleton, *The Rape of Clarissa: Writing, Sexuality, and Class Struggle in Samuel Richardson*, 4.
④ 转引自 John K. Roth, *International Encyclopedia of Ethics*, Ann Arbor, MI: Braun-Brumfield Inc., 1995, 912。
⑤ Samuel Enoch Stumpf, *Socrates to Sartre and Beyond: A History of Philosophy*, Boston: McGraw-Hill, 2003, 42.

老夫人的精心培育下,她学会了缝纫、刺绣、音乐和舞蹈,并阅读了大量的书籍,具备了大家闺秀的高贵品质。她很擅长写作,常常把发生在身边的事情写信告诉父母。15岁那年,老夫人去世。老夫人的儿子B先生继承家业,成为主人。年轻的B先生爱上了帕梅拉的迷人美貌,想方设法引诱她,企图占有她的身体,破坏她的贞洁。由于受到父母的教诲和过世老夫人的培养,帕梅拉非常懂得珍惜自己的贞洁,坚决拒绝了年轻主人B先生的放荡要求。为了保全自己的贞洁,帕梅拉决定回到自己的父母身边去,宁愿过清贫而朴实的日子。就在她回家途中,万万没有想到的是,B先生的马车把她拉到他在林肯郡的宅邸,而不是她父母那里,使她处于被囚禁状态之中。她几次试图逃跑,都没有成功。B先生多次以优厚的钱财作为回报来诱惑她,想要她做自己的情妇,都遭到了她严厉的拒绝。B先生几次想强奸她,结果都以失败告终。帕梅拉非凡的贞洁品德最后感动了B先生,他经过错综复杂的心理斗争,决定不再考虑世人的议论和讥笑,正式向帕梅拉求婚。当帕梅拉确定B先生不是在搞假结婚的阴谋诡计后,她也慢慢感觉到自己已经在不知不觉中爱上了才貌双全的年轻主人,并与他正式结婚,两人成为人人羡慕的伉俪。

《帕梅拉》这部小说的主线是贞洁,它自始至终地贯穿在整个故事当中,是故事的起点,也是故事的终点。《帕梅拉》里的"贞洁"或"贞操"的英文是virginity,维基百科对virginity的解释是:没有经历过性交之人的处女或处男状态。受到那些赋予这种状态以某种价值和意义的文化传统或宗教传统影响,尤其是未婚女性,她们往往是与个人的纯洁、荣誉和价值联系在一起的。① 在《帕梅拉》的中文译本里,在很多地方都可以找到"贞洁"的字样,但是如果对照英文原文就会发现,"贞洁"这个词在原著里是"virtue"。是译者翻译错了吗?没有。把"virtue"译成"贞洁"不但没有错,而且高妙,因为《帕梅拉》这部小说就是描写主人公帕梅拉是如何坚守贞洁的,而这种坚守本身就是美德。传统希腊人所认定的人类美德一般包括勇敢、节制、虔敬、正义和智慧,这种对美德的看法强调了人的思想能力和通过理性控制其欲望和引导其行为的能力。这种观点在康德那里得到了进一步肯定:"反抗一个强大而不公正的对手的

---

① https://search.yahoo.com/search;_ylt=Ah395M41f58uFQihk9_2Zz6bvZx4?p=virginity&toggle=1&cop=mss&ei=UTF-8&fr=yfp-t-901&fp=1. (accessed 2015/8/15).

能力和有意识的决心是坚韧,如果与我们之间的道德倾向相关,则是美德。"①

在世界任何一个国家,贞洁几乎一直是一个引起人们关注的问题,也是西方文化不可分割的一部分。早在古罗马时期就存在着维斯塔崇拜,实际上也是对贞洁的崇拜。"维斯塔贞女在罗马国家与政治生活中占有举足轻重的地位";在古罗马人看来,"维斯塔神殿的国灶和所有罗马家庭中燃烧的家火密切相连,维斯塔和她所掌控的圣火对罗马城邦的存留和延续起到至关重要的作用。没有维斯塔崇拜就没有罗马社会。圣火与罗马的延续和安危紧密相连,甚至无意的熄灭都会对罗马和罗马人民造成威胁。而她的女祭司——维斯塔贞女的职责则是在维斯塔神殿范围内照看圣火使其永恒燃烧"。② 女性的贞洁价值如此之大,以至于它在《圣经》里也被提到:

但这事若是真的,女子没有贞洁的凭据,就要将女子带到她父家的门口,本城的人要用石头将她打死,因为她在父家行了淫乱,在以色列中做了丑事。这样,就把那恶的从你们中间除掉。(《圣经·申命记》,22:20—21)

由此可见,坚守贞洁是必须的,它让人走向一个快乐的道德世界。所以,贞洁的观念主张"痛苦是恶,快乐是善"的伦理法则,"一个行动的正确或错误取决于它所引起的快乐或痛苦的程度","最不道德的行为就是带来最大痛苦的行为……一个有道德的人或有道德的社会应最大限度地增加快乐,并最大限度地减少痛苦总量,不管这种痛苦存在于什么地方"。③ 帕梅拉的父母是深知这个道理的,所以无时无刻地教导她恪守贞洁:

亲爱的孩子,为防止发生最坏的情况,请你自己做好严密的戒备,并下定决心,宁肯失去你的生命,也不能失去你的贞洁。④

---

① 转引自尼古拉斯·布宁、余纪元编著:《西方哲学英汉对照辞典》,第1060页。
② 裔昭印、冯芳:《论古罗马维斯塔贞女的性别角色和社会地位》,《上海师范大学学报(哲学社会科学版)》,2012年第6期,第103页。
③ 罗德里克·纳什:《大自然的权利》,杨通进译,青岛:青岛出版社,1999年,第25页。
④ 塞缪尔·理查逊:《帕梅拉》,吴辉译,南京:译林出版社,1998年,第10页。

在父母的教导下,帕梅拉把贞洁视为生命,或者说,比生命都重要。读者从她给母亲的第三封信中就可以清楚地看出这一点:

> 我宁愿死一千次,也不会以任何方式,成为一个不贞洁的人。请你们相信这一点,安下心来,因为虽然我在过去的一些时间里锦衣美食,超越了我的身份,可是我能够甘心乐意穿着破衣烂衫,啃面包,喝清水,过穷苦日子,我将会接受这一切,而决不会丧失我的良好名声,不论这诱惑者是谁。①

从给她父母的信中,读者不难看出,帕梅拉身上具有构成美德的基本品质,即勇敢、节制、虔敬、正义和智慧,她就是美德的化身。卢梭在谈到美德时说:"美德这个单词意味着力量。没有不伴随着斗争的美德,也没有不取得胜利的美德。美德不仅仅在于表现公正,还在于战胜自己的激情,控制自己的心灵。"②帕梅拉在与B先生周旋时,不仅战胜了自己的激情,还控制着自己的心灵,最终取得了胜利,博得B先生对她由衷的尊敬。

  帕梅拉长得漂亮、迷人,受到主人B先生的青睐,但她控制住了自己的心灵,一次次抵挡着他的骚扰。在B先生刚开始骚扰她的时候,她就铿锵有力地对B先生说:"我虽然贫穷,但却是贞洁的,即使你是一位王子,我也不会不操持我的贞洁。"③她始终坚持这一理念,B先生想尽了办法,都不能使她屈服。在被囚禁期间,她受到女管家朱克斯太太的监视、劝说和虐待,但她仍然坚守贞洁。B先生对她提出了以下利诱:1) 直接送给她500基尼;2) 把最近在肯尼郡购买的一个庄园直接转给她,由她父亲经营,并每年给她父亲50英镑,以维持她父母的生活;3) 将像对待妻子一样对待帕梅拉,给她华美款式的衣服,给她两副钻石戒指、一副耳环、一颗独粒的宝石、一个钻石项圈和衣服鞋子上的扣形装饰品。然而,金钱和财物都丝毫没有打动帕梅拉的心。B先生和朱克斯太太又合谋,以卑鄙的手段迫使帕梅拉和B先生睡在了一张床上,但是即

---

① 塞缪尔·理查逊:《帕梅拉》,第5页。
② 转引自刘训练:《卢梭论公民美德的情感基础与动力机制》,《世界哲学》,2012年第5期,第33页。
③ 塞缪尔·理查逊:《帕梅拉》,第14页。

便如此，B 先生的阴谋也未得逞。

帕梅拉对贞洁持之以恒的坚守，让 B 先生非常感动，因而打消了邪念，正式娶她为妻。这个结果不啻为一种文化宣言："美德……的拥有与践行使我们能够获得那些内在于实践的利益，而缺少了这种品质就会严重地妨碍我们获得任何诸如此类的利益。"[①]帕梅拉的美德的确有了回报，就如《帕梅拉》的副标题所示：美德有报。

勇敢、正义、仁慈和智慧的情感构成了人的完美品质，也体现了人对卓越道德品质追求的努力。美德是人对自我的超越，它往往以高雅、庄严和亲切的姿势令世人感到敬佩。对贞洁的恪守、对仁慈的持有、对正义的尊重，以及对勇敢的追求，意味着人上升到了一个更高层次的生活或生命的境界。在这个境界中，帕梅拉找到了人生的价值和意义，也表现出美德的行为自觉。从这个意义上讲，她就是完美德行的象征。

二、B 先生：德行的自我修正

在人类的伦理世界里，人必须要进行伦理选择。聂珍钊教授认为，"人类的生物性选择并没有把人完全同其他动物即与人相对的兽区分开来，而真正让人把自己同兽区分开来是通过伦理选择实现的……只是人类最后选择了吃掉伊甸园中善恶树上的果实，才有了智慧，因知道善恶才把自己同其他生物区分开来，变成真正的人"。[②] 由此可见，人的伦理选择是极其重要的，它使得人的基本道德实践成为可能。在《帕梅拉》里，B 先生起初对帕梅拉的"爱"是处于动物本能层面的性冲动，是任何互不相识的动物之间都可能出现的"性爱"；所以，B 先生这个时候的"爱"属于生物性选择。

帕梅拉漂亮的外表、充满青春的活力以及颇具贵族气质的修养深深地吸引了 B 先生，使他的雄性荷尔蒙在身体里产生难以抵挡的作用，对帕梅拉实施了一次又一次的骚扰。让帕梅拉感到恐惧和不安：

他怀着几分热情，又说，"你是不是更愿意跟我待在一起，而不想到戴弗斯

---

① A. 麦金太尔：《追寻美德》，第 242 页。
② 聂珍钊：《文学伦理学批评导论》，北京：北京大学出版社，2014 年，第 35 页。

夫人那里去?"他的那副眼神使我心中充满了恐惧,我不知道为什么;我想那是放荡的眼神:

……他有些性急地说:"——因为你是个小傻瓜,不知道什么对自己有好处。"……他一边说,一边就用胳膊抱住我,吻我。

他邪恶的意图已明明白白地暴露无遗了。我挣扎着,颤抖着,并由于恐惧而失去了知觉,接着身子就瘫软了。①

道德作为约束人的社会规范,是在人类长期社会实践活动中产生的,它与风俗、习惯,与社会文化密切相关。它规定了人的基本行为方式,是人应该遵守的最基本的社会行为底线。然而,在道德的形成过程中,掌握着话语权和决定意识形态走向的不是普通的贫苦民众,而是那些有权、有钱、有势,且受过优良教育的社会精英们,他们往往是国家经济命脉或国家机器或国家命运的掌控者。所以,在道德规范发展过程中一定会带着有利于权贵阶层的鲜明特点。在《帕梅拉》里,读者不难发现,像B先生这样的权贵阶级成员是不屑于同平民阶级成员通婚的;如果通婚了,便会遭到社会的嘲笑。除此之外,像B先生这样的权贵阶级的男性成员是可以随便骚扰平民阶层的女子的,而这种骚扰不会受到社会的指责。这就是当时英国的门第、出身观念,它根深蒂固。正因为如此,出身名门望族的托尔斯小姐才敢这么跟帕梅拉开玩笑道:

"这个漂亮的偶像会说话吗,杰维斯太太?我可以发誓,她有一双会说话的眼睛!啊您这小淘气鬼,"她拍拍我的脸颊,说,"您似乎生下来就是要糟蹋别人或被别人糟蹋的。"②

托尔斯小姐说的话里头,"您似乎生下来就是要糟蹋别人或被别人糟蹋的"这一句话里有话,"糟蹋"二字很值得玩味。按照托尔斯小姐的逻辑,帕梅拉天生丽质,任何男人见了无不动心;B先生受到她美貌的吸引,继而被拒,这不是B先生的错,而是帕梅拉的错,谁让她长得这么漂亮呢?即使B先生对她无礼或

---

① 塞缪尔·理查逊:《帕梅拉》,第13页。
② 同上,第44页。

实施强暴,也说不上是犯罪,只是"糟蹋"而已。总而言之,处于权贵地位的 B 先生永远是对的,无论他对帕梅拉做出了什么样的伤害;而处于平民阶层的帕梅拉永远是错的。这种认为权贵阶级高人一等,平民阶级低人一等的门第等级观念,不仅存在于权贵阶层,而且还存在于平民阶层(女管家朱克斯太太就是一例)。当帕梅拉和朱克斯太太谈到 B 先生可能会糟蹋自己时,朱克斯太太不以为然地说道:

"您说得多么离奇古怪呀!不是为了男人才造女人,为了女人才造男人的吗?一个男人爱上一个漂亮的女人不是很自然的吗?假定他能做到他想做的事,难道那能像切断她的喉咙那么坏吗?

"我讨厌糟蹋这个荒唐的字眼!哎呀,如果您受到了高尚体面的对待(或者比那还更高一层),那么世界上就再没有哪位女士能比您过上更幸福的日子了。"①

此处,朱克斯太太不仅没有把权贵阶层对平民阶层的"糟蹋"看作道德沦丧,还认为是一种"高尚体面的对待",是一种能够从中获得幸福的恩赐。

显然,B 先生对帕梅拉的骚扰是违背了社会伦理道德的,可是他的行径却获得了不少人(如朱克斯太太)的默许,这说明伦理道德并非一个人与生俱来的善良意志表现,而是一定的社会经济利益在人们观念中的反映形式,就像恩格斯说的那样,"一切以往的道德归根结底都是当时社会经济状况的产物……人们自觉不自觉地,归根结底总是从他们阶级地位所依据的实际关系中——从他们进行生产和交换的经济关系中,吸取自己的道德观念的"。② 就朱克斯太太而言,她的伦理道德是由她是否能够从主人 B 先生那里获得经济利益所决定的。她不管 B 先生是否"糟蹋"帕梅拉,因为在她心里没有与生俱来的善良意志,所以她"诚恳"而直白地对帕梅拉说道:"我的基本想法是,我必须对主人效忠尽责;我可以向您保证,如果我可以做到的正符合您的要求,那我自然

---

① 塞缪尔·理查逊:《帕梅拉》,第 103、130 页。
② 马克思、恩格斯:《马克思恩格斯选集》(第三卷),中共中央编译局译,北京:人民出版社,1972 年,第 133—134 页。

会那样去做;但您也要认识到,如果您的要求与主人的意愿一旦发生冲突,那么不管会发生什么情况,我还是要按照他给我的指令去做。"①

因为有这么一个死心塌地的女管家为虎作伥,B先生从对帕梅拉的亲吻走向与朱克斯太太一起密谋对她实施强奸。按照朱克斯太太的主意,B先生假装成喝醉了的女仆人南,在帕梅拉和朱克斯太太卧房里的角落里坐在一张扶手椅上睡着了。但是,当帕梅拉快要睡着时,假装成女仆南的B先生便上床睡在了她的身边。这时,朱克斯太太抓住帕梅拉的右手,B先生抓住她的左手,饥不可耐地对她亲吻,还抚摸她的胸脯;吓得帕梅拉大声尖叫。同时,朱克斯太太还在一旁纵容B先生说:"先生,别磨磨蹭蹭,瞎耗时间!当她明白那最坏的事情以后,就会安静下来了。"②由于受到恐惧的惊吓刺激,帕梅拉立即完全昏死过去;于是,B先生试图强奸帕梅拉的阴谋没有得逞。

帕梅拉对贞操和贞洁的坚守终于感动了B先生,他开始反省自己对帕梅拉的非道德行为,并开始以一种高尚体面的尊重对待她,以得到她的芳心。这时的B先生发生了根本的变化,在对待帕梅拉的问题上,他从生物性选择的"爱"过渡到了伦理选择性的爱,完成了他"德行自我修正"的过程。他开始静下心来,认真考虑要明媒正娶帕梅拉,而不是把帕梅拉当作泄欲的工具。然而,当B先生的姐姐戴弗斯夫人得知弟弟和帕梅拉正式结婚后,气得暴跳如雷,对弟弟横加指责:

"是的,"她说,"问题就在那个人身上!不过虽然我上楼来决心按捺住脾气,劝导你不要这样不讲道理地避开我,但是我无法耐心地看到我生下来的这张床成了你邪恶的犯罪场所,跟这样一位——"

……

她跺着脚,说,"愿上帝给我耐心吧!他是这样地对待一位姐姐,而却这样亲切地对待这样一位卑劣的——"③

---

① 塞缪尔·理查逊:《帕梅拉》,第102页。
② 同上,第196页。
③ 同上,第385页。

身处这种尴尬境地,帕梅拉不忍心看到姐弟俩闹出不可调和的矛盾;于是,她跪倒在 B 先生的面前,恳求他们相亲相爱,不要发生任何不友好的行为。B 先生把她拉起来说:"起来吧,亲爱的命根子。她是个性情十分暴躁的女人,不要让她不知好歹地嘲笑你那高尚的品格吧。"①从 B 先生的这句话,读者可以清晰地看出,B 先生的思想意识与他姐姐的完全不同,发生了翻天覆地的变化,这就是伦理选择的结果。

B 先生的变化是惊人的,这都是他伦理选择的结果。最终,他放弃了生物性选择,确定了伦理性;这样一来他不但成为一个有道德的人,而且还成为一个有美德的人。具有美德的人或事物是值得人们追求的。理查逊就是通过这样一个故事,讲述了伦理选择的道理,展示了美德的含义,从而参与了文化观念的内涵建设。

三、纷争中的道德共同体建构

美德不仅是一个人卓越品质的体现,也是一种值得人类追求的共同体思想。滕尼斯曾经强调"共同体意味着真正的、持久的共同生活",②而维系这种生活的纽带之一就是美德。不管是对于帕梅拉,还是对于 B 先生,非正式婚姻的异性关系都不可能意味着真正的、持久的共同生活,因为那会是非道德的生活。在自己父母和 B 先生母亲生前的教导下,帕梅拉懂得了什么才是一个人孜孜不倦追求的基本德行:"选择贫穷与贞洁,而不选择富裕与邪恶,这样的选择将会幸福得多!"③帕梅拉秉承了这样的德行,而这正是理想共同体的建构要素。

黑格尔认为,"一个人必须做些什么,应该尽些什么义务,才能成为有德的人,这在伦理性的共同体中是容易谈出的:他只须做在他的环境中所已指出的、明确的和他所熟知的事就行了"。④ 在《帕梅拉》这部小说里,作者在描写帕梅拉美德的过程中,同时为读者建构了一个伦理共同体的世界。在这个世界

---

① 塞缪尔·理查逊:《帕梅拉》,第 386 页。
② Tönnies, *Community and Civil Society*, 19.
③ 塞缪尔·理查逊:《帕梅拉》,第 23 页。
④ 黑格尔:《法哲学原理》,北京:商务印书馆,1961 年,第 168 页。

里有帕梅拉、帕梅拉的父母、B 先生的母亲、B 先生的女管家杰维斯太太、帕梅拉的朋友以及那些支持帕梅拉的人。这些人是有道德或有德行的人,他们对帕梅拉产生过极其重要的影响;所以,在这个环境里她所做的只是她所明确的、熟知的事情。

然而,虽然《帕梅拉》发表后很快就家喻户晓,但也有人对它进行质疑和嘲笑。1741 年,一部题为《反帕梅拉:揭露假无邪》的小说问世,它模仿《帕梅拉》,也是以书信体的叙述形式讲故事。小说中的女主人公叫 Tricky,意思是"花招儿"。她先在衣帽店当学徒,后来在贵族家里做女仆。她给母亲写信,报告自己在两处的艳遇。这部小说也有一个副标题,但很长,昭示了全书的主旨:"一个以真人真事为依据的故事。内容丰富新奇,既可资娱乐,又兼顾警世。告诫人们,不要轻信,由一时印象而起的爱情是不可靠的。青年绅士必读。"[①]显然,这种写法是在嘲弄《帕梅拉》。

在当时的背景下,就连菲尔丁都对《帕梅拉》不满,他创作、出版了小说《约瑟夫·安德鲁传》(The History of the Adventures of Joseph Andrews and of his Friend Mr. Abraham Adams, 1742),旨在嘲笑并攻击《帕梅拉》。在菲尔丁的笔下,约瑟夫是帕梅拉的兄弟,从小在布比家里做仆人,因为诚实可靠而深得布比太太的喜爱。布比在伦敦突然得病暴死,布比太太便有意要把约瑟夫当作自己的情人,但被他婉言谢绝。在小说里,作为男仆的约瑟夫不为女主人的美色所动,坚守自己的贞洁,不存任何非分之想。在小说的结尾时,约瑟夫奇迹般地交了好运:一个家道小康、颇有教养,住在附近的乡间绅士找到他,说他是他早年丢失的儿子。尽管约瑟夫的血统、出身和社会地位变了,但他还是娶了出生贫贱的女仆范尼,留在乡下,做了一个自食其力的农民。这一情节本身就是对《帕梅拉》的戏仿。

虽然学界和文艺界对《帕梅拉》毁誉参半,但它至少引起关于"何为美德"的大辩论,这本身就是对文化观念中伦理道德内涵的一大贡献。确实,帕梅拉身上所体现出来的道德原则总是招致矛盾的解释。有的批评者认为,小说的副标题"美德有报"就是一个很大的话柄。这个副标题暗示无论帕梅拉有多纯

---

① 吕大年:《18 世纪英国文化风习考——约瑟夫和范尼的菲尔丁》,《外国文学评论》,2006 年第 1 期,第 36—37 页。

洁诚实,她最后还是获得了丰厚奖赏;这样一来,道德说教便与功利目的联系在了一起,所以难免让人对帕梅拉的道德品质产生怀疑:美德如果指望现世回报,还能再称其为美德吗?① 怪不得,在《约瑟夫·安德鲁传》里,约瑟夫与帕梅拉形成了一个鲜明对比:他不但拒绝布比太太的求爱,还与奴仆身份的范尼结婚,成为一个自食其力的农民。

对伦理道德和美德的争论是正常的,作者正是通过这种方式引起读者对美德问题的重视,以建构一个伦理道德的共同体。作为独立自主、控制自我生存条件的个人是共同体得以存在的重要条件和基础,而个人的伦理道德差异一定会在个人与个人、个人与共同体之间产生矛盾。道德共同体的建构正是在矛盾的协调和克服当中进行的,这一点在《帕梅拉》里得到了充分体现。

在《帕梅拉》这部小说里,关于道德和美德有两个显著的矛盾和纷争:一是以帕梅拉为代表的平民阶层与以B先生为代表的权贵阶层的矛盾和纷争;二是以B先生为代表的开明、进步势力与以B先生的姐姐戴弗斯夫人为代表的保守势力之间的纷争。纷争的结果都是出于低劣语境的道德观念向处于高尚语境的道德观念妥协、让步,最终完成道德共同体的建构,帕梅拉的美德终于被各阶层的人所接受。

帕梅拉坚守贞洁的美德并不是孤独的,她背后有着强大的后盾,如帕梅拉的父母、B先生的母亲、杰维斯太太、威廉斯牧师以及和她一起工作的仆人们。B先生对帕梅拉的色欲和侵扰是有迹可循的。其实,早在认识帕梅拉之前,B先生的心灵就被腐化过。在牛津大学读书时,他与一个平民家庭的女儿戈弗雷小姐交往;那家人还胁迫他与戈弗雷小姐结婚,但他认为那家人这么做是为了诱骗他的钱财。B先生和戈弗雷小姐生下一个女儿,由戴弗斯夫人负责抚养。"人的行为是由本能、冲动、欲望、感情、思想、知觉、意志即各种能带来行动的意识形式推动的。"② 在本能和冲动的作用下,B先生违反了基本社会道德,犯下了不可饶恕的错误,给戈弗雷小姐和自己都带来了非常大的伤害。所以,B先生和戈弗雷小姐之间的关系在当时不是门当户对的,缺少共同意识,

---

① 参见《查理逊与菲尔丁之争——〈帕梅拉〉和〈约瑟夫·安德鲁斯〉的对比分析》,《外国文学评论》,2004年第3期,第130—131页。

② 弗兰克·梯利:《伦理学导论》,何意译,南宁:广西师范大学出版社,2002年,第143—144页。

其结果也必然是失败的。人类共同体"同时也意味着一种开放的'共同意识'。它不仅是指相对于外部而言的内部利益,相对于整体而言的部分利益,也指更加普遍和广泛意义上的连带感和相互扶助意识,以及支撑这些意识的、包含公开性的公共性"。① 在 B 先生参与这种共同意识之前,他是不可能成为任何共同体成员的。

随着故事的深入,B 先生的思想意识发生了变化,开始对帕梅拉的美德表现出认可,并决心打破门第、出身之偏见,正式娶帕梅拉为妻,这是"邪恶"向美德"共同意识"的让步。然而,这个让步还不够,传统门第、出身的观念还在与美德"共同意识"产生矛盾和抗争。这时,代表进步思想意识的 B 先生与代表传统门第、出身观念的姐姐戴弗斯夫人针锋相对,几乎到了分道扬镳的地步,这表现为 B 先生对他姐姐所下的逐客令:"滚蛋,疯狂的女人! 立刻离开我的家! 我跟你和你所有的亲属一刀两断,互不来往;永远别让我看到你的脸,也永远别再喊我弟弟。"②B 先生和他姐姐势不两立的情形是一个隐喻,它实际上暗示着伦理道德的共同体与落后的传统观念的矛盾和纷争。善与恶本来就像 B 先生和他姐姐一样是孪生兄弟或兄妹,就像事物的正反两面,它们之间是可以相互转化的。当以 B 先生为代表的进步势力成为历史发展的主流时,以戴弗斯夫人为代表的传统观念就变成了支流,必然会融入主流当中去。

戴弗斯夫人在帕梅拉和 B 先生的美德感召下屈服了,和解了:"只求你宽恕帕梅拉吧,这是我唯一的要求! 你将会使她心碎肠断……因此,弟弟,请让我这一次还这样称呼你! 愿上帝保佑你! 还有帕梅拉,愿上帝保佑你。"③戴弗斯夫人最终对 B 先生和帕梅拉婚姻的认可,标志着以她为代表的传统势力朝着伦理道德共同体的方向迈步。这样一来,展现在读者面前的是令人乐观的前景,正如 B 先生说的那样:"我的榜样也许会使另一个淫乱放荡的无赖改邪归正,这有谁知道呢?"④

《帕梅拉》的副标题"美德有报"虽然引起过一些批评、指责和嘲笑,但是帕

---

① 小浜正子:《近代上海的公共性与国家》,上海:上海古籍出版社,2003 年,第 5 页。
② 塞缪尔·理查逊:《帕梅拉》,第 385 页。
③ 同上,第 402 页。
④ 同上,第 451 页。

梅拉坚守贞洁的美德使B先生这类浪子回头,发起了对伦理道德共同体的追求,这难道有什么错吗?"每一种美德也必然会得到适当报答,得到最能鼓励它、促进它的那种补偿;而且结果也确实如此。"[①]伦理道德共同体要求人们对人类美好的"共同意识"保持敬畏和尊敬,而敬畏和尊重就意味着报偿之维,这又有什么不好的呢?尤其当我们看到文化观念需要伦理、道德、共同体等内涵的不断补充时,难道我们不应该沉下心来,仔细体味《帕梅拉》的文化意义吗?

[①] 亚当·斯密:《道德情操论》,蒋自强等译,北京:商务印书馆,1997年,第203页。

第六章

幸福愿景与幸福伦理

追问"幸福",是18世纪和19世纪初英国文学的一个新动态:越来越多的作家明确地、直接地使用"幸福"一词,并拷问其含义。他们在自己的作品里描绘幸福生活的愿景,探讨幸福伦理问题,这实际上是参与了文化观念内涵的建构——"幸福"是人类生活质量的第一要素;虽然西方学界有一个共识,即人的生活质量问题在维多利亚时代才首次成为"文化"命题,[①]但是与此密切相关的"幸福"话题从18世纪起,就常见于文人们的笔下了。在这一时期,"幸福"话题关乎人的生活质量,而对于生活质量的焦虑则起源于社会转型。从哥德史密斯的《荒村》(*The Deserted Village*,1770),到简·奥斯汀的《曼斯菲尔德庄园》(*Mansfield Park*,1814)和科贝特(William Cobbett,1763—1835)的《骑马乡行记》(*Rural Rides*,1822)英国文学家们一次又一次地提出以下问题:幸福是什么?幸福意味着什么?实现幸福的途径在哪里?衡量幸福的标准是什么?什么是幸福伦理的内核?对于这些问题的解答,在上举三部作品中都能找到。也正因为如此,我们以下将分别对这三部作品做出解读。

第一节

哥德史密斯:想象中往昔美好的英格兰

英国文学有一个想象"昔日美好英格兰"的传统,这种想象其实是一种愿景描述。作为愿景的文化,早就显现于英国文学之中。到了18世纪,愿景描

---

① 详见 Richard D. Altick, *Victorian People and Ideas*, New York: W. W. Norton & Company, 1973, 238。

述愈来愈跟纾解(社会)转型焦虑有关,这在哥德史密斯的笔下就很明显。

像许多18世纪的文人一样,哥德史密斯对工业化时代英国社会的巨变感到茫然,甚至失落。茫然与失落之余,他流露出对自己想象中往昔美好的英格兰的向往。他的这种失落与向往在《荒村》中得以尽情表达。《荒村》发表于1770年,诗歌的主题对于农村衰落的忧惧。诗中描绘了一个叫作"奥布恩"的村庄,原本人丁兴旺、土地丰产的田园被毁灭,变成一个有钱人的私人乡间花园景观。因此原本生机勃勃的土地变得荒寂,原本欢乐的村庄失去活力,原本幸福安居的人们被迫离乡背井,原本体面而有尊严的农民落魄地在城里沿街行乞。在哥德史密斯看来,这种局面是社会转型所致,即农业文明向工业文明转型所致。他追寻——其实是想象——往昔美好的英格兰,就是要化解这种转型焦虑,而化解焦虑的方法就是描绘幸福生活的愿景。从这一意义上说,他的"怀旧"是一种文化策略,有助于充实文化观念中的转型焦虑和共同体形塑等内涵。

一、转型前后:美景与荒村

奥布恩其实是哥德史密斯想象中的田园,一个金色的世外桃源("奥布恩"的本意即金棕色),是哥德史密斯心中理想的幸福村庄。诗歌开篇写道,"甜美的奥布恩,平原上最美的村庄"(第1行)。① 那里有许多健康快乐的少年在田间劳作;那里每一处景象都透露出质朴的幸福;春天笑意盈盈地到来,晚夏时分花朵依然怒放,可爱的树荫纯净而舒适(第2—8行);树荫里的小屋,耕种的农田,澎湃的溪流,忙碌的磨坊,老人们谈笑,情侣们呢喃,圣洁的教堂在高处,山楂树丛下的阴凉处有座椅安放(第10—14行)。在奥布恩,曾经每一分气息都透露着欢乐和生机。黄昏时分,少年应答着挤奶姑娘的歌唱,持重的牛群哞哞地呼唤它们的幼崽,吵闹的鹅群在池塘咕呱乱叫,顽童放学归来,看门狗对着低语的风儿低沉地吠叫,无忧无虑的人们发出爽朗笑声,天色暗淡之后,在混杂的声响间歇听得见夜莺歌唱。

---

① 本文中引用的《荒村》文本出自 Oliver Goldsmith, "The Deserted Village," *The Oxford Anthology of English Literature* (Volume I), ed. Harold Bloom, Oxford: Oxford University Press, 1973, 2235 - 2245。引文具体出处,以文内夹注形式标出。

在这样的金色田园里,财富并不是最重要的。"最富有的人对财富一无所知"(第 62 行)。生产有节制,"收获也仅是生命所需,并没有更多"(第 60 行)。因而劳作并不重,人们率真而健康。在这样的金色田园里,人们的生活充满乐趣。农民在田间愉快地劳动,劳动之余,他们在林间消遣、竞技,席地嬉戏,舞蹈欢娱(第 15—32 行),黄昏时分围坐篝火,听有学识的人讲说。在这样的金色田园里,人们的精神有寄托,老弱病贫得到关心。乡村牧师受到人们爱戴,他放弃一年 40 英镑的生活,远离城镇,来到这偏远的村庄。他不愿奉承,也不向往权势,不想个人升迁。他更善于帮助不幸的人,在他的寓所,流浪者纾解了痛苦,年老的乞丐受到招待,挥金如土的人不再吹嘘,伤残的士兵能够彻夜长谈。他给予这些人慰藉,引导他们向善(第 137—170 行)。他为将逝者祈祷,给予他们临终的关怀。他在教堂传播福音,宣扬信仰的真谛,让质朴的村民灵魂更加纯洁(第 177—192 行)。在这样的金色田园里,孩子们受到很好的教育。金雀花簇拥的小学校秩序井然,老师率真而风趣(第 193—205 行)。在这样的金色田园里,人们生活虽不宽裕,却不乏生活情趣。劳动者笑微微归来,银发老人开怀,在成排矮屋前呷一口啤酒爽气清神,听乡村政治家侃侃而谈(第 221—234 行)。岁月悠悠,亘古恒定,本不需要沧海桑田的变迁,永恒的是"节庆的地方花厅绚丽,粉白的墙壁、铺了细沙的地面,漆面光亮的钟表在门后滴答作响"(第 226—228 行)。人们生活俭朴——箱子设计成两种用途:晚上当床,白天做斗柜,但是也有情趣——十二条戒律的图画既作装饰又有用途,皇家鹅宫游戏是人们闲暇时的消遣。除了凛冽寒冬,壁炉上总摆着让人欢快的杨树枝、花儿和茴香;人们聪明地摆放残破茶具,绕着壁炉烟囱陈列,成一排亮闪闪给人看(第 230—236 行)。在这里,人们看不到财富的炫耀,只有纯朴和快乐的自然流露。

然而,由于社会转型,即工商贸易对传统农业的挤压,奥布恩呈现出一派凋敝景象。暴君的手在村庄的林荫处显现,摧毁了村庄的甜美和欢笑,草坪上不见了游戏,绿色原野荒无人烟。唯一的主人攫取了整个乡间,耕地减半,映照天空的清澈小溪被苇草覆盖,在丛生杂草中羸弱喘息,孤独的麻鳽护巢空鸣,田凫飞舞,单调地发出令人厌倦的叫声,长草掩盖了雕饰的墙(第 35—48 行)。奥布恩的村民们遭遇不幸,"战战兢兢从破坏者之手退缩,远远地,你的儿女离开这片土地"(第49—50行)。杂草丛生的小路,毁坏的庄院,再也看不到矗立的小屋和生长的山楂树(第78—80行),黄昏时分再没有甜美的声音低声响起,再没有忙碌的脚步踏过长满青草的乡间小路;勃勃生机不再,孤独的老妇人在哗哗啦啦的泉水旁虚弱地弯腰站立,为了糊口,憔悴的她被迫在溪水里摘水芹菜,还要在荆棘中捡拾过冬的木柴,还要寻找栖身地过夜,哭泣到早晨(第129—134行)。村庄再没有农夫的新闻、理发师的故事、樵夫的歌谣,再没有铁匠擦去额头灰尘,再没有羞涩少女亲吻圣杯(第237—250行)。简朴而美丽的自然遭受浮华财富侵袭,饥荒逼迫村民成群结队逃离;微笑的土地不再,沉沦的农民无人救助,乡间的繁荣只剩下一座花园、一座坟茔(第299—302行)。曾经快乐的奥布恩村民沦为乞丐,为一块面包在城里自负的人家门口乞讨(第337—340行)。失去土地的农民进城后生活辛酸,流离失所的他们在富人的奢华中更显悲惨;失去尊严的奥布恩女人,饥寒交迫中倒在豪门石阶,她们曾经在乡间受到呵护(第309—336行)。更有奥布恩村民被迫在遥远的异乡艰难跋涉。那里远没有原来故乡的魅力,杂乱的丛林里鸟儿忘记歌唱,静寂的蝙蝠昏昏垂挂,蝎子聚拢着死亡,毒蛇响着恐怖,蹲伏的老虎守候不幸猎物,龙卷风肆虐(第341—362行)。哭泣徘徊,离乡去往新发现的世界,穷人流离,欢乐不再,老年人送走儿女,满是凄凉(第363—384行)。奢华毁了村民的欢乐,乡间美德离开了这片土地。哥德史密斯感叹:"啊,奢华!受到上天命运诅咒的你,因为你,事情竟多么病态地变成这样"(第385—386行)。

哥德史密斯将奥布恩的凋敝乃至荒废归因于工商业与贸易的发展,归因于人们对财富的贪婪追求。"财富积聚的地方,人们败坏"(第52行)。被毁灭的奥布恩曾经是一个美好的田园:与世隔绝,宁静而无变化,人们生活贫穷但快乐。但是靠着商业与贸易致富的人却把这样一个众人幸福生活其间的田园变成炫耀浮华的地方。原来的公共乐土,变成了私人的花园。奥布恩是千万个英国小村庄的缩影,当这些金色的乡间田园荒废的时候,哥德史密斯断言:这是国家毁灭的开始,因为国家的力量在于这些乡间农民,他们"虽然贫穷,依然是最应该得到幸福的"(第426行)。此处,哥德史密斯忧国忧民的文化情怀跃然纸上。

二、田园诗背后的文化忧思

凋敝前的奥布恩是诗人想象中的淳朴而美好的乡村,与历史上诗人作家描绘的田园一脉相承。这个田园是写作者有感于现实社会的弊端,以及种种不公平的现象,而创造/想象的太平世界。

纵观英国文学史,田园文学的传统相当悠久。从中古时期的传奇,到 17 世纪的乡村诗歌,田园想象相当丰富。在早期现代英国文学中,人们能够看到锡德尼(Philip Sidney,1554—1586)的《阿卡迪亚》(*The Countess of Pembroke's Arcadia*,1590)。书中的田园世界民风淳朴,人们生活快乐。这也是文人想象中田园的主要特征。锡德尼"置身彭斯赫斯特的林荫中,金色的往昔已经进入他的头脑"。[①] 他想象中的"阿卡迪亚是一个早晨'在天空撒播玫瑰和紫罗兰'的地方,是一个草地鲜花开放、牧场安安静静的地方,那里'牧童吹奏牧笛,仿佛永远也不会老去'"。[②] 田园的描绘让人联想古老的黄金时代,和平、和谐、稳定、繁荣,生活在田园里的人们心地善良,品行高贵。斯宾塞也把《牧人月历》和《仙后》中的一些故事和思考放进田园和牧歌的背景里。莎士比亚更是把亚登森林里的世界描绘得"像是置身在古昔的黄金时代里一样",生活其间的人们"可以听树木的谈话",而"溪中的流水便是大好的文章"。[③] 人们在那里"逍遥自得地把时间消磨过去"。[④] 与黄金时代四季长春略有不同的"只是时序的改变",亚登森林里有四季变换。[⑤] 宁静、和平、自由、安详、和谐是那里的自然与人文环境,远离着森林之外的喧闹、争斗、桎梏、忧惧和纷扰。克里斯托弗·马洛想象的田园则是"牧羊人放牧着羊群,/在浅浅河边,小河淌水/鸟儿唱起悦耳的情歌"。[⑥]

罗伯特·赫利克(Robert Herrick,1591—1674)把乡下看作纯真的所在,认为去到乡下能够学到美德。"让人即刻欣悦的自然"教人"节制他的欲望,/

[①] A. W. Ward and A. R. Waller, *The Cambridge History of English Literature* (Volume III), Renascence and Reformation, Cambridge: Cambridge University Press, 1909, 351.

[②] Ibid., 353.

[③] 威廉·莎士比亚:《皆大欢喜》,《莎士比亚全集》(第 1 卷),朱生豪译,北京:中国戏剧出版社,1996,第 230 页。

[④] 同上,第 216 页。

[⑤] 同上,第 229 页。

[⑥] Christopher Marlowe, "The Passionate Shepherd to His Love," in *The Norton Anthology of Poetry*, ed. Margaret Ferguson. New York: W. W. Norton and Company, 1996, 233-234.

又知道在惬意的想法里,/富足在于适当定量,而不是大把金钱"。①"甜美的乡村生活",他写道,是那些为别人活着、在宫廷或者城市服务的人所不知晓的。② 赫利克与许多文人一样,作为一个局外人,他眼里的乡间显然有许多理想化的成分,他显然也乐于按照自己的所见所闻,加上自己的畅想,来描绘这样的田园世界:公鸡是农夫的号角,当它唤起手腕上缠绕着百合花的黎明时,农田里是忙碌的人群,鹿的鸣叫让他们欢欣鼓舞、愉快地歌唱;草地泛着光彩,走在上面,满眼是生机勃勃的香草和鲜花,混合着大眼睛奶牛的气息,还有葡萄藤上花蕾的甘甜;羊群咩咩,大小牛儿在草地上悠然消磨着时光;乡间也有庆祝节日和盛典的嬉戏,在水仙花和雏菊的簇拥中,青年和少女跳起欢快美丽的乡村舞蹈;丰收的家园,举杯痛饮,纯粹的欢宴永不停歇;既有各种游戏,也有四季的狩猎之乐趣。"啊,幸福生活!只要明白/他们农夫的美好!/他们终日自得其乐。/孩童在这些游戏之后,/甜美入睡,没有丝毫惊扰……"③

以上所有的描写,都只是一种美好的畅想。实际上,英国社会从都铎王朝开始已经朝着现代民族国家急促迈进,社会剧烈变革,新的生产方式、经济模式、政治结构、社会生活都在形成中。新的社会秩序和与之相适应的新的社会伦理也处于形成之中。急速的变化往往让人们感到无所适从,这也就是我们在上文中所说的转型焦虑。从这一角度来看,上述"田园畅想"都有化解焦虑之功,不失为一种文化策略。

我们不妨再举一例:与赫利克同时代的凯瑟琳·菲利普斯(Katherine Philips,1632—1664)曾经把乡间当作可供人们作哲学思考的静怡乐园。她的《乡间生活》("A Country Life")一诗开篇就赞美道:"多么神圣又是多么纯真/乡间生活看上去;多么自由地远离躁动和不安,/远离阿谀或者恐惧!//这是本初和最幸福的生活,/当一个人自得其乐……"④她想象乡间生活就像人类的

---

① Robert Herrick, "A Country-life: to His Brother, Mr. Tho. Herrick," *Poems*, Robert Herrick. PoemHunter. Com, 2004, http://www.poemhunter.com/i/ebooks/pdf/robert_herrick_2004_9.pdf. (accessed 2015/7/15)

② John P. Rumrich and Gregory Chaplin, *Seventeenth-Century British Poetry*, 1603 – 1660: (*Norton Critical Editions*), New York: W. W. Norton & Company, 2005, 210.

③ Ibid., 210 – 212.

④ Luminarium. Org, *The Works of Katherine Philips*, 2006 – 11 – 12, http://www.luminarium.org/sevenlit/philips/(accessed 2015/5/14).

黄金时代一样,除了爱再没有其他情感,人们也没有压迫和抢夺别人的念头,"不嫉妒邻里的财富/也没有床边的阴险密谋;/快乐地享受友谊与健康",① 人们不知道法律和劳役,智慧就是天性,没有过多奢望,"一间小屋足矣"。② 她感觉在乡间可以找到诚实和友情,可以选择自己的生活,而不必看人眼色,也不必处心积虑、勾心斗角。

哥德史密斯的《荒村》一方面继承了上述田园诗歌的传统,另一方面又带有他那个时代的特色。他缅怀的是曾经的英国乡村田园生活,但其意图更是在抨击英国社会发展对传统乡村生活的毁灭。在哥德史密斯看来,社会变革使得人们对财富贪得无厌,开始追求奢侈浮华的生活,传统的和谐乡间生活日益被这种风气所败坏。由此,他得出了结论:"财富聚集的地方,人们败坏"(第52行)。哥德史密斯认为财富导致富人道德沦丧,这样的富人又危害着乡村善良而淳朴的农民,使国家遭受劫难和损失。农村土地集中在少数人手中,导致大量农民失地,农村人口流失,村民被迫沦为城市贫民,或者背井离乡去往遥远的新大陆,农村原有的和谐秩序遭到破坏,农村的传统与美德丧失。《荒村》的时代背景恰恰是英国社会因经济和政治结构的急剧变革而急遽变化的时期,或者说英国正经历着商业革命(commercial revolution)、农业革命和早期工业革命。

也就是说,哥德史密斯是在抒发自己的文化情怀时,从悠久的田园诗传统中汲取了养料。到了哥德史密斯的年代,社会转型加剧,这就使田园诗歌更多地染上了文化焦虑。他对凋敝后乡村的描写,比先前的田园诗歌更多了一层文化忧思。

三、《荒村》: 质疑社会变革的伦理关怀

哥德史密斯的《荒村》从发表之时到如今,一直能够引发不少人的共鸣,尤其是在社会的激烈转型期。

18世纪的英国正经历着文明的转型,人们在农业文明时期所形成的思想观念和生活方式受到了冲击,常有夹在新旧世界之间束手无策的感觉。19世

---

① Luminarium. Org, *The Works of Katherine Philips*.
② 同上。

纪诗人阿诺德的著名诗行——"(两个世界)一个已经死去,/另一个还无力诞生"①——对哥德史密斯的年代也很适用。《荒村》所折射的正是人们在文明转型期的思想迷茫状态。本已习惯了的旧有世界,连同其秩序已经不复存在,而新的社会结构尚未真正形成,与之相适应的新思想虽然活跃,却不见得成熟。换言之,依附在两种不同文明阶段的生活生产方式、道德伦理、审美情趣与理想价值观都不见得能很好兼容,人们在思想观念上也就无所适从。这是典型的转型焦虑。

转型焦虑反映在工作和生活方式上,也表现为对于社会失序的忧虑,进而延伸到审美情趣和伦理道德的关怀层面。作为摆脱焦虑的手段,愿景描述常常出现在文学作品中,《荒村》可以看作这类作品的代表。

应该指出,哥德史密斯笔下往昔的奥布恩——其实是他所憧憬的美好社会——并不是一个生活富足的社会,那里的人们的奢侈生活也就是一口快要变质的麦芽啤酒(第217—236行)。不过,按照哥德史密斯的观点,这种生活仍然是幸福的——人可以贫穷但快乐着。至于奥布恩的荒废,哥德史密斯把它归因于商业与贸易的发展,以及人们追逐财富时的疯狂。在哥德史密斯眼里,被毁灭的奥布恩曾经是一个美好的田园:与世隔绝,宁静而无变化,人们生活贫穷,但很快乐。对于他的这种看法,并不是所有人都赞同。持批评意见者认为,哥德史密斯从乡下进城以后,就脱离了农村生活,偶尔的乡间游走,也只是从一个局外人的角度对农村形成的肤浅印象;他在乡绅的饮宴席间望不到农民劳作的艰辛以及他们对更好生活的向往;18世纪的农民,较之哥德史密斯的奥布恩往昔,生活水平有了很大改善,教育等方面也有提高,但比起城镇的人们(如工人),他们的境况还是差了很多,这是奥布恩的年轻人离乡背井的吸引力所在。因此,学术界对以下问题形成了争论:奥布恩究竟是劳动力流出之后荒废了,还是劳动力流出与城市资本涌入的同时发生了改变?

我们无意纠缠于上述争论。对本节的主题来说,奥布恩的意义在于它象

---

① Matthew Arnold, "Stanzas from the Grande Chartreuse," in *The Oxford Anthology of English Literature*, Volume II, ed. Frank Kermode, John Hollander, Oxford: Oxford University Press, 1973, 1383 - 1389.

征的文化理想,尤其在于它的伦理关怀。就物质生活而言,在 18 世纪的英国,不少农民的生活水平实际上提高了,城镇建设带来了生活改善,或者说更多的工作机会。① 城乡差异是农民进城的动力,城镇化源于工业与商业的发展对劳动力的需求,城市为进城农民提供了更好的生活条件。然而,哥德史密斯更关心的是生活的伦理道德层面。他在《荒村》中用了很大篇幅痛诉奥布恩村民失地后——遭受圈地运动后——的悲惨遭遇:留下来的鳏寡老人本应安享天年,却要在寒风中为生计索索劳作;被迫进城的人们流离失所,在富人的奢华中更显悲惨——即便总体生活水平上升了,但是贫富之间的差距越拉越大,这是不争的事实,而这里面就有一个伦理道德问题。即便年轻人进城以后会有更多更好的就业机会,但是那么多孤寡老人被遗弃在凋敝的乡村里,又是伦理道德层面的大问题,更何况并非每个年轻人进城以后都能找到好工作。

尽管哥德史密斯的描述可能跟当时实际的情形有这样或那样的出入,但是他跟我们分享的是一种真实的体验,一种对社会转型的真实感受。正是这种真实感受,构成了他所描绘的文化愿景的基石。尽管他偶尔会流露出对于前途的迷茫,但是他在表达对贫苦乡民的伦理关怀时却没有丝毫的迷茫。他对劳苦大众的深刻同情,全都印刻在了《荒村》的美丽诗句中,全都印刻在了他的文化愿景中。

第二节
科贝特和他的《骑马乡行记》

通过游记来描述文化愿景、憧憬美好生活的作品,也应该在英国文学与文化观念的互动史中占有一席之地。科贝特可以看作这种互动的代表人物。

---

① Roy Porter, *English Society in the 18th Century*, London: Penguin Books, 1991, 208.

科贝特的主要活动时期是在18世纪末至19世纪初,英国正处于风云变幻的时代变革期。当时要求彻底改变现存体制的激进思想和呼声日益高涨。1688年"光荣革命"后建立起来的贵族精英政治经过近百年的发展,已经蜕变成了寡头政治,土地贵族垄断着国家政权,其亲友们占据着政府和军队要职,结党营私,贪污腐败空前严重。"光荣革命"之后沿用的落后选举制度使得一些地区财大气粗的贵族操纵议会;他们垄断政权,谋取私利,引起其他社会阶层的强烈不满。于是,自18世纪中期开始,以变革旧制度为目标的激进运动在议会外兴起,但最终没有获得成功。原因是多方面的,但最重要的是,当时法国大革命的爆发迫使英国贵族集团的政治态度趋于保守,让原本支持变革的辉格党发生分裂;尤其是以潘恩(Thomas Paine,1737—1809)为代表的左派提出效仿法国革命推翻现存政治体制的激进主张,引起广大有产者的恐慌,使得激进主义思想得不到资产阶级的广泛支持。早期激进运动的衰败说明,尽管腐败的旧制度极其不合理,但要实现大的政治变革,就需要一个长期曲折的历史发展过程。

在那个非同寻常的英国历史转型期出现了一个有名的激进的农民政论家——科贝特,他主编了《政治纪事》(*Political Register*)周刊,擅长通过社论激烈抨击政府,受到劳动人民的欢迎。他也时常在这个刊物上发表游记,后来收集成书,取名《骑马乡行记》(*Rural Rides*)。《骑马乡行记》记叙了科贝特在英国乡村访贫问苦的经历,他骑着马或乘着马车,走访了一个又一个村庄,一路查看庄稼、牲畜和人民的生活状况。在这部游记里,读者不仅可以看到有关古老、美丽乡村的描写,还可以明显地看到那个动荡时代乡下百姓的贫穷生活痕迹。可以说,《骑马乡行记》就是18世纪末和19世纪初英国乡村人民生活的见证。更重要的是,在这部貌似纪实的游记中,作者寄托了他的文化理想,表达了对于幸福生活的愿景。

一、人人平等的幸福愿景

对幸福生活的憧憬,常常是通过针砭时弊来暗示的。科贝特的《骑马乡行记》就有着强有力的社会批评功能,因而在广大的劳工阶层具有非凡的影响。自从1789年法国大革命之后,英国就一直受到革命思潮的猛力冲击,出现了各种激进的社团组织,它们为推进政治改革和社会进步做出了孜孜不倦的努力。科贝特就是激进社团组织的领袖人物之一,一生致力于提高劳工阶层的福利;他的激进主义思想是深刻受到了以潘恩为代表的左派激进主义影响的。1809 年,科贝特撰文抗议政府利用外国雇佣军对本国士兵施加肉刑,政府借机以"煽动罪"将他逮捕并投入监狱;出狱后,他于 1816 年写了小册子《致贫雇农书》,要求进行国会改革。小册子在一个月内就销售 20 万份,影响力惊人,迫使政府于 1817 年例外通过法令,要再度囚禁他。科贝特逃到美国,在那里撰写了《英国自由的最后百日记》,以揭露英国权贵的反动和腐败。两年后,他挑战一般地捧着潘恩的骨灰在英国登岸,①可见他对潘恩的崇拜程度。在《骑马乡行记》里,到处都闪烁着潘恩的思想。

科贝特在《骑马乡行记》里把劳工阶层的穷困与权贵阶层的富有做了鲜明的对比:一边是受尽煎熬的苦难,另一边是骄奢淫逸的生活。除此之外,他还在《骑马乡行记》里旗帜鲜明地点了一些他认为是与人民为敌的"坏人"的名,其中就有在 1798 年镇压爱尔兰人民起义,被通称为"卡斯雷/卡瑟尔瑞子爵"的英国大臣罗伯特·斯图尔特(Robert Stewart, Viscount Castlereagh, 1769—1822):

我记起了曼彻斯特的八月十六日惨案以及后来峨尔顿的公开验尸;我记起了我和妻儿二次横渡大西洋的情景,当时闪电二度打中了我们的坐船,但我仍然觉得它比我热爱的英国要安全得多……我记起了这些以及无数其他的事情,我从灵魂深处鄙视那些虚伪地叫喊"宽宏大量"的人,我一心只想牵着我这孩子的,得意洋洋地只给他看,说:你瞧! 这就是卡斯雷一命呜呼的地方!②

科贝特的这一段文字痛快淋漓,尤其是"你瞧! 这就是卡斯雷一命呜呼的地方!"这一句,表达了他对卡斯雷的极度仇恨。卡斯雷一贯对人民的起义和暴动绝不手软,采取残酷、凶暴的镇压手段,是当时人民痛恨的魔鬼。拜伦和雪

---

① 参见王佐良:《论威廉·科贝特的〈骑马乡行记〉》,《北京大学学报(人文科学)》,1963 年第 3 期,第 80 页。
② 转引自同上,第 82 页。

莱在多首诗歌中都指责过他。雪莱在《写在卡瑟尔瑞执政时期》里对他践踏生命的罪恶行径进行了毫不留情的抨击:"你是否听到死亡、罪恶/和毁灭欢度节日的喧嚣——/其中有财富行窃的嗯哨?/这是酒徒使真理瞠目结舌的狂欢饮闹/为你唱的赞婚曲调。"①如此激烈的抨击,正好也喊出了科贝特的心声。

《骑马乡行记》对劳工阶层的同情,以及对权贵阶层的抨击,实际上是要表达对幸福生活的向往,即对人人平等的生活的向往。换言之,在他有关幸福生活的愿景里,每个人都是生而平等的,不会有人压迫人、人剥削人的事情发生。支撑这一幸福愿景的是潘恩的思想。后者在《人权论》中指出:"所有的人生来就是平等的,并具有平等的天赋权利。"②可以说,"人生而平等,并具有平等的天赋权利"是一种伦理道德共同体的形塑和追求,它是一种思想的提出,旨在形成一种理想的道德规范,以防止任何人以权谋私,遏制任何谋取利益最大化的团体和个人。劳工阶层之所以生活贫困,在很大程度上是由于权贵阶级的过度贪婪,是他们的伦理道德失衡所造成的;这种对政府和权贵的伦理道德的质疑在《骑马乡行记》里比比皆是。在科贝特眼里,乡下虽然风景如画,人事则全非;天生的丰足,人为的贫困。到处是丰收的麦田,但是贫苦的农民却永远饥饿着。满山是膘肥的山羊,然而,苦命人虽然在羊群里消磨了一生,却连一根羊骨头也从未进过嘴巴。贫穷农民的住所仅仅略胜于猪圈,而吃的还不如猪。在泼顿斯顿,有五百户以上的穷苦人家,竟然连一条毯子也拿不出来。很多秀美的农村姑娘满身补丁,脸如死灰……手臂和嘴唇冻得发紫。乞丐充塞了道路和乡村。③也就是说,科贝特是通过现实生活中幸福的缺席来呼唤幸福生活到来的。

更值得称道的是,科贝特并没有停留在愿景描述这一层面,他还把在《骑马乡行记》中表达的思想付诸实践。为实现人人平等的理想,他致力于议会改革和宪章运动,为平民参加选举进入议会创造条件,并呼吁通过立法的方式,把原本就属于人民的自由和权力归还给人民。1815年英法战争结束后,英国

---

① 江枫主编:《雪莱全集》(第一卷:抒情诗),石家庄:河北教育出版社,2000年,第159页。
② 潘恩:《潘恩选集》,北京:商务印书馆,1982年,第140—141页。
③ 参见王佐良:《论威廉·科贝特的〈骑马乡行记〉》,第81页。

国内发生了严重的经济萧条,大量劳工失业或工资低微,难以维持生活。社会矛盾空前激烈,劳工暴动时有发生,这时科贝特敏锐地觉察到社会变革的契机即将来到。1816年11月,他发表《致劳工大众书》,呼吁劳工们放弃地下暴力活动,把斗争的重点放到争取议会改革上来,那才是维护他们社会权益的最佳途径。之前,只有社会精英才有权利参与国家的政治事务,而普通民众和百姓则根本无权过问。科贝特深刻地认识到,劳动人民之所以陷入贫困当中,根本原因是政府对他们强行征收苛捐杂税,而解决问题的关键"全在如何改革议会中的众议院或人民院,使每一个缴纳直接税的人都有权参加选举,并且应每年改选议会。"①他这种将"真正"的人民代表送入议会的议会改革思想在《政治纪事》周刊中屡屡出现,在社会上造成了很大的影响。19世纪,英国政府向报纸征收印花税,迫使其售价至少7便士一份,远远超出了劳工读者的购买力。然而,廉价出版物小册子不在缴纳印花税的范围之列,于是科贝特利用这个"漏洞"出版小册子,售价仅两便士的大众版《政治纪事》(被称为"Two-Penny Trash")得以传播,向广大的劳工阶层宣传了议会改革思想。这一策略取得了意想不到的成功,两便士的《政治纪事》创下每周四到五万份的销量纪录,超过了当时的《泰晤士报》。

另一个例子是科贝特关于"无代表权不纳税"这一原则的阐发。18世纪的英国激进派受到北美革命"无代表权不纳税"原则的启发,提出凡是缴纳直接税者有权参与政事的口号,为中等阶层争取选举权提供舆论支持。科贝特则根据"无代表权不纳税"的原则提出"消费税致贫"论,他驳斥了保守派所鼓吹的劳工因没缴纳直接税而无权参与公共事务的观点,认为事实恰恰相反:

他们称你们是暴徒、贱民、渣滓,是一大群猪猡,还说你们的意见等于零,公共集会完全不干你们的事。……收税员虽不曾直接向你索要税款,但是你使用并购买的很多物品都是征了税的。你们的鞋子、食盐、啤酒、茶叶、糖、蜡烛、肥皂、纸、咖啡、窗户的玻璃、砖头和瓦片、烟草,等等,所有这些以及其他日

---

① 科贝特:《告英国工人大众书》,《一八一五——一八七〇年的英国》,张芝联选译,北京:商务印书馆,1987年,第2—3页。

用品你们都是缴纳了税款的,即使是你们吃的面包也是纳了税的。在很多时候,你支付的消费税几乎高达物品价值的一半还多;而这些征税的税款都被用于供养领干薪的人!①

此处表达的观点跟《骑马乡行记》里表达的思想是一致的,都是为了唤醒民众的平等意识,进而以实际行动建设幸福生活。正因为科贝特为这一目标奋斗了一生,所以《布莱顿爱国者和利维斯自由报》(Brighton Patriot and Lewes Free Press etc.)曾刊登文章,强调科贝特的功绩在于他启迪了民众意识,促使劳动者自觉争取正当权利;因此,这篇文章还号召所有人对这位"穷人之父"致以敬意。② 可见,科贝特的影响是非常深远的。他把平等看作幸福生活的奠基石,这一思想内涵早已深深地融入了如今广为传播的文化观念。

二、怀旧与憧憬

在《骑马乡行记》中,对昔日美好时光的怀念,与对未来幸福生活的憧憬,是相互交织在一起的。如游记所示,科贝特进行的是一次深入"古老英格兰"的旅行,但是他的终极目的地却是未来的幸福生活。换言之,当他的一只眼睛盯着美好的往日时,另一只眼睛却盯着现实,更盯着未来。

在穿越乡村写游记的日子里,科贝特开始探究现存社会体制腐朽的原因,以及该体制重重矛盾的症结所在。对于科贝特来说,《骑马乡行记》不是在充满政治情调的寂静田园里散步,而是教育读者的一个良好契机。贯穿该游记的核心观点是:农耕经济和与之相对应的文化世界正在悄然消失,其政治原因要归咎于大都市(Great Wen)里那些寄生虫般的新势力及其财富积累。为了揭示并批判这一社会现实,科贝特把乡村作为最佳实地来考察,并用写游记的方法,一边鞭挞陋习恶俗,一边呼唤愿景以及实现愿景的行动。在《骑马乡行记》中,他还表达了这样一个观点:激进的政治改革可以让整个社会的劳工

---

① William Cobbett, *Selections from Cobbett's Political Works*(Vol. 5), ed. J. M. Cobbett and J. P. Cobbett, London: Anne Cobbett, 1836, 1-17. 转引自赵文媛:《威廉·科贝科与19世纪初英国激进运动》,《学海》,2015年第2期,第211—216页。
② 赵文媛、佟玉兰:《自由、权利和改革:威廉·科贝特与宪章运动》,《学海》,2012年第4期,第192—193页。

阶层获得得到回报的可能。① 1823年夏天,科贝特骑马从伦敦和萨里(Surrey)郊外来到苏赛克斯西部的农田,实地考察了那里的社会关系变化。他在韦斯伯鲁·格林(Wesborough Green)村子里观看一个当地妇女漂洗自家生产的手工纺织物时,联想到机器纺织业工厂主——那些商贸纺织工业的新兴巨头——是如何从这片土地上剥夺了人们应有的权利,从而认定那就是贫穷、悲惨的根源。在他笔下的格林村,到处弥漫着恐怖的凄凉,就像哥德史密斯笔下的荒村一样。他不断谴责新工业体制带来的阶级冲突,认为由国债所维持的金融上层建筑是为工业资本家等新兴寄生虫服务的,其代价是广大劳工阶层的贫困和痛苦。对于科贝特来说,在乡下,经济发展进程对脆弱的社会平衡的整体影响更为显著:②

> 乡下人失去了他们的部分自然职业。妇女和儿童本应该提供大部分用于制作衣物的纺织品,而他们现在却没有任何事情做。田野里原本一定会有男人和小伙子干活;原本有男人和小伙子的地方就必定会有妇女和姑娘;然而,当机器纺织业工厂主有了一批真正的奴隶之后,他们就剥夺了乡下妇女和姑娘的大部分工作;由于纺织业工厂主的缘故,他们失去了原来的职业,变得更加贫穷。③

这里展现的是工业革命时期,大型纺织工业置换了乡村传统手工纺织作坊后所带来的大量失业和贫穷的悲惨后果。科贝特此处流露的显然是转型焦虑,或者说是一种文化情怀。

科贝特把劳工阶层的贫穷根源归咎于工业革命,他认为大机器生产使劳动力过剩,人民因此失业,因此变得贫穷。同时代的马尔萨斯(Thomas Robert Malthus,1766—1834)却提出了不同的观点和看法,他在《人口论》里写道:"人口在无所妨碍时,以几何级数增加;生活资料,只以算数级数增加……自然法

---

① Benchimol, Alex, "William Cobbett's Geography of Cultural Resistance in *Rural Rides*," *Nineteenth-Century Contexts* 26, No. 3 (Sep. 2004): 257 - 272, 261.
② Ibid., 263.
③ William Cobbett, *Rural Rides*, London: William Cobbett, 1830, 61.

则的必然性,将限止此等生物于一定的界线之内。植物的种类与动物的种类,悉畏缩于这限制的大法之下。"①言下之意,人口的过度增长导致了广大贫民及其困苦的存在,这也是政府救济平民时普遍失败的根源。科贝特对马尔萨斯的观点嗤之以鼻,并在《骑马乡行记》里做出了如下驳斥:

  这正是周边国家和整个世界所嫉妒和羡慕的。两万个牧师、两万名以上的股票经纪人、四、五万个收税官、成千上万的全薪海陆军官,除此之外,还有无数的"死胖子"权贵们,他们都在那里热火朝天地忙着繁殖未来的"绅士"和"夫人";而这个时候,马尔萨斯却叫嚣着不准劳工阶层生育自己的后代。马尔萨斯在哪里?那个限制人口增长的牧师在哪里?他们开始羞于支持那个想要限制劳工阶层生育后代的家伙,他对靠公费养活的那些人的生育问题却只字不提。②

马尔萨斯是人口理论体系的首创者,他的《人口论》的基本内容是:人口增长速度具有超过生活资料增长速度的趋势,不加节制的人口增长会导致贫困、失业和社会动荡。他的这一理论在当时影响了一大批人,包括古生物学家达尔文、古经典经济学家大卫·李嘉图(David Ricardo,1772—1823)、詹姆斯·穆勒等。李嘉图对马尔萨斯的人口理论大加赞赏:"关于马尔萨斯先生的《人口论》,我在这里有机会表示赞扬,不胜欣幸。反对这部伟大著作的人的攻击只能证明它的力量。我相信它应有的声誉将随着经济学的发展而传播遐迩,因为它对于这门学科做了非常卓越的贡献。"③科贝特跟他们的观点针锋相对,认为所谓的"自然法则"实际上是少数冷酷统治者的意志,是他们为惩罚穷人而做的舆论准备,代表的是"盘踞在威斯敏斯特的选邑贩子的主张,他们勒令劳工缴税,让他们拼命为国效力。但当劳工遭遇贫穷和饥饿时冷酷地看着他们饿死,或者因他们为免受饥饿去抢食物将他们绞死"。④ 不管科贝特的观点是

---

 ① 转引自李难:《重评达尔文对马尔萨斯人口论的应用》,《自然辩证法通讯》,1980 年第 3 期,第 42 页。
 ② Cobbett, *Rural Rides*, 134.
 ③ 彼罗·斯拉法主编:《李嘉图著作和通信集(第一卷)》,北京:商务印书馆,1991 年,第 341 页。
 ④ 赵文媛、赵书红:《论科贝特的社会福利观》,《内蒙古大学学报(哲学社会科学版)》,2013 年第 1 期,第 47 页。

否正确,他的文化立场显然比李嘉图、马尔萨斯等人的更具同情心。

科贝特和马尔萨斯的争执说明,时代转型焦虑无时无刻地迫使社会精英们去积极探索一种愿景,即关于美好生活的一种构想、憧憬和愿望。在科贝特那里,他对愿景的憧憬是建立在对于美好、古老英格兰的怀旧——其实是一种想象——基础上的。他的怀旧式愿景是否合适呢?马克思和恩格斯曾对此做出了一个比较中肯的评价:

> 他提出了后来合并在国民宪章中的所有政治要求。然而从他的表述方式看来,这与其说是工业无产阶级的政治宪章,倒不如说是小工业无产阶级的政治宪章。因为在本能上和感情上是平民,所以他在理性上也很少超过小资产阶级改良的水平。只有在1834年,新的救济法颁布以后,威廉·科贝特才领悟到,跟大地主、银行家、国债持有者、国教僧侣的存在一样,大工业资产阶级的存在对于群众也是有害的。如果威廉·科贝特一方面这样地预先想到了现代的宪章运动,那么另一方面在更大得多的程度上他是顽固的约翰牛。他同时是大不列颠最保守和最激进的人物——他是老大英国的最纯粹的体现者和青年英国的最勇敢的创始者。他认为,英国的没落开始于宗教改革时代,而后来英国人民的衰落,则开始于1688年所谓光荣革命时期。因此,在他看来,革命不是向新的过渡,而是向旧的复归,——不是创作新的生活,而是恢复"美好的往昔时日"。①

不管怎么说,科贝特在《骑马乡行记》里揭露、抨击工业革命所带来的种种"弊端",对劳工阶层尤其是乡村民生疾苦和贫困表达深切的同情,这些都是值得肯定的。

总之,科贝特试图唤醒民众的平等意识,激励平民百姓立刻行动起来,勇敢地抵制新型的剥削方式,从而建设自己的幸福生活,这一切都是值得肯定的。至于他把中世纪乡村生活理想化的倾向,当然是值得商榷的,但这不是本书要讨论的主题。不管他描述愿景的方法是否正确,他借此化解转型焦虑的

---

① 转引自王佐良:《论威廉·科贝特的〈骑马乡行记〉》,第84—85页。

努力本身是对英国文化的积极贡献。

第三节
从《曼斯菲尔德庄园》看奥斯汀的幸福伦理观

"幸福"这一文化命题必然会牵涉伦理问题。就18世纪末至19世纪初的英国文学而言,简·奥斯汀的小说最具幸福伦理(ethics of eudemonia)维度,其中又以《曼斯菲尔德庄园》(*Mansfield Park*,1814)最具代表性。

关于《曼斯菲尔德庄园》,学术界的争论一直围绕着一个话题,即女主人公范妮为何始终拒绝嫁给亨利·克劳福德? 与此相关的是另一个热点话题:范妮配做楷模吗? 在众多解释中,最具影响力的出自瓦莱丽·温赖特(Valerie Wainwright)博士(意大利佛罗伦萨大学讲师)。瓦莱丽的影响力与其说得益于她的具体解释,毋宁说得益于她用以解释上述问题的关键词,即"幸福"和"伦理"。她揭示了《曼斯菲尔德庄园》(以下简称《曼》)的幸福伦理维度,并且指出在该书中"奥斯汀围绕'通情达理'这一概念,从正反两方面梳理了幸福伦理的内涵",而"作为概念,通情达理是启蒙道德观——尽管它有多层含义——的核心部分"。[①] 瓦莱丽所选择的研究角度让人耳目一新,但是她得出的具体结论却令人困惑——她认为"她(范妮)的推理深为好恶所左右",[②]"倾向于夸大并扭曲"他人的优缺点(夸大埃德蒙的优点,却贬低亨利的优点);就亨利而言,范妮对他有很深的偏见,因此后者"品格的任何善良迹象,都会被她打折扣或贬低"。[③] 言下之意,范妮不配做楷模。这样的结论,我们很难苟同。换言之,我们可以同样从幸福伦理角度入手,却得出与瓦莱丽相反的解释。正是出

[①] Valerie Wainwright, *Ethics and the English Novel from Austen to Forster*, Aldershot: Ashgate Publishing Limited, 2007, 61-62.
[②] Ibid., 62.
[③] Ibid., 74.

于这一理由,本节拟从同样的角度出发,探究范妮婚姻选择的原因,进而揭示其文化意义。

一、对启蒙现代性的回应

熟悉《曼》的读者都有这样一种感觉:"幸福"(happiness/felicity)一词会高频率地扑面而来。不仅平均每一页上都会出现,而且常常在某一页出现多次。例如,第 48 章(或第 3 卷第 17 章)倒数第 5—6 段(刚好一页的篇幅)里,就出现了 6 次。频率之高,强烈地烘托了《曼》的幸福主题:男女主人公埃德蒙和范妮历经坎坷,终成眷属,演绎了一个追求幸福的故事。在范妮和埃德蒙追求幸福的故事背后,是奥斯汀对启蒙现代性的回应。

事实上,瓦莱丽注意到了奥斯汀对启蒙现代性的回应。虽然她没有直接使用"启蒙现代性"(enlightenment modernity)这样的词组搭配,但是她的如下阐述表明她在关注同一个问题:"启蒙思想最吸引人的特征之一与确认幸福有关",而"简·奥斯汀回应的就是启蒙思想家一味顺从理性的心态"。[①] 此处所说的"幸福",显然是指"世俗幸福",这可以在美国加州州立大学的诺顿(Brian Michael Norton)博士那里得到印证:"对世俗幸福的确认,长期以来被视作启蒙运动的标志性胜利之一。"[②] 在启蒙运动之前,西方人的幸福观大都以天堂为旨归,只有上帝/神才掌握着人类幸福的钥匙,而随着启蒙运动的胜利,"世俗幸福逐渐被认作基本人权;在此之前,作为神学遗产的幸福观认为,人世间的一切只是预示了'天堂的极乐',而如今这一思想已经被彻底颠倒过来了"。[③] 这种从神圣到世俗的过程,可以被看作启蒙现代性的过程,就如汪民安所说的那样:"从 16 世纪开始,欧洲社会生活开始从神圣的超验领域退却了,它们越来越转向世俗的事务。纵向的天国逐渐被铲平,人们开始在地上横向地彼此观望。这种向俗务的实践性退却,同时伴随着观念领域的世俗化退

---

① Valerie Wainwright, *Ethics and the English Novel from Austen to Forster*, Aldershot: Ashgate Publishing Limited, 2007, 3-10.
② Brian Michael Norton, *Fiction and the Philosophy of Happiness: Ethical Inquiries in the Age of Enlightenment*, Lewisburg: Bucknell University Press, 2012, 1.
③ James F. Jr Jones, "Prolegomena to a History of Happiness in the Eighteenth Century," *French American Review* 6, No. 2 (fall 1982): 288.

却。这个从神圣到世俗的过程,一般被看作是启蒙现代性的过程,也就是说,欧洲从 16—18 世纪展开了启蒙现代性的叙事。"① 启蒙现代性作为一种现代哲学体系,固然有其积极元素,如科学、理性、主体和人本主义等,然而它"主要依赖科学理性,更贴切的说法是工具理性(instrumental rationality),指那种可计算性的逻辑推理。工具性把思想转化为物质、效率,为现代社会青睐,助长重物质实效和实证的现代价值。然而,对工具理性的依赖不能提供生命的意义,甚至会……排斥人类生存所需要的更深远的智慧"。② 作为启蒙现代性——即一种现代哲学体系——的核心命题,"幸福"被启蒙思想家们从"天堂"里拯救了出来,接上了地气,这本来具有十分积极的意义,可是由于启蒙思想家过度依赖工具理性,过分倚重体系化的思想,因此现代幸福观演变成了一种个人主观模式。用诺顿的话说,"启蒙运动热衷于个人对福祉的主观感受,切切实实地把幸福变成了一种规范性理想"。③ 问题也就随之而来了:强调主观感受的幸福模式隐含着一种危险,即幸福观念的认知维度和伦理维度开始分道扬镳——在传统幸福观中,两者是交融的。麦金泰尔对此曾经有过论述:在上述模式中,"责任和幸福的纽带逐渐被撕裂了……原先幸福定义中的满足感,要根据主导社会生活形态的标准来衡量,而如今幸福不再根据那种满足感来界定了,而是仅仅从个人的心理感受层面来界定"。④ 责任是伦理的核心要素,它一旦游离了幸福观念,后者的伦理维度也就不复存在了,这就是启蒙现代性的症候之一。

也就是说,在奥斯汀之前,就已经流行着一种有悖于传统的"幸福话语",它重视个人感受,轻视乃至无视个人对社会的责任。到了奥斯汀年代,这种情况愈演愈烈。出于对社会的高度责任感,奥斯汀在她所有小说中都对上述情况进行了反思。如马科维茨(Stefanie Markovits)所说,"在奥斯汀的小说中,幸福观的道德维度受到了威胁";反过来说,"幸福形式在奥斯汀的所有小说中

---

① 汪民安:《启蒙现代性》,《外国文学》,2005 年第 3 期,第 54 页。
② 童明:《现代性赋格:19 世纪欧洲文学名著启示录》,桂林:广西师范大学出版社,2008 年,第 6 页。
③ Norton, *Fiction and the Philosophy of Happiness*, 10.
④ Alasdair MacIntyre, *A Short History of Ethics: A History of Moral Philosophy from the Homeric Age to the Twentieth Century*, Notre Dame: University of Notre Dame Press, 1966, 167.

都得到了审视"。① 需要指出,在奥斯汀之前,针对"幸福话语"的文化批评语境已经形成。根据诺顿的研究,18 世纪的优秀小说——如约翰逊的《阿比西尼亚王子拉塞拉斯:一则故事》等——"无情地批判了同时代的幸福话语",② 也就是形成了对于后者的批评语境。奥斯汀的贡献,在于她介入了这一语境,并呈现了独特的批评话语,《曼》就是一例。

一言以蔽之,对"幸福话语"的批判,就是对启蒙现代性的回应。离开了这一点,就无从理解《曼》的深意。

让我们回到瓦莱丽的质疑:范妮配做楷模吗? 此一问,即伦理之问。《曼》中范妮、埃德蒙、亨利、玛丽和马丽亚都追求幸福,尤其是幸福的婚姻,但是他们衡量幸福的标准不同,追求幸福的方式也不同,这里面就有一个伦理问题。他们的结局也不同:范妮和埃德蒙终成眷属,获得了幸福,而亨利追范妮未果,转而引诱马丽亚私奔,最后陷入了痛苦的泥潭。瓦莱丽从幸福伦理的角度出发,发现亨利本来也应该获得幸福,其理由是"他(对范妮)的爱……含有获得拯救的希望",③ 可是范妮偏偏不够通情达理(参见本节引言),不给亨利任何机会,致使他以沉沦告终。前文提到,瓦莱丽曾强调通情达理是启蒙道德观的核心,而且"通情达理是良性参与所有人类福祉的基本前提"。④ 至此,瓦莱丽的推论已经相当清楚:既然范妮不够通情达理,也就未能满足幸福伦理的前提,因此她称不上楷模。然而,我们认为,范妮选择埃德蒙,而不选择亨利,恰恰是因为她通情达理;她的婚姻选择,恰恰体现了奥斯汀所提倡的幸福伦理观。为说明这一点,我们还得从瓦莱丽的发问谈起,即"为什么范妮·普赖斯连一刻都不考虑跟亨利·克劳福德的联姻"?⑤

二、责任是幸福伦理的内核

范妮为何连一刻都未想要嫁给亨利? 答案其实很简单:他俩的幸福伦理

---

① Stefanie Markovits,"Jane Austen and the Happy Fall Author," *Studies in English Literature, 1500–1900* 47, No. 4 (Autumn, 2007): 782–783.
② Norton, *Fiction and the Philosophy of Happiness*, 12.
③ Wainwright, *Ethics and the English Novel from Austen to Forster*, 69.
④ Ibid., 68.
⑤ Ibid., 55.

观不同。更具体地说,范妮的幸福伦理观伴随着一份责任感,一份对他人/社会的责任感,而亨利从来就没有这种责任感。

在他们相识的初期,亨利就给范妮留下了极坏的印象:他跟马丽亚(埃德蒙的妹妹)暗中调情,挑逗后者动了真情,却又不负责任地甩了她;范妮看在眼里,心生厌恶,这在书中写得明明白白(以她后来的回忆形式叙述):"克劳福德先生追求马丽亚·伯特伦时偷偷摸摸,阴险狡诈,背信弃义,这让她感到厌恶……"①不仅是对马丽亚,几乎是对所有的姑娘,亨利都带着玩世不恭的态度,这连他妹妹玛丽也不否认:"他时常打情卖俏,这很可悲。他把年轻女士们的感情世界搅得天翻地覆,可是他几乎一点儿也不在乎。我经常为此责备他,不过这可是他唯一的弱点"(336)。玛丽是在劝说范妮接受亨利时说那番话的。在她看来,玩弄别人感情只是小小的瑕疵,可是在范妮看来,却是不负责任的品德问题。关于这一点,范妮在与埃德蒙的一次交谈中说得很清楚:"我认为他完全不适合我,并非出于性情方面的考虑……我不赞同他的人品。从排练的那段时光起,我就不看好他了"②(324)。就是在那次排练期间,亨利玩弄了玛利亚的感情,从此也就封堵了范妮对他产生好感的可能性。换言之,如果亨利的幸福取决于范妮的认可,那么他一开始就已自毁前程——他那不负责任的行为,及其背后的幸福伦理观,与范妮的相去不啻天渊。

那么,范妮的幸福伦理观又是怎样的呢?她从小寄人篱下,在姨妈家长大,虽常常遭受委屈,却从小愿意担当。姨妈和姨夫对自己的四个孩子明显地偏爱,但是范妮从未有过怨言,而是始终不忘姨妈、姨夫的养育之恩,是家里承担家务最多的一个。她很早暗恋上了表哥埃德蒙,但是由于后者起先爱的是玛丽,因此她很好地隐藏了自己的感情,所做所言都为埃德蒙的幸福着想。直到埃德蒙和玛丽因价值观不同而分手之后,范妮才向埃德蒙吐露了心曲。也就是说,范妮的爱情观始终带有伦理成分;她深爱埃德蒙,却丝毫不去妨碍他和玛丽接近,因为她怀有对他人的责任感。特别值得一提的是,当她在(因埃

---

① Jane Austen, *Mansfield Park*, London: Penguin Books, 2014, 302. 本节相关引文均出自该书,以下引用只标注页码,不再另行加注。
② 关于此处引文中的"排练":范妮和亨利相识的初期,曾经跟埃德蒙、马丽亚和玛丽等人一起排戏,自娱自乐。

德蒙爱上了玛丽而)极端痛苦时,她还能对私心保持警觉,努力防止让爱情变得自私,并把这种努力视为责任:"她意欲克服所有过度的负面情绪,防止自己对埃德蒙的爱跟自私搭边,并觉得这是自己的责任"(244)。当她终于和埃德蒙牵手时,她考虑的也不仅仅是个人的幸福,而是周到地安排妹妹苏珊接替自己照顾姨妈(后者此时已经变得十分依赖范妮)。事实上,她从懂事那天起就一直为他人着想,即便是在拒绝亨利这件事情上,她也多半是为对方的幸福考虑——在姨夫要她嫁给亨利时,她给出的首要理由是:"我永远不可能使他幸福"(295)。也就是说,在范妮的爱情观和婚姻观中,责任和幸福的纽带是牢不可破的。更透彻地说,范妮的责任感是她获得幸福的基本保证,她的故事正好演绎了奥斯汀的幸福伦理观,或者说演绎了"责任"如何作为"最基本的伦理规则",①而正因为范妮遵循了这一规则,才获得了真正的幸福。

与范妮相反,亨利的情形则如麦金泰尔所说(参见上一小节第二段),责任和幸福的纽带全被撕裂了。当他跟妹妹玛丽谈论自己追求范妮一事时,就曾一语泄露天机:"要完成我的幸福"(274)。确实,他心里只想着自己的幸福。然而,他在范妮面前却显得只关心后者的幸福:"我不会谈我的幸福……因为我心里只想着你的幸福。跟你相比,谁还会更有幸福的权利呢?"(276)从上下文来看,这番表白完全是言不由衷的。类似的例子还有许多,如下面的描写:跟范妮交谈时,亨利会"滔滔不绝,表达爱心,索求回报"(278),并坚信"只要坚持,就能确保回报"(302)。这种以回报为前提的爱情/幸福观已经失去了伦理维度。前文提到,瓦莱丽曾强调亨利本应从对范妮的爱中获得拯救;言下之意,因为范妮不通情理,不给亨利丝毫机会,因而导致后者自暴自弃。然而,我们要问:亨利给范妮的是真爱吗? 诚然,亨利确实为范妮付出了许多,尤其是为她的哥哥威廉谋到了一个理想的职位,但是如上文所说,他这样做是为了索取回报。从表面上看,他在跟范妮交往期间,似乎比先前规矩多了——先前他走马灯似的换着女朋友,而这次却表现出空前的耐心。也许正是因为如此,瓦莱丽认为范妮若能投桃报李,就能帮助亨利改邪归正,从而获得拯救。如此推理,范妮似乎真不够通情达理,但是瓦莱丽未能追问一个更重要的问题:亨利

---

① 聂珍钊:《文学伦理学批评导论》,第 14 页。

的"爱"含有获得拯救的种子吗?假如范妮接受了他,他就会真的变好吗?要回答这一问题,就要看他追范妮是出于什么动机。假如他的爱是真诚的,那么瓦莱丽的立论或许还能成立,然而情形并非如此。如小说中所示,亨利追求范妮只是为了获取一种新奇的快感:"他一想到很快就能迫使她爱上自己,就从中获得了莫大的快感……先前他博取女人的欢心太容易了,而这次却有新鲜感,让他欢欣鼓舞"(302)。可见,亨利追求范妮,只是博取快感而已,或者说是为了寻求新的刺激——原文中"欢欣鼓舞"(animating)一语实为委婉词,无异于"感到刺激"。范妮看穿了这一点,因此不为所动,这恰恰说明她是通情达理的,而这跟她幸福观中的责任/伦理成分有关。

三、善于自省:幸福前提之前提

让我们再回到瓦莱丽的"通情达理"一说。如前文所示,瓦莱丽认为通情达理是良性参与所有人类福祉的基本前提。那么,怎样才能做到通情达理呢?奥斯汀又会有什么样的看法呢?瓦莱丽对此也有解答:"奥斯汀的读者必须直面一个问题,即人究竟能否获得自知之明,而自知之明则是通情达理的必要前提。"① 换言之,自知之明是人类幸福前提之前提。

根据上述标准,瓦莱丽断定范妮缺乏自知之明:"奥斯汀不可能欣赏'不跟自己做斗争'的心智",而范妮的心态深受(对于玛丽的)嫉妒、(对于亨利的)偏见和(对于埃德蒙的)偏爱的干扰,因此不可能"赢得能使自己思想完好无损的内心斗争"。② 言下之意,范妮不善于自省,即便有自省,也会受到嫉妒等情绪的干扰,因而达不到自知之明。事实果真如此吗?

首先,我们必须承认:就奥斯汀的主张而言,瓦莱丽是对的——奥斯汀确实主张人要不断自省,否则就不能自我成长。这一主张几乎体现于她的所有故事。例如,在《傲慢与偏见》中,达西和伊丽莎白都经历了一个自我怀疑、自我反省、自我改造的过程,而且其中夹杂着痛苦的磨炼。换言之,通往幸福之路,必须是以自省为前提的自我成长之路。奥斯汀并非这一思想的首创者,而是从伯克等先辈那里继承了这一思想。我们至少可以说,从伯克以降,自我怀

---

① Wainwright, *Ethics and the English Novel from Austen to Forster*, 25.
② Ibid., 26.

疑的精神构成了"英国文学乃至任何文学中最优秀的品质之一"。① 作为英国文学中最优秀的作品之一,《曼》也具备了上述品质。然而,按照瓦莱丽的观点,这一品质至少未能体现在范妮身上。我们认为,范妮跟伊丽莎白和达西一样,也具有善于自省的优秀品质。也就是说,瓦莱丽的工作只完成了一半:她敏感地捕捉到了奥斯汀的重要文化/伦理思想,并抓住了"通情达理"和"自知之明"这两个关键词,然而她百密一疏,竟对范妮的上述品质视而不见。我们若细读文本,就不难发现:范妮恰恰是不断自省、自我成长的楷模。伊格尔顿就曾注意到范妮善于反思,尤其善于使用"得体"(the decorous)这一尺度,即在为人处世方面力求"每个人的情感都得以照顾"。② 鉴于伊格尔顿未能提供具体的例证,我们有必要在下文举例说明。

我们前面其实已经给出了一个例子:范妮即使在暗恋埃德蒙而陷入极端痛苦时,也能努力"克服所有过度的负面情绪,防止自己对埃德蒙的爱跟自私搭边,并觉得这是自己的责任"(详见上一小节第三段)。这类例子并不在少数。在小说第 2 卷第 19 章中,范妮就有过一段深刻反省并自责的经历:姨夫托马斯爵士从安提瓜岛回家之后,见到范妮格外亲切,问寒嘘暖,这使她立即陷入了深思——她先前总觉得姨夫过于严肃,甚至希望他不要回家(即便是在阔别之后),而此时她发现"他原来是那么善良,而她却几乎没为他付出过爱心,为此她深感自责"(166)。实际上,反思和自省是范妮的生活常态。上文的第一例已经表明,她即便在极度痛苦时也会自省。我们还能找到她在极度快乐时反省的例子:范妮回朴次茅斯探望亲生父母期间,突然收到埃德蒙的来信,信中思念之情溢于言表,这使"范妮从未像现在这样想要喝一杯烈性浓酒,以此平复自己的兴奋"(411);然而,她随即想到此时的曼斯菲尔德庄园正遭受着打击(小女儿朱丽娅跟人私奔,全家人陷入痛苦),不由得审视起自己的情感及其合适程度。下面的这段反思意味深长:"她觉察到自己极其快乐,然而许多人却还在痛苦中,这可是莫大的危险。朱丽娅出走,这本是不幸,却给她带来这么大的好处! 她真害怕自己会变得麻木不仁起来……她居然未能合适地

---

① 陆建德:《破碎思想体系的残编》,第 191—192 页。
② Terry Eagleton, *The English Novel: An Introduction*, Oxford: Blackwell, 2005, 110.

分担家里人的痛苦。朱丽娅私奔了,给家里人带来了痛苦;相比之下,她感受到的痛苦却那么小,这让她错愕,让她震惊……"①(411)这难道不是深刻的自我剖析吗?正因为范妮善于自省,奥斯汀才让她最终走向幸福,可谓深意藏焉!

同样的意蕴还体现于其他几位人物的形象。更具体地说,在奥斯汀笔下,善于自省的人物能走向幸福,反之则不然。

先以托马斯爵士为例。他是一个典型的圆形人物,即品格、人生观经历重大变化的人物。刚接纳范妮时,他虽然声称"不会允许我的女儿们对表妹有丝毫傲慢",却马上又强调"她们的地位、财富、权力和前程将永远不同"(12)。由于这种深藏于内心的优越感,他在教育子女方面只注意表面修为,而忽视了内在品质的培养,以致孩子们(除埃德蒙之外)"完全缺乏自知之明、慷慨和谦卑等品质"(20),因而接二连三地出事:大儿子汤姆奢靡成癖,经常惹祸,女儿朱丽娅和马丽亚先后与人私奔,酿成丑闻。好在托马斯爵士最后学会了自省,"意识到了自己行为上的错误"(428),尤其是"深信自己在教育两个女儿方面的错误……他养育了女儿,却未教她们懂得自己有哪些首要责任,而他自己并不懂她们的品格和习性"(429—430)。得益于这些反省,托马斯爵士渐渐改掉自己身上的毛病,变得不那么傲慢(他开始对范妮、子女们一视同仁,而不再像先前那样在内心里有歧视),对子女们的教育也有所改善,从而家庭比以前和睦,他自己也比以前幸福了。

再以托马斯爵士的子女们为例。汤姆的生活作风曾经使他一事无成,屡屡受挫,还大病了一场。好在他吃苦以后能痛定思痛:"他经历了痛苦,终于学会了思考,而吃苦和反思这两种经历的益处,以前跟他是无缘的",他还"从不幸事件中学会了自责……变得本分起来,成了父亲的帮手,变得沉稳淡定,不再只为自己活着"(429)。此处,"经历了痛苦"以及"吃苦和反思这两种经历的益处"这两句含义深刻,暗示着(奥斯汀心目中)幸福的必由之路。这一思想还体现于两个女儿的不同结局:朱丽娅修补了给家人造成的损失(她跟情人正式成婚,并重新融入了曼斯菲尔德庄园),找回了些许幸福,而马丽亚却以沉沦

---

① 关于此处引文中的"好处":埃德蒙一家在痛苦中更想念范妮,更依赖她的安慰和帮助,故有"好处"一说。

告终。书中给出了这样的解释:朱丽娅比马丽亚"从小娇惯较少,受宠较少……从小所受教育还未让她变得无比自大,而自大则是十分有害的"(432—433)。换言之,马丽亚比朱丽娅吃苦更少,因而更没有自知之明,这便是她跟幸福绝缘的根本原因。异样的结局,昭示了同样的幸福伦理观:幸福须有自知之明,而未经痛苦,人难有自知之明。奥斯汀研究专家萨瑟兰(Kathryn Sutherland)有过如下评论:范妮贵有自知之明,而"自知之明要吃苦后才能获得"。① 这一评论可谓切中肯綮。

  责任、吃苦、自省和自知之明构成了奥斯汀幸福伦理观的要素。它们体现于《曼》的整体结构以及它的故事情节和人物形象上。奥斯汀通过小说叙事的形式,介入了针对"幸福话语"的文化批评语境,用诗性语言阐发了她的幸福伦理思想。在此后的文化观念中,幸福伦理这一内涵的比重逐渐增多,美国哲学家罗蒂(Richard Rorty,1931—2007)在表达伦理诉求时曾经呼吁"转离理论,转向叙事",②这一观点不无道理,因为小说叙事——尤其是《曼》那样的诗性叙事——往往比纯理论更能促进人类的伦理自觉,尤其能"重新描述我们自己,包括被传统的自我描述所掩盖的品质……"③就这一意义而言,奥斯汀早已走在了罗蒂等哲学家之前。

---

  ① Kathryn Sutherland, "Introduction," in *Mansfield Park*, Jane Austen, London: Penguin Books, 2014, xvii.
  ② Richard Rorty, *Contingency, Irony, and Solidarity*, Cambridge: Cambridge University Press, 1989, xvi.
  ③ Jil Larson, *Ethics and Narrative in the English Novel*, 1880-1914, Cambridge: Cambridge University Press, 2001, 8.

第七章

自我形塑与公共领域

在本卷第二章中,我们论证了作为共同体形塑的文化及其在英国文学中的表现。事实上,要透彻地讨论共同体的形塑,就必须讨论与此密切相关的"自我形塑"(self-fashioning)问题。实现共同体的任务最终要落实到共同体的每个成员;离开了共同体的个体成员,共同体是无法想象的。换言之,离开了自我形塑,也就无所谓共同体形塑。不过,英国文学家普遍关注自我形塑问题,那还是从18世纪开始的。

在本章中,我们把目光投向阿芙拉·贝恩(Aphra Behn,1640—1689)、弗朗西斯·伯尼(Francis Burney,1752—1840)和玛丽·渥特莱·蒙太古夫人(Lady Mary Wortley Montagu,1689—1762)这三位"漫长的18世纪"(the Long 18th Century)的代表作家。她们的写作角度、形式和风格迥异,但是都出色地探讨了自我形塑话题,搭建了"自我"与公共领域/秩序之间的桥梁。我们选择阿芙拉·贝恩作为本章的起点,这看似是一个时代错误(贝恩生活在17世纪),但是恰如黄梅先生所说,"贝恩的写作之于18英国小说的主体,是一个序篇和铺垫"。[①] 我们同样可以说,贝恩对"自我"的考察之于18世纪英国文学的"自我形塑"传统,是一个序篇和铺垫。

第一节
《奥鲁诺克》与文学公共领域中的秩序建构

后世学人对英国复辟时期作家阿芙拉·贝恩的评价,往往以引用伍尔夫

[①] 黄梅:《推敲"自我":小说在18世纪的英国》,第10页。

此言为始:"所有女性都应在长眠于威斯敏斯特教堂的阿芙拉·贝恩墓前献花……因为是她为女性赢得了说出女性所想的权利。"①此番推崇之言有两个关键词,即"女性所想""权利"。在伍尔夫看来,"女性所想"虽然客观存在,但一度是被边缘化的女性个体所为,并没有在社会中得到应有的尊重与认可。正是在贝恩借助文学创作的努力推动下,"女性所想"逐步得到英国社会的认可,成为后世女性与生俱来的"权利"。伍尔夫的观点在某种程度上与哈贝马斯在《公共领域的结构转型》中提出的文学公共领域相似,都提及个人书写与社会共识之间的关系。如当时众多作家一样,贝恩用作品参与建构文学公共领域,其代表作《奥鲁诺克》(Oroonoko,1688)可以看作贝恩本人将具有个人主体性特点的"女性所想"提升为具备社会公共性特点的政治"权利"之过程的文本载体。

根据哈贝马斯的观点,在18世纪语境下,"一种非政治形式的公共领域——作为具有政治功能的公共领域前身的文学公共领域已经形成。它是公开批判的练习场所,这种公开批判基本上还集中在自己内部——这是一个私人对新的私人天生经验的自我启蒙过程……政治公共领域是从文学公共领域中产生出来的;它以公共舆论为媒介对国家和社会的需求加以调节"。② 哈贝马斯认为,文学作品最初是作者本人个体经验的书写,具有私人性;等到作品出版,进入流通市场,成为众人阅读之作后便成为"公开批判的练习场所"之载体,进而积极参与了文学公共领域向政治公共领域的演变。在他看来,文学公共领域就是个人主体性与社会公共性之间互为建构的过程,而这也正是——如伍尔夫所说——贝恩的《奥鲁诺克》将女性思想诉求提升为政治权利的过程。可以说,贝恩在把一个发轫于个人及女性群体的理解付诸文学作品形式,推动文学公共领域建构的同时,将具有女性特质的思考升格为对既有社会秩序的校正与建构,这实际上是参与了前文所说的"文化对话"。

一、个人主体性与社会公共性之间

贝恩的代表作《奥鲁诺克》讲述的是一位黑人英雄领袖的悲剧故事。身为

---

① Virginia Woolf, *A Room of One's Own*, Orlando: Harvest, 1989, 66.
② 哈贝马斯:《公共领域的结构转型》,曹卫东等译,上海:学林出版社,1999年,第34—35页。

西非黑人国家科拉曼丁王位继承人的奥鲁诺克骁勇善战,班师凯旋之际前往为保护自己而牺牲疆场的老将军家中凭吊,与其独女伊默恩达一见钟情。不料,奥鲁诺克的爷爷(当权的国王)横刀夺爱,强娶伊默恩达,后因察觉自己的爱妾与继承人的情义难断而将伊默恩达卖到他地为奴。奥鲁诺克亦不幸被英国船长欺骗并拐卖到苏里南为奴,不料与伊默恩达相逢,并结为夫妻。为了让自己即将出世的孩子成为自由人,奥鲁诺克策动其他黑人奴隶起义。起义旋即失败,奥鲁诺克因听信白人劝诱而归降,不料蒙受当众被鞭笞的羞辱,决意以死相拼。为使妻子免受欺侮,他亲手杀死待产的伊默恩达,并因巨大悲痛而失去行动能力,最终被白人擒获,凌迟致死。

在小说中,叙述者以"我"的身份"见证"了奥鲁诺克的一生,并一再声称自己只是位忠实的记录者,所述之事完全客观属实。事实上,有学者认为贝恩将个人经历及个人主观所想写入小说之中,《奥鲁诺克》具备自传性质,这也意味着"贝恩对叙述者立场的兴趣转为对自己身为女性及作者之角色的审读";因而这部小说"标志着女性寻求文学权威之历史进程中的一个重要阶段"。[1] 不仅如此,越深入解读《奥鲁诺克》,就越有必要去"探求贝恩在权力结构及话语之中作为演员及故事讲述者的介入状况"。[2] 跟同时期及18世纪其他作者一样,贝恩在小说文本中分别以两个身份出现,即真实事件客观叙述者与个人所想主观阐述者。这两个身份自由切换,影响读者,随后将个人主体性与社会公共性有机融合,使自己的个性化观点被读者接受,随着受众面的扩大,进而影响社会发展进程。也就是说,在小说文本中,贝恩逐步让女性所想与社会既有的认可标准等同,随后,异于现有社会认知的女性所想归化融合,最终女性所想发展成引领社会共识的新权利。等同、融合、引领,这一过程见于被后人视为参与文学公共领域建构的诸多文本之中。

需要指出的是,无论是"我",还是主人公奥鲁诺克,都是"在老故事框架中出现的新时代的新人物",两者(乃至贝恩作者本人)是脱离了原有社会背景和

---

[1] Jane Spencer, "The Woman Novelist as Heroine," in *Oroonoko: Norton Critical Edition*, ed. Joanna Lipking, New York: W. W. Norton & Company, 1997, 214.

[2] Joanna Lipking, "'Others', Slaves, and Colonists in *Oroonoko*," in *The Cambridge Companion to Aphra Behn*, ed. Derek Hughes and Janet Todd, Cambridge: Cambridge University Press, 2004, 167.

社会位置的"被挪移"(displaced)了的人,因而文中少不了"一系列的身份混淆和矛盾百出的态度"。① 在小说中,主人公奥鲁诺克原为黑人国家科拉曼丁王储,其言行举止、思想意识却如欧洲贵族,但不幸落难,沦为奴隶;"我"则是欧洲名门之后,因缘际会来到苏里南,与奥鲁诺克为友,同情他的不幸遭遇。可以说,小说中存在三种异质文化,即欧洲文化、南美洲苏里南文化,以及非洲科拉曼丁文化。这三种文化的杂糅必然影响文中人物的自我认知与定位,同样也影响读者的理解与认同,因此在这部不同认知理念与故事情节并重的小说中,叙述者的文中评价成为文本解读的关键所在。②

欧洲、非洲、南美洲三种不同文化的并存,在文本中借助真实与虚构、开化与蒙昧、王权与自主、自由与奴役、荣誉与欺骗等对立层面来体现。奥鲁诺克先为王储,后为奴隶,贝恩以"王奴"这个矛盾修辞法昭示了既有的对立张力。

小说开篇声言,"我"是整个事件的目击证人,部分相关信息源自主人公奥鲁诺克本人自述(8)。③ 在雷纳德·戴维斯看来,《奥鲁诺克》的情节之所以引人入胜,是因为它虚实相间的特点:"对本作品而言,虚构与欺骗是核心所在。虚构层层累积,构成框架,随后又折回到自身,直至每一折返都揭示了揉入虚构的事实,虚构折回到自身而成为事实。"④现实对立的真实与虚构,如今揉在一起,难分彼此。这种杂糅并非孤例,既身为白人殖民者,又同情黑人遭遇的"我",以及既言行如欧洲贵族般高贵,却身为卑贱黑奴的奥鲁诺克,他们都如真实与虚构对立那样,是鲜明的矛盾统一体。但需要看到的是,贝恩笔下的这种杂糅统一,恰恰为个人主体性与社会公共性之间的融合创造了条件。

罗伯特·奇布卡曾根据小说开篇真实与虚构杂糅的特点,解读出与特定文学活动有关的焦虑,一种随性而来的焦虑,即事关文字、事件之创造、修饰和

---

① 黄梅:《推敲"自我":小说在 18 世纪的英国》,第 23 页。
② Spencer, "The Woman Novelist as Heroine," 215.
③ Aphra Behn, *Oroonoko: Norton Critical Edition*, New York: W. W. Norton & Company, 1997. 后文出自同一版本的译文,将随文括注出处页码,不再另注。
④ Lennard J. Davis, *Factual Fictions: The Origins of the English Novel*, New York: Columbia University Press, 1983, 110.

把控的焦虑:"叙述者用声言真实之语化解这种焦虑,但此举反而使人质疑小说真实、虚构以及贯穿其叙事的信任之基础。"①贝恩在文本创作中力图将"文中的女性叙述者表现为一位权威人士,她既客观,又富有同情心;既有与男性作家相等的权威,又具备从自身女性立场中获得的洞见"。② 贝恩借助叙述者所言,以及故事人物的刻画,巧妙地集个人特点与社会共识为一体,在当时未被认可的女性所想,以及被男性主导的社会权利这两个对立面之间构建了一座连接之桥;在文本中,则是以集非洲黑人种族特性与欧洲白人思维为一体的奥鲁诺克为对应。

身为黑人的奥鲁诺克首先在形体上具有欧洲白人特征,这是一种奇怪的糅合:"他非常高大,但是那种人们可以想象到的最完美形体:最著名的雕刻家也无法塑出一个能比此更让人赞叹的身躯……他的鼻尖上扬,是那种罗马人式的、而不是黑人的那种扁平。他的嘴唇具有最好看的形状,远非其他黑人常见的那种上翻厚唇。他的面庞整体比例与仪态如此高贵,恰到好处,以至于除其肤色之外,世间难有如此俊朗可意之人"(13)。在这段描述中,我们看到,贝恩对奥鲁诺克外形的欣赏不是因为他是黑人自己,而在于他具备白人他者的印记。本该使奥鲁诺克异于同种族黑人的特性,在贝恩看来则是使其脱俗于同类,成为与其自身卓越品性匹配的标识。

贝恩并不满足于按欧洲白人标准将奥鲁诺克仅从形体上予以定位,她更触及其思想深处。一位身处非洲热带丛林深处的黑人王储居然了解欧洲宫廷春秋,同情落难君主,深谙欧洲宫廷礼节:"他几乎知晓一切,好似读过很多书;他听说过并崇敬罗马人;他也听说过英国新近发生的内战,以及我们伟大君主那令人扼腕的辞世,并满怀情意,且以能想象到的、对不公正的憎恶之情谈及此事。他有着极佳优雅风度,以及如一位出身高贵之伟人的所有彬彬有礼。在他的本性中丝毫没有野蛮之气,全然行事得体,好似他是在某个欧洲宫廷接受的教育"(12)。贝恩笔下的奥鲁诺克符合欧洲的审美标准,且按宫廷优雅准则行事,普通黑人望尘莫及,如此一来,"这位本族'他者'被归化

---

① Robert L. Chibka, "Truth, Falsehood, and Fiction in *Oroonoko*," in *Oroonoko: Norton Critical Edition*, ed. Joanna Lipking, New York: W. W. Norton & Company, 1997, 231.
② Spencer, "The Woman Novelist as Heroine," 218.

为一位欧洲贵族"。① 这种情感认同的比喻让人不禁把奥鲁诺克视为"黑脸的欧洲思考者"。②

珍妮特·托德认为贝恩"与其说是一位有待摘除面具的女性,不如说是一位将无数面具叠加之人"。③ 她的这番评论道出了贝恩所用叙事技巧所在。可以看出,贝恩并不是借笔下文字还原一个真实的黑人王储,而是假借奥鲁诺克之形之想塑造自己的理想诉求。自己本真的面具、理想化的面具与故事主人公的面具层层叠加,这实际上是在单数的"我"与复数的"我们"之间架起了一座桥梁,其中的文化深意昭然若揭。在众多面具叠加的情况下,个人真实意图难以界定与察觉,我们只能从最上层面具的表象解读其明确指向,及其内在逻辑关系,而这正是作者的意图所在,即引导读者思考个人主体性与社会公共性之间的联系。

非洲黑人奥鲁诺克身上具备的欧洲白人贵族(或思考者)的显著特性,可以解读为两种异质特性的等同并存。不过,贝恩字里行间流露出从欧洲白人视角居高临下,俯瞰非洲黑人之感:"因此他具备世上所有的神异,以及武士的勇猛,他身上与身俱来之美,如此超凡,脱尘于自己身处的**无望种族**所有其他人,以至于他让那些并不知其秉性之人都感受到他的威仪,对其敬畏"(12)。我们从这段话中能读出贝恩的矛盾之处,奥鲁诺克首先是因自己黑人王储的身份吸引了"我"。在进一步了解到这位黑人的言行举止有过人之处时,"我"另眼看待,将其遴选挑出,把这位黑人种族的杰出人物视为自己的知己与同路人,在不顾及其身份与肤色而大加赞赏的同时,又提醒读者注意奥鲁诺克所在族群是一个"无望种族"。肤色既是"我"明辨奥鲁诺克优秀的凭据,又是"我"界定文明与落后、希望与无望的标准。

不可否认,无论"我"如何高看奥鲁诺克,他自始至终是黑人。奥鲁诺克既承载希望,具备欧洲白人特性,又身陷无望种族之中,这种矛盾性也正是贝恩

---

① Laura Brown, "The Romance of Empire: Oroonoko and the Trade in Slaves," in *Ends of Empire: Women and Ideology in Early 18th-Century English Literature*, Ithaca: Cornell University Press, 1993, 35.
② Michael Craton, *Sinews of Empire: A Short History of British Slavery*, Garden City, NY: Anchor Press, 1974, 252.
③ Janet Todd, *The Secret Life of Aphra Behn*, London: Andre Deutsch; New Brunswick: Rutgers University Press, 1996, 9.

身为女性的真实写照。对她而言,被边缘化的女性正如故事中的黑人,在整个群体遭受主流社会意识摒弃之时,其中的一位特殊个体符合主流社会意识的既有标准与界定。当我们意识到两种异质特性可以等同、并存于一个客体时,不禁会问:这在文本中是借助何种方式得以实现的?

二、个人荣誉与公共秩序

在小说中,贝恩是这样解释奥鲁诺克何以具备欧洲贵族异质特性的:"我们可能将此归于一位有智慧、有学识的法国人的眷顾。当他看到这位年轻黑人非常好学、聪慧过人、理解力强时,他认为成为其王室导师是件很好的事情,因此也就教授道德、语言及科学知识,并得到这位黑人的极大爱戴与尊敬。另一个原因是,奥鲁诺克班师回朝后,他爱在此处观察经商的英国人与西班牙人,不仅学习他们的语言,而且随后与他们进行奴隶交易"(12—13)。这段话在阐明具体客观原因的同时,也暗示了奥鲁诺克本人内心对欧洲文明的认可,否则身为黑人王储的他养尊处优,本无学习异质文化的动力。让故事叙述者"我"和其他人惊异的是,这位黑人身上具备欧洲文明成就的卓越品质:"这不免让人惊叹想象,他从何处得以如此熟稔人性……他何以有那种真正伟大的灵魂,那些关于真实荣誉的雅致理念、绝对的慷慨大度,以及能承载爱情、勇敢之最热烈的温柔"(12)。

奥鲁诺克在外形上的欧洲特性显而易见,在思想上的欧洲认同则是借助其对"荣誉"一词的推崇而为人所知。"荣誉"事实上构成了贯穿小说的主线。如劳拉·委瑞克所说,"荣誉问题,即为人如何坦荡可敬,行事如何光明磊落,是小说核心所在。该文本在受不同社会、文化脉络影响变化的同时,也阐明了这些变化"。[①] 需要看到的是,在当时的语境下,"荣誉等于某个'美德'的内在要素。作为外在情境及内在本质统一体的荣誉理念是根据地位进行社会等级分层的最重要辩词……它所坚称的是,社会等级不是偶然与随意的,而是对应、表述了某种近似的内在道德秩序"。[②] 在这位王储身上,高贵地位与个人道

[①] Laura Wyrick, "Facing up to the Other: Race and Ethics in Levinas and Behn," *The Eighteenth-Century* (Lubbock, Tex.) 40, No. 3 (1999): 206-218, 206.
[②] 迈克尔·麦基恩:《英国小说的起源》,第211页。

德匹配，并以其个人对荣誉的推崇为表现。我们也知道，奥鲁诺克身上具备的是与其本人同等级的欧洲贵族荣誉，可惜也正是欧洲贵族荣誉与非洲黑人身份之间爆发的戏剧性冲突，最终导致主人公的生命以悲剧结束。

奥鲁诺克及其随从轻信英国船长之言，在英国船队出发回程之际应邀上船饮酒欢聚，酩酊大醉之后，醒来发现自己转瞬之间被别有用心的英国人扣为奴隶。性情刚烈的奥鲁诺克决意带头绝食，船长不想白白丧失这批优质黑奴，便假说一时冲动，深感后悔，并许诺等船到岸时就释放他们。奥鲁诺克"其荣誉之感便是如此，他个人一生从未食言，更未违背庄重的诺言，因而瞬间就相信此人的话"(32)。他提出要对方取下屈辱的镣铐，并以自己的荣誉感发誓不反抗报复，英国船长满心疑虑。对此，奥鲁诺克说出了这番话："'这就是他必须遵守其誓言的所有义务吗？'奥鲁诺克回答道，'让他知道我以自己的荣誉为誓，若有违背，不仅会让我可鄙可耻，而且被所有勇敢诚实之人所不齿，这会让我自己永受惩罚之苦……没有荣誉感之人每时每刻都被更诚实世界之人鄙弃……违背自己荣誉誓言之人，他的上帝会和他清算'"(32—33)。奥鲁诺克身处的非洲大陆，并不存在萌发欧洲贵族荣誉的土壤，因为在欧洲思想体系中，贵族荣誉是与财产继承、阶层、智识、法律等综合因素汇聚的结果，这是尚处莽荒状态的非洲大陆所不具备的。此处的奥鲁诺克只是看到荣誉的表现形式，而且简单地将其等同于守信，并没有意识到他认同的欧洲贵族荣誉植根于财产所有权。当他被扣为奴隶，失去自己原有的财产时，还想靠"荣誉"一词与英国船长谈判，这不免令人悲哀。

当贩奴船靠岸，奥鲁诺克发现自己再次被英国船长欺骗时，"他只是用极为愤怒与蔑视的眼神看着船长，用自己的眼睛痛斥……'我受苦受难，这才真正了解了你，了解了你以之发誓的上帝，这真值啊'……他大声喊道，'来吧，我们为奴的同胞们，我们下船去，看看在即将踏上这片土地的新世界里，我们是否遇到更有荣誉感、更为诚实之事'"(34)。是荣誉感让奥鲁诺克轻信船长所言，且在明知被骗的情况下，他用"荣誉"一词所赋予的内涵来坦然面对，这实在是令从事贩奴罪恶行径的欧洲文明人汗颜。

与荣誉感相伴而行的是奥鲁诺克对自己当时身份的敏感，以及自知之明。买下奥鲁诺克的特雷夫里敬重奥鲁诺克，礼遇有加，这让后者不仅接受了为奴的事实，而且有意成为表率。当主人仍然让自己身着原来的华服时，奥鲁诺克"恳求特雷夫里给自己一身更符合当前奴隶身份的衣装"(36)。在苏里南这个南美洲新世界里，奥鲁诺克还被主人赐名为"凯撒"，成为统领当地众多黑奴的工头，而他也似乎愿意顶着这个罗马名字，成为束缚自身自由的奴隶制度的协助管理者。奥鲁诺克一直捍卫异质的欧洲文明荣誉体系，即便自己被其所骗，被其迫害。甚至在他有意起事之际，奥鲁诺克还让"我"宽心："他恳求我不要因此对其有所畏惧，因为他不会去做荣誉未曾明示之事"(42)。奥鲁诺克终于不堪奴役，举事起义，并在总结自己屡次被骗的同时，得出这样的论断："白人背信弃义，那个教他们欺诈行事的神也是如此"(56)，可是他不久又接受了劝降，再次受骗。

小说中的奥鲁诺克与其说是一位时运不济的悲剧王子，不如说是一位坚守自己内心荣誉感的殉道者。在他与白人打交道的整个过程中，举凡重要时刻，他都自主或不自主地选择顺从自己内心选定的欧洲荣誉原则，总相信与个人身份不匹配的荣誉原则可以让事情按自己的预期发展，虽屡次碰壁，但难改初心。我们在为奥鲁诺克的命运感到痛惜之时，也许未曾注意一个事实，即"在整个17世纪，'荣誉'一词的主要语义是其本义，并从'等级头衔'转为'品性良善'"。[①] 根据迈克尔·麦基恩的观点，17世纪社会变革催生了进步意识，并引发了事关荣誉的重新评估。奥鲁诺克曾经坚信的、与贵族等级地位匹配的荣誉在现实中已被重新定义，是由个人品性来界定的。贝恩笔下的这位黑人先为王族，后为人奴，他寻找自我定位的一系列戏剧性冲突全面阐释了新的荣誉定义，那么这定义背后的用意又是什么呢？

按照威廉·斯本基曼的解释，贝恩是想证明"历史正在她周边构建这样的场域，在传奇中具现的、正在消失的理想可以在历经变革的侵蚀后再次兴起，统领人类社会"。[②] 也就是说，动荡的历史变革未必会消解现有人类社会的理想与原则，反而会激发人们的内心向善，并对理想孜孜以求。这样的变革，为

[①] 迈克尔·麦基恩：《英国小说的起源》，第247页。
[②] William C. Spengemann, "The Earliest American Novel: Aphra Behn's *Oroonoko*," in *Oroonoko: Norton Critical Edition*, ed. Joanna Lipking, New York: W. W. Norton & Company, 1997, 202.

原本被边缘化的群体带来了重新界定自我的机遇。斯本基曼的这一解释有一定的道理。从小说的情节发展来看,虽然商业社会逐步侵蚀了古老的理想范式和荣誉原则,但是后者仍然留存于人间,并没有消亡。奥鲁诺克这一形象正好重新界定了荣誉原则,而荣誉自古以来就是秩序的基础。我们还应看到,讲述这一故事的是身为女性的"我",而那时的女性正"开始具化为作为美德之荣誉的场所及避难所",①这是否可以被视为"女性所想"正与社会政治权利融合了呢?这是否也就阐述了"我"对理想秩序建构的期待呢?

三、秩序的现实建构

如前文所示,贝恩笔下的奥鲁诺克既身为黑人,又思考如白人;既有王室风范,又屈居为奴。在这种表面的矛盾统一背后,贝恩通过这位王奴对"荣誉"的践行,以及随之而来的遭遇,揭示了新的道德力量,进而为随后的社会承认奠定了文化/思想基础。同时,贝恩借助叙述者的视角,巧妙地将身为女性的"我"及其所思所想与奥鲁诺克融合,让后者既有令人感佩的王者气概,又具备女性特质的温柔。事实上,贝恩驾驭叙述者声音的能力达到了炉火纯青的地步,这成为她本人为小说演变做出的重大贡献之一。②贝恩塑造的具有个人主体性的故事人物感动了读者,影响了社会共识,成就了具有社会公共性特点的新权利意识。奥鲁诺克为"荣誉"而蒙难,这看似个人的经历,但是在"荣誉"的背后是对理想秩序的诉求,这就使原本私人的经历进入了公共领域,也就有了文化意义。

奥鲁诺克的故事有两条主线:一是他对荣誉的践行,二是他对爱情的追求和护卫。这两条主线发展的始发点皆为"我",身为女性的叙述者的视角与理解,是她界定了这位王奴的故事价值与意义。苏珊·斯塔福斯曾有如是观点:"阿芙拉·贝恩的有生之年,关于女性本质,以及女性在社会中恰当定位的意识极为迥异,相应的主张彼此对立……贝恩对女性价值问题展开具有创造

---

① 迈克尔·麦基恩:《英国小说的起源》,第 251 页。
② Mary Ann O'Donnell, "Aphra Behn: The Documentary Record," in *The Cambridge Companion to Aphra Behn*, ed. Derek Hughes and Janet Todd, Cambridge: Cambridge University Press, 2004, 7.

性的探索。"①更具体地说,贝恩的创造性探索不仅涉及历史变革,不仅反映了个人美德成为荣誉的依托这一新现象,而且也涉及具体的叙述形式,即让具有顶天立地男子汉气概的奥鲁诺克在思想层面具备诸多女性特质。这样的创作手法本身就是对个人主体性与社会公共性之间复杂关系的探索。

奥鲁诺克对伊默恩达一见倾心,随后不久再次拜访:"有鉴于他的品性,没过多久,他就告诉对方,自己爱上了她。我常听他这么说,他吃惊地发现自己不知得了何种奇异启示让自己如此温柔,如此热切地表白,而他从不知道爱情,也从不擅长与女性为伴;但是(用他自己的话来说),最令他感到幸福的是,某种新奇的、在当时不为所知的力量指示着自己的内心与嘴唇,吐露了心曲。同样幸运的是,他还让伊默恩达感受到了他的热情"(15)。此处的奥鲁诺克并不是刚从战场凯旋归来的大英雄,而是一位初涉情场的少年郎,但有阅历的读者不免觉得这更像一位怀春少女在吐露心声。当伊默恩达接受了奥鲁诺克的爱情后,"他内心不知为恶,爱情之焰只为荣誉而起……特别是在那样的国度,人们只是尽其所能地去占有,针对女性的唯一罪行就是始乱终弃,让她陷于贫困、羞辱与苦难;这种恶德仅在基督徒国家里才有,那里的人们更愿意选择那没有德行与道德,仅为名义上的宗教,认为这就足矣。但奥鲁诺克并不是这方面的行家里手,因为他有正确的荣誉观念……他向她发誓,有生之年,她就是他唯一拥有的女人"(15)。不难看出,贝恩是在借奥鲁诺克之口,抨击现实中对女性的不道德行径,并为女性呼吁公平的待遇,这也让原本的私密爱情染上了公共色彩。

奥鲁诺克在新世界重遇心上人伊默恩达,有情人终成眷属。我们注意到,历经各种磨难、终获幸福的奥鲁诺克,此时关注的不再是爱情。甜蜜的爱情生活顺理成章地一笔带过。他现在关注的是自己家人的地位问题,忧心的是即将出世的孩子终将成为奴隶,尽管他自己在同样为奴的黑人同胞中享有极高的地位。也是在多次恳求无果的情况下,他率众奋起反抗,最终接受劝降。倍受屈辱之后,他决意实施最后的报复,但他明白自己必须做一个重要的决定:"他就像在往日比较幸福平和的时光里那样,带着伊默恩达一路走去,来到林

---

① Susan Staves, "Behn, Women and Society," in *The Cambridge Companion to Aphra Behn*, ed. Derek Hughes and Janet Todd, Cambridge: Cambridge University Press, 2004, 9-10.

中。他不住地叹气,默默凝视她的面庞,泪水止不住地流淌;许久之后,他坦承了自己的想法:首先是杀死她,然后是他的仇敌,最后是他自己。他也说到无法逃脱,因此她必须死。他看到妻子明白了自己的意思,甚至比提出此议的自己更勇敢、更热情地决意赴死。她跪下来,恳求他不要让自己被他的敌人蹂躏"(60)。我们看到,此时奥鲁诺克求死的意愿大于求生,因此他才会狠心夺去挚爱之人的生命;他对自由与平等的追求超越一切,因此他才不愿苟且偷生。

我们在认同这部著名作品"触及当时最迫切的政治、经济、意识形态事宜"①的同时,必须看到身为女性的贝恩将具有女性特性的所思所想,有机地融入男性悲剧人物奥鲁诺克,借助他完成了对当时社会掌权者的抗争,后者道德败坏,徒有"荣誉"地位。17世纪晚期至18世纪的英国,原先注重历险、探索和征服的男性英雄史诗传统形式正在新文化变革中被重新定义,贝恩的《奥鲁诺克》参与了这个转变过程,与其他文学作品一道构成了文学公共领域。小说由奥鲁诺克这一集王储与奴隶、男性勇武之气与女性特质思想为一体的人物形象,道出了在"荣誉"基础之上建构秩序的殷切期望,但又不得不接受严酷的现实。现实虽然严酷,愿景已然描绘。《奥鲁诺克》的悲剧性使"荣誉"成为匡正社会公义、重塑社会秩序的聚焦点,正是这一新秩序理念为18世纪文学公共领域的成形做了铺垫,在个人主体性和社会公共性之间架起了桥梁,从而充实了文化观念的自我形塑(身份意识、价值选择和道德修养等)和公共秩序等内涵。

第二节
文化传统与《伊芙琳娜》中的自我形塑

在18世纪文化观念流变和文学发展的脉络中,女性小说家弗朗西斯·伯

---

① Laura J. Rosenthal, "*Oroonoko*: Reception, Ideology, and Narrative Strategy," in *The Cambridge Companion to Aphra Behn*, ed. Derek Hughes and Janet Todd, Cambridge: Cambridge University Press, 2004, 153.

尼具有不可小觑的地位。伯尼擅长描写中上层女子的社会文化生活，其中以书信体小说《伊芙琳娜》(*Evelina*, 1778)最为典型。该小说的主题围绕女主角伊芙琳娜在心智和举止方面的完善而展开，因此经常被视为成长小说。成长小说在欧洲具有久远的传统，在英国文化观念发展的过程中也起到了重要作用。

西方学者爱泼斯坦曾经提出，《伊芙琳娜》"应该被视为女性主义的教育小说，它讲述不利的家庭出身如何逼迫着一位年轻女子学会变得有主见"。① 应该说，把《伊芙琳娜》视为教育小说的观点很有启发意义，但它并不是女性主义小说。伊芙琳娜的教育和教养问题是在传统淑女规范体系内进行的形塑与自我形塑，而不涉及严格意义上的女性主义观念。不管是将《伊芙琳娜》视为成长小说，还是教育小说，都有一个共同的观察点，即故事主角的成长变化。换言之，这部小说有一个重点，即描述伊芙琳娜在形成主体身份过程中的参与意识和具体实践。

就文化意义而言，自我形塑是一种有意识的确定身份和塑造自我的行动。近年来，新历史主义学者格林布拉特将自我形塑问题带到文学批评的显著地带。格林布拉特对自我形塑的定义如下："毕竟人有多重自我，那是一种个人的秩序，一种跟世界打交道的个性方式，一种被束缚的欲望结构，总有一些元素来有意图地对身份的构成和表达进行塑形。"② 在格林布拉特看来，自我形塑是一种跟世界交流的方式，社会个体需要发挥主观能动性去塑造身份。如果将《伊芙琳娜》放置在自我形塑与文化传统之间的结合处进行考察，我们可以辨析出叙事行为跟自我形塑之间的关系，进而讨论自我形塑在18世纪英国青年女子成长过程中的作用。有鉴于此，我们将在下文审视《伊芙琳娜》虚构叙事所表达的女子意志力和自我形塑行为，以此透视18世纪英国女子道德成长的历程。

---

① Julia Epsten, "Marginality in Frances Burney's Novels," in *The Eighteenth Century Novel*, ed. John Richetti, Cambridge: Cambridge University Press, 1996, 95.
② Stephen Greenblatt, *Renaissance Self-Fashioning: From More to Shakespeare*, Chicago and London: The University of Chicago Press, 1980, 1.

一、叙述"她的故事":《伊芙琳娜》与伯尼的自我形塑

在女性主义理论视野中,历史叙事讲述的是"他的故事"(his-story),具有父权制的特性,压抑女性的声音。然而,这种观点是女性主义兴起以后的产物,是我们回溯性地看待历史时的一种推断,因而未必适宜于还原《伊芙琳娜》等18世纪小说的意识形态语境。作为女作家,伯尼在18世纪英国文坛取得了现象级的成就,《伊芙琳娜》的小说虚构叙事其实也可以看作她的一种自我形塑方式。小说的兴起和女作家息息相关,然而她们的社会地位在当时却并不高。在18世纪的女作家群体中,伯尼的文学成就和声誉最高。安德鲁·瓦尼(Andrew Varney)曾经指出,18世纪女性作家的职业生涯会遇到巨大的压力和挑战,形形色色的社会偏见会影响女作家的心态与言行。[①] 伯尼开始写作生涯时,她同样遇到了那些无法摆脱的性别偏见,但是她通过自我形塑成为18世纪影响力最大的女作家。不仅如此,她还成了"塞缪尔·约翰逊的门徒、乔治三世王室的侍从女官,并嫁入贵族家庭,在拿破仑战争期间留居法国,见证了维多利亚女王时代"。[②] 伯尼是个多产的作家,出版了4部小说、8部戏剧和12卷本的书信和日记。她遵从了当时英国小说界的惯例,将主角名字作为书名,这本身表明小说关注个人的成长和自我形塑问题。

《伊芙琳娜》由两卷构成,第一卷包含31封信,第二卷包含22封信。伊芙琳娜出身贵族家庭,却因生母名分卑微而被家人嫌弃,跟监护人维拉斯先生(Mr. Villars)住在乡下。小说开始时,为了避免让她跟家人见面,维拉先生让她暂住霍华德夫人家,她因此获得机会去伦敦。伊芙琳娜在伦敦有机会逛公园,出入戏院,参加聚会,见识了时髦上流社会的种种生活。问题也就随之来了:自幼在乡下长大的伊芙琳娜根本不懂伦敦上流社会的礼仪和行为规则,无心之下触犯了很多礼仪规范。

伯尼将自己的性格和自传元素投射进了《伊芙琳娜》的文本。例如,伊芙琳娜的一些书信所描述的细节,就跟伯尼的人生经历有重合之处。对18世纪

---

① Andrew Varney, *Eighteenth-Century Writers in Their World*, Houndmills and London: Macmillan, 1999, 117-118.
② Peter Sabor, *The Cambridge Companion to Frances Burney*, Cambridge: Cambridge University Press, 2007, title page.

作家而言,"事实与虚构的疆界并非泾渭分明,他们往往在标题中将作品称为'罗曼史'、'历史'、极具迷惑性的'真实历史'或者'秘史'"。① 伯尼遵循了这个传统,她将小说副标题取名为"一位青年女士进入社会的历史"。在小说开头处,引出小说情节和铺垫框架的并不是女主角伊芙琳娜,而是霍华德夫人和维拉斯先生,他们之间的7封书信勾勒出伊芙琳娜的生平和处境。这样的叙事手法,其实是为了营造真实感,从而在读者信以为真的同时,更有效地引导她们效仿女主角,自觉地形塑自我。

二、书信中的自我形塑:《伊芙琳娜》的叙事力量

在18世纪的英格兰,端庄得体(decorum)是人们社会生活中的重要行为准则。就女子而言,她们在社交场合必须遵循一系列行为规范,在恰当的场合做恰当的事情,以保持行为得体,这是文化的巨大形塑力量。阿迪提指出,礼节"是某种技术性质的行为",是"自我约束和自我形塑"。② 伯尼和小说女主角伊芙琳娜一样,通过自我约束而走向道德上的成熟。在此过程中,她们的内心需要控制欲望,她们的外在言行需要得体,久而久之,就完成了自我形塑。

作为英国首都,伦敦是英国时髦社会的女子进行自我形塑的重要舞台。伯尼在1778年发表《伊芙琳娜》时,此风正劲,人们相信可以通过遵从某些特定的礼仪和规则来塑造自我和身份。在此历史时期内,洛克和休谟的哲学深刻影响了人们关于自我和身份的认知。洛克和休谟给英国人的哲学带来浓厚的经验相对主义传统,它一直延续到19世纪,被浪漫主义诗人所继承。③ 洛克和休谟的经验主义哲学在18世纪有巨大的影响力,促使伯尼及其同时代人相信自我并不稳定,身份可以被塑造和提升。她们可以通过主观能动性进行有意识的自我形塑。伯尼选择成为作家,以及她创作《伊芙琳娜》的行为,都可以视为自我形塑的手段。

---

① John Richetti, "Introduction," in *The Eighteenth Century Novel*, ed. John Richetti, Cambridge: Cambridge University Press, 1996, 1-2.

② Jorge Arditi, *A Genealogy of Manners: Transformations of Social Relations in France and England front the Fourteenth to the Eighteenth Century*, Chicago and London: The University of Chicago Press, 1998, 95.

③ Jerome Hamilton Buckley, *The Victorian Temper: A Study in Literary Culture*, Cambridge: Cambridge University Press, 1951, 15.

自我形塑跟文化之间有着无法割裂的密切关系。戈尔茨(Clifford Geertz)指出,"不存在一种独立于文化之外的人性",文化主要并不是"风俗、用法、传统、习惯等具体行为模式的聚合体",而是"一套包括计划、方案、规则和教导在内的控制机制,以此来管理行为"。① 自我形塑并不是社会个体的任意或者随机举动,而是一种由文化机制决定并塑造的个人行为。一旦伯尼决定当女作家,她就会发现自己身处某种特定的社会情境之中。到了伯尼所在的18世纪,期刊和报纸在英国兴盛一时,小说的兴起更使得文学市场蓬勃发展,可是在她之前并没有多少女性作家获得成功。对伯尼而言,当作家是一种自主选择的形塑方式,在当时做出这个选择需要勇气。

《伊芙琳娜》是书信体小说,写信人之间彼此形成社会关系网络。书信体小说是一个具有悖论意义的文学形式:对每封单独的书信而言,它是写信人的独白,是一种单向度的交流方式,写信人垄断与控制了信息交流的整个过程;而对于整部小说而言,众多书信之间形成对话与互动关系。书信体小说对于表达人物内心思想与情感有着得天独厚的优势,因此有利于塑造有深度的人物形象。伯尼运用书信体小说来塑造伊芙琳娜和多位女性人物角色,小说故事围绕女主角伊芙琳娜而展开,她是小说唯一的中枢所在。伊芙琳娜自己的书信在书中占了相当一大部分,其他人写的书信里,也是集中谈论她的情况。

《伊芙琳娜》从霍华德夫人跟维拉斯先生之间的通信开始。霍华德夫人透露了自己想带伊芙琳娜去伦敦的想法,之后伊芙琳娜自己给维拉斯先生亲自写信,请求去伦敦游玩儿,言辞恳切,态度得体(23)。② 这是伊芙琳娜第一次直接向读者展示自己的声音,是她直接塑造自我形象的行动。此时全书已到第8封书信,在此之前都是维拉斯先生和霍华德夫人的通信,他们在书信中一致称赞伊芙琳娜,对她的美德进行背书。伊芙琳娜生长在中产阶级家庭,自幼接受的是"淑女"规矩教育。在18世纪中期,英国开始盛行培养女子社会礼仪规范的各种行为指南。《女士伴侣:好女人的必备指南》(*The Lady's Companion:*

---

① 转引自 Greenblatt, *Renaissance Self-Fashioning: From More to Shakespeare*, 3。
② Fanny Burney, *Evelina*, London, Oxford and New York: Oxford University Press, 1970. 后文出自同一版本的译文,将随文括注出处页码,不再另注。

or, an Infallible Guide to the Fair Sex)出版于 1743 年,是此种较早出版的书籍,在当时非常流行。它为女士列出几种必备的美德:贞洁、谦逊,以及宗教上的信仰和虔诚、温顺、怜悯、和蔼。① 这些女子美德是相对固定的,其他此类书籍的观点基本大同小异。这些行为指南在 18 世纪和 19 世纪流行于英格兰,它们本身是主流意识形态和文化传统所塑造的产品,同时又对规范并指导社会成员的自我形塑行为起到了重要作用。

伯尼将《伊芙琳娜》写成书信体小说,每封书信的作者都可以在信中传递信息和个人权威。作为一种私人之间的交流方式,书信不仅可以交换信息,还可以在这种交流之中让写信人施展自我形塑的能力。伯尼跟 18 世纪众多英国小说家一样,深受理查逊书信体小说《帕梅拉》和《克拉丽莎》的影响。书信体小说通常使用第一人称叙述,写信人讲述所发生的事件时都经过了自己意识的过滤。书信体小说经常用现在时叙述已经发生的事情,带来现场即时感。读者在阅读体验中"通过人物的经验之眼观察一切,又可以直接接触人物微妙而复杂的内心思想"。② 自理查逊以来,不少小说家热衷于这种文学形式,其叙事方式适宜于凸显人物的内心思想和价值判断,而这些都是伯尼在《伊芙琳娜》中想要表现的重要维度。

伯尼在《伊芙琳娜》中塑造出青年女子伊芙琳娜的生活景象。伊芙琳娜、维拉斯先生、霍华德夫人、贝尔蒙爵士和弥尔凡小姐等人相互之间的通信都揭示出伊芙琳娜自我形塑的过程。这种讲故事的形式通常采用限知视角,每一封信都严格限定在写信人的认知和意识所能达到的范围之内,以期造成戏剧性冲突或者反讽效果。不同的叙述者从各自不同的角度讲述同一件事情,以此丰富故事的细节,构造出立体感和层次感。小说所有的情节叙述和人物塑造都是通过书信讲述的形式完成的,这也意味着写信人拥有对自己或他人进行形塑的权力。

---

① Lady, *The Lady's Companion: or, an Infallible Guide to the Fair Sex*, London: READ, 1743, 2-45.
② Shen Dan, *Narratology and the Stylistics of Fiction*, Beijing: Peking University Press, 2004, 260.

三、阶级与文化：自我形塑之力

任何个体成员都是文化共同体的一分子，对身份和形象的自我形塑过程都无法摆脱阶级和文化对其产生的形塑力量。作为一种集体和历史的力量，文化身份的形塑力量对生活在其中的社会成员产生无法逃逸的控制力。按照霍尔(Stuart Hall, 1932—)的定义，文化身份可以被视为"一种共有的文化、一种集体的'真实自我'，它隐藏在众多更浅表或者人为设定的'自我'之中"，也可以被视为"'成为'(becoming)与'存在'(being)的事物"。[①] 显然，霍尔的定义有两个部分，前者强调一个统一的文化身份概念，后者则承认差异，将文化身份视为动态过程。实际上，一旦将这两种看似矛盾的概念纳入形塑和自我形塑的范畴之中，它们可以同时共存。将文化身份视为统一性质和建构性质的存在物，是为强调文化的苏醒力量；将文化视为"成为"，将其与相对静态的"存在"进行关联，是承认社会个体成员所拥有的主体性和自我形塑能力。

对伯尼和她所在时代的人来说，18 世纪英国文化氛围塑造了他们的身份，决定了他们的生活方式，召唤他们在文化和社会中找到自身定位。同时，社会个体成员可以发挥主观能动性，在一定程度上自我形塑身份，这让文化认同的过程变得动态和灵活。伯尼的《伊芙琳娜》很好地展示了"存在"与"成为"如何共存的状态。在小说开头部分，伊芙琳娜的家庭背景信息确定了她的社会地位和阶级身份。维拉斯先生在信中提及伊芙琳娜的母亲出身中产阶级家庭，父亲贝尔蒙爵士则是贵族，后者不认她这个女儿，致使她只能住在维拉斯家里。维拉斯先生是中产阶级，因此伊芙琳娜自幼接受的是中产阶级文化教育。

在 18 世纪英格兰，道德是个极其重要的社会问题，对中产阶级而言尤其如此。随着期刊和报业的繁荣，文学市场不仅为人们提供娱乐产品，还成为教化中产阶级的社会平台，大量文人参与到塑造中产阶级文化认同与意识的工作之中。塞缪尔·约翰逊在 1750—1752 年间出版了 208 期《漫步者》，他在这本期刊上发表了多篇文章来讨论道德。伯尼是约翰逊的崇拜者，也是朋友，她甚至直接在《伊芙琳娜》的序言中对约翰逊致敬。在这个序言中，伯尼还提到卢梭、马里沃(Marivaux)菲尔丁、理查逊和斯摩立特等文学先驱(8)。自小说

[①] Stuart Hall, "Cultural Identity and Diaspora," in *Identity: Community, Culture, Difference*, ed. Jonathan Rutherford, London: Lawrence & Wishart, 1990, 225.

在英国兴起以来,很多作家都关注女子的道德生活,不管是力图塑造"好"或者"坏"的女性形象,他们在人物塑造过程中关注的重点都是道德问题。《伊芙琳娜》的女主角如同"笛福笔下的摩尔和洛克萨娜、马里沃笔下的玛丽安娜或者理查逊笔下的帕梅拉",或者说是她们的文学子嗣。[①]《伊芙琳娜》继承了《帕梅拉》和《克拉丽莎》对道德秩序的内在渴求,将青年女子的道德成熟和心理成长推至小说前景的中心。

  伯尼在书中向读者明示了自己的道德诉求,序言中有一首诗歌,其中第2节写道:"如果说在我心中美德熠熠发光/那是永不犯错的规则种下的果实/在您的引领之下,纯洁的火焰升起/您的生命,我的箴言——您的杰作,我的教导"(1)。由此可见,伯尼将"对美德的爱"视为"永不犯错的规则"。对美德的爱是小说的主要议题之一,归根结底这是18世纪性别意识形态塑形的结果,同时它又以小说虚构叙事的话语形式强化了这种意识形态。小说开始之时,维拉斯先生和霍华德夫人在书信来往中描述了伊芙琳娜的生活境况。伊芙琳娜自幼被当作"淑女"来教养,她知道如何在行为和仪表方面保持得体,这从她写信给维拉斯先生请求跟霍华德夫人去伦敦一事中可见一斑(23—24)。伊芙琳娜之所以在伦敦表现出不得体的行为,是因为她不懂当地社会特定的礼仪规范,而不是因为她不懂英国淑女通行的美德与规范。对大多数女子而言,她们无法抗拒性别意识形态的形塑作用,或者说无法抗拒"道德凝视"无休止的监视。福柯曾使用"全景式凝视"来解释权力与控制的运作机制:在监视的系统内部存在"一种监督的凝视,在它的作用之下,每个社会成员最终都会将其内化,成为自己的监视者,因此每个人会对自己施加自我监视"。[②] 福柯的理论很好地解释了女子如何将男人的凝视内化成自己的意识。作为一种帮助社会成员塑造身份的集体力量,18世纪英国主流意识形态已经编制好相应的道德准则,为"淑女"设下了相应的定义。简而言之,"淑女"是女德的理想人格,是用来规训青年女子言行举止的文化符号。

---

  ① Edward Bloom, "Introduction to Evelina," in *Evelina*, London, Oxford and New York: Oxford University Press, 1970, xviii.
  ② Michel Foucault, *Power/Knowledge: Selected Interviews and Other Writings, 1972-1977*, Hertfordshire: Harvester Press Limited, 1980, 155.

《伊芙琳娜》是书信体小说，在小说虚构叙事的框架下以原始档案的形式揭示不同写信人的态度、情感和价值判断。伊芙琳娜在书信中不仅描写了所闻所见，还记录了她的所思所想。写信时，她应该知道写下这些文字将带来的结果，她写的每一个字都将被收信人阅读，这也意味着她的写作行为和思想将时刻暴露在书信阅读者的视察之下。伊芙琳娜心思单纯，幸而有维拉斯先生等监护人给她提供庇护与指导，使她在道德方面远离危险与不当行为。伊芙琳娜的大部分书信都是写给监护人维拉斯先生的。在其中一封书信中，她讲述了自己初次遇见奥维尔爵士之时的紧张和担忧。当时弥尔凡小姐告诉伊芙琳娜，那位先生是个贵族，伊芙琳娜觉得"很吃惊"，甚至有些自惭形秽，担心奥维尔爵士会认为自己"是个乡下人……对人情世故一窍不通，因而总是担心会做错什么事"(30)。从这段内心思想的描写，可以推断出伊芙琳娜对自己身份和行为有着深深的焦虑，她想要知道伦敦的社交习俗，在人面前言行得体。换言之，伊芙琳娜十分清楚公众凝视的监视作用，愿意服从道德与习俗的塑形作用，从中我们可以瞥见个人主体性/能动性和社会公共性之间的微妙关系，或者说在文化层面上的交互作用。

四、道德情感的文化形塑作用

在 18 世纪的英国，女德涵盖了虔诚、顺从、谦虚、贞洁、得体等行为规范。"在伯尼等女作家笔下，体现了帕梅拉和阿米丽亚等那种一脉相传的'女德'实际上代表了一种与当时的男权秩序有诸多共谋关系的特殊的女性主义，其特征是多情善感与理性'算计'并重，'柔弱、顺从'的'假面'与实质上争取、维护女性利益的目标共存"。① 父权制社会确实对女子施加了无所不在的巨大的塑形作用，社会主流意识形态对她们进行规训，使其进入"好女儿""好妻子"和"好母亲"的角色。在父权制社会中，通常认为男人诉诸理性，而女人诉诸感性；女人被视为在行动上更情绪化。在 18 世纪下半期，随着大卫·休谟和亚当·斯密道德理论的盛行，道德问题便跟情感问题日益形成犬牙交错的关系。

---

① 黄梅：《双重迷宫》，北京：北京大学出版社，2006 年，第 410 页。

伯尼极有可能读过休谟的《英格兰史》,[①]对亚当·斯密则无疑非常熟悉,因为斯密在1775年加入塞缪尔·约翰逊俱乐部,而伯尼又是约翰逊的好友。在18世纪70年代,斯密凭借划时代的巨著《国富论》(*The Wealth of Nations*,1876)成为英国上流社会名人。伯尼在1778年发表《伊芙琳娜》,进入约翰逊博士的朋友圈。斯密的另一本书《道德情操论》深刻地影响了18世纪英国人的美学和道德判断。对斯密而言,同情心是道德的核心要素。斯密的理论推动了情感主义文学思潮在英国的发展。

伯尼无疑受到英国主流文化关于情感和道德概念的影响,这鲜明地体现在《伊芙琳娜》之中。然而,《伊芙琳娜》在本质上却是反情感主义的,这让它在18世纪后半期的英国小说中显得较为另类。当伯尼写作和发表《伊芙琳娜》之时,英国文坛正流行情感主义潮流。情感主义的核心价值判断是把情感视为道德能力的证明。因此,充溢的同情心和情感往往被视为道德良知的外在表征。情感主义拒绝理性逻辑,也不甚喜欢城市生活,而是偏向感性与乡村生活。在当时流行的情感主义思潮中,《伊芙琳娜》显得格格不入,它主要描写大都会伦敦和其他城市的生活,而且书中大多数人物经常谈论的是"理性"。"理性""合理""不合理"等表述方式在书中出现了90多次。

在第20封书信中,伊芙琳娜讲述了她去德鲁里皇家剧院看喜剧的经历。表演结束以后,奥维尔爵士提到或许女士们不喜欢喜剧。弥尔凡上尉听了大声说道:"什么? 我觉得它情感不够,要不就是它太好了,她们欣赏不来。我认为这是英语世界里最好的喜剧,里面包含的巧智比所有新剧里的加起来还要多"(80)。弥尔凡上尉是退休海军军官,性格开朗,口无遮拦,经常让家人难堪。他的话从侧面证明当时情感主义在英国社会极度流行,被用作评价戏剧质量的重要因素。《伊芙琳娜》中的人物总是将情感与道德关联在一起,他们对此有着清醒的认识。

伯尼抛弃了唯同情心是崇的心理,将注意力转到道德情感的其他问题,如

[①] Tara Ghoshal Wallace, "Burney and Dramatist," in *The Cambridge Companion to Frances Burney*, ed. Peter Sabor, Cambridge: Cambridge University Press, 2007, 66.

"行为的合宜""判断力的基础""认同与不认同的情感""道德品格",等等。①《伊芙琳娜》将重心放在道德情感之上,却没有滑入情感主义的窠臼。女主角伊芙琳娜在成长过程中逐渐完善自己的道德情感,她的言行是社会文化与习俗规范形塑的结果。道德情感是伊芙琳娜施行自我形塑主体行为的稳定器,将她牵引到正确价值判断的方向。

从历史的观点来看,对那些生活在18世纪英国的女子来说,遵从生活的既定秩序并无不妥之处。她们通常没有机会参与到政治、经济或者其他具有公共性质的正式事务之中。小说的兴起为妇女们提供了一种参与社会公共空间的极佳途径,小说写作成了女作家形塑自己身份的重要方式。伯尼是英国女性作家的先驱,她和《伊芙琳娜》之间的关系可以视为一种双向的自我形塑。《伊芙琳娜》让伯尼得以讲述"她的故事",并借此对自己进行形塑。《伊芙琳娜》充满了道德意识,主要人物如维拉斯先生、霍华德夫人和弥尔凡夫人都严格恪守道德行为规范。不仅如此,即便是反面的人物也了解道德规范。例如,杜瓦尔夫人、布兰顿家的人说话与行事时都对"道德"念念不忘。她们的品位与行为都是基于自己持有的"正确"道德观,当然后者完全不同于当时社会中上层阶级的主流价值观。这并不是她们忽视或者蔑视道德,而是她们的道德价值判断偏离了社会主流标准,因此才会给旁人带来不适的感觉。

伊芙琳娜和其他女性角色都自觉地意识到了自身行动的自我形塑功能,遵从道德情感和举止规范,这其实是对文化传统和共同体的认同。同时,她们又用隐蔽的方式来规避道德力量的压制,将其作为她们形塑自我身份的渠道。《伊芙琳娜》的小说虚构叙事为伯尼提供了空间,让她展示自己对18世纪英国道德和风俗的个人阐释。书信体小说的构造形式将伊芙琳娜的叙述声音前景化,她价值判断的微妙变化是自我形塑意志力和文化传统的形塑力共同作用的结果。

---

① See Adam Smith, *The Theory of Moral Sentiments*, Cambridge: Cambridge University Press, 2002, v.

第三节
蒙太古夫人书信中的女性自由愿景

自我形塑离不开自由诉求。对18世纪的英国广大妇女来说,自由还只停留在愿景层面,而描述这种愿景的使命很自然地落在了优秀文人的肩上。玛丽·渥特莱·蒙太古夫人①就出色地承担了这一使命。

蒙太古夫人是英国历史上最著名的女性:她将种牛痘的方法引入英国,拯救了无数人的生命;与之齐名的是她的书信。她的传记作者刘易斯·吉布斯(Lewis Gibbs)这样说道:"在英国历史上,提起玛丽夫人(Lady Mary)这个称呼,人们只会想到一个人,那就是玛丽·渥特莱·蒙太古夫人,这是一种殊荣。"②蒙太古夫人的童年恰好处在一个不太鼓励女子读书的时期,或者说连读书的自由都不多的时期。在更早的伊丽莎白时期和王政复辟时期,人们认为才智和知识是女子的点缀,因而鼓励女子适当地读书并获取知识,而更晚一些的热衷于读书和文化讨论的蓝袜社(Blue Stockings Society)时代尚未到来。17世纪末玛丽·阿斯特尔(Mary Astell)女士曾认为有必要开办女子大学,但被理查德·斯梯尔在《闲谈者》中嘲笑,直到200年之后她的愿望才得以实现。当时甚至有这样一个谣传:安妮女王拿出了1万英镑,想开办女子大学,但后来打消了念头。③ 在实际生活中,蒙太古夫人时常有这样的感觉:对于她的学识,即便是同性也往往会因为嫉妒而十分反感,甚至厌恶。④ 尽管环境不利,但是蒙太古夫人对教育和才智十分看重,她在回忆录中写道:"如果不是母亲过

---

① 本节一般称其为"蒙太古夫人",如有必要特指婚前的蒙太古夫人,则称其名"玛丽"。
② Lewis Gibbs, *The Admirable Lady Mary: The Life and Times of Lady Mary Wortley Montagu*, New York: William Morrow, 1949, 5.
③ George Paston, *Lady Mary Wortley and Her Times*, London and New York: G. Putnam's Sons, 1907, 13.
④ Ibid., 4.

早亡故的话,我本可以得到更好的支持和教育,但沉迷玩乐的父亲(正如其他绅士一样)不觉得自己在教育子女上需要过于关注,因此她[指玛丽自己]的教育完全靠一个老家庭女教师,她尽管人很好,却对我缺乏足够的信任。"① 她流连于父亲的图书馆,以过人的记忆力和勤奋自学了法语、拉丁语和其他科目。这种自学的经历使她更懂得自由的珍贵,因此当她跻身文坛之后,比他人更自觉地担当起了描绘女性自由愿景的使命。她笔下的愿景多以书信形式呈现。

一、18 世纪的女性身份和自由状态

蒙太古夫人的文字第一次出版是 1709 年。作为一位对读书有着浓厚兴趣的知识女性,她乐于看到人们能读到她的文字。然而,问题也就来了:像她这样出身名门贵族的女性,如果将自己的文字出版,是件大失身份的事情。② 当时英国文学界正处于传统的恩主制和新兴图书出版市场交替的时代,出版文字被认为是一种商品,是买卖交易的对象,一向被贵族所看不起。因此,玛丽尽管很早就开始尝试着自己写点儿东西,但为身份所限,她的文字只能在贵族圈中私下传递,而不能印刷出版。她曾鼓起勇气,翻译了爱比克泰德(Epictetus)的拉丁文诗歌《生活的艺术》(*Enchiridion*),并寄给了索尔兹伯里主教。尽管诗中有不少的文法错误,但对一位自学拉丁文的女子而言,这已属难能可贵,因此主教对她的回复也不无鼓励。女性从事创作,在当时最有可能的方向是小说。小说被认为是来自法国和西班牙的时尚,前有阿芙拉·贝恩,后有范尼·伯尼,但蒙太古夫人出身于上层贵族,因此她的文字出路更加有限。

不仅女性从事文学创作是新出现不久的现象,就连"女性"的这一社会身份概念也是 18 世纪才出现的。在此之前,女性仅仅被作为一个生理概念来对待,而不是一个社会群体类别。人们在提及某位女性时,最主要的身份标签是她的宗教信仰和政治派别,最后才会附带性地提及"女性"。甚至现代的女性生理概念也是 17、18 世纪的产物。此前人们受古希腊罗马著名医生盖伦

---

① Paston, *Lady Mary Wortley and Her Times*, 4.
② Anita Desai, "Introduction," in *Turkish Embassy Letters by Lady Mary Wortley Montagu*, ed. Malcolm Jack, London: William Pickering, 1993, xxv.

(Claudius Gelenus)的影响,认为男女生殖器基本上是一样的,唯一的区别在于男性生殖器暴露在外,而女性生殖器藏于身体内部。盖伦认为,由于女性生殖器隐藏在内,以此产生的"生命热力"(vital heat)较男性为少,所以在身体结构上女性不如男性完美。① 这跟《圣经》中上帝取亚当肋骨来创造夏娃一说有相似之处。《圣经》也好,盖伦也罢,都没有对男女的生理构造进行本质区分,而只是在程度和细节上提出女性不如男性完美。由于这种对两性生理结构本质差别的无知,人们在社会话语中也不对女性单独加以区分,而是和男性一起作为同一个社会群体,因此传统上总是以更为重要的社会身份——宗教派别和政治派别——作为区分个体的标签。《牛津英语词典》标注"阴道"(vagina)和"阴茎"(penis)都出现于 17 世纪晚期。也就是说,直到这时,两性器官才被冠以单独的名字,被认为有着本质上的区别。② 另一个类似的例子可资参考:一直到了 18 世纪 50 年代,科学家才普遍接受女性有着和男性不同的全身骨骼结构。③ 随着自然科学领域对两性生理差别的研究逐渐深入,女性这一概念也逐渐从更为宽泛的人/男人的概念中独立出来,这才使女性在社会话语中成为单独的一个群体概念成为可能。到了 18 世纪末,女性的社会概念基本上已经建立起来,成为独立于宗教、社会地位、政治之外的另一社会标签,人们普遍认为她们具有共同的生理、情感、性格、态度、行为等方面的特点,这些特征综合起来构成了女性社会概念的基本内容,而 18 世纪流行的行为手册(conduct book)和教育理念则进一步强化了这一概念。

从社会意义上看,女性作为新兴出现的社会群体,被根深蒂固的父权制所压制。中产阶级女性和下层女性以往还经常参与家庭的生产劳动,对家庭的经济收入具有不可忽视的贡献。然而,随着社会劳动分工的不断发展和中产阶级的兴起,尤其是英国商人阶层的崛起,生产场所从家庭逐渐转移到更专业、更大规模的手工坊乃至工厂,女性从生产劳动中逐渐剥离出来。正如 18 世纪英国文学专家南希·阿姆斯特朗(Nancy Armstrong)所说,女性的社

---

① Robyn Warhol-Down, Diane Price Herndl and Mary Lou Kete, eds., *Women's Worlds: The McGraw-Hill Anthology of Women's Writing*, Boston: McGraw-Hill Higher Education, 2007, 226-227.

② Ibid., 227.

③ Ibid.

会功能不再是生产劳动,而是为人妻母。阿姆斯特朗把那时候的妇女称为"新家庭女性",①其特征是有效、勤奋和节俭。沃霍尔-唐等学者也指出,新中产阶级女性和上层贵妇不同,后者主要是通过时尚和家庭装饰来展示自我,而中产阶级女性则比较谨慎,有着抹杀自我的存在感,在公共领域几乎是到了隐身的地步。② 事实上,无论是新中产阶级女性,还是上层贵妇,她们都处在从属于丈夫和家庭的被动地位,缺乏自身独立的存在感,缺乏可以进入社会公共场所的渠道。不仅如此,她们对于婚姻和家庭也没有多少可以选择的权利。恋爱婚姻在当时仍然是非常少见的,多数的婚姻都是基于双方的金钱和财产安排。就像蒙太古夫人在渥特莱向自己父亲提亲之后说:"我这个身份的人就像奴隶一样被贩卖,我不知道我的主人[父亲]给我打上多少钱的价码。"③正是在这样一个女性缺乏自由的社会,蒙太古夫人的人生传奇和书信以其包含的对自由愿景的描述,打动了读者的心。

  蒙太古夫人出身名门,以她的出身门第不愁一个好的婚姻归宿。她的三个妹妹后来都嫁给了伯爵。她有一次在安·渥特莱家里遇到其兄渥特莱·蒙太古,为他良好的素养和古典文学造诣所吸引,一直保持书信来往,以至于到了 22 岁的时候,仍然拒绝了她父亲安排提议的夫家。行动一向十分谨慎的渥特莱·蒙太古向她父亲(金斯顿伯爵)提亲之后,由于没能在财产分配的问题上达成一致,求亲陷入僵局。这时玛丽以十分罕见的勇气给渥特莱写信,提出要和他一起私奔。这一颇有浪漫意味的计划在几经周折之后终于实现,代价则是金斯顿伯爵至死都没能完全原谅女儿。玛丽其实平时是一个十分温顺、相当正统的女儿,尽管她在学业和学识上十分突出,但她仍然十分害怕父亲的权威。因此,出身名门的玛丽私奔,这在当时上层圈子里掀起了轩然大波。不管怎么说,玛丽的经历至少给那些无力追求自身自由和幸福的女性带来了某种感同身受的慰藉。

---

① Nancy Armstrong, *Desire and Domestic Fiction*, Oxford: Oxford University Press, 1987, 53.
② Warhol-Down, Herndl and Kete, *Women's Worlds*, 228.
③ Paston, *Lady Mary Wortley and Her Times*, 74.

二、《土耳其书信集》的自由愿景描述

蒙太古夫人关于所描述的自由愿景，多见于她最负盛名的《土耳其书信集》(*Turkish Embassy Letters*)。

18世纪许多有闲阶级女性花费大量时间在读信和写信上。由于出门对女性来说是件大事，往往要先受到邀请才能成行，而且还涉及马车、男性陪同等复杂的事务，因此更为简单方便的社交方式——书信——就在女子生活中发挥了重要作用。这在18世纪的许多小说中都可以体现出来，如理查逊的《帕梅拉》《克拉莉莎》，以及范尼·伯尼的《伊芙琳娜》，还有奥斯汀的许多小说。

不仅如此，书信还是一种游走于私人空间与公共领域的文体。书信往往同时承担着两种功能：处理公共事务和联系私人感情。许多家庭购置和商业活动是通过书信来完成的，如蒙太古夫人就经常收到请她代为购买某些物品的信件，而许多人家聘请仆人也是通过信件完成的。书信还毫无疑问地承担着联系私人感情的功能。这两种功能往往不同程度地交织在同一封信件中。此外，书信这种公私混杂的特点也体现于书信的公开出版。凯萨琳·舍韦娄(Kathryn Shevelow)指出，早期期刊往往包含了读者来信(尤其是据称为女性读者的来信)，这些公开发表的女性信件从内容上界定了何为私人领域，而其得以公开发表则表明了私人领域的内容如何通过以女性身份和视角讲述自身的故事，合法地进入社会公共领域。[①] 更重要的是，蒙太古夫人和其他在女性文学史上更为常见的中产阶级女作家在身份上有着明显差异。她的身份和阅读背景是农业社会背景下的17世纪贵族文化，但18世纪英国的社会转型使得中产阶级文化开始逐渐成为主流文化，旧有的贵族文化不再是社会的标杆。在这样的社会背景下，蒙太古夫人采用书信体这一带有私人色彩的文体，来坚持自己在公共领域的存在，[②]其实是颇具探索意义的举动。它折射出贵族女性在社会转型期面对新旧文化/行为规范的交替所导致的焦虑，以及试图化解焦虑的努力。这正好跟文化观念的两大内涵——"转型焦虑"与"愿景描述"[③]——

---

① Cynthia J. Lowenthal, *Lady Mary Wortley Montagu and the Eighteenth-Century Familiar Letter*, Athens and London: Univeristy of Georgia Press, 2010, 4.
② Lowenthal, *Lady Mary Wortley Montagu and the Eighteenth-Century Familiar Letter*, 10.
③ 殷企平：《西方文论关键词：文化》，《外国文学》，2010年第3期，第77页。

相契合,因而也是《土耳其书信集》吸引了一代又一代读者的重要原因。

18世纪上半期的英国,社会文化价值观随着中产阶级的崛起,处在变动和重新整合之中。与此同时,图书市场开始冲击传统的恩主制,加上期刊的出现和蓬勃发展,上层阶级在社会文化价值观上的标杆地位逐渐丢失,而上层女性在"女性"观念兴起这个特殊前提下,更是面临着多方面的冲击所造成的焦虑。她们搁浅在17、18世纪文化教育转变的断层之中,缺乏足够自由去追求个人愿望,而蒙太古夫人的书信以对自由高度关注的视角,描述了土耳其贵妇生活的不同之处,许下了在异国他乡的美好愿景,从而部分化解了读者的文化焦虑。尽管蒙太古夫人的信件是私人文字,但是我们不能将其简单地当作一位贵族妇女的闺房私语,而应将其视作拥有广大受众的社会话语来看待。从这个意义上讲,蒙太古夫人的土耳其信件为广大读者描绘了一幅得以暂时摆脱英国社会束缚的自由愿景。阿妮塔·德赛(Anita Desai)在为1993年威廉·皮克林版的《土耳其书信集》作序时指出,该书的成功原因之一是这段时间让她得以部分摆脱英国社会对她的局限,不带偏见地去观察一个崭新的世界,而这个崭新世界对蒙太古夫人及其读者们最大的吸引力在于女性的自由状况。①

蒙太古夫人爱好古典教育,但她并不是一个喜欢掉书袋的女人,而是以常识著称。她的判断一向非常实用、准确、睿智,在女性自由的问题上,她对金钱的根本作用看得十分清楚,而她本人的经历更是让她对女性的财产权十分敏感。她父亲对自己几个子女的婚姻安排完全取决于金钱。儿子威廉尚未成年,就被安排娶了约翰·霍尔(John Hall)的私生女蕾切尔·贝恩顿(Rachel Baynton),其原因无非是霍尔的巨额财产。蒙太古夫人的丈夫渥特莱更是一个钻到钱眼里的人——虽然他并不缺钱。他在结婚前后年收入大约是500英镑,但有一次他预计自己的收入将要减少,于是努力削减开支。他向好友艾迪生吹嘘,他6个月只花了50磅也活得很好。在政治生涯不得志之后,他唯一的爱好就是聚敛财产,死后留下了80万英镑的现金,以及年租金达1万7千英镑的土地遗产。

因此,玛丽一向都对金钱十分敏感。她明白自己未能给渥特莱带来任何

---

① Desai, "Introduction," xxxi.

嫁妆,因此把持家本领发挥到了极致。吉布斯在传记中写道:"事实证明,这个会读拉丁文的女人同样也是一个能干而且温情的母亲,并且天生懂得如何节俭,这点一定让渥特莱十分满意。她懂得如何持家,而且愿意展现自己的这项才能。她考虑家里从哪儿购买啤酒,计算出买现成的啤酒其实比自己酿要更节省;附近的屠夫卖给他们的牛肉太贵了,而且还少称。"[1]

正是在上述背景下,蒙太古夫人对于土耳其女性可以拥有自己的财产感到十分吃惊和羡慕。她清楚地认识到,经济独立是女性得以享受自由的根源。她在一封信中说道:"你可以很容易猜到在这个国家忠贞的老婆数量实在太少。她们无须担心情人的鲁莽,也不用担心丈夫发现自己出轨之后的怒火;这些有钱的贵妇们口袋里有自己的钱。如果她们离婚,这些钱仍然是属于她们的,而且还要加上丈夫们应给的一份。"[2]相形之下,英国女性没有自己的财产权,一旦结婚,她们所有的财产都归丈夫,离婚之后也就不可能拥有自己的任何财产。因为缺乏独立的财产权,所以英国女性完全依赖于丈夫,无论丈夫是如何对待妻子的。因此,蒙太古夫人在另一封信中总结道:"土耳其贵妇们也许是全世界最自由的贵妇了,她们也是世界上唯一可以不受打扰地享受生活乐趣,而无须任何操心的女性;她们所有的时间都花在串门、洗澡等让人快乐的开销上,还花在发明新的时尚上。如果一个丈夫要求妻子生活节俭的话,就会被人认为神经不正常,妻子们花销的唯一底线是她们自己的想象力。丈夫的任务是挣钱,妻子的任务是花钱;这一高贵的特权一直延伸到哪怕是最卑贱的女子身上。"[3]

土耳其女性和英国女性在当时有一点是类似的,即婚姻的基础是财产而非爱情。正是在这样的背景下,蒙太古夫人感慨万千,因为她发现土耳其女子尽管对自己的婚姻做不了主,但婚后却可以有很大程度的自由去追逐自己的爱情。尤其触动她心弦的是对约会地点的介绍:"他们最常见的约会地点是在犹太人的店铺,这些店铺非常适合这类约会,其名声之坏,就像我们英国的印

---

[1] Lewis Gibbs, *The Admirable Lady Mary: The Life and Times of Lady Mary Wortley Montagu*, New York: William Morrow, 1949, 71.
[2] Mary Wortley Montagu, *The Letters and Works of Lady Mary Wortley Montagu*, Vol. 1, ed. Lord. Wharncliffe, London: Henry G. Bohn, 1861, 299.
[3] Ibid., 361.

度人之家一样。"①当时在伦敦有不少印度人的房子,女主人往往为了挣钱,把房屋短期租给饱受相思之苦的情侣们使用。蒙太古夫人出身名门,必须非常谨慎地考虑自己的名声,因此在和渥特莱先生恋爱时,为找一个合适的见面地点都要煞费苦心:"印度人之家太容易见光了,也不适合长时间的谈话,我会周二在六七点之间在戈弗雷·克内勒(Godfrey Kneller)爵士家等你。"②她甚至还曾借用过艾迪生的家,作为约会地点。可见,对于蒙太古夫人这样的贵族小姐来讲,名声和严格的社会道德规范具有相当的约束力。她们的婚姻很少能够建立在真正感情基础之上,婚姻之外想寻求真情则更加不易。

土耳其的风俗是妇女出门必须戴上纱巾,对此蒙太古夫人和现代女性主义者的理解完全相左:她认为这正是土耳其贵妇得以自由追求爱情的保证,而女性主义者则认为这是社会对女性的束缚。蒙太古夫人描述道:

无论什么地位的女子,必须戴上两块纱巾才能上街;一块将除了双眼之外的所有面部遮起来,另一块将整个头饰部分包住,并一直垂到她的背部,而她们的身材则完全用一个她们称为"头巾"(ferigee)的东西遮起来,这也是她们出门必备的……您可以猜到这些东西很有效地隐藏了她们的身份,让你分不出谁是贵妇,谁是她们的奴隶。即便是最有嫉妒心的丈夫,在大街上遇到了他的老婆也绝对认不出来;而没有男人敢在大街上尾随或是碰触女性。这种掩盖出行的做法给贵妇们极大的自由,她们可以按照自己的心愿而不被人发现。③

这就是蒙太古夫人对于土耳其贵妇宽松的婚姻生活如此称赞的原因——她的用词是"完全的自由"(entire liberty)。④ 蒙太古夫人兴致勃勃地描述这一习俗,传递给那些仍然生活在严格约束下的国内女性读者们,这实际上是许下了一个愿景:在未来的英国,女性们应该享有同样的自由。

---

① Montagu, *The Letters and Works of Lady Mary Wortley Montagu*, Vol. 1, 299.
② Ibid., 128.
③ Ibid., 299.
④ Ibid.

蒙太古夫人并不认为土耳其女性在各方面都很优越,她的书信也记录了土耳其社会中的性别歧视,尤其是公共场所对女性的排斥。她尖锐地指出,在土耳其,女子的重要功能是生育并抚养后代,因此,女子丧夫后会很快再嫁,否则就会被人看不起(原因是她没有尽到应有的社会功能)。另外,未婚而死也会受到鄙视,其原因也是她们没有尽到自己的责任。① 更重要的是,土耳其人认为,男子死后会进入天堂,享受天堂美景,而女子死后只能进入低一级的地方,虽然那里也同样有快乐。② 她还提到女子的功能在于生育,而不是治理国家或打仗。土耳其在对男女的墓葬上也有很大的区别。男子死后墓碑可以极尽装饰之能事,而女子的墓碑就只能有一个朴素的柱子,没有任何装饰。③

蒙太古夫人还观察到,土耳其社会对女性在不同场合有着非常不同的要求,严格区分私人领域和公共空间。女性在家中可以非常随意,她们在家中有自己单独的居室,这些屋子有厚重的窗帘遮挡隐私,她们可以穿着非常低胸的衣物,这和公共场合包头裹身的穿着完全不同。④ 另外,在土耳其女性生活中占有重要地位的浴室里,她们可以脱去所有衣物。浴室不仅仅是洗浴的地方,更是女性的社交场所。在蒙太古夫人第一次好奇地参观土耳其浴室的时候,那里的人试图像对待土耳其贵妇一样,脱去她全身的衣物,这让习惯了英国风俗的蒙太古夫人难以接受,因此婉言谢绝了。

在18世纪,由于母亲往往要承担孩子的教育,因此中产阶级的女性大多都识字,但她们所受的教育不包括更多智力和想象力的培养。不过,对于蒙太古夫人这样出身上层社会、家庭氛围又比较宽松的女性而言,她们有接受更广泛教育的可能性,可以从父兄的图书馆或是家庭教师那里读到不少书籍。到了18世纪下半期,女性教育在某种程度上变得更为狭窄和保守。据说,著名女作家范妮·伯尼曾经拒绝过约翰逊博士要教她拉丁文的好意,理由是觉得它太过于男子化。⑤ 与此相比,蒙太古夫人的教育观点在当时比较激进。她在

---

① Montagu, *The Letters and Works of Lady Mary Wortley Montagu*, Vol. 1, 329.
② Ibid.
③ Ibid.
④ Fatma Miige Gogek, *East Encounters West: France and the Ottoman Empire in the Eighteenth Century*, New York and Oxford: Oxford Univeristy Press, 1987, 46.
⑤ Warhol-Down, Herndl and Kete, *Women's Worlds*, 230.

信中写道：

> 老实说，世上再没有比英国那样瞧不起妇女的了。男人包办政府我没有意见；不让我们有权也使我们避免了许多劳神的事和危险的事，也许还有犯罪的事……因此对我们妇女所处的服从地位很满意。但是我认为不让我们有研讨学问的乐趣，以为研究对男人可以提高品德，对女人却只能妨害品德，这都是极不公正的。人们以极端的无知教育我们，并千方百计扼杀我们天赋的理性；假如知识超出了保姆所教导的，这种知识就得藏起来，其无用犹如开采的黄金。①

半年之后，她在给女儿的信中又写道："亲爱的孩子，你讲的大外孙女的情况使我非常满意。我听了特别高兴的是她数学好；这是理解力强的最好证明。"②从这些语句不难看出，蒙太古夫人十分重视教育和知识，她能看到女性同样有理性的天赋，同样有经过努力获得高深知识的能力，而这些知识最终能够不断提高女性的能力，使她们有可能摆脱作为花瓶和象征的命运，过上一种更有自主性和自由度的生活，在男权体制下钻出一条窥见自由图景的缝隙。

综上所述，蒙太古夫人书信的重要价值不在于严谨的社会学考察，而是作为文学文本展示了不同于当时社会的另一种生活状态和生活方式。如果说把文化界定为"生活方式"是20世纪艾略特和威廉斯等人在理论上的贡献，③那么蒙太古夫人用书信文学这一方式为文化观念的相关内涵做了铺垫。她的书信揭示了摆脱（非正义社会）环境桎梏的可能性，描绘了自由的生活愿景，或者说把私人的细致观察转化为公共领域的话语，转化成了改造社会的文化能量。她的这一贡献构成了英国文学与文化观念互动史上的重要一环。

---

① Montagu, *The Letters and Works of Lady Mary Wortley Montagu*, Vol. 2, 242. 译文引自周珏良：《周珏良文集》，北京：外语教学与研究出版社，1994年，第537—538页。

② 同上，第538页。

③ 分别参见 T. S. Eliot, *Notes towards the Definition of Culture*, 31; Raymod Williams, *Culture and Society*, London: Chatto and Windus, 1958, 130.

第八章

风俗喜剧中的通俗文化因素

18世纪戏剧的风行,其背后既有时代的变革和社会的转型,也有文化观念内涵的发展和充实。换言之,在此时的英国,作为文化观念内涵的生活方式、伦理道德关怀、心智培育和共同体形塑,跟戏剧的通俗化发生了值得关注的联系。

说到18世纪的英国文学,人们往往首先想到小说的兴起。事实上,此时的戏剧也发生了重大变化,这固然跟作家们创新的愿望(越来越多的戏剧家表达了摆脱莎士比亚戏剧模式的愿望)有关,但更与时代的变迁和文化生活的需求有关。这一时期的优秀剧作家首推艾特利吉(Sir George Etherege,1636—1692)、威彻利(William Wycherley,1641—1711)、康格里(William Congreve,1670—1729)、谢里丹和哥德史密斯,他们向传统的戏剧形式挑战,使英国戏剧发展成为具有鲜明时代风格的风俗喜剧,同时与文化观念的发展形成了互动。《风流人物》(*The Man of Mode*,1676)、《她但愿能如愿》(*She Would If She Could*,1668)、《乡下女人》(*The Country Wife*,1672)、《造谣学校》(*The School for Scandal*,1777)以及《屈身求爱》(*She Stoops to Conquer*,1773)等风俗喜剧都充满了普通百姓喜闻乐见的诙谐、幽默内容,在给观众提供心智培育的同时,还让他们的生活方式发生了根本的嬗变。我们在此专辟一章,探寻英国风俗喜剧的来龙去脉,以期觅得文化观念流变的若干轨迹。

第一节

风俗喜剧与通俗文化

18世纪的英国由于17世纪的资产阶级革命,不仅在政治经济体制上得到革新,而且在人的文化观念和与之密切相关的文学艺术上也发生了改变。文学是思想意识的载体,任何时代的文学都毫无例外地是特定个人在特定时间、地点的特定经验的反映,它从问世那一天起就与社会文化联系在了一起。社会、文化以及人的观念的嬗变从某种意义上来说,就是那个当下意识形态的嬗变,也就是文化在一个新时代的体现。18世纪的英国虽然在文学上似乎没有取得像文艺复兴时期的巨大成就,但仍然在心智培育、伦理道德和生活方式等方面发生了很大变化,这在风俗喜剧当中表现得尤其明显。

一、风俗戏剧与通俗文化

社会存在决定思想意识,并对思想意识的形成和发展起到了很大的促进作用。16、17世纪以来,英国在工商业和海外拓展方面发展很快,海外贸易的发展和对殖民地的掠夺为新兴资产阶级带来了巨大的利润。工商业的迅猛发展使资产阶级化的新贵族进一步从封建贵族中分化出来,其结果不但使城市得到不断扩张,而且使传统农业变得非常衰落。一方面,那些被称作"乡绅"的新贵族通过资本主义生产方式经营土地,在土地所有权的转移中获利;另一方面,农村新贵族和城市资产阶级都感觉到,以王权和教会为首的封建专制体制对资本主义经济发展形成了阻碍。因此,新兴资产阶级与旧贵族之间产生了不可调和的矛盾,并孕育了一场影响深远的"光荣革命"。尽管这场资产阶级革命被认为是妥协的、不彻底的,但它在当时是最符合英国国情的选择,是有利于资产阶级的。革命后,与封建君主专制制度有着本质区别的君主立宪制度得以确立,开启了"英国的真正自由时代"(伏尔泰语),见证了"百姓的自由和君主制并存"。①

在这风起云涌的社会,不少思想家应运而生,其中之一就是著名哲学家约翰·洛克。他不仅积极参与了威廉·奥伦治亲王反对詹姆斯二世专制统治和复辟天主教的政治斗争,而且还成为新政府与学术界的两栖要人。奠定他历史地位的是他于1690年出版的两本重要书籍:《人类理解论》(*An Essay Concerning Human Understanding*)和《政府论》(*Two Treatises of Government*)。

---

① 转引自刘惠荣:《洛克与光荣革命——对洛克政治法律观的再思考》,《中外法学》,1992年第6期,第30页。

《政府论》是他为了阐释1688年革命的正当性而写的,其中的不少思想都对后世产生了举足轻重的影响。例如,人类"都是平等和独立的",并具有"生命、健康、自由和财产"的自然权利等主张都被写进了《独立宣言》,还对美国宪法产生了影响。[①]《政府论》分为上、下两篇,上篇是针砭时弊的即兴之作,旨在驳斥王室的父权说,从根本上否定了"君权神授"的观点;下篇则比较系统地阐释了资产阶级的政治经济要求和革命愿望,是具有永久性价值的政治哲学著作。

洛克的政治哲学理念与霍布斯的截然不同,这大概是由于洛克具有自然主义实验科学视角。科学史专家科恩(I. Bernard Cohen, 1914—2003)在《科学中的革命》(*Revolution in Science*)里,对霍布斯和洛克就"革命"一词的使用和解释做了比较,进而说明了英国文化所经历的潜移默化。他这么写道:

> 当霍布斯着手"描述一场突然的政治变革"时,他……"使用了'造反'、'叛乱'、'颠覆'等词"。洛克在《自然法则论文集》和《人类理解论》这两部著作中都使用了"revolution"这个词,用来指地球围绕太阳的周年运动(她的每年一周的运动),并且把太阳说成是行星"公转"的中心。在政治领域中,洛克曾对弗朗索瓦·贝尼埃《最近一次国家革命的历史》进行过认真而细致的研究,他仿效贝尼埃用"革命"这个术语来指已经完成的改朝换代。他的著名的《政府论》(下篇),因其为光荣革命辩论和对以契约为基础的政府理论的介绍而享誉天下,这个词在他书中只使用了两次,每次都是用来指一种政治上的循环,通过循环,恢复某种以前的涉及宪法问题的状态……[②]

从这段引文我们可以看出,与霍布斯相比,洛克的视野更加宽阔,他把"革命"观念引入了著作中,而不是像霍布斯那样用"造反""叛乱"和"颠覆"等充满敌对情绪化的字眼对政治变革进行描述。他用"革命"来描述政治变革具有重要意义,因为他把政治变革看作科学的自然循环,并以科学的理性去探索人类社会的发展变化规律。实质上,这是文化的嬗变,也是一种不同于霍布斯的伦理

[①] Samuel Enoch Stumpt and James Fieser, *Socrates to Sartre and Beyond: A History of Philosophy*, Boston: McGraw-Hill Higher Education, 2003, 252.

[②] I. 伯纳德·科恩:《科学中的革命》,鲁旭东等译,北京:商务印书馆,1999年,第96—97页。

道德关怀。

我们说洛克思想里有着浓厚的伦理道德关怀,是指他反对"君权神授",以人性对抗神性,提出"人人生而平等和独立","任何人不得侵害他人生命、健康、自由或财产"的思想。这种关怀针对英国农业文明向工业文明转型过程中出现的失序现象,既是洛克本人的伦理道德诉求,也是他对公民意识培养的呼唤。他认为自由是公民教育的前提,也是公民教育的目的,"自由意味着不受他人的束缚和强暴","如果没有自由,则理解完全无效"。[①] 言下之意,人只有在自由中才能成为人,也只能在自由的情况下才会有高尚的道德。

洛克否认"君权神授"并提倡"人人生而平等"的思想,对当时和后世都产生了很大的深远影响,它的意义在于解构传统的权威,把传统观念上的绝对权威通俗化,从而为普通百姓参与政治活动提供了理论基础。这种解构体现了一种真正的伦理道德关怀,它强调人与人、人与社会以及人与自然之间的伦理秩序,而这一伦理秩序是要通过心智培育方可实现的。洛克把心智培育建立在"白板说"的基础上,认为每个人的心灵就像一块白板,没有任何记号,没有任何观念。那么心灵是如何获得观念的呢?它从哪里获得理性和知识的材料呢?答案是"经验":"因为我们所有的知识都是建立在经验之上的,我们最终从经验中获得知识。我们对于从外部可感对象的观察,或者对于由我们自己知觉到和反思到的内部活动的观察,就是供给我们的理解所有思想材料的东西。这两种观察是知识的基础,由此涌现了我们所具有的或者能够自然地具有的观念。"[②]

"白板说"在当时具有较强的革命性,因为它既否定了传统的知识天赋论,又颠覆了"所有知识是从原理演绎真理的结果"这一信念。纵观洛克哲学,我们不能不得出这样的结论:"洛克是指导我们转向17世纪的新知识基础的最好向导,因为他接受了这一激进的中立论:白纸容纳任何符号,并试图重构一

---

① 转引自郭小香:《洛克公民教育思想探析》,《中共山西省委党校学报》,2011年第5期,第131页。
② 查尔斯·塔列弗罗:《证据与信仰——17世纪以来的西方哲学与宗教》,傅永军、铁省林译,济南:山东人民出版社,2011年,第106页。

种理智的控制同意的新方式。"①可以看到,洛克"在推开旧制度的认识论基础——无论是激进的还是保守的变体——后,以保持不变的纯粹中性的白板论为基础来重构信仰。"②关于"白板"和"道德"之间的关系,洛克做了这样的阐释:"道德完全是一种非意向性的判断力,心灵是一块白板,关乎真假善恶。"③洛克的这种颠覆性思想源于当时的社会现实,又对英国整个社会文化的变革起到了积极作用,这一点可以从当时流行的风俗喜剧(Comedy of Manners)中找到明显的印记。

二、艾特利吉和他的《风流人物》

风俗喜剧兴盛于英国王朝复辟时期。作为术语,"风俗喜剧"也是王朝复辟时期英国戏剧的代名词。清教徒执政后的18年里,戏剧的公共演出都受到禁止。直到1660年,剧院才重新开放,这标志着英国戏剧表演的恢复。风俗喜剧是这个时期颇具争议的剧种,它以露骨的色情内容而闻名;当时的查理二世(Charles Ⅱ)及其宫廷里淫秽的贵族风气助长了风俗喜剧的流行。当时的观众主要包括贵族及其仆人,还有大量的中产阶级,他们大多为剧中有关时下的新颖内容、变化无穷的剧情、新当红的专业女演员和演技高超的名流演员所吸引。这一时期的重要剧作家有艾特利吉、威彻利和康格里。

艾特利吉的第二部剧作《她但愿能如愿》(*She Would If She Could*)于1668年2月6日被搬上舞台时,查理二世出席了该剧的首演式。一位同时代观众在日记里描述了首演时人山人海的热闹场面:

……虽然我两点钟就到了剧院,但是,还有一千人被堵在门外,因为剧场中已无位子。我是多亏了夫人已先抵达剧场,想方设法才挤进了门票为十八便士的包厢。上帝啊,剧场里挤得那么满……国王也在那里。但我坐得太靠后,看不见多少表演,什么也听不见……④

---

① 转引自侯晓丽:《洛克"白板说"的革命性和现实必要性分析》,《山西大同大学学报(社会科学版)》,2008年第5期,第12页。
② 同上。
③ 同上。
④ 何其莘:《王朝复辟时期的风俗戏剧》,《外国文学》,1998年第5期,第63页。

从这篇日记可以看出当时风俗喜剧在人们的社会生活中起到了什么样的作用。然而，艾特利吉的风俗喜剧中真正引起人们关注的要数《风流人物》(The Man of Mode, 1676)——不但有宫廷诗人卡·斯克罗普爵士为它写了开场白，而且还有德莱顿为它写了收场白，而且国王同样出席了它的首演式。

《风流人物》的主人公是一位名叫多里曼特的年轻人。他漂亮、潇洒，得到不少女士的青睐。当大幕拉开的时候，多里曼特正和一个拉皮条的在交谈。他的朋友梅德利走了进来，多里曼特告诉他：自己已经开始讨厌情人洛维特夫人，正准备找个机会和她吵一架，然后再把她甩掉。梅德利告诉他，伍德维尔太太和她漂亮绝顶的女儿哈丽雅特刚从乡下来到伦敦。这时，小贝莱尔找上门来，想和几位朋友聊聊天，但他的父亲老贝莱尔很快就派人来把他叫了回去。老贝莱尔命令儿子马上向刚到的哈丽雅特求婚，但小贝莱尔心中的姑娘是伊米莉亚。他早已立下了"非伊米莉亚不娶"的誓言，哪怕激怒父亲，自己落个被取消继承权的下场。老贝莱尔暂住在他妹妹的寓所，而伊米莉亚恰恰也借住在这里。丧妻多年的老贝莱尔鬼使神差地爱上了年轻的伊米莉亚。

多里曼特的另一个情人贝琳达去拜访洛维特夫人，假装神秘地告诉她：前一天晚上多里曼特和一位戴着面具的女士在一起，想借此激起洛维特夫人的忌妒心（而那位戴面具的女士恰恰是她自己）。贝琳达的这一招果然奏效。多里曼特刚进来，一场剧烈的争吵就开始了。站在一旁的贝琳达开始为自己的手腕感到得意，但看到多里曼特对洛维特夫人绝情的样子又感到有些害怕。善于察言观色的多里曼特找机会与贝琳达耳语了一番，约她晚上见面，一句话就把她又争取了过来。

迫于父亲的压力，小贝莱尔不得不来找哈丽雅特。姑娘很同情他的境遇，两个人商定共同演一出求婚戏，以蒙骗他们的父母，但发誓绝不和对方结婚。在与洛维特夫人争吵时，多里曼特指责她与弗伯林爵士幽会。那是个刚从巴黎返回伦敦的傻瓜，自认为属于上流社会。他与洛维特夫人根本没有联系，多里曼特的指控纯属凭空捏造。不过，多里曼特此时已带话给弗伯林，说洛维特夫人爱上了他，以便安排他们之间的一次幽会，给他下一步的计划创造口实。

第三幕第三场，多里曼特第一次见到了哈丽雅特，马上就被她的美貌吸引住了。这时,洛维特夫人、贝琳达和弗伯林爵士也来了。为了引起多里曼特的嫉妒,洛维特夫人故意装出和弗伯林很亲密的样子,未曾想反而中了多里曼特的圈套。在舞会上,多里曼特见到了哈丽雅特的母亲,自我介绍说他叫"库提琪",因为害怕有关的传闻会给伍德维尔太太留下一个很坏的印象。果然,多里曼特幽默的谈吐使伍德维尔太太产生了好感,而她的女儿也爱上了多里曼特,却不露声色。深夜,多里曼特与贝琳达幽会,并向她发誓从今以后再也不见洛维特夫人。第二天早晨,由于贝琳达忘了告诉车夫究竟要去什么地方,无意中被拉到洛维特夫人的寓所。洛维特夫人开始怀疑贝琳达与多里曼特有染,但被贝琳达的几句好话蒙骗了过去。正在这时,多里曼特走了进来,马上他就成了两个女人攻击的目标。小贝莱尔和伊米莉亚秘密结婚,但他的父亲一直被蒙在鼓里,直到老贝莱尔鼓足勇气向伊米莉亚求婚时才知道了真相。在他妹妹的劝说下,老贝莱尔接受了这一现实,并向这对新人表示祝贺。气急败坏的洛维特夫人在伍德维尔太太面前揭露了"库提琪"的真面目,此时的多里曼特已下决心甩掉他的两个旧情人,跟随哈丽雅特回到乡下,做一个安分守己的好丈夫,永远不再返回伦敦。[①]

显然,《风流人物》是比较露骨地表现男女情爱的风俗喜剧,大胆地揭示了人们追求性爱自由的心理要求,也是对传统爱情伦理的颠覆和调侃。这种颠覆和调侃,在一定程度上反映了那个时期人们受到了启蒙/自由理念的感召,在一切事情上公开运用理性自由而积极地思考问题,其后果是对英国传统"普世价值"或"民族良心"的挑战。对于这一点,理查德·斯梯尔和约翰·丹尼斯(John Dennis,1657—1734)也有同感,他们于1714年发表了一系列针对艾特利吉复辟时期喜剧和《风流人物》的批评文章。例如,"斯梯尔在1711年5月15日的《旁观者》(第65期)上发表文章,批评多里曼特没有做到'真正绅士'端庄得体的标准,并下结论说,剧本整体上完全违背了行为举止、社会风气和公共诚信的要求"。[②] 人性的基本倾向是个人自由选择,善、恶、理性、德行和幸福等都由个人的自由选择所决定,这自然也就涉及伦理道德问题,尤其是伦理秩

---

① 《风流人物》的故事情节转引自何其莘:《王朝复辟时期的风俗戏剧》,第63—64页。
② Daniel Gustafson, "The Rake's Revival: Steele, Dennis, and the Early Eighteenth-Century Repertory," *Modern Philology* 112, No. 2 (November 2014): 358-380, 358.

序问题。斯梯尔和丹尼斯对《风流人物》的批评是以传统伦理道德为标准的：多里曼特与多位女子有染，丧妻多年的老贝莱尔爱上了他儿子的心上人伊米莉亚，以及洛维特夫人在弗伯林爵士面前卖弄风情，这些都是"恶"的行为。然而，按照洛克的"白板说"理论，人的心灵就像一块白板，它会随着认知经验的积累而发生改变。善或恶是一种伦理道德观念，会受到社会存在的影响而发生变化，"每个人都是依据他的情感来判断或估量，什么是善，什么是恶，什么是较善，什么是较恶，什么是最善，什么是罪恶"。① 所以说，诸如《风流人物》之类的风俗喜剧在给观众提供心智培育的同时，还让他们的生活方式发生了根本的嬗变，就像剧中第一幕第一场鞋匠在一段话里所表白的那样：

我敢说，这个城里没有一个男人和他太太相处得比我更像一位绅士了。我从来不过问她的行踪，她也不打听我的。我们俩讲起话来客客气气，但打心眼里讨厌对方。因为夫妻俩睡在一起，在一起喝酒太俗气，太没有档次了，所以，我们各自有几张高背靠床。②

艾特利吉借鞋匠之口，寥寥几句就勾画出了那个时期的社会风貌，以及普通民众与以往不太相同的基本生活方式和态度。从中我们可以发现一种不满情绪，或者说"转型焦虑"，即英国从农耕时代朝工业时代过渡时人们所产生的焦虑，包括内心的苦闷、不安和失望；人们觉得人与人之间难以理解，觉得社会不公，或者受到了命运的捉弄，因此容易表现出对社会现实的模糊认识和态度。之所以认识/态度模糊，是因为社会现实与人们对于后者的道德判断相脱离了。艾特利吉和他的同辈们支持伦理自由，这与富有的中产阶级及其道德判断是一致的。他们对传统道德和伦理秩序——尤其是其中僵死的部分——的颠覆有一定的积极意义，但是他们对社会现实的（道德）判断实际上是模糊的，因而其颠覆行为有可能摧毁一切建立在传统道德/伦理秩序之上的社会稳

---

① 斯宾诺莎：《伦理学》，北京：商务印书馆，1983 年，第 176 页。
② 转引自何其莘：《王朝复辟时期的风俗戏剧》，第 64 页。

定。① 不管艾特利吉的伦理道德观是否正确,他的风俗喜剧折射了那个时代的转型焦虑,激发了有关道德、伦理、自由、幸福、秩序和生活方式等文化观念内涵的讨论,这提醒我们在追溯英国文学和文化观念互动史时,不能忽视《风流人物》及其同类作品的起因和影响。

三、风俗喜剧促使文化走向通俗

在人类发展的历史长河中,"真正把人们结合在一起的是他们的文化——他们共有的思想和标准……文化指的是某种集团的人们的整个生活方式,包括人们所想的、所做的、所制作的一切"。② 这种文化及其观念总是随着社会变革而流动,同时又反过来推动社会的变革。在这一互动过程中,文人和文学作品往往起着重大作用,即为时代的变革和文化观念的流变输入精神和心灵的动力。从这一意义上讲,英国风俗喜剧的诞生与繁荣正迎合了历史发展的需要。从《风流人物》中,观众们感受到了传统文化嬗变所带来的冲击,感受到了伦理选择自由在他们身上产生的"激动""愉悦"和"享受",同时还呈现出对"善"的自觉。这一点不但表现在艾特利吉的《风流人物》中,而且还表现在威彻利的《乡下女人》中。

《乡下女人》的主人公霍纳为了改变他在伦敦社交界的恶名,请他的朋友夸克医生到处散布谣言,说因为在巴黎所做的一次手术,他已丧失了性功能。贾斯珀·菲捷特爵士带着他的夫人来探听虚实。见霍纳对女人全然没有兴趣,贾斯珀非常高兴,便放心地委以"重任":在他自己有公务时,由霍纳陪伴他的夫人和其他贵妇人。

乡村绅士皮其怀夫为了他妹妹阿丽西尔的婚事来到伦敦,还带来了新婚不久的漂亮妻子玛格瑞特。妻子不明白为什么丈夫不让她独自外出散步,或外出时穿上鲜艳的裙子,连看戏时也不允许她接近伦敦的男士。阿丽西尔告诉玛格瑞特:那是因为她丈夫的疑心和嫉妒心都太强,特别是听说霍纳和他

---

① Laura Brown, *English Dramatic Form*, 1660-1760: *An Essay in Generic History*, New Haven: Yale Univerity Press, 1981, 41.
② 转引自曹山柯:《失落的"乌托邦"——时代变革期的文学》,武汉:华中师范大学出版社,2014年,第92页。

的朋友已在剧场里看见过他的妻子。皮其怀夫的百般阻挠反而增强了玛格瑞特的好奇心,虽然丈夫宣布星期天就返回乡下,她还坚持要再去一次剧场。万不得已之下,皮其怀夫只好让妻子穿上他的衣服,女扮男装,没想到在路上就撞见了霍纳一伙人。听说霍纳就是那个声称爱上她的时髦小伙子,玛格瑞特马上就被他吸引住了。当着众人的面,皮其怀夫不便发作,而霍纳则借助于这一点,好好地把皮其怀夫捉弄了一番。在这之后,皮其怀夫确信妻子已与霍纳勾搭成奸,而玛格瑞特则真有些春心荡漾了。

阿丽西尔的未婚夫斯帕克士则与她多疑的哥哥相反。他一再声称坚信阿丽西尔对他的一片真情,甚至连他的朋友哈克特当着他的面向阿丽西尔大献殷勤、使得阿丽西尔都无法忍受时,他也不抗议,不站出来捍卫阿丽西尔的尊严,反而责怪她小题大做。当哈克特化装成牧师故意拖延斯帕克士和阿丽西尔的婚礼时,阿丽西尔实在忍无可忍,最后决定与斯帕克士一刀两断。

皮其怀夫逼着妻子给霍纳写信,以便断了他的一切念头。没想到玛格瑞特把另外一封情书塞进了信封。

当皮其怀夫又一次当场抓住妻子在给霍纳写情书时,玛格瑞特撒谎说是阿丽西尔想请霍纳帮忙,以便帮她解除与斯帕克士的婚约。为了解除霍纳对妻子的诱惑,皮其怀夫竟然答应把头戴面具的阿丽西尔领到他的住处,以撮合妹妹与霍纳的结合。没想到的是,皮其怀夫带到霍纳住处的那个头戴面具的阿丽西尔竟是他自己的妻子。

在霍纳的住所,玛格瑞特明确表示她不再想回到丈夫身边去,而想成为霍纳的妻子,因为在伦敦她看到的全是"女人离开她们的第一位丈夫,而去和其他男人一起过,成为他们的妻子"(第五幕第四场)。① 恰恰在这个时候,皮其怀夫、阿丽西尔、贾斯珀爵士夫妇以及其他贵妇人一齐涌进了霍纳的住所。当着众人的面,痴情的玛格瑞特还信誓旦旦地表示她要嫁给霍纳。只是当夸克医生出面证实霍纳已丧失了性功能之后,玛格瑞特才回心转意,并在保住名声的前提下重新回到丈夫身边。②

风俗喜剧中的"淫荡"问题长期以来一直受到文艺批评界的关注,它与人

---

① 转引自何其莘:《王朝复辟时期的风俗戏剧》,第66页。
② 《乡下女人》的故事情节转引自何其莘:《王朝复辟时期的风俗戏剧》,第65—66页。

们的"性"观念密切相关。威彻利剧作中同样涉及性的问题,尤其是《乡下女人》。按照有些喜剧批评的观点,《乡下女人》是通过一系列有感染力的情节来打动观众的,如黄色幽默、两性之间的激烈冲突、霍纳诡计的精彩性、皮其怀夫的滑稽以及玛格瑞特的轻率等。有的评论家甚至认为,"《乡下女人》主要是一部搞笑的喜剧,里头看不见任何严肃的成分,没有什么深层意义,只是淫秽和逗乐而已"。① 除了关注表面的色情之外,这些评论家根本没有抓住深藏在这部风俗喜剧背后的东西。事实上,《乡下女人》是一部含义深厚的风俗喜剧,里面充满了各种各样的"装疯卖傻"行为,其主要人物都呈现出某种精神或心理失常的症候。例如,从乡下来到伦敦后,玛格瑞特已经全然不是那个天真无邪的乡下女人了,她的精神和心理都发生了很大的变化:

……我染上了伦敦人称为爱的那种病:我讨厌我的丈夫,可是一直想着我的情人。我听说过这种瘟疫,有人称它为热病,但我看它更像疟疾。当我一想起我的丈夫,我就发抖,出冷汗,而且想呕吐;而当我一想我的情人——霍纳先生——我的热病就开始了,人开始发热,就像在其它有热度的时候一样,我的卧室就变得让人讨厌,希望把我送到情人那里去,在那里我就会好起来。②

此处,读者不难发现玛格瑞特已经到了几乎无法自控的田地,她患上了一种怪病:讨厌丈夫,思念情人。这种"装疯卖傻"的主题通过无处不在的戏剧隐喻——人物——得以展开,它具有较强的戏剧性,有助于营造出喜剧的新颖特性。王朝复辟时期"装疯卖傻"的概念是多变而复杂的,也许是这个时期的转型特点使然——"神智迷乱"的传统概念朝现代的精神病概念转化。有一点是可以肯定的,即"'装疯卖傻'是列在堕落这一例的……'装疯卖傻'是不能把握情感的恶劣结果,它是一种'心病',要靠个人的力量去阻止才行"。③

---

① W. Gerald Marshall, "Wycherley's 'Great Stage of Fools': Madness and Theatricality in *The Country Wife*," *Studies in English Literature*, 1500—1900 29, No. 3 (Summer 1989): 409 - 429, 409.
② 转引自何其莘:《王朝复辟时期的风俗戏剧》,第 66 页。
③ Marshall, "Wycherley's 'Great Stage of Fools'," 411.

"装疯卖傻"既是风俗喜剧中主要人物的"心病",又是风俗喜剧的一种手法或技巧。乔治·罗森(George Rosen,1910—1977)就17—18世纪对于"装疯作傻"的态度进行了深入研究,他在讨论这个问题时,避开传统观念和宗教意识,提出"理性"作为断定这个时期"神智正常"的标准方法。罗森解释说,英国和欧洲的精神病院经常接受据说是对社会秩序构成威胁的"病人",当时医院主要的责任之一就要维护社会秩序的稳定,时刻准备为那些违反或践踏社会秩序的人提供隔离的社会心理治疗空间。在17—18世纪,确定装疯卖傻的标准就是理性和理性的正确运用,而当时对理性的普遍理解是基于对性观念、家庭和宗教的普遍接受态度。偏离普遍接受的准则,或者说怪异或非理性的行为,都被认为是一种错误或精神错乱,因此是需要接受治疗的。医院不仅收容精神病患者,还收容那些违反社会道德的人。①

《乡下女人》里的玛格瑞特就是一个典型的"装疯卖傻"者。她从乡下来到大都市伦敦后,便"染上了伦敦人称之为爱的那种病",这种"病"其实是对传统偏见的反抗。她是要勇敢地自由选择自己的真爱,无奈这种选择被传统社会看作"热病",患者是要被送进医院去治疗的。在《乡下女人》里,对玛格瑞特的治疗方法是夸克医生出具的证明,即霍纳已经丧失了性功能,这让她对情人彻底绝望,还挽救了她的名声——说是"喜剧",其实是令人啼笑皆非。当剧幕徐徐落下时,玛格瑞特不无感伤地说道:"我还是一个乡下女人,我发现我永远不可能像城里的女人一样,甩掉老朽的丈夫,做我愿意做的事情。"②这样的结尾,可谓深意藏焉:它敦促受众深入思考人类面临的伦理困境,而这正是文化观念的重要内涵。

---

① Marshall, "Wycherley's 'Great Stage of Fools'," 411-412.
② 转引自何其莘:《王朝复辟时期的风俗戏剧》,第67页。

第二节
惩罚与奖赏：《造谣学校》的伦理道德关怀

王朝复辟时期风俗喜剧的一个显著特点是"淫荡"，它在一定程度上迎合了王室的口味，也符合人们对于性的观念。例如，艾特利吉的《风流人物》和威彻利的《乡下女人》等都是搞笑喜剧，在给观众带来逗乐的欢快效果之余，观众还可以从"淫荡"艺术效果之中获得某种伦理道德的教诲，即"恶"会受到惩罚，而"善"则会获得奖赏或回报。

总的来说，那个时期的喜剧都是围绕着"善"与"恶"的伦理道德主题展开的，为观众揭示了一个值得思考的伦理世界。正是这种伦理道德关怀，为流变中的文化观念输送了内涵。

一、捕风捉影、造谣生事：丑恶的人情世态

随着英国资产阶级在国内巩固其既得利益、在世界范围内加速争夺殖民霸权的进程，英国成为欧洲新霸主已经毫无悬念。在君主立宪的政体下，资产阶级政权得到进一步巩固，同时也为资本主义经济发展扫清了道路。一系列的科学技术极大地改革了传统的生产方式，加速了工业革命的到来。手工业工场在工业革命的浪潮中不断壮大，逐渐发展成大型的现代工厂。它的发展与壮大迫使传统的农村逐步解体，而以大城市为中心的经济文化体系逐渐形成；其结果是对传统伦理道德产生了前所未有的猛烈冲击，这种情形在当时著名作家的小说和戏剧中都有生动的表现。谢里丹的《造谣学校》就是反映那个时代风俗文化的重要作品之一。

谢里丹是英国18世纪启蒙主义作家，生于爱尔兰的都柏林。他父亲是演员和剧院经理，母亲是作家——可以看出，他从小就受到戏剧艺术的熏陶。18世纪70年代，他创作了喜剧《情敌》(The Rivals)、《批评家》(The Critic)和

《造谣学校》等，对当时上流社会穷奢极侈、荒淫无度、言不及义、造谣生事的人情世态进行了辛辣的讽刺和批判。《造谣学校》可以分为主、副两个情节，其基本剧情如下：

主情节以索菲斯家族为中心。家族成员约瑟是一个狡猾、自私、丑陋的人，但表面上却装作循规蹈矩、乐善好施、有见识的正人君子。他不仅与史妮薇女士私通，勾引彼德爵士的年轻老婆狄夫人，而且还追逐纯洁少女玛莉雅。约瑟的弟弟查理士虽然也生活奢侈，但宅心仁厚，是一个可以教育好的人。尽管如此，"造谣学校"的成员把约瑟看作"有人品、有前途"的性情中人，而把查理士看作"这个国度最放荡、最挥霍无度的年轻人，没有朋友、没有品格"（见第一幕第一景）。

约瑟和查理士的叔叔奥利福爵士在印度经商，15年后发了大财，回到伦敦。他不相信有关对大侄儿的恭维和对小侄儿谩骂的流言，于是决定实地考察。奥利福爵士假扮成放高利贷的犹太人普利敏先生去造访查理士；结果发现，虽然小侄儿几乎把家产挥霍殆尽，但是在拍卖祖先肖像时，却坚持保留奥利福的肖像，因为奥利福一直对他很好。这令奥利福非常欣慰，对小侄儿的恶感也一扫而光。

当时索菲斯家族的一个叫史坦利的近亲在爱尔兰经商失败，曾多次来信向约瑟和查理士求助。于是，奥利福又假扮成史坦利前往约瑟家中探访。约瑟虚伪、自私，但又装成一个乐善好施、慷慨仁慈的人。他认不得叔父奥利福爵士，又没有见过史坦利；见到"史坦利"时，表面上他对母亲的这位近亲说得天花乱坠，深表同情，但口惠而实不至，不肯拿出一分钱来帮忙。除此之外，他还哭穷，不但吹嘘给过查理士多少多少钱，而且还抱怨叔父奥利福爵士没有寄钱给他。兄弟两人的品格形成鲜明的对比，谁善良，谁邪恶，一目了然。

副情节以彼德爵士和狄夫人为焦点。彼德爵士和狄夫人是老夫少妻的结合，两人之间的关系很不融洽。狄夫人从一个乡下姑娘变成爵士夫人后，不仅追求时髦奢侈的生活，而且还跟一伙造谣生事的男女混在一起。由于史妮薇的挑拨离间，彼德爵士听信谣言，以为查理士与自己的夫人私通，所以十分鄙视查理士。他不但反对干女儿玛莉雅与查理士之间的真挚爱情，还纵容玛莉雅接受约瑟的求爱。一天,狄夫人应约瑟之邀,前去参观他的书房,谈起彼德爵士对她的怀疑;约瑟便趁机以花言巧语对她进行勾引。这时,彼德爵士突然登门造访,狄夫人走避不及,只好躲在一处门帘后面。彼德带来了两份契约以征求约瑟的意见,他要将财产生分给妻子,以消除两人争吵的根源。就在彼德鼓励约瑟追求玛莉雅时,查理士突然来访。彼德为了查明他和妻子的勾搭真相,遂躲在另一处门帘后面偷听。兄弟俩的一番对话让彼德终于明白查理士才是一向清白的。碰巧的是,当查理士掀开门帘时,露出了藏在后面的狄夫人,这让所有在场的人既意外又尴尬,事情终于真相大白:想要勾搭彼德年轻妻子狄夫人的是约瑟,而并非查理士。

上述情节表明,《造谣学校》是在讲述一个伦理道德故事,而故事情节是通过造谣方式展开的。喜剧通过剧中人物造谣生事、捕风捉影来揭示社会的人情丑态,凸显社会生活中的冲突。为什么要造谣生事?社会的资源、权力和声望是有限的,而为了争夺这些有限的资源、权力和声望,人与人之间产生了永无止境的斗争。造谣生事便成了一种有效的斗争方式,它能够在不经意间把对手击垮,《造谣学校》就是一部反映这一斗争方式的喜剧。这种方式在第一幕第一景的开端便清晰地展现出来:

史妮薇　史奈克先生,你是说,那几段文字都加插进去了?

史奈克　加插进去了,夫人;都是我亲自仿抄的,所以不会让别人怀疑是哪儿来的。

史妮薇　你散播碧桃女士和鲍士托上校两人的绯闻了吗?

史奈克　一切都如夫人您预期的一般巧妙。照一般事情的发展来看,我相信一定会在24个小时内传到克雷奇太太的耳朵;到时候,您知道,事情就圆满达成了。

史妮薇　哦,真的,克雷奇太太是个又聪明又勤快的人。

史奈克　不错,夫人,并且一生还蛮成功的。据我所知,她导致六对婚姻破裂,三个儿子失去了继承权;四桩被迫的私奔,为数一样多的严密禁闭;九宗分居赡养费以及两个离婚案件。唔,我还不止一次查出她在《城乡杂志》上捏造两人对谈,而当事人也许素昧平生。①

这部喜剧的一开始就直截了当地涉及造谣的问题,史妮薇是谣言的策划者也是散布谣言的指挥者,她的朋友似乎都是一些好事之徒,十分乐于造谣、传谣,似乎不这样就没有办法活下去似的。其实,造谣和传谣是人的焦虑表现。造谣的实质就是把根本不存在的东西当作一个事实强加在他人或社会身上,以达到不可告人的目的。然而,这种幻想出来的东西经过流传之后,可能在人们大脑中变成真实的存在,就像柯雷木在第一幕第一景所说的那样:

　　有一天晚上在潘桃太太家中聚会的时候,话题凑巧转到国内新英格兰绵羊生产的故事。在场的一位年轻女士说:"我知道一些实例;因为我一位堂姊莉缇迪雅·派普小姐养的一头新苏格兰绵羊,一胎生了两头。""什么?"道尔杰·邓迪吉女士失声叫道(你们知道她是个很重听的人):"派普小姐生了双胞胎?"你们可以想见的是,这种误会当场引起了哄堂大笑。可是,就在第二天早上,这件事到处传扬;过后几天,全城的人都相信莉缇迪雅·派普小姐真的生了一对漂亮的男女双胞胎。不到一周,有些人就指认凿凿说,娃娃的父亲是谁,娃娃寄养的农舍在那儿。②

这种现象和行为颇有些类似人格分裂(分裂型人格障碍)的特点,具有这类特性的人往往妄自尊大、狡猾,而且过于自信,认知歪曲,行为古怪。更重要的是,透过这种人格分裂症,我们可以看到那个社会的风气和道德水准。

　　有的研究者在谈到《造谣学校》时,认为在史妮薇的"沙龙里出入的资产阶级和贵族的男男女女,都是些游手好闲、无所事事的人,他们成天窃窃私议,幸灾乐祸,搬弄是非,以中伤他人为职业。……这班鸡鸣狗盗之辈,脑满肥肠,闲得发愁,就以造谣传谣、诽谤他人消遣,把别人被中伤而身败名裂作为自己得胜的目

---

① 高士密、薛礼登:《屈身求爱与造谣学校》,张静二译,沈阳:辽宁教育出版社,1998年,第88页。
② 同上,第97页。

标,把别人的痛苦当作自己欢乐的养料"。① 这种说法虽然不无道理,但只触及了事物的表面。那些造谣的人并不全部是游手好闲之辈,他们当中相当一部分人之所以造谣生事,是因为他们要达到自己的某种欲望和目的,所以是别有用心的。

史妮薇是一个富商的遗孀,手里有一份丰厚的遗产;表面看上去她游手好闲、无所事事,让外人觉得她和约瑟打得火热,但实际上,他们之间没有丝毫爱情,只是各有所图而已。史妮薇处心积虑想要得到的是查理士,而查理士喜欢并追求的是正直、善良的玛莉雅。为了破坏查理士和玛莉雅之间的关系,史妮薇不遗余力地和约瑟联合起来散布谣言,使玛莉雅的监护人彼德爵士信以为真,从而阻挠玛莉雅接近查理士。约瑟散布谣言,也是为了破坏查理士和玛莉雅之间的关系,因为他一直在追求玛莉雅——为的不仅是她这个人,更是她的财产。喜剧演到这里,观众才明白,谢里丹是要把丑恶的人情世态暴露在光天化日之下,并以道德利剑刺向人类的灵魂深处:

我们在欺骗他人之前欺骗自己,而且我们的缺点仅仅在于失误;我们只是因为自己被微不足道的眼前利益俘虏才犯错,而这些利益使我们遗忘了更重要、更深远的事情。因此,所有关于人的卑鄙、无原则、轻浮、反复无常、无奈、狂热和残暴的刻画都是为了揭示一个事实:所有的邪恶源自人类灵魂的软弱。②

谢里丹从造谣成风的社会现象一直追踪到人的灵魂深处,显然是要在(作为伦理道德的)文化层面寻求解决社会问题的方案。在嬉笑嘲讽的背后,深藏着他淡淡的文化忧思。

二、狠毒、自私:人性的颠覆

毋庸置疑,造谣是一种违背基本伦理道德的欺骗行为。一般认为,道德是调整人与人、人与社会之间相互关系的行为规范,因而它具有重大的社会价

---

① 林亚光:《西方文学史上的前浪漫主义和谢立丹的〈造谣学校〉》,《外国语文》,1984年第4期,第4—5页。
② Rousseau Jean-Jacques, "Preface to 'Narcissus'," in *The Discourses and Other Early Political Writings*, ed. Victor Gourevitch,北京:中国政法大学出版社,2003年,第96页。

值。道德不仅以善与恶作为评价标准,而且还依靠社会舆论、传统习俗和人内心信念的力量来协调上述关系。善是人所渴望的东西,它是人对美好、正义、慈善、幸福、快乐的理性追求;而恶却是那些造成疾病、灾难、饥荒、不幸和痛苦的东西。在日常生活当中,人们往往以"善"与"恶"来表示正面和负面的价值,于是,善与恶成了描述道德的基本概念。18世纪的英国处于时代变革期,新工业区和工业城市的不断兴起,城市人口的迅速增加,使得英国经济领域开始了历史性的变革。这种社会变化反映在了18世纪的风俗喜剧里,后者多围绕对金钱的态度而展开。《造谣学校》通过不同的人对金钱所持的不同态度,展示了一幅那个时代人们狠毒、自私、人性颠覆的画卷。

约瑟是剧中最狠毒的人物,其狠毒表现在三个方面:一、虚伪狡猾;二、自私自利;三、荒淫无耻。说约瑟虚伪狡猾,是因为他从来都没有直接说过弟弟查理士的坏话,而是拐弯抹角,十分委婉地造谣中伤查理士。请看下面第一幕第一景史妮薇与约瑟之间的对话:

  史妮薇 啊,我亲爱的史奈克!这份功劳应该记在你的身上。可是,令弟的苦恼加多了吗?

  约 瑟 随时都在加多。听说昨天他家里的东西又遭到扣押。总之,他的放纵和挥霍真是前所未闻。

  史妮薇 可怜的查理士!

  约 瑟 真的,夫人;尽管他坏,人家还是不由得要同情他的。可怜的查理士!我真希望能够帮他忙;因为不能替兄弟分担烦恼的人,虽然可由他不当的行为得利,却难免遭到——

  史妮薇 哎唷,天哪!你又要满嘴道德仁义啦,居然忘记是和朋友在一起。

  约 瑟 哎唷,好吧!我会把这份感情留着等见了彼德爵士再说。不过,把玛莉雅从这么放荡的人手中拯救出来,的确是一件善事;而他如果要改过向善,也只能靠夫人您这种修养和见识都十分卓越的人才行。[1]

---

[1] 高士密、薛礼登:《屈身求爱与造谣学校》,第91页。

此处，约瑟幸灾乐祸的心情跃然纸上。他在贬损自家兄弟的同时，又要装作宅心仁厚的样子，左一个"可怜"，右一个"我真希望能够帮他忙"，可以说虚伪狡猾到了极点。约瑟所表现出的人性异化，在现代社会变革中很容易发生。当英国从农业文明向工业文明转型时，人们的思维方式、生活方式和社交方式——即文化——都随之发生了变化，人们传统的生活方式被打破了，他们的心理和精神都受到了强烈的冲击，不由自主地产生了转型焦虑。约瑟这一人物及其异化，必须放在产生转型焦虑的社会大背景下来加以理解。

人性异化是现代社会转型期的重要特点，它对人的心理健康发展形成了严重的限制，不仅潜移默化地促使现代社会风尚发生畸形演变，而且还造成人的心理扭曲。约瑟就是一个心理扭曲的人，他对金钱和个人财富的追求完全不择手段，表现出一种近似病态的激情。马克思在《1844年经济学哲学手稿》最后一部分批判资本主义社会的货币异化时写道："只有通过发达的工业，也就是以私有财产为中介，人的激情的本体论本质才在其总体上、在其人性中存在。"[①]这说明人性与私有财产及其所有者在某一特定历史时期的存在密切相关。换言之，如果离开了特定的历史环境，人们对人性的理解就不可能达到应有的深度。

18世纪的英国，工业革命兴起并蓬勃发展，财富也急剧增长，这大大刺激了不少人的私欲。一个重大的社会/文化问题也就凸显在人们的眼前：如何对待金钱和个人财富？人若能正确地把握并使用货币或金钱，便能够沿着伦理道德的合理道路前进；但是如果不能妥当地驾驭金钱，它就会像洪水猛兽般地破坏人的良心，"把坚贞变成背叛，把爱变成恨，把恨变成爱，把德行变成恶行，把恶行变成德行，把奴隶变成主人，把主人变成奴隶，把愚蠢变成明智，把明智变成愚蠢"。[②]在《造谣学校》里，约瑟不但把恶行当作德行，还把自己变成了钱的奴隶。他跟奥利福的一段对话就是明证：

约　瑟　我没有这份荣幸早些认识您，史坦利先生；但是，看到您气色这

[①] 马克思、恩格斯：《马克思恩格斯全集》（第三卷），第359页。
[②] 转引自胡为雄："马克思《1844年经济学哲学手稿》中的道德批判"，《北京行政学院学报》，2015年第4期，第76页。

么好,我十分高兴。我想您是家母的近亲吧,史坦利先生?

奥利福 是的,先生;近得叫我担心我目前穷苦的状况会使她富有的子女感到丢脸。否则,我原本不便唠叨的。

约 瑟 先生,不必愧疚了;穷人家即便素不相识,也有权找有钱人攀亲的。我希望自己名列有钱阶级,也希望略尽绵薄之力给您一点小小的资助。

奥利福 令叔奥利福爵士在这儿,我就有朋友啦。

约 瑟 我衷心希望如此,先生;说真的,有他在,您就不缺人帮忙了,先生。

奥利福 我不需要别人帮忙——我的穷困会帮我找到帮手。不过,我想他为人宽厚,您会代他行善才对。

约 瑟 先生,您得到的消息错得离谱。奥利福是一位可敬的人,一位十分可敬的人;可是,史坦利先生,贪婪是老年人的通病。先生,我可以跟您说句贴心话,他可一直没有帮我什么;虽然我知道别人另有想法;而我嘛,从来就不想反驳这种传言。

奥利福 什么!他没寄给您什么金的银的——卢比银币——宝塔金币吗?

约 瑟 哼,先生,绝无此事!没有,没有;偶尔送几样礼物——瓷器、围巾、功夫茶、印度鸣禽、鞭炮——真的,就这一丁点而已。

奥利福 (旁白)一万两千镑换来这样的感激!——印度鸣禽和鞭炮!①

约瑟的叔父奥利福突然从东印度返回英国,他决定亲自登门拜访,实地考察一下两个侄儿的真实情况。恰巧那个时候,索菲斯兄弟母亲的近亲史坦利在爱尔兰经商失败,曾多次去信给索菲斯兄弟,请求他们帮助,于是奥利福将计就计,装扮成史坦利来到约瑟家里。史坦利和奥利福都长期在外经商,所以约瑟并不认得他们。当奥利福装扮成史坦利出现在约瑟的面前时,对这个"穷亲戚"表面上不失礼节,但骨子里透露出无比的蔑视。上引文字中"穷人家即便

---

① 高士密、薛礼登:《屈身求爱与造谣学校》,第160—161页。

素不相识,也有权找有钱人攀亲的"这一句其实带着嘲讽,而"我希望自己名列有钱阶级,也希望略尽绵薄之力给您一点小小的资助"这一句则不但拒绝帮助,而且暗含"不知羞耻"和"眼睛瞎了"的谴责之意。谢里丹对约瑟丑恶人性的刻画,可谓入木三分。

在《造谣学校》里,约瑟和史妮薇等人的所作所为已经不是孤立现象,而是相当普遍。这些人物在追名逐利中迷失了自我,丧失了本性,丧失了道德良知。谢里丹早早捕捉了这种社会转型期的异化现象,并用喜剧的形式加以鞭挞,其文化意义不言自喻。

三、惩罚与奖赏:心智的培育

作为心智培育的文化,也是《造谣学校》一个亮点。

如前文所示,约瑟等人金钱至上的行为是丑恶的,是违背了社会伦理道德的,也是非理性的。失去了理性的人就是失去了基本伦理道德的人,是一个没有责任感的人,所以"理性是人类生活的基本规律,也是一切精神生活的基本规律"。[①] 为了使理性成为人自身的生存指导,让他们按照基本规律生活,谢里丹在《造谣学校》里通过对约瑟的"惩罚"和对查理士的"奖赏",达到心智培育的目的。

约瑟和史妮薇是剧中品德恶劣的造谣主谋,他们为了共同利益而狼狈为奸,不断制造出一桩桩伤害他人的造谣事件,是极其不道德的。当奥利福爵士得知约瑟是一个十恶不赦的坏蛋时,非常沮丧地对老友彼德爵士说道:

……看看我这位大侄儿。你们知道他收过我多少的馈赠;你们也知道我本来有多情愿把我半数财产给他的?想想看,发现他没有诚信,没有善心,没有感激之情,我有多失望。[②]

接着,狄夫人站出来愤怒地补充道:"如果这位先生还辩称无辜的话,就让他找

[①] 费希特:《现时代的根本特点》,沈真、梁志学译,沈阳:辽宁教育出版社,1998年,第8页。
[②] 高士密、薛礼登:《屈身求爱与造谣学校》,第175页。

我替他的人品当个见证好了。"① 这时，约瑟原来的朋友都对他口诛笔伐，把他的丑行撕裂开来，让读者自己去评判。

如果说奥利福爵士之前还打算把自己的一半财产赠给约瑟的话，那么现在他已经完全改变了主意，这本身是对约瑟的惩罚。不仅约瑟因自己的恶劣品质而失去了财产（他叔父原来打算赠予他的财富），而且史妮薇也因策划造谣事件而鸡飞蛋打：

史妮薇　坏蛋！终于出卖了我！好家伙，你说，连你也敢跟我作对吗？
史奈克　向夫人您表示万分的歉意；您为了要我撒这个谎，待我十分慷慨，不幸的是，人家给我双倍的价钱要我讲出实话。②

史妮薇为了让玛莉雅不再喜欢查理士，转而喜欢约瑟，也为了让查理士失去玛莉雅之后对自己发生兴趣，于是策划了一个恶毒的谣言，即以狄夫人的名义写暧昧信给查理士，又以查理士的名义写回信，而传递伪造信件和谣言的帮凶正是受雇于史妮薇的史奈克。史妮薇为了达到让史奈克传谣的目的，付给了他相当可观的金钱，但是为了让他说出真相，奥利福和彼德爵士付给了他双倍的价钱。这样一来，史妮薇的阴谋败露，不但利益受损，而且声誉扫地。

约瑟和史妮薇都得到了他们应有的惩罚，而造谣的帮凶史奈克却不但没有得到惩罚，反而从中获利，这是很奇妙的喜剧写法，也是喜剧中精彩的一笔。谢里丹借下面这段对话揭示了史奈克内心的挣扎：

彼　德　好啦，好啦，你终于做了一件好事，将功赎罪了。
史奈克　不过我得恳求各位绝对不要把这件事情宣扬出去。
彼　德　嘿！搞什么鬼！难道生平做对一件事会丢脸吗？
史奈克　哎，先生，想想看——我靠坏品行过活；除了恶行丑名外，一无所有；而一旦别人知道我居然做起好事，我恐怕会失去天底下所有的朋友。③

---

① 高士密、薛礼登：《屈身求爱与造谣学校》，第 175 页。
② 同上，第 178 页。
③ 同上，第 179 页。

虽然史奈克拿了钱,但是他内心有挣扎,这说明他良知还未泯灭。也就是说,他的心智还有接受培育的一丝可能性。谢里丹保留了这一丝可能性,可谓深意藏焉。他让史妮薇和约瑟人财两空,而让史奈克则受到良心的谴责,也就是让不同的人有不同的惩罚/结局,这难道不是出于心智培育方面的考虑?

除了进行惩罚外,谢里丹还对尚存人性的查理士进行褒奖,这也是出于心智培育方面的考虑。查理士虽然在生活上豪华奢侈、放荡不羁,但他还心存善念。当史坦利生意失败后写信求助时,约瑟断然拒绝,但查理士却挺身相助。为了给史坦利筹款,查理士要变卖家里唯一的财产:祖宗们的画像。恰巧买画像的人是装扮成犹太人普利敏的奥利福爵士。查理士很小的时候奥利福就出远门去了印度,自然他不认识叔父。当叔父谴责他要卖掉祖宗的画像时,查理士这样回答:"哟,我的经纪人哪,别生气。只要钱花在刀刃上,又何必介意呢?"①最让奥利福爵士感动的是,当他要求买奥利福的画像时,无论出多少钱,查理士都坚决不肯卖:"不,岂有此理!可怜的阿福不能脱手。他老人家一向对我不错;我发誓,只要有地方可挂,他的肖像就留着。"②这也说明查理士是一个知恩图报、良知尚在的好人。奥利福不仅原谅了查理士出卖祖宗画像的行为,而且还和狄夫人一起促成了他和玛莉雅之间的婚事:

  狄夫人 奥利福爵士,您看,如今不需要多费唇舌劝和令侄跟玛莉雅了吧。
  奥利福 对,对,当然不需要;哟,明天就举行婚礼。③

同是索菲斯家族的人,哥哥约瑟受到了惩罚,弟弟查理士却受到了奖赏,这个现象颇像中国道教阴阳鱼图案。约瑟与查理士在宏观上是一体的,但是约瑟走上了邪路,属于"黑鱼",而查理士还可救药,属于"白鱼"。这两类人物或事物构成了整个社会或整个世界的对立统一,这正是《造谣学校》向读者传递的心智培育方式,即心灵应该保持平衡,不可过多地偏向某一边,否则便会出现

---

① 高士密、薛礼登:《屈身求爱与造谣学校》,第135页。
② 同上,第140页。
③ 同上,第179页。

"异化"。"异化概念植根于存在和本质的区别之上,根植于这样一个事实之上:人的存在和他的本质的疏远,人在事实上不是他潜在地是的那个样子,或者,换句话,人不是他应当成为的那个样子,而他应当成为他可能成为的那个样子。"①"黑鱼"和"白鱼"发生偏颇或不平衡是《造谣学校》所反映的18世纪英国资本主义社会的"生存的两歧"状态。所谓的"生存的两歧"是指在现代西方社会中"人的生存是经常处于不可避免的不平衡之中。"②

不平衡意味着人的生存处境出现矛盾和冲突,人与人之间表现出紧张关系。在18世纪的英国,一方面工业革命给人们带来了越来越发达的社会文明,人们(尤其是新兴中产阶级和贵族阶层)过上了比以往更富裕的物质生活;另一方面,工业革命使当时的英国社会呈现出一个显著特点,即人与自然、人与人,甚至人与自身的关系日趋紧张,而由此引发的孤独感、焦虑感和不安全感与日俱增。这就是《造谣学校》中的人物身在富裕的物质生活之中却感觉不到幸福,反倒还要去造谣生事的根本原因。

契诃夫在谈到小说创作时说:"要是您在头一章里提到墙上挂着枪,那么在第2章或第3章里就一定得开枪。如果不开枪,那管枪就不必挂在那儿。"③《造谣学校》从第一幕第一景的第一行就提到了以查理士名义给狄夫人写信的造谣事件,从这一事件的伏笔开始,故事情节一环扣一环,不断形成一个又一个的悬念,又一个接一个地揭开谜底,非常引人入胜。这些悬念和引人入胜的故事情节都指向一个目标:心智培育。惩罚和奖赏在《造谣学校》里是一种心智培育的策略,它通过惊心动魄的故事告诫读者:要有良好品质和美德,就得冶炼情操,调节激情,约束乃至牺牲自我。奥利福爵士就是这么一个完美的正面人物。从他身上,读者看到了永恒的和谐之源,即节制、谦卑与平衡。不只是读者,查理士同样从他那里得到教诲,决心改过自新:

---

① 埃利希·弗洛姆:《马克思关于人的概念》,上海:复旦大学出版社,1983年,第59页。
② Erich Fromm, *Man for Himself: An Inquiry into the Psychology of Ethics*, London: Routledge & Kegan Paul, 1947, 46. 参见李红珍:《人性的异化与回归:弗洛姆人性异化论新探》,《东南学术》,2013年第3期,第133页。
③ 转引自陈瘦竹:《"风俗的明镜"——谢立丹的世态喜剧名著〈造谣学校〉》,《文史哲》,1982年第5期,第80页。

哎呀,关于改过的事,彼德爵士,我可没有许诺,只是我要证明我要立意去做。啊,这是我的监督者——我温柔的指引人。——啊! 这两只眼睛所照亮的美德之路,我还能偏离吗?①

看了这部喜剧之后,观众或读者可能会不同程度地摆正自己的位置,从被扭曲的主体性当中逐渐恢复过来,使自己的生存处于平衡状态。这正是谢里丹所要达到的目的,其隐含的伦理关怀和心智培育策略都将汇入英国文化观念的内涵。

第三节
《屈身求爱》与共同体形塑

除了谢里丹之外,奥利弗·哥德史密斯也是 18 世纪英国戏剧与文化观念互动史上的重要人物,这种互动主要表现为他通过戏剧从事的共同体想象。他的喜剧《屈身求爱》是这方面的典型。

18 世纪的英国,风俗喜剧的猥亵和俏皮越来越被规避,这为感伤主义戏剧的发展提供了契机。"感伤可以理解为感情,它模糊了理智,以悲怆哀婉取代悲剧,并把较严峻的生活问题掩盖在温情脉脉的迷雾之中。感伤主义喜剧疏于简单的说教,致力于道德的改造,热心于让人类的心灵同美德的原则相和谐。"②过度偏离理性,以眼泪赢得观众同情的感伤主义喜剧逐渐引起反感,同时也受到谢里丹和哥德史密斯等人的抵制和批评。《屈身求爱》正是在这个背景下问世的,它的问世"给被过度的感情所窒息的戏剧带回来一点真正人性的气息",它"保持了情景的幽默和干脆鲜明的人物描写"。③《屈身求爱》里的"真

---

① 高士密、薛礼登:《屈身求爱与造谣学校》,第 180 页。
② 侯维瑞主编:《英国文学通史》,第 327—328 页。
③ 艾弗·埃文斯:《英国文学简史》,蔡文显译,北京:人民文学出版社,1984 年,第 210 页。

正人性的气息"在那个时代的共同体形塑过程中提供了颇有价值的互动,很值得讨论和研究。

一、爱情自由与共同体理想

爱情和婚姻不仅关系到个人的幸福,也在一定程度上反映了一个社会的和谐程度,即物质文明和精神文明有机结合的程度。更具体地说,一个社会流行什么样的爱情观和婚姻观,直接影响到社会的和谐程度,以及共同体建设的可能性。《屈身求爱》通过马洛与郝嘉思小姐、韩士廷与奈维尔之间的爱情笑剧,为读者展示了一个文化共同体的理想世界。

《屈身求爱》包括主、副两个情节,都涉及爱情主题。主情节以马洛和郝嘉思小姐相亲为开端,呈现了一系列喜剧场面。郝嘉思先生看上了老友查理士·马洛爵士的儿子,愿意把女儿许配给他,于是邀请马洛和挚友韩士廷一起来自己的庄园相亲。他们首次来访,在乡下迷了路。天色渐晚,加上一路奔波,他们来到一个客栈后,就想住下来;但不巧的是,客栈的床位已满。这时,在客栈喝酒的郝嘉思先生的继子托尼出于恶作剧的目的,为他们指引去入住一家当地最好的客栈,即郝嘉思先生的家。不知情的马洛和韩士廷以为郝嘉思先生和他女儿是客栈的老板和侍从。马洛误把郝嘉思的家当作客栈,毫无约束,言行举止都颇为放肆,因而闹出了不少的误解和笑话。

《屈身求爱》的副情节以托尼的母亲把表妹奈维尔许配给他为开端,而托尼和奈维尔并不相爱。托尼喜欢上的是同村的贝德·潘塞姑娘,而奈维尔爱上的是韩士廷。陪同马洛去郝嘉思先生家时,韩士廷见到了奈维尔后,便策划两人一起私奔到法国去。托尼从韩士廷那里得知他要带奈维尔私奔的事,恨不得奈维尔早日离开,所以非常乐意帮助他们。他还想办法从母亲——奈维尔的姨妈兼监护人——那里偷得一部分珠宝送给他们。韩士廷把珠宝交给马洛,让他放进马车座位下的箱子里,而马洛为了保险起见,把珠宝交给"老板娘"——托尼的母亲——保管。见事情败露,韩士廷给托尼写了封信,请他帮忙弄两匹快马,以便火速动身。可笑的是,托尼平时不怎么读书,读不懂韩士廷的字迹,所以拿给母亲读给他听。结果,郝嘉思太太对事情的来龙去脉了如指掌,才闹出连夜让托尼赶着马车载上奈维尔去她姑父家的闹剧。

汤姆·戴维斯在《屈身求爱》的导论里说道:"郝嘉思小姐宁愿颠覆阶级角色(class-roles),为情侣们营造一个自由自在的谈吐空间,好让他们谈爱时摆脱阶级观念的束缚,使得马洛呈现出撒谎或沉默的一面。"① 显然,戴维斯在这里提到的"阶级角色"是一个颇具社会学意味的词语,用它来阐述剧中的人物,会彰显出不同凡响的文化意义。

《屈身求爱》的故事情节是以马洛与郝嘉思小姐、韩士廷与奈维尔小姐、托尼与贝德·潘塞姑娘的婚姻问题展开的。婚姻是构成家庭的决定性纽带,而家庭则是形成社会不可或缺的重要成分;婚姻的成功与否不仅关系到个人的幸福,而且在很大程度上关系到社会伦理,即是否承认建立在爱情基础上的婚姻自由。爱情是婚姻家庭的伦理核心,如果离开了这个核心,家庭组合就失去了意义。恩格斯认为,"如果说只有以爱情为基础的婚姻才是合乎道德的,那么也只有继续保持爱情的婚姻才合乎道德"。② 因此,可以说,婚姻家庭的伦理道德是建立在爱情基础之上的,而不是简单地由经济决定的。然而,《屈身求爱》里的婚姻却经历了一番"爱情与经济"之间的强烈斗争,在该剧本的第一幕第一景里,郝先生在没有提前告知郝嘉思小姐的情况下,已经安排她与马洛见面:

郝先生　呃,记得,我坚持协议中的条款;哦,对了,我相信今晚就会有机会试试你听不听话了。

郝小姐　爹爹,您说什么我可不懂。

郝先生　坦白跟你说吧,凯蒂。我替你选为丈夫的那位年轻绅士,今天要从城里来,我在等着。他父亲来信说,他的儿子上路了,而他也打算随后就到。

郝小姐　真的! 但愿我先已知道这件事。哎哟,我该怎么表示规矩? 我喜欢他的可能性不大;我们见面的时候会很拘谨,会很像办公事

---

① Tom Davis, "Introduction," in *She Stoops to Conquer*, Oliver Goldsmith, New York: W. W. Norton & Company, 1979.
② 恩格斯:《家庭、私有制和国家的起源》,中央编译局译,《马克思恩格斯选集》(第四卷),北京:人民出版社,1972年,第33页。

似的,因此我会找不到机会表示友谊和敬意。①

显然,郝先生对自己女儿的婚姻多少有"包办"的嫌疑,而郝嘉思小姐却公开对抗父亲的安排:"但愿我先已知道这件事……我喜欢他的可能性不大。"尽管如此,她不得不听从父亲的安排,与马洛见面。非常有趣的是,马洛由于误把郝嘉思先生的家当作了旅店,加上他并不认识郝嘉思小姐,所以把她当作了旅店的酒吧女侍。给郝嘉思小姐留下深刻印象的是,马洛对"女侍"非常礼貌,行为检点,甚至毕恭毕敬,颇获她的芳心;于是,她将错就错,以酒吧侍女的打扮和身份与马洛周旋。

马洛与郝嘉思小姐聊上天后,觉得她是一个很可爱的姑娘,不但人长得漂亮,而且还能够干杂活和刺绣,于是不由自主地爱上了她,还攥住她的手。尽管如此,按当时社会的风俗,如果郝嘉思小姐不是与马洛先生门当户对,或者郝嘉思先生反对,那么他们最终是走不到一起的,这种情形在《屈身求爱》里得到了完全的展现。剧中,郝嘉思先生对马洛的"粗鲁言行"忍无可忍,极力劝说女儿放弃这个未来女婿:"我倒确信他在这屋子里还不到三个钟头就侵犯了我所有的权利。你也许喜欢他的无耻,因此说那是害羞。但是,丫头啊,我的女婿一定要具备很不同的条件才行。"②此处,门第观念和父权思想显然在作怪。另一个相仿的例子是,当马洛真正爱上了装扮成酒吧侍女的郝嘉思小姐之后,不无感伤地对她说:"原谅我吧,可爱的姑娘,这一家人当中只有你叫我舍不得离开。不过,坦白说,你我在出身、经济状况和教育程度上的悬殊,使我们无法缔结名正言顺的关系。"③这说明父权、门第和经济等因素在当时的婚姻中起到了举足轻重的作用。

托尼和奈维尔小姐同样为包办婚姻的观念所困。托尼的母亲为了"肥水不流外人田",硬逼着儿子托尼迎娶表妹奈维尔。当郝嘉思夫人发现奈维尔和韩士廷相爱并要私奔后,她出面极力阻止,命令儿子托尼连夜把奈维尔和她一起送到裴迪格里的姑妈家:"难道你也要联手来忤逆我?哼,我转眼间就可击

---

① 高士密、薛礼登:《屈身求爱与造谣学校》,第 7 页。
② 同上,第 48 页。
③ 同上,第 55 页。

溃你们的阴谋……所以别想跟你的情人逃跑,马上跟我一道上路。我保证你那位老姑妈裴迪格里会把你关得牢牢的。"①父母、长辈对小辈的婚姻包办意志是不可违背的,一旦违背就要付出代价。马克思曾经指出:"现代一夫一妻制家庭,是历史发展的产物,它将随着社会的发展而达到更高级阶段,在那个阶段上的道德特点,将是达到真正的两性平等。"②婚姻家庭中的两性平等是实现家庭和谐的基石,而家庭和谐又是和谐社会/共同体的基石。如果家庭主要成员之一的妇女得不到解放,那么婚姻家庭的男女平等就是一句空话。因此,哥德史密斯通过《屈身求爱》这部喜剧把婚姻家庭中的男女平等问题提出来,其实是提出了共同体如何形塑的问题,这是颇具历史意义的。

"共同体"是一个内涵及其丰富的概念。一般说来,共同体意味着共同的价值/伦理取向、共同的利益诉求,以及在此基础上的群体生活方式,或者说是一种具有价值理想的、和谐有序的生活状态。在这个生活状态中,自由是必不可少的关键成分;如果没有了自由,就没有价值理想,就谈不上什么和谐有序的生活。卢梭指出:"放弃自己的自由,就是放弃自己做人的资格,就是放弃人类的权利,甚至就是放弃自己的义务。对于一个放弃一切的人,是无法加以任何补偿的。这样一种弃权是不合人性的;而且取消了自己意志的一切自由,也就是取消了自己行为的一切道德性。"③哥德史密斯在《屈身求爱》里没有让他笔下的人物放弃自由,而是为自由进行了最顽强的抗争。当郝嘉思小姐的父亲力劝她放弃马洛时,她奋起维护了自由恋爱的权利;当托尼和奈维尔的母亲要他们成婚时,他们都坚决抵抗,使母亲的"理想"落空。这样的故事情节不管是在那时,还是在如今,都是颇具价值和意义的。

也就是说,《屈身求爱》对包办婚姻的反抗有一个文化旨归,即争取作为共同体基石的正义和自由。尽管亚里士多德和其他诸多哲学家、社会学家都把正义看得很神圣,甚至还把正义看作社会制度的道德标准,但是在政治哲学史上,正义原则和实践总是倾向于男性的优越性,长期把女性放置在不平等的境地。《屈身求爱》突破了封建传统观念,通过青年男女对父母包办婚姻的不满

---

① 高士密、薛礼登:《屈身求爱与造谣学校》,第59页。
② 转引自张涵:《浅谈马克思主义的婚恋观》,《哲学研究》,2015年第33期,第25页。
③ 让-雅克·卢梭:《社会契约论》,何兆武译,北京:商务印书馆,1980年,第16页。

和抵抗,憧憬了一个婚姻平等、自由的共同体世界。

二、花花公子与"真正人性的气息"

《屈身求爱》里的马洛、托尼和韩士廷都处于青春期,他们的"性爱"与婚姻都受到了传统门第观念的压迫和限制,几乎没有选择的自由,因此心理上承受着无形的压抑。被压抑的欲望隐藏在无意识里,不时地跳出来与压抑者对抗。马洛在郝嘉思先生家的种种粗鲁言行、韩士廷与奈维尔策划的私奔,以及托尼对母亲的反抗与其说是"一夜的误会",毋宁说是他们无意识的反映。弗洛伊德在《癔症研究》里首次提出压抑概念,他在分析埃米·冯·N 夫人的病例时认为,导致她癔症的原因是力比多(libido)受到压抑。弗洛伊德还发现,患有压抑疾病的患者往往不能够处理那些被重新唤起的记忆,甚至极力排斥那些记忆;所以,他认为"无意识是被压抑之物",[①]而被压抑之物隐藏在无意识里是自然的过程。"压抑的本质在于将某些东西从意识中移开,并保持一定距离……压抑并不阻碍冲动代表在无意识中的继续存在,并不阻止它组织各种力量建立新的连接。"[②]由此可见,压抑从一开始就与无意识紧密地联系在了一起。弗洛伊德所说的压抑,主要是指性的欲望得不到满足和释放。这样一来,被压抑之物就与性有关联了。非常有趣的是,在《屈身求爱》里,弗洛伊德式的压抑在剧情发展中起到了举足轻重的作用。

在《屈身求爱》的第四幕里,有这么一段颇具喜剧色彩的对话:

郝小姐　客栈?啊,天哪——你怎么会这么胡想?乡间最上等的一个人家开客栈!哈!哈!哈!郝嘉思老爷的家是客栈?

马　洛　郝嘉思先生的家?姑娘,这是郝嘉思先生的家?

郝小姐　当然是啦。不然应该是谁的?

马　洛　这一来,全都完了。竟然被蒙在鼓里。啊,我真糊涂,全城的人

[①] 弗洛伊德:《自我与本我》,杨韶刚译,《弗洛伊德文集第六卷》,车文博主编,长春:长春出版社,2004年,第118页。

[②] 弗洛伊德:《压抑》,宋广文译,《弗洛伊德文集第三卷》,车文博主编,长春:长春出版社,2004年,第162页。

都要笑话我了。版画店可要把我画成滑稽画亮相了。花花公子杜立西模。偏偏把这个房子看成客栈,把父亲的老友当作客栈老板。他一定把我看成什么装腔作势的小家伙。我真是个糊涂虫;还有,亲爱的,我真该死,竟然把你当作吧女。①

在这段对话里,有几个关键词:"滑稽画""花花公子杜立西模""吧女"。"花花公子"(Macaroni)在18世纪的英国特指服饰和言行均稀奇古怪,并具有两性特征的、追求时髦的人;这个词语含有贬义,还专指那些服饰怪诞、饮食挑剔和赌博着迷的人。哥德史密斯写这部喜剧的时候,正值花花公子在印刷文化中广为传播的中期,漫画家和作家们在期刊、诗歌和剧本里不断对这个形象,尤其是对其怪诞的服饰和显著的鲁莽特点加以嘲笑和讽刺。当时位于伦敦中心位置的圣·詹姆士大街的花花公子俱乐部成员参与了一些所谓的"滑稽表演",其内容都与当下时髦、怪诞的服饰有关。不少同时代的人把身穿这种服饰的人看作"不男不女"。在《屈身求爱》中,马洛显然带有花花公子的习气,但是他直到出尽洋相以后,才开始对自己的可笑行为有了真正的反思。他把自己称为"花花公子杜立西模",这一细节是表现哥德史密斯文化思想的关键:只有人学会了自我反省,共同体理想才能实现。

希契科可(Tim Hitchcock)在论及花花公子现象时说:"尽管对18世纪'不男不女'这个词的使用和理解不尽相同,但这个词与他们的性行为无关,而是与明显要摆脱文化模式的男人有关。"②哥德史密斯的《屈身求爱》于1773年问世,一定会受到当时"花花公子风尚"的影响,并带有明显的批评痕迹。如果读者略加留意,就会发现剧中马洛是一个颇具花花公子色彩的人,剧中不少地方都有暗示。例如,在第一幕第二景里,当托尼问店主"他们像伦敦人吗?"时,店主的回答就暗示了马洛具有花花公子的气息:"我看是吧。他们看起来太像法国人了。"③"花花公子"这个词在18世纪60年代的英国,专指那些游学欧洲

---

① 高士密、薛礼登:《屈身求爱与造谣学校》,第54—55页。
② Tim Hichcock and Michèle Cohen, "Introduction," in *English Masculinities*, 1660 - 1800, ed. Tim Hichcock and Michèle Cohen, London: Longman, 1999, 5.
③ 高士密、薛礼登:《屈身求爱与造谣学校》,第12—13页。

大陆归来,具有欧洲新派头的贵族青年,他们的派头往往与"纨绔子弟"联系在一起。《屈身求爱》在很大程度上对花花公子现象进行了嘲笑和挖苦,其批评效果是通过一系列的误会场面来达到的。下面就是一例:

韩士廷　查尔斯,我看你说得不错;旗开得胜就赢了一半。我打算先以饰金的白衣开战。

郝先生　马洛先生——韩士廷先生——两位——请勿在敝宅拘礼。两位,这是自由厅。请便,请便。

马　洛　乔治,不过,一开战就过于凶猛,我们怕会在战斗结束之前用尽弹药。我想留下那件绣花的,以保撤退完全。

郝先生　马洛先生,谈到撤退倒叫我想起马博罗公爵围攻丹南的战役。他先召集守卫队。

马　洛　你不觉得镶金的马甲跟纯褐色很相配吗?

郝先生　他先召集守卫队,约有五千名左右——

韩士廷　我觉得不相配:褐黄色相杂是很糟的。

马　洛　女孩子喜欢漂亮的衣服。①

马洛一行来到郝嘉思先生家,误以为是旅店,便毫无拘束地显示出花花公子的派头。他对自己的服饰、打扮非常注意,所以才有了上引文字中关于"饰金的白衣""绣花的"和"镶金的马甲"的讨论。"无论是进口的还是模仿的,亮丽的色彩、丝织品的布料以及奢侈的花边,所有这些都是花花公子服饰的特征。"②除此之外,花花公子往往在显贵、达人面前言行得体,彬彬有礼,而在普通人面前却言行粗俗,没有礼貌。马洛还没有到达郝嘉思先生家之前,奈维尔小姐在郝嘉思小姐面前谈到马洛时说:"我敢说他是个很怪的人。他在名门闺秀群中,是个最害羞的人;可是,他跟另一类型的女性交接时,个性却很不相

---

① 高士密、薛礼登:《屈身求爱与造谣学校》,第21—22页。
② 转引自 James Evans, "'The Dullissimo Maccaroni': Masculinities in *She Stoops to Conquer*," *Philological Quarterly* 90, No. 1 (Dec. 2011): 45-65, 55.

同：你懂我的意思吧？"①马洛到达郝嘉思先生家之后，面对郝嘉思小姐，腼腆得头都不敢抬，其言行的确像奈维尔所说的那样（以下仅摘引马洛的几句话）：

马　洛　（集结勇气）小姐，我的确见过世面；但是，我的交游不广。小姐，我一向只是观察人生，而别人则是享受人生。

马　洛　（复作胆怯状）小姐，抱歉，我——我——我——至今只是努力去达成。

马　洛　小姐，我正要说——小姐，我说，我忘记了正要说什么。②

由于在富家小姐面前不敢抬头，所以他没有看清郝嘉思小姐的模样，而让她有机会装扮成旅店侍女继续与他周旋。这时的马洛以为郝嘉思小姐就是侍女，身上粗俗和缺乏教养的一面便凸显了出来（仅摘引马洛的几句话）：

马　洛　我站得这么远猜，你不可能超过四十岁太多。（靠近）但是靠近些看，我觉得没有那么多岁。（靠近）有些女人愈近看，就显得愈年轻；但是靠得很近的时候嘛。（作势欲吻）

马　洛　（旁白）妈的，给猜着了，没错。（对她说）怕她，姑娘？哈！哈！哈！她不过是个笨头笨脑、斜眼瞟人的东西，不，不……

马　洛　哦！那就拿你刺的绣给我看看吧。我也做些刺绣和设计图样。你想找人鉴定的话，就得找我。（攥住其手）③

此处，马洛的轻佻、粗俗暴露无遗。上引文字中"她不过是个笨头笨脑、斜眼瞟人的东西"是指郝嘉思小姐，这其实说明马洛自己才是个笨头笨脑的蠢蛋。好在马洛后来有所反思，这才没有让喜剧变成悲剧。

《屈身求爱》对马洛这个具有花花公子恶习的形象进行了刻意塑造，作者除了要把他那矫揉造作、言行不一的恶习撕裂开来给读者看之外，还要为读者

---

① 高士密、薛礼登：《屈身求爱与造谣学校》，第9页。
② 同上，第29—30页。
③ 同上，第46—47页。

呈现共同体形塑的前提,即共同体成员须有自我反省的能力。如前文所示,剧中马洛终于有所反省,这也就为随后的大团圆结局打下了基础。当然,实现共同体的另一个前提是对世俗观念的反抗和解构,以及对自由的渴望和争取。自由思想是《屈身求爱》的精神和灵魂。"英国政治思想从自然法理论里继承了自然权利或天赋权利的思想。这一权利观念随后成了自由主义的奠基石。值得指出的是,在自由主义之前的英国自由思想,是把共同体自由看成是实现这种权利保障从而实现自由的必要社会条件。"①这一思想也体现在《屈身求爱》里——它暗示着形塑共同体的同时,还须提倡自由精神。随着剧情的发展,以上两个前提都得到了满足,所以马洛与郝嘉思小姐、韩士廷和奈维尔小姐以及托尼和贝德·潘塞姑娘都有了各自满意的结果。

最后还须一提的是,马洛这一人物并非仅有花花公子的恶习,他还具有改邪归正的潜质,也就是本节引言中所说的"真正人性的气息"。他在走向正道之前,制造了一个又一个荒诞、离奇、怪谲的局面,而荒诞离奇正是时代转型期的特征:深陷转型焦虑的人们在精神恍惚地朝四周张望的时候,他们看到是一个被拆散的、破碎的、看似无解的世界;然而,"只有无可解决的事物,才具有深刻的悲剧性,也才具有深刻的喜剧性,因而从根本上来说,才是真正的戏剧"。②《屈身求爱》是一部真正的戏剧,它想要为读者展现一个值得人们向往的共同体,同时还给时代注入"真正人性的气息",为18世纪的英国人呈现了一个可能得以实现的意义世界。这个意义世界就是文化,它至少充实了文化观念的共同体形塑这一内涵。

---

① 龚群:《论卢梭的共同体主义自由观》,《江西社会科学》,2013年第7期,第6页。
② 尤奈斯库:《戏剧经验谈》,《现代主义文学研究》,北京:中国社会科学出版社,1989年,第616页。

第九章

转型焦虑的不同文化显像之路

当"漫长的18世纪"行进到后期,特别是世纪之交浪漫主义兴起之时,工业革命和启蒙运动等重大历史事件和文化思潮所累积产生的影响越来越明显。虽然社会转型是一个渐变的过程,但此时经济结构、社会形态和政府架构等的变化显示传统的田园文明正逐渐让位给工业化文明。与社会转型结伴而来的,是人们无所适从的焦虑感,即对新的文化体系、社会秩序和价值观念的不适应,以及何去何从的迷茫。殷企平在《"文化辩护书":19世纪英国文化批评》一书中将转型焦虑作为"文化观念"的重要内涵之一,但该书主要聚焦于19世纪维多利亚时代的卡莱尔、金斯利、罗斯金和莫里斯等作家。[①] 实际上,这种转型焦虑至少在18世纪后期和19世纪早期就已露端倪。沃波尔、柯勒律治和玛丽·雪莱的三个作品都是最好的例证。

启蒙运动使科学、理性成为时代的标杆,而从18世纪独特的政治和文化气候中孕育出来的哥特式文学,是对科学理性思潮的逆袭和反拨。它以夸张的想象,描写社会转型过程中存在的社会动荡、失序、政局不稳、个人德行失范等问题,揭示身处其中的人们内心种种隐秘的不安和焦虑。沃波尔的《奥特朗托城堡》开哥特文学之先河,聚焦工业革命进程中新兴中产阶级的内心,曲折地描写他们对自身身份、地位和变幻莫测的国家政治体制和形态的焦虑,以浓厚的怀旧色彩寄托保守的社会愿景。

如果说沃波尔主要叙述的还只是一个社会阶层的焦虑和乌托邦愿景,那么柯勒律治和玛丽·雪莱这两位文学家则是带着更宏大、更切实的关怀,对社会转型给传统文化和价值观的冲击做了寓言性的想象和揭示。有"文化英雄"之称的诗人、哲学家柯勒律治,关注社会健康发展,他将文化救赎作为知识分子的使命,对社会转型带来的问题做了颇具远见的探索,并提出了理想共同体的愿景,对后世产生了深远影响。他的《古舟子咏》("The Rime of the Ancient

---

[①] 殷企平:《"文化辩护书":19世纪英国文化批评》,第241页。

Mariner")就是这一思想的文学展现。

玛丽·雪莱的《弗兰肯斯坦》则充满了对于人们崇拜并盲信科学这一现象的忧患意识。她运用非凡的想象,前瞻性地揭示了工具理性的盛行有悖人文传统的后果,即导致个人心智与情感的失衡、个人主义的膨胀,乃至人类共同体的瓦解,甚至会因为滥用科学技术而导致人类毁灭的悲剧。玛丽·雪莱所处的年代,科技潮流举世滔滔,但是她冷静地予以反思,对科技在人类手中潜藏的风险做了未雨绸缪的设想,表达了她的科技焦虑,或者说转型焦虑和文化焦虑。

总之,沃波尔、柯勒律治和玛丽·雪莱都在各自作品中表达了转型焦虑。仅从这一角度来审视他们的作品,就能感受到他们与文化观念史的互动。

第一节
沃波尔的焦虑和愿景:《奥特朗托城堡》中哥特元素的政治解读

《奥特朗托城堡》(*The Castle of Otranto*)(以下简称《城堡》)是英国作家、辉格党人霍勒斯·沃波尔(Horace Walpole,1717—1797)的作品,它初版于1764年,有哥特小说的"开山之作"之称。在不少主流批评家眼里,这部小说除了在文类上有"别具一格"的创新,其他方面似乎乏善可陈,常被看作一部逃避现实、哗众取宠的廉价之作。[①] 不过,随着20世纪末"文化研究"的兴起,哥特文学成为研究热点,作为该文类滥觞的《城堡》再次走入学者视野。[②] 我们认

[①] 比如19世纪著名史学家、批评家麦考莱就在《爱丁堡评论》(*Edinburgh Review*)中撰文,认为它是"一堆前言不搭后语的奇思怪想,尽是矫揉造作"。参见 Cristal B. Lake, "Bloody Records: Manuscripts and Politics in *The Castle of Otranto*," *Modern Philology* 110, No. 4 (May 2013): 489-512, 501.

[②] 详见黄梅:《推敲"自我":小说在18世纪的英国》,第365—389页;苏耕欣:《哥特小说——社会转型时期的矛盾文学》,北京:北京大学出版社,2010年。

为,《城堡》虽然是一部存在不少瑕疵的消遣作品,但它在文化意识形态上的影响不容小觑。它以独特的表达方式呈现了 18 世纪后期以作者为代表的中产阶级在社会急剧变迁之际的"转型焦虑",以及他们憧憬理想的社会形态,借以舒缓压力和焦虑的乌托邦冲动。

一、哥特:"转型焦虑"的另类表达

新的文类和文学程式、风格的产生,既是文学传统和审美趣味继承和发展的结果,又与新的、特定的社会文化语境息息相关。按照伊格尔顿的界定,所谓"新的社会文化语境",就是某种文化中巨大的社会或意识形态变迁所导致的"集体心理需求"。[①] 哥特小说在 18 世纪后期的走红似乎很好地说明了这一点。如果如伊恩·瓦特(Ian Watt)所说,小说在 18 世纪的产生与当时中产阶级文化的兴起有不解之缘,是中产阶级个人奋斗、自我独立、进取精神的表达和延伸,那么,作为其分支的哥特小说则是这番经验的另类叙述。所谓"另类",指的是它异乎当时主流的新古典主义的理性、克制、写实的创作风格,而是将其中经验的生存焦虑和愿望诉诸奇异的想象,通过描写暴力、恐怖和超自然现象,曲折而隐晦地回应内心需求。

沃波尔的《城堡》问世于 18 世纪后半叶。此时,方兴未艾的工业革命正使英国逐渐从农业社会转向经济发达、国力强盛的工业社会。这一方面提高了国民的生活水平和民族自信,另一方面也因社会急剧转型而导致失序和混乱:阶级升降引起了社会结构和心理的变化;经济繁荣背后,物欲膨胀和享乐主义甚嚣尘上;连绵的战争和频发的恶性暴力事件带来恐慌不安;政治体制上的压抑腐败以及党派间的争权夺利令人备感失望,等等。现实的纷扰和动荡让人无所适从,颇觉"今不如昔",社会上弥漫着一股浓重的崇古怀旧气息。这股怀旧思潮促发了 18 世纪 40 年代一场重振中世纪建筑的"哥特复兴"(the Gothic Revival)运动,其开路先锋便是酷爱古董收藏和艺术研究、同时擅长文学创作的霍勒斯·沃波尔。至今还屹立在伦敦西南特威克纳姆的仿古地标"草莓山庄园"(Strawberry Hill House)就是他在那次复兴运动中具有历史意

---

① Terry Eagleton, *Marxism and Literary Criticism*, Berkeley and Los Angeles: University of California Press, 1976, 20-27.

义的代表作。庄园采用高耸的尖塔、厚重的石墙、狭长的窗户、彩色的玻璃等中世纪建筑的元素和风格,让观看者产生埃德蒙·伯克所谓的"崇高感",在端庄典雅的新古典主义建筑一统天下的18世纪,这一外形嶙峋突兀的"另类"建筑给人以强烈的视觉冲击和精神体验。《城堡》可谓沃波尔将"哥特复兴"大业扩展到文学界的"一个创作实验",正如他在小说第二版的"序言"中所说,该作旨在"创造一种新类传奇",①将"古代传奇"的"纯想象和不可能性"与受"普通生活"的"可能性规则"制约的"现代传奇"糅合在一起(7)。通过描写神秘、离奇等激烈的"反常",如超自然的鬼怪神灵、暴力恐怖事件,以及最后的征服和回归常态,这类作品使人在巨大的"惊吓"和"恐惧"的刺激后,释放压力,并在想象世界里暂时获得应对并解决现实世界矛盾的信心。哥特复兴是对启蒙时代以平静、理性、中规中矩为特征的新古典主义美学的一次逆袭,它为现代唯理主义束缚下的人们提供了诗性的灵感和想象的空间,或如著名文化学者庞特(David Punter)所说,为"英国文化带来了它所迫切需要的激情、活力和宏大的精神"。②

18世纪的"哥特复兴"运动,在一定程度上是对当时社会制度、文化气候的不满和反叛,而想象中的中世纪则成了与之相比照的"过去的好日子"。另外,想象和重构中世纪一方面适逢其时地赋予一个崛起中的国家所需要的一种源远流长的历史感,另一方面也为中产阶级提供了表达内心不安、抒发社会转型焦虑的途径——此时的中产阶级虽然随工业革命而处于迅速上升阶段,但自觉根基不稳,前景不明。《城堡》明显徘徊在两个时空,即中世纪的意大利公国和"当下"18世纪的英国之间,故事和人物形象古今气息兼备,产生了扑朔迷离的效果。学者博廷(Fred Botting)这样概括哥特元素与时代危机和转型焦虑之间的契合:

将当下投射到一个哥特式的过去,是作为更广泛的政治、经济和社会剧变

---

① Horace Walpole, *The Castle of Otranto: A Gothic Story*, edited with an Introduction by W. S. Lewis, London: Oxford University Press, 1964, 12. 后文出自同一版本的译文,将随文括注出处页码,不再另注。

② David Punter, *The Literature of Terror: A History of Gothic Fictions from 1765 to the Present Day*, London: Longman, 1996, 55.

进程的一部分出现的：18世纪哥特式地迷恋骑士制度、暴力、神奇人物和狠毒的贵族这一现象，产生于资产阶级和工业革命时期，一个启蒙哲学和观念不断世俗化的时代。它与封建制向商品经济转向有着紧密的关系，其中财产、政体和社会的概念正经历大规模的转型。与此同时，有关自然、艺术和主体性这些观念也被重估。因此，哥特与跟当下的危机和变迁相关的焦虑和恐惧产生了共鸣。①

博廷的这一概述可谓切中肯綮，尤其是对"大规模转型"和"焦虑"的强调。

哥特元素被称为"处理西方文化最根本的恐惧和焦虑的一个重要的、多层次且具深刻象征意义的手段"，②它既是作家有碍于现实压力，迂回地表达对现实不满和焦虑的书写策略，又是在一个社会迅速发展变迁的时代寻找承上启下的历史延续性的诗性表达。作家们抚今思昔，寻求当下与过去以及未来的某种对话的可能，试图从中获得化解困惑及焦虑的途径，探索心中对社会政体的朦胧愿景。由于早期哥特小说绝大多数描写的是胸怀抱负、但处于中层或中上层阶级的白人的心理状态和经验，他们过去受专制贵族或教士控制，如今有了往上层升迁的可能，而读者群又绝大多数是中产阶级和盎格鲁人，③因此，哥特小说包含了典型的中产阶级"集体心理需求"，而《城堡》就是其中的代表。

二、哥特：中产阶级的焦虑

中产阶级的政治焦虑，主要体现在他们的身份焦虑和政体焦虑上。英国的中产阶级亦称"中等的一类人"，崛起于17世纪资产阶级革命和工业革命，在当时是一个相对临时的社会阶层，其成员类型广泛，"从拥有大量商业财富并控制着首都的城市老板一直到相距甚远的小零售商或工匠"，④一般包括企业主、商人、手工业者、医生、律师和经纪人，还有因长子继承制而失去贵族头

---

① Fred Botting, "In Gothic Darkly: Heterotopia, History, Culture", in *A New Companion to the Gothic*, ed. David Punter, Hoboken: Wiley-Blackwell, 2012, 13 – 14.
② Jerold E. Hogle and Andrew Smith, "*Revisiting The Gothic and Theory: An Introduction*," *Gothic Studies* 11, No.1(2009): 1 – 8, 1.
③ Jerold, E. Hogle, ed., *The Cambridge Companion to Gothic Fiction*, Cambridge: Cambridge University Press, 2002. 3.
④ 保罗·兰福德：《18世纪英国：宪制建构与产业革命》，第176页。

衔、落入"中产阶级"行列的贵族幼子(女)。沃波尔就是一例:他是首相罗伯特·沃波尔(Robert Walpole,1676—1745)的幼子,因而无权继承爵位,直到晚年无后的长兄去世,才得到贵族头衔。除了"落魄"贵族,中产阶级一般都出身卑微,白手起家,依靠自己的才能发财致富。他们虽主宰国家的经济命脉,但缺乏相应的社会地位。在乔治三世国王(George Ⅲ,1738—1820)统治初年,贵族寡头不仅沿袭土地和财富的所有权,还控制议会,独霸政治权力。中产阶级对此虽多有怨愤,但在对经济和政治切身权益的诉求上,他们总是小心翼翼、诚惶诚恐,究其原因,无非是他们脱胎于社会底层,财富大多是以暴力手段从以前的贵族手中夺得的。对自己现有的"暴发户"身份,中产阶级大都充满矛盾认识,内心总有难言的"原罪"之隐和自卑情结。他们一方面支持民众反抗政府,希望从中改善自己的处境,另一方面又害怕社会因此动荡混乱,到头来殃及自己的既得利益。身份焦虑使中产阶级在社会变革面前患得患失、犹豫不决。

《城堡》主要讲述中世纪意大利某公国一冒牌君王,他因非法继承爵位而惨遭超自然力量报应,最后不得不将王位退还给合法继承人。情节虽如此,却隐喻了英国18世纪后期中产阶级的身份焦虑。故事中,现任非法君王曼弗雷德是一个披着封建社会贵族外衣、身份可疑的资产阶级暴发户,他从祖父里卡图那里继承了王位。里卡图是当年先王"好人阿方索"的一名侍从,他下毒谋杀阿方索并伪造他的遗嘱,登上王位宝座,走出了一条底层人非法、血腥的升迁发迹之路,而这也使他的子孙后代从此生活在一个可怕的"古老预言"的魔咒里:"当奥特朗托城堡真正的主人长得太大,不再能在那里安居时,现在的君王家族就会失去该城堡及其封号"(15—16)。曼弗雷德为了掩盖自己黑暗的家族史和非法君主的身份,变本加厉地执迷于权财,酷似一个孤注一掷的现代个人主义者。为保住家族的爵位和财富,他不择手段,安排体弱多病的儿子康拉德与贵族少女伊莎贝拉结婚,妄图使自己的后代拥有贵族血统,从而"洗白"自己的非法身份。当儿子在新婚之际被从天而降的巨盔击中死去,他不顾社会禁忌,强迫准儿媳与自己结婚生子。伊莎贝拉拒绝他后逃逸,于是他进行了追捕,不料祖上弑君篡位的家丑露出水面,曼弗雷德的君主身份被证伪。而与此同时,一位被他诬陷谋害他儿子的青年"农民"西奥多被指认为先王阿方索流落"民间"的外孙。真正合法的继承人出现了，于是在超自然神秘力量的威慑下，王位和城堡归还原主，西奥多正式继承王位。可见，小说借古讽今，隐喻英国18世纪阶级的升降变迁及其背后可能存在的身份和"发家史"黑幕，从而揭示中产阶级的身份焦虑。

除了描写身份焦虑，《城堡》还呈现了中产阶级的政体焦虑。英国是一个传统的世袭制国家，贵族爵位继承的"合法性"问题向来是社会的一大忧患，历史上爵位之争层出不穷，而由此引发的弑君篡位事件也成为文学作品屡见不鲜的题材。沃波尔最崇敬的莎士比亚戏剧《哈姆雷特》和《麦克白》就是其中的典范。实际上，这些莎剧中神秘预言、弑君夺位和先帝阴魂归来等情节几乎是《城堡》潜在的参照文本。虽然《城堡》的故事发生在中世纪的意大利城邦，但作品人物与情节具有高度的史实性。比如，曼弗雷德这个冒牌的封建君主为保住家族的非法爵位，丧心病狂地威逼已故儿子的未婚妻与自己结合生子，还谎称自己与年老不育的发妻婚姻非法，迫使教会准许他离婚，当教会识破他的阴谋、断然否决他的要求后，他恼羞成怒，恶语威胁神父，亵渎宗教，这些行为都让人自然联想到历史上亨利八世的劣迹。[①] 作者在揭露讽刺封建君王狭隘、偏执的同时，质疑了君主/贵族世袭制的合理性，并指出其危害。除了它固有的长子继承制以及传男不传女的惯例可直接导致婚姻和家庭危机外，体制本身只认血统、无视继承者德行和才能的做法，也是社会不公的表征。作者借神父贾勒密之口，直接否定了所谓的血统高贵论："什么是血统！什么是贵族！我们都不过是可怜的满身罪孽的爬虫。只有虔诚才能使我们与泥土区分开来，我们来自尘土，归于尘土"(55)。人生来平等，这既是宗教信仰，也是当时启蒙运动现代民主思想的体现。18世纪不少中产阶级的知识精英——如丹尼尔·笛福、沃斯通克拉夫特(Mary Wollstonecraft, 1759—1797)等——都反对君主制和贵族的世袭特权，呼吁推行民主政治，赋予女性教育权，实现自由、平

---

① 亨利八世娶哥哥的遗孀凯瑟琳为妻，凯瑟琳没能生下男性继承人，亨利八世便以《圣经》中弟娶兄嫂者会无后代的说辞为由，要求离婚。凯瑟琳坚持自己的王后身份，拒绝离婚；教皇也没有批准亨利八世的这一请求。但亨利八世不顾教皇的反对，1533年与有私情的女侍官安妮·博林秘密结婚，罗马教皇由此宣布将亨利八世驱逐出教。作为报复，英国国教随即立法脱离罗马教廷，大主教克兰麦立刻宣布亨利与凯瑟琳的婚姻无效，与安妮·博林的婚姻合法。亨利八世一生共结婚六次，第三次婚姻得到了唯一的男性继承人——儿子爱德华·都铎。

等的理想,《城堡》也显示了沃波尔的这种进步思想和政治意识。然而,值得注意的是,小说对篡位者曼弗雷德"恶棍化"的塑造,特别是最后世袭制拨乱反正和"完璧归赵"的结局安排,还是暴露出中产阶级作者迂腐、保守的政治观:他虽有要求平等、民主的意识,但在现实面前往往首鼠两端,甚至妥协将就,这种矛盾性正好表征了他因紧张的身份焦虑而导致政治立场的模糊甚至"反动"。

贵族世袭制导致权力和财富的不公,而专制统治更是压抑了中产阶级对于自由、民主的追求,作品描写的中世纪封建专制情节充满了对现实世界(特别是 18 世纪英国汉诺威王朝)的影射。暴君曼弗雷德愚弄百姓,以"莫须有"的罪名无端指控"农民"西奥多谋害他的儿子康拉德,并将他打入地牢,进行残酷迫害,这一侵权暴行与英国当朝国王乔治三世的专制独裁不乏相似之处。乔治三世在位初年,对外军事冲突不断,特别是"七年战争"(1758—1763),在国内引发重大分歧和争议,不仅使得政局动荡,高额的债务和税收也让百姓怨声载道。乔治上台后强化在"光荣革命"后被削弱的王权,操纵议会和政府,打压长期以来控制政府的辉格党集团势力,使他们失去了在政界一直占据的主导地位。面对新的专制王朝,著名新闻记者、辉格党人约翰·威克斯(John Wikes,1725—1797)及其支持者于 1763 年发动了一场要求"老的英国自由和新的英国权利的运动",这是一场具有里程碑意义的中产阶级激进运动。其间,威克斯因在报刊上谴责国王乔治三世和当局压制民主,被判"叛国罪"和"煽动罪"而锒铛入狱。同为辉格党人的沃波尔认为,这是赤裸裸的滥用国家权力、践踏民主和违反新闻自由的做法;而就在次年春天,他的密友亨利·康卫(Henry S. Conway,1721—1795)将军又因反对无处不在的"搜查令"而遭免职。出于义愤和对当局的失望,沃波尔从政坛告退,隐居草莓山庄。在那里他奋笔疾书,短短两个月内一气呵成《城堡》的创作。小说中曼弗雷德愚弄百姓、囚禁西奥多的行为,与乔治三世将威克斯关押在伦敦塔可谓虚构与现实的呼应。

沃波尔成长在一个政治气息浓厚的家庭,父亲罗伯特·沃波尔是汉诺威王朝内阁长期掌权的辉格派党魁,也是首位英国首相。作为"官二代",他自己年纪轻轻便步入政坛,曾是英国辉格党的一名议员。尽管后来他告别政坛,投身艺术和古董的收藏及文学创作,但是,他的政治关切始终没有改变。他一生捍卫君主立宪制,认为那是完美的政体。晚年在给一个朋友的信中,他这样表达自己的政治信念:"在过去的 45 年间,我始终遵照[光荣]革命时制定下来的宪法原则,那是据我所知世上最好的政府形式,它宣扬自由,保护财产,鼓励贸易,成就了人民的自由、富裕和胜利。"① 然而,这个在他看来最好的立宪政体,却在诞生了半个多世纪后遭到汉诺威王朝的蔑视和践踏。乔治三世国王滥用王权,过度干涉公民自由,不仅违背 1688 年《权利法案》确立的有关规定,也与启蒙运动所宣扬的民主、自由、正义理想背道而驰,是严重的倒行逆施。作者借中世纪封建君主的专制独裁故事隐喻当局,表达了自己对社会变革转型期政治局势的不满和忧虑。

此外,作品还反映了作者对性别专制的焦虑。尽管小说围绕男人间权力和财产的转移问题展开,然而,由于这个过程离开女性就无法实现,所以它同时也折射出当时社会的两性关系状况。无论是中世纪封建社会,还是 18 世纪资本主义社会,父权制的文化性质始终没有改变。女性虽然担负繁衍后代的大业,是一种制度和主流秩序得以延续的保证,却无权无势,被动而无助。作品中曼弗雷德的发妻希波里塔就遭遇此命运:曼弗雷德罔顾她的存在,也不顾当时的乱伦禁忌,强迫亡子的未婚妻与自己结合,目的无非是借用她的贵族身份和年轻的身体为自己生个血统贵族化的男性子嗣,以便续上"香火"。另外,未嫁的女儿是父权制家庭里的一件可以随意处置的私有财产。曼弗雷德与前来讨伐自己、寻找女儿伊莎贝拉的先王后裔弗雷德里克相互勾结,私下密谋将彼此的女儿许配给对方,企图以"联姻和亲"的方式构建政治和经济联盟,女儿们成了自己贪权恋财的父亲们实现政治和经济野心的工具,玛蒂尔德甚至还惨遭父王曼弗雷德误杀而身亡。这些情节充分说明女性在王权、父权和家长制多重压迫下卑贱的地位和身不由己的悲惨命运。

相比中世纪,18 世纪资产阶级女性的生存状况虽有所改善,甚至能享受较闲适自由的生活,但仍然没有什么政治权益和地位。兰福德在论述 18 世纪英

---

① Paul Langford, "Walpole, Horatio, Fourth Earl of Oxford (1717 - 1797)," in *Oxford Dictionary of National Biography*, Oxford University Press online, 2011 - 08 - 22, http://www.oxforddnb.com/view/article/28596 (accessed 2016/8/11).

国中产阶级历史的著作中写道:妻子在法律上是"已婚女人"(femmes coverts),实际上则被剥夺了与丈夫分享家庭财产的权利,地位相当于奴隶。① 她们还随时可能因遭到丈夫遗弃而失去生存的保障。由于社会几乎不为"体面的"中产及中产以上阶级女性提供就业机会,婚姻几乎是她们长大后安身立命的唯一途径,更是她们改善社会地位的唯一凭借。这一点在同时代小说家笔下,特别是在简·奥斯汀的作品中已得到充分揭示。由于没有政治地位和权益保障,她们在婚姻里大都习惯性地压抑或泯灭自我,顺从丈夫,委曲求全。沃波尔以曼弗雷德对妻子的暴政和妻子无条件的逆来顺受,隐喻18世纪严重的性别等级制,表达了他对性别专制的关切。

在表达以上社会转型焦虑时,作者运用大量哥特元素,制造阴森恐怖的氛围,如神出鬼没的古堡、漆黑幽闭的地下室、迷宫般的暗道和重重机关以及令人心惊肉跳的各种声响,等等。它们都是中产阶级内心的欲望、焦虑和恐惧的外在表现。作品中出现最多的是被奸臣谋害的先王阿方索的阴魂,它似乎始终盘桓在城堡上空,密切关注城内动静,似在伺机报仇雪恨,东山再起。每当非法君王图谋诡计或实施恶行时,阿方索总会准时显灵。比如,在曼弗雷德心急火燎地安排病重的儿子康拉德与伊莎贝拉结婚之际,阿方索的鬼魂化身一个"比有史以来任何盔状物都大一百倍的""致命的"头盔,不偏不倚砸中准新郎,使其瞬间"粉身碎骨,血肉模糊地葬身于庞然大物之中",现场惨不忍睹,目击者无不惊恐万状,失声尖叫(16—17)。传宗继业的儿子遭遇的这一飞来横祸,表面上是旧的封建主对取代它的资产阶级的报复,但是从深层次来说,它是篡夺者潜意识里对自己罪恶发家史、冒牌身份以及家业朝不保夕的焦虑和忧惧的体现。阿方索的鬼魂还在关键时刻显出原形。例如,在曼弗雷德谋命夺位的真相大白天下后,只见电闪雷鸣,地动山摇,瞬间夷为平地的城堡废墟上突然出现先王阿方索的身影,他宣布西奥多是阿方索家族的后裔和合法继承人,为拨乱反正、恢复整个贵族制度起了关键作用。这个哥特意象既是资产阶级渴望宽厚仁慈的明君阿方索在朝的"好日子"能重现的象征,也是中产阶级不满当下专制势力,潜意识里充满报复欲望和冲动的标志。此外,贯穿全

---

① Paul Langford, *A Polite and Commercial People: England 1727-1783*, Oxford: Oxford University Press, 1989, 110.

文、成为经典"哥特"意象的古堡和幽灵是男性特征和父权意志的象征,而伊莎贝拉为逃脱曼弗雷德的性侵魔爪,穿越漆黑幽闭、机关重重的地下室的历险,几乎成为后来"女性哥特小说"(Female Gothic)[①]的程式化标配。那些令人毛骨悚然的场景实际上是弱女子对所处父权社会内心感受的外向投射,传达的是在严酷的父权势力下,女性对自我生存环境和状态的极度焦虑和恐惧。总之,作品中的哥特元素成为中产阶级男女在社会转型期,被压抑的政治欲望和身份焦虑的外在呈现,而它"将当下社会结构所隐藏的暴力移置过去,化成幻想的往昔",[②]这一表现手法产生了一箭多雕的功能,使哥特文学成为中产阶级在社会转型期表达自身心理、文化渴望的理想文学形式。

三、哥特:模糊、保守的愿景

面对工业革命和社会变迁、转型带来的各种社会问题和"政治焦虑",中产阶级的文人墨客在发思古之幽情的同时,设想着克服社会危机、疏解心头转型焦虑的可能性,而《城堡》的结局便寄托了作者的这种愿景。

小说第五章作为结尾,叙述节奏明显加快,甚至显得异常急促,几乎每一句都是情节的推进:玛蒂尔德被父亲曼弗雷德误杀身亡;阿方索的阴魂捣毁象征曼弗雷德腐败权势的奥特朗托城堡,并宣布西奥多是他真正的继承人;曼弗雷德忏悔并如实交代自己祖父毒杀阿方索、伪造遗嘱登上王位的经过;神父贾勒密则揭开作为阿方索后裔的西奥多的身世之谜;次日早晨,曼弗雷德退位并与妻子归隐修道院;弗雷德里克将女儿伊莎贝拉交给城堡的新晋主人和君主西奥多,意味着两人缔结婚姻。这样,一切可谓在"物"归原主、拨乱反正中重获秩序,特别是爵位和正统世袭王位得到了恢复。小说在西奥多略带伤感的"感悟"中仓促结束:"他相信,他必须找一个能理解自己的伴侣,后者会永远安抚他那被忧郁所占据的灵魂,否则他就不会幸福"(110)。

相比前面激烈的矛盾冲突,这样貌似"大团圆"的匆忙结尾明显如强弩之末,显得有气无力,有虎头蛇尾、"敷衍了事"之嫌。[③] 这样的"收场",除了与

---

① Ellen Moers, *Literary Women*, London: The Women's Press, 1978, 90.
② Langford, *A Polite and Commercial People: England 1727-1783*, 218-219.
③ 苏耕欣:《哥特小说——社会转型时期的矛盾文学》,第8页。

18世纪小说喜闻乐见的大团圆传统有关,更与作者矛盾的思想和立场一致。从结局看,作者不仅没有质疑或褒贬封建家族世袭制,反而在维护旧制度正宗血统贵族的复原,导致学界认为《城堡》有"反动的怀旧"情结,①是"旨在支援贵族势力的一种尝试"。② 美国学者里切特(David H. Richter)甚至认为小说反映了沃波尔渴望回到那个旧时代的心愿,那时"秩序不被质疑,也毋庸置疑,君主至高无上,暴君甚至不必假装受过启蒙教育"。③ 如此说辞虽有些偏激,但在揭示沃波尔的保守、甚至"反动性"上不无道理。实际上,《城堡》显示了18世纪后期不少哥特小说——如拉德克利夫(Ann Radcliffe,1764—1823)和路易斯(Matthew Lewis,1775—1818)等人的作品——的一个共同特征,即逆历史潮流的设想。这一方面归咎于长期以来封建文化的熏陶,使中产阶级内心认同并艳羡贵族制和贵族文化(尤其是作者本人,从小优裕的生活环境早使他内化了封建贵族文化和价值),另一方面则源自作者对"当下"变迁莫测的社会现实的失望。怀旧式的期许和幻想成了他逃避现实的庇护所,就在《城堡》出版一年后给友人的一封信中,沃波尔这样写道:"你知道,愿景(visions)一向是我的桃花源(pasture),我远没有活到与它们的虚空计较的年岁,我几乎认为,把所谓的人生现实与愿景交换是无可伦比的智慧。古老的城堡、古老的画像、古老的历史以及古人的絮语,这些把你带回到那个不会令你失望的年代。"④这样的表述,直白地表明了作者怀旧、守旧的心态和立场。虽然他明知封建贵族制意味着专制、等级制和阶级压迫,绝不是理想的社会形态,但是现代社会的动荡失序和人心不古,终使他对资产阶级建立更胜一等的社会政治体制缺乏信心和勇气。与其寄希望于一个危机四伏、前景未卜的新体制,不如恢复曾经的、想象中秩序井然的贵族等级制。小说最后呈现了一个集古代骑士风范和现代民主精神于一身的年轻君主,以及他从容面对古老废墟的意象。值得注

---

① Maggie Kilgour, *The Rise of the Gothic Novel*, London and New York: Routledge, 1995, 26.
② Ellen Malenas Ledoux, *Social Reform in Gothic Writing: Fantastic Forms of Change*, 1764-1834, New York: Palgrave Macmillan, 2013, 37.
③ David H. Richter, *The Progress of Romance, Literary Historiography and the Gothic Novel*, Columbus: Ohio State University Press, 2015, 70.
④ Qtd. in W. S. Lewis, "Introduction," in *The Castle of Otranto: A Gothic Story*, London: Oxford University Press, 1969, x.

意的是,作者对西奥多这个新君主的刻画可谓极尽赞美之辞。在他笔下,西奥多是骑士精神的化身,而骑士精神历来有"纯真的古不列颠传统"之称,对现代英国乃至整个欧洲的民族性格的塑造有深远影响,骑士因而常成为中世纪题材的哥特小说的必备元素。在作品中,这位据称有着"高贵血统"的年轻人"谦逊而高雅",他不畏强暴,一身正气,不仅路见不平,舍己为人,还侠骨柔肠,忠于爱情。他既是作品中反复说到的"好人阿方索的转世再生"(18、38),又是横空出世的"一个新型文化英雄",[1]他高尚的人格和美德恰好与当下非法君王曼弗雷德的自私、狭隘、贪婪和冷酷无情形成了鲜明的对比,同时也与18世纪高度竞争和重商语境下自我奋斗、唯利是图的价值观和处世方式大相径庭。这里,作家显然有感于"今非昔比"、世风日下的大环境,渴望随着时代消失的骑士精神能"复活"。在他眼里,这种古老的精神无疑是一种优秀文化,能改善社会风尚,促进社会良好的秩序,从而化解社会矛盾和危机。这样的乌托邦冲动,有意无意间迎合了伊格尔顿所说的"集体心理需求",《城堡》在当时一版再版,供不应求的畅销即证明了这一点。

当然,如此乌托邦愿景,依照伊格尔顿的看法,属于"坏"乌托邦,即毫无现实基础的一种痴心妄想。[2] 因为在18世纪资本主义经济蒸蒸日上、封建贵族势力日薄西山的背景下,恢复贵族制的正统性无疑是倒行逆施,不仅不合时宜,也不可能实现,它只是作者的一个白日梦,暴露的是他保守的政治观念。这种保守性既与他所处阶级的尴尬地位分不开,也与英国长期以来"保守"的政治改良传统一脉相承。相比欧洲大陆上一些国家选择疾风暴雨、摧枯拉朽般的"革命"道路,英国更崇尚和风细雨、循序渐进式的社会改良。比如,对于当时"法国大革命",沃波尔高度同意并赞赏埃德蒙·伯克对此事件的"反思"和立场,[3]后者在清点"法国大革命"留下的"遗产"时,专门与英国1688年的"光荣革命"做了一番比较,并不无骄傲地写道:

---

[1] Toni Wein, *British Identities, Heroic Nationalisms, and the Gothic Novel 1764-1824*, New York: Palgrave Macmillan, 2002, 49.
[2] Eagleton, *The Idea of Culture*, 22.
[3] 参见 Robert A. Smith, "Walpole's Reflections on the Revolution in France," in *Horace Walpole, Writer, Politician, and Connoisseur*, ed. Warren Hunting Smith, New Haven and London: Yale University Press, 1967, 92-93.

保护我们古代的、无可争辩的法律和自由,以及我们唯一借此寻求法律和自由安全感的古代政府宪法……缔造一个新政府的想法足以使我们厌恶和恐惧。我们在光荣革命时期祈望,现在也祈望,我们拥有的一切都是我们从祖先那里继承的遗产。面对这笔遗产,我们小心翼翼,不让任何怪物嫁接在这棵植物上。我们所做的一切无不遵循对古老原则的敬畏。①

可见,英国式的政体变革遵循对传统的尊重。作者让西奥多这位新时代的年轻君主沿袭古老的体制,在温柔善良、机智勇敢的伊莎贝拉的陪伴下继往开来。小说在一个百废待兴的遗址面前戛然而止,留给读者一个貌似喜大于忧的遐想和展望。这个乌托邦式的结尾既是中产阶级对现实矛盾和冲突的暂时回避,也是他们渴望结束混乱、回归秩序的愿景,某种程度上是自我纾解"转型焦虑"的一个策略,也就是一种文化策略。

总之,由于作者对18世纪中后期英国社会的政治和文化形势认识不清,《城堡》这部哥特小说从主题思想到故事情节设置都充满矛盾。矛盾性几乎也成为此后哥特小说的一个共性。它的模糊和保守恰好表现了身处社会转型中的资产阶级本身的政治处境和立场。小说的"哥特"想象和叙事通过激烈的矛盾呈现和最后的妥协,在想象的世界里获得某种心理的安慰和平衡。这种想象是文化层面的想象,它既折射出先前文化观念的流变,又影响了随后文化观念的走向。

第二节

《古舟子咏》:柯勒律治的文化救赎之梦

柯勒律治生活的年代历经了前所未有的社会大变故:工业革命、法国大

---

① Edmund Burke, *Reflections on the Revolution in France and on the Proceedings in Certain Societies in London Relative to that Event*, Cambridge: Cambridge University Press, 2013, 44-45.

革命、拿破仑战争,以及随之而来的社会动荡和一系列的政治变革。在当时,工业文明以一种不可逆转的趋势逐渐取代农业文明。这种社会转型不可避免地冲击并颠覆原有的社会秩序。伴随着人口的迅速增长和大量人力被机器取代,失业问题日趋严重,社会贫富日益加剧,穷人生活每况愈下。农民骚乱、产业工人的破坏机器行动、各种大小规模的抗议游行时有发生,英国社会阴云密布,大有步法国后尘、走上暴力变革之途的前兆。可以说,整个社会陷入一种可怕的转型焦虑之中。针对这种情形,柯勒律治认为自己作为有责任心和有良知的知识分子,有义务提出自己的解决之道。他分析、探究社会问题的根源,并就此开出自己的药方。

一、作为文化先知的柯勒律治

人们普遍认为,柯勒律治一生中经历了较大的思想转变,即从早年的激进主义到晚年的保守主义。且不论这种观点正确与否,至少可以肯定的是,在他身上可以看到一种一以贯之的作为文化先知的情怀。作为一个先知式的人物,他既攻击贵族、精英制,同时也批判民主主义的不足,并致力于使之完善;他既是一个激进主义者,又是激进主义的批判者。[1] 如果说法国大革命的血腥使柯勒律治转向保守,那也只是他那"文化先知式的义愤"(prophetic indignation)[2]使然,也正是这种同样的"义愤"使他早年变得"激进"。对于自己的心路历程,柯勒律治在其去世前一年(即1833年)的一封书信中这样写道:"从一开始,我就寄希望于通过个人心智的培育以及个人之间的道德影响来促进人类的进步,舍此别无他法。简而言之,即通过'福音'(The Gospel)。我在第一部散文作品《致民众书》中是这样说的,当时我23岁;现在我63岁,仍然坚持这一观点。"[3]在此,表面看来,柯勒律治强调的是宗教的力量,但我们通过阅读他晚年的《据教会理念与国家理念论政教宪法》一书,便可以发现他把"福音"概念泛化成了广义的文化。我们还不难发现,柯勒律治在其大量著

---

[1] Leonard W. Deen, "Coleridge and the Radical of Religious Dissent," *The Journal of English and Germanic Philology* 61, No. 3 (Jul. 1962): 510.

[2] Ibid.

[3] Samuel Taylor Coleridge, *Unpublished Letters of Samuel Taylor Coleridge*, ed. Earl Leslie Gridds, London: Constable & Co. Ltd., 1932, Vol. II, 452.

作中，试图通过传播自己的"福音"，来应对处于转型阵痛期的英国所面临的种种问题与挑战。著名学者威利(Basil Willey)指出："柯勒律治的文学和智识洞见使他站在一个制高点上，从这里，他可以俯视这个国家在 19 世纪的未来状况，并先行回答时代精神随后要提出的种种问题。"① 柯勒律治谴责功利主义、物质至上主义，将传承与发展文化以促进社会健康发展的使命赋予他所称的"知识阶层"(clerisy)。柯勒律治毕一生精力来探寻如下问题：何为真正的自由学者？其责任何在？在他看来，一个学者不应独坐书斋，而应关切民众，"以其学识助民众理解其使命，并力促其实现"。② 从某种程度上可以说，柯勒律治将文化救赎的责任赋予了《古舟子咏》的老水手与《据教会理念与国家理念论政教宪法》中的知识阶层。不过，他的这种文化救赎的努力终归难遂人愿，但这种努力本身对英国社会特别是知识界却影响深远，尤其是跟文化观念史形成了互动。

二、《古舟子咏》：文学想象与文化救赎

1798 年 9 月，由柯勒律治和华兹华斯合著的《抒情歌谣集》出版，开创了英国浪漫主义的先河。该诗集的开篇之作便是柯勒律治的《古舟子咏》，这首分为七部分、长达 625 行的诗歌与《忽必烈汗》《克利斯特蓓尔》一起奠定了柯勒律治在英国文学史上的地位。诗集虽是二人合著，但二人的风格与旨趣却大相径庭。对此，柯勒律治本人在《文学传记》中做出了清晰阐释："我的诗歌应该指向超自然的或至少是浪漫的人与物之上……而华兹华斯为自己确定的目标是，通过把心灵从惯性的冷漠状态唤醒，将其引导到我们眼前世界的美好与奇异，从而使日常的事物产生魅力，进而激发一种超自然类型的情感。带着这种观点，我写了《古舟子咏》《克里斯特蓓尔》。"③ 在柯勒律治的意识中，自然或日常生活与超自然本质上并无多大不同，而且以二者为内容的诗歌都指向共

---

① Basil Willey, *Nineteenth-Century Studies: Coleridge to Matthew Arnold*, Harmondsworth: Penguin Books, 1964, 40.
② George Ripley, "Introductory Notice," *Philosophical Miscellanies*, trans. from French, 2 Vols, Boston: Hilliard Gray, 1838. Vol. I, 36.
③ Samuel Taylor Coleridge, *Biographia Literaria*, 2 Vols, ed. James Engell and W. Jackson Bate, Princeton: Princeton University Press, 1983, Vol. II, 9.

同的目标,即通过文学想象,将人们从冷漠状态中唤醒,激发读者的精神感悟,培育其心智,促其道德升华。

作为"超自然诗歌"的代表作,《古舟子咏》采用了民谣的形式,以清新朴实的语言将各种超自然的情景呈现于读者面前。全诗构思奇特、想象丰富、场景怪诞,讲述的故事非常简单:一位老水手(即古舟子)在大海航行中不经意间射杀了一只信天翁,从而给他本人及全船人带来了灭顶之灾,全船人相继受诅咒死去,而他自己由于祝福了海中的水蛇,悲悯之心重现,得以解除魔咒、绝处逢生,最终安全抵岸,不过他从此不停地向世人讲述他的悲惨经历,借以赎罪。两百多年来,评论家们对诗歌主题的解读可谓形形色色,但是很少结合柯勒律治在其晚年常给人以文化先知的印象来解读。考虑到该诗曾有个副题"一个诗人的梦幻"(出版之时在兰姆的极力规劝下被删去),我们以为,将该诗解读为柯勒律治本人的文化救赎之梦,可以说再恰当不过了。

柯勒律治认为个人心智的培育、个体之间的道德影响是促进整个人类社会进步之根本。在《古舟子咏》中,这一思想得到彰显。在此需要强调的是,在柯勒律治的语境中,道德与宗教是密不可分的;对他而言,道德与宗教并无本质的差别。① 我们可以将《古舟子咏》视作一个深刻、复杂的宗教寓言,也可将其看作一个道德寓言。作为全诗的核心人物,老水手历经犯罪(犯错)——忏悔——救赎的过程,心灵得到净化与提升,而此后他不停地向他人讲述自己的遭遇,试图通过故事(文学想象)的力量来影响他人,促进社会整体道德水平与文明程度的提高。

在诗歌中,那艘航行在波涛汹涌的大海上的大船正是当时英国社会的一个最佳隐喻,而船上的水手们则组成了一个小小的社会共同体,他们需要共同面对凶险的当下与不可测的未来。诗歌开篇,大船离港之时一切顺利,似乎未来一片光明:

---

① 柯勒律治在《朋友》中写道:"... in fine, religion, true or false, is and ever has been the *moral centre of gravity* in Christendom, to which all other things must and will accommodate themselves." (italics mine). 译成中文为:"……总之,宗教,无论真伪,过去和现在都是所有基督教国家及其民众的*道德重心*,其他一切都必须也必将为这个重心而作出调适。"(着重号为笔者所加。)参见 *The Friend*, ed. Barbara E. Rooke, 2 Vols, in Vol. IV of *The Collected Works of Samuel Taylor Coleridge*, Gen. ed. Kathleen Coburn, Princeton: Princeton University Press, 1969. Vol. I, 447。

> 人声喧嚷,海船离港,
> 兴冲冲,我们出发;
> 经过教堂,经过山岗,
> 经过高高的灯塔。
>
> 太阳从左边海面升起,
> 仿佛从海底出来;
> 它大放光明,在天上巡行,
> 向右边沉入大海。① (第一章,第 21—28 行)

然而,大船经赤道南行,突遭风暴与浓雾,四处不见生命,呈现一派可怕的景象:

> 冰块雪堆间,雪白的冰山
> 亮晃晃,可怖堪惊;
> 人也无踪,兽也绝种,
> 四下里只见寒冰。
>
> 这边是冰,那边也是冰,
> 把我们围困在中央;
> 冰又崩又爆,又哼又嚎,
> 闹得人晕头转向。(第一章,第 55—62 行)

在此危难之时,一只信天翁飞来,像"基督的使徒"(第一章,第 65 行),助水手们摆脱困境:"一声霹雳,冰山解体,/我们冲出了重围!"(第一章,第 69—70 行)。然而,不知出于什么缘由,老水手却恩将仇报,"我一箭/便把信天翁射

---

① 柯尔律治:《柯尔律治诗选》,杨德豫译,桂林:广西师范大学出版社,2009 年。后文出自同一版本的译文,将随文括注出处诗行,不再另注。

死!"(第一章,第 81—82 行)于是,可怕的惩罚来临:船不能动弹,"太阳如血"(bloody sun),甲板腐烂,"粘滑的爬虫爬进爬出,爬满了粘滑的海面"(第二章,第 43—44 行),"死亡之火"(death-fires)在夜间成群飞舞。所有的水手都口不能言,滴水不能进,极度干渴,认为这一切都是老水手杀水鸟所致,于是就惩罚他,"我颈间十字架被他们取下,/挂上了那只死鸟"(第二章,第 55—56 行)。接着,海上出现一条"幽灵之船"(spectre-bark),船上两个如幽灵般的女人通过掷骰子赌输赢,结果名为"死中生"(Life-in-death)的女人胜了,要下了老水手,而其余的尽归"死亡":

> 两百个水手,一个不留,
> 竟没有一声哼叫
> 扑通扑通,一叠连声,
> 木头般一一栽倒。(第三章,第 74—77 行)

从表面看来,正是由于老水手的罪过,众人才受牵连而丧命。但细究之下,众水手所犯之罪绝不逊于老水手。如上文所述,对所有船员而言,这艘船相当于一个命运共同体,大家理应互爱互助,共渡难关。然而众水手所呈现出来的却完全与此相反,他们自私自利,毫无对共同体内其他成员的悲悯之心。老水手杀死信天翁无疑是一种罪过,但老水手犯罪乃出于一时冲动,这也代表了处于社会转型期的普通民众所感受到的难以名状的焦虑,其罪尚可谅宥;而其他水手对杀鸟行为的态度前后不一,完全出于一种自私自利的考量。他们起先认可这种杀鸟行为,因为有利于己:

> 众人又念叨:全怪那只鸟
> 惹来了重重迷雾。
> "你干得真好,射死了妖鸟!
> 是它惹来了迷雾。"(第二章,第 17—20 行)

此后,其他水手见灾难降临,遂将罪过全部加之于老水手,而不自我反省——

"可怕呀！全船的老老少少/瞪着我，何等凶暴！"（第二章，第 57—58 行）。也就是说，他们的判断完全依据私利。柯勒律治在一些散文作品中曾严厉批判这种自私自利的倾向或行为，因为在他看来，这是损害共同体利益或瓦解共同体的最大罪恶之一。他在许多作品中都强调，人类堕落最大的原因就在于以自我为中心，这在本质上无异于基督教的重罪之一"骄傲"——人类因为"骄傲"而违逆上帝：

······人类的意志就是败坏的，这种堕落意志在其真正意义和严格意义上来说，与如下一词同义，就是"自我中心"（self-centered），换言之，即人类以自己的智力为傲。①

相比于老水手的谦卑与服从，众水手由于以自我为中心、自私自利而犯罪。此外，他们对老水手一直心怀怨恨，甚至死后还以可怕的目光怒视着他，他们不仅失去了对上帝的信仰，更忘记了对同类的宽恕与爱。也正因为如此，他们获罪丧命。

一个健全的共同体，不仅包括人与人之间的和谐关系，同时也包括人与自然的和谐关系。如果说众水手所呈现的是对于同胞（老水手）的对抗与缺乏同情，那么老水手杀死信天翁则损毁了农业文明中人与自然的传统生态秩序与和谐共存的关系，反映了工业文明中的人与自然的分裂与对抗。工业化进程与科学的进步本身是一把双刃剑，一方面人类物质文明与生活水平得以迅速提高，另一方面人类渐渐失去对自然的敬畏，开始残酷地主宰自然、破坏自然。老水手杀死信天翁，"恩将仇报"的行为，本质上也是一种人类中心主义的彰显。人与自然的疏远与对立，必然带来可怕的灾难，人类也难逃由此带来的惩罚，就像诗歌中的老水手那样。他孤独、凄苦地存活在船上，经受巨大的折磨。不但远离亲友人群，而且远离一切活物，连上帝也抛弃了他："我孤孤单单，独自一个/困守着茫茫大海；/那样荒凉，那样空旷！/仿佛上帝也躲开"（第四章，

---

① Samuel Taylor Coleridge, *Aids to Reflection*, ed. John Beer, in Vol. IX of *The Collected Works of Samuel Taylor Coleridge*, Gen. ed. Kathleen Coburn, Princeton: Princeton University Press, 1993, 122.

第 9—12 行)。更可怕的是,他试图祈祷,但口不能言,只能在痛苦与恐惧中熬过生不如死的七天七夜,甚至连睡眠的能力都失去了(第四章)。幸运的是,经历了炼狱般的煎熬,他终于看到漂亮的水蛇,心中涌起爱的甘泉(spring of love),不禁祝福它们:

> 美妙的生灵! 它们的姿容
> 怎能用口舌描述!
> 爱的甘泉涌出我心头,
> 我不禁为他们祝福:
> 准是慈悲的天神可怜我,
> 我动了真情祷祝。(第四章,第 59—64 行)

老水手经历了折磨,摆脱孤独,开始拥抱"爱",放弃以自我为中心,试图重建人与自然的和谐状态。他歌颂美丽的大海,祝福美丽的水蛇,从而在肉体上得以重生。在诗歌的结尾,他仿佛顿悟了一样,意识到必须从孤独中走出来,融入人群中(即共同体中),走近上帝:

> 我觉得,和众多信徒一起
> 上教堂虔心祷告,
> 那滋味,比参加婚礼华筵
> 不知要胜过多少。(第七章,第 88—91 行)

但是,他还没有得到完整意义上的拯救,不得不像一个永久的负罪者那样,就如《圣经》中弑弟的该隐,在永久的流浪中,忏悔自己的罪过,劝诫他人:

> "再见吧,再见! 贺喜的客官!
> 请听我一句忠告:
> 对人类也爱,对鸟兽也爱,
> 祷告才不是徒劳。

对大小生灵爱得超真诚,

祷告便超有效:

因为上帝爱一切生灵——

一切都由他创造。"(第七章,第97—104行)

对于老水手这个形象,连华兹华斯都认为其存在一个大的缺陷:他一直都是一个被动的承受者,而从不主动作为(he does not act but is constantly acted upon)。他杀鸟是出于一时冲动,非有意为之,仿佛受不可知的力量驱使。此后,他默默地承受其他水手加于他的咒骂和惩罚,孤独地承受一系列折磨,甚至口不能言、夜不能寐。他就像一个傀儡,一个毫无生命的物体,任由神秘力量折磨蹂躏,甚至最后通过讲述故事获得心灵的慰藉也非出于自己意志:"像周身骨架被掰开卸下,/我这时痛苦万状;/不得不如实讲我的故事,/讲完了才觉得松爽"(第七章,第65—68行)。然而,正是由于这种对于外部世界的完全被动,即主动放弃理解力与逻辑理性的运用,老水手才得以完全通过自己强烈的直觉与情感,达到与神秘力量的沟通。他虽然年老、饱经风霜,却像一个纯真的孩童,以简单、率直之心灵去面对这个复杂的世界,坦然接受道德的审判。杀鸟行为,不论以19世纪还是当今的道德标准来评判,都算不上什么大的罪恶。因此,可以说,老水手遭遇了过于严厉的惩罚。他无非就像一个做错了事的儿童,而他对水蛇的由衷赞美与祝福,也就像孩童见到美好事物而发出由衷赞美一样。可以说,正是凭借着浪漫主义诗人所看重的直觉、情感,而不是功利考量、逻辑推理(像其他水手所表现的那样),老水手才得到了救赎。柯勒律治对这一情节的精心安排,蕴藏着深刻的文化反思,即对过分崇尚理性主义所带来的后果的反思。

老水手通过自身的经历,通过直觉、情感、顿悟与想象力,在磨难中获得了重生与救赎,从而化身为一个社会先知的角色,开始四处播撒"福音":"我如同夜影,四处巡行,/故事越讲越流畅"(第七章,第73—74行)。在诗歌中,被老水手强行拦截的那位宾客,本来极不情愿地听他将故事讲完,对老水手及其故事也充满了恐惧。然而听完故事后,客人无心再去参加婚礼,径直回家;次日醒来,虽然他更加忧伤,却比以前更加明智。在柯勒律治看来,人通过倾听人间悲曲,感受人间忧伤,从而培养审美趣味,获得心灵的慰藉与灵魂的净化。

柯勒律治认为,好的诗歌不仅记录我们的世俗生活与心灵世界,更应该通过叙事和比喻,通过文学想象的力量,使人类从粗陋走向高尚,从耽于欲望享受走向**理性**①(Reason)与上帝,并把这一过程呈现出来。柯勒律治将人的能力区分出理解力(understanding)和**理性**,并指出**理性**的根本特征就是超越自然的(supernatural),意在将人们引向耶路撒冷而不是德国,或者至少是途经德国,最终走向耶路撒冷。他的根本目的不在于唯心主义,而是上帝;不是柏拉图,而是圣保罗;不是康德,而是伊曼努尔(康德的名为 Immanuel,意为"上帝与我们同在")。② 他早期的诗歌《众国之命运》("The Destiny of Nations")中的几行诗可以清楚地显示他的信念:

> 幻想的力量
> 首先使黑暗的心灵摆脱低级欲望之束缚,
> 将新的愉悦赐予它,并使它肆意而为;
> 幻想的力量,存在于尘世间,
> 使得黑暗的心灵对不可见的存在满怀隐隐之恐惧,
> 使之存有敬畏,不再粗暴冲动,学会自制,
> 直至迷信在无意识中
> 将其宝座让位于**理性**。(第二章,第80—88行)

由此可见,在《古舟子咏》中通过文学想象所呈现的异常自然事件(preternatural events),是心灵净化、走向理性这一进程的开始。柯勒律治的超自然诗和大多

---

① 需要说明的是,柯勒律治作品中的理性与我们通常意义上的"科学理性"是不一样的,后者他通常用"理解力"(understanding)来表示。他所谓的"理性"指的是人身上所具有的"神性",是直达真理(特别是信仰)的能力。他对"理性"下的几个经典定义包括"理性是一种真理的直接层面,是一种内在的窥见,它与精神世界的关系,就如同感受力与物质世界或表象世界的关系相似"(参见"Aids to Reflection," in Vol. IX of *The Collected Works of Samuel Taylor Coleridge*, ed. John Beer, Princeton: Princeton University Press, 1993, 246);"上帝、灵魂、永恒真理,等等,是理性的对象,而同时它们也是理性本身。而上帝则是最高的理性。"(参见 Samuel Taylor Coleridge, *Lay Sermons*, in Vol. VI of *The Collected Works of Samuel Taylor Coleridge*, ed. R. J. White, Princeton: Princeton University Press, 1972, 156)。为示区别,在本节中,柯勒律治概念中的理性以着重号和黑体区别。

② Leslie Brisman, "Coleridge and Supernatural," *Studies in Romantics*, No. 2(1982): 123 - 159, 128.

数对话诗,都一直强调从"隐隐之恐惧"走向领悟真理的心智培育,最终达到心灵的升华。"畏惧耶和华是智慧的开端,但全心全意的爱使畏惧不复存在。"① 在他看来,"畏惧"是领悟真理之必要条件,只有"爱"而没有"畏",不足以实现心灵升华。那么,走向信仰的关键何在? 柯勒律治认为,"信仰及其力量在云端(in the clouds);就象征意义而言,所谓圣经中的'云端'指的是事件及万物之历程(events and course of things)"。② 因此,他认为,《圣经》及其他伟大的文学作品,记载的是启示的历史以及众多从神迹到道德的转变过程。不难推断,《古舟子咏》所记载的也是同样的过程。

从某种意义上看,水手的经历代表着能够被赋予精神意义的"神迹":它代表着信仰成长的历程和从神迹到道德的转变过程。对于老水手遇到的宾客以及诗歌的读者而言重要的是,通过文学想象的作用,心智得到培养,"第二天早上醒来/能够变得更加悲悯、更加智慧"。③ 在柯勒律治看来,要维护社会共同体的利益、实现文明的救赎,其关键就在于个人心智的培养,在于"我们人类身上所特有的那些品质与禀赋的和谐生成。我们必须成为好人(good men),才有可能成为好公民(good civilians)"。④

三、知识阶层与理想共同体的愿景

对于《古舟子咏》的道德寓意,柯勒律治曾在晚年论及:

> 巴勒德太太有一次对我说,她非常欣赏《古舟子咏》,但她认为其中存在着两大问题:一是故事情节不可能;二是缺乏道德寓意(had no moral)。关于故事的可能性,我承认也许存在一些问题;而对于缺乏道德寓意一说,我告诉她,我的看法是这诗里面的道德寓意太多了(had too much)。我得说,诗歌的唯

---

① *The Collected Letters of Samuel Taylor Coleridge*, ed. Earl Leslie Griggs, Oxford: Clarendon Press, 1959, Ⅲ, 468. 柯勒律治在书信中将《圣经》的两句分别来自《诗篇》111:10 和《约翰一书》4:18 的两句经文拼在一起,以强调"畏惧"在信仰中的重要意义。
② *The Complete Works of Samuel Taylor Coleridge*, ed. W. G. T. Shedd, 7 Vols, New York:1856, Vol. V, 26.
③ 诗歌最后两行。英文原文为:"A sadder and a wiser mam,//He rose the morrow moun."。
④ *On the Constitution of the Church and State*, ed. John Colmer, London: Routledge & Kegan Paul, 1976, 42-43. Hereafter as *Church and State*.

一或主要问题就在于,在这样一个纯粹想象性的作品中,竟然将道德情感作为原则或情节的推动力如此公然地强加给读者!①

由上不难看出,即使在像《古舟子咏》这样的早年诗歌作品中,柯勒律治都以道德、社会为关注焦点,这也正是柯勒律治在短短的诗歌生涯之后,转而潜心投入到散文写作中去的基本立足点。

如果说,《古舟子咏》强调的是个人的心智培养以及个体之间的道德影响,那么他此后的众多散文作品则从社会的大视角来讨论社会文化救赎问题。在柯勒律治生活的年代,对于许多基督教教徒(尤其是新教徒)而言,人的可臻完美性(perfectionism)是广为接受的信条。不过,大多数思想家将此当作个体的追求,而柯勒律治则第一个尝试从社会角度而非个体角度出发,他试图说明,处于社会转型过程之中的个人在追求完善的过程中需要怎样的社会条件,因此他的大多数作品都论及社会机制(institutions)。② 尽管追求个体完美需要个体内心的驱动(就如上文对老水手的分析那样),但柯勒律治强调的是,这种追求同样无法离开社会机制的激发与促进作用。这一思想清晰地体现在他1829年出版的作品《据教会理念与国家理念论政教宪法》中。在这本书中,他将促进社会文化传承与发展的重要使命赋予了知识阶层——他称其为国家的第三阶层——并视其为一种实现社会共同体稳定与进步、保障其福祉的重要机制。

事实上,上述著作的完整标题清楚地显示了作者的写作意图:《据教会理念与国家理念论政教宪法》(*On the Constitution of the Church and State, According to the Idea of Each*)。也就是说,他要探讨教会与国家的"理念",也就是完美状态下的教会与国家。"原则"或"理念"是柯勒律治思想体系中的关键词。在不同的著作中,他先后用过"idea""principle"等词表示这一关键性的概念。在该书中,柯勒律治将"理念"定义为:

---

① *Table Talk*, 31, May, 1830, ed. Carl Woodring, London: Routledge, 1990.
② J. S. Mill, *Mill on Bentham and Coleridge*, Cambridge: Cambridge University Press, 1980, 61.

……即对一物的概念，这一概念不是从该物可存在于此时或彼时而呈现出来的某种状态、形式或模式中抽象得来，也不可能从任何数量或序列的此种形式或模式中总结而来；相反，它只能通过知晓其终极目的而获得。①

也就是说，理念并不能从现象世界中总结或抽象得来，人们只能通过认识此理念所指向的终极目的而把握它。为了进一步解释这一定义，柯勒律治将"理念"（idea）与"概念"（conception）进行了对比。"概念"的词源是拉丁文concipere，由词缀 con（即"with"，"和，与"）加上词根 cipere（即"take"，"取"）构成，因此，当我们说"Concipimus, id est, capimus hoc cum illo"（concipimus, that is, take this with that）时，就是在说"我们感知（获得概念）之时，就意味着，我们将此归于彼"。② 从词源的分析不难看出，最严格意义上的"概念"包含着"一种来自知性的有意识的行为，即把任一给定的对象或印象归入一个相同的类别之中"。③ 当我们学会把一个未知的对象归入一个已知的类别之时，我们就开始"理解"（comprehend）它了。从这种理解中，我们获得的就是"概念"。但是"理念"则不同，它更接近的是一物的"ideal"（理想的）的状态，因此它只能通过知晓其目的来获取。"概念"和"理念"的区别主要有二：一是（关于某物的）理念必须被视作先于此物而存在；而概念则必须后于此物而存在；第二，理念从本质上来说，是一种预示的机体（a prophetic organism），在现象世界中，某些形式或模式可能或多或少享有"理念"的某些特性，从而为人类的感受力所理解。柯勒律治一直强调，我们不能将物质世界的表象与表象背后的"真正实在"（true reality）或理念相混淆。前者并不产生新的知识，只是"像一条船的尾灯，照亮的是已经走过的路途"；而后者，即"理念"，则能够"带来真正的新知识，这种知识既能分析过去，又能照亮未来"。④

---

① *The Church and State*, 12. 英语原文为："… that conception of a thing, which is not abstracted by any particular state, form, or mode, in which a thing may happen to exist at this or at that time; nor yet generalized from any number or succession of such forms or modes; but which is given by the knowledge of its ultimate aim."。
② *The Church and State*, 13.
③ Ibid.
④ Owen Barfield, *What Coleridge Thought*, Middletown: Wesleyan University Press, 1971, 119.

柯勒律治还将现实中的国家称为"王国"(kingdom 或 realm),而将理想中的国家称为"联邦利益共同体"(commonwealth)。对他而言,将二者区分开来极其重要。前者是依据传统、以各种形态存于世,而后者则只存于理念之中,而他要讨论的主要是理念中的国家,即理想的共同体。

在书中,他首先对国家和教会各自的"理念"进行了明确的区分:

国家的理念毫无疑问是一个由"精英构成的"政府(a government εχ των αριστων[from the best]——an aristocracy)。民主,是一种流淌在其动脉和血管中的健康血液,它可支持这个系统,但是它作为血液自身,永远不能出现在[这个系统]之外。

一个"国家"在理念上是与教会相对的。国家关注的是等级(classes),而非个人;它不是根据内在的美德(internal merit)来尊重等级,而是根据一种外部的偶然条件,如财产、出生等。但是,教会则与此相反,它忽视一切外在偶然条件,将人视作个体的人——不允许划分等级(no graduation of ranks),但必然被赋予了程度不等的神圣品质与智慧。

因此,从理念上而言,教会是唯一纯粹的民主统治(only pure democracy)。①

以上分析表明,若从柯勒律治所说的理念出发,国家的适当对象是各种事物,而教会的适当目标则是人。用戴维森(Graham Davidson)的话说:"等级和阶层的差别以及两极化正好是国家存在的条件——而教会的适当目标则是人(只是在思想和道德上存在个人差异)。国家的目的是通过确立、监视差异的不同基础、原因等,来维持并保护这种差异——教会的目的是完全消除那些甚至是它所承认并加以利用的个人差异。"②

既然国家的理念是为了维护上述差异性,那么在一个文明国家(承认财产权并通过共同的法律组成的民族或国家)必然存在不同的力量或利益。柯勒律治认为,一个国家要健康发展,必然包含两种最基本的对应力量:一种与国家"稳固性"(permanence)相关,他称之为"土地的力量或利益"(interest of

---

① *Table Talk*, Sep. 19, 1830.
② Graham Davidson, *Coleridge's Career*, Basingstoke: Macmillan, 1990, 275.

land),包括贵族和小地主(franklins);一种与国家的"进步性"(progress)相关,他称之为"商业的力量或利益"(interest of commerce),包括商人、制造业者(the manufacturing)、职业阶层(the professional)和分配阶层(the distributive)。英国议会实际上正是由这几部分人组成的,上院主要代表稳定力量;下院主要代表发展力量。上、下两院的力量相互制衡,可确保稳定和发展这两种目标的同时实现。

但是,在柯勒律治看来,只有这两种力量并不足以形成一个健康的国家机体;一个国家还需要第三种力量,或称"第三阶层"(the third estate),即国家教会或知识阶层。这个阶层不像前两个阶层那样,有自己的私利,它是一个"无私利"(disinterested)的阶层,它存在的目的是"保护和改善那种一旦缺乏后国家既无法'持久'、也无法'进步'的文明"。① 须强调的是,在柯勒律治的体系中,"国家教会"与"教会"是完全不同的概念,前者不一定是宗教性的。为避免混淆,他另造一词来表示"国家教会"的概念,即"知识阶层"。"clerisy"一词来自德语"Clerisei",义为"body of scholars",即"由学者们组成的集合体"。他认为,国家教会与普通意义上的教会可由"ecclesia"和"enclesia"(柯勒律治自创,义同 clerisy)得到最好的区分。ecclesia 从词源上看,来自希腊文 εκκλητοι(ekkletoi),即 evocati,义为"那些从[俗世中]被呼唤'出来'之人",这很好地指明了基督教会的功能和目的:放弃俗世,追求另一世的幸福;而与之相对的 enclesia,ενκλητοι(encletoi),即 invocati,义为"那些被召唤'进入'俗世的人",意味着知识阶层以此世为目的。

因此,在他的"国家教会"中,包括"所有教派中的饱学之士;法律和法学理论、医学和生理学、音乐、军事、建筑、自然科学等知识领域的贤哲和教授(sages and professors),亦即人文艺术(liberal arts)和科学领域方面的所有贤哲和教授"。② 这部分人虽然人数不多,但"坚守在人文科学的源头,促进已有的知识之发展,并且保护自然科学和伦理科学的利益;同时也担任构成为数众多的社会各阶层人士的指导者……整个阶层的目标和最终意图是——储存并保护丰富而珍贵的往昔文明的财富,因而把现在与过去联系起来;完善并充实这一文

---

① *The Church and State*, 4.
② Ibid., 46.

明,由此将现在与未来联系在一起"。① 因此,柯勒律治的国家教会阶层不一定是基督教会,更不以基督信仰为前提。他通过考查历史,指出早在基督教兴起之前,就业已存在过"国家教会"。例如,利未教会(Levitical Church)是希伯来历史上由先知组成的一个集体,他们集"希腊的审查官、人民法庭和神圣的预言者等三重身份和功能于一身",②既是"国家利益的守护者(protectors),也是有声望的国家训导者(state-moralists)"。③ 为给这样一个阶层以适当的供养,希伯来人为他们提供了什一税,这是原始形式的"国家财产"(Nationalty)。正如前面所说,国家的第一、第二阶层都有私利,拥有"私有财产"(Propriety);而第三阶层因其"无私利",所以需要"国家财产"来支持。柯勒律治鲜明地指出,将财产分为两种是完全正当的。私有财产由其所有者控制,而国家财产的保存则是为了国家或民族(而非个人),是为了"文明"的发展。

在这里值得一提的是柯勒律治的"文明"概念。柯勒律治在"civilization"和"cultivation"之间做出了重要区分,我们以汉语"文明"和"文化"分别指代,二者内含可与汉语语境中的"物质文明"和"精神文明"分别对应。他一再强调,"一个国家可能很容易就文明高度发达,却永远不可能成为'文化过度发达'的国家"(a nation can never be a too-cultivated, but may easily become an over-civilized, race)。柯勒律治对前者,即"文明",一直持保留态度,认为"文明"即使不能算是一种腐蚀性的影响,也充其量是一种掺有杂质的善(mixed good),是热病,而不是健康的兴旺,这样一个民族最适合被称为文饰的(varnished)民族,而不是文雅的(polished)民族。④ 在此我们可以笼统地说,柯勒律治笔下的第一、二阶层主要促进文明(物质文明)的发展,而第三阶层的专属领域则是文化(精神文明)的传承与发展,其重要性自不待言。需要指出的是,柯勒律治强调知识阶层不能通过向公众出售知识产品和服务来换取收入,因为那样的话,就和其他阶层的人出售其物质产品和技艺获得财富一样,

---

① *The Church and State*, 46–47.
② 英文原文为:"unite the functions and three-fold character of the Roman Censors, the Tribunes of the people and the sacred college of Augurs."。
③ *The Church and State*, 38.
④ Ibid., 42.

他们就不再是知识阶层,而会成为第二阶层中的"职业阶层"。柯勒律治曾在诗歌中这样描述知识阶层:

> 这些圣贤,面色平静,他们的双手
> 虽微颤,但强如武装的天神。
> ……
> 哲学家,还有诗人,他们在觉醒的王国里,
> 不断施加自己的影响。他们知道,
> 他们的最高尊严源自上帝,
> 心不可再贪恋财富,
> 他们致力于神圣的秩序,
> 痛恨一切破坏与失衡。他们心怀忧思,
> 不关心胜者的车辕,
> 不关心如玩偶般无常的王座,
> 唯孜孜求索于那受上帝庇佑的胜利果实。①(《宗教深思录》,第234—246行)

知识阶层的重要性,还在于其很好地完成"国家"理念中的重要部分。他认为理想中的"国家"包括四个积极目的,其中一个只能由知识阶层来完成,即"通过知晓道德和宗教义务以及增加相应的智识能力,以发展那些对他成为完整意义上的人起关键作用的那些能力"。② 依据柯勒律治的观点,与第一阶层、第二阶层的财产私有性不一样,国家教会的财产"多多少少是属于每一个家庭的",因为"每个家庭都可能有一个为了神职而接受教育的成员,或者可能会有一个与牧师结婚的女儿",柯勒律治称国家教会的财产为"回馈性财产"(reversionary property)。这样一来,来自底层的人们就可能跻身于知识阶层之列。

---

① "受上帝庇佑的胜利果实"(blest triumph),在此处指一切旨在正确探索自然和人类(受造者)之奥秘的努力。
② Samuel Taylor Coleridge, *The Friend* II, ed. Barbara E. Rooke, London: Routledge & Kegan Paul Ltd., 1969, 202.

不难看出，在柯勒律治的国家教会理论中，国家教会与其说是一种宗教机构，还不如说是一种政治机构。"这没有什么奇怪的：他的政治理论是宗教性的；他的宗教观点是政治性的。"① 另外，这种国家教会的重心更在于发挥教育和文化的功能。知识阶层通过传授知识，通过向民众灌输"法制"(legality)和"公民观念"(civility)，使其成为社会的合格公民，成为利益共同体中的合格成员。穆勒指出，柯勒律治以及像他这样的思想家将一个社会的全民教育视作保持持久的"主要原因"(principal cause)，也是不断进步的"首要源头"(chief source)，前者通过一种"训练节制的体系"(a system of restraining discipline)的教育来达到，后者则通过唤醒和激发积极的能力（call forth and invigorate the active faculties）来实现。②

应该说，知识分子的社会角色问题一直都很有争议。柯勒律治的国家教会理论是对这一问题的重要探讨，也是他对理想的社会共同体的清晰描述。在现实生活中能多大程度上得到实现，是依具体的现实条件而定的。柯勒律治本人对此也很清醒，所以他一再提醒他的读者，他所谈论的是"理念"问题，是一种理想化的状态，只是为现实社会提供一种参照标准，促进国家与社会的进步：

> 关于国家教会的理念，我们可以把它当作一个标准，据此对事物的现存状态作出判断，因为当我们对一种制度的终极目的有了充分、清楚的了解之后，就相对比较容易确定在哪一些方面这一目的已经达到……在哪些方面这一目的受国家中的错误或弊病的阻滞，在哪些方面现在的制度依然适合当初的目的，并且继续是达成必不可少的或是重要的其他目的的方式。③

柯勒律治在《据教会理念与国家理念论政教宪法》一书中强调了知识阶层对理想社会共同体的重要意义，他们是文化的守护者，是民族的良心。针对当时英国社会存在的种种问题和严重危机，他意识到其根源在于人们的精神与道德

---

① Willey, *Nineteenth Century Studies*, 52.
② Mill, *Mill on Bentham and Coleridge*, 131-132.
③ *The Church and State*, 76.

层面，因此，他将社会的精神再生与道德重塑当作目标。这种思想为解决当时的社会问题提供了一个不一样的视角。他的作品"将重大行动的领域从现实的世界转向思想的世界，从系统转向个人的体验(from system to experience)，从文学与科技领域转向想象力与道德领域"。① 他强调的是人文教育、道德、宗教信仰的重要意义，强调精神生活之于个人幸福与社会稳定的不可或缺性。正如传记作家霍尔姆斯所指出的那样："最是在我们陷于焦虑与烦乱失措之际，柯勒律治向我们直指公共生活与私人生活的价值与意义，直指我们生命的神秘。"② 柯勒律治在经历了早期对各种激进思想与法国大革命的狂热之后，开始反思，退而关注跟社会稳定和发展密切相关的各种问题，并探索可能的解决方案。这种探索本身发生在思想领域比付诸实践更有意义。由此可以说，由人生经历促成的思想探索正是柯勒律治的主要成就所在。巴特勒称柯勒律治是19世纪和20世纪的文化英雄(culture-hero)，并且不无溢美之词地指出，尽管他的作品存在不少瑕疵，却"有力地证明了作为个体的知识分子存在的必要性，同时驳斥了这样一种观念，即独立的、与社会运动保持距离的(isolated, alienated)思想家要么一文不值，要么毫无影响"。③

如果说，《古舟子咏》是柯勒律治早年的文化救赎之梦，那么他晚年的许多作品，特别是《据教会理念与国家理念论政教宪法》，则浓缩了他对理想化的社会共同体的愿景与构想。他在作品中所要言说的，多与人性有关，目的在于增进个体与社会的普遍道德，捍卫传统价值，以实现一个美好的"大同世界"理想。我们知道，柯勒律治在1794年与骚塞曾计划要根据葛德汶关于理想的平等社会的理论，移民到美国宾夕法尼亚州的萨斯奎哈那河(the Susquehanna River)畔建立一个"大同世界"(Pantisocracy)。在这个设想的社会共同体中，人们共同劳动，共享财富，男女平等，共同管理社会。但因种种原因，计划最终夭折了。就如他的"大同世界"之梦一样，他那文化救赎的努力与思想，对于当时与当下的社会而言，也无异于一个不切实际的梦想。然而，他的思想对此后

---

① Marilyn Butler, *Romantics, Rebels and Reactionaries: English Literature and its Background*, 1760-1830, Oxford: Oxford University Press, 1981, 91.
② 霍尔姆斯:《柯立芝》，彭淮栋译，台北：联经出版事业公司，1983年，第Ⅱ页。
③ Butler, *Romantics*, 91-93.

的众多思想家,如纽曼、斯特林、卡莱尔和阿诺德父子等人,都产生了直接的影响。当他们抨击"功利主义",向他们的同胞疾呼精神价值的重要性时,当他们力图说服他们的同胞,一个国家的伟大并不在于其财富多寡或机器先进与否,而在于其国民的生活质量以及道德水平之时,这实际上正是对柯勒律治思想的直接承继。就在这种承前启后的互动中,转型焦虑和共同体愿景等文化观念的内涵不断得到了加强。

第三节
《弗兰肯斯坦》:玛丽·雪莱的焦虑

玛丽·雪莱(Mary Shelley,1797—1851)的《弗兰肯斯坦》(*Frankenstein; or, the Modern Prometheus*,1818)一向被认为是描写人类滥用科学的经典杰作。它创作于19世纪早期的浪漫主义时期,此时柯勒律治所说的"第二次科学革命"(the Second Scientific Revolution)方兴未艾,化学、地理、生物和电力学等学科迅猛发展,使正在进行的工业革命如虎添翼,英国迅速从农业社会向工业社会转型。物质财富的增加带来社会"进步"的美妙幻觉,同时,科学知识的"武装"也激发起个人自我实现的勃勃雄心,这使英国社会风行一股强劲的"科学热"和个人主义思潮,而由此引发的新旧文化冲突和世态人心变化,极大地冲击着社会传统的价值体系。那时,一些有识之士开始审视不当的科学信仰和个人主义追求,揭示它们可能造成的后果,玛丽·雪莱恐怕是其中最有影响的代表性人物。她在小说《弗兰肯斯坦》中对"人与科学"以及人与现代自我关系的预见性思考和未雨绸缪的忧患意识,特别是小说振聋发聩的训诫意义,使其具有超越时代的文化和思想价值,使该作品成为"我们自身文化危机的一个隐喻"。[①] 本

---

① George Levine, "The Ambiguous Heritage of *Frankenstein*," in *The Endurance of Frankenstein: Essays on Mary Shelley's Novel*, ed. George Levine and U. C. Knoepflmacher, Berkeley and Los Angeles: University of California Press, 1979, 3.

节拟从小说寓言性的悲剧故事出发,诠释作家在"第二次科学革命"时期的社会转型焦虑,即科学信仰焦虑、个人主义焦虑和社群关系焦虑。

一、科学信仰焦虑

作为"第一部真正的科学小说",①《弗兰肯斯坦》中最"惊悚"、最体现"科技含量"的无疑是主人公弗兰肯斯坦"造人"这一幕。美国文学批评家莫尔(Ellen Moers,1928—1979)将这一情节与作家个人的人生经验联系起来,认为那是年轻作家潜意识中"产后创伤"的象征。② 此观点并非空穴来风,玛丽·雪莱特殊的身世和经历,③使她在潜意识中将怀孕和生育当作了对科技哥特式想象的素材。不过,"造人"这一惊世骇俗的创举更与当时英国科技革命带来的"科技热"文化氛围分不开。例如,在小说的《导言》中,作者将《弗兰肯斯坦》的创作灵感归咎于1816年夏她与即将成为自己丈夫的雪莱、朋友拜伦等一行在瑞士度假时的一场闲聊,认为是当时涉及的一些时兴科技话题,如麻醉术、电学、电疗以及"达尔文博士"(Erasmus Darwin)的生物学等孕育并催生了该作品。科学的"神奇"触发人类对未来世界的无限憧憬,使经过近百年科学启蒙和理性洗礼的人们相信,借助科学知识这个强大的武器,社会进步必然是大势所趋,水到渠成。小说借作品人物沃尔德曼教授之口传达了当时这种溢于言表的自信和乐观:

……现代的大师们很少许诺;他们知道点石不能成金,长生不老只是痴人说梦。科学家们的双手只会在脏东西里搅和,他们的眼睛只会盯着显微镜和坩埚,然而正是他们在创造奇迹。他们洞悉自然的内部,并向世人揭示自然界运作的奥秘。他们升入太空,发现了血液是如何循环的,并发现了我们所呼吸的空气的本质。他们已经掌握了新的,而且几乎无限的力量;他们可以

---

① Brian Aldiss, *Frankenstein Unbound*, London: Edward Arnold, 1991, 67.
② Ellen Moers, *Literary Women*, London: The women's Press, 1978, 93.
③ 首先,玛丽·雪莱的母亲是女权主义先驱玛丽·沃夫斯通克拉夫特,她在生下玛丽11天后患产褥热死亡;其次,作者自己在与雪莱激情相爱并私奔的1815—1817短短两年时间内,接连怀孕生育,又接连遭遇两个孩子的夭折。期间,她又遭遇同母异父的姐姐范妮·伊姆利(Fanny Imlay)和雪莱的前妻哈莉特(Harriet)先后自杀身亡,生育的恐怖和死亡的阴影成了当时年轻作者挥之不去的梦魇。

控制天上的雷电,模拟地震,甚至可以模拟人们看不到的世界和那里的幽灵。(32—33)①

根据当代作家、文学评论家霍姆斯(Richard Holmes)的考证,这段话出自当时英国最著名的化学家汉弗莱·戴维爵士(Sir Humphry Davy,1778—1829)的名著《导论》(Introductory Discourse)一书,而玛丽·雪莱稍加扩充,②借此传达了当时知识界对现代科学的普遍看法:虽然没有古老炼金术那般"神奇",但它充满了无限的可能性和应用价值。教授的口吻里充满了培根式"知识就是力量"和勇于进取的豪迈雄心,投射出的是当时西方文化对科学普遍的信仰:它"永远能为你提供精神食粮,使你不断探索,发现奇迹"(22)。主人公维克多·弗兰肯斯坦正是在这种文化氛围中成长起来的。他从小痴迷炼丹术和大自然的奥秘,进入大学后全身心地投入到科学知识的学习中。他要凭借科学这个法力无边的"神器","独辟蹊径,探索未知的神力,向世人揭开生命最深层的奥秘",那就是创造新人类。无独有偶,浸淫在同样文化语境里的沃尔顿,即小说第一叙述人,在大量航海故事的感召下,试图通过踏上那块尚无人涉足的极地禁区,发现磁极,征服自然,最后占有世界。有学者认为,沃尔顿的科学探险甚至带有当时甚嚣尘上的殖民主义色彩。③

然而,人"造人"是一项空前的"犯忌",它既僭越上帝这个造物主的权威和神力,也违背人类有性繁衍、由女性孕产的自然法则。作者在弗兰肯斯坦身上既投射了伊甸园里违禁偷吃知识果的夏娃和亚当的影子,也赋予了他弥尔顿在《失乐园》中对天文学过度好奇、后又谋反叛乱的撒旦的气质,他是一个融合西方文化传统中骄傲自大、犯规受罚的求知者的经典形象。他敢于冒天下之大不韪,这是与他对科学的无上信念分不开的,他将自己对科学的信仰和激情凌驾于传统的宗教信仰之上。换言之,他早已将科学本身当成了新时代的上帝,它无所不能,至高无上。

---

① Mary Shelley, *Frankenstein*, with introduction by Diane Johnson, Toronto and New York: Bantam, 1981. 后文出自同一版本的译文,将随文括注出处页码,不再另注。
② Richard Holmes, *The Age of Wonder: How the Romantic Generation Discovered the Beauty and Terror of Science*, London: Harper Press, 2008, 326.
③ 苏耕欣:《哥特小说——社会转型时期的矛盾文学》,第 44 页。

"犯忌"除了宗教意义上对上帝神圣的亵渎,在社会学上往往意味着因"具有破坏和危险性"而"违规",即有违伦理道德。弗兰肯斯坦的"造人"举动就严重有违科学伦理和道德,也与他那堂皇的"造福人类"的初衷形成了反讽性的对照。比如,他偷偷地在自己阁楼的卧室(他后来称之为"肮脏的创造车间")内进行实验,深夜出没于坟场和停尸房,与尸骨打交道,甚至还昧着良知折磨活的生灵,干"亵渎神灵"的勾当。为避免让精细繁复的工序影响进度,他甚至偷工减料,任意放大人体比例。这种急功近利、违反科学和伦理的做法注定工程将以惨败和悲剧告终:造出来的是一个怪物,其丑陋不堪的形象本身就是对弗兰肯斯坦迷信科学和肆意违禁的嘲弄。他在实验失败后,抛弃了怪物,而这一做法更是有违伦理道德,不仅造成了怪物孤苦凄惨的一生,而且也因此直接引发怪物对他的亲友和邻居的疯狂报复。后者善良而无辜的生命首当其冲,成为他迷信、狂妄和贪婪求知的牺牲品。弗兰肯斯坦因此堕入无底的悔恨深渊,良心备受煎熬。然而,覆水难收,因滥用而失控的科技犹如潘多拉的盒子,一经打开就灾祸四散,要不是他最后以牺牲自己新婚妻子的生命为代价,拒绝怪物造女伴的请求,还险些酿成一场更大的、可能危及整个人类生存的灾难。

由此可见,小说一方面展示的是一个科学家迷信并狂妄地从事科研的罪与罚,另一方面也揭示了从事科学所潜藏的巨大风险。19世纪初的英国,科学早已不是"新生事物",人们早在培根的《新大西岛》(The New Atlantis, 1610)中展望过科学成就的乌托邦世界,也在后来"珍妮纺织机"和"瓦特蒸汽机"中见证科学的威力。他们享受科学带来的物质财富,并满怀希望地将人类进步寄托在科学和技术上。然而,玛丽·雪莱的科学"怪物"打破了这个信仰,并首次向人类提出了至今仍无法解决的一个难题:人类如何处置自己发现、发明却又无法掌控的科学技术?这对于当时身处"科学热"和"进步"语境下的人们而言,还是一个尚未思及的问题。弗兰肯斯坦的悲剧警示世人,科学带来的不都是进步和福祉,它是一把双刃剑,用之不当即可伤人,甚至导致灾难。因而,科学研究必须接受社会伦理道德和规范的严格制约,否则,仅凭个人主观臆想或激情闭门造车,很可能因为虚荣和贪婪等人性的弱点而酿成悲剧。作者站在英国社会向科技现代化转型的当口,畅想因盲信而可能失控的科技革命,她的"转型焦虑"和先见之明,无疑是当时"科学热"的降温剂,并对形成英国乃至世界科技文化中的"禁忌"意识产生了深远的影响,对人类在现代科技研究领域——如当今的基因工程、生物克隆等——形成了比较严格的制约。

二、个人主义激情焦虑

弗兰肯斯坦的科学"造人",其实也是"自我形塑"的过程。在基督教时代,作为"堕落"生物的人类只能借助神力才可能完善自我,而文艺复兴以后,人逐渐从神的束缚中解放出来,相信自身潜藏自我完善的能量。18世纪经启蒙运动洗礼的现代"个人"则挣脱自我约束,现代个人主义(individualism)作为"变化了的历史语境中出现的一种新思想",①成为当时新兴资产阶级的主流价值观。到19世纪浪漫主义时期,崇尚自由、解放、自我进取的个人主义更是作为一种正面和积极的品质受到推崇。对于一路"节节高升"的"个人"和个人主义境遇,玛丽·雪莱流露出深刻的警觉和不安。《弗兰肯斯坦》集中体现了她对此的质疑,特别是对插上了科学翅膀的"个人主义"的质疑,或者说表达了她对于转型时代人心、人情变迁的焦虑。

弗兰肯斯坦富有强烈的个人主义奋斗激情,他自述从小就有"远大的抱负,向往伟大崇高的事业",对"探索世界本源"有着超乎寻常的好奇心和求知欲,长大后则执迷科学知识和科学"造人"工程。作品中频繁出现"巨大的好奇心""狂热的渴望""强烈的激情""无可抑制的冲动""如饥似渴"等大量同义反复的措辞。在18世纪的理性时代,这种对事物过于强烈的迷恋和投入(即"激情")多被当作一种德行上的"隐患",需要特别加以提防。当时英国著名神学家瓦茨(Issac Watts,1674—1748)在其"行为指南书"《激情的教义:释义及改善》(*Doctrines of the Passions: Explained and Improved*)中这样描述"激情":它们"在适当的控制下,有助于实现人生有价值的目的",但是,假如"对之不加管束,放任自流,或若滥用,或用之不当,那么它们就成为各种灾祸的源头……那些放任自流的激情会打破人类社会的一切约束和安宁,使人类社会

---

① 黄梅:《推敲"自我":小说在18世纪的英国》,第7页。

变成野兽部落,或使世界成为一个野兽的荒原"。① 玛丽·雪莱的父亲、著名政治哲学家葛德汶在他的《政治正义论》中也多次论及"激情"的危害,认为不加管控的激情会扭曲人性,使人失去精神自由。事实证明,造成弗兰肯斯坦个人和他亲友悲剧的正是他那失控的激情。

弗兰肯斯坦的"造人"激情体现的不仅是他盲信科学,而且也显示了经科学"启蒙"的现代个人在对上帝的信仰消退后,"自我"的肆意膨胀,他自我膨胀的虚荣还常常以"造福人类"、为人类带来"不可估量的利益"等堂皇的言辞来粉饰,而事实上,他更是为了实现个人野心,光耀自我。为使自己早日荣登"新人类始祖"的宝座,他心无旁骛,只是"一个念头、一个想法、一个目的"(33),即尽早完成"造人"这一惊天动地的创世伟业。他的作为正好诠释了瓦特在《现代个人主义神话》中总结的"个人主义者"的几大显著特征:"过度的自我""醉心别人从未做过的事""追求命运自主"以及"一心一意,不惜代价地追求自己的选择"。②

极端的个人奋斗激情直接导致弗兰肯斯坦道德意识的模糊和人格的缺陷。在求学和"造人"期间,他将自己对家人的责任和义务置之度外,实验失败后,又生生抛弃一个自己创造出来的"怪物",任其在世间到处漂泊,受尽凌辱,最后走投无路之下,报复人类,特别是他的亲友。而弗兰肯斯坦非但没有认识到自己是整个悲剧的罪魁祸首,反而将自己看成了牺牲品,为自己"被牵连"而感到委屈。比如,对于弟弟被怪物勒死、家里的女佣贾斯丁被诬陷而判死刑一事,他说:"我活活受罪,到底是我的好奇心还是无法无天的家伙弄死了我的两个同胞,还不好说"(105)。他宁可眼睁睁地看着善良无辜的贾斯丁含冤而死,也避而不说事实的真相,将一切罪过归咎于怪物。这充分说明了弗兰肯斯坦极端唯我和自恋的人格,他是"现代的纳西索斯"。③ 哈罗德·布鲁姆(Harold

---

① 转引自 Geoffrey Sill, *The Cure of the Passion and the Origins of the English Novel*, Cambridge: Cambridge University Press, 2001, 1。
② Ian Watt, *Myths of Modern Individualism: Faust, Don Quixote, Don Juan, Robinson Crusoe*, Cambridge: Cambridge University Press, 1996, 122.
③ Jeffrey Berman, "Frankenstein; or, the Modern Narcissus," in *Narcissism and the Novel*, New York: New York University Press, 1990, 58.

Bloom,1930—2019)曾酷评他是"道德上的白痴"和"道德上的魔鬼",①可谓切中肯綮。

面对个人主义思潮造成的危害,作者在表达对于人心变迁的焦虑时,还反思其背后的缘由。在作者看来,启蒙运动以来强势的科学、理性话语导致的"科学与人文"教育失衡是其最大的根源。弗兰肯斯坦在忏悔时,曾提及自己由于自幼专注"自然的奥秘",大学又专攻"自然哲学",造成了自己教育上的偏狭。"造人"失败后,身心遭遇重创的弗兰肯斯坦,得到好友克莱瓦尔的悉心关怀和照料,其间他们一起学习文学和语言,游览名胜古迹。人文、友情和大自然美景的熏陶和滋养使他逐渐恢复元气。他坦言,与对"事物之间的道德联系"感兴趣、爱好文学、精通好几门"东方"语言的克莱瓦尔相比,他自惭形秽。他说,克莱瓦尔心胸开阔,谈吐生动有趣,身上蕴藏着巨大的潜能,而自己囿于自然科学领域,且因为自私的追求,心灵被禁锢,变得心胸狭隘、头脑机械。他深深觉得,相比自然科学,东方学者的著作不仅具有"建设性,而且能慰藉人的心灵"(53)。小说的第一叙述人,即另一位科学家沃尔顿,也说自己早年爱好诗歌,曾立志要在诗歌的圣殿里占一席之地,但后来因迷上科学探险而只局限于航海书的阅读,以至于思想狭隘,犹如"文盲"。他也跟弗兰肯斯坦一样,为实现自我的野心,不惜置一船人的性命于不顾,奔赴北极考察,要不是途中恶劣环境的阻挡和弗兰肯斯坦的前车之鉴,他很可能重蹈个人主义激情的覆辙。这里,作家借沃尔顿和弗兰肯斯坦的人生遭遇,揭示了科学革命时代,浓重的工具理性氛围导致人文教育弱化,危害健全人格养成的现实。

在表达对过度的个人主义追求的焦虑时,《弗兰肯斯坦》继承了英国乃至欧洲文化对此的反思和批判传统,如浮士德的求知传奇和弥尔顿的《失乐园》,但最显著的恐怕是小说的副标题"现代的普罗米修斯"中所指涉的"普罗米修斯"神话。弗兰肯斯坦在实验室"造人",这就跟古希腊神话中那个用泥土捏人、并窃天火济人类的普罗米修斯一样,都有造福人类的初衷,但都因为狂妄骄傲、放纵个人主义激情而触犯禁忌,最后遭遇严酷的惩罚。有意思的是,普

---

① Amy Watkin, *Bloom's How to Write about Mary Shelley*, introduction by Harold Bloom, New York: Infobase Learning, 2012, viii.

罗米修斯这位有罪而被铁链铐在高加索岩石上受酷刑的形象,在浪漫主义时期一度被"重写"或"改写",在一些书籍中不仅获得"解放",还成了"英雄"。例如,在作者的丈夫珀西·比希·雪莱的诗剧《解放了的普罗米修斯》(*Prometheus Unbound*,1820)中,他成了一位"勇敢、神圣、坚毅而富有耐心、对抗万能权威"的英雄,一个"消除了野心、妒忌、复仇和自我膨胀这些污点"的神。① 在该剧的序言中,诗人甚至还这样写道:"普罗米修斯……具有最完美的道德和思想的天性,受最纯洁和最真诚的动机的激励,追求最美好、最崇高的目的。"② 诗人如此盛赞普罗米修斯,与当时社会转型期崇尚个人英雄主义的文化是分不开的。当然,其中还不乏诗人本人追求个人自由、反抗暴政的"理想"自我的投射。玛丽·雪莱在描述主人公不幸遭遇的同时,重新审视欧洲个人主义的文化传统,对不择手段的个人主义进行了反思和批判,其中包括对自己丈夫在内的"宏大"意志的批判,这表达了她对于转型期个人价值观和德行背离社会传统价值观的忧虑。

三、社群关系焦虑

《弗兰肯斯坦》是一部书信体小说,全文由探险家沃尔顿写给姐姐萨维勒夫人的几封信串联而成,这在叙述层面设置了人际沟通交流、搭建情感桥梁的框架。然而,小说流露的却是作者对现代功利追求破坏家庭生活和传统社群关系的不安和焦虑。

雪莱在为《弗兰肯斯坦》1818年版写的《序言》("Preface")中,提及小说创作的一个"主要关切"是"展示家庭亲情的温馨"(xxviii)。这里"家庭亲情"(domestic affections)一词在作者生活的19世纪初有着特殊的含义,使人自然联想到当时一部以此作题名的诗集《家庭亲情》(1812),作者是书写"家庭生活"闻名的女诗人赫曼斯(Felicia D. Hemans,1793—1835)。在诗集中,她以资产阶级女性"家中天使"(Angel of the House)的口吻,叙述家庭生活的温馨美好,表达作为"社会细胞"的家庭在拿破仑战役失败后对社会新秩序的重要

---

① Lawrence J. Zillman, ed., *Shelley's Prometheus Unbound: A Variorum Edition*, Seattle: University of Washington Press, 1959, 121.
② Ibid., 120-121.

作用。① 该诗对当时转型中的社会文化、特别是性别意识形态产生了较大的影响。雪莱把妻子作品的意旨界定在赞美"家庭亲情"上，多少投合了转型时期社会的"主流"文化意识形态。

玛丽·雪莱确实以不小的篇幅描写了家庭生活的幸福温馨和人际友情的美好，如弗兰肯斯坦曾经拥有的幸福童年："每时每刻都耳濡目染在耐心、仁慈、自制的氛围中"，"一路无尽的幸福和快乐"(19)；德拉塞一家虽然清贫，但家人尊老爱幼，夫妻琴瑟和谐。除了"家庭亲情"，小说还大量描写真诚无私的人际友爱。例如，弗兰肯斯坦的父母在朋友和邻居们遇到困难时，总是对慷慨相助，如收养后来成为弗兰肯斯坦未婚妻的孤女伊丽莎白，还照顾收留邻家女孩贾斯丁，对她们视同己出。母亲卡罗琳甚至还奋不顾身，救护患猩红热的伊丽莎白，结果自己感染身亡。又如，童年好友克莱瓦尔在异国他乡精心照料并陪伴因"造人"失败而大病一场的弗兰肯斯坦，帮助他逐渐康复。再如，当贾斯丁被无端指控为杀人凶手时，伊丽莎白凭着直觉挺身而出，为她做无罪辩解，尽管没能改变法律的最终判决，但她给了贾斯丁最大的信任和爱，使受辱蒙冤的贾斯丁在临终前得到莫大的慰藉，等等。总之，在这部弥漫着哥特式恐怖氛围和沉重忏悔基调的小说中，助人为乐、自我牺牲、彼此关爱和信任的人际互动成为一抹温暖亮丽的对冲色，与自私、遗世独立的个人奋斗，特别是"创造主"弗兰肯斯坦与怪物"儿子"之间冷漠、绝情的敌对关系形成强烈的反差。

无论是亲情，还是友情和乡情，它们都是建构社群关系坚韧的纽带，是社会稳固和谐的基础和保障。作者在呈现那些美好的情感时，尤其凸显其中女性的卓越贡献，她特别描写了"爱的化身"伊丽莎白如何无私忘我，在平凡"琐碎的事务"中恪尽职守的感人事迹。尽管作者对这位"家中天使"伊丽莎白的描写被一些女性主义者诟病为过于"保守"，乔治·莱文(George Levine)也挑剔她在"一些私密语篇中夹杂生硬的公共演说性表述"，有"煽情"和"做作"之嫌，②但是，从中不难看出的是，这种写法颇具18世纪后期"情感主义"文化余韵，呼应了诸如休谟、亚当·斯密和亚当·弗格森(Adam Ferguson, 1723—

---

① http://www.rc.umd.edu/editions/frankenstein/V1notes/domafect (accessed 2016/10/8).
② Levine, "The Ambiguous Heritage of *Frankenstein*," 3-30.

1816)等哲学家对人际情感联系的重视。这些重要的思想家,尽管背景各异,但在当时都不约而同地阐述人类自然情感和"伙伴感情"("fellow-feeling")的重要价值,强调在现代公民社会"移情"(empathy)能力的不可或缺。如果说,18 世纪后半叶英国文学中的情感主义思潮是"英国人对'现代社会'的一种有意识的回应、批评或矫正",①那么,玛丽·雪莱在 19 世纪初着力描写亲情、友情的无私和美好,以及对人际交流的渴望,无疑旨在凸显它们作为一种与科学、工具理性——特别是男性个人英雄主义——抗衡的价值和力量,以及它们对于健全人格和社会融聚的重要意义。在作者眼里,被父权体制隔绝在"单独空间"的女性脚踏实地,将自己的关爱润物细无声般地渗透在日常亲友、邻里的交往之中,形成亲善友好的人际关系纽带,这与动辄以高调的为全人类谋福利的口号吸引视听的男人相比,她们更是构建个人和家庭幸福、社会和谐进步的力量。

然而,这个亲密和谐的人际关系却遭到了以弗兰肯斯坦为代表的现代个人主义的冲击和破坏。由于个人主义常常意味着为自我实现而脱离亲友和社群,对人际情谊、集体利益和社群关系置之度外,因而备受争议。著名政治家、哲学家埃德蒙·伯克面对法国革命后个人主义在英国浪漫主义思潮中的蔓延,曾忧心忡忡地表示:"英联邦将会在几代后倾覆,分裂成个人主义的烟灰和粉末,最后灰飞烟灭。"②身为年轻作家的玛丽·雪莱也明显感受到了这份来势汹汹的"分化"思潮,并对其后果产生深深的担忧。在她笔下,弗兰肯斯坦为求知背井离乡,在追逐个人"至高无上的荣耀"这一过程中,陷入自我奋斗的旋涡。他无视自己的责任和义务,不仅疏离、伤害亲友感情,还直接导致怪物对人类的疯狂报复。怪物所到之处,引发巨大的恐慌,文中德拉塞一家因受到惊吓而逃离家园,而怪物制造的几起血案更使昔日宁静美丽的家乡笼罩在恐怖的阴霾里。更可怕的是,发生在贾斯丁身上的冤假错案,是对公正、公平的司法制度的无情嘲讽和践踏,动摇了人们对法制和美好生活的信念。书中伊丽莎白这样哀叹:"当谬误看上去酷似真相,谁还能认为自己生活在幸福中呢?"

---

① 黄梅:《推敲"自我":小说在 18 世纪的英国》,第 314 页。
② Burke, *Reflections on the Revolution in France and on the Proceedings in Certain Societies in London Relative to that Event*, 142–143.

(188)作者以此质疑:当基本的人情、人权和安全感都丧失后,幸福从何而来呢?社会进步又何从说起?换言之,小说表达了作者对于在科学理性和现代个人主义两股思潮的夹攻下,转型中的英国社会——即由亲情、友情、乡情组成的共同体——遭遇撕裂的焦虑。斯皮瓦克(Gayatri Spivak,1942—)在解读这部作品时,敏锐地看到了其中"明显的说教色彩",认为作者的用意是表达"社会工程不应建立在只是单纯的、理论或自然-科学的理性之上"的思想,因而,她断定小说是作者"对一个精细化管理的社会实用主义观的含蓄评论"。[1] 这一见解相当中肯,足见斯皮瓦克对作品意义的深刻洞悉。

在19世纪初英国的思想文化中,科学被奉为人类社会进步的标志和无上法宝。《弗兰肯斯坦》率先揭示科学所隐含的"魔鬼性",即它潜在的巨大隐患,表达了玛丽·雪莱超前的忧患意识,以及对盲信科学的深刻质疑;而其中对现代个人主义神话的祛魅,也同时显示了作者的社会转型焦虑。反过来说,这种浓郁的转型焦虑化作了一部历久弥新的力作,为现代社会和个人的健康发展提供了寓言性的启示和训诫。如今文化观念的内涵中,仍然有着这部力作所赋予的内涵。

---

[1] Gayatri Spivak, "Three Women's Texts and a Critique of Imperialism," *Critical Inquiry* 12, No. 1, "Race,"Writing, and Difference (Autumn 1985): 243-261, 256.

结 语

文化观念成长过程中的砥砺与磨合

18世纪的英国是整个欧洲的代表和缩影。资产阶级革命孕育了巨大的社会变革,迫使英国资本主义走上了快速发展的道路。"光荣革命"之后,英国经济增速明显:"工商业的产出指数从1700年的100增长到1750年的148,农业的产出指数从1700年的100增长到1750年的111。原材料进口增长幅度惊人,出口结构发生了很大变化,呢绒出口稳步发展,其他制造品出口增长迅猛,从82.8万镑猛增到242万镑。"①英国经济的迅速发展使得英国民众的收入大幅提高,他们的生活也得到了前所未有的改善,正如A. 麦金尼斯(Angus McInnes)所言:"不仅是中上层人们钱袋里的钱叮当作响,大多数工匠和劳工也富裕了。"②

富裕起来的民众逐渐摆脱物质世界的束缚而朝着精神世界挺进。所以,18世纪的英国文化在工业革命和经济发展的刺激下发生着史无前例的嬗变。所谓文化都无一例外地把生活方式、习俗、习惯、信仰、艺术、道德以及法律等都包括进去,说明文化在人类发展过程中意义重大——它是人的本质存在。人类从茹毛饮血的野蛮时代逐渐发展到具有文明意识的社会,是文化在起着积极作用。人类在社会实践中不断地与原始、野蛮分裂,朝着理想的人类本质发展;因此,文化既是一种新的思想意识、风俗习惯和伦理道德等形成的过程,也是这些实质内容得以发展、完善的过程。文化这个词的拉丁文词根"cultura"是培育的意思,所以只有从"培植客体"的意义上来理解文化(如灵魂的培育),才能够使"文化"在社会历史发展中把自己的意义充分展现出来。

人类从霍布斯所描述的"自然状态"迈进国家或公民社会,是一种自由的、自觉的和有意识的行为,它对人类摆脱原始落后的生存状况起到了决定性的作用。因此,"文化就是人的一种创造性的、建设性的活动","文化价值也只有

---

① 李新宽:《17世纪末至18世纪中叶英国消费社会的出现》,《世界历史》,2011年第5期,第50页。
② 同上。

在创造性的活动的进程中才能建立起来","文化是人的活动的一种表现。"①

文化是人的一种创造性的、建设性的活动,这意味着文化是人的本质性的存在,因为文化是人的精神体现,是人的情感、意志、自由、道德以及认知等方面的综合反映。人的情感、意志、道德和认知等是随着社会历史的发展而发展,随着社会历史的变化而变化的,是永远处在发展和变化之中的;所以文化不是僵死的,而是发展和变化的。文化的发展和变化不是一年四季机械似的"重复"变化,它的发展和变化是"螺旋"似的,是需要"心智培育"的。

"心智培育"是文学作品的重要特点之一,它通过人们的阅读对其进行"教诲"的灌输,起到寓教于乐的教育效果。18世纪的大量文学作品在英国文化嬗变上起到了潜移默化的心智培育作用;而当时的心智培育在很大程度上表现在文学作品所呈现的愿景上。例如:18世纪英国女性对自由、解放的追求随着经济的发展而呈现出高涨趋向,使女性的自我形塑向传统文化提出挑战。玛丽·渥特莱·蒙太古夫人就是挑战者之一。

女性作为新兴出现的社会群体,在传统文化上被根深蒂固的父权制所压制。中产阶级女性和下层女性以往还经常参与家庭的生产劳动,对家庭的经济收入具有不可忽视的贡献。然而,随着社会劳动分工的不断发展和中产阶级的兴起,尤其是英国商人阶层的崛起,生产场所从家庭逐渐转移到更专业、更大规模的手工坊乃至工厂,女性从生产劳动中逐渐剥离出来。然而,从生产劳动中剥离出来的女性并没有获得平等和自由,而是处于为人妻母的状态。这时的女性在公共领域几乎是到了隐身的地步。

女性婚姻自由和社会活动的参与度是衡量社会文化嬗变的重要圭臬之一。事实上,在18世纪的英国,无论是新中产阶级女性,还是上层贵妇,传统文化都使她们处在从属于丈夫和家庭的被动地位,缺乏自身独立的存在感,缺乏可以进入社会公共场所的渠道。不仅如此,她们对于婚姻和家庭也没有多少可以选择的权利。恋爱婚姻在当时仍然是非常少见的,多数的婚姻都是基于双方的金钱和财产安排。就像蒙太古夫人在渥特莱向自己父亲提亲之后说:"我这个身份的人就像奴隶一样被贩卖,我不知道我的主人[父亲]给我打

---

① E. A. 瓦维林等:《马克思主义文化范畴论》,上海:上海人民出版社,1992年,第15页。

上多少钱的价码。"①由此可以看出,传统文化如此腐朽,已经到了非要改变的地步;所以,制约女性自由的传统文化必然会受到进步思想的冲击。

蒙太古夫人的《土耳其书信集》之所以吸引着一代又一代的读者,是因为它折射出贵族女性在社会转型期如何面对新旧文化/行为规范的交替所导致的焦虑,以及试图化解焦虑的努力,即一种"愿景描述"。它鼓动18世纪搁浅在文化教育转变的断层之中的英国妇女追求个人愿望,从而化解了当时存在于妇女身上的文化焦虑。阿妮塔·德赛在为1993年威廉·皮克林版的《土耳其书信集》作序时指出,该书的成功原因之一是这段时间她得以部分摆脱英国社会对她的局限,不带偏见地去观察一个崭新的世界,而这个崭新世界对蒙太古夫人及其读者们最大的吸引力在于女性的自由状况。②

蒙太古夫人在《土耳其书信集》里,对土耳其女性可以拥有自己的财产感到十分吃惊和羡慕。她清楚地认识到,经济独立是女性得以享受自由的根源。她在一封信中说道:"你可以很容易猜到在这个国家忠贞的老婆数量实在太少。她们无须担心情人的鲁莽,也不用担心丈夫发现自己出轨之后的怒火;这些有钱的贵妇们口袋里有自己的钱。如果她们离婚,这些钱仍然是属于她们的,而且还要加上丈夫们应给的一份。"③这样的阐述在某种意义上就是"愿景描述";因为在当时的英国,女性没有自己的财产权,一旦结婚,她们所有的财产都归丈夫,离婚之后也就不可能拥有自己的任何财产。这样的"愿景描述"无疑是一种潜在的心智培育,是在给传统文化的嬗变注入催化剂。

工业革命、科技进步和经济的迅猛发展使18世纪的英国传统文化发生了翻天覆地的变化,以至于让人们难以马上接受和适应;结果是,民众对往昔的英格兰表现出一种怀旧和向往的情怀。这种对工业文明所造成的乡村的衰败的哀叹无不反映在当时的文学作品中,以哥德史密斯的《荒村》最为著名。哥德史密斯在《荒村》里塑造了一个叫作"奥布恩"的理想、幸福的村庄。他在诗歌开篇写道,"甜美的奥布恩,平原上最美的村庄"

---

① Paston, *Lady Mary Wortley and Her Times*, 74.
② Anita Desai, "Introduction," xxxi.
③ Montagu, *The Letters and Works of Lady Mary Wortley Montagu*, Vol. 1, 299.

(第 1 行)。① 那里有许多健康快乐的少年在田间劳作;那里每一处景象都透露出质朴的幸福;春天笑意盈盈地到来,晚夏时分花朵依然怒放、可爱的树荫纯净而舒适(第 2—8 行);树荫里的小屋,耕种的农田,澎湃的溪流,忙碌的磨坊,老人们谈笑,情侣们呢喃,圣洁的教堂在高处,山楂树丛下的阴凉处有座椅安放(第 10—14 行)。在奥布恩,曾经每一分气息都透露着欢乐和生机。黄昏时分,少年应答着挤奶姑娘的歌唱,持重的牛群哞哞地呼唤它们的幼崽,吵闹的鹅群在池塘咕呱乱叫,顽童放学归来,看门狗对着低语的风儿低沉地吠叫,无忧无虑的人们发出爽朗笑声,天色暗淡之后在混杂的声响间歇,听得见夜莺歌唱。

在这样的金色田园里,人们生活虽不宽裕,却不乏生活情趣。劳动者笑微微归来,银发老人开怀,在成排矮屋前呷一口啤酒爽气清神,听乡村政治家侃侃而谈(第 221—234 行)。岁月悠悠,亘古恒定,本不需要沧海桑田的变迁,永恒的是"节庆的地方花厅绚丽,粉白的墙壁、铺了细沙的地面,漆面光亮的钟表在门后滴答作响"(第 226—228 行)。人们生活简朴——箱子设计成两种用途:晚上当床,白天做斗柜,但是也有情趣——十二条戒律的图画既作装饰又有用途,皇家鹅宫游戏是人们闲暇时的消遣。除了凛冽寒冬,壁炉上总摆着让人欢快的杨树枝、花儿和茴香;人们聪明地摆放残破茶具,绕着壁炉烟囱陈列,成一排亮闪闪给人看(第 230—236 行)。在这里,人们看不到财富的炫耀,只有纯朴和快乐的自然流露。

然而,由于社会转型,即工商贸易对传统农业的挤压,奥布恩呈现出一派凋敝景象。在村庄的林荫处显现暴君的手,摧毁了村庄的甜美和欢笑,草坪上不见了游戏,绿色原野荒无人烟。唯一的主人攫取了整个乡间,耕地减半,映照天空的清澈小溪被苇草覆盖,在丛生杂草中羸弱喘息,孤独的麻鸦护巢空鸣,田凫飞舞,单调地发出令人厌倦的叫声,长草掩盖了雕饰的墙(第 35—48 行)。奥布恩的村民们遭遇不幸,"战兢兢从破坏者之手退缩,远远地,你的儿女离开这片土地"(第 49—50 行)。杂草丛生的小路,毁坏的庄院,再也看不

---

① Oliver Goldsmith, "The Deserted Village," in *The Oxford Anthology of English Literature* (Volume I), ed. Harold Bloom, Oxford: Oxford University Press, 1973, 2235 - 2245. 后文出自同一版本的译文,将随文括注出处页码,不再另注。

到矗立的小屋和生长的山楂树(第78—80行),黄昏时分再没有甜美的声音低声响起,再没有忙碌的脚步踏过长满青草的乡间小路;勃勃生机不再,孤独的老妇人在哗哗啦啦的泉水旁虚弱地弯腰站立,为了糊口,憔悴的她被迫在溪水里摘水芹菜,还要在荆棘中捡拾过冬的木柴,还要寻找栖身地过夜,哭泣到早晨(第129—134行)。村庄再没有农夫的新闻、理发师的故事、樵夫的歌谣,再没有铁匠擦去额头灰尘,再没有羞涩少女亲吻圣杯(第237—250行)。简朴而美丽的自然遭受浮华财富侵袭,饥荒逼迫村民成群结队逃离;微笑的土地不再,沉沦的农民无人救助,乡间的繁荣只剩下一座花园、一座坟茔(第299—302行)。曾经快乐的奥布恩村民沦为乞丐,为一块面包在城里自负的人家门口乞讨(第337—340行)。

从《荒村》的描写,读者可以明显地感觉到人们对时代变革的忧虑和不适应。实际上,英国社会从都铎王朝开始已经朝着现代民族国家急促迈进,社会剧烈变革,新的生产方式、经济模式、政治结构、社会生活都在形成中。新的社会秩序和与之相适应的新的社会伦理也处于形成之中。急速的变化往往让人们感到无所适从,这也就是我们在该书中所说的转型焦虑。转型焦虑不仅存在于《荒村》里,而且还存在于其他众多的文学作品中——科贝特的《骑马乡行记》就是一个典型的例子。《骑马乡行记》记叙了科贝特在英国乡村访贫问苦的经历,他骑着马或乘着马车,走访了一个又一个村庄,一路查看庄稼、牲畜和人民的生活状况。在这部游记里,读者不仅可以看到有关古老、美丽乡村的描写,还可以明显地看到那个动荡时代乡下百姓的贫穷生活痕迹。可以说,《骑马乡行记》就是18世纪末和19世纪初英国乡村人民生活的见证。在这部貌似纪实的游记中,作者寄托了他的文化理想,表达了对于幸福生活的愿景。

在任何国家的历史进程中,传统文化总是与先进的思想发生冲突,产生矛盾,但又总是在矛盾和冲突的磨合中走向流变和兼容。圈地运动是残酷的,在当时也是受到抵制的,但它却从根本上改变了不列颠人的工作方式和生活方式。亨利七世时,英国已经进入农业和手工业并行发展时期,农民兼做手工业的现象较为普遍:在沃尔特郡和萨福特郡的高地农民纺织羊毛;在英格兰北部,他们掘地挖煤;在米德兰西部,他们制造铁钉。而类似圈地运动这样的文化砥砺与磨合的历史发展语境在不列颠并不鲜见,工业革命就是一个独具意义的例子。18世纪工业革命在英国兴起,然后向全世界辐射,它不仅极大地提高了英国人的生活质量和水平,而且还改变了人类的命运。但即使是这样一场被公认为人类历史上具有划时代意义的伟大革命,在英国文化发展中也呈现出砥砺的一面。"恶"在时代转型期无所不在,新旧文化观念碰撞下怎么会没有砥砺呢?!在英国工业革命时期,人民的遭遇同样是残酷的。哥德史密斯的《荒村》中那个叫作"奥布恩"的村庄,原本人丁兴旺、土地丰产的田园被毁灭,变成一个有钱人的私人乡间花园景观;原本生机勃勃的土地变得荒寂;原本欢乐的村庄失去活力;原本幸福安居的人们被迫离乡背井;原本体面而有尊严的农民落魄在城里沿街行乞。而造成这种局面的原因,在哥德史密斯看来,是商业与贸易的发展引诱人们追逐财富所致。科贝特在《骑马乡行记》里不断谴责新工业体制带来的阶级冲突,认为由国债所维持的金融上层建筑是为工业资本家这类的新兴"寄生虫"精英服务的,其代价是使广大劳工阶层陷入贫困和痛苦之中。对于科贝特来说,在乡村,经济发展进程对脆弱的社会平衡的整体影响更为显著:

乡下人失去了他们的部分自然职业。妇女和儿童本应该提供大部分用于制作衣物的纺织品,而他们现在却没有任何事情做。田野里原本一定会有男人和小伙子干活;原本有男人和小伙子的地方就必定会有妇女和姑娘;然而,当机器纺织业工厂主有了一批真正的奴隶之后,他们就剥夺了乡下妇女和姑娘的大部分工作;由于纺织业工厂主的缘故,他们失去了原来的职业,变得更加贫穷。①

科贝特在这里给读者展现的,是工业革命时期大型纺织工业置换了乡村传统手工纺织作坊后所带来的大量失业和贫穷的悲惨后果。尽管工业革命引发了那么多的"恶",给当时的人民带来了那么多的痛苦,但无可争辩的事实是:一种文化发展到另一种更高层次的文化模式时,都要经过"恐惧"的过程,并以"恶"的手段加以实现。"无论一个古老世界崩溃的情景对我们个人的感情来

---

① Cobbett, *Rural Rides*, 61.

说是怎么难过,但是从历史观点来看,我们有权同歌德一起高唱:'我们何必因这痛苦而伤心,既然它带给我们更多欢乐?难道不是有千千万万生灵,曾经被帖木儿的统治吞没?'"①

文化在历史发展过程中是注定要发生砥砺的,但必将走向磨合。"砥砺"彰显出人类从农业文明向工业文明过渡时的转型焦虑,"磨合"体现了人类对愿景的向往和追求;而"砥砺"和"磨合"反映了不列颠文化一直不断地朝着"共同体"方向迈进。18世纪,英国文化的砥砺和磨合过程是残酷的、痛苦的、"邪恶"的,同时也是快活的,它为伟大作家和艺术家的存在提供了广阔、丰富的土壤和空间,使他们创作出不朽的经典作品。任何不朽的经典文艺作品都是在文化流变中产生的,它们把时代变革中所产生的"恶"撕裂开来,展示给读者看,让他们在阅读中得到震撼和警醒——难道不是吗?

---

① 转引自曹山柯:《失落的"乌托邦"——时代变革期的文学》,第7页。

主要参考文献

Aldiss, Brian. *Frankenstein Unbound*. London: Edward Arnold, 1991.

Anderson, Benedict. *Imagined Communities: Reflections on the Origin and Spread of Nationalism*. London: Verso, 1991.

Arditi, Jorge. *A Genealogy of Manners: Transformations of Social Relations in France and England front the Fourteenth to the Eighteenth Century*. Chicago and London: The University of Chicago Press, 1998.

Armstrong, Nancy. *Desire and Domestic Fiction*. Oxford: Oxford University Press, 1987.

Arnold, Matthew. "Stanzas from the Grande Chartreuse." In *The Poems of Matthew Arnold*. Ed. Kenneth Allot. London: Longmans, 1965, 285-294.

Austen, Jane. *Pride and Prejudice*. New York: Signet Classic, 1989.

——. *Mansfield Park*. London: Penguin Books, 2014.

Baines, Paul. *The Complete Critical Guide to Alexander Pope*. London: Routledge, 2000.

Barfield, Owen. *What Coleridge Thought*. Middletown: Wesleyan University Press, 1971.

Behn, Aphra. *Oroonoko: Norton Critical Edition*. New York: W. W. Norton & Company, 1997.

Benchimol, Alex. "William Cobbett's Geography of Cultural Resistance in *Rural Rides*." *Nineteeth-Century Contexts* 26, No. 3 (2004): 257-272.

Berman, Jeffrey. "*Frankenstein*; or, the Modern Narcissus." In *Narcissism and the Novel*, New York: New York University Press, 1990.

Bloom, Edward. "Introduction to Evelina." In *Evelina*. London, Oxford and New York: Oxford University Press, 1970.

Botting, Fred. "In Gothic Darkly: Heterotopia, History, Culture." In *A New Companion to the Gothic*. Ed. David Punter. Hoboken: Wiley-Blackwell, 2012, 13–14.

Brisman, Leslie. "Coleridge and Supernatural." *Studies in Romantics*, No. 2(1982): 123–159.

Bromwich, David. *Disowned by Memory: Wordsworth's Poetry of the 1790s*. Chicago and London: The University of Chicago Press, 1998.

Brown, Laura. *English Dramatic Form, 1660–1760: An Essay in Generic History*. New Haven: Yale University Press, 1981.

——. "The Romance of Empire: *Oroonoko* and the Trade in Slaves." In *Ends of Empire: Women and Ideology in Early 18th-Century English Literature*. Ithaca: Cornell University Press, 1993.

Brown, Norman. *Life against Death*. New York: New England University Press, 1959.

Buckley, Jerome Hamilton. *The Victorian Temper: A Study in Literary Culture*. Cambridge: Cambridge University Press, 1951.

Burke, Edmund. *The Portable Edmund Burke*. Ed. Isaac Kramnick. Harmondsworth: Penguin, 1999.

——. *Reflections on the Revolution in France*. London: Penguin Books, 2004.

——. *Reflections on the Revolution in France and on the Proceedings in Certain Societies in London Relative to that Event*. Cambridge: Cambridge University Press, 2013.

Burney, Fanny. *Evelina*. London, Oxford and New York: Oxford University Press, 1970.

Butler, Marilyn. *Romantics, Rebels and Reactionaries: English Literature* and *Its Background 1760 - 1830*. Oxford: Oxford University Press, 1981.

Butt, John, ed. "The Rape of the Lock." In *The Poems of Alexander Pope*. London: Methuen & Co. Ltd. , 1963.

Carroll, John, ed. *Selected Letters of Samuel Richardson*. Oxford: Clarendon Press, 1964.

Chibka, Robert L. "Truth, Falsehood, and Fiction in *Oroonoko*." In *Oroonoko: Norton Critical Edition*. Ed. Joanna Lipking, New York: W. W. Norton & Company, 1997.

Clair, William. "Publishing, Authorship and Reading." In *The Cambridge Companion to Fiction in the Romantic Period*. Ed. Richard Maxwell and Katie Trumpener. Cambridge and New York: Cambridge University Press, 2008.

Cobbett, William. "Paper against Gold: Being an Examination of the Report of the Bullion Committee in a Series of Letters to the Tradesmen and Farmers in or near Salisbury." *Cobbett's Weekly Political Register*, 20 (6 Jul. 1811): 1 - 29.

——. *Rural Rides*. London: William Cobbett, 1830.

——. *Selections from Cobbett's Political Works*. Vol. 5. Ed. J. M. Cobbett and J. P. Cobbett. London: Anne Cobbett, 1836, 1 - 17.

Coleridge, Samuel Taylor. *Aids to Reflection*. Ed. John Beer. In Vol. IX of *The Collected Works of Samuel Taylor Coleridge*. Gen. Ed. Kathleen Coburn. Princeton: Princeton University Press, 1993.

——. *Biographia Literaria*. Ed. James Engell and W. Jackson Bate. Princeton: Princeton University Press, 1983.

——. *On the Constitution of the Church and State*. Ed. John Colmer. London: Routledge & Kegan Paul, 1976.

——. *Table Talk*. Ed. Carl Woodring. London: Routledge, 1990.

——. *Lay Sermons*. In Vol. VI of *The Collected Works of Samuel Taylor*

Coleridge. Ed. R. J. White. Princeton: Princeton University Press, 1972.

——. *The Collected Letters of Samuel Taylor Coleridge*. Ed. Earl Leslie Griggs. Oxford: Clarendon Press, 1959.

——. *The Complete Works of Samuel Taylor Coleridge*, 7 Vols. Ed. W. G. T. Shedd. New York: Harper & Brothers, 1856.

——. *Unpublished Letters of Samuel Taylor Coleridge*. Ed. Earl Leslie Gridds. London: Constable & Co. Ltd. , 1932.

Clair, William St. "Publishing, Authorship and Reading." In *The Cambridge Companion to Fiction in the Romantic Period*. Ed. Richard Maxwell and Katie Trumpener. Cambridge and New York: Cambridge University Press, 2008.

Clark, Timothy. *The Theory of Inspiration: Composition as a Crisis of Subjectivity in Romantic and Post-Romantic Writing*. Manchester: Manchester University Press, 1997.

Crane, R. S. *Genealogy of the "Man of Feeling": The Idea of the Humanities and Other Essays Critical and Historical*. Chicago and London: The University of Chicago Press, 1967.

Craton, Michael. *Sinews of Empire: A Short History of British Slavery*. Garden City, New York: Anchor Press, 1974.

Davidson, Graham. *Coleridge's Career*. Basingstoke: Macmillan, 1990.

Davis, Lennard J. *Factual Fictions: The Origins of the English Novel*. New York: Columbia University Press, 1983.

Davis, Tom. "Introduction." In *She Stoops to Conquer*. Oliver Goldsmith. New York: W. W. Norton & Company, 1979.

Deen, Leonard W. "Coleridge and the Radical of Religious Dissent." *The Journal of English and Germanic Philology* 61, No. 3 (Jul. 1962): 496–510.

Desai, Anita. "Introduction." In *Turkish Embassy Lettersby Lady Mary*

Wortley Montagu. Ed. Malcolm Jack. London: William Pickering, 1993.

Dickens, Charles. *Hard Times, Great Expectations and Our Mutual Friend — A Selection of Critical Essays*. Ed. Norman Page. London and Basingstoke: The Macmillan Press Ltd., 1979.

——. *Bleak House*. London: Vintage Books, 2008.

Doody, Margaret Anne. *A Natural Passion: A Study of the Novels of Samuel Richardson*. Oxford: Clarendon Press, 1974.

Eagleton, Terry. *Marxism and Literary Criticism*. Berkeley and Los Angeles: University of California Press, 1976.

——. *The English Novel: An Introduction*. Oxford: Blackwell, 2005.

——. *The Idea of Culture*. Oxford: Blackwell Publishing, 2000.

——. *The Rape of Clarissa: Writing, Sexuality, and Class Struggle in Samuel Richardson*. Minneapolis: University of Minnesota Press, 1982.

——. *Culture*. New Haven and London: Yale University Press, 2016.

Eliot, George. *Felix Holt, the Radical*. Hertfordshire: Wordsworth Editions Ltd., 1997.

——. *Middlemarch*. Hertfordshire: Wordsworth Editions Ltd., 2000.

Eliot, T. S. *Notes towards the Definition of Culture*. Croydon: Faber and Faber, 1948.

Ellis, Lorna. *Appearing to Diminish: Female Development and the British Bildungsroman, 1750 – 1850*. London: Associated University Press, 1999.

Epsten, Julia. "Marginality in Frances Burney's Novels." In *The Eighteenth Century Novel*. Ed. John Richetti. Cambridge: Cambridge University Press, 1996.

Friedman, Arthur, ed. *Collected Works of Oliver Goldsmith*. Oliver Goldsmith. Oxford: Oxford University Press, 1966.

Foucault, Michel. *Power/Knowledge: Selected Interviews and Other*

Writings 1972 - 1977. Ed. Colin Gordon. Trans. Colin Gordon, Leo Marshal, John Mepham and Kate Sober. New York: Pantheon, 1980.

Gerrard, Christine. *A Companion to 18th Century Poetry*. Malden: Blackwell Publishing, 2006.

Gibbs, Lewis. *The Admirable Lady Mary: The Life and Times of Lady Mary Wortley Montagu*. New York: William Morrow & Company, 1949.

Godwin, William. *Enquiry Concerning Political Justice and Its Influence on Morals and Happiness*. Ed. F. E. L. Priestley. 3rd ed., 3 Vols. (1798; rpt. Toronto: The University of Toronto Press, 1946), 2: 209n.

Göçek, Fatma Müge. *East Encounters West: France and the Ottoman Empire in the Eighteenth Century*. New York and Oxford: Oxford University Press, 1987.

Goldberg, Rita. *Sex and Enlightenment: Women in Richardson and Diderot*. Cambridge: Cambridge University Press, 1984.

Goldsmith, Oliver. "The Deserted Village." In *The Oxford Anthology of English Literature* (Volume I). Ed. Harold Bloom. Oxford: Oxford University Press, 1973, 2235 - 2245.

Gooneratne, Yasmine. *Alexander Pope*. London: Cambridge University Press, 1976.

Greenblatt, Stephen. *Renaissance Self-Fashioning: From Moore to Shakespeare*. Chicago and London: The University of Chicago Press, 1980.

Gustafson, Daniel. "The Rake's Revival: Steele, Dennis, and the Early Eighteenth-Century Repertory." *Modern Philology* 112, No. 2 (November 2014): 358 - 380.

Hall, Stuart. "Cultural Identity and Diaspora." In *Identity and Difference*. Ed. Jonathan Rutherford. London: Lawrence & Wishart, 1990, 222 - 237.

Hammond, Eugene R. "Nature-Reason-Justice in *Utopia* and *Gulliver's*

Travels." *Studies in English Literature, 1500 - 1900* 22, No. 3 (Summer 1982): 445 - 468.

Harris, Jocelyn. *Samuel Richardson*. Cambridge: Cambridge University Press, 1987.

Hichcock, Tim and Michèle Cohen. "Introduction." In *English Masculinities 1660 - 1800*. Ed. Tim Hichcock and Michele Cohen. London: Longman, 1999, 5.

Himmelfarb, Gertrude. *The Moral Imagination*. Chicago: Ivan R. Dee, 2006.

Hogle, Jerold E., ed. *The Cambridge Companion to Gothic Fiction*. Cambridge: Cambridge University Press, 2002.

Hogle, Jerold E. and Andrew Smith, "Revisiting *The Gothic and Theory: An Introduction*." *Gothic Studies* 11, No. 1 (2009): 1 - 8.

Holmes, Richard. *The Age of Wonder: How the Romantic Generation Discovered the Beauty and Terror of Science*. London: Harper Press, 2008.

Houston, Chlöe. "Utopia, Dystopia or Anti-Utopia? Gulliver's Travels and the Utopian Mode of Discourse." *Utopian Studies* 18, No. 3, Irish Utopian (2007): 425 - 442.

Hunter, J. Paul. *Before Novels*. New York: W. W. Norton & Company, 1990.

Ian, Watt. *The Rise of the Novel: Studies in Defoe, Richardson and Fielding*. Berkeley and Los Angeles: University of California Press, 1957.

Johnson, Lesley. *The Cultural Critics: From Matthew Arnold to Raymond Williams*. London: Routledge, 1979.

Jones, James F. Jr. "Prolegomena to a History of Happiness in the Eighteenth Century." *French American Review* 6, No. 2 (Fall 1982): 283 - 295.

Kilgour, Maggie. *The Rise of the Gothic Novel*. London and New York: Routledge, 1995.

Kinkead-Weekes, Mark. *Samuel Richardson, Dramatic Novelist*. London: Methuen and Co. Ltd. , 1973.

Klancher, Jon. *The Making of English Reading Audiences, 1790 - 1832*. Madison: University of Wisconsin Press, 1987.

Kroll, Richard W. F. *The English Novel: Smollett to Austen* (Volume Ⅱ). Abington and New York: Routledge, 2013.

Lamb, Jonathan. "Sterne and Irregular Oratory." In *The Eighteenth-Century Novel*. Ed. John Richetti. Shanghai: Shanghai Foreign Language Education Press, 2007.

Lady, *The Lady's Companion: Or, an Infallible Guide to the Fair Sex*. London: READ, 1743.

Lake, Cristal B. "Bloody Records: Manuscripts and Politics in *The Castle of Otranto*." *Modern Philology* 110, No. 4 (May 2013): 489 - 512, 501.

Langford, Paul. *A Polite and Commercial People: England 1727 - 1783*. Oxford: Oxford University Press, 1989.

——. "Walpole, Horatio [Horace], fourth earl of Oxford (1717 - 1797)." In *Oxford Dictionary of National Biography*, Oxford University Press online. 2011 - 08 - 22. http: //www. oxforddnb. com/view/article/28596 (accessed 2015/6/19).

Larson, Jil. *Ethics and Narrative in the English Novel, 1880 - 1914*. Cambridge: Cambridge University Press, 2001.

Ledoux, Ellen Malenas. *Social Reform in Gothic Writing: Fantastic Forms of Change, 1764 -1834*. New York: Palgrave Macmillan, 2013.

Levin, Yuval. *The Great Debate*. New York: Basic Books, 2014.

Levine, George. "The Ambiguous Heritage of *Frankenstein*." In *The Endurance of Frankenstein: Essays on Mary Shelley's Novel*. Ed. George Levine and U. C. Knoepflmacher. Berkeley and Los Angeles: University of California Press, 1979.

Lewis, W. S. "Introduction." In *The Castle of Otranto: A Gothic Story*. London: Oxford University Press, 1969, X.

Lipking, Joanna. " 'Others', Slaves, and Colonists in *Oroonoko*." In *The Cambridge Companion to Aphra Behn*. Ed. Derek Hughes and Janet Todd. Cambridge: Cambridge University Press, 2004.

——. "The New World of Slavery: An Introduction." In *Oroonoko: Norton Critical Edition*. Ed. Joanna Lipking. New York: W. W. Norton & Company, 1997.

Lowenthal, Cynthia J. *Lady Mary Wortley Montagu and the Eighteenth-Century Familiar Letter*. Athens and London: The Univeristy of Georgia Press, 2010.

Macaulay, Thomas Babington. *Critical and Historical Essays, Contributed to Edinburgh Review*. 3 Vols. London: Longman, Brown, Green, and Longmans, 1843.

MacIntyre, Alasdair. *A Short History of Ethics: A History of Moral Philosophy from the Homeric Age to the Twentieth Century* (2nd ed.). Notre Dame: University of Notre Dame Press, 1966.

Magnet, Myron. *Dickens and the Social Order*. Delaware: ISI Books, 2004.

Marlowe, Christopher. "The Passionate Shepherd to His Love." In *The Norton Anthology of Poetry*. Ed. Margaret Ferguson. New York: W. W. Norton & Company, 1996.

Markovits, Stefanie. "Jane Austen and the Happy Fall Author." *Studies in English Literature, 1500 – 1900* 47, No. 4 (Autumn 2007): 779 – 797.

Marshall, W. Gerald. "Wycherley's 'Great Stage of Fools': Madness and Theatricality in *The Country Wife*." *Studies in English Literature, 1500 – 1900* 29, No. 3 (Summer 1989): 409 – 429.

McKillop, Alan Dugald. *Samuel Richardson*. Chapel Hill: University of

North Carolina Press, 1936.

McNeil, Peter. "Macaroni Masculinities." *Fashion Theory* 4, No. 4(2000): 373-403.

Mee, Jon. *Conversable Worlds: Literature, Contention, and Community 1762 to 1830*. Oxford: Oxford University Press, 2011.

Mill, J. S. *Mill on Bentham and Coleridge*. Cambridge: Cambridge University Press, 1980.

Moers, Ellen. *Literary Women*. London: The Women's Press, 1978.

Montagu, Mary Wortley. *The Letters and Works of Lady Mary Wortley Montagu*. 2 Vols. Ed. Lord Wharncliffe. London: Henry G. Bohn, 1861.

Mulhern, Francis. "Towards 2000, or News from You-Know-Where." In *Raymond Williams: Critical Perspectives*. Ed. Terry Eagleton, Oxford: Polity Press, 1989.

Newlyn, Lucy. "The Noble Living and the Noble Dead': Community in *The Prelude*." In *The Cambridge Companion to Wordsworth*. Ed. Stephen Gill. Cambridge: Cambridge University Press, 2003, 55-69, 9.

Norton, Brian Michael. *Fiction and the Philosophy of Happiness: Ethical Inquiries in the Age of Enlightenment*. Lewisburg: Bucknell University Press, 2012.

O'Donnell, Mary Ann. "Aphra Behn: The Documentary Record." In *The Cambridge Companion to Aphra Behn*. Ed. Derek Hughes and Janet Todd. Cambridge: Cambridge University Press, 2004, 1-11.

Paston, George. *Lady Mary Wortley and Her Times*. London and New York: G. P. Putnam's Sons, 1907.

Pearl, M. L. *William Cobbett: A Bibliographical Account of His Life and Times*. London: Oxford University Press, 1953.

Philip, J. R. "Samuel Johnson as Antiscientist." *Notes and Records of the Royal Society of London* 29, No. 2 (Mar. 1975): 193-203.

Pope, Alexander. *Poetry and Prose of Alexander Pope*. Ed. Aubrey Williams. Boston: Houghton Mifflin Company, 1968.

Porter, Roy. *English Society in the 18th Century*. London: Penguin Books, 1991.

Powell, Manushag N. *Performing Authorship in Eighteenth-Century English Periodicals*. Plymouth: Bucknell University Press, 2012.

Pufendorf, Samuel von. *The Whole Duty of Man According to the Law of Nature*. Trans. Andrew Tooke. Ed. Ian Hunter and David Sauders, Indianapolis: Liberty Fund, 2003.

Punter, David. *The Literature of Terror: A History of Gothic Fictions from 1765 to the Present Day*. London: Longman, 1996.

Raleigh, Sir W. *The English Novel*. London: J. Murray, 1894.

Richardson, Samuel. *The History of Sir Charles Grandison*. Ed. Thomas Archer. London: George Routledge & Sons, 1924.

Richter, David H. *The Progress of Romance, Literary Historiography and the Gothic Novel*. Columbus: Ohio State University Press, 2015.

Richetti, John. "Introduction." In *The Eighteenth-Century Novel*. Ed. John Richetti. Cambridge: Cambridge University Press, 1996.

Ripley, George. *Philosophical Miscellanies*. 2 Vols. Boston: Hilliard Gray, 1838.

Rorty, Richard. *Contingency, Irony, and Solidarity*. Cambridge: Cambridge University Press, 1989.

Rosenthal, Laura J. "*Oroonoko*: Reception, Ideology, and Narrative Strategy." In *The Cambridge Companion to Aphra Behn*. Ed. Derek Hughes and Janet Todd. Cambridge: Cambridge University Press, 2004.

Rosslyn, Felicity. *Alexander Pope: A Literary Life*. Hampshire: Macmillan Distribution Ltd., 1990.

Roth, John K, ed. *International Encyclopedia of Ethics*. London: Fitzroy Dearborn Publishers, 1995.

Rubinstein, W. D. *Capitalism, Culture, and Decline in Britain, 1750-1990*. London: Routledge, 1993, 142.

Rumrich, John P. and Gregory Chaplin. *Seventeenth-Century British Poetry, 1603-1660 (Norton Critical Editions)*. New York: W. W. Norton & Company, 2005.

Sabor, Peter. *The Cambridge Companion to Frances Burney*. Cambridge: Cambridge University Press, 2007.

Sale, William M. *Samuel Richardson: Master Printer*. Ithaca, NY: Cornell University Press, 1950.

Seccombe, Thomas. *The Age of Johnson* (3rd ed.). London: George Bell and Sons, 1907.

Trevelyan, G. M. *English Social History*. Green: Longmans, 1942.

Schnorrenberg, Barbara B. "The Eighteenth-Century English Woman." In *The Women of England: From Anglo-Saxon Times to the Present*. Ed. Barbara Kanner. Hamden, CT: Archon, 1979, 183-228.

Shelley, Mary. *Frankenstein*. Introduction by Diane Johnson. Toronto and New York: Bantam, 1981.

Shen Dan. *Narratology and the Stylistics of Fiction*. Beijing: Peking University Press, 2004.

Sherburn, G. *A Literary History of England*. Ed. Albert C. Baugh. New York and London: Appleton-Century-Crofts, 1948.

Sill, Geoffrey. *The Cure of the Passion and the Origins of the English Novel*. Cambridge: Cambridge University Press, 2001.

Smith, Adam. *The Theory of Moral Sentiments*, Cambridge: Cambridge University Press, 2002.

Smith, Robert A. "Walpole's Reflections on the Revolution in France." In *Horace Walpole, Writer, Politician, and Connoisseur*. Ed. Warren Hunting Smith. New Haven and London: Yale University Press, 1967, 92-93.

Spencer, Jane. "The Woman Novelist as Heroine." In *Oroonoko: Norton Critical Edition*. Ed. Joanna Lipking. New York: W. W. Norton & Company, 1997.

Spengemann, William C. "The Earliest American Novel: Aphra Behn's *Oroonoko*." In *Oroonoko: Norton Critical Edition*. Ed. Joanna Lipking. New York: W. W. Norton & Company, 1997.

Spivak, Chakravorty. "Three Women's Texts and a Critique of Imperialism." *Critical Inquiry* 12, No. 1, "Race," Writing, and Difference (1985): 243-261.

Stumpt, Samuel Enoch and James Fieser. *Socrates to Sartre and Beyond: A History of Philosophy*. Boston: McGraw-Hill Higher Education, 2003.

Susan, Staves. "Behn, Women and Society." In *The Cambridge Companion to Aphra Behn*. Ed. Derek Hughes and Janet Todd. Cambridge: Cambridge University Press, 2004.

Sutherland, Kathryn. "Introduction." In *Mansfield Park*. Jane Austen. London: Penguin Books, 2014, vii-xxxv.

Swinburne, Algernon Charles. "Social Verse." In *Studies in Prose and Poetry*. London: Chatto & Windus, 1894.

Todd, Janet. *The Secret Life of Aphra Behn*. London: Andre Deutsch; New Brunswick: Rutgers University Press, 1996.

Tomarken, E. *Johnson, "Rasselas," and the Choice of Criticism*. Lexington: University Press of Kentucky, 1989.

Tönnies, Ferdinand. *Community and Civil Society*. Trans. Jose Harris and Margaret Hollis. Cambridge: Cambridge University Press, 2001.

Toynbee, Arnold. *Lectures on the Industrial Revolution of the 18th Century in England*. London: Rivingtons, 1884.

Trevelyan, G. M. *English Social History*. Green: Longmans, 1942.

Trilling, Lionel. *The Liberal Imagination*. New York: New York Review Books, 1950.

Trollope, Anthony. *The Prime Minister*. Oxford and New York: Oxford University Press, 1983.

Varney, Andrew. *Eighteenth-Century Writers in Their World*. Houndmills and London: Macmillan, 1999.

Vickers, Brian, Ed. *The Critical Heritage: William Shakespeare* (Volume 1). London and New York: Routledge, 1979.

Wainwright, Valerie. *Ethics and the English Novel from Austen to Forster*. Aldershot: Ashgate Publishing Limited, 2007.

Walker, R. G. *Eighteenth-Century Arguments for Immortality and Johnson's Rasselas*. Victoria: University of Victoria Press, 1977.

Wallace, Tara Ghoshal. "Burney and Dramatist." In *The Cambridge Companion to Frances Burney*. Ed. Peter Sabor. Cambridge: Cambridge University Press, 2007.

Walpole, Horace. *The Castle of Otranto: A Gothic Story*. London: Oxford University Press, 1964.

Ward, A. W. and A. R. Waller. *The Cambridge History of English Literature (Volume Ⅲ), Renascence and Reformation*. Cambridge: Cambridge University Press, 1909.

Warhol-Down, Robyn, Diane Price Herndl and Mary Lou Kete, eds. *Women's Worlds: The McGraw-Hill Anthology of Women's Writing*. Boston: McGraw-Hill Higher Education, 2007.

Watt, Ian. *Myths of Modern Individualism: Faust, Don Quixote, Don Juan, Robinson Crusoe*. Cambridge: Cambridge University Press, 1996.

Watkin, Amy. *Bloom's How to Write about Mary Shelley*. Introduction by Harold Bloom. New York: Infobase Learning, 2012.

Wein, Toni. *British Identities, Heroic Nationalisms, and the Gothic Novel 1764-1824*. New York: Palgrave Macmillan, 2002.

White, Simon. *Romanticism and the Rural Community*. Hampshire: Palgrave Macmillan, 2013.

Willey, Basil. *Nineteenth-Century Studies: Coleridge to Matthew Arnold*. Harmondsworth: Penguin Books, 1964.

Williams, Raymond. *The Long Revolution*. Harmondsworth: Penguin Books, 1961.

Woolf, Virginia. *A Room of One's Own*. Orlando: Harvest, 1989.

Wordsworth, William. *The Complete Poetical Works of William Wordsworth*. London: Edward Moxon, Son & Co., 1869.

——. *The Excursion: A Poem*. New York: C. S. Francis & Co., 1850.

——. "The Tables Turned." In *The Norton Anthology of English Literature*, Vol. 2. Ed. M. H. Abrams. New York: W. W. Norton & Company, 1986, 150-151.

Wrigley, E. A. *People, Cities and Wealth*. Oxford: Basil Blackwell Publisher, 1987, 170.

Wyrick, Laura. "Facing up to the Other: Race and Ethics in Levinas and Behn." *The Eighteenth-Century* (Lubbock, Tex.) 40, No. 3 (1999): 206-218.

Zillman, Lawrence J., ed. *Shelley's Prometheus Unbound: A Variorum Edition*. Seattle: University of Washington Press, 1959.

A. 麦金太尔:《追寻美德》,宋继杰译,南京:译林出版社,2003年。

爱德华·吉本:《罗马帝国衰亡史》,席代岳译,长春:吉林出版集团,2008年。

爱德华·汤普森:《共有的习惯》,王加丰译,上海:上海人民出版社,2002年。

阿萨·布里格斯:《英国社会史》,陈叔平等译,北京:商务印书馆,2015年。

埃利希·弗洛姆:《马克思关于人的概念》,上海:复旦大学出版社,1983年。

埃马纽埃尔·列维纳斯:《从存在到存在者》,吴蕙仪译,南京:江苏教育出版社,2006年。

艾弗·埃文斯:《英国文学简史》,蔡文显译,北京:人民文学出版社,

1984年。

柏拉图:《国家篇》,王晓朝译,《柏拉图全集》(第二卷),北京:人民出版社,2003年。

保罗·兰福德:《18世纪英国:宪制建构与产业革命》,刘意青、康勤译,北京:外语教学与研究出版社,2008年。

彼罗·斯拉法主编:《李嘉图著作和通信集》(第一卷),北京:商务印书馆,1991年。

布莱恩·麦基编:《思想家:与十五位杰出哲学家的对话》,周穗明、翁寒松等译,北京:生活·读书·新知三联书店,2004年。

北京大学哲学系美学教研室编:《西方美学家论美和美感》,北京:商务印书馆,1981年。

布瓦洛:《诗的艺术》,任典译,北京:人民文学出版社,1959年。

曹波:《人性的推求:18世纪英国小说研究》,北京:光明日报出版社,2009年。

曹山柯:《失落的"乌托邦"——时代变革期的文学》,武汉:华中师范大学出版社,2014年。

——:《文学批评与文本意义踪迹》,北京:中国社会科学出版社,2011年。

曹树金:《国家概念再探析》,《辽东学院学报(社会科学版)》,2015年第1期,第25—29页。

曹宪忠:《社会契约理论:霍布斯与洛克之不同》,《文史哲》,1999年第1期,第104—109页。

查尔斯·塔列弗罗:《证据与信仰——17世纪以来的西方哲学与宗教》,傅永军、铁省林译,济南:山东人民出版社,2011年。

陈立旭:《"文化研究"中的"文化"》,《文化艺术研究》,2008年第1期,第49—56页。

陈瘦竹:《"风俗的明镜"——谢立丹的世态喜剧名著〈造谣学校〉》,《文史哲》,1982年第5期,第76—81页。

陈志坚:《西欧中世纪骑士的起源和演变》,《首都师范大学学报》(人文社科版),2002年第4期,第20—25页。

崔永杰:《洛克的白板说探析》,《山东师大学报(人文社会科学版)》,1992年第3期,第19—26页。

狄更斯:《艰难时世》,全增嘏、胡文淑译,上海:上海译文出版社,1978年。

——:《尼古拉斯·尼克尔贝》,李自修等译,杭州:浙江工商大学出版社,2012年。

笛福:《鲁滨孙历险记》,黄杲炘译,上海:上海译文出版社,2006年。

——:《罗克·姗娜》,天一、定九译,广州:花城出版社,1984年。

——:《摩尔·弗兰德斯》,梁遇春译,北京:人民文学出版社,1982年。

丁宏为:《理念与悲曲——华兹华斯后革命之变》,北京:北京大学出版社,2002年。

——:《真实的空间》,北京:北京大学出版社,2013年。

恩格斯:《家庭、私有制和国家的起源》,中央编译局译,《马克思恩格斯选集》(第四卷),北京:人民出版社,1972年,第33页。

费希特:《论学者的使命人的使命》,梁学智、沈真译,北京:商务印书馆,1997年。

冯春波:《约翰逊与他的〈英语词典〉》,《辞书研究》,2007年第5期,第135—140页。

弗吉尼亚·伍尔夫:《感伤的旅行》,刘炳善译,《伍尔夫批评散文》,瞿世镜编选,上海:上海文艺出版社,1999年。

弗兰克·梯利:《伦理学导论》,何意译,南宁:广西师范大学出版社,2002年。

弗洛伊德:《压抑》,宋广文译,《弗洛伊德文集》(第三卷),车文博主编,长春:长春出版社,2004年。

——:《自我与本我》,杨韶刚译,《弗洛伊德文集》(第六卷),车文博主编,长春:长春出版社,2004年。

费希特:《伦理学体系》,梁志学、李理译,北京:商务印书馆,2007年。

——:《论学者的使命人的使命》,梁学智、沈真译,北京:商务印书馆,1997年。

——:《现时代的根本特点》,沈真、梁志学译,沈阳:辽宁教育出版社,1998年。

福斯特:《小说面面观》,苏炳文译,广州:花城出版社,1987年。

傅铿:《文化:人类的镜子》,上海:上海人民出版社,1990年。

高士密、薛礼登:《屈身求爱与造谣学校》,张静二译,沈阳:辽宁教育出版社,1998年。

高晓玲:《"感受就是一种知识!"——乔治·艾略特作品中"感受"的认知作用》,《外国文学评论》,2008年第3期,第5—16页。

龚群:《论卢梭的共同体主义自由观》,《江西社会科学》,2013年第7期,第5—12页。

宫秀华、刘琳琳:《奥古斯都行省改革政策论析》,《东北师大学报(哲学社会科学版)》,2007年第6期,第25—29页。

顾智明:《"人的世界历史性存在"与人的实践自觉》,《中国社会科学》,2009年,第2期,第39—51页。

郭凤英、邢永富:《个体自由与国家共同善的和谐——T. H. 格林的积极国家教育职能观分析》,《教育理论与实践》,2014年第34期,第3—6页。

郭小香:《洛克公民教育思想探析》,《中共山西省委党校学报》,2011年第5期,第131—133页。

哈贝马斯:《公共领域的结构转型》,曹卫东等译,上海:学林出版社,1999年。

何其莘:《王朝复辟时期的风俗戏剧》,《外国文学》,1998年第5期,第62—70页。

黑格尔:《法哲学原理》,范扬、张企泰译,北京:商务印书馆,2009年。

亨利·菲尔丁:《弃儿汤姆琼斯的历史》,萧乾、李从弼译,北京:人民文学出版社,1994年。

侯建新:《工业革命前英国农业生产与消费再评析》,《世界历史》,2006年第4期,第16—28页。

侯维瑞主编:《英国文学通史》,上海:上海外语教育出版社,2001年。

侯维瑞、李维屏:《英国小说史》,南京:译林出版社,2005年。

侯晓丽:《洛克"白板说"的革命性和现实必要性分析》,《山西大同大学学报(社会科学版)》,2008年第5期,第11—12页。

——:《浅析笛卡尔的"天赋观念论"》,《山西高等学校社会科学学报》,2007年第4期,第64—66页。

胡赣栋:《民族、民族主义与国家建构类型》,《国外社会科学》,2014 年第 2 期,第 37—43 页。

胡振明:《对话中的道德建构——十八世纪英国小说中的对话性》,北京:对外经济贸易大学出版社,2007 年。

华兹华斯:《华兹华斯抒情诗选》,杨德豫译,长沙:湖南文艺出版社,1996 年。

——:《序曲》,丁宏为译,北京:中国对外翻译出版公司,1999 年。

华兹华斯、柯尔律治:《华兹华斯、柯尔律治诗选》,杨德豫译,北京:人民文学出版社,2001 年。

黄光耀:《试论英国农业近代化的历史特色》,《南京社会科学》,1996 年第 10 期,第 53—59 页。

黄梅:《双重迷宫》,北京:北京大学出版社,2006 年。

——:《推敲"自我":小说在 18 世纪的英国》,北京:生活·读书·新知三联书店,2003 年。

霍尔姆斯:《柯立芝》,彭淮栋译,台北:联经出版事业公司,1983 年。

霍特:《卡斯尔雷的对欧政策:1812—1822》,孙克强译,天津:南开大学出版社,2012 年。

I. 伯纳德·科恩:《科学中的革命》,鲁旭东等译,北京:商务印书馆,1999 年。

济慈:《济慈论诗书信选》,周珏良译,《外国诗》,北京:外国文学出版社,1983 年。

蒋承勇等:《英国小说发展史》,杭州:浙江大学出版社,2006 年。

居祖纯:《试析艾迪生风格》,《外语研究》,1987 年第 2 期,第 15—18 页。

卡西尔:《启蒙哲学》,顾伟铭等译,济南:山东人民出版社,2007 年。

康慨:《〈钦定版圣经〉400 年:当上帝说英语》,《中国新闻周刊》,2011 年 5 月 23 日,第 59 页。

科贝特:《告英国工人大众书》,《一八一五——一八七〇年的英国》,张芝联选译,北京:商务印书馆,1987 年。

柯尔律治:《柯尔律治诗选》,杨德豫译,桂林:广西师范大学出版社,2009。

肯尼斯·梅吉尔:《马克思哲学中的共同体》,马俊峰、王志译,《马克思主义与现实》,2011 年第 1 期,第 166—171 页。

来安方:《从〈鲁滨孙漂流记〉看英国价值观念的改变》,《河南大学学报(社会科学版)》,1995 年第 6 期,第 41—42 页。

劳伦斯·斯特恩:《项狄传》,蒲隆译,上海:上海译文出版社,2012 年。

李丽颖:《1707 年英格兰、苏格兰合并的特征》,《世界民族》,2011 年第 6 期,第 79—89 页。

李难:《重评达尔文对马尔萨斯人口论的应用》,《自然辩证法通讯》,1980 年第 3 期,第 41—43 页。

利维斯:《伟大的传统》,袁伟译,北京:生活·读书·新知三联书店,2002 年。

李雅书、杨共乐:《古代罗马史》,北京:北京师范大学出版社,2004 年。

里马·让-皮埃尔等主编:《法国文化史:从文艺复兴到启蒙前夜·卷Ⅱ》,上海:华东师范大学出版社,2012 年。

列奥·施特劳斯、约瑟夫·克罗波西:《政治哲学史》,李红润等译,北京:法律出版社,2009 年。

林坚:《文化学研究的状况和构架》,《人文杂志》,2007 年第 3 期,第 86—93 页。

刘戈:《查理逊与菲尔丁之争——〈帕梅拉〉和〈约瑟夫·安德鲁斯〉的对比分析》,《外国文学评论》,2004 年第 3 期,第 129—136 页。

林亚光:《西方文学史上的前浪漫主义和谢立丹的〈造谣学校〉》,《外国语文》,1984 年第 4 期,第 2—8 页。

刘惠荣:《洛克与光荣革命——对洛克政治法律观的再思考》,《中外法学》,1992 年第 6 期,第 30—41 页。

刘训练:《卢梭论公民美德的情感基础与动力机制》,《世界哲学》,2012 年第 5 期,第 32—39 页。

卢梭:《社会契约论》,何兆武译,北京:商务印书馆,1980 年。

陆建德:《破碎思想体系的残编》,北京:北京大学出版社,2000 年。

罗德里克·纳什:《大自然的权利》,杨通进译,青岛:青岛出版社,1999 年。

罗国杰、宋希仁:《西方伦理思想史》(上),北京:中国人民大学出版社,

1985年。

洛克:《人类理解论》,关文运译,北京:商务印书馆,1983年。

——:《政府论》(上篇),叶启芳、瞿菊农译,北京:商务印书馆,1964年。

——:《政府论》(下篇),叶启芳、瞿菊农译,北京:商务印书馆,1964年。

——:《政府论——论政府的真正起源、范围和目的》(下篇),叶启芳译,北京:商务印书馆,1996年。

罗能生:《伦理道德的经济分析》,《吉首大学学报(社会科学版)》,2000年第3期,第14—16页。

吕大年:《18世纪英国文化风习考——约瑟夫和范尼的菲尔丁》,《外国文学评论》,2006年第1期,第35—48页。

尼古拉斯·布宁、余纪元编著:《西方哲学英汉对照辞典》,北京:人民出版社,2001年。

牛红英:《〈鲁滨逊漂流记〉与西方乌托邦思想》,《外国文学研究》,2007年第5期,第84—89页。

马克思:《资本论》(第一卷),中央编译局译,北京:人民出版社,1975年,第172页。

马克思、恩格斯:《马克思恩格斯全集》(第九卷),中央编译局译,北京:人民出版社,1961年。

——:《马克思恩格斯选集》(第三卷),中央编译局译,北京:人民出版社,1972年。

——:《马克思恩格斯选集》(第五卷),中央编译局译,北京:人民出版社,1972年。

——:《马克思恩格斯选集》(第一卷),中央编译局译,北京:人民出版社,1995年。

——:《马克思恩格斯选集》(第四卷),中央编译局译,北京:人民出版社,1995年。

迈克尔·麦基恩:《英国小说的起源》,胡振明译,上海:华东师范大学出版社,2015年版。

苗力田主编:《亚里士多德全集》(第八卷),北京:中国人民大学出版社,

1992 年。

聂珍钊:《文学伦理学批评导论》,北京:北京大学出版社,2014 年。

潘恩:《潘恩选集》,马清槐等译,北京:商务印书馆,1982 年。

裴亚琴:《麦考莱辉格主义政治思想述评》,《山西师大学报(社会科学版)》,2016 第 1 期,第 1—6 页。

彭斯:《彭斯诗选》,王佐良译,北京:外语教学与研究出版社,2012 年。

珀西·比希·雪莱:《为诗辩护》,《十九世纪英国诗人论诗》,刘若端编,北京:人民文学出版社,1984 年。

普莱尔·雅各布:《心灵能做什么:非意向世界中的意向性》,高新民译,《心灵哲学》,高新民、储昭华主编,北京:商务印书馆,2002 年,第 665—693 页。

钱乘旦、许洁明:《英国通史》,上海:上海社会科学出版社,2007 年。

乔纳森·斯威夫特:《格列佛游记》,程庆华、王丽平译,北京:中央编译出版社,2010 年。

让-雅克·卢梭:《社会契约论》,何兆武译,北京:商务印书馆,1980 年。

S. E. 斯通普夫、J. 菲泽:《西方哲学史:从苏格拉底到萨特及其后》(修订第 8 版),邓晓芒等译,北京:世界图书出版社,2009 年。

萨特:《存在主义是一种人道主义》,周煦良、汤永宪译,上海:上海译文出版社,1988 年。

塞缪尔·理查逊:《帕梅拉》,吴辉译,南京:译林出版社,1998 年。

塞缪尔·约翰生:《幸福谷——拉赛拉斯王子的故事》,蔡田明译,北京:国际文化出版公司,2006 年。

沈弘:《乔叟何以被誉为"英语诗歌之父"?》,《外国文学评论》,2009 年第 3 期,第 139—151 页。

施莱格尔:《浪漫派风格:施莱格尔批评文集》,李伯杰译,北京:华夏出版社,2005 年。

斯威夫特:《格列佛游记》,张健译,北京:人民文学出版社,2000 年。

宋敏:《弗朗西斯·伯尼及其小说成就》,《英国 18 世纪文学史》,刘意青主编,北京:外语与教学出版社,2006 年。

苏耕欣:《哥特小说——社会转型时期的矛盾文学》,北京:北京大学出版社,

2010年。

谭容培:《论审美趣味》,《湖南师范大学社会科学学报》,1991年第2期,第61—67页。

童明:《现代性赋格:19世纪欧洲文学名著启示录》,桂林:广西师范大学出版社,2008年。

童庆炳主编:《文学概论》(全国自考教材),武汉:武汉大学出版社,2000年。

托马斯·阿奎那:《阿奎那政治著作选》,北京:商务印书馆,1963年。

托马斯·莫尔:《乌托邦》,戴镏龄译,北京:商务印书馆,1982年。

瓦尔特·司各特:《艾凡赫》,王天明译,南京:译林出版社,2004年。

汪民安:《启蒙现代性》,《外国文学》,2006年第3期,第54—65页。

王海明:《新伦理学·自序》(修订版·上册),北京:商务印书馆,2008年。

王佐良:《复辟时期与十八世纪上半的英国散文》,《外国文学》,1990年第5期,第49—59页。

——:《论威廉·科贝特的〈骑马乡行记〉》,《北京大学学报(人文科学)》,1963年第3期,第78—89页。

——:《王佐良文集》,北京:外语教学与研究出版社,1997年。

威廉·华兹华斯:《序曲或一位诗人心灵的成长》,丁宏为译,北京:中国对外翻译出版公司,1999年。

威廉·莎士比亚:《皆大欢喜》,《莎士比亚全集》(第一卷),朱生豪译,北京:中国戏剧出版社,1996。

文美惠编选:《司各特研究》,北京:外语教学与研究出版社,1982年。

吴景荣、刘意青:《英国18世纪文学史》,北京:外语教学与研究出版社,2000年。

吴倩华:《"古老快乐的英格兰"守望者——从〈骑马乡行记〉看威廉·科贝特对英国工业时代的批评》,《贵州大学学报》(社会科学版),2010年第4期,第88—95页。

吴柔受:《关于西罗马帝国灭亡原因的几种论点》,《世界历史》,1983年第4期。

西塞罗:《论共和国 论法律》,王焕生译,北京:中国政法大学出版社,

1997年。

肖明翰：《〈坎特伯雷故事〉的朝圣旅程与基督教传统》，《外国文学》，2004年第6期，第93—98页。

——：《乔叟对英国文学的贡献》，《外国文学评论》，2001年第4期，第85—94页。

小浜正子：《近代上海的公共性与国家》，上海：上海古籍出版社，2003年。

徐海：《塞缪尔·约翰逊词典编纂思想探析》，《学术研究》，2007年第11期，第136—139页。

许国璋：《许国璋文集》，北京：商务印书馆，1997年。

雪莱：《雪莱抒情诗选》，杨熙龄译，上海：上海译文出版社，1981年。

亚当·斯密：《道德情操论》，蒋自强等译，北京：商务印书馆，1997年。

——：《国民财富的性质和原因研究》（上卷），北京：商务印书馆，1997年。

亚里士多德：《政治学》，吴寿彭译，北京：商务印书馆，1981年。

杨国荣：《论意义世界》，《中国社会科学》，2009年第4期，第15—26页。

杨杰：《英国农业革命与农业生产技术的变革》，《世界历史》，1996年第5期，第11—21页。

杨俊明、巢立明：《奥古斯都与罗马帝国早期的城市化运动》，《吉首大学学报（社会科学版）》，2005年第2期，第36—41页。

裔昭印、冯芳：《论古罗马维斯塔贞女的性别角色和社会地位》，《上海师范大学学报（哲学社会科学版）》，2012年第6期，第102—112页。

殷企平：《"文化辩护书"：19世纪英国文化批评》，上海：上海外语教育出版社，2013。

——：《西方文论关键词：共同体》，《外国文学》，2016年第2期，第70—79页。

——：《西方文论关键词：文化》，《外国文学》，2010年第3期，第73—82页。

——：《艺术地生活：莫里斯的文化观》，《杭州师范大学学报（社会科学版）》，2012年第2期，第41—47页。

俞吾金、陈学明：《国外马克思主义哲学流派新编》，上海：复旦大学出版社，2002年。

虞崇胜:《文明的科学涵义探微》,《学术界》,2003年第1期,第7—26页。

袁利宏:《17世纪苏格兰殖民扩张进程与不列颠国家的形成》,《杭州师范大学学报(社会科学版)》,2014年第3期,第54—62页。

袁祖社:《社会生活契约化与中国特色公民社会整合机制创新》,《天津社会科学》,2002年第6期,第35—38页。

约翰·哥特弗里特·赫尔德:《赫尔德美学文选》,上海:同济大学出版社,2007年。

约翰·赫伊津哈:《中世纪的衰落》,杭州:中国美术学院出版社,1997年。

詹姆斯·鲍斯威尔:《约翰逊博士传》,王增澄、史美骅译,上海:上海三联书店,2006年。

张岱年、方克立:《中国文化概论》,北京:北京师范大学出版社,1994年。

张晓婧、涂剑:《简析骑士精神的实质和社会条件》,《法制与社会》,2010年第22期,第284—285页。

张佳音:《18世纪英法商业战争对英国工业革命的影响》,《成都大学学报(教育科学版)》,2008年第11期,第92—93页。

赵文媛:《十八世纪英国的贵族宅邸与贵族政治》,《理论界》,2010年第3期,第,第118—119页。

赵文媛、赵书红:《论科贝特的社会福利观》,《内蒙古大学学报》(哲学社会科学版),2013年第1期,第46—51页。

甄敏:《论十八世纪英国激进运动的兴起》,《辽宁大学学报》,1993年第2期,第109—112页。

邹诗鹏:《马克思对现代性社会的发现、批评与重构》,《中国社会科学》,2009年第4期,第4—14页。

周珏良:《周珏良文集》,北京:外语教学与研究出版社,1994年。

朱虹:《英国小说的黄金时代》,北京:中国社会科学出版社,1997年。

朱光潜:《西方美学史》(上卷),北京:人民文学出版社,1963年。

朱立元主编:《当代西方文艺理论》,上海:华中师范大学出版社,1997年。

朱首献:《存在与澄明:论存在主义的文艺人学观》,《浙江大学学报(人文社会科学版)》,2007年第5期,第87—93页。

朱卫红:《文学伦理学批评视野中的理查生小说》,武汉:华中师范大学出版社,2011年。
——:《贞洁美德报偿——论〈帕梅拉〉的贞洁观》,《外国文学研究》,2006年第4期,第84—89页。

附录1 《旁观者》日报

第10期

3月12日 星期一

斯梯尔

如同桨手划船逆流奋上
一旦他缓歇臂膀
骤随激流急冲而下

——维吉尔

健壮水手遏流勇进，
搏水缓行：
稍有憩息或罢手，
他们会遽然吞没于滔浪里。

——德莱登

据说这座伟大之城的居民每天都浏览我的这份报纸、阅读我的清晨评论，态度庄重、殷切，却不失分寸；听闻至此，我内心欣喜无比。我的出版商告知我，报纸日销量已达3 000份；换言之，保守估计我的每份报纸有20名读者，那么仅在伦敦和威斯特敏斯特两市我便有大抵60 000名学生了。我希望这些学生务必将自己与那群头脑空洞、愚昧无知、漫不经心的同胞区分开来。既然有了如此庞大的读者群，我得竭尽全力做到寓教于乐，让教导变得平易近人。我尽力用智性教育点化道德规训、用道德规训升华智性教育，为的是借助这两种教育让我的读者们通过反思日常生活找到自身价值。为了让他们的德行、判断力不至于沦为简短的、一时的、断续的思想迸现，我决意每天唤醒他们的记忆,直至我把他们从愚笨和罪恶的绝望深渊中——这个时代正深陷其中——拯救出来。头脑只要一天不耕作,就会长满愚笨的稗草,要想清除它们,必须要勤劳地、不间断地修整。苏格拉底曾说过,他从天堂带回哲学,让它栖居在人间。请恕我大胆直言,我已经让哲学走出了私人收藏室、图书馆和学堂,让它栖居于俱乐部、聚会、茶桌以及咖啡馆。

因此,我通过这种极其优雅的方式把哲思玄想带给井然有序的家庭,这是因为他们每天清晨会用一个小时享用早茶和涂黄油的面包片。我会诚挚地建议他们出于自身利益考虑,订阅这份早报,以便能够准时阅读它,把它当作一种早茶伴侣。

弗朗西斯·培根爵士认为,与其他粗制滥造的拙劣之作相比,一部杰作就像摩西的蛇杖,会把追击他的埃及人一口吞下并毁灭。我不会徒劳地想象:《旁观者》报一出现,其他公众报刊会销声匿迹。不过,是不是该让读者去评判,能够认清自我与得知俄国或波兰市面上流传的消息相比,哪个更有益?能够阅读杰作以自给,从而逐渐消除无知、情欲和歧视,与阅读劣作以自娱,从而助长仇恨、激化敌意而不自知相比,哪个更有益?

此外,我还要把这份报纸推荐给那些我个人视为手足兄弟和良朋好友的绅士们,希望他们把它作为日常读物。这些人同属旁观者这个群体,他们在这世上无所事事,不论是由于家境殷实还是生性懒散,他们只专注于个人事务,与其他人没有任何交往。这其中包括所有爱沉思默想的生意人、拥有物理学家头衔的人、英国皇家学会研究员、不争强好斗的圣殿骑士、隐退政坛的政治家。简言之,这类人把世界看作舞台,渴望正确评判台上的演员。

我认为,还有一类头脑空洞、毫无思想的人,他们每天只能靠打听到的大事小情和闲言碎语充门面;我现在称之为社会中的"思想贫乏人士"。当看到他们向遇到的第一个人打听最近流传什么消息时,我就常持悲天悯人的态度看待这些可怜的家伙。他们就是通过这样的方式来为自己搜罗思想素材。不临近中午十二点,这些"贫乏"的人们不会知道这天要聊点什么。可一到了中午,他们就摇身一变成为了优秀的天气专家,知道风往哪吹以及从荷兰发来的邮件有没有送达。他们的一举一动受他们遇见的第一个人支配,他们的举止是庄重还是鲁莽,也取决于他们在清晨打听到的奇闻逸事。我要诚挚地请求他们在没看过这份报纸前不要走出卧室。我向他们承诺，我会每天向他们传授明智的、有益的思想观念，为随后12个小时的闲谈提供绝佳的素材。

对于女性读者而言，这份报纸的意义最为重要。我常常想，适合女性的工作和娱乐活动尚未被充分重视。为她们设计的娱乐活动似乎更多地将其视为女人，而非理性生物；更多地适应于其性别，而非物种。卫生间是她们重要的办公场所，整饬头发是她们一辈子的主业，挑选一条与之搭配的丝带被认为是她们每天早上的绝佳例行工作。如果去逛绸缎店或玩具店，一番闲逛之后，她们就会身心俱疲，再没有精力做其他事情了。她们的正经工作是缝纫和刺绣，最让她们劳心费力的事是制作果冻、糖果和蜜饯。这在我看来是普通女人的生活状态。但我知道，世上还有许许多多生活和言谈更高一筹的女性；她们踏入了另一个尊贵的领域（即学识和德行），把璀璨的思想作为服饰，让见到她们的男人都心生些许畏惧、敬意以及爱意。而我发行这份日报的目的就是想让这类女性的数量多一些；我也一直竭力把这份报纸打造成一个无害的甚至是更加优质的娱乐活动，目的是至少把女性读者的注意力从鸡毛蒜皮的"大事"上转移出去。在我欣然为那些已是造物者最美杰作的人完成最后润色之余，我也要尽力指出女性身上的缺陷和美德，前者是她们的瑕疵，而后者却可为其润饰。同时，我也希望我这些有充足闲暇时间的文雅读者们每天心甘情愿花费一刻钟阅读这份报纸，因为读一读它不会妨碍她们处理个人事务。

我知道，一些朋友和对我抱有善意的人都在替我担忧，唯恐我不能让这份报纸永葆与时俱进的锐气，但我每天都逼迫自己达成这一点。不过，为了让他们放心，我真挚地向他们承诺：但凡我有丝毫厌倦，我就会马上停手。我也知道，这个承诺会让我变成那些见识浅薄之人的戏谑对象，他们会时不时地提醒我所做出的承诺，想让我践行诺言，让我相信早该放弃。和开其他许多类似的小玩笑一样，当这些略有才智的人可以趁机展现自己的小聪明时，他们绝不会放弃嘲弄好友的机会。但是，请他们牢记：我在此预先声明反对他们的戏谑之言。

第 230 期

11 月 23 日　星期五

斯梯尔

人与神唯一的共通之处在于善待同胞。

——图留斯·西塞罗

　　人类的本性似乎极其畸形又似乎极其美妙，这取决于我们看待它的角度。我们看到怒火中烧的人和心怀不轨的人公然使用暴力毁灭彼此，或者不惜通过潜伏背叛手段达到相互倾轧的目的；我们目睹人们采取种种不光彩、不正当的手段追逐卑鄙、狭隘的利益；我们眼看着人类组建社会的目的似乎是为了摧毁社会——我们甚至以人类为耻，跟自己怄气。然而，从另一个角度来看，我们还看到温文尔雅、生性良善、乐善好施的人们热心于促进共同繁荣，彼此排忧解难，慷慨解囊——我们难以相信，他们居然同属于一个种族。照此来看，他们行使着做善事的最高贵的权力，他们似乎是彼此的神明；我们把这种向善本性称之为"人性"，这一称谓是我们授予人类成员的至高褒奖。只要我们目睹或耳闻有人做出了一项慷慨善举，即便我们再漠不关心，胸中也会涌现出一股快意。下面这份由普林尼出具的推荐信是最好的例证。在这封信里，普林尼以富有魅力的笔触推荐了他的一位朋友。我认为，尽管信中提及的都是数世纪之前的人物，但了解这封书信的成功之处仍会令人欣喜。

亲爱的马克西姆斯：

　　只要你的朋友有求于我，我都会欣然帮忙。同理，我现在信心满满地请求你向我的一位朋友伸出援手。阿里阿纳斯·马图瑞厄斯在他国家是一位极有影响力的人物。我之所以给予他这么高的评价，并非出于他的个人财产（尽管他的确身家不菲），而是出于他为人正直，富有正义感，举止庄重，态度审慎。他在商业上给予我的建议非常有益，他对于学术问题的判断力（即责任心、真实性、领悟力）极其突出。此外，他也像你一样爱我，深厚程度世间少有。他行事低调,他本可以跻身最上流的贵族阶层,但他知足于低阶层的生活。我认为自己注定要竭尽所能为他服务,助他提升,因此,我想做点事情为他增添光彩。对于此事,他本人既没有授意也不知情;不,如果他知道了,肯定会拒绝。简言之,我想为他做点可敬而且不会遭人诟病的事。我恳求你,一旦有类似的事情,务必请你成人之美。这不只是帮我的忙,也是帮他的忙,尽管他对此未有任何贪求,但是我知道他会像自己求人办事一样感激你的帮助。①

尊敬的"旁观者"先生:

你在一些文章中对现行的奴性教育方式进行了反思,引发了人们的热望。我怀疑,如果你不有意削减的话,这种热望会迫使我踏上一段艰难却风景宜人的冒险。我将要担负起教育英国青年人的重任,教授他们愉悦地、安全无虞地向民众们朗读维吉尔或荷马著作中最令人忧患的篇章。

假如我的工作取得了一定成效,赢得了少数青年人(因为我不是英雄,能拯救的人数有限)的尊敬,并得到他们的认可,我计划与他们共同隐居到一处宜人的世外桃源,但仍要在城市附近,方便他们学习音乐、舞蹈、绘画、设计以及诸如此类的人文成果。按我的设想,这些项目可以成为适宜他们的娱乐活动,其魅力几乎不会亚于下流小游戏对末流学校学生们的吸引力。可以轻易想象到,这样一个美妙的团体,不与底层人士交往,只有在良友做伴时才会放浪形骸;他们的言谈举止会受人赞扬和爱戴,会在高谈阔论中升华自己的灵魂;或许他们能尽早熟悉一些富有教养的英语作家。如此待他们阅读品位符合标准后,他们可以轻而易举地成为拉丁语专家,远比法国丽莱村的村民学得容易,心甘情愿且不会遇到年轻女士在学习法语或学唱意大利歌剧时面临的困难。当他们已经做到这一步,那就该精心培养他们的文学志趣,即真正赏识杰作。这种志趣能够为他们个人乃至所有人带来极大乐趣,或许能使他们超越最杰出的罗马历史学家、诗人和演讲家,为他们呈现这些先贤巨擘的耀眼之处,让他们简要了解编年史、地理、丰功史绩、天文学或其他能迎合那个时代盛行的爱打听之风的种种知识。我相信,当他们受益于那些受人景仰的作家们

---

① 有感于上述这封信,斯梯尔也撰写了一封推荐信,内容如下。——译者注

的杰出思想和卓越情感,从而激发出哪怕一丝天分时,都不会轻易地放弃学习那一种更为艰难的姐妹语言①;他们肯定早已耳闻拉丁语具有高贵之美,常常受人传颂,是学界的骄傲和奇迹。与此同时,他们必须通过撰写任何依赖想象力而非判断力的浅显作品来磨炼自己的风格(一定要经常用他们自己的母语);我觉得,任何人都应赞同培育文学修养是至关重要的,毕竟一位绅士应当有诸多机会彰显杰出文采。于是,一批心地善良、教养良好的年轻人就养成了这样一种生活方式,他们差不多能组成一所小型学校了,而且不容置疑地证实了:他们身边没有可能会诱骗睿智人士与之交往的卑劣朋友,也没有可能会引诱他们参与危险娱乐活动的卑鄙同伴——其招致的恶果就是惨痛的教训。我相信他们所钟爱的某些剧作的作用即在于:要想对其中某些作品进行辩论,应当以最优雅的姿态吟诵一首诗作或一个公众演讲中的优美片段,或者有时参与演出泰伦斯②、索福克勒斯③以及我们莎士比亚的剧作——米洛或许又得在同情他的法官面前陈诉自己的案情;恺撒又得再次面对别人的训诫而浑身战栗;雅典民族还得再次同仇敌忾地抵抗菲利普王的野心。正是在这些高贵的娱乐活动中,我们可以有望看到这些年轻人的想象力得到启迪,日渐鲜活,进而蜕变为理智,他们的纯真升华成为美德,他们不谙世事的美好天性转变为对祖国的博爱。

  此致
敬礼!

---

① 即拉丁语。——译者注
② 古罗马喜剧作家。——译者注
③ 雅典悲剧作家。——译者注

附录2 《英语词典》序

塞缪尔·约翰逊

对于那些一辈子艰辛操持低等营生的人而言,他们不是出于对善行的渴望而自觉行事,而是出于对邪恶的恐惧而听从摆布;他们饱受非难,与赞美无缘;他们受辱于失败,或受罚于疏忽,即便获得成功也无人喝彩,即便勤勉工作也得不到丝毫奖励。这一切都是他们的宿命。

在这些悲惨的平凡人的名单上,辞书编纂人赫然在列。人们认为辞书编纂人不是科学的追随者,而是科学的奴隶、文学的先行者,注定只能为"学识"和"天资"扫清通向征服和荣耀的道路上的垃圾和障碍,而他们付出的辛苦劳累和提供的便利服务却不曾获得"学识"和"天资"的一丝青睐。其他著者或许企求赞誉,而辞书编纂人却企求免受责难,但即便这样消极的报偿也只有少数编纂人才能享有。

即使面对这样的挫折,我依然尝试编纂了一部英语语言词典。这部词典本该用于帮助人们鉴赏各类文学作品,但迄今为止,人们从未正视它的用途。只要人们公开流传它,待到时机合适,它也能因受到人青睐得以广泛传播。它甘愿忍受时代和风尚的"暴政",直面腐化堕落的蒙昧大众、反复无常的创新变革。

当我第一次对辞书编纂事业做调研时,发现我们的言语冗长而无序、充满活力却缺乏规范:凡我审视之处,总有亟待解决的疑团和亟待整顿的混乱;纷繁多样的言语材料有待挑拣,却没有任何制定好的标准可供参考;词典赝品和伪作有待鉴别,却没有检验辞书品质的方法;面对某些需要否决或认可的表达,享有至高声誉或公认权威的词典编纂人却都没有决定权。

除了普通语法之外,我找不到任何帮助。于是,我潜心研读其他本国作者的著作。我一边记录任何或许能帮助我确定或阐释词和短语的资料，一边及时积累编纂一部辞书所需的材料——我筛选出适用于我个人方法、符合经验以及能通过类推关系推导出的词义。经验是通过持续的观察和实践不断积累的。尽管有些语词之间类推关系尚不明晰，但有些却非常明显。

时至今日，英语的正字法依然尚未得到确立，还具备偶然性。我在规范英语正字法时发现，我们有必要把我们语言中与生俱来的、或许相伴而生的那些不规范性与后世作者愚昧无知或疏忽大意所造成的不规范性加以区分。每一种语言都有其不规则性，尽管这些不规则性会给人造成不便，而且就其本身而言，其产生之初也是不必要的，但人们一定要容忍它们，因为它们是人造事物的固有缺陷。人们仅需对这些不规则性加以记录以确保不会增加，以及对它们加以辨析以免以后混淆。然而，修正或禁用语言中所有的不规则性和不合理性是辞书编纂人的天职。

因为语言在其产生之初仅仅是口述性质的，所有必要或常用的语词在具有书面形式之前是口语；而且在没有经过任何可见符号的固化之前，它们在口语表达时一定具有多种变体。我们会观察到不识字的人因无法正确地辨识语音而任意发音。当粗野、不规范的口头语第一次被转写成字母文字时，每一位文字记录者都在竭尽全力去表达他惯常发出和接收到的语音，使这些在转换成言语过程中早已遭到破坏的语音再经受一次破坏，然后转换成文字形式，因此，把一种新语言写成文字时，文字所发挥的效能必定是模糊不定的。此外，不同的人在将言语转写成文字时，也会使用不同的文字组合来表达相同的语音。

从很大程度上讲，同一个国家之所以产生多种方言就是由于发音的不确定性，但是，我们会发现，随着书籍的普及，这些方言会日渐稀少且愈加趋同。正是由于文字表达语音的任意性，才产生了多样的文字拼写方式（这在盎格鲁-撒克逊人遗留的文献中可以看到）。我认为，任何一个民族弄乱或破坏了文字的类推关系，并且产生不规则的文字拼写方式后，一旦将其用于书籍文献中，此后就永远不能将其抛弃或重新构造。

很多派生词都具有类似的问题。譬如 long 的派生词是 length, strong 的派生词是 strength，从 dear 派生出 darling，从 broad 和 dry 分别派生出

breadth 和 drought。依据 high 和 height 两个词，酷爱类推的弥尔顿创造了 highth 一词。但正如贺拉斯所言："众多芒刺在身，挑出一个也于事无补。"换言之，全盘改变将要付出过多，改变其中一个却无济于事。

这种不确定性最常体现在元音的发音上。由于偶然原因或人们的矫揉造作之故，不仅在每一个地区，而且在每一个人的嘴里，元音的发音太过随意、变音的差异巨大，因此，词源学家了然于胸，人们在从一种语言推导出另一种语言的过程中，从未对元音发音予以关注。

上述这些缺陷并不是正字法的错误，而是英语这门语言本身烙上的粗野印记。这些印记非常深刻，再多的责难也无法将其消除——于是，只能原封不动保存这些印记。然而，当人们或多或少遵循了粗鄙的发音后，许多词由于偶然的原因被改变了，或者由于人们的愚昧无知被损毁了。也有一些词继续以多样的书写方式而存在，究其原因在于，作者的用心程度和写作技巧熟练程度不同。对此，最为恰当的处理方法是从这些书写方式中探寻真正的文字书写法。我一直认为，真正的文字书写法依赖于文字的派生法，从而帮助派生词回溯到原初语词。于是，依据法语源词，我使用 enchant、enchantment、enchanter 三个派生词；依据拉丁语，我使用 incantation 一词；我不使用 intire，而使用 entire 一词是因为这个词不是源自拉丁词 integer，而是源自法语词 entier。

就很多单词而言，我们很难断定它们是直接源自拉丁语还是法语，因为在它们出现的历史时期里，我们既拥有法国的领地，又在教堂里参与教会活动时使用拉丁语。然而，我个人认为，法语是我们语言的主要来源，因为在我们日常用语中，拉丁语占非法语来源的词的比重极少，而法语来源词却非常多，与拉丁语的情形截然不同。甚至在处理一些具有鲜明派生关系的语词时，我经常要因循旧俗而牺牲一致性；于是，为了遵照绝大多数人的旧有习惯，我使用 convey 和 inveigh，deceit 和 receipt，fancy 和 phantom。有时候，派生词与原生词具有差别，如 explain 与 explanation，repeat 与 repetition。

表达效果相近的不同拼写形式常被不加区分地使用，比如 choak 与 choke，soap 与 sope，jewel 与 fuel，以及其他单词中的字母组合。这两种形式在我的词典里均有收录，读者可以使用任何一种形式检索到上述单词。

在检查任何可疑单词的正确书写方式时，我通常优先细致地检查许多词典中收录的拼写方式。我在这些示例中保留了所有文字书写者的个人拼写方式，以便让读者自己权衡，自己决定使用哪一种拼写方式。但这个问题并不能只依靠常识和学识来解决。一些好高骛远的人极少考虑语音和派生关系。一些人了解古老语言，却忽视了文字常表达的言语。哈蒙德用 fecibleness 代替 feasibleness，我想他可能认为该词直接派生于拉丁语。当书写者接触到某种语言时，一些词的最后音节就会发生改变（诸如 dependant 与 dependent 以及 dependance 与 dependence 等词）。

在文字书写形式方面，人们不加节制地任意妄为，为了名利而进行细微改动。而我竭力秉持一名学者对于古物的崇敬以及一名语法学家对于我们语言精华的敬重来完成这项工作。我极少改动英语语词的书写形式，我所做过的最大的改动可能是摒弃现代书写方式，还原古老的书写形式。我希望，我可以有机会向那些一门心思关注文字不规则性的人提点建议，告诫他们别出于偏见或为了微不足道的规范性而去破坏他们父辈们创立的文字书写方式。可以肯定，一部广泛普及的法律要比一部正确的法律更为重要。胡克认为，改变是为了便利，如果不是为了便利之故，即便由坏到好的改变也是不应当的。总体而言，一致性和稳定性具有一种持久的优势，总会比通过逐步矫正文字规范性来缓慢提升语言质量更有意义。我们的书面语言应当愈来愈少地遵照衰落的口语，愈来愈少地复制那些受时间或地点变化影响较大的话语，以及愈来愈少地模仿那些在观察和模仿过程中仍不断演变的话语变化。

我推崇稳定性和一致性，并非因为我认为特定的字母组合影响人类的幸福，也不是因为我认为臆想的、错误的拼写方式不能成功地传授真理。我还没有醉心于词典编纂学乃至忘记"文字是人类的产物，而万事万物是天堂的子嗣"。语言只是科学的工具，而文字只是思想的符号。然而，我希望这个工具可以不再堕化，这些符号能像它们所代表的万物一样成为永恒。

在确定正字法时，我并没有完全忽视文字的读音，为此，我在尖音节或扬音节上印刷重音标记。读者有时候会发现，在我的词典所援引的例子中，原作者标注的重音音节与词典标注的不同；原因在于发音习惯已经产生了改变，或者我认为这个作者的发音是错误的。如果一些字母的发音是不规则的，我会给出一段简短说明。有时，发音不规则的字母会被忽略，但对于这么细致入微的资料而言，些许忽略要比面面俱到带来的冗长累赘更容易让人谅解。

在调查语词的正字法和表意方式时，必须要考察它们的词源。词可以分为原生词和派生词。原生词是不能再次分解出含有英语词根的词。比如，circumspect、circumvent、circumstance、delude、concave 和 complicate 这些词在拉丁语中是合成词，但在英语中它们是原生词。而派生词是可以回溯到更简单的英语语词的词。

我已经准确地查明了所有派生词的原生词，但这有时显得毫无必要，因为谁能看不出来 remoteness、lovely、concavity 和 demonstrative 分别源自 remote、love、concave 和 demonstrate 呢？但是，即便多此一举，我也要遵照我的工作规划，对语词的词源进行廓清。在检验一个语言的总体结构时，借助语词的派生和屈折模式来追溯词源是至关重要的。我必须要在系统性著作中保持一致性，哪怕有时需要牺牲某种特定的适宜性。

在其他我仔细收录和解释的派生词中，名词的不规则复数形式和动词的不规则过去式（在日耳曼语系的语言中并不鲜见）常常会妨碍和为难英语初学者，尽管对于时常使用这些词的人来说早已习以为常。

英语原生词的两大来源语言是罗曼语和日耳曼语。罗曼语包括法语及其他同源地区性语言，日耳曼语系包括撒克逊语、德语及其同源语言。绝大多数多音节英语词源自罗曼语，而单音节词常常来自日耳曼语。

在确定罗曼语来源词时，有时可能发生的情况是：对于从法语借用过来的拉丁词，由于我仅关注英语的词源，我没有仔细辨别这个拉丁词是纯拉丁词还是从别的语言中借过来的词，也没有查明被借用的法语词是纯法语词还是作废的语词。

在探究日耳曼语词源方面，我得经常感谢朱尼厄斯和斯金纳，尽管我在照搬他们著作时最不愿意提及他们俩的名字。我感谢他们不是因为我可能挪用或剽窃了他们的成果，而是因为我或许还要不断地照搬他们的成果，先一同向他们两人致谢。有些人，虽然我不应当提及，但由于受到对方的教诲和恩惠，我依然对他们心怀敬意。其中，朱尼厄斯和斯金纳便是代表。朱尼厄斯具有渊博的学识和卓然超群的地位，而斯金纳具有敏锐的领悟力。前者精通所有北部语支,后者可能只是通过偶尔查阅词典对古代和更偏远的语支进行了考察。但是,朱尼厄斯的学识除了为他提供一条可能偏离自己研究方向的路径外,通常别无用处,而斯金纳总能寻觅到捷径而奋力前行。尽管斯金纳学识不高,但从不愚昧。朱尼厄斯倒是学识广博,但他的博学影响了他的判断力,他的学识常因个人的愚昧而蒙羞。

当那些崇拜这位北部语言天才的追随者们发现,朱尼厄斯的名字被人不公正地拿来与另一个人①相提并论从而受到玷污时,他们或许难以克制他们的愤懑之情。然而,无论人们如何景仰朱尼厄斯的勤勉也好,成就也罢,指控这位词源学家缺乏判断力也不能算是犯了苛责的罪过。朱尼厄斯郑重其事地认为 dream 一词来源于 drama 一词,因为生活就是一场戏剧,而一场戏剧就是一个梦想? 他还以一种轻蔑的语气宣称,人人都能从 monos(希腊语,"单独的、孤单的"之意)中派生出 moan("悲叹、抱怨、哀悼")一词,因为他认为 grief("悲伤")天生喜欢独处。

我们对北部语支的文献缺乏了解,并不能在任何远古语言中都找到与日耳曼原词相对应的语词,因此,我加入了荷兰语或德语中的对应语词;我认为这些词不是日耳曼语词的来源词而是平行派生词,不是英语的源生词而是同源词。

并不是所有同语族或同语系的语词都具有类似的意义,对于语词而言,这是不可避免的,这正如语词的使用者一样:当他们离开原来的国家时,他们难免会产生违背祖训的堕化行为以及改变原有的礼仪。对于词源研究而言,如果发现同语系词的意义能轻易地相互融合或共同指向一个总体理念,就已足够。

就人们对词源的熟知程度而言,人们很容易在诸多专门和所谓的词源研究著作中查找到各种语词的来源关系。人们对语词派生规则给予了一定的关注后就很快调整了正字法。然而,收集英语语词是一项非常艰巨的任务:词典的匮乏是当下最凸显的问题;当遍查词典无获时,就必须临时毫无头绪地翻阅大量书籍,以及在灵活的、无限混乱的言语中费力收集所需要的语词,所能

---

① 此处指斯金纳。——译者注

凭借的唯有勤勉和运气。但是,我搜寻语词的过程却既不娴熟也不幸运,这是由于我极大地扩展了我所要搜寻的范围。

既然我的计划是编纂一部常用语或名词词典,因此我略去了诸如 Arian、Socinian、Calvinist、Benedictine、Mahometan 等源自专有名词的名词,但保留了诸如 Heathen、Pagan 等意指普遍性质的名词。

在专门术语方面,我已经收集了所有在科学类书籍或技术词典中所能查找到的词;我也常常从哲学著作里收录一些语词,这些语词可能只有一处使用依据,或者由于得不到普遍使用仅作为备用词或暂用词而存在,它们是否会被使用还有赖于未来的选择。

一些作者或由于对本国语言缺乏了解,或由于自负或恣意妄为,或由于要追求时尚和渴求创新,常常会凭借掌握的外国语言的知识而引入新的语词。我已经如实记录这些语词的产生过程,但一般是为了进行批评,告诫他人不要引进无用的外语词去破坏原有语言的语词。

我并不会仅仅因为某些语词是不必要的或华而不实的而有意拒绝收录它们;我已经收录了不同作者创造的不同形式的语词,譬如 viscid 和 viscidity,viscous 和 viscosity。

我很少关注合成词或两个单词构成的词,除非它们的意义与构词的单独词语的意义不同。因此,需要对 highwayman、woodman 和 horsecourser 这些词进行专门解释,而 thieflike 或 coachdriver 却不需要,因为合成词的意义已经包含在原生词的意义之中了。

我较少花心思去收集,偶尔会省略那些由一种固定不变的类推方式构成的词,譬如用-ish 词缀构成的表示"微小"意义的形容词(greenish、bluish 等),用-ly 构成的副词(dully、openly 等),用-ness 构成的名词性实词(vileness、faultiness 等),除非有人授意我去收录这些词;并不是因为这些词不是真正的、规则的英语词根派生的语词,而是因为它们与原生词的关系总保持一样,意义不会被人混淆。

由-ing 构成的动名词(比如 the keeping of the castle、the leading of the army 等)通常不会收录在我的词典中;即便收录其中,也仅仅是为了解释动词的意义,只有像 dwelling 和 living 这类既指动作又指事物,因而具有复数形式的动名词，以及像 colouring、painting、learning 等这类具有绝对的、抽象意义的动名词才会是词典所要收录的对象。

分词同样不在本词典的收录范围内，除非它意指习惯或品质而非动作，具有形容词的性质，譬如 a thinking man 指的是"一个理性的人"，a pacing horse 意思是"一匹会踱步的马"——我斗胆把这类分词称为分词性形容词。然而，并非所有的此类分词都会被本词典收录，因为人们通常可以通过查阅动词的意义来理解它们，没有任何误解的风险。

当废词被当红的作者使用或者具有可能流行的潜力或优势时，也会被收录。

既然构造新词是语言的主要特点之一，我便竭力为前辈们的共同过失做出某种补偿，海量收入由 after、fore、new、night、fair 等词构成的合成词。尽管这些数量庞大的合成词或许会派生更多的词，但是，本词典中解释出这些合成词的构成方式，人们对于这些词的求知欲会得到满足，我们语言的框架和构词模式也会被充分地发掘出来。

某些构词方式（譬如前缀 re-表示"重复"，un-表示"对立"或"缺乏"）的例句不能作为词条积累到本词典中，因为这些小品词的用法（如果并非具备全然的任意性）不受限制，在必要的情况下或为满足某种想象的情形时，它们经常附着在新词上。

我们语言中还有一种极为常见的构词法（其常见程度或许远胜过其他任何一种语言），是造成外国人理解障碍的最主要的原因。我们通过附加一个小品词改变了很多动词的意义。譬如 come off 意指"靠诡计逃脱"；fall on 的意思是"攻击"；fall off 的意思是"变节"；break off 指的是"突然停止"；bear out 指的是"证实"；fall in 表示"同意"之意；give over 表示"停止"之意；set off 含有"衬托"的意思，set in 含有"开始一段持续的路程"的意思，set out 指的是"开始一段旅程或旅行"，take off 含有"模仿"的意思。诸如此类的词组数量庞大，其中一些词组的意义变化似乎极其不规则，与原先词汇的意义相距甚远，即便见多识广的人也不能理清它们的变化过程。我把这些词组都细致地记录下来了。虽然我不敢自夸收录全面完整，但我相信我已经为语言学习者们提供了极大的帮助，使这一类短语可以被理解；即便有未被记录的动词和小品词构成的短语，也可以通过与已记录的短语进行对比，轻易理解出它们的意思。

很多词的出处只标明了 Bailey、Ainsworth、Philips 等人名或者简写形式 Dict.（表示来源于附录上的字典）。我始终不能确定这些词可以在词典编纂者作品以外的其他书籍中查找到。我忽略了很多类似的语词，就是因为我从未在书籍中看到过它们。我也收录了很多词，因为它们或许存在（尽管我未注意到它们）：因为信赖前人词典的记录，人们才认可它们的存在；还有一些词，我认为它们有用或知道它们是正确的，但我现在还没有权威引文加以证明，因此，我只能依靠我的一面之词获得我的词典编纂前辈们同样享有的特权，偶尔没有证据，却依然能获得人们的信任。

哪些词是我要挑选的，哪些词是我要丢弃的，我都有语法方面的考量。这与词的不同词性形式有关：如果它们的屈折变化是不规则的，它们的词尾变化就会被记录下来；对于的确不太重要的词，我会在评论中加以解释；对于有助于阐明我们语言性质但却被当今英语语法学家忽略或遗忘的词，我会单独加以考虑。

我猜想别人指责最多的部分是释义。我不能希冀在释义方面的努力能够令那些或许本就难以取悦的人心满意足，因为它都不能时时令我自己满意。用语言解释语言非常艰难；很多语词不能用近义词进行解释，因为它们意指的理念不止有一个名称；很多语词也不能阐释，因为简单的理念难以被描述。当事物的本质未知或理念未定、不明以及不同的头脑有不同理念时，那传达这些理念或意指这些事物的语词就会模棱两可、令人迷惑。这就是倒霉的词典编纂行当的命运：黑暗与光明都会给它带来阻碍和悲伤；或许不是涉及的事物太少，而是已知的事物太多，没法全部得到圆满的解释。要对语词做出解释必须要使用比待解释语词更浅显的词，可是并非总能找到这类词，因为如果不假定某物可以凭直觉认知、可以不证自明的话，那除了使用浅白无须界定的语词来解释之外，没有别的办法来定义某物。

还有其他一些语词的意义太过微妙和转瞬即逝，难以有一种确定的解释。语法学家称之为"咒骂语"和在死语言中被允许摹写语音、只具有押韵或调节句号使用频率功能的语词；尽管这些语词的意义有时不能被其他形式的语词传达，人们却很容易在灵活的言语中理解这些语词的分量和中心意义。

同样，英语语言中常见的一类动词令我的工作更加艰难。这类动词的意指对象空泛、笼统，其用法模糊不定，其意义与最初的理念差距过大，因此，很难在错综复杂的演变历程中对它们加以记录，很难在其几乎沦为虚无时追寻到它们，也很难用任何限定条件对它们加以界定或使用任何具有清楚明确意义的语词解释它们。这一类动词包括 bear、break、come、cast、full、get、give、do、put、set、go、run、make、take、turn、throw 等。如果这些语词的分量没有被精确地传达出来的话，我们有必要记住：我们的语言是鲜活的，所有说这门语言的人的想法变化多样，也使得它变得变化无常。这些语词时时刻刻都在改变它们的意指关系，在一部字典中很难确定它们的意义，如同很难在一幅水淹树林的图画中精确地描绘出一片树林经受暴风雨肆虐的景象。

小品词被各个民族赋予了极大的自由，以至于任何一种常规的解释方法都难以析解它们的意义：就小品词的析解难度而言，英语与其他语言不相上下。我已经竭尽全力详尽阐述了它们的意义，我希望我的努力能够发挥作用；这至少是这项工作所希冀达到的目标，尽管学识渊博或精明睿智的前人们都还未达成过。

还有一些我无法解释的语词，因为我不理解它们；这些词通常被忽略，也不会造成什么不便，但我还不至于为了虚荣心而否认自己的错误。塔利承认自己见识浅薄，不知道 lessus 这个词在《十二版法》中指的是"丧歌"还是"丧服"；亚里士多德怀疑 οσρεσς 这个希腊词在《伊利亚特》中的意思是"骡子"或"赶骡人"。既如此，我自然可以毫不羞愧地把一些含混费解的问题留给其他学识技艺更为高超的人解决，或留待将来厘清。

阐释性词典编纂学的严苛之处在于，它要求词的释义和待解释的语词应当是互指的；这是我始终为之努力的目标，但并不总能达成。很少有真正同义的语词；只有当现有语词难以传达所要传达的意义时，才会引入新的语词：很多名称通常可以用来传达不同的理念，但很少有一个理念能够拥有众多名称。在这种情况下，使用近义词显得很有必要，因为迂回曲折的解释也几乎不能弥补单个语词的匮乏，而残缺不全的释义并没有给词义理解造成多大的困难；词义可以轻易地、完整地从给出的范例中获悉。

在解释每一个具有广泛词义的语词时，必须要对它意义的变化过程加以标记,要说明它的意义是从原初意义经由哪些中间意义引申出冷僻的、附属的意义;因此,每一个前述的释义应当要对下接释义加以关注,整个系列的释义应当始于原初概念,止于最后一个概念,将其连接成一个体系。

这一原则貌似有理,却并不总是具有实用性,因为同源的词义可能彼此相关、难分先后,无法厘清含混难辨之处,也不能对这条释义为什么要排在另一条释义之前给出合理的解释。当原初理念引申出许多平行分支理念时,一系列连续的词义如何先天地具有了附带性?各种具有细微差别的意义有时会不知不觉地相互融合,因此,表面来看,它们相互有区别,但不可能标明它们之间的分界线。尽管同源的理念并不完全相似,有时区别却很小,无法用言语表达,放在一起展示时,人们在头脑中却很容易辨识出它们之间的差异。有时,人们对词的通用意义存在困惑,以至于人们疲于区分这些词义,对词义差别的认识变得模糊不清,最后耗尽了忍耐力,只好把难以分清的意义一股脑放置在一起了事。

有些人从未考虑过语词除了通用意义之外还具有其他意义。在他们看来,上述的一番抱怨仅仅是胡言乱语,为的是夸大自己工作的艰难程度,用模棱两可、深奥难解的言辞为自己的研究工作赢得尊敬。然而,每一种艺术对于门外汉来讲都是晦涩难解的:对于那些把哲学与语法结合起来进行研究的人而言,语词意义的不确定性和理念的混杂性是司空见惯的。必须牢记的是,如果我的表达不够清晰,那就是我所言说的是难以用语词来传达的。

语词的原初意义通常会被它们的隐喻性通用意义替代,但为了说明词义起源的规律性,必须要对原初意义加以记录。我并不知晓 ardour 这个词是否可以意指"物体的热量",或者 flagrant 这个词在英语中是否与 burning 具有相同的意义。虽然缺乏例句证明,但是这些意义便是语词最初被赋予的源生理念,由此自然而然地引申出了语词的比喻性意义。

这就是许多语词获得多样性含义的过程,因此,不太可能搜集出来语词的所有意义;有时候,派生词的意义必须从源生语词的意义中寻找,源生词缺失的释义可以在词义派生过程得到补充。如果对本词典中语词词义有疑惑或理解词义有困难的话,查阅同源语词的词义始终是一个恰当的办法;因为适当省略一些词的目的是避免重复,而且一些语词的词义可以用更简易、清晰的表述来解释；当语词置于多种多样的派生结构和语义关系体系中，它们的词义都会变得易于理解。

并非所有语词的解释都以相同的技巧或手法撰写而成：事物本身无所谓难易，但对于个人而言，它们的理解难度不尽相同。每一个长篇著作的作者，即便看似没有被含糊不清的意义所误导，或被晦涩难懂的问题所困扰，也会在写作中犯错。在搜集语词的过程中，一个人如果单凭他本人的头脑，难以胜任这项艰巨工作，会不经意地忽视诸多巧词妙语，忘却许多信手拈来的近义词，需要修订很多细节问题。

然而，很多明显的错误应当归咎于这项工作的性质，而不是执行者的疏忽大意。因此，不可避免的是，一些释义是互指的或相互循环的。譬如，hind：the female of the stag；stag：the male of the hind。有时候，意义简单的语词会用意义复杂的词来解释，譬如，用 sepulture 或 interment 解释 burial 的意义，用 desiccative 阐明 drier 的意义，用 siccity 或 aridity 解释 dryness，用 paroxysm 阐释 fit 的含义。因为语义最简单的语词（不管它是哪个），不可能翻译成更简单的词。不过，语义简单还是复杂都只是相对而言，如果由于当今英语盛行，许多外国人都开始使用这本词典的话，这些意义复杂的语词会帮助他们学习英语，尽管这些语词现在看起来似乎只是导致或加剧了词义的模糊性。正因如此，我时常竭力在词典里加入日耳曼语和罗曼语释义，比如 to cheer：to gladden or exhilarate；这样一来，每一位英语学习者都能从他的母语中得到帮助。

每个语词的不同词义后面分别附加的例句可以解决所有难题和弥补所有缺陷，这些例句是按照引用文献的时间顺序来排列的。

当我第一次搜集这些引用文献时，我希望每一种引文除了阐释词义外还有其他用途。因此，我从哲学家们那里引述科学准则；从历史学家们那里引述著名史实；从化学家们那里引述完整的工艺流程；从神学家们那里引述令人瞩目的劝诫；从诗人们那里引述优美的诗句。这就是我的计划，但是，计划和执行效果相差甚远。我在机缘巧合之下把这部彰显雅致和学识的合集制成一套按字母排序的词典时，很快发现这部鸿篇巨制会吓跑学生，我只得被迫更改原先的计划——即囊括英语文学中所有怡人的或有用的材料，而时常把我的原稿内容缩减为一组组几乎无意义的语词;我不得不为删减文字而苦恼,为抄写文字而感到厌倦。但有一些段落被我保留下来了,省却了我搜集语词的辛劳,也为语文学研究这块土灰色的不毛之地装扮上了绿植和花卉。

被缩减的例句不再被视为所引作者的观点或信条;例句解释的语词以及附带的从句被精心保留下来,但由于删减得过于匆忙,句子的主旨大意可能会被改变:譬如神学家会背弃他的教义或者哲学家会抛弃他的理论体系。

有一些例句来自从未以雅致著称或从未作为文风典范的作者;但是,必须要从语词的出处来进行搜集。在以思想纯粹见长的著作里怎么能找到有关制造业或农业的语词呢?许多引用的例句只有一个用途,那就是证明语词的存在,因此,挑选这些例句要比遴选那些旨在讲解语词结构和语义关系的例句略为粗疏。

我决意回避引用当世著作,为的是不让我个人的好恶影响判断,也不想让同代人借故向我发难。我从不曾动摇过决心,除非某部当世著作拥有令我肃然起敬的非凡之处,或者我忆起新近出版的书作中有我急需的例句,又或者由于温情厚谊难却,我必须要收录与我私交笃深的某位著者的言辞。

我绝没有用现代华丽辞藻去修饰我的著作,我一门心思从复辟时期之前的著者那里搜集例句和权威引文,因为我认为他们的著作是纯洁英语的源泉,是真正英语文辞的发源地。我们的语言历经近百年,在各种因素的共同作用下已经逐渐失却了日耳曼语言的特征,进而具有了高卢语结构和表达方式。我们应当努力把它从歧途唤回正道,所凭借的方法应该是把古代文献塑造为雅致语言的典范,并收录能真正弥补英语词汇不足的或能立即被我们的语言精神吸纳,并轻易地与英语习语融为一体的后世语词。

然而,每一种语言在日臻完美之前都要先经历粗鄙阶段,以及装模作样的高雅和衰败时期,因此,我必须小心翼翼地提防自己对于古代文献的热衷之情会令自己沉湎于久远的时代,以至于把现代人无法理解的语词收录在我的书作里。因此,我把锡德尼的著作作为语词搜集工作的起点,对年代更早的作品不予关注。对于伊丽莎白一世时期的著者而言,一篇演说稿或许就足够阐明语词用法和文雅措辞了。为了弥补英语语词的匮乏,如果从胡克的著作和圣经的译本中采撷神学词汇;从培根的著作里遴选自然知识相关语词;从罗利的作品中搜集政令、战争、航海方面的措辞;从斯宾塞和锡德尼的作品里查寻诗歌和小说常用语;从莎士比亚的作品中收录日常生活用语,那蕴藏在这些作品中的思想就很少会因缺少英语语词而被人们遗忘。

搜集语词并不单单是查找到它们的出处,必须要看它们在句中的意义是否明显地取决于句子的整体结构和主旨,这是我挑选引文的标准。当任何一位著者给出了一个语词的定义或一个等同于定义的释义时,我会把他的定义或释义作为补遗,放在我给定的权威出处后面,而不必考虑两者的时间先后顺序;而在其他情况下,我依然要按照时间顺序排列语词的权威出处。

有些语词的确缺乏权威出处,但这些语词通常是由源生词通过常规的、持久不变的类推方法创造的派生名词或副词,或者是从未在任何书籍中出现的事物名称词——我有理由怀疑它们是否真的存在。

例句纷繁复杂比例句匮乏更有可能招致人们的批评。有时,语词的权威出处被简单堆砌在一起,看起来毫无必要性或用途,或许将来迟早会派上些用场,不过很可能还是完完全全被人们忽视。人们不会草率地以内容冗余为由攻讦一部著作。对于粗心或笨拙的读者而言,那些引文似乎只是在重复地解释同一个词义,但对于细心的研读者而言,它们通常会展现词义的丰富性或者至少提供具有细微差别的不同词义:一个引文会表明这个语词适用于指人,而另一个引文表明它同样适用于事物;一个引文表明语词具有贬义,第二个引文表明该词具有褒义,而第三个引文却说明该词具有中性意义;一个来自古代著者的引文会证明这个语词过去存在,而来自一位现代著者的引文却表明该语词是文雅词汇;可信度低的出处能得到可信度高的出处的证实;一个语义含糊的句子能借助语义清晰、确定的篇章获得确切的意义。不论一个语词重复出现多少次,它每次都会出现在新的搭配和不同的结构中;每一条引文都会有助于英语语词的稳固或拓展。

如果语词具有多种词义,我就把这些词义都收录在内;如果它们的词义是隐喻性的,我就按照它们的原初通用意义来收录。

有时,我会忍不住通过展示一位著者如何照搬另一位著者的思想和措辞来说明语词的意义谱系(尽管我很少这么做);假如这些引文不能展现某种思想史从而满足人的心灵需求的话,它们确实只是重复内容,或许理应受到人们的批评。

例句中的各种句法结构是重点关注的内容；由于我们遵循许多沿用至今的或规范或错误的语词用法，我们的词法变得变化无常。当同一个语词具有不同搭配组合时，我优先选择最合乎规范的搭配组合；我一直努力坚持这种选择方法。

因此，我竭力全力地确立英语语词正字法、阐明类推构词法、规范语词形制、确定语词词义，尽心尽力履行词典编纂者的全部责任，但我并不总能实现既定计划或满足我个人的期望。不论这部著作凝聚了我多少勤奋和专注力，它仍然需要在诸多方面进行提升：我所推崇的正字法依然存在争议之处；我所采用的词源说明未经确认，甚至常常是错误百出的；语词的释义有时过于简略、发散，只能对语词的各种意义进行大致区分，论据不足，而且读者的注意力会被不必要的细节内容干扰。

这些例句时常被断章取义，有时还会被人误解意思（我希望这种情况极少发生）；究其原因在于，我在编纂这部著作时，过于信赖自己的记忆力，但记忆力并未达到我所预期的效果，这令我烦恼和愧疚；我计划在审读完第一份草稿之后，把未完成的内容补全。

许多借用到特殊领域的术语具有一定的必要性和重要意义，但它们的确未被收录；对于好多经过极其细致的考量和例证的语词而言，它们的许多意义未受到重视。

然而，不论这些错误出现得多么频繁，我都有借口减轻自己的罪行和表示歉意。努力干一番事业总归值得称许，即便做事的人的能力难以胜任这项事业。对于每一个想象力活跃、眼界开阔的人来说，达不到他的预期目标在所难免；对自己满意的人不是因为做的事多，而是因为设想得少。当我开始这项工作时，我就下定决心遍寻所有的语词和文献资料。我憧憬着在这一过程中，我或许可以长时间纵情于文学盛宴，还能够探究和搜寻北部语言知识隐匿的奥秘，卓有成效地向世人展示我的研究成果，以及发现矿藏以报偿我每一次探索未被重视的矿场时所付出的辛劳，这些都是我对这项工作感到心满意足的地方。同样，当我梳理词源时，我决定展现我对文献资料的专注力，深入探究每一个句子和每一个意义实体的本质（它们的名称都被我收录在内），借助严格合乎逻辑的定义来限定理念,以及通过精确的描述展示每一种艺术或自然的产物,如此一来,我的这部著作或许能够替代普通名词词典或技术类词典。然而,这些是一位诗人的梦想,它们最终注定破灭,把沉湎其中的词典编纂者惊醒。我很快发现,在把计划付诸实际之时再去寻求实施办法已经太迟了;而且不论我为了完成这项任务先前具备了什么样的能力,我现在都只能凭借既有的能力来完成既定任务了。如果每当我心生疑惑时就去反复思虑,每当我对某事蒙昧无知时就去进一步查证的话,这项工作的完成期限就会被无止境地延长,而工作的质量或许不会有大的提升;因为我在第一次尝试中并未察觉,事情轮到自己来做时就会变得非常困难:一个疑问引发另一个疑问,一本书需要引证另一本书,一番搜索并非总能有所收获,有所收获并非总能有所启发。因此,在这一方面力求完美的话,就像生活在世外桃源阿卡迪亚的先民追逐太阳一样——当他们按照太阳落山位置攀上山峰时,看到太阳依然停留在相同距离的地方。

于是,我精简计划,决定信赖自己的能力,不去寻求会带来更多的累赘而非助力的外部帮助。如此一来,我至少获得了一项优势,即我为这项工作的完成设定了时限,尽管我不能及时完善它,但可以及时结束它。

我从未因沮丧来袭而意志消沉到疏忽大意,但终究还是在苦心极力、孜孜以求的状态下犯了一些错误。即便我力求用词精准,确信阐明语词搭配的意义和区分相近语词非常有必要,但细微的、微妙的意义差别却难以避免。对于普通读者而言,语词之间的诸多差别似乎是无用且无意义的,可对于深谙学院哲学的读者而言,它们却真实存在且具有重要意义。如果不对语词进行细致地区分,就无法精确地编纂任何词典或熟练地检验任何词典的质量。语词的某些意义有区别,但它们几乎相互支撑,常常被人混淆。许多人思路不清晰,因此他们的言语无法准确表达其想法,这导致一些例句在两个词义上没有明显差别。但不能把意义的不确定性归咎于我,我不创造语言,只记录语言;我不教授人们如何思考,只记述人们从古至今如何表达自己的思想。

我为某些例句意义的不完美而感到惋惜,但无法纠正,只希望依照规范要求遴选出的大量语段可以弥补它们,并期盼它们被精确地保存下来;有些例句闪烁着璀璨的想象之光,而有些例句则蕴藏着珍贵的学识宝藏。

尽管正字法和词源说明有缺陷，这不是因为我对这项工作缺乏关注，而是因为关注并不总是有效，而记忆或信息来得太晚，没能派上用场。

我必须坦白承认，我忽略了许多艺术和制造业术语，但我可以斗胆宣称，这点瑕疵是无法避免的。我不能亲赴矿洞去学习矿工的语言，不能亲历一次航海旅行去完善航海术语，也不能探访商人的货仓和工匠的作坊去了解商品、工具和工艺的名称，而且任何一本书都无法找到这些语词。在我的能力范围内，我有幸获取的语词和轻易搜寻到的语词，都不会被遗漏，但是，通过取悦现有的英语语言研究人员，忍受他们的愠怒脸色和粗鲁言行来搜集语词却是徒劳无功的。

为了让意大利秕糠学会成员们掌握专门语词，据称一位名叫波拿罗蒂的作家撰写了一部喜剧连续剧《市集》。但是，我却没有这样的帮手；如果其他语言研究人员们也未曾有类似帮助的话，只要能得知他们同样渴望获取的语词，我就心满意足了。

并非所有被这部词典忽略的语词都值得痛惜。很大程度上，重体力劳动者和商贾的语言较为随性、任意；许多语词的使用只是图一时便利或为了在当地高效交流，它们盛行于某一段时间和地区，但在其他时间和地域却完全不为人知。这种短暂存在的行话永远处在兴衰变化中，不能被视为一种持久的语言素材，必须让它与其他那些不值得保存的事物一道消亡。

有时，对工作的过度关注反而会导致犯错。想把握千载难逢的机遇的人会让其他机会在不经意间溜走，然后他又每时每刻地期盼能重新找回这些逝去的机会；寻觅稀有和冷僻之物的人会忽视那些司空见惯的、显眼的东西；许多平常之极和匆匆一瞥的语词被收录到词典中，但缺乏例句解释，因为在搜集语词的权威出处时，我避免抄录那些我认为随处可见的出处。令人意想不到的是，在审视过收录的语词之后，我发现竟然没有举例解释 sea（"海，海洋"）这个单词。

我常常碰见的事情是，难解的事物存在无知的风险，易懂的事物存在让人过于自信的危险。一个既恐惧伟大又鄙视渺小的聪明人会草率地放弃搜集语词这个辛劳的工作，对能力要求低的任务不屑一顾，将其迅速抛置脑后；有时，他居安却不思危，空想而不思进取；有时，他在坦途上懒散闲逛，却在迷津里心神涣散,为旁事劳心。

要完成一部宏伟巨著是非常艰难的,因为它是宏伟的,就算它的每个部分可能都可以借助天分单独完成。当人有诸多事情有待完成时,必须要为每一桩事情付出一定量的时间和辛劳,其付出量与该事情所占整体工作的比重一致。人们不能指望建造寺庙圆顶的石块会像钻戒上镶嵌的钻石一样方正、光洁。

为了这部作品我费尽了心力,我必然对它怀有某种类似父母对子女的溺爱之情,因此,我会很自然地对它产生一些设想。那些被我说服而盛赞我的计划的人会希冀它能够修订我们的语言,并且终结那些迄今为止所产生的语言变化——它们产生于特定的历史时间和条件,却从未受到人们的质疑。鉴于这样的后果,我得承认我曾一度自命不凡,但现在却开始担心我辜负了众人这种既不合理又不切实际的期望。数个世纪以来,当我们目睹人们一个个变老并在某个年龄段死去时,我们对能让人延寿千年的不老药嗤之以鼻。同理,如果某位词典编纂者无法举例证明有哪个民族能够消除本族词语的易变性,却猜想他编纂的词典使他的语言免于败坏和退化,并且认为他有能力改变语言的世俗本质,并且净化愚蠢、浮华、虚假的世间,那他或许也应受到众人的嘲笑。

然而,正是怀揣着这样的希望,人们成立了很多语言研究学会用以把关他们的语言要道,拦截逃亡者,击退入侵者。但是,迄今为止,他们的警惕和行动徒劳无功。语音极其易变、微妙,不能通过法律措施加以限制。人们限制语言的音节,如同人们用绳索锁住风一样,两者都是"引以为傲"的事业——人们应当通过风力强度测量风的变化趋势,而不应妄图限制风的自由。依据法语语言学会的调查,法语已经发生了显著的变化;勒·库拉耶批评阿姆洛用法语翻译的《保罗神父》的语言风格"些微过时"(un peupasse)了。意大利人都认为现代作家们的用词已与薄伽丘、马基雅维利或卡罗大不相同。

一种语言几乎不会产生全然的、突发的变化。如今,战争征服和人口迁徙很少发生,不过除此之外,还有其他因素能够引起语言的改变,尽管它们起效缓慢且无法看见作用过程,但它们或许如同产生斗转星移、潮起潮落的自然伟力一般,是人类无法抗拒的力量。不论贸易活动对人类有多重要,能带来多少丰厚的利润,它败坏人类的礼仪,所以损害语言。商贾们惯与陌生人打交道,千方百计地迁就他们,因此必须适时地学习一种混合语言,类似于在地中海和印度洋沿岸活动的贸易商使用的行话。这种行话的使用场合并不局限于贸易交流、货栈仓库或贸易港口,它逐渐传播到其他阶层群体中,并最终融入现行的语言里。

除了上述外部因素之外,也存在很多强大的内部因素。如果一个开化程度较低的民族不与外来群体交流,仅仅把他们的语言用于购买日常生活资料之用,那这门语言极有可能会长期延续而不发生改变;这个民族要么没有书籍,要么拥有少量的书籍:于是,人们终日忙碌却未接受过教育,他们的语言只用于日常交流,或许会长期使用相同的符号传达相同的理念。不过,不要指望语言的稳定性会在一个受艺术熏陶而文雅,并依据地位高低来划分阶层的民族群体身上出现——这个群体的一部分成员由另一部分成员供养,依靠他们的劳作而生存。那些有闲暇时间用于思考的人,总是在开拓思想、积累真实的或虚构的知识,因此,他们会创造新的语词或词语搭配。当头脑从日常生计中解脱出来时,它就不会贪图个人利益;当头脑自由地徜徉在思辨领域时,它就会产生各种各样的想法;一种习俗被废弃时,相关的语词也必定随之消亡;一种观念深入人心时,一定程度上它不仅会改变习俗,也会革新语言。

在促进各类科学发展过程中,一门语言得到了进一步的拓展,会有更多的语词产生新的意义。譬如,几何学家会谈论"廷臣的鼎盛时期"(courtier's zenith①),或者"品行古怪的野蛮勇士"(the excentrick② virtue of a wild hero);医学家会讨论"乐观的期望"(sanguine③ expectations)和"冷静的迟钝"(phlegmatick④ delays)。丰富多彩的言语会提供变化多样的用词选择,换言之,某些语词的优先被选权要高于其他语词。社会风尚的变迁会促使使用新词或拓宽已知语词的意义。诗歌中的转义词语会频繁地改变语词的意义,语词的隐喻性意义会成为它的通用意义;语词的发音会由于使用者的言行随

---

① zenith 一词既意指"太阳或月亮在天空中的最高点",又有"鼎盛时期"的意思。——译者注
② excentrick 一词同时具有"不同圆心的"和"异乎寻常的,古怪的"的意思。——译者注
③ sanguine 一词本意指"多血质的",引申义为"脸色红润的,乐观的"。——译者注
④ phlegmatick 一词本意是"黏液质的",引申义为"冷静的,不易冲动的"。——译者注

便、愚昧无知而变得多样化,但文字最终要与发音一致。偶尔文化程度低的作家会受到公众热捧而声名鹊起,但他不知晓词语的原初意义,口无遮拦地恣意乱用词语,对词语不加区分,不遵循语言规范。当社会的文明程度提高时,某些言辞会被视为过于粗鲁、低俗,不适用于高雅场合,某些词语会被认为过于正式、隆重,不适用于欢乐、轻松的情景。因此,人们会使用新的词语,而人们也必须基于同样的考虑适时地淘汰词语。斯威夫特在一篇有关英语语言的短篇论文中承认,有时必须要引入新的语词,并建议防止语词过时。但是,除了人们不约而同地弃用某个语词之外,还有什么原因能让语词过时呢? 当一个语词所表达的理念具有冒犯性时,它怎么会被人继续使用? 当一个语词被人弃用变为陌生词,并由于不被人认识而变得令人讨厌时,它怎么能够被人再次启用呢?

此外,还有一个能引起语言变化的普遍原因(它是当今世界无法避免的),即两种语言的混杂会产生第三种不同于前两者的语言。当古代语言或外国语言技能成为主要的教育内容和最显著的成就时,总会存在两种语言混杂。长期学习另一种语言的人会发现另一种语言的词语和词语搭配充斥于他的头脑中。由于个人的仓促之举和一时过失,或精益求精和矫揉造作,借用于外来语言的措辞和带有异国色彩的词语会被强行引入到本国语言中。

对语言而言,危害最大的因素是频繁的翻译活动。没有哪本书能够从一种语言转换为另一种语言而不会把源语习语蕴含的某种意义带到译入语中;这是最有害处的全面革新。数以万计的语词可能会进入译入语,译入语的结构保持不变,但引入的新词会立刻产生巨大的变化;新的措辞改变了建筑物支柱的顺序,而不是单个的石块。如果要建立一所学院来培养我们的语言风格(我永远不希望看到依赖倍增,因此希望英国的自由精神会阻碍或破坏这种风格),请他们别去编纂语法书和词典,而是努力发挥其全部影响力,去制止那些懒惰的、无知的翻译人员的肆无忌惮之举,因为如果任他们胡作非为,我们口中嘟囔的语言最终会沦为一种法国的方言。

如果我所恐惧的语言变化是不可阻挡的,那除了默然接受它之外,我们还能做什么呢? ——如同我们面对另一种不可克服的事物(即人类的悲伤与痛苦)时一样无能为力。我们所能做的是:凡是我们不能抗拒的,我们就延缓它的到来；凡是我们不能治愈的，我们就减缓它的恶化。尽管不能最终战胜死亡，但我们或许能通过健康护理来延长我们的寿命：语言就和政府一样，具有天生的退化倾向；我们延续了宪法，现在让我们为语言贡献一些力量。

为了延长我们语言的寿命——它的本质属性决定了它不可能永恒不朽，我把这本凝聚着我数年劳动结晶的作品用于彰显我们国家的荣誉，此后，我们或许不必不加反抗地把语文学的桂冠拱手让给欧洲其他各国。每一个民族最为辉煌的荣耀来源于它的文学著作：我自己的著作是否会为英国文学的声誉增光添彩，必须留待时间评判。我把好多的岁月挥霍在了对疾病的忧虑上，我也虚度了大把的生命时光，我还总是耗费大量时间维持平素的生活。但是，如果在我的帮助下，外国民族以及远房后代有机会会见知识传播者，领悟真理之师的教诲；如果我所付出的辛劳能够开启科学宝库，为培根、胡克、弥尔顿、波义耳等文学巨匠和科学巨擘提升名望；那我便会认为我所从事的是一项有益的或高尚的职业。

正是怀有这样的期盼，我才心生鼓舞，对我的著作满怀欣喜，不论它有多少瑕疵，我都会把这部凝聚我个人全部心血的作品展示给世人。我并没有向自己保证它立刻会得到人们的喜爱：这样一部包罗万象的作品存在一些愚蠢的错误和荒谬之处在所难免；人们或许一度为此嘲笑我的蠢笨、鄙视我的无知，但最终他们会认可我所付出的辛劳，会认为我的努力是值得的。总会有人能明辨是非，他们知道：出版时间紧，而且有些语词仍处在发展中，而有些语词却正在消亡，因此为一门活语言编纂词典不可能做到尽善尽美；一个人不可能为句法和词源研究穷其一生，即便穷其一生也是不够的；作为一个想要收录所有语词意义的词典编纂者，我常常碰到的挑战是必须例证自己无法理解的意义；我有时会由于完工心切而加快工作进度，有时会由于任务繁重而身心疲惫，斯卡利杰认为这项工作的艰辛堪比打铁和挖矿；显而易见的意义不一定是人人尽知的，人人尽知的意义或许不再使用了；我再小心谨慎也难免有马虎大意的时候，些许的业余爱好会让我分心，一时走神也会蒙蔽我的学识；著者在急需素材的关键时候总没法依赖自己的记性，因为之前看一眼就了然的内容只会在未来不经意间回想起来。

当你发现这部著作忽略了很多内容时，也请别忘记它也有很多优点。尽管没有人会出于对作者心存善意而包容他著作的错误，人们也根本不关心这些被他们诟病的错误是如何产生的，但只要我告诉他们，这部英语词典基本上没有得到博学之士的襄助，更没有获得权贵名流的赞助，我不是在名声日渐沉寂的退休状态下或在学术世界的庇佑下编纂这部著作的，而是在克服各种不利条件和劳心的琐事、自身病痛和个人不幸之后才得以完成我的作品，他们的好奇心或许会得到满足。要是能觉察我的词典之所以不能充分展现我们语言的全貌，仅仅是因为我所尝试完成的事业是迄今为止人力无法做到的，那么恶意攻讦我的批评者们在庆祝胜利时就不会觉得畅快尽兴。如果某些被永久定型的古代语言的词典在经历后续时代的变迁后不再适用和可信，如果意大利秕糠学会汇集他们所有人的努力和学识都不能避免批评家贝尼的指责，如果法兰西学院耗费 50 年时间编纂词典还无功而返，被迫改变原词典的结构，从而推出第二版法语词典的话，那即便无人称赞我的作品圆满无缺，我肯定也会心满意足的。不过，纵然我能收获如此的盛誉，但它又能给我阴郁、孤寂的生活带来什么益处呢？我的工作一再拖延，以至于某些我在乎的人离世前都无法目睹我的作品，而我本意是想做出成绩来取悦他们；对我而言，我的努力是成功的还是失败的，都已经毫无意义。我默然沉静地将我的心血成果搁置一旁，不太在意他人的责难，也不太奢望他人的赞扬。

附录 3　据教会理念与国家理念论政教宪法

塞缪尔·泰勒·柯勒律治

"啊,我们的神职人员确实明白,他们之所以能够征收什一税,获得圣职领耕地,是依仗自己的国家财产官员身份——不仅仅是因为自己的神学家身份,是凭借教牧人员身份,而非福音牧师的身份;——不过,他们同样是基督教会的牧师,基督教会的教义与权力不会因为他们是资深神职人员而受到影响,也不会因为他们碰巧是治安官、土地继承者、证券持有者而受到影响!在天主教牧师的眼中,教会凌驾于圣典之上;而如今,我们的牧师却完全不把教会放在心上。

"然而,尽管当时的教义有别于圣典,却与之相协调,但邓恩这一代人并不害怕宣扬教义,还予以实施。这便是基督教会与国家教会联盟、基督教牧师与传教士的主张所招致的毫无必要的恶果,而这些牧师、传教士拥有法定权利,身为国家知识阶层官员享有相应收入。我们的牧师只在意自己的法定权利,将既有的非法定权利抛在脑后。"——《遗著》(*Literary Remains*)

前　言

亨利·纳尔逊·柯勒律治

本书内容为原作者塞缪尔·泰勒·柯勒律治先生智慧的结晶,囊括了诸多重要观点,希望书中汇编的价值观念能够印证先前发表的一些言论,本书主要帮助读者了解柯勒律治先生的著作,熟悉其哲学思想,解决遇到的相关问题。事实上,尽管柯勒律治的原作阐述详尽、论述严谨、循序渐进,但是,书中一些内容依旧缺乏具体例证,部分逻辑尚未清晰,原作留给多数读者的总体印象恐因此而有所偏差。莫里斯先生有言:"假如我在和一名学生说话,这名学生正欲就一问题坚定立场,事先未因他人观点而抱有成见,那么,我就能省下不少事儿,只要推荐他去读读柯勒律治先生的《据教会理念与国家理念论政教宪法》就行了,这部著作在《罗马天主教徒解放法案》通过后不久便得以出版。书中,柯勒律治对基督教会本质相关话题轻描淡写,只有所暗示,并未完全阐明自身观点,不免令许多读者失望;不过,依我之见,原作中谈及国家的内容完全令人满意。我所说的'满意',并不意味着书中内容会让所有读者都称心如意,有人会觉得,'面面俱到'这类形容词是对科学作品的至高赞美,不可以轻易说出,也会有人期望,作者能提出一个完整的思想体系,以便这些人将其铭记在心,待进一步完善思想后,再公之于世,抑或是高调地告知信众。在上述这类人眼中,柯勒律治先生的书逻辑混乱、叙述零星;然而,巴特勒曾经说过,最好的作家只会写明前提,引发读者思考,由读者自己来得出结论,对于或多或少知道这番言论含义的人来说——对于那些认为自己需要得到苏格拉底式援助的人——那些不需要他人为其提供思想,而需要他人帮忙发掘出自身固有思想的人来说——他们赞同这样的观点:柯勒律治只是摈弃了惯常的阐述方法,紧随百转千回的思绪,有如一位真挚的思想家在苦思冥想,追求真理以指导思想。对于他们来说,这本书正因具备了那些令教授、世人都感到厌烦的特征而令人满意。因此,在近期出版的书籍中,柯勒律治的这部著作对国家统治阶层的思想、情感产生的影响最为显著,几乎没有什么书能与之相比。"①

在上述背景下,笔者对这部著作的基本内容及其晦涩部分进行了如下总结和论述,希望能够为阅历尚浅的读者解除些许迷惑。

1. 依据国家理念与教会理念分别探讨政教宪法。此处,所谓的国家理念与教会理念并不是从任何特定形式、模式中提取出来的概念。因为在任何形式、模式下,在任何给定时间内,任一理念都可能碰巧存在,但这两种理念也不是从此种或此类形式、模式中归纳而来的,而是由对国家、教会最终目标的认知或意识中衍生而来。最终目标这一理念的存在或许会对个人思想、行动造

---

① 见 *Kingdom of Christ*, Vol. iii, p. 2。该书内容主要涉及单一创造性与力量。

成强烈影响,而在此过程中,受影响者无法确切地用语言表达出这一理念,甚至觉察不到理念的诞生。也就是说,支配理念只是少数人的特权——而大多数人受理念所支配。在这两种情况下,按照思维顺序与必要性排列,所谓理念始终先于事物而存在——随之产生的是一种纯粹概念,它被严格定义为由一个或多个特定形式或模式提取和归纳而来——在思维顺序上后于事物而形成。尽管理念的本质是预言,但须牢记,最适合帮助第三者理解特定理念的特定形式、结构或模式未必——或不常——能使第三者真正领悟特定理念。世人作品中所涉及的方法、素材皆不完美,因此,补偿法则与妥协原则永起作用。国家哲学若要健全,首先要承认补偿法则范围之广,承认妥协原则必不可少,承认两者必会频繁出现。

2. "国家"(State)一词具有双重含义,广义上说,"国家"包括国家教会,而狭义上来说,"国家"恰恰是国家教会的对立力量。广义上的国家是一种政治体,拥有自己的统一原则。宪法则是其理想属性;宪法即法律、原则,是规定国家实现并维持统一的方法、条件。因此,广义上的国家宪法囊括了教会与狭义国家这组相互对立的理念。狭义上的国家的统一依靠各国间对立利益的平衡与相互依存,即国家的稳固性与进步性的平衡与相互依存。国家的稳固性与其土地息息相关;而国家进步性则与贸易从业者阶层、制造业从业者阶层、分配者阶层、职业人员阶层息息相关。在我们的法律书籍中,第一阶层被细分为大贵族与小贵族;——大小贵族本身都与国家进步性利益相对立,其中,小贵族尤甚。基于这些事实,狭义国家的宪法原则应运而生。国家的稳固性与进步性之间的平衡由上下议院的立法机关来维持;上议院全部由大贵族、地主组成;下议院则由代表剩余土地所有者的小贵族、郡选议员,以及代表贸易从业者阶层、制造业从业者阶层、分配者阶层、职业人员阶层的市镇议员组成——下议院代表中市镇议员居多。从对立意义上来说,手握行政权的国王就起到了制衡作用,维护国家利益。

这就是所谓的国家理念,与历史无关;国家理念是国家颁布第一部法律的前提基础,是制定法律的标准和目的,国家理念本身便是法律(Lex Legum)。

3. 然而英国宪法缘于狭义国家与教会这两大机构的和谐与对立。狭义国家由许多要素构成,这些要素的共同目标即国家的稳固性,以及财富和人身自由的进步性；广义国家的仅存利益则由教会来维护，即维持并提升人民自身的道德修养，而人民的道德修养是国家、教会的立足之本。

4. 对于所有原始种族而言，至少对于斯堪的纳维亚人、凯尔特人、哥特人及闪族人而言，在占领了一个新的国家后，要将土地分割成诸多可继承财产，然后分给战士和家长，往往还会保留一份土地为国家自己所用。这些可继承财产统称为个人财产，而国家所保留的财产即所谓的国家财产。个人财产与国家财产便是构成联邦的两大要素，两者因彼此的存在而合理。然而，分拨的财富并非完全属于个人财产，从某种程度上来讲，它仍归国有；而国家保留的财富也并非为国家所独有，它可为私有。尽管为了实现更高的目标，希伯来一大族群分拨土地以保留国家财产，但是，这一做法本身就与国家理念背道而驰。这也正是贯穿于犹太民族作为独立国家生存时期的利未人制度对犹太人民的智慧、品德影响甚微的主要原因。

5. 国家财产用于维护永恒的知识阶层，即神职人员阶层或国家教会。这一阶层由所有教派的有识之士，即所有人文学科与自然科学教授组成，具备了这些学科并加以应用后，便构成了一个国家的文明。国家教会的目标不仅仅是拥有神学。诚然，国家教会依法以神学家为首——其中缘由并非因为神学家的牧师身份，而是因为神学一词囊括了对语言、历史、逻辑、伦理的研究及理念哲学；因为神学本身便是教化世人之知识的根源，而正是这种知识统一了其他学科，使其生生不息；因为神学囊括了国家教育的所有主要辅助工具、方法及素材。因此，知识阶层的小部分人的职能在于坚守人文学科的源泉，研习并扩充已有的知识，守护自然科学与道德科学的利益，并逐步引导剩余阶层人士。他们被分配至全国各地，以确保国家的每一个角落都有常驻的引导者、守护者及教员，引导者应向全民传播不可或缺的知识，以帮助人们理解个人权利，明确如何履行相应义务。不过，虽然带来了无数福祉，基督教也不是组成国家教会本质的基本要素，而任何从基督教中得出的特定神学方案就更不必说了。因此，在没有基督教相关机构的情况下，国家教会可以以希伯来人的利未族教会及凯尔特人的督伊德教教会这类形式存在，也确实以这种形式存在过，相关宪法或许能够证明这一点。

6. 然而，知识阶层的两大特殊职能，并不意味着需要两名公职人员分工方能完成：恰恰相反，要圆满履行这些职能，只需一人身兼两职即可。在上述实例中，尽管我们的本意是要区分国家教会与基督教会的职能，却反而将其混淆，出现了系列重大差错，实属可怕。

7. 不过，随着时间的推移，商贸阶层发展壮大，各类科学及其他领域的学生、教授便自然而然地逐步脱离了国家知识阶层，迈入商贸阶层。因为他们所拥有的学识对于国家而言永远实用，必不可少；而对个人而言却只是偶然之需。随着商贸阶层日渐繁荣，蓬勃发展，他们的特定薪酬也呈现等比例增长。因此，法学、医学、建筑学等贤哲逐渐转变为职业阶层，而职业阶层则是国家知识阶层向市镇议员转变的中间环节。

8. 然而，对于那些依旧身为知识阶层的人士而言，上述情形无法改变或撤销其财产占有权，他们遍布各地，直接推动着国家文明的发展并维护着国家的稳定；他们因此发挥着国家财产的作用，有权维持国家财产的用益物权受托人不变。从严格意义上来说，如能用作权宜之计，国家财产所带来的收益除了合法转让给基督教会牧师外，亦可转让给公职人员。不过，国家资产本身一旦脱离其初衷，便会违背国家利益；而对于那些受命发挥其作用，履行国家财产相关义务的人来说，他们所拥有的权利有如上帝在西奈山上用雷电向权贵授权的头衔，此处无须过多证明。

9. 16世纪之前，国家所拥有的大量可继承的财产脱离了原先的属性，与教会财产名义下的国家财产相混淆。改革时期，出现了财产合法二次转让的现象；可是，随着国家收复国家财产，针对教会财产的大规模巧取豪夺的现象由此出现。这样的行为是对神明的亵渎，是对国家的掠夺，更是对整个国家宪法的重创。国家所保留的财富与分拨财富之间的平衡被打破，前者因此无法按照原定计划支撑起民众开化。① 所剩的保留财富仅够——其实不够——用于有效维持职业尚未分化的原始知识阶层，而原始知识阶层继续发挥着公仆作用，致力于生产和再生产、维持、延续以及完善对国家文明而言不

---

① "将国家最初奉献给宗教的财产还给教会，那么，这类财产就应当能承担起教育民众的重任；然而，教会已然因暴力掠夺，抑或是财产废弃、法律决策、公众舆论而失去了半数原有收入；有些人的房屋和公园原本是国家设计用来帮助神职人员实现综合目的的主要组成部分，而他们依靠合法掠夺的制裁方式将原本用于维持的机构握在手中，当这些人要求教会用本就减少了的收入支持那些机构时，这样的声音要被听取吗？"(*Table Talk*, Pref. p. 237)

可或缺的资源与环境。

10. 由于许多因素，个体或特定阶层也许没有资格受托继承国家财产并发挥其作用，其中缘由不外乎以下两点：个体或特定阶层拥护外国势力，或承认国家教会内除国王外还存在其他有形元首；个体或特定阶层因外国元首而强制禁欲。

11. 国王权力的正当目标与议会上下两院共同组成了特殊对立意义上的国家，而根据国家理念，两者依法仅由个人财产的所有利益与利害关系组成。

12. 国王是国家知识阶层的元首，也是国家财产的至高受托人；根据国家理念，国家财产适当目标的相关权力仅由国王与上下两院来行使。有关此种权力的使用范围，参见上述第五条。

13. 就信仰而言，加冕誓言无法约束国王的良知。不过，加冕誓言有如下约束作用：国王须反对一切危及国家教会安全及独立的措施，禁止一切置国家于危难的措施，以防国外掠夺者卷土重来，国家正是在牺牲无数后才从中得以解放。加冕仪式宣告国王为教会与国家的唯一法定元首，拥有至高无上的权力，而在此之前，从宗教意义上来说，国王仅以人民代表及君主的身份宣读加冕誓言——这是基于宗教意义的；因为国家思想只是以理念的形式存在，能够仅凭借理想的力量行事——即遵循理性与良知。

这部著作还囊括了其他妙趣横生、极其重要的观点，不过这些观点都透彻易懂，无须笔者再做评析。然而，读者自然会心生疑惑，想知道前文提及的教会理念、教会与国家关系理念究竟与胡克、沃伯顿眼中的教会与国家这两大著名体系存在多少出入呢？时至今日，相关学者依旧对胡克与沃伯顿的这些思想议论纷纷，各执一词。

胡克认为，教会是一大实体，在不考虑教会成员美德、风度的情况下，基督教的对外职业便是这一实体的基本要素，教会也因这类职业而为人所知。"如果有人将基督徒作为自己的对外职业，那么，这些人就从属于有形的基督教会：即使是不虔诚的信徒、邪恶的异教徒，或是心术不正、应当革出教会之人，他们身为基督教徒，也以上述事物为标志。如果他们依旧如此，我们将这类人视作撒旦的化身。"

沃伯顿与柯勒律治都大体认同这一观点。尽管其中第十九章的内容更为严谨，读者不应局限于其字面含义。

不过，胡克还坚持认为，任何国家的教会都与国家实为一体，只是从两种不同的关系出发考虑问题。"联邦体制这一称谓纯粹是由人民在何种统治或政策之下生活而决定的，即追求人民所信宗教真理的教会。我们反对教会，也因此反对基督教社会的联邦制度。因为在我们看来，从联邦体制层面而言，社会与所有公众事务皆有关，唯独与真实的宗教无关；从教会层面而言，同样的社会只与真实的宗教有关，而与一切其他事物无关；若同时具备教会与联邦属性的社会确实能在上述联邦体制下繁荣昌盛，那么，我们就可以说，'联邦体制的确能走向繁荣昌盛'；若社会确实能在上述教会中蓬勃发展，便可说'教会的确能走向繁荣昌盛'；若社会在教会与联邦体制下都能蓬勃发展，那么，'教会与联邦体制便能够携手走向繁荣昌盛'。"

众所周知，沃伯顿的观点与此截然相反。在他看来，尽管两种社会密切相关，甚至拥有共同载体——即同属于联邦制度与教会的自然人——但是，两种群体本身非自然实体，因此，两者须具备不同的性格和意志。"人造社会与自然社会迥然相异；人造社会有几大创造目的：追求多样利益，顾及多种关系，也因此具备多种能力，被视作宗教、文明、理性动物的社会；然而，人造社会与自然社会所创造出来的是同一种人。但同一政治群体不可在不同视角下分别被视作宗教、文明和博学社会。一个社会只可具备上述属性之一，或为宗教社会，或为文明社会，或为博学社会。"因此，沃伯顿反对胡克的观点，坚持认为清教徒式前提——即认为教会与国家是原本独立的两大不同群体——在过去是真理，如今也依旧是真理；不过，他否定清教徒式推论，并不认为教会与国家因此而永远独立；——沃伯顿坚称，在特定条件下，这两种群体之间必然存在某种紧密关系；两者从而产生相互依存的关系；由此，清教徒式观点——即认为国家拥有统治政权从而克制教会——以及胡克观点的推论——即认为国家约束教会——皆不成立。在特定条件、契约下，国家扶持教会，而教会则听命于国家；如若国家违反了相关条件，抑或是退出相关契约，那么教会便恢复原状，再度独立。①

---

① 读者应当注意，假如沃伯顿生活在那个年代，遵循其专著中所主张的系列原则，那么，他肯定早在几年之前就会言明国家所违反的是何种与教会的契约关系，以及两者最终的联盟。详见沃伯顿第三部著作，尤其是第二章内容。此外，读者也应当留意，沃伯顿犯了与胡克相同的错误，将基督教与国教相互混淆。

就这一点而言,柯勒律治与沃伯顿观点一致,都认为国家与教会之间存在明显的相互依存关系。不过,柯勒律治的理论体系有独特性,这一点在本书中尤其得以体现,偶尔也在柯勒律治其他的许多著作中有所提及——正因此种独特性,许多最为重要的推论才得以诞生。重要推论的独特性建立在基督教国家内有形的基督教会与同国境内国家教会之间的差异之上。此处所说的差异并非旨在切断两种理念的关联——两种理念

  和谐共存(bene conveniunt, et in una sede morantur);

基督教会与国家教会不仅可在同一载体中共存,可能还需同一主体以完善自我、全面发展。因此,柯勒律治认为,基督教会并非此世的王国或国家,也非任一此类国家的成员;基督教会并不与任何广义或狭义上的政治国家相对立;基督教会并非立于国土之上,国家财产并非由其掌管。恰恰相反,基督教会仅与世界相对立;从抽象意义上来说,基督教会本身便是一股对抗国家恶行与缺陷的势力——它不求报酬,不求尊严,但求国家为其提供保护,即免受打扰。

  因此,在上述及其他理论的指导下,从国家宪法的角度出发,研究基督教会本身的任何分支,并将世俗财富、阶层抑或是权力归于国家宪法后——柯勒律治得出了不同的观点。不过,我们已然知晓(第五至第八章),这个国家及所有开化的国家中都存在着教会,不容废除,完全国有;由此展现的理想化的关乎教会起源、要素、禀赋、用处、职责、目的、宗旨、与国家的关系及其当前代表的理念的历史,给人们留下了一条郑重警告,告诫不得将国家教会与有形的基督教会相互混淆,抑或是认为两者毫无关联,否则会带来致命的后果。

  基督教会是有形的公众共同体,有自己的牧师,而国家不可任命或罢免基督教牧师,这类牧师在教会中地位稳固,其主张有如天命:因为"主也曾这样吩咐,叫传播福音之人靠福音为生"。国家教会也是有形的公众共同体,其牧师由国家依据宪法而任命,受托于国家储备资金,遵循固定条款,肩负明确职责,牧师一旦违反条款,抑或是玩忽职守,国家便可依据宪法罢免其职务。"若

前者为教徒公会,这类宗教团体为了实现特殊目的而在世界范围内聚集;而后者则被称作国民公会,即国家任命的阶层,组成一种国家财产。"

这样一来,一个教会的牧师就没有理由不可兼任另一个教会的牧师,反而有多方面原因应当兼任。

因此,尽管有人反对基督的"国度不属于此世"这样的观点,人们实则承认其为事实;不过,在依法属于"此世"的机构中,经文与职务弹劾、报酬或当局无关,如果基督教会不再从属于国家,以及从某种意义上来说不再怜悯这个世界,那么它也不必应对国家宪法的终结。当有人再次提出,"掌权之人能为基督教提供的最好服务便是扫清一切,使得教会能够回归诞生之初的纯粹模样,不受纷扰,除此之外,别无所求"——"我们若给上帝以真心、真情,上帝便会赐予我们更多美好"时,此番陈述透着谦逊,其中蕴含的精神与理性自有上帝审判;但是与此同时,教会被视作既定的人民引导者,通过裁减国家牧师人数来提高效率,使他们到了近乎乞讨的状态——这种教会概念荒唐至极,完全归因于思维的卑劣性,而思维卑劣性则是思想受党派、世界束缚的即刻结果和惩罚,人们因此容忍任何形式的错误,对所有真相都漠不关心。当人们认为,基督教主教无权干涉国家立法时,国家实则赋予了主教这一权力;不过,有了这类主张后,国会的高级教士在肩负维护、发展、延续人民道德文化之庄严重任的同时,须出席国会、发表意见并投票表决,只有国家核心利益代表在国会上的发言权遭受剥夺时,高级教士才会失去这项权力;相比于自己的文学社或植物学会成员身份,高级教士本身一直以来还扮演着另一更为神圣的角色,即便如此,这项权力也不会受损。对于反对宗教教义和礼拜形式的人士来说,司法强制他们帮助维护牧师职位,而最终,人们坚称这种强制与正义背道而驰,却并不予以否认:事实依旧如此,国家专设资金用以支持肩负国家文明相关重任的特定阶层,这一举措不会再因这类反对者主动脱离教会而实施或取消,退教者们对这项责任的性质及义务有自己的理解,不同于议会为保护我们独立、免受外方侵略而征税的权利那样,受到富有慈善家的影响,这些慈善家们认为既然战争非法,为战争付一分钱都是对上帝的冒犯。

然而,国家用以支持国家教会的专设资金事实上毕竟还是到了本国基督教会牧师的手中！这并不假；不过，根据教会与国家理念——这一理念涉及历史与真理预言：国家基督教会牧师之所以收到资金，并非因为牧师身份，而是因为他们作为昔日主要成员，如今成了国家知识阶层抑或是教会的唯一代表，受命开展教化全民的专属工作——转化并融合所有职业人员在文理方面所取得的成果——挣脱专业见解、地方利益或暂时利益的束缚，将提炼出的纯粹产物用于加强并升华国家本身的道德生活。

在人类社会的机构、政府中，这种教会正是上帝授意的主要媒介。然而，所谓"地狱的权柄不可胜过教会"，并非指这种教会。

当国家对辉煌过往感到疲乏，决定不再以共同体的形式存在，摒弃原有特征，将神秘统一体转化为挤满地面的活动原子时——国家与祖先的英国国教便终有尽头。但在此之前，任何事物都无法将其摧毁。英国国教在绝妙宪法之下运作，与这一宪法密不可分，而爱国者日夜对着繁星许愿，愿神灵守护宪法，助其发展。或许会有这么一天，上帝觉得英国国教与宪法都是时候暂时甚至永远消亡了——届时，科学教育与宗教教育的决裂定会遍及全国。英国国教或许会就此覆灭，而基督教会则屹立于国土之上；尽管如今，英国国教与基督教会同样辉煌，难以区分。但到那时，在日渐黑暗的世界里，人们会更加清楚两者的区别，更加深刻地感受到两者的差异，而基督教会必会更加引人注目，成为黑暗世界更为显眼的对立力量。

写于林肯旅馆
1888 年 11 月 29 日

广 告[①]

几年前，我给一位朋友写了封信，信中充分说明了撰写本书的意义："你说，我曾多次公开表示过对'宗教'一词的厌恶，不想听人提及任何意义下的'宗教'，无论是国会管控下的宗教，还是律师、政治家口中的宗教，都令我反感，于是你很想知道我为什么会说出这番话来。一直以来，我都坚决

[①] 第一版的广告。——原编者注

主张：只要宗教本质未变，就无法具有法律特征，只要法律没有沦为刨根问底的暴政，就既不会承认宗教职责，也不会佯装为信仰守护者。我公开表示过自己的看法：如果马修·黑尔爵士的学说①——即认为《圣经》是国家法律的一部分——是由清教牧师而非清教法官提出的，那么，这一学说如今便会成为清教信念荒谬偏执的一大例证；——你说，你想知道，既然我脑子里有这么多的异教观念，为什么还会抵制所谓的天主教解放法令，反对弗朗西斯·伯德特爵士拟实行废除相关法规的法案呢？信末，你问：这都是真的吗？

"以下便是我对两个问题的解答。就第一个问题来说，即我是不是真的抵制所谓的天主教解放法令——我的回答是否定的，恰恰相反。质疑某一事物的运作方式，并不意味着不赞成这一事物；正如对达成某一目标的提议心存顾虑，并不意味着不想达成同一目标。这就好比你身为一名医生，参与会诊时，或许会完全同意另一位医生有关患者疾病及治病开支的论断，但彼此会对用药及治疗方法持有不同看法。而就你提出的第二个问题来说，即我是不是反对国家当前采取的措施——对此，我将做出详尽答复。至于我为何无法简短回答，你由下文便可得知，下文内容大多摘自多年前的一篇文章，当时我应一位先生②要求而起草此文——（这位先生允许我称他为朋友，实乃荣幸之至）——他是已故坎宁先生的一位旧交、挚友；在他离开英国前，我完成了这篇文章，当时，他打算将这篇文章递交给已故的利物浦伯爵。

"自与爱尔兰联盟时期起，直至今日，我把握住了每一个机会，从书中获取正确信息，从尊重事实的人们那里获取正确信息，而这些事实关乎一个问题：他们注重的是事物现状，还是导致现状的起因、条件？在此期间，没有一篇由议会两院发表、报道的发言稿我未曾谨慎细读，读过之后，我会写下摘要，将所有尚未见过的论据记录在册，多年来，册上内容少有增加，这一点自不必多说。最后，我逐年修改自己的结论，尤其在意可能会影响判断的不良因素；这便是苦恼所在，或许，在知晓真理之后，我会与自己所爱、所敬之人持有不同意见，

---

① 黑尔曾这样表述道："基督教是英国法律的一部分；因此，责难基督教就是破坏法律。"然而，早在多年之前，爱德华·科克爵士曾说："基督教是普通法的重要组成部分。"——原编者注
② 指尊敬的约翰·胡卡姆·弗里尔。——原编者注

而我知道，也很高兴知道，在此重大事业中，他们拥有能够做出正确判断的卓越品质，这令我蒙羞；一想到我与伯克、坎宁、兰斯唐的观点渐行渐远，却没有向相反看法迈近一步时，我便愈感苦恼。除此之外，我认为，在判断个体时，常规干扰因素对判断力的影响不会比朋友小。对形式、嗜好、思维习惯、年龄、健康状况、性情的期望抑或是恐惧也不太可能会影响判断。此外，对特定教派或政党的偏好最不可能影响判断；因为在宗教、政治中，似乎随处可见一个充满力量与天赋的世界毁于对片面真理的支持，而这些片面真理往往最具危害，因为人们往往不会质疑其中的错误。这一点或许是由对宗教、政治盲目支持的观念、习惯造成的，而这种盲目支持遍及所有阶层、国民，正是自由国家密不可分的附属品。然而，无论这种盲目支持源于何处，似乎都会造成这样一种结果：尽管在兴奋或是惊恐的利己之心刺痛下，人人忙作一团，却几乎没有人郑重其事。"

我已为题为"现在要做什么？"的第三部分内容收集了许多素材——素材内容包括涉及人们无视或违反相关原理后果的系列例证，贯穿英国、苏格兰教会的历史，而在本书的第一部分，我已经试着构建出这些原理；此外，素材内容还包括从这些原理中得出的实际推论，主要指向英国牧师。不过，我的内心深处有一种死灰复燃的感觉；深思熟虑之后，我还是觉得，本卷内容应当紧扣题目，仅涉及教会与国家宪法的理念。因此，我还是恳请读者牢记前文提及的差异，即理念显露与后续行为方式间的差异；文中的表述及图解未必能够充分阐释特定理念，但这最便于读者理解。本书推论若能引发读者如下思考：议会昔日提案的坚决反对者或已拥护近来获批颁为法律的法案，此举并非前后矛盾，反对者也不应被贴上叛教者的标签——那么，读者有望变得更加宽容，性情更优，而其理智与政治洞察力也不会有丝毫受损。

第 一 章

本章开篇先要解释"理念"(idea)这个词真正的重要含义，以及作者本人使用"据教会理念与国家理念"这一表述的用意所在。

英国议会最近通过了一项法案,准许罗马天主教徒进入立法机关①。这非常接近我成年后一直怀有的信念和夙愿,打消了我心中的忧虑,实在令人欣喜。我的第一个反应就是遵照一位远方朋友的请求,在这项法案的细节还不为人知时,把我已经撰写好的评论文稿压到箱底,先不予公开。我曾告诉这位朋友,我担忧这项法案无法达成预期的效果,他却迫切地"想了解我所担忧的到底是什么,以及有什么根据"。

对于这个问题,我的回答是,我的忧虑确实缺乏充足的理由,但也并非无稽之谈。我所忧虑的是保障条款。让我们这样来理解,我把法案中某个特定条款(下文中会有详细说明)称作"保障条款"时,我用的是这个词的相对意义,仅仅指的是这个词的应有之义,适用于迄今为止被冠以此名的所有条款。不论哪个保障条款名副其实,也不论保障条款本身是否可行,我暂且搁置这个话题。我先继续我的论题。我想重申的是,我对《罗马天主教徒解放**法案**》实际效果的质疑(我的忧虑源自于此)不亚于对《罗马天主教徒解放**提案**》的质疑;尽管从法案各项条款所体现的精神和总体特点来看,我的忧虑可以打消不少。我认为保障条款的认定准则和必不可缺的条件是,它应当具备全然必要性且无法被取代(权宜办法或许也无不可),唯此,我才愿意将其视为唯一的保障条款。然而,这项准则并没有得到正式认可。它或许隐含在某项条款中(禁止天主教主教使用英国国教会正式采用的主教或教区长头衔)②。即使这项条款确实隐含这项准则,并且实际上也确实是法案设计者的意图,却不可能达到预期的目的,更不能充分替代我所要求的作为一项庄重、正式的声明所发挥的作用。为了阐明这一要求的动机和理由,我会在后续章节对此话题详加探讨。

为了让读者充分理解并尽可能领会我的观点,我必须提前阐明(至少我这样判断)"宪法"以及"国教"这两个理念的真正意义。在阐述后者的基本特点时,我会简单区分国教、基督教会以及第三种教会——它既非国教也非基督教,与前两者水火不容,且意图颠覆前两者。(在这个例子中)我用"理念"一词

---

① 详见英国乔治四世第十年议会制定的第七号法律:《罗马天主教徒解放法案》(An Act for the Relief of His Majesty's Roman Catholic Subjects)。——原编者注

② 根据该条款,天主教主教严禁使用英国国教会正式采用的主教或教区长头衔;天主教神职身份标志的展示、任何天主教崇拜仪式或宗教服务不能在普通小教堂以外场所进行,违者将受到法律的制裁。这项法律公开违反了刚刚通过的《罗马天主教徒解放法案》中免受惩罚的规定。——原编者注

来指对一个事物的概念,它既不是从某个特殊状态、形式或模式中抽象出来的概念,在这些状态、形式或模式中,事物可能只是恰巧存在于某时某刻;亦并非从某些或系列的同类形式或模式中归纳所得的概念;而是由对事物终极目标的认识中获得的。

我必须要补充说明一点,这种认识或者认知,很可能存在并极大地影响一个人的思想和行为,而他自己却无法清楚地意识到这种认识或认知,更不能用清晰的语言表达出来。这其实是"理念"和"概念"这两个严谨、恰当的意义的一个区别。后者(即概念)通过一种有意识的理解行为,依据某种或某些共同特征,将给定的事物或印象与其他某些给定的事物或印象划分到同一类别。我们获得了事物概念,我们就认识了事物(Concipimus, id est, capimus hoc cum illo)。当我们学会将事物包括进某个已知类别时,我们就理解了这个事物。而理念——有关人类共性的理念,则是少数人才能支配的特权,或许更为肯定的是,这些人反受人类共同理念的支配。

我希望这里所谈论的内容能够成为一种被普遍接受的解释。无论如何,对某些读者而言,下文的定义可能还是有用的或可以接受的。那些经过客观反思的(即存在于头脑外部的),我们称之为法律;那些经过主观反思的(即存在于一个主体或者头脑内部的),就是理念。因此,柏拉图经常把理念称作律法;而培根勋爵(被誉为英国的柏拉图),把物质世界里的规律视为自然界的理念。为了阐明上述观点,我将做以下说明。提到卢梭及他之前的贤者均认为原初社会契约是所有合法政府的基石,卢梭或休谟著作的每位读者都能心领神会。而今如果有人认为原初社会契约是确定的历史事实,或者说从人与人或国与国之间的普通契约归纳得出的契约概念,曾运用于人类原始时代的所谓真实场合,即,历史上首先形成的契约是人与人缔结的协作契约,是多数被管理者与少数管理者基于某些公开声明的条件订立的管理契约;我此刻可以不担任何风险地声明这一假定的历史事实纯属杜撰,它背后的概念也只是无聊的臆想,虚假又荒谬。[①] 那如果人们真的签订过原初契约,并且留下书面记

[①] 事实上,我怀疑18世纪末光明会和宪法制定者可能实施过社会合同或合约这样的商业"闹剧"。正因如此,尽管当代人自信满满地称那段时期为"启蒙时代",这个称号实在名不副实。不过,毋庸置疑的是,那是一个"启蒙者的时代"。

录呢？即便如此，我依然不认为这样的史实能为我们多增加多少道德力量。强制缔约双方遵守契约的相同的道德责任感，早在我们的祖先签订原初契约之前，就一定以同样的分量存在了，并且也与相同的责任相关，迫使我们的祖先签订契约。因为这种责任感，除了约束缔约双方充分凭借自身学识和机遇为全体大众的利益行事之外，还能做什么呢？显而易见，只有当人们假定某项具体组织形式或体制有利于大众利益时，它才具有必要性或适宜性，我们才会对它心存敬意，除此之外，没有其他任何组织形式或体制更能赢得尊敬。而一旦人们认为它不具备实用性，那我们当然不会再对它有一丝敬意，甚至会心生鄙夷。其实早在契约形成之前，这样的责任即是如此，因为它们源于人性的本质，而人性则是社会性国家的先决条件——而为了正当地废除早先人们共同认可的制度或律法，就必须确认它具有普遍的不合时宜性，正如它在制定之初必须具备普遍的适宜性一样。这是作为社会性国家的两大重要特质中的第一项"稳固性"所要求的。但除此之外，对任何基本信条及继承了基本信条、由个体集聚制定的法律的任何夸大都是对后人的不公平，是对社会性国家的第二项重要特质，即"进步性"，极大的冒犯。因此，我重述，这个关于原初社会契约的理念是不能作为史实证据的，它只是一种无意义的理论。

但是，如果舍弃原初社会契约的概念或理论，转而使用"不断生成的社会契约"这一理念，我们确信，这个理念会成为划分国民与农奴、联邦与奴隶农场不可或缺的整体性依据。而这一理念却还是衍生于一个更高层次的理念，即与"物"相对的"人"的理念。所有的社会法律和公正均建立在这个原则之上：人永远不能变成事物，除非是自己的错误所致；没有犯极其严重的错误，一个人永远也不能被当作事物对待。人与物的区别在于，一般情况下，人利用事物实现自身目的，但是人本身必须永远被包含在自身目的之中：人的利益必须是目标的一部分，也就是经本人同意（换言之，通过自身行为）将自己塑造为实现其目的的手段。我们种树，然后砍树；我们养羊，然后剪羊毛或者杀羊。这些动植物都是我们实现目的的手段，因为树和羊都是事物。伐木工和农场工人也都被雇佣作为手段，但这是通过缔结契约的方式实现的，而且这个契约互惠互利。被雇佣者及其雇主都包含在契约目的之中，因为他们都是人。如果在一个政府的治理之下，人不被包含在某一行为的目的之中，那这个政府就不配被称为一个国家,譬如顽固落后的达荷美王国。依照我们估计,俄国这样的国家将会率先接近一个更美好的、更具备人性的、秩序井然的国度。如今,尽管从近代来看,借助群体可以使知识传播的效果更好,学校校长和教师也都远赴海外授课,但可以想象到的是,农场工人和伐木工很有可能终其一生都未曾思虑过,乃至未曾意识到"人"这个理念。甚至可以断定,他们不具备将"人"这一理念作为独特的命题传授给他人的能力,从而对他人的思想甚至自己的思想产生影响。但是,如果周六夜晚去任意一家酒馆,喝着啤酒,听体力劳动者这一阶层聊教区的贫困率导致当前工资比率的不公以及他们薪酬待遇的不公,没有人会有片刻的怀疑:这些劳动者全然受"人"这一理念支配。

  进一步来说,与此相关联(也许这种关联并不显著)的是"道德自由"的理念,它是我们正当责任的基础。如果你与一位刚从爱丁堡市或海克尼区①来的,或从医院毕业的年轻的自由主义者谈论"自由选择权"隐含自由意志的理念时,他可能会微笑承认他是个宿命论者——他会进一步说服你,让你相信自由意志是一个不存在的概念,是一个自相矛盾的词。② 谈话结束时,他还会建议你研读乔纳森·爱德华兹或克龙比博士的著作;或许,他可能会宣称意志本身仅仅是一个错觉、一种虚无,建议你研究劳伦斯先生的讲座发言。如果你与一位朴实单纯、善于反省的邻居谈起相同的话题时,他可能会说(就像圣奥古斯丁很久以前在回答"时间是什么?"的问题时曾说过的那句话)"你不问我时,我倒清楚得很"。就这两个假设的谈话对象而言(那位自信满满的学生与那位反应消极的邻居都笃定自己的回答没问题),观察他们的行为、感受甚至言语,要是花费十分钟都还没在他们所言、所感、所作所为中找到确凿的证据,证明道德自由的理念支配并改变人的整体实际存在状态,那我们可真够倒霉的。道德自由的理念甚至成了生命的要义,无处不在,不受生命形态束缚。

---

 ① 该区是当时伦敦低收入人群聚集地。——译者注
 ② 实际上这正是"理念"的区别性特征之一,一下子就标记出"理念"(一种理性的真理力量)和"概念"在理解上的差异;换句话说,前者总是不可避免地被表达为自相矛盾的话语(*Aids to Reflection*, I. p. 252, Note)。——原编者注

宪法①也是如此。如果你向我们某位政客询问宪法是什么,十有八九他会给你一个错误的解释。譬如,他会说宪法是法律的主体,或者《权利法案》即是宪法;或者有可能,如果他读过托马斯·佩恩的著作,他会说我们现在没有宪法。可能不到一个小时,我们会听到他(或许理直气壮地)谴责这样或那样的律条、酿酒法和税收法、那些保护雉鸡的法案或者那些限制罗马天主教徒的法令等都不算是宪法;而且宣称议会所制定的种种法案都是对宪法的全然侵犯。皮尔先生②因毫无根据的、收效甚微的妥协性主张出名;他承认最近通过的法案违背了1688年的宪法③,但1689年当时少数上议院议员及具有决定性作用的多数众议院议员谴责《权利法案》违背了英国宪法。

然而,"宪法"是源自"国家"理念的理念;而且自阿尔弗雷德大帝以来,英国历史都表明"宪法"这一理念或终极目标对我们父辈先人思想、性格以及作为公众人物的职能都产生了持续影响,这体现在他们所反抗和所希冀的事物上;体现在他们创立的各种政体制度和形式上;也体现在那些他们或多或少成功抵制过的政体制度和形式上。鉴于我们在逐渐实现"宪法"理念的进程中取得了曲折、跌宕而又渐进的进步,鉴于它虽未被充分展现但实际存在于相应的手段方案中,我们认为,且有权利认为,"宪法"理念真实存在,即它以作为原则赖以存在的唯一途径存在——存留于人们的思想和意识中,规定人们的责任和权利。如同算数与几何科学、思维、生命本身具有现实性,"宪法"也具有真实存在性,丝毫未减地存在于现实中,因为它是作为一种理念,以理念的形式存在着。

为了进一步确认这一理念的真实存在性,我们还可以提出另一个依据。"宪法"是一个根本性理念,同时也是检验政府所有具体体制的最终标准。因为只有借助这个理念,我们才能寻找到我们代表性的体制所应具备的极具建设性的原则——此处我使用的是体制(system)这个术语最广泛的意义:将"君主"视为人民联合的代表,是"王权"一词最真实、最主要的意义。我认为依照这些原则,就可以确定什么是赘生物(即紊乱失调的症状)以及退化的标志;

---

① 我没有说"宪法的理念",是因为宪法本身就是一种理念,这在一些人听来像是一种悖论或嘲讽,他们认为理念不过是幻想的代名词,虚无缥缈;但对另一些人来说却不是这样,他们在理念中思考最真实的现实和最实际的有效权力。
② 罗伯特·皮尔时任英国内务部长。——译者注
③ 即《权利法案》。——译者注

什么是本土产物,或者什么是原初胚芽生长发育后带来的自然变化,什么是由发育不成熟而非由疾病所致的症状;或者确定出最坏的情形,什么是由无法改良的、或只能逐渐改良的土壤及其周围要素的缺陷或固有特性而导致的生长变化。

还有另外两个特点可以用来区分这类实质性事实,或我们此处所说的"事实的力量"。对此,我需要用两三句话做一番解释,尽管会中断读者的阅读,但我相信,这定会让读者觉得些许耽误是值得的。第一个特点是,与事物的概念相对,理念必须永远先验。事物的概念是从一种或多种具体状态或模式中抽象或总结得来的,因此,必然是先有具体事物,而后才能通过观想事物产生出事物的概念,而理念则不然,总是按照思维顺序和必要性排列先行存在。譬如,就"生命"这个理念或原则而言,生命的功能是生物组织的产物,但生物组织必须先假定生命原则,并以之为先决条件。行星对于太阳的影响是由构成它们的可估量的物质决定的,但是万有引力定律作为创造物质的定律、造物主的理念,是物质存在以及"存在"这一概念的先决条件。

以上是第一个特征。另外一个特征可能更适合以警示的形式展现。即我们应当意识到,最适合将理念阐释清楚的和最有效地服务于指导性规划的具体形式、结构或模式并不一定能够充分实现理念。在人类和大自然的作品中——前者是由不完美的工具手段和材料制造而成,后者则是由浩瀚复杂的、不约而同出现的意志创造的——事实往往是另一番情形。一位自然学家(我们假定他的研究正处于生理学萌芽时期,还未涉及比较解剖学)仅仅对人体或者相似构造的动物体有所了解,会依据自己的经验,推导引入"呼吸系统"这一理念,用作血管或神经系统的介体或者调节器。他很有可能会把肺及其附属物看作这个理念或者终极目的得以实现的唯一形式。由于不知道昆虫气孔或者鱼鳃的功能,他可能会很自信地把昆虫和鱼归为非呼吸动物类。对待大自然创造的作品和对待人类创立的制度一样,想更有效地抵制人们谨小慎微的态度,防止人们以浅学为荣,最好的办法是考虑补偿法则和妥协原则,并且让人们对补偿法则的广泛意义、妥协原则的必要性以及两者频繁出现的原因产生深刻的认识。

我这些预先交代的话语已经磨炼了读者的耐心(我担心做得太过了),我迫切地希望读者充分理解我的意思,尽管在心情缓释之余,他们可能会要求我为了他们着想而书归正传。我现在回到当下的主题:"英国宪法"的理念。一位老作家曾经写道,"英国宪法是神圣的律法,是众法之母(lex sacra, mater legume)。它具有坚实的基础、丰富的成果,人们找不到任何其他事物与它相媲美。或者说,它自身具有内在的和谐性:它是这个国家的才智和先天气质的固有基础和重要元素。人们(通过类似桑蚕吐丝结茧的方式)把它创造出来后,其他任何法律都不可能管控它;它不是由阿留雷德、阿尔弗雷德、克努特王,或者任何颁布特定法律的前世后代的机构所制定的法律,它或许这样谈论自己——理智和上帝的律法首先到来之时,我便紧随其后"。

正如一个古老谚语所言,"先见不明等于缴械一半"。此处我要提及我们语言的一个不便之处。在使用"政治国家"(state)这个词时,我很难消除它的双重含义。广义而言,它等同于"国土"(realm),包括教会在内;狭义而言,它区别于教会,与教会形成对照,即这个标题——"教会与国家"中的意思,然而,我相信,读者每次读到这个词,语境可以帮助读者正确理解它的意思。

第 二 章

本章将从"政治国家"这个词的广义探讨"国家"的理念,然后从这个词的狭义阐述本世纪现存的国家宪法。

宪法是国家的属性,换言之,是内含统一原则的政治体的属性,不论这个政治体是通过权力集中建立的纯粹的君主立宪制政体——迄今为止这一直是一种"纯思考的存有物"(ens rationale),在历史上不为人知——还是基于平衡关系或相互依赖关系构建而成(这是我们唯一关心的问题)。衡平法(lex equilibrii)是国家宪法的主导原则,用来规定通过何种手段和方法,或者在何种条件下,可以达到并长期维持平衡关系。得益于我们国家偏居一隅的地理特点与环境,我们拥有诸多得天独厚的优势。其中最大的优势就是:我们的社会体制是基于我们的正当需求和利益要求而自然而然形成的;尽管我们国家诞生的奋斗和成长的过程漫长且艰苦卓绝,但是,反对的力量均出自内部,都可以相互协调以寻求最终的平衡,比欧洲大陆国家受到的外部干扰力量少得多。

还未被奴役,还不算糟,

哦,阿尔比恩①! 哦,我的母亲岛!

你的峡谷如伊甸园的林荫一样美妙,

沐浴在阳光雨中闪耀着绿色的光辉,

你绿茵高地的温柔隆起,

与混杂的牲畜群交相辉映;

(那些绿茵群山、那些壮美山谷,

骄傲地由巨石拱卫)

海洋在狂野怒吼

向他的岛上孩子们道平安!

毫无恐惧的悠悠岁月里

社会自由笃爱这宁静的海岸,

骄横侵略者的怒火从未

洗劫你的高塔,血染你的土地。②

现在,每一个承认财产权的文明国家里——依据明确的边界、普通法结合而成的民族或民族国家(nation)里存在政治国家的两股敌对力量或利益相对的力量(所有其他利益群体也被整合其中),分别是"稳固"的力量和"进步"的力量。③ 实在没有必要枚举更多原因来共同解释国家的稳固性与土地、土地权之间的关系。对于一个富甲一方的商人而言,当他想告别辛劳、安心享乐时,与

---

① 阿尔比恩是不列颠或英格兰的旧称。——译者注
② 《旧岁颂》("Ode to the Departing Year")。——原编者注
③ 让我们来注意一下"相对的"(opposite)和"相反的"(contrary)这两个形容词的本质区别。相对的力量属于同一种类型,通常会借助平衡或者共同的基础来实现相互联合。因此,正如磁铁的正极与负极,带正电荷与负电荷都是"相对的"。甜和酸是"相对的",而甜和苦是"相反的"。女性特征与男性特征是"相对的";但是男性特征与女性化的男子特征则是"相反的"。在当前的例子中,稳固的利益与进步的利益相对,但两者不是相反的,而是像磁铁的两极,一者的存在要以另一者的存在为前提,相辅相成。即便行动最迅捷的动物(即蛇)在前行时,也需要先把身体固定住,然后以此为支点收回后面庞大的身躯,从而推动自己前进。此外,所有语言中都有类似的谚语:但凡静止不动的事物(至少与人类相比)其实是在倒退。多年前我与朋友闲谈时曾表达过的想法:如果一个词的错误用法被人们广泛接受的话,那必定会比这个词原先的通用意在实际生活中产生更为恶劣的后果。最近,我那位朋友又提到了那次谈话。他向我保证,就在上次闲谈后不到一个月的时间里他所经历的事情证实了我的观点;另外他还笑着补充道,假如一位爱生造词汇的首席检察官偏偏被赋予权力,去检举那些不听警告、仍在我行我素地误用词语的流行作品的作者或编者,那会多么有趣;他经常用这个笑话自娱自乐。

此同时,他头脑中升起的两个念头便是建立一个家庭和用手中财富购买土地。他褪去"新人"(novi hommines)身份的办法是变成社会链条的一个主要锁环,借此,他的过去与现在相互连通,但是他也将经受稳固性的考验,要求他证明自己具有稳固性。长子继承权和世袭爵位同样与稳固性原则有关。长子继承权和世袭爵位可以集聚巨量财富,对抗那些常由个人的恶行陋习和劫难不幸导致的反对及分裂力量。长子继承权和世袭爵位所产生的这些作用也离不开稳固性原则。同理,也正因为稳固性原则,地位极为低下的农民才会固执地对创新怀有偏见,甚至对创新成果带给他们的益处都唯恐避之不及;这是人所共知的农民的典型特点。但是,为什么我要费心费力地解释这样一个(但凡有点头脑的人都不会否认的)事实呢?难道我这一番论辩的目的就是为了让它得到公众的认可吗?

另一方面,(不太可能有人会反对)我认为一个国家在艺术、生活舒适性以及有效或必要的信息和知识的传播方面的进步,简言之,文明方面、市民权利方面、特权方面的所有进步尤其与下述四个阶层相关,并由他们产生:商人、制造者、分配者和职业人员。在古罗马早期,战争和征服是商业贸易的替代品。战争就是他们的贸易。① 随着战争日益频繁,规模日盛,愈加旷日持久,平民百姓就获得了更多的自由,连牙买加的甘蔗种植园(至少在他们当前的状态)里曾经恶劣的奴役关系(平民曾经一度对抗贵族长官)也呈现出一副缓和局面。

人们认为,意大利目前居民人口较多,比罗马皇帝图拉真统治时期以及罗马帝国最繁荣昌盛时代的居民人口都多。不过教皇国是一个特例,整个国家治理得像一个花园。你在那儿可以找到上帝的所有恩赐——除了自由。在这个国家,有关自由权的历史记录让它自豪不已,诞生此地的英雄、政治家、立法者、和哲学家的名字令它熠熠生辉。它的历史真实而鲜活,当古希腊的荣光和争斗在骄傲的威尼斯、热那亚、和佛罗伦萨共和国重演之时,这个国家的各种敌对势力制造着美好和罪恶两重景象。每一位市民的生命都经常受到自己城

---

① "在罗马共和国时期,战争是强烈的精神贵族统治(aristocracy of spirit)的产物,取代贸易成为国家进步的手段。只要还有外敌可供征服,国家就能进步,当除了罗马再无可供征服的对象时,那么内战就自然而然地开始了"(*Table Talk*, p. 398)。——原编者注

市中炽烈的派系斗争的威胁,然而离开宝贵的、令人敬畏的城墙,生命没有任何意义。但丁或马基雅维利被驱逐出自由美丽的佛罗伦萨市之后,即便宫廷向他们表达出无比热烈的欢迎之情,王子们对他们怀有无上敬重之意,都不能抚平他们的思乡之愁。但是,几乎没有丝毫真正的自由还留存至今。西班牙和奥地利法庭制定了严厉的政策,千方百计地打击贸易行业;即便是商业繁荣之城——比萨市和佛罗伦萨市也从灰暗沉闷、文明低下的国家那里染上了封建时代轻商抑商的风气。与此同时,大量的务农人口的涌现以及农业的繁盛,令人们对农业的掌控愈来愈得心应手;但是从阿尔卑斯山到墨西拿海峡,意大利人都已沦为奴隶。

因此,我将"政治国家"的国民分为两个阶层,农业或土地占有者阶层和从事商业、制造业、流通业和专门技术的市民阶层。此外,我依据文明国家的共同属性以及每个国家所有事件发展过程的特点,将第一阶层再次划分为两个阶层。我将仿照我们古老的法典,把他们称为上等贵族和下等贵族。两者由于他们的利益或地位、条件以及雇佣性质的影响,与国家的稳固性具有至关重要的关系。第一阶层的制度、权利、习俗、举止、特权等与第二阶层形成鲜明对比。第二阶层是港口、城镇、城市的居民,他们以相近的方式、相近的原因与国家的进步性更加紧密地联系在一起。毋庸赘言,在文明的最高阶段,这两个社会阶层会愈来愈相互影响、相互完善,但从未融为一体,两者依然保留各自鲜明的特点。用那位罗马皇帝的话来说,一物易消,痕迹难除。小地主阶层,即第一阶层中地位最低的子阶层,始终会比更高的子阶层在政治倾向上更紧密地靠近第二阶层。虽然不同的原则具有不同的稳固性或成熟度,但是基于这些必然存在的事实,我们宪法的原则得以建立。国家的全部利益、全体国民的利益,被托付给由两个议院组成的大议会或国会。第一个议院全部由上层贵族组成。一进入议院,这些贵族就成为他们自己地产和特权的保护者和捍卫者,变成了公众利益的代表。第一阶层中的下等男爵或者富农,人数众多,但个体力量特别薄弱,为了亲自捍卫和维护他们的个人权利,他们会从成员中选举出最杰出的代表,而后这些代表会成为下议院一个重要但数量稀少的议员群体。下议院的多数议员是由第二阶层选出的代表,他们来自城市、港口和自治区;原则上,这些代表不仅应当由制造者、商人、分配者和职业人员阶层选举出来，而且也应当来自这四个阶层。

我把上述四个阶层命名为个人利益（Personal Interest）群体，即所有可移动的个人财产（包括技能、掌握的知识、专业人员和艺术家必备的道德和智力素养，甚至包括原材料以及原材料制造、运输和分配等手段方法）的代表，这是一种随性但便利的叫法。

依照宪法的理念，尽管两大地产利益阶层都应当借助立法尝试侵占个人利益群体的权利和特权，但个人利益群体的代表却构成了下议院中明确、有效的主体，因此，这样的努力必定是失败的。为了发起一项议案并使之成为成熟的法案——即确立为这片土地的法律，两个议院的票数必须达到多数。因此，基于同样的机制，议会中第一阶层的下等土地拥有者的代表与城市议员联合起来，对第一阶层的贵族以及贵族阶级世袭制（贵族是世袭制的典型代表和天然捍卫者）的现行权利和特权发起的每次攻击都必须予以抵制。如果贵族阶级共同侵犯小地主和自耕农的权利与特权，那么城市、城镇和海港的居民出于自身利益的考虑，会与小地主和自耕农群体站在同一战线，为他们提供市场和主要的客源，从而形成一股团结、有效的反抗力量。这种亲密的利益关系会引发城市议员和乡镇议员的同仇敌忾之情，但小地主和自耕农代表得不到他们任何支持，即便他们都是同一个议院的成员；因为在城市议员和乡镇议员的意识中，小地主和自耕农具有尊贵地位。"尊贵地位"这个概念在人们的思想当中经常与代表"稳固性"理念的个人财产紧密相关：土地是国家的同义词。

市民并非一定要在他们自己的群体（即真正属于上述四个阶层的群体）中选举议会代表。城市、城镇、港口居民的选举特权早先是赋予自治市的特权，尽管没有附加条件，但他们的特权至少在一定程度上取决于他们是否拥有一定的财富和独立地位，因此，这些特权定期还会进行重新调整和修改。出于类似的原因，为了有效地平衡大土地占有者的利益而增加的砝码，随着事态的发展被转移到了天平的另一端：这些砝码现在成为这一阶级政治权力、政治影响力的主要组成部分。他们本应该严加控制个人对土地的贪婪和偏私态度。上述内容都不是宪法的一部分，也不是宪法理念的必要成分，而是宪法理念实现过程中出现的明显缺陷和不完善之处。然而，若是没看到足以弥补这一缺失的同等力量（一股足够强大到可以摧毁平衡状态的力量），若是上述的转变发生在新力量起作用的同时或之前，我们也无须悔恨或着手对其修正。道路、运河、机械、媒体、期刊及新闻出版社、公众舆论的力量、想得到普通大众和各类公职人员青睐的强烈意愿、对于公众人物的迫切需求，都是产生政治影响力的手段或条件。我谈及上述内容只是为了防止别人指责我既想遮遮掩掩又想不加掩饰地发表责难之词，指责我为了减轻自己的罪行言之凿凿。

但是，不论这个推测是否有充足的依据，宪法的原则始终是一样的。代表"稳固性"的力量与代表"进步性"的力量是国家的两个相对且相互扶持的主要利益群体，是势均力敌的对手。这两方力量达成的和谐平衡状态，以及土地占有者与个人利益群体之间形成的平衡状态是由两个议院通过立法的方式实现的。上议院完全由贵族或地主以及永久的、世袭的议员组成；下议院则是由骑士议员、下等贵族议员和城市议员组成。骑士议员和下等贵族议员由其他土地占有者选举并代表他们的利益，而城市议员是商人、制造者、分配者和职业人员的代表，其中城市议员占有下议院的多数席位。与此同时，国王被授予执行权，目前足以被看作宪法天平的杠杆。对君王之职进行更为全面的分析必须留待以后完成，要等到遗留的问题即国家教会的理念得到阐释之后。

我再一次恳请读者铭记我之前所努力强调的，即我并没有对整个立法体系做出历史性描述，我也不应该断言这是国家议会的最早模式或形式。我的论断非常简单：当前体制在形成之时就已选择了前进的方向，不管其发展的路线多么曲折，总会到达这一点，它有时包含个体行为人的意图，有时不包含，或许大多数时候都违背个体行为人的意图，但是，似乎总有一种力量，远比人类自身强大和美好，促成了这样的发展。我们也不能忘记，每一次新发展，每一种权利和特权，不管是购买还是强夺来的，都统一地由优先权进行声张；它不会被认为是一种天赐恩惠，而是作为本应属于他们之物被要求归还和对待，即便这样的要求曾被暴力和时代的磨难阻隔。如果由文档、历史记载甚至一脉相承的传统被要求作为证据，君主会在这场辩论中占据上风。事实上，正所谓"所有一切皆是政府的理念中应有的内容，是作为律法之母的神圣法律（lex，mater legum）的结果。神圣法律是在这片土地上国家所颁布的第一部法律的依据"。

在结束本章主题内容之前，我必须提请读者注意，之前的内容仅仅是对国家的宪法理念的解释。为了纠正关于宪法的认识，廓清"国家宪法"这个术语的广泛含义，我们必须在了解国家的基础上，对国家教会的理念形成正确的认识。国家与教会就像一块磁铁的南北极，共同构成磁铁本身，即"国家宪法"。

第 三 章
论 国 家 教 会

读历史可能会让一个人变成讥讽之人，但是历史科学，即哲学视角下的历史研究，就像一部永远昭示天意的伟大话剧，效果截然不同。它倾注了人类对其终极目标的希望和虔诚的思想。因此我坚信，如果"教会与国家"这个表达暗含的深层意义比教士的阴谋诡计、无知浅见更深刻、更美好，并且如果它可以成为实现人们期望的形式，即实现成千上万英国人对国家福祉的期望，那这个结果并非不能接受。但是，由于诸多原因，我们不再关注这个短语的真实起源和重要意义，只关注于寻找将这两个词联系在一起的浅显事实与动机。我在此只讲一个原因，尽管比起造成对这个短语的错误认识的其他原因来说，它毫不显眼；而且它的影响是间接的、消极的，但是它绝不是无效的。实际上，它所产生的直接影响可能仅限于受教育的人，但是受教育的人受到的影响最终会影响其他所有人。我想说的是，我们所有古典学校和大学孜孜以求的教育体系存在一个突出问题：古希腊、罗马共和国、罗马帝国的编年史的确在最大程度上满足了人们的想象力——早在我们的思想初具雏形、思维模式确立发展方向之时——部分受这些早期历史记录影响，部分受诸多辉煌的英雄人物、特殊事件和英勇事迹影响，但其实，它们仅仅是人类全部历史中的卓越特例；这便是我们所谓的历史。因此，与希腊和罗马的习俗、政策和法律体系无关或截然不同的历史记录就不是我们的关注点。然而，在这些被我们忽视的史实中，我知道一件最值得我们注意的事，那就是财产分割的原则。在我看来，即便这个原则在远古时代不是普遍存在的，但对于说闪族语的斯堪的纳维亚、凯尔特、哥特人部落，或者闪族人的后裔部落而言，它是众所周知的。

古文物研究者和国家主义哲学家最应当感激闪族部落（即希伯来人）的

是，在由希伯来人的伟大立法者（和希伯来王国的建立者）编撰的法典中，希伯来人为我们留下了有关财产分割原则的真实例证。尽管这样的财产分割方式绝不是希伯来民族的独有特色，但它得到了希伯来人的特别认可。

天啊！借用神的话语、操纵判决和正式提案等方式混淆启迪精神，并且将启迪的功能和目的局限于用神奇的方式向头脑灌输奇思妙想（res nusquam prius visœ vel auditœ），这是缺乏学识的新教徒、无视学识的偏执分子当前犯下的过错。若非某些与这些错误密切相关的观点对当前话题造成了危害，我本该对这些错误置之不理的。我的意思是，利未人制度不仅是由一个获得神启的立法者制定，或者说不仅是神启示智慧的杰作（对此有人否认吗？），而且是植根于这一特殊神启的神启宗教的一部分，是唯独以这种方式存在的事物。但另一方面，这部分内容已被基督教废除了。如果这些辩理者坚持自己的主张，宣称它不属于基督教，他们可能只是在陈述事实；正是出于这样一个简单原因，按福音书的解释，它根本就不是基督教的内容——也就是说，宗教与法律形成对比；精神性的事物与现世的或政治的事物形成对比。

以下的话语足以回应上述所有观点：不仅仅是原则本身，而且包括实施了这一原则的更高级智慧，以及体系的更完善性，构成了希伯来宪法的真正特色及特殊价值。这一原则本身是哥特人和凯尔特人共有的，或者说，这是所有未退化至人性"远点"（或者远离人性的最远距离），即野蛮或凶残状态的部落所共有的，是作为高贵种族或史上种族的组成部分或附庸存留下来的部落所共有的。我有一位睿智的朋友，他将未退化到文明进步状态之下的闪米特和雅弗种族的一部分部落归为这一类。我认为，所有原始部落的共同点在于，在占据一个新的国家，并把土地作为可继承的财产分给个别勇士或家族族长后，他们会为他们的国家预留一部分财产。

对于那些分给每一个家族的可继承财产，请允许我冒昧地将其统称为私有财产（Propriety），把上文提到的预留财产称为国家财产（Nationalty）；同样，我将按照在"联邦"①术语中 wealth（财富）这个词的最原初、最宽泛的意义来使用该词。在私有的土地财产确立的同时，国家财产也产生了；它不由土地构成

---

① commonwealth，或译为"利益共同体"，本意为共有财富。——译者注

但源于土地,与土地不可分离,具有正当性。私有财产和国家财产是联邦的两个构成要素,是相互对立、互惠互助的平衡力量:一方的存在是另一方正当性的条件和补充。正如所有的极性力——即相对且共存的力量——必然是同质的,共为一体的。在当前的例子中,相对来说双方中一方的特点或品质会比另一方更具有主导优势,但绝不会完全排斥另一方的存在。分割出去的个人财富并非绝对地属于个人,在一定程度上也是属于国家的。为国家保留下来的财富也并非完全属于国家而否认个人保有权。非常必要的是,这两种财富保有权应当具有截然不同的模式和起源,可以说具有相互对照的关系。如果一方是可世袭的,另一方必须是可供选择的;如果一方是直线式的,另一方必须是曲线环绕式的。

第 四 章

本章将从历史角度且主要从希伯来联邦的历史角度对前一章内容做一番阐释。

在揭示和阐述任何理念时,我们会自然而然地从历史事件中寻找帮助和解释的手段,因为这些理念在这些历史事件中几乎都曾有所实现,或者我们能够在其中找到最具体、最令人满意的例子。这两方面内容在希伯来联邦的历史中都能找到。但是,我们在援引历史实例时总是会冒这样的危险:帮助我们获得揭示真相的真知灼见的因素,反而会成为干扰因素或篡改真相的手段。如同我们透过玻璃看物体时,我们会把由玻璃的缺陷或者其他意外故障造成的问题归咎于我们观察的事物本身。为了免除这样的风险,我们必须时刻铭记,实现每一个伟大理念或原则时,都会有干扰力量改动结果,或由于实践主体的缺点,或由于实践主体受到了特殊环境的限制,或由于材料本身的缺陷,或由于(对于我目前找到的实例而言,这是最适合的原因)这个理念与其他更伟大的理念(即某种更重要的意图)共存,从而导致该理念必须与之结合,并且听命于它。然而,上述这些问题既不是理念的本质要素,也不是为了解释该理念而被援引为证据的特殊实例的特点。相反,它们是该理念产生的偏差,我们必须先将其抽离和搁置,才能安全无虞地使用找到的实例。

譬如,当一个希伯来部落建立独立国后,只有该部落(希伯来联盟中的其他十一个部落除外)被赋予联邦的权利,并具备独自施行其权利的能力。事实上,这一切在某种程度上由先知书(Nabim)体系或者先知修正。先知可能属于任何部落,身兼罗马检察官、护民官、阿格斯神圣学院三者的功能和特点于一体,是国家的保护者、享有特权的国家卫道士(弥尔顿曾将他们比作古希腊民主制的演说者)①然而,这个排外政策最令人满意的依据是:犹太神权体制本身是被用作一种实现更深远、更伟大目的的手段;这项政策所产生的影响力服务于一个更重大的利益,其重要性胜过任何单个国家或联邦的利益。就犹太人的民族特性而言,他们在接受和执行伟大立法者的计划时显露出来的不适宜性和不足,是上帝的至高旨意的重要组成部分(即犹太人作为上帝选民要与其他民族隔离),重要性堪比其自身的美德。犹太人境遇的频繁倒退以及一定数量的犹太人永远不变地回归国家信念和习俗,如同遵从一个最终目标、一个摩西救赎的终极事业。因此,我欣然或心甘情愿地声明,在犹太人建立独立王国期间,利未人制度对犹太民族的道德、智力特性产生的影响相对较小,其主要原因即在于这个终极目标。由于这个终极目标,某个特殊族系的人才有资格担当一个封闭国家的受托人和服务人员。

然而,有了这样的例外,希伯来政体计划可有效地被用作一个理念的示意图或解释模型,这个理念是相似环境下原始种族的原动力。此外,另一个源自

---

① 以下是我们的圣人及博学的诗人(即弥尔顿。——译者注)借救世主之口吟诵出的诗句,因为它们道出了真理,并且契合我们当下的主题,因此,它们值得在这里引用:
"你极口称赞的雄辩家,那些人
辩才登峰造极,实际是政治家;
虽然他们看来是爱国志士,
但比之我们的先知却远为逊色,
先知们受神圣的教化能更好地教导
国家政权坚实立国的方略,
风度则堂堂正正,不矫揉造作,
远胜希腊、罗马所有的雄辩术。
方略说得最清楚,学来最容易:
什么使国家幸福又使之持久。"(Par. Reg. B. iv. Vol. vi)

上帝特殊旨意的特例是,希伯来的政策禁止贸易和商业——这一政策成为希伯来政体的一部分,因此,所罗门王发起变革①对于此后希伯来联邦的迅速瓦解起到了很大推动。虽然按照当前的条件,这样的变革也可能会被看作有利之举。

首先,请允许我做以下说明:在凯尔特人、哥特人和斯堪的纳维亚人部落以及希伯来部落里,部落财产应当仅仅掌握在一个得到众人认可的外人手里,因为任何地方的人们对以获取财富为目的的职业,也就是与当前财富占有者进行非法交易都心存歧视。甚至对于作为占有物的财物而言(其中个人归属权是其主要属性),禧年制度(Jubilee)能使它们重归国家和家族,重新成为遗产,能防止其退化成个人所有物。从狭窄和特殊意义上来说,成为国家的永远必不可少的一部分,正是政治国家与民族国家的区别之处。管控国家的人关注的重点是构成国家"稳固性"的内容,就如水道测量家的研究重点是一条溪流的深度、宽度、港湾、蜿蜒流转情况或流经区域,而不是组成当下这条溪流的所有水滴。我们最需要强调的就是这一点;大家一定要特别注意并深刻铭记,(从这个意义上来讲)国家应当关注的对象是永久的利益、显而易见的有形财产,而非个体的人,这也是议会或高级委员会权力的正当来源。它们是国家的代表和全权大使,也就是私有财产的代表,区别于(按照我的分类)由私有财产和国有财产共同构成的联邦。

在这里,请允许我进一步指出,希伯来的政体史事记录往往赋予耶和华普世和精神层面的意思,即我们作为基督徒使用"耶和华"这个词的意思,因此,它作为政治智慧教训的教育意义就逊色不少。相对于犹太政体而言,耶和华是与他们立约的国王;如果我们从"耶和华"这个术语的基督教意义做任何推断,其结论一定是,上帝是每个民族的统一体现;对上帝的信仰和上帝的意愿是一体、同一的,同时作用在无数的个体信徒身上,绝非任何个体的产物;当人们异口同声地大声诉说时,那是(圣父、圣灵和圣子三位一体的)上帝或恶魔在他们身上留下的深刻印记。如果能排除被魔鬼附体的可能(这样的假设绝不过分),那么"众民之声即上帝之声"(vox populi vox

---

① 大力发展贸易和商业。——译者注

Dei)。① 菲利普·西德尼爵士认为,在尼德兰大革命中,尼德兰人民异口同声发出共同诉求,足以证明上帝的存在;正是基于这样的信念,也仅凭这样的信念,他坚信革命必定成功。我也可以将这一理念应用到当前话题。国王是整个民族国家(包括政体和民族)拥有崇高地位者或统一的代表;国王集个人财产和国有财产于一身,国王就像泉水的源头,个人财产和国家财产如泉水般从国王身上流淌而出。正是以国王之名,人们吹响号角通告全国所有土地占有者:上帝说,土地不是你的,土地是我的,土地是我借给你的。实际上,在这个国家已听不到号角的声音了。我们通过律法的历史和精神将号角的声音清晰地传达给众人:财产占有与特殊责任无关,财产不能委托或官方批准,而是随机的、无条件的,在我们先辈看来,财产是犹太人和外来人的印记,而非英国贵族或绅士的特殊奖励、权利或荣耀。

第 五 章

本章将从宪法角度介绍英国教会或英国教士阶层,国家教会的特色目标、意图和功能,所有英国教士或者国教会所有公职人员。

在前面各章的介绍之后,我可以毫不费力地阐明国家教会的正确理念,用伊丽莎白女王的话,就是英国第三项伟大庄严的财产。第一项是(由贵族和小地主两类阶层构成的)地主或不动产持有者的财产;第二项是商人、制造者、职业人员以及分配者阶层持有的财产。第三项即保有储备下来的国家财产,为了更好地理解其真实性质,我们必须要明确储备国家财产的意图或国家的目的。

第一项财产确保了国家的稳固性;第二项财产提供了国家的进步性和个人自由,国王获得了由各阶层相互依赖关系形成的凝聚力,成为国家统一的体

---

① "我从未曾说'众民之声'必定是'上帝之声';不过,这种可能性是存在的。但具有同样可能性的是,'众民之声'也有可能是先验的'魔鬼之声'。我相信,千万人共同呼唤同一个事物的声音就是一种精神,但我知道,只有借助理智的律令和上帝的旨意才能检验这个被呼唤之物是上帝的精神还是魔鬼的精神。"——原编者注

现；剩余的第三项财产代表最底层的利益，构成前两者必要的先行条件；然而，这一切都离不开持续进步的文明。但是文明自身仅仅是一个成分混杂的美妙之物。如果一个民族从不产生令人堕落的恶劣影响，即从不身染疾患，永远处于健康状态的话，那这样出众的民族更适合被称为一个被文饰的民族而非优雅的民族。于是，该民族的文明的意义就不是为了教化人民，从而推动我们人性所必需的各项素养和能力的和谐发展。我们必须先成为人，然后才是公民。

因此，国家财产被预留用作支持和维护一个履行以下义务的稳固阶级或群体。这个群体当中的少数成员会守护在人文学科的源头，孕育和拓展已拥有的知识，监管物理科学和伦理学的研究方向。同理，这个群体内的其他众多成员会成为那些已经建立或将要建立的制度的指导人。这些成员会遍布全国各地，为的是让最小的国家组成部分或部门都配有一名常驻引导人、保卫人和指导人。这个群体的目标和最终意图是保存过去文明的遗留成果和精华，将过去与现在相连；完善现在，为现在增添光彩，将现在与未来相连；尤其要把相当数量和质量的知识传播到整个群体，传达到每一个有权享有法律保护和权利保障的本地人，因为这些知识对于理解权利、履行相应的义务至关重要。最终，国家建立防御和反抗力量（等同于或者超越舰队、军队和税收的力量）的初衷是确保国家至少享有在延续文明方面的平等地位，而不是为了保有凌驾于周边国家的优越地位。前两种形式的国家财产共同构成了政治意义上的国家，它们存在的目标是调和国家稳固性力量和进步性力量之间的矛盾——即法律与自由。第三项国家财产（即国家教会）的存在目的就是保护文明，推动文明进步；没有文明，国家将既不能维持稳固性，也不具备进步性。

从古至今，有些人对人性中的高贵品质、如何培养使人之所以为人，或者至少将人与动物，将人身上人性与动物性区分开的力量和天性进行思考和研究，这些人会受到自身超自然的力量指引，转而考虑像超能力一样的力量。科学，特别是伦理学，会走向宗教，然后与之融合——我认为无论什么年代这都是事物发展的必经之路。在远古时代，人类文明黎明之初，科学和宗教绽放光明，但是这种光明在穿过浓重的迷信这一黑暗幕帐时发生折射——这就是我们从历史中学到的，也是哲学家教会我们去期待的。但是，我确信，从宗教这个词的精神意义，从它与未来国家的区别以及从个体（而并非以市民、同胞、国民的身份)稳固的根本利益方面来考虑,宗教可能会成为那个国家机构的一个必不可少的盟友,但却不是这个机构的根本目的。这个国家机构很不幸地、至少是不合适地被称为教会;这个名称依其最佳的意义也只合适用来意指基督教会,如果后者是"教徒公会"(ecclesia①),即向世界发出召集的宗教团体(鉴于其特殊目的和意图),那前者可以冠以一个意味深长的名称:国民公会(enclesia),即由从一个国家内部选定的民众组成的团体,它是那个国家的财产。事实上,这个机构更恰当的名称应当是"教士团体"(clergy),"国民公会"应有之意正是这个名称最原始、最适当的意义。教士团体②囊括所有一切饱学之士,教士成为饱学之士的同义词。"教士的特权"(benefit of clergy)这个众所周知的词,体现了法律赋予教士的特权,最能清楚明白地说明我们祖先坚信教士与和平、国家福利具有紧密的联系。

我深深地感受到,也清楚地看到我当前主题的重要性。我有同样的信心去唤醒其他人心中相同的兴趣。我所讲的主题非常庞大、繁杂,必须要用一卷书才能阐释详尽。我现在费心费力地把主要观点和方面压缩成两到三个简要章节,并不担心我的读者会嫌我啰唆,我会把这种忧虑当作对读者的冒犯。接下来我从教会人士或(换一个更恰当、不令人生厌的称谓)"国家的知识阶层"开始我的话题,你会看到我接下来合理的论述。

就其主要意义和最初用意而言,国家知识阶层或国家教会囊括了所有类型的饱学之士,法律或法学、医学和生理学、音乐、军事和民用建筑以及物理科学领域的智者和教授,他们将数学作为上述学科(简言之,一切所谓的人文学科和自然学科)的工具。人文学科和自然学科的成果及应用构成了国家的文明以及神学。实际上,神学居于首位;它要求获得优越地位也是正当合理的。但是,为什么呢?因为在宗教学或神学的名下,有关语言的阐释,历史的保护和传承,种族和国家的重要时代变革的记录、历史记录、逻辑学和道德规范的延续,伦理学导向等方面的成果在各种社会或公民关系领域中得到应用,对人们的权利和义务问题做出了解释;此外,基础知识(被称作"首要科学"prima

---

① ecclesia 一词源自希腊语 ekkalein 意思是发出召集(to summon forth),其中前缀 ek-的意思是向外(out),而词干 -kalein 的意思是召集(to call)。——译者注

② clergy 一词兼具"学问"之意。——译者注

scientia）也包含在神学之中——哲学，即有关理念的学说和学科。①

神学研究只是国家教会的部分目标，神学家也只是教士或神职人员当中的小部分。神职人员阶层的确享有优先权，而且是理所应当的，但并不是因为担任神职人员的人是负责调节超自然力量和监管永恒利益的教士。教士也不全是以祭司或圣堂武士为主，如果真的出现这种情况，那会被认为是时代的错误、无知行为和压迫活动的错误扩张以及构成性原则的歪曲而不是构成性原则的必要结果。神学家之所以享有优越地位，是因为神学这一门科学是开化人类的知识的根基和主干，因为它赋予所有其他科学整体性以及循环的生命汁液。单单凭借这一点，人们就会认为，其他所有科学是构成这棵鲜活的知识之树的全部要素。神职人员享有优先地位，是因为神学的名下包含了国家教育的手段、工具和材料，它们是政治体的"构成性尝试"（nisus formativus）以及塑造、启迪的精神，可以把所有务农人员身上潜藏的人格导引出来，把他们培养成国家的市民和自由国民。另外一个原因还在于，那些构成我们公民义务和宗教职责的共同基础的根本性事实属于神学，它们对于我们能否正确看待世俗顾虑至关重要，其重要性不逊于它们对我们树立有关不朽幸福的理性信念的意义。没有太空观测结果，我们甚至不能精确绘制出地球表面的地图。对于当前思虑的目标极其重要的是，只有凭借这些真理传递给大多数人的生命热度以及哲学（它是神学的基石）绽放出的导引之光，整个统治群体或者统治者才可以充分地领悟和客观地欣赏"文化"与"文明"之间的永久鸿沟和偶然性差异；或者被迫理解历史教给我们的，并在最古老的、最近的记录中证明过的宝贵教训：一个国家可能很容易就文明高度发达，却永远不可能成为"文化过度发达"的国家。

---

① 也就是说，基础知识是关于现实的、直接的知识，与逻辑学和数学的真理知识截然不同，因为它们不表征现实，只是唯一必要的构思和认知形式，因此被命名为形式科学或抽象科学。相比之下，理念或者哲学的真理知识却是名副其实的，它对应于实际存在的事物，且事物的理念中（尽管只能是可揭示的理念）隐含了事物的真正存在性。正如伟大哲人使徒保罗所言，哲学知识"是精神现实，只有在精神层面上才能被明悟"；它们是构成我们所谓的理念以及人类身上存在的完美真理（ideal truth）和完美力量（ideal power）的内在资质和道德预设。实际上，它们构成了人性，因为我们构想人类必须要借助上帝的理念，即真、善、美、无限所具有的永恒、自由、意志和绝对真理。一个先天拥有关于表象和真理的记忆的动物或许能够活着，但是人类会消失，取而代之的是一种生物：它"比荒野上的野兽更狡猾"，"受到诅咒，比一切的牲畜野兽更甚。它必用肚子行走，终身吃土"。但是，我把自己从这些思绪中拉了回来，因为我的这些想法不太可能被这个理智和自私的年代所接受。

第 六 章

本章将论述脱离或抵制国家知识分子阶层的群体、宗教改革前对国家财产的篡夺或滥用、亨利八世可能或者应尽的职责、国家财产的主要目的和最终事业、国家可能要求知识分子履行的义务。一个问题以及对它的回答。

在宪法建立之初,商业和贸易经营者阶层似乎仍处在萌芽状态。这个阶层经过充分发展和扩张之后产生的自然结果是,所有其他科学(除了神学)的开创者和其追随者以及这些领域的学者——对于国家而言,他们的确具有恒久的、持续不断的功用和必要性,但对于个人而言,他们的功用和必要性也许是偶然的,并非必然的——会逐渐从国家财产和国教会里脱离出来,进入到另一个发展迅速、欣欣向荣的阶层(这样的优渥发展条件令他们的薪酬按相等比例增长)。然而,也许我们可以说,在专业人才的共同名义下,法律、医学等行业的才学渊博之人可以成为连接(已经建立的)神职人员阶层和市民阶层的中间群体。

然而,此种情形不会影响永久知识分子阶层的原则和任期,也不会取消他们的权利。他们每一个人被安置在全国各地,在指定的地方作为当前的代理人和办事人员,从事延续、促进和提升国家文明的这么一项伟大而必要的工作;他们因此也实现了国家所预留的一部分财富的价值(全部财富是从土地中获得的),他们有权继续成为这部分财富的受托人和有益权的所有者。但是我认为,除了教会人员和教士阶层,国家财产的收益不能合法地赐予任何人。我在任何场合都表明了我的观点。我坚信国家财产不能合法地赐予任何人,也坚信如果没有发生严重罪行危及国家的存在,国家财产从未偏离它的最初目的。我认为,那些被合法选举和委任职务,并且行使与国家财产有关的职权、履行相应职责的群体对国家财产拥有不可分割、不容废除的权力;这一切都是借助于"天授权利"(jus divinum)完成的。西奈山的响雷也许会为这样的"天授权利"增加权威,但没法为它提供证据。

必然的结果是——在黑暗时代,迷信把重压施加在活人和濒死之人身上的时候;当(服务于一个外来的、自我放逐的、反对国家的神职人员群体)所有熟悉的奸诈魂灵以各种形式，在各个方面发挥作用，从而拓展和改善"此世的王国"(a kingdom of this world)的时候；国家所拥有的大量可继承的财产脱离了原先的属性，归入到教会财产(Church property)，与国家财产混为一谈。如果在宗教改革时每一个十字架、每一粒胡椒籽、每一块石头、每一块砖和每一根横梁都被重新转让，变得可被继承，就不会侵犯任何权利，不会违背任何公正的原则。依照法律（即依照国家的所有公务人员的集体意愿在任意时刻的集合）国家可以做或者允许别人做的事，也是国家依法可以取消或禁止的事。原则上，这些遗赠物和捐赠物自始至终都是邪恶的，因为它们暗指捐赠者对土地享有绝对权利，对于国家宪法而言，这是闻所未闻之事，而且它们废除了那个永恒不变的前提——以国家和国家权力的名义宣称："土地不是你的；土地是国家委托你的家族代为保管。"尽管随着时间和情形的变化，"进步"利益群体出于相同的动机——希望、勤奋、进取心，并借助各种手段或许会把促进不同家族间的土地财产流动作为国策，但土地财产的流动必须要在同一个秤盘上进行，而且要维持天平的平衡。雪伦·特纳先生是英国最正直的历史学家，在勤奋努力和研究能力上无人能及。经过勤勉工作，他成功地去除了首位英国清教国王身上的层层污秽和血迹，而这些污迹都是由仇恨他的伪天主教徒们以及"公正"的伪清教徒们涂抹上去的。但是，亨利八世的名字会比阿尔弗雷德大帝还要闪耀，他所拥有的荣光甚至会冲淡他晚年时光的不祥阴霾，前提是他一直保有实现他承诺去做、计划去做的某些事业的意愿和权力；也就是说，前提是亨利八世利用违背宪法的方式攫取从国家转让出来的财富和土地（即由可继承的土地和收益那个秤盘中转移出来的），购买和赢回任何从与"国家财产"秤盘位置相对的另一个秤盘转让出来的财物——这种转让是非法的，因为这些是财产，这个国家中每一个自由公民都有其现实的兴趣，都有一个永恒的或者大抵是个人的、复归的意愿；这种转让是渎神的，因为这些财产已经被奉为圣物(τῷ θεῷ οἱ Χείῳ)，服务于每一个人身上潜在的神性。神性是每一个人文明存在的基础和条件，人没有神性，既不能享有自由也不能承担责任，因此但凡有神性，人就能够成为一个独立的公民或市民。因此我认为，假如亨利调好了天平两端的平衡，他就已经将"国家财产"导向了其真正的国家目的（然而，为实现这一目的，对英国进行的重新划分和细分必定取代当前的野蛮举措;这一野蛮举措阻碍了国家的进步,其严重程度远远超出人们的平常认识);而且"国家财产"也通过各种适当渠道得以分配,从而用于:(1)维持培育人文学识的高等学府和优质学校;(2)供养每一个教区的新教牧师、圣公会牧师和基督教牧师①;(3)供养每个教区的教师(如果他能在适当的时间内,忠诚地履行了其艰辛的职责,他应该担任牧师之职);这样两者都可以成为同一领域不同划分方式的劳动者,以及同一过程中不同阶段的工作人员,唯一不同的就是阶层,也许正如"牧师"和"二级牧师"这两个头衔的差异,或者就像现今的教区牧师和助理牧师、长老和执事之间的差别。我认为,双方都是国家知识阶层或国家教会的成员和管理人员,都怀着相同的目的,依据唯一且相同的目标,意志坚定地选择努力的手段和方向。这个目标即生产和再生产,是保护、延续、完善国家文明必需的资源和条件。这个目标自身可以成为国家安全、权力和利益必不可少的条件,是最稳固的安全保障和最保险的保障条款。这对于法律、制度、资产保有权、权利、特权、自由、责任等诸如此类所构成的公众利益而言,同样具有稳固性和进步性,同样如此。这些教区的神职人员构成了国教会的大多数成员,其余相对数量较少的成员主要是②**高阶的神职人员、作为教师的牧师以及民众牧师**(in ordine ad hos, Cleri doctors ut Clerus populi)。

因此,请允许我从更宏大的职责和目的层面来道出国家全体的终极事业。这项事业就是去培养和训练国家的民众成为顺从、自由、有用、有组织的国民、市民和爱国者,能维护国家利益,时刻准备为保卫国家而牺牲生命。国家教会的适当目标和目的即在于享有自由的文明;如果国家教会的牧师只能被看作教会的职员群体,他们所要履行的职责即在于向所有人传播上述程度和上述类别的知识;要想让所有人获得文明性,必须要让他们掌握这些知识。我所谓的文明性指的是任何一个市民所有的基本素质,而为了保护或提升他们的根

---

① 他们是社区或教区中个人品行的代表和典范;作为有道德之人而不仅仅是有生命之物,他们集中体现了牧师群体所具有的职责和权利、希望、特权和必要资格条件。尽管他们的教会和分支机构的至高目的和目标是想让他们成为完美的代表或典范——即他们是所在教区里进步文明的萌芽和核心——但他们依然不是,除非他们能遵照惯例娶妻成婚或者成为家族领袖。不过,这一条内容是下文所提出的伟大原则的必要条件,显示了这一原则所带来的有利结果,却不能证明这一原则的有效性。

② 我的意思是,我是依据他们与国家利益的关系以及构成他们普通的、最显眼的目的和用途来对他们进行界定的。我应该否认或者忘记所有科学,即包括抽象科学、经验科学,特别是人文学科(人类友爱之情或者类似力量的产物)在这些人与国家利益的相互关系方面具有最直接、最积极的价值,不过,但愿不要发生这样的事情。

本利益,国家的统治者和领袖们不能依靠缺乏文明性的民众和阶层。

因此,考虑到"行动"和"行为"的理据和原则,国家有权要求国家教会开展的教育活动必须有利于向民众普及"合法性"(legality)的概念,也就是,要获得精打细算的个人利益,必须先要服从普通法规定的共同利益,并且履行其相应的义务。至少,无论国家教会中出身高贵和怀有高尚、宏大理想的牧师(以神职人员以外的某种身份以及履行神职之外的职责时)竭力向参加集会的民众和神学院的学生头脑中灌输和培养怎样的思想观念,上文提及的"合法性"概念带来的实际好处都应当是他们教授的内容。比如,国家要求某一河流的储水量充足,且供给小村庄饮水,让磨坊运转,灌溉牧场的溪流应当得到补充并保持不断流动。如果上述这些要求都做到,国家就满足了,不会有其他的要求。流域可以直接由喷涌出来的泉水注满至仅漫过河床一掌宽;河流也可以由从高处倾泻而下的流水注满——流水从高处水源流出,在空中倾泻而下喷洒在一个壮美的立柱,在立柱上折射出天堂的光彩,水幕形成一道彩虹、一条荣耀之路,如天空般清澈,一派吉兆之景。

"你如何处理基督教和国家教会的关系?"尽管我不情愿透露我接下来的讨论主题的部分内容(我的主题是天主教或基督教会的理念),但我更不情愿搁置这个问题,即便是暂时的。以下就是我给出的答案。

基督教或基督教会与国家教会有关,但基督教或基督教会是一个幸福的意外①、一个幸运的恩惠、一份来自上帝的恩赐、一位强大且忠诚的朋友,是另一个国家真正的使节和臣民,但它既不能管理这个国家的法律,也不能帮助这个国家实现其治国目标,它不是此世的一分子,不论是直接的还是间接的,它在实现国家真正利益方面不具备任何优势;而所有国家利益的集合体才是我们所谓的世界,即一个文明的世界。就像人们说橄榄树的成长会滋养周围的土壤,滋润周围的葡萄藤根,增强葡萄酒的酒劲和口感,这就是基督教会和国家教会的关系。但是橄榄树本身与葡萄树不属于同一类植物,与葡萄藤嫁接其上的榆树或杨树(即国家)也不同;如果没有橄榄树或者在它未被嫁接时,葡萄藤或许可以存活,尽管存活的状态不尽完美——基督教

---

① 若有冒犯,请笃信宗教的读者不要介怀。依本人浅见,基督教本身是一种助力和工具,不能由任何国家或王国在自身中创造出来,任何一个国家也无权满怀敬畏地期望基督教是上帝的恩赐!

更是如此,(从基督教中衍生而来的和被忠实信徒们认为从基督教中演变而来的)任何特殊的神学体系,不管它多么适于壮大国家教会或者对国家教会的发展有多不可或缺,它对于国家教会的存在都不具有根本意义。虽然如此,在没有基督教会或者建立基督教会之前,国家教会可能存在而且已经存在了——希伯来宪法记载中的利未教会以及凯尔特宪法中的督伊德教会足以证明。

但是,在这里我诚恳地请求大家记住两点——首先,我旨在向大家阐述国家教会的理念,将其作为判断目前事务状态的唯一安全的标准。因为当充分、明确了解一个机构的终极目标时,我们才更容易弄清楚:从哪些方面已经通过其他方式实现这一目标(该目标产生于国家产生过程中以及国家的渐进的、连续的扩张中);在哪些方面这个目标因为政体的错误和自身疾病而受挫;在哪些方面这个现存的机构仍然可以实现它的初衷并继续成为实现必要和重要目标的无可替代的手段。首先,请大家牢记,我的目标是阐述国家教会这一理念,而非讲述教会在国家建立的历史。其次,两个完全不同的职能不一定表明或必须是两种不同的职务人员;不仅如此,要想让每一方都达到完美状态,可能需要同一个人兼任两种职务。目前谈到的这个例子中,因为人们混淆了这两种职能的功能,以至于产生了巨大的、严重的错误;令人担心的是,成功地把这两者区分开的行为也会造成巨大的、严重的恶行——区分两者是一个为数众多且已经在国内占据优势的政党借助多种形式和各种渠道长久地、热忱地追求的目标;而且,该政党依然会占据优势地位,除非和其反对者们用来推动事业发展的思想观念和原则截然不同的思想观念和原则发挥作用。

我已经说过,与文章内容相关的甚至相悖的主题数量庞杂且至关重要,因此,我专门腾出这些章节列举相关书籍和论文,如果这些书籍和论文能激发某一个读者群体的兴趣去阅读或给予评论,那它们就实现了本身的价值。但是那些熟悉我写作思路的读者就不需要阅读这些书籍和论文;后续章节中结构紧凑的句子以及"遗憾和忧虑"章节的一气呵成的叙述就足以让他们知悉我的主要观点。

先天获得的或者通过在理念起源的映照中冥想特殊个体所获得的权威知

识、真理力量,在《圣经》里通常被称为"远见"。一位伟大的现代诗人所论述的两种天赋是同一种事物,即便两者的本质特征是不同的:

远见与神圣天赋。(The vision and the faculty divine.)

事实上,在旧约全书所包括的诸多政治性真实数据(ground-truth)中,我认为《旧约·箴言书》(Proverbs)中的一句谚语("没有远见,人类就会灭亡")是最有价值成为"普世史"的寓意和结论。自从我第一次意识到理智与领悟力的多样性、理念与概念的多样性,以及区分它们分别所具有的真正的重要意义,到现在已经30年了。在这30年当中,几乎整整一个月的时间里,无论是书籍、对话或者生活经历都没有提供和指明某种新证据或新例证来证明我对这一真理的无知造成了危害和错误;我在其他场合里称这一真理为生活在"错误"的蜂巢里的蜂王。

"领悟力"被明确而确切地界定为"facultas mediate et mediorum",即采取手段实现中间目的的能力,换言之,这些中间意向或目的本身就是实现未来目的的手段。

我的目光现在停留在我刚刚阅读的一卷书籍上,它包含一段文笔极佳的有关大约英格兰和苏格兰同一时期发明创造、科学发现、公共设施发展、码头、铁路、运河等的历史。我怀着深深的崇敬、敬佩和惊异之情合上书卷。我不禁惊叹道,我们生活在一个彰显领悟力的年代:这是领悟力的黄金时代。

这正是利用各种手段达成中间目的的能力。我们的年代、这块受人青睐的土地已经被挤满:一批全副武装的人像农作物一样,从卡德摩斯[①]种下的巨蛇牙齿上长了出来(seges clypeata):

——播种的牙齿是凡人的种子。(mortalia semina, dentes.)[②]

他们朝每一个方向前进,胜利再胜利。海水、土地、岩石、山脉、湖泊与沼泽,

[①] 古希腊神话中的英雄。——译者注
[②] 引自奥维德《变形记》卷3第105行的诗句。——译者注

是的，所有自然界万物在他们面前沉沦，或者自觉臣服！但最终目的是什么呢？我该去哪里去找相关信息呢？我以什么名义寻找理性的史料编纂者？我在哪里可以找到她最近活动的记录呢？找到她征服的记载呢？是在伦敦抑制行乞协会揭露事实中吗？在有关犯罪和收监增长的报道中吗？在警察的诉讼记录里面吗？或者是在不断累积的关于恐怖的人口数量和危害的卷宗里面吗？

> 哦，声音，一旦被听到
> 就会增加和扩大！
> 现在我们听到了死亡！我们可以增加什么
> 或者扩大什么，只有悲哀、罪恶和贫穷。

哎！对某个阶级而言，我害怕接下来这一章只能生动地展示异象谷（valley of vision）①所肩负的重担——即便是这个压力是加于加冕岛，那里的商人是王子，那里的买卖人是世上地位尊贵的人；——她将手延伸到大海——她是许多国家的市场！

第 七 章

遗憾和忧虑。

在伊丽莎白女王的黑暗时代，在伯利、胡克、斯宾塞、莎士比亚、培根爵士等人所处的未受启蒙的年代，国家教会被认为是极为尊贵的王国财产，然而，依据全民族的智慧，国家教会现在被界定为经英国认可的众多神学教派或团体中的一员，它与其他成员的区别在于，它的神职身份是在国王满意期间（durante bene placito）被立法机关即现在国家议会两个议院的大多数人赋予的。国家教会因此沦为一种宗教。一般而言，宗教区分于教会，受议会决议支

---

① 可能指耶路撒冷西南的欣嫩子谷，代表耶路撒冷。——译者注

配并独立于教会。穷人不再接受教会的教导。民众的教育与教会的圣职相分离。宗教成为集体名词（nomem collectivum），意指所有与无形的、超自然之物相关联的不同派别的理念和仪式。基于似乎合理的（从这个意义上来说，这个词指的是"无可辩驳"的意思）、数量庞杂的、多种多样的宗教的托词，并且为了抑制偏见及恶意的迫害行为，国家教育最终将脱离所有宗教，也会快速、果断地脱离国家教会神职人员的监督。教育有待改革，将等同于"教导"。教育的公理被界定为：知识就是力量。那些让人有能力做他想做之事从而获得他想要之物的事物单独就可以被看作知识，或者成为国家教育计划的一部分。国立学校将要教授的科目是阅读、写作、算术、机械艺术、物理科学的原理和成果，不过，经验科学的科目占据的比重是最大的。因为知识源于感官，人距离知识的源头越近，他必定就会变得更为博学。

大众伦理学包括刑法汇编的内容和刑法判罪必要的证据：关于饮食、消化、传染、某个特定病毒（由活的生物体携带并在社交活动中相互传播）的性质和影响。请注意，为了平衡个人利益和国家利益，饮食学和消化学的教科书都要接受货物税局的审查。

然后，我们有了狩猎法、谷物法、棉花法和斯皮塔福德市场靠廉价地租为生的土地耕耘者，以及还未被物化为新一代富人制造工厂的"引擎"的民众——是啊，这就是国家财富的机器，它由那些本应该构成国家力量之人的悲苦、恶疾、堕落组成！是的，恶疾还有恶行，与此同时这台财富机器的车轮在全速运转；但是在旅程的第一站，神奇的财富机器就负载了极其沉重的贫穷包袱，但这是历史的一部分。这条巨蟒的头和脖子已经探出了它的巢穴：这列庞大的列车即将到来。接下来会怎样？（假如我可以不必恐惧地喃喃自语的话）议员们已经承诺要把什么看作权利？是的！接下来我预感到的就是掠夺——对国家财产的掠夺，一半国家财产会在地主之间进行分配，另一半的国家财产会在股票经纪人和股票所有人之间分配，这些人心安理得地攫取国家财产，将其视为他们应得的利益。

我想表达的意思已经很清楚了。唯一一个问题是：国家福利以及人民的幸福安康会随着偶然的社会繁荣发展而得到提升吗？富人数量的日益增长应当从国家财富层面来理解吗？为了回答这个问题，请允许我附上在接下来章节中论述的有关过去130年的道德历史的内容。

1. 关于修订宪法部分内容的声明性法案（对违反该项法案的行为受到的惩罚在条款中进行了说明）被错误地命名为"1688革命"。

2. 机械—微粒子理论被提升为机械哲学，被（所谓的）国家革命的行动者和追随者拥护为哲学的革命。

3. 结果证明，王政复辟之前"idea"这个词的通义和现在这个词的意义之间存在显著的差别。1660年前，伟大的科兹摩之子常常与费西尼、波利提安、以及王室的米兰德拉交流关于意愿、上帝、自由的理念(idea)。因此，菲利普·西德尼（伊丽莎白一世廷臣中最杰出的人物）与斯宾塞谈论美丽的理念(idea)；年轻的阿尔杰农（其身份是士兵、爱国者、政治家）与哈林顿、弥尔顿和内维尔谈论国家的理念(idea)，即在某种意义上可以更加真正地确保人民作为国家政治实体的组成部分，任何场合都是为了国家而存在，而不是国家为人民存在。

"idea"这个词当前的意义是：

荷罗孚尼博士曾在一所力学学院发表过一次关于形而上学的讲演。在这次讲演中，他驳倒了除"知觉"之外的所有概念；他的朋友考斯塔德议员觉得，除了上周在伦敦酒馆吃过的鹿腰肉之外，他对更好吃的鹿腰肉茫无头绪(idea)。他承认（因为他经常旅行）法国人对于烹饪通常有绝妙的点子(idea)；但是却坚持巴黎美食家对于脂肪的真正味道和色泽没有任何真正的概念(idea)，而技艺高超的法国大厨对于如何加工处理乌龟也并不比巴黎的美食家有想法(idea)。

4. 结论展示。自然的王国或是有关人种起源的树栖类人猿(Ouran Outang)神学取代了《创世纪》的前十章；自然具有的权利取代了市民的责任和特权；未蕴含理念的事实、错误命名的史实、经验性理据等代替了从它们衍生而来的原则和洞见。我们的国策是一个脑后长了独眼的巨人；我们的施政措施不会沦为一堆过时的废物，就是以事实而非科学为依据，而科学才是判定事实的准绳，因为真正的洞见就是先见（例如，英国内阁从1774年3月通过的波士顿港口法案所颁布的政策，特别是1789年与爱尔兰联合法以及亚眠和约所施行的措施）。与此同时，瞧吧，真正的历史情怀，国家永恒的生命，由信仰、自由、家族纹章以及先祖荣誉凝聚在一起的一代代人，正在备受煎熬、屈从于对财富以及报纸上传播的个人声誉的盲目崇拜。

5. 毫无才华的人才：一群头脑聪明、见多识广的人，但他们思想混乱，对民众的行为准则实行独断控制。因此，他们一手把持政府和立法机关的财政大权——在生活交际活动中代表虚荣和浅见——他们在政治经济活动中的表现是放肆傲慢、冒失轻率、心肠狠硬。

6. 对于总体结果的推测替代了道德和政治的哲学；有关这一推测常见的解释说明被某所大学作为教科书使用，作为权威例证被立法机关引用。因此，人民被误等同于元老院（plebs pro senatu populoque），国家财富（即国家中富有个体所拥有的财富）以及大量的税收收入被误认为人民的福利。

7. 贫民每年消耗的杜松子酒价值大约为1 800万英镑：政府借助熟练工匠行会，圣人和罪人的团体、协会和机构，评论、专题节目，尤其是新闻报纸实施管理。此外，全国犯罪案件数增加了四倍，有些国家的案件数甚至增加了十倍。

最后，我向由自由主义者和功利主义者构成的议会的领导人做一番总结性陈词。

我极其诚挚地尊重你们当中多数人的才干、动机和性格，然而，出乎我的意料，我并没有招来别人的蔑视。不过，即便我害怕得到这样的结果，我也会大声宣布这样一个事实（我坚持认为，如果一位自诩为政治家的人不知晓和不承认这个事实，那对他而言，这就是耻辱和不幸）：一个稳固的、国有化的、富有学识的阶层（即国家知识分子阶层或国家教会）是一个合法建立的国家的必要组成部分；没有它，国家的稳固性和进步性就缺乏最佳的保障措施；没有任何书会、非国教教派集会、兰开斯特制学校①、力学学会以及打着"大学"这个荒谬旗号的学术讲座作坊（lecture bazaar）能够成为它的替代品，这些机构加起来也做不到。因为它们身上都有相同的"虚假"标记，前额上都显露出同样的"瘟热斑"，它们都是"发病征兆"的现实表现形式，会滋养和延续这种疾病。

但是你希望启迪民众：你会激励社会进步，你会启蒙那些从底层崛起的（per ascensum ab imis）上流社会群体。因此，你开始努力普及科学，但你只能

---

① 该类学校奉行由英国公谊会教师约瑟夫·兰开斯特创立的教学体制。——译者注

让它变得平民化。让所有人或者许多人成为哲学家、甚至成为掌握科学和系统知识的人是愚蠢的想法。然而,让尽可能多的人变得头脑清醒、笃信宗教是一种责任和智慧,国家为了获得安康和追求完美而要求其公民所具备的道德品质,并没有考虑公民个体的精神利益,只能以宗教的形式存在。但是一种真正哲学的存在,或者在理念统一体、理念起源的映照中能够冥想特殊个体的那种能力和习惯——这是国家统治者和教师为了让所有阶级群体的宗教信仰保持稳定所必需的。总而言之,不论宗教是真是假,它现在且一直是这个国家的重心,且将来也会以它为中心,一切都必须依据它。

第 八 章

我将继续此前的主题,即国家财产的适当目标、特色方向和产生渠道——国家教会带来的利益,以及当前的运作过程和产生的有益作用。

自成年伊始,我就对一些思想主张产生了浓厚的兴趣,并且把我大半辈子花在了上面,我觉得,它们就像从骤然开闸的蓄水池里冲出来的水流一般推动着我前行。现在是我必须书归正传的时候了。不过,除了重述一下前文内容之外,我找不到更好的方式来重拾话题。如上所述,在已经把天平两端恢复平衡以后,亨利八世会遵循我们宪法所坚持的重大原则,但前提是,他决定将国家财产用于完成以下四个目标:一、维持大学以及重要的自由教育学校;二、每一个教区保持有一名牧师和一名校长;三、资助和维护教堂、学校以及其他类似的建筑;四、救济需要救助者(即体弱贫穷者,不论是由于年老体衰还是身患疾病),国家储备财产的最初的目的之一就是缓解这些苦难和不幸——它们会在世俗国家兴旺昌盛时出现,同时必须预见到它们也会由于个人财产和长嗣继承制的出现而产生。如果这些职责都能够被有效地履行,这些目的都能够被充分达成,那所增加的国民人口(上述这些手段措施会防止全体国民堕落腐坏)能够充分抵消节约下来的国家财产支出——由于法律、医学等行业的从业者从国教神职人员阶层中分离出去而产生的支出。国家储备财产从国家的罪恶转变成国家利益原初的、固有的目标,与现实中出现的渎神的财产转让截然不同——这是不可行的,但从哲学层面和历史层面而言,它却是正确无误的——这种不可行性完全出于伦理原因,即散漫的礼仪规范和崩坏的道德准则——但是,这种大规模的渎神行为理应是国家宪法所遭受的第一个也是最为致命的伤口,国家储备财产的转变也改变不了这一点。"宪法"这个术语对于国家政体的意义,如同特殊个体的生长规律对于自然群体的意义;它不仅仅体现了现在的衍生含义,而且还表达出它所有的潜在内涵,它会在国家政体衰弱或患病之际及时出现。实际上,国家宪法还遭受了其他伤害,更直接与教会的宪法相关,我或许会在其他场合对它们进行探讨。

贸易和商业从业者阶层(我将这个阶层又分为四个子阶层,与土地所有者阶层、国家稳固性的保卫者和受托人形成对照)的特征是,成员们齐心协力地谋求国家的进步性、改良、总体自由等三方面的利益——我曾经说过,这个阶层在宪法形成之初就已经存在了,但仅处于萌芽状态。然而,在这个阶层萌芽阶段,或者称之为市民阶层的初成期,国家教会随即成为这个阶层最为重要的国家利益的替代物。国家教会成为了唯一能够透进希望之光的孔隙,单凭国家教会就可以抚慰残酷的个人命运:封建属地、长嗣继承制和不动产限嗣继承制能够预先决定每位国民能够成为勋爵还是封臣。国家只需借助国家教会就能获得现存知识产生的收益以及未来文明社会所带来的手段。最后,请始终牢记:自由民和市民阶层是在教会羽翼的呵护下成长的。封建体制为我们的自由提供了载体,教会向我们的自由给予了实质内容。我从诸多事实中挑选两个实例论证和解释上述观点。第一,城镇和城市的产生与它们毗邻教堂和修道院的优势有关;教堂和修道院可以为逃亡的封臣和受迫害的乡绅提供避难所,因此为自由民阶层脱离土地提供了首要基础。第二,国家教会对奴隶制和隶农制发动的神圣战争(在这个例子中,教会神职人员忠于自己的国家职责)在查理二世统治时期取得了极大成功。然而,虽然当时的法律[①]规定每个英国公民生来便享有人身自由的权利,但只有"天生完美之人"(opus jam consummatum)才得到法律认可。为了把人与业已消亡的野蛮人区分开,我

---

① 作者指的是王政复辟时期查理二世第十二年议会制定的第二十四号法律。"这种蚕食逐渐扩展到全国范围。实际上,查理二世的法令将农奴终身制废除(尽管不动产依然保留)后,在英国国内已经几乎不存在纯粹的农奴。"——原编者注

们的立法者首先将"盼望"(hope)界定为人的天生才能,然后把"盼望"看作人道德和智力进步的一个必不可少的条件:

> 因为任何尊贵的天分
> 都失色于恒久的"盼望"。
>
> ——华兹华斯

然而,一种天资成为一项权利,只要它提供的报偿与其他天资形成的同等权利相匹配。这一原则可以应用到国家教会的理念。

"国家"这个词的最高含义与"民族国家"同义,被视为一种政治体,所以它包括国家教会。就国家所具有的两大主要存在目的而言,国家教会(依据其理念)是特殊的、构成性的机构及手段。第一个主要存在目的是,(总体而言)确保全体国民有希望、有机会提升自己和后代的生活水平。尽管在过去三至四个世纪的时间里,国家教会在它先前所监护的孩子和抚养的孩子(即贸易、商业、自由工业以及艺术)当中找到了能够实现这一伟大目的的代理人和盟友,但是,在面临被侵吞和挪用的同时,国家财产依然通过吸收低阶层一切有价值的养料来继续养育高阶层群体,并为最卑微的家庭保留"希望原理"(the principle of hope),同时确保富人和贵族的财产。这就是两个目的之一。第二个目的是挖掘每个国民的天资,传授他们知识和技能,从而使他们成为一名合格的国家成员以及这个文明国度的自由公民。我说的并不是那些区分同一文明社会内不同成员的道德和智性修养,也不是基督徒与世俗人的区别性素养,而是那些将原始人、野蛮人及动物与文明人区分开的素质。

我现在把所有看似必要的内容都解释清楚了,为的是能让聪明的读者完全理解,"国家神职人员"的正确理念是这个国家的财产(我认为如此)。但是,我认为我的任务远没有完成,我还得去努力矫正那些有关本主题的常见的错误看法,移除某些粗俗的错误——天啊,错误!并不只有那些被世人称为"粗俗人"的人才会犯这样的错误。正如马基雅维利所说,"世上不全是俗人"(Ma nel mondo non è se non volgo)。我在此前的论述内容与得出的结论之间突兀地插入了下面一段内容(该段内容选自一部本人的著作,该著作绝版已久且发行量极其有限,别人或许很难发现我剽窃了自己的作品),为此我要向读者致歉。我只是想说明,之前篇章中所传达的个人主张并不是当下的权宜产物,是我于1817年公开声明的观点和原则的进一步解释。

在英国宪法所带来的无数福祉中,它对于国家教会的介绍最应当得到文人和哲学家的谢意。至少在英国这是事实,因为在英国,新教教义与自由政府同心协力消除了教会的种种弊端,从而强化了它的积极作用。

那些柏拉图认为很难学习和揭示的绝对道德的准则,以及那些关于神圣统一体及特质的崇高真理,本应该成为童年和贫穷、陋屋和作坊一样可以继承的财产,甚至对于文盲而言,它们也是耳熟能详的。这样一个事实必须防止所有人(除了那些最粗俗卑贱的人)贬低布道和传播知识等服务的价值。然而,那些认为国家教会的作用仅限于此的人,几乎不能跻身于更高的知识阶层。全国每一个教区都有一颗从别处移植而来的文明胚芽,最偏远的乡村也有这样一个文明核心,以它为中心,该地区所有的潜能都会结晶并闪耀光芒。因为它具有卓然的地位,所以它是一个人人仿效的典范,能够激发周边地区去效仿。它地处最近的位置,能够激励和便利周边地区效仿;它是一个不引人注目、持续久远的清教会代理机构;爱国者和慈善家们会欣然团结一起,把对和平的热爱与对人类持续进步的信仰合二为一,但他们却不能过高估计它的价值:

它的价值远不能用俄斐的黄金①、宝贵的缟玛瑙或者蓝宝石来衡量,更不要说那些珊瑚或珍珠制品。因为智慧是无价的。

任何一位国教牧师都心系自己教区的居民,并与他们一起生活。他既不隐居密室,也不躲藏在荒野,而是众人的邻居和家人,他所受的教育和所处的阶层使他们能够出入富有地主的宅邸,但他的职责又让他可以经常拜访农房和村舍。他借助婚姻,与所辖教区的家庭或邻近教区建立联系。据我所知,农民抗议教会地产的行为是最能诠释人的盲目无知或者目光短浅(这是人的贪婪本

---

① 俄斐(Ophir)是以盛产优质金子闻名的地方,早于约伯的时代。——译者注

性使然)的例子。牧师得不到的酬劳必然会在签署下一个租地合约时落到地主的钱袋里。就目前情况来看,教会所得的收益在某种程度上是每一个家庭未来可享用的财产,因为他们可能会有一个接受教会教育的成员,或者有一个嫁给牧师的女儿。事实上,只有教会地产这一类的土地财产本质上才是可流动和可流通的,且可以被赎回。既然教会地产并没有产生任何不利后果,那谁还会去假意抗议?但是我还在期待有人举出证据,证明这类地产要比其他类地产有更多的负面影响,或者证明农民或神职人员阶层通过逼迫牧师成为"专心务农的特鲁利伯牧师"①或专心牟利的禄蠹而获得自己的利益。不,我毫不迟疑地去申明自己所坚信的观点:不论农民出于任何理由而心生不满,其真正的原因是,他们即便能蒙骗牧师,也瞒不了内务官员,而且假如农民原本打算比法律规定额度少交五英镑税款,但最终只少交了两英镑,他们就会大失所望。

第 九 章

本章将得出实用结论,即哪些事物不适合国家教会,为其所排斥。

知识阶层,即国家教会,属于国家财产,而广义上的国家(此处为动态概念,即真实、持久的理想统一体)与教会构成政治体,在教会与国家中,国王皆拥有最高统治权。同样地,国家财产是两大宪法模式之一,是国家共同财富的组成部分。因此,遵循托管制度的标准和前提是须维持社会阶层,人人本身便是融入秩序的条件,必须有能力承担国家任何财产的用益权与终身财产所有权。其中,国家所有的神职人员,无论职位高低,都必须是而且仅是国家正式公民,既不存在权威,也不受世界上其他国家的影响,而这一点不可或缺,否则,一切皆为徒劳;——神职人员是这个王国的正式主体,心无旁骛,除国王外,不容其他世俗的有形君主以任何理由存在,只有在国王身上,方能彰显国家威严,只有通过国王,国家在意志、行为上的统一方得以象征性地表达、体现。

只有在陈述对立条件时,方可完全明白这一首要必备条件。也就是说,个

---

① Trulliber 即特鲁利伯,是《约瑟夫·安德鲁传》中的一名牧师,但令人感到讽刺的是,他不务正业而专心务农。——译者注

体及社会阶层绝对不得触犯以下禁忌,从本质上来说,个体及阶层一旦犯忌,便没有资格继承国家所托的财产,而这一系列禁忌与政治体的兴旺及完整性密切相关,无论完全与否、直接与否,它都会致使国家财产的主动转让沦为臭名昭著的失格举措,沦为背弃国家、各阶层公民及自由主体的根本权利与利益的恶行。并且,身为国家的公民、主体,财产转让的当事双方也受波及。个体、阶层有且仅有两项禁忌不得触犯,否则注定失去受托资格:第一项禁忌不言自明;而第二项禁忌所代表的事物——以集体模式运作,是整个阶层的特征所在。正如前文所述,其自身与国家教会的正当目的格格不入,同时也是国家神职人员身为教区牧师在教化世人时最大的疏漏——这便是我所说的第二项禁忌。若是有人触犯了第二项禁忌,意味着必然触犯了第一项禁忌,因此同样失去资格。我几乎没有必要再进一步阐明,正如读者所料,第一项禁忌是拥护外国势力;第二项是公开放弃——在外国势力的指挥和权威下,根据他们的命令和规则——一种纽带,一种最能建立公民与国家之间联系的纽带,与其他保障相比,这种纽带可为国家许下最可靠的诺言,确保公民忠于国家,(若将这一规则用于任一具有统一名称的团体或阶层,其中人数足以平衡个人性情与境况,那么)在此种纽带下,国家可以选择坚守利益,并且依靠信仰与专一从而践行国民托付的责任。

　　但或许我应当举出反面事例以更加充分地说明这种保障的本质。婚姻关系是一种纽带,排除这种纽带就是在通过先行义务剥夺一种国家不可摈弃的保障,这种先行义务否认个性意外,适用于整个阶层。我并不是说,国家可以在充分考察情形、积极制定政策的情况下,正当地要求所有成年公民采取这一保障。不过,在奥古斯都时期伟大的政论家及国家律师的权威之下,我可能会保留立场,他们在《巴比和波培法》中重新施行了一项罗马、斯巴达宪政常用法则。尽管深知自己的如下观点遭到强烈反对,我还是无惧辩驳,坚持认为:国家可依法要求任何统一群体、阶层中任意数量的国民,摈弃当前阶层的所有风俗、初始誓言、契约及章程,以防此类群体成员以个人或集体名义得到此种保障。出于严谨,我应在此总结,尽管当前观点涉及维护国家相关权利,即国家有权压制任何在不利于公民的法律之下结盟的阶层。但我认为,任何权力和与之对应的执行义务之间应是密不可分的。因此,我立即对文中观点做出如下限定及完善：向公民提出上述要求不仅是国家的权利,也是义务,这是国家将财产所有权、职能、国家教会投资额委托给任何阶层及已知阶层内任一成员的必要条件。

不过,如若有人对下列观点心存疑虑(无论是否如下所述,或者正好完全相反),即在任何阶层或群体中,上述禁止性规章,即禁令的存在与明确实施会导致人民失去受托国家财产的资格,并且成为国家神职人员相关成员组成及阶层建立过程中不可逾越的阻碍——那么,一旦此种禁令或誓约处于下列三种情况时,其疑虑便会消散,阶层人员均因禁令而无法得到此种保障,无法忠诚、公正地将国家信托运用于国家的正当目的：其一,阶层人员的无能为力源于且又会形成其对外国势力的拥戴；其二,众所周知,对基于禁令的教规、法令而言,其首要实施对象为长期反抗、顽固不化的全体教区教士,以及在国土上坐拥世袭主权的国民,作为唯一的适当手段,禁令直接拥护受侵外国势力,依靠驱逐、隔离以保障相应阶层①对有形元首、君主的赤胆忠心,因此持续有效,不可废除；其三,禁令的实施阻碍社会文明的进步,而社会文明的进步是践行国家教会至上宗旨最为持久且最具影响力的手段之一。

学习塑造人性,远离残暴。(Emollit mores, nec sinit esse feros.)

现在,我将总结上述内容,用一句话来概括本章的中心论点。个体或特定阶层会因诸多因素失去受托国家财产的资格,无法实现国家财产用途,若要具备受托资格,不得触犯仅有的两大禁忌：其一,不可拥护外国势力,应当否认教会存在其他有形元首,视国王为唯一的最高统治者；其二,不得依靠外国元首而强制禁欲。

---

① 为尽可能充分理解此处观点,烦请读者参阅约瑟夫·布兰科牧师的《反对天主教的有效内在证据》("Practical and Internal Evidence against Catholicism"),以及由一位自称罗马天主教徒的虔诚人士撰写的《意大利革命》(*Riforma d'Italia*)一书,此书非常值得一译。我从不知道竟有这样的著作,用于缓解对罗马天主教理论教条的歧视,加深我们对所有国家的罗马天主教本质的非难再合适不过,而在所有的这些国家中,新教式维持原状的权宜之计并不管用。

第 十 章

论国王与国家

　　一部专著？我所涉及的话题或许能够帮助读者对相关事物有一定了解。不过，读者会发现，正如赫库兰尼姆城火绒卷轴里的各式希腊专著一样，尽管本书标题覆盖面广泛，但在论述过程中，书中内容大多精简，参差不一。事实上，我希望文章只给出提示，为读者了解本卷第二部分涉及的一些观点做些铺垫，这才是我的目的所在。

　　正如前文所述，国王与上下两院共同构成了特殊对立意义上的国家；而余下因素则决定了国家管控的正当目标。国家权力的依法施加对象是什么呢？此时，我并非处在法庭辩论，倘若有读者以为我的言论旨在断定事实，那便误解了我的目的。我所谈论的并非事实，也不是法定可求权利，而是相关理念下的国家。依据国家理念，我会毫不犹豫地做出如下答复：无论世袭财产与否，国家权力的正当目标仅由地产、私产等相关利害关系组成。即便是在君臣交恶的情况下，国王身为一国之首也坐拥财产利益，一旦有人侵占财产，国王便化身原告。

　　人类原本是以社会关系的形式存在的，而人们最初建立国家，构建政治关系，最主要的目的并不是为了保护生命安全，而是财产。自然人生性骄傲，不会承认需要自身勇气和部族庇护之外的其他保护。一些地方由于土壤和气候因素，只适合安置私人财产，而且人们以最简单的形式留下来，形成社区，而非政府——比如说格陵兰岛。在北美洲，只有在那些拥有个人地产的部落中，酋长才会行使政府权力。而在其他部落，酋长则相当于将军，乃是战争领袖，而非治安官员。所有人类法律都必须涉及财产，其中不可避免不平等，对于它们来说，凡违背或独立于传统法规的，就不算法律。也就是说，所有的国家立法均如此。

　　接下来要谈的是国王。国王是国家教会即知识阶层的首脑，也是国家财产的保护者和最高受托人；同样的权力由国王和议会施行于适当对象，其中国王既是头脑，又是双手，正如他在国家层面所扮演的角色一样。此处，倘若我想径直谈及这一职位的发展,并从中得出结论,我需要更诚挚地提醒读者,我并不是在描述当前的国家教会,也不是在界定它该有的模样。我的论述尊重的仅是从其初始目的和终极目标中推论而来的理念,读者也须仅从理念上理解我的主张。但是,要评析原法案,针对这点的全面阐释并不必要,而对法案的评析才是本书后续部分的重中之重。我的确打算在本卷末章中谈及这一点,如若健康尚可、环境允许,我仍然打算继续目前的工作——即就相关问题发表拙见。现在要做什么?就目前而言,如果我能让读者回想起前文内容,即国家的知识阶层在正式组建和代表的议会两院上谈及征税一事,就足够了。然而,要想知道以国王为首的议会权力实施的适当对象是谁,只需参考前文,回顾有关国家教会与众不同的正当目标和意图这部分内容,读者自可心领神会。

因此,我将不再赘述,直接开始讨论民族关系,即广义上的国家关系,开始讨论国家、国王。就此而言,我会再次谈到保证王国健康活力的必需条件和有利条件,我相信,这些见解至关重要,却又独到深刻。其中,我又将分出一部分另作他用,只有关注对其轻视、疏忽所导致的后果,才能完整地反映出这一部分的性质和重要性。虽然当前我只选了两个;但我敢说,它们值得被冠以政治原则或准则之名,即称得上伟大的平凡事物(regulce quce inter maximas numerari merentur)。并且,二者都有力地例证了一句话,这话时常通过各种方式浮现在我脑海中:除了一样①例外,在整个语言范围中,或许很难再找到像政治体(body politic)这样一种如此恰当、意蕴深长或能说明如此多问题的隐喻,可以作为国家或王国的阐释者。对于弗拉维尔以及其他发现艺术作品和自然中的道德、精神意义具有联系的人之间的种种共同点,我并不羡慕,他们身上的相似与差异,常让我联想到那晨间暮色之于煮熟龙虾的著名对比。但自然体和政治体之间的对应关系,在实际运用中也站得住脚。然而,不要觉得我是想从这个类比中寻求支撑自己观点的论据。我运用生理学术语,是为了让我的意思明白易懂,假如我清楚阐释了这一原因,那么我想以其开场的目标就达成了。

那么,要达到健全的政治体宪法,需要满足的首要条件就是要在国家自由渗透的生活及能量和组织力量两方之间达成一个适度的平衡。那些重要力量

---

① 即 the WORD (John i. 1) for the Divine Alterity; the Deus Alter et Idem of Philo; *Dcitas Objectiva*。

看起来和无机体中无法估量的磁、电能相类似,如果当真如此,那么在更高能量下,在不同的行动规则下,它们是不尽相同的——我说的这些处在活体内,但区别于腺体及血管中的液体——而与之相同,或者至少相类似,才智、知识、主流原则和动向等对政治体常规、明确、合法认可的权力带来影响,这影响难以确定,但是确实存在(此处还需加上财产,即收入的影响,其存在与选举权无关)。但是,正如没有一个比喻能面面俱到(nihil simile est idem),这里有关政治体的差异在于,前文各式各样的例子说明,前一种力量,也即渗透力量,可以被转化为后一种的组织力量,通过与慎重而明确的政治权利或特权相结合,它可以被组织化,成为血管系统的一部分。

然而,这两种力量的准确比例应为几何,是不可能预先设定的。但比例一旦失衡,迟早会因后果而暴露。例如:作为艺术、科学、天才和文明的温床的古希腊民主国家,就是因过度的自由能量而分崩离析,渗透力量干扰了正常职能,本该活跃不息的有机结构在膨胀中散了架。与之相对,威尼斯共和国则在另一极端中衰亡。因为其所有的政治权力都被局限于固定的血脉中,而且愈发死板,甚至到了动脉僵化的地步,在这样一个国家中,人民不名一文,失去了所有抵抗的力量。

简而言之,就这一点来说,需要注意三种畸变的可能性。第一,如果没有那些固定资产或有形资产,如果没有地产、房屋或股票中的不动产所有权、享有的不动产权以及租赁权,那么无论是在精神层面还是政治层面,直接政治权力对个人力量和影响力的附益或让步,都会存在于个人所属的阶层或集体。这种由所学知识技能和更高理解力所带来的权力,无疑远比纯粹的体力和蛮力高贵:一个是为人这种动物所特有,另一个则在熊、水牛及獒犬和在人身上同样司空见惯。如果在机械学院就能学到的优秀的才能和单纯的知识,时常与兼具理性的毅力相伴而生,并且将生存的终极目标凌驾于个人欲望和感情之上;——如果智识天赋和学术造诣标志着对等的智慧与良善,而渊博有识的智者也总是富有理性;——如果纯粹的科学事实,赋予或取代了道德日渐削弱人性的影响,无论是在外观上还是在语言上,或是在周围的物体上,美或得体通常存在,与粗鄙和杂乱毫不沾边,这都蕴含了富有成效的人文教育;——最后,如果知识的所得和其权力能平等地为整个阶级所共享,而非仅仅自然而然地落在每几个群体、社团或社区中的两三个人手中;——那么,从放大了的中国政治体制来看，政治权力可能就不会在没有政治关系的保障和共同可登记财产的联结下，轻率地被当成荣誉或特权，赋予从国立学校毕业的人。公民借此成为联邦国的一分子，成为私人财产或国家财产的一部分，成为国家或国家教会的一部分。但是，鉴于人们可能对这些假设的对立面更有把握，所以实际的结论不是要去限制国民智力发育的必由之途，因为无论何时，此想法都有亏德行，若要尝试更是愚蠢，而是要在取得所有权的过程中，允许人们公平地发挥理解能力，无论这种能力是自然馈赠的天赋，还是不懈努力的奖赏，一部分政治权力就属于所有权的正常功能。因为通过这种方式，至少我们有很大的可能性能用政治权力来捍卫知识的力量，而在此之前，这力量武装和维护谨慎、勤奋、自制的道德品质。这就是三种畸形国家结构中的第一种——即缺少事实财产基础的直接政治权力。

第二种畸形结构是对许多不择手段发家致富的阶级或团体的排斥，是关联已知财产而带来的必然影响，以一系列的阻碍作为伪装，假装自己不会直接从本质上阻碍其他个体扮演公民角色，不会完全剥夺人民践行公民义务的资格。这种做法尚有缺陷，又颇为压抑，令人不安，有如绳索结扎树干，隔断汁液环流，比欣然除去主枝更具威胁。

最后，第三种畸形是一种严重失调。就我国而言，这种失调指的是议会两院的代表中，政治体反对者们的利益份额与其在全国范围内的实际比例，以及其施加于全国的公众影响比例的失调。无论这种逐渐演变，是否导致了原本由自治城镇所代表的巨大份额被让与地产大亨，而自治城镇利益本应与地产利益相互制衡；无论扰乱了立法机关中地产和金钱①利益平衡的因素，是否并

---

① 正如在前文中我使用了"个人"和"独立"，我在此随意地用了"金钱"这个词，因为我找不到一个合适的词语来充当四个阶层的总称，我已经在书中说过，进步性利益尤其得依靠这些阶层。而有了它，就有了自由，自由是一切国家进步的必要条件和推动力。即便与进步性相对立，政治体的另一项巨大利益，稳固性，也更偏向于土地制度，成为其天生的维护者和受托人。因此我运用了适当的修辞手法，用一个突出的部分或特点来表示整体。而读者则会理解，此处金钱阶层包含并代表了商人阶层、制造者阶层、分配者阶层以及社会中的职业技术人员阶层。

仅仅数日前，我偶然接触到一本著作，由于阅读新书的机会非常有限，我以前从未听说过这本书——《印度群岛史》(History of the Indian Archipelago)，出自聪明能干、知识渊博的作家克劳福德先生之手。我需要补充的是，当读到这一卷中的一些重要的地方时，我发现自己不知不觉地跟在一人掩护下战斗，我认为此人值得追随，这让我感到非凡的喜悦。但是这些章节已然印刷出版，我用这条注释主要是为了在写作中引述克劳福德先生著作中的话；我并不想因为与一位如此德高望重的权威作家观点一致，而失去读者对我的见解的认可，不想使自己的观点在他人评价中失去分量。两篇（转下页）

未扰乱地产利益本身包含的两个不均等部分之间的平衡,即那些大贵族,或者无论有没有头衔的大地主和农业主要团体之间的平衡,是否因此给相对少数人的那些真实或臆想的利益强行冠以整体利益、地产利益的名义——这些都是问题。对于这些问题来说,盲目秉承过苛的狩猎法(在读总祷文的时候,我有时会想以一种下层的简单思维,将妒忌、仇恨和所有不合情理的事物,将战争、凶杀和横死也纳入祈祷之中。主啊,救救我们吧!)、旧谷物法,在战争期间忽视政府的恳切建议,拒绝用本国殖民地的作物酿酒,保留反高利贷的法令,以及其他一些细枝末节处理欠妥,乍一看似乎都为这些问题给出了一个肯定的答案。但是,鉴于前文已提过的原因,我不解决这些问题,只要阐明其本身的原理。

接下来的故事,由于无法确定其真实性,也不能保证其准确性,我不会将它作为证实地产利益失衡的事实证据,而是当作一个印象模糊的传闻,用来阐明字里行间所表达的意思。大约18或20年前——我觉得肯定有这么久了,因为这事儿最初与我有关——我那杰出的朋友(唉,恐怕还得加一句,已故的朋友),汉弗莱·戴维爵士,曾应约瑟夫·班克斯爵士之请,分解了一种东印度进口产品,这种商品被称为儿茶,也叫棕儿茶。经他查明,那其实是一种植物提取物,成分几乎全是纯鞣酸;他用纯度较低的样本进一步分解后,结论仍然不变,产品中,鞣质平均占十分之七。这一发现流传于整个行业。① 通过印度

(接上页) 摘录的第一篇将作为本卷第39页和第40页的附录出现;第二篇则附于第76页关于财产保护的段落,段末主要建议要建立一个稳固政府,这观点引自本人的一部比克劳福德先生的《印度群岛史》早了10到11年出版的作品。我提到它,是为了表明所论的准则可能是有事实基础的,而这是两个人分开单独思考所达成的共识。在第一篇摘录中,克劳福德先生谈道,在爪哇,丰饶土地带来的物质财富,推动了绝对权力的发展。他继而谈到——

摘录一

通过使自己更为顺从,财产更为有形,一个民族对农业的投入让他们在农业上更进一步;因为无论农业是不是主要的追求,我们都可以认为,人民将生活在专制政府之下。(Vol. iii. p.24)

摘录二

(根据印度群岛岛民的古老法律)在谋杀案件中,蓄意谋杀和过失杀人,这二者是没有区别的。判决要素视家庭或部落的损失而定,法庭会计算出用以弥补损失的赔偿金。(Ib. p.123)

① 汉弗莱爵士有一位朋友(如果我记得没错,虽然我不是从他那里知道这个故事的),也是我的一位朋友,这令我引以为傲。据这位朋友(即萨塞特郡下斯托伊已故的英才托马斯·普尔。——原编者注)之前的一种说法:一个人可以才徘徊在田间市井,又去与重要人物端坐会议室;先和大卫、沃拉斯顿和韦奇伍德共处,后与华兹华斯、骚塞和其他名扬文坛的友人谈笑;现在刚到权贵的客厅,等会儿又去主持乡村福利协会的年度晚宴;不管他看起来想去哪儿、做什么,他的品位、天赋和学识都给予他通行的权力。而这还不是我朋友性格中最显著、最具特色的性格特点。他才智中的独到与活力让人们忽略了这特征;他语言评论中的生机、朝气和实用价值让人们忽略了这特征,他将尚在处于成长阶段的真理新鲜地呈于你面前。这些真知灼见均源于一双察古知今的眼睛,借思考和冥想的襄助而成;最重要的是,他全面而正直的本质让人们忽略了这特征(integrum et sine cera vas),他不动如山的 (转下页)

院的调查,可以发现这种儿茶能够大量备置,儿茶进口的价格很低,在保证进口商赚取足够利润之后,还能继续满足鞣皮工的成本需求。而且,因为很少受制于特定情况,所以这种贸易本身就有可能实现巨额盈利,不断扩大规模。虽然这会导致我们的皮革在外国的销售价格降低,但可以通过推测得出,低廉的价格加上英国皮革被广泛认可的品质,这能让我们以低于外国竞争对手的价格立足于海外市场。因此,那些对皮革贸易有兴趣的大人物,就会以比最高标价低一些的价钱尽可能多地收购,东印度公司也许从一开始就发现进口儿茶方便可行。好吧!商船从港口进进出出,进口商品中他们想要的东西却不见增加。进口的数量只够满足之前药商及某些能人的需求,(有传言说)这些能人还可以把武夷红茶炮制变成熙春绿茶——我不记得这种叫人失望的事儿是否被查过,或者是否有人发现这样毫无用处。 但人们普遍认为,鞣皮工并不是唯一会关注货物质量及进口结果的人,在利德霍尔街,有影响力的名望之士得到了非常明确的提示,即如果任何此类货品获批进口,东印度公司下次续签合同时,就别想得到议会任何地产利益上的支持或者延长特权的动议。东印度公司可能会对树皮茶降价至原来的一半或更低,成千上万参天的橡树因此幸存,英国海军和现任的参议员的孙辈们可能会为因此感激他们——这可能真的会发生,但同样可能真实发生的情况是,其他自由商贩也会很快以相同的比例降低茶的价格,但是垄断者应该都能相互察觉。

第 十 一 章

实际力量与潜在力量之间的关系;议会之全能;以何种形式。

保持政治体的健康活力依赖于两个条件,我已经充分解释了第一条,必须承认的是,其内容比我预想的还要多得多。我将尽力补偿读者,尽可能只用几

(接上页) 信念,以及对善良的坚守和践行,这些特质将友善的性情放入一颗更为友善的心里,从而照亮一切瑕疵和缺点,在这最好的典范中射入人文之光。如果他的朋友们(少有人能拥有,或值得拥有这么多朋友)可以选择离开,除了他本人,没有一个人会愿意离开他。这条注释离题了,但鉴于过誉是对他人最大的冒犯,我得道歉,忏悔自己的过错。

句话解释第二种条件,如果没有前文的解释和铺垫,这不会是一件易事。因为我们已然知悉第一种条件,即在国家渗透的自由生活和组织力量两方之间的适度平衡,二者分别由其适当的传导神经或血管决定;第二种条件则是要在潜在力量,即隐伏或休眠力量,和实际力量两方之间达到一个适度的平衡。在第一种条件中,两种相似的权力都时刻活动,各司其职。实际力量的分化实现了双方的平衡,也就是说,这是实际的组织力量和实际的自由、渗透力量之间的对立。在第二种条件中,实际力量完全与潜在力量相对。的确,人们时常观察到,英国政府的基础和框架可以说就是君主政体,它既依靠贵族的支持,又受其牵制(相比政府咨文和历史记载,公众人物的高谈阔论和理论学说对贵族名望的确定要有用得多),人们享受着一种高于表面呈现出来的自由,而且长久如此,即生活在从古至今最民主的英联邦——这样的联邦的确更伟大,并且为一种自由精神所主导,这种自由精神比古代最贤达仁爱的政治家还要坚定,比伟大的联邦人还要坚定(有如查尔斯一世和二世的统治之间,在乌云缝隙中闪烁的明星)。人们认为,它一能与国家安全兼容共存,二能与道德利益和谐相处。

  是的!近一个半世纪以来,英国人在个人和集体的生活实践中,对自由意志的约束比历史上任何时期的共和国①公民都要少,这确凿无疑。这种情况曾为人夸耀,但我想,从未有人将其解释清楚过。显然,要找寻到答案就必须结合环境背景,宪法自我演进,它所独有的特权就归功于特定的背景。我认为,导致这一事实的主要原因如下:物极必反——能印证这话的例子不胜枚举。民主共和国与君主专制国家在一点上是一致的,二者都认为,国家或人民授予了它全部的权力。一切都清晰明了,相关理念已然阐明,停滞不前、悬而未决的现存权利也不复存在。国家很难拥有这样的宪法。政治体的整体意志随时都发挥着作用。但是根据这种看法(尽管时兴的谬论和信条与之相左,此处它用实际影响证明了自己的真实性。

---

  ① 人们或许会认为,位于北美洲的美国应被排除在外。但美国与其他国家在股票、语言、风俗习惯以及律法上的相同,让我很难相信它会成为一个例外;尽管可以肯定,美国会继续这样发展下去。无论如何,有一句话都值得铭记,这是我从一位旅人那儿听来的(我必须承认,他颇具偏见):人人得见自由之处,几无自由可享——或者说,人人坐拥自由之处,毫无自由可言。

这些时兴的说法原出自法庭,现在也仅仅适用于法庭),在英国的宪法中,国家授予其的权力并不是无穷无尽、漫无边际的,而是需要遵循委托期限或特定交托利益。

议会之全能在律师的口中,以及在对法庭能力之局限和改进措施的一知半解中,不过是令人反感的夸夸其谈。所谓的议会全能,不过是一种对普通事实的吹嘘捧场,是华而不实的陈述。然而在王政复辟时期以前,连这一点都没能得到广泛承认。那么,1648 年刊印的《保皇党之辩》(*The Royalist's Defense*)(一本 172 页、四开本的小册子,接下来我就会引述其原文)敏锐而博学的作者如下总结其论点和论据,就不无道理:

"情况很清楚,虽然议会自身(即国王、上议院和下议院)达成一致意见,但并非无所不能:英国基本法规定,国家法官有权裁定议会法案是否具有法律效力。"国家法官们一致宣布,任何议会法案,一旦违背正当理由,有悖于土地基本法(即有悖于王国体制),都将被裁定无效。此宣告乃是一条原则,表明他们不愿让旧时的律师来为其辩护。在一个社会中,那些见多识广、有影响力的社会成员(不包括国家知识阶层),数量几乎不到两院议员人数的三倍,议会常是胜利党乌合之众的混乱集会,而非国家代表们的大会。这里所说的权利和权力,可能已被明智地授予国家法官:在同等或更高的智慧下,当情况出现变化时,已受损的权利可以得到中止。"因此,就让议会拥有不超过法庭权力的最大效力,而在法庭管辖范围内,无论国王和议会想要什么,都随他们去!"

从最近各类有关王国基础制度的言论来看,有理由推断这种浮夸的言论已被采用。但是,如果真的采用这种强硬措辞,毫无疑问,此番言论不仅事关法庭,也事关国家、英格兰以及英格兰所有珍贵的祖传之物和财富传承——它的存在如果使得股份公司开始详细了解相关材料,那么这一特性确实可怕。在世俗全能之下,股东也同样有能力运用相同的权力,如此的运用和理解,用全能来描述议会就实属夸张、搬弄是非。在这一方面,前文刚引用过的旧册第五章中评述依旧有效;即便一些言论过时,也有新的观点取而代之,思想丰富。在宪法的范畴内,处理相关理念之下国家事务时,即便运用所有的各类学识、才能、正气、预知能力,也无济于事,过去 50 多年以来所行举措便可轻易印证这一点——议会之全能,这种措辞的不当使用,表明这部分道德和精神禀赋被置于更大权力的一边,这更加反衬出议会的无能。而这一切都会以具有讽刺性的讥笑来歪曲真理本身的面貌。①

连续几代人的不抵抗行为已经被看作一种默许,其中原因显而易见。无论原有法规中原则如何背离,信任如何破坏,它都可以被看作国家最终对默许行为的合法化,因此,我不敢冒犯,斗胆一言,把《七年法案》(Septennial Act)归为一种篡权行为,从国家真正的自由这一层面上来说,比其所找的借口更危险十倍,也就是说,詹姆士二世党人在换届选举中的影响很可能已经全然证明了一点:我再重申此前对镇压议会的看法,就之前的先例来看,所有被侵犯践踏的法规准则,迟早都会给国家甚至是统治阶级自身带来祸患。一些政治家没能从历史的教训中学到这一点,错失了最有价值的意义。要我说,如果他们把工作的时间用来看沃尔特·司各特爵士的小说,也许还会更轻松有益一些。②

不过我只能行文于此。除了举例证明那种潜在权力的局限,我不再节外生枝,因为这触及我的底线,当前的目的也不要求那样。我之前说过,实际力量是保证政治体健康活力的第二种条件,它和潜在力量之间存在一种适当的比例关系。我将在下文帮助读者理解所举事例涉及的相关措施,它贯穿全书,十分必要。这一原则本身不包含在法律法规之中,一开始它的实际表现难以确定、微不足道,而后,当之前那些原因及其持久的影响力印证了国家的统一思想和力量确实处于困境时,当它们让史学家们听到了人民的呼声,也就是上帝的意旨时,它的作用才得到凸显被记录了下来——我要说,除了在那些注定罕见的需要休养生息的时代,这一原则(或者说这一力量,即其主体)在本质上仅仅是作为一种理念存在和作用的,对许多人来说,它似乎更适合用来行吟赋诗,而非辩驳争论——为供读者消遣,我将采取折中的方式,用一位年迈清教

---

① 此处内容是我在一份晨报上读到的,我并未存留这份晨报,不然我会很乐意誊抄上面的一篇瑞典国王写给挪威议会的文章,此文章文辞俱佳,论及议会权力的必要界限以及宪法的存在。不过,我可以自信地请读者读读这演讲,它意义出众,可媲美阿尔弗雷德的演讲。与这位君王有关的所闻、所读,都加深了我脑海中的印象,此君优秀聪颖,配做一国之君,统辖高尚纯洁的哥特民族。

② 这不是这些令人神往的书籍第一次被当作历史替代品了——平心而论,我无法认同这一系列的推荐;尽管这些小说中,很多本我都在一年中读了数遍,每一页的内容里都有我美好的回忆。

诗人的韵体文做总结。蒲柏先生对他嗤之以鼻,但比起他自己的文章,①这位诗人的诗文由内而外都蕴涵着更崇高的信条、更深刻的真理,而且措辞也更富诗意。然而,我发现这篇文章印在一本四页的宣传册的最后一页上,标题叫作《英国的苦难与救赎,外席律师写给一位特殊朋友,在新门监狱服刑的中校李尔本的一封信》(England's Misery and Remedy, in a Judicious Letter from an Utter-Barrister to His Special Friend, Concerning Lieut-Col. Lilburne's Imprisonment in Newgate)。请允许我借用其中的引言和摘录,至少是引言部分,因为它正好表达出我的想法:

我的基督徒读者啊,此处尚余空白,足以多言一二。我斗胆借乔治·威瑟《太平洋之声》(Vox Pacifica)第199页的诗句一用:

> 莫叫君王与议会合二为一,
> 靠得太近,错以为自己
> 就最值得起深思熟虑,
> 也别觉得他们,本质就是国家。
> 不应幻想,那神授权力
> 以及所赋特权,
> 是用以建立王权
> 开创属于自己的权力,或荣耀!
> 总须知晓,其旨在深化生活,
> 而这生活正由其代表——
> 终有一物,
> 尽管朦胧,却比议会和君王更加庄严肃穆。

---

① 如果有人问我,是否认为两位作家的作品同等重要,或是把乔治·威瑟看作与亚历山大·蒲柏一样伟大的作家——我的回答是否定的,正如同等重量下,在提问者眼中,一个出自大师之手的银花瓶不会比含有少量金沙的铜矿石更具价值。读者会欣然发现,在此处的引文中,"国家"这个词得到了最广义层面上的使用,并被用作王国、整个政治体的近义词,包括后一个术语中所蕴含的狭义和特殊层面上的教会和国家之意。

第 十 二 章

前述例证的立场。关于国家教会之加冕誓言的起源和意义。涉及它的道德义务内涵。重述。

对此,我又在《保皇党之辩》中找到了一段介绍。我也很高兴能亲自重述前辈作家之笔的文字:

所有英国人都承认,强制权力会破坏授权的最佳目的;前述章节已说明,即便向国王和议会两院同时给予凌驾在一国基本法律与权利之上的无限权力,尽管这样做不比由国王或议会独享这一权力更为糟糕,仍然会剥夺英国人对强制权力的安全感,而这是他们与生俱来的权利。

在仔细研究了过去的法令之后,两院的成员已多次达成一致,不仅是针对那些有损于英联邦的问题,还包括(甚至是在至关重要的问题上)否定且改变他们先前曾同意过的事务,因为这样做会赢得当今王子的欢心,或符合主流派系的期望与利益。参见规定国王亨利八世的宣告等同于议会法案的一项法令,质疑玛丽女王和伊丽莎白女王的另一项法令,以及授权国王以遗嘱的形式加冕新国王的第三项法令。在国王亨利八世、爱德华六世、玛丽女王和伊丽莎白女王时代,颁布了这几项法令,设立又推翻了各自的宗教信仰,在各自确立之前都欲将对方置于死地。——见《保皇党之辩》,第 41 页

至此,这位匿名作者显然是一位年长的纯粹保守派律师,因过度启发而误将圣殿混淆并诋毁为(尽管对王室的观念应予以透明化)因自身权利而被崇拜的偶像。但是,他将实施统治的君主和两院视为有限的代表性官员,并且认为他知道在某些情况下对前者要比后者更有信心。不过,对于一些要点问题,他希望尽量对两者都不要付出过多的信任。然而,鉴于这种体会,如上所述(也能很容易地找出其他类似引用),我们是否可以认为国家对议会宗教渐生厌恶;——或者,这一观念应最终被唤醒并开始生效,它真正关系到他们的人道,

并涉及超越了公民与国家之关系的关系、更虔诚的义务、更宝贵的特权,不过,它同时又与他们的公民义务和权利息息相关,作为必要条件和唯一的安全基础——这不是由变动的多数人来投票决定的事情;——将这样的遗产任由所知甚少的全能体来决定未免太过珍贵?这对单独的一代来说不算什么,但是要继承的恩惠太过于神圣和重要,不能被眼下的贵族、骑士和市镇选议员的任何集会所塑造、扭曲、削减或扩张;——为了保护和管理那些在其中享有权益,如此休戚相关的完全胜任之人,他们也许被合理地假设为感受到了真实的担忧;但与此同时,时代的经验告诉我们,无论从"教会"一词的哪种意义上来说,这些人都是最有可能体察或感受并对此处"权益"深切忧虑的一类人——也就是说,不论是非此世王国的权益,还是国土权益以及由此而来的与国家有着相同制度的组成部分权益,尽管它们彼此对立。无论如何,不管一方的代表何时从另一方处取得直接控制权,结果都是一样的。

　　但是,如果国家愿意将王国的宗教从变动和革命事件中,撤回到受限于代表、统治者之受托人或国民之受托人进行集会的参政权的对象,无论是国家或教会的,那么第一个问题就是,如何宣布及实施这项保留?这就意味着,必须预见到"宗教永久存在"的安全性是有缺陷的;否则,还有什么能取决于人的意志?但是,宣布这一规定的目的和意图可能就足够了。我们的祖先已尽其所能,这在他们的权力范围之内。根据近来经验(群众绝不会因此而羞愧),大量的集会,无论以何种体面的方式组成,都无一例外地受到一时的幻想与党派激情的影响;存在一些事物,用来保持——

> 与自己相比,人们更信赖上天,
> 至少当他们处于激烈辩论的风浪中时,
> 愚蠢就会蔓延开来,一再地出现,
> 即便聪明的人也会把理智抛在脑后
> 在恢复理智后仍然无视和质疑它们。

认识到这一点后,我们的祖先选择依靠个体的荣誉感和责任心,他们相信,个体的相对高度能使其免于遭受那些煽动下层政治气氛的狂风与激流。相应地,在改朝换代时,他们约束以受托形式接收加冕的人,通过宣誓来约束他和他的继任人,以防止其同意任何破坏或试图破坏国家教会之安全与独立性,或将王国置于被外国篡位者僭取之危险(被误称的精神事物,为解放自身作出了许多牺牲)的举措(如果没有获得这种同意,则现行法律的改动将无法生效)。因此,对由上议院和下议院提交的法案所行使的君主否决权,可被视为在所有普通案件中都是违宪的,这显然是一个例外。因为它并不是赋予国王的额外权力,而是宪法为了维护自身安全,向国王施加的限制。在举行宣布国王作为教会与国家的唯一法定统治者的仪式之前,要求作为国家代表人和加冕为君主的国王进行宗教宣誓。我认为,从宗教上说,对于仅作为一种观念而存在的国家的思想,可以单独对理想的权力——也就是理性和良知做出区分。

只有这样才能确定加冕誓言如何约束国王。为此,考虑国家出于理性和良知所有权推行的事物才是最好的做法。既然国家有权决定国王及其所有继任人,以及他们的参赞与众臣(无论是凡人还是神职人员)对神学问题和信仰争议的良知与理性——例如,引导我们去思考逝去的圣者是不被允许的,比如对童贞女玛丽,称道"为我们祈祷,受赐福的童贞女",尽管偶尔称道"为我们祈祷,我祈祷,受赐福的童贞女"是无害的;某些书籍是否符合教规;"他们应以烈焰来饱享"是否指的是肉体上的涤罪,还是指在死亡与审判日的间隔中发生的炼狱之火;"这是我的肉体"是否应该从字面意思上来理解——如果是这样,那么它与圣餐是要遵循"圣体共在论"还是"圣餐变体论";议会两院与枢密院的成员和所有神职人员均应誓绝并谴责最后提到的理论——对此我完全否认。如果这是宣誓的全部及唯一的目的和意图,无论实施强加或恶名昭彰地赞成这种强加的人数有多么庞大,从他们集体认可国家这一点来看,我认为他们无非是一群狭隘的凡人,因偏见和自以为是而忘却了自己的易谬性。他们对自身权利的无知不亚于对后代的冷酷无情。如果其中被否认并谴责的信条是宣誓的实质和合理的意图,并且未按照任何常识被理解为(因为已知的伴随物)对不合格的其他合理依据的临时标志;在提及这些时,只要它们暗示了自身的存在,就是干涉政治的合适对象。对此,我赞同已故的坎宁先生的看法,认为根本不可能将这样的神圣性附加到加冕誓言上,目的是防止它在出现更亮的光和更少的热的年代被废弃。但是,这些神学文字和国王的一部分臣民以此为信条的公开职业，并非旨在真正且合法地阻止罪恶，以及构成和界定对王室良知之义务的誓言；真正的罪恶确实没有获得国家信托职位的资格，并为"参与"赋予永久的义务性质——其中，我包括了对基督教会或天主教会基本特征的阐述，以及一个以此来命名的十分不同的教会，同时将这些前提应用到对当前称"国内法"的后期法案原则的评价中，这些将占据本卷的余下部分。

现在，让我们对前述做一下回顾：在这个过程中，我的确已经向读者提供了一小部分内容，可以在适当的时机引用；但就我当前的目的而言，构成这篇小作第一部分话题的五个主题中，有三个主题都有必要被提及。不过，请允许我于此再度向读者致歉，因为我可能会把同一术语，即"国家"，用于两种意义而造成一些额外的麻烦。尽管我有些不自量力，但在每种情况下，我都确保不让每一个稍加细心的读者在我意指该词的一种含义之时，却错理解为另一种含义，或者将国家混淆为整体，并理解成教会，应视国家为两个组成部分之一，与教会相区别。

简 要 重 述

首先，我已经简要但足够清晰地说明了国家或政治体的正确概念。"国家"一词在此等同于一个建构的王国、联邦或国家，也就是说，各个不可或缺的部分、阶级或阶层实现平衡或相互依赖，或多或少为的是构成一个道德单位、一个有机整体。正如对国家理念的阐述，我在此增加了宪法的理念，作为说明其连贯性及统一性的原则。但是，将上述应用到我们自己的国度时（对此，读者需要理解我在下列所有备注中的说明），有必要注意以下内容，并且我很乐意借此机会强调——宪法在其最广义上是作为王国的宪法，它起源于并且实际上包含在宪政国家（该术语的第二种意义）与其统治者国王之共存中，以及教会，即国家教会，与同样是其统治者的国王之共存中；还有最后，起源于一国之首领和君主的国王。因此，读者应注意不要将它与其组成部分相混淆，而要必须首先弄明白各部分的真正概念，这样一来，在三者的概述或结合中，英国宪法即王国宪法的理念就清晰可见了。为了实现这个目的，我凭借自己的判断，首先给出了"国家"一词在其第二种或特殊含义上的理念、在立法机构含义上的理念、在两大构成性阶层之含义上的理念,包括由大贵族与小地主组成的地主,以及由商贸阶层、制造业者阶层、分配者阶层、职业人员阶层组成的个体户。这两大阶层对应于国家的两种统括性权益——地主对应稳固性;个体户对应进步性。对这两大阶层的掌握共同构成了王国的统治者实体。① 与此相反,同时在我的第二个主题中,我已经解释了(它是本文的主要对象,含义更广泛)国有财产的性质与目的,以及其受托人和职能官员的职责与资格。正如我同时将国有财产与私有财产对立和结合,我也在相同的对照和结合中理解并运用教会与国家这一说法。最后,我撰文以明确国王的宪法理念及其与国家的关系,其中适当阐述了民族国家与国家的关系。

要完成此处第一部分的工作,仍然有两个主题留待处理——对每个主题我都会用一小段来介绍。第一个主题的标题为《关于基督教会的理念》,另一个标题是《第三个教会》,目前我尚未公布它的名称,以期通过对比前者的特点来进行推论。

---

① 作者未能确切地向读者表达他的意思。因此,他墨守成规,宁愿被人误解,也不愿提出一个不寻常的术语以供评论;或许当他做出精确的阐述后,会被拿来与向读者给出蹩脚解释的人相比较,并严格以原文作为标准;这是为它们的欠妥和想要获得中等印象而打的幌子。

索　引

A

《阿比西尼亚王子拉塞拉斯：一则故事》（*The History of Rasselas, Prince of Abissinia: A Tale*, 1759）　47, 167, 239

艾迪生（Addison, Joseph）　6, 8, 14, 17, 24—26, 31—35, 276, 277, 391

《艾凡赫》（*Ivanhoe*, 1819）　64, 89—94, 96, 98, 99, 101—103, 394

艾略特（Eliot, T. S.）　82, 89, 147, 151—154, 280, 389

《傲慢与偏见》（*Pride and Prejudice*, 1813）　143, 144, 242

奥斯汀（Austen, Jane）　142—145, 147, 151, 219, 236—239, 241—245, 274, 328

《奥特朗托城堡》（*The Castle of Otranto*, 1764）　319, 320

B

伯克（Burke, Edmund）　90, 142, 143, 145—151, 154, 242, 322, 331, 360, 437

布莱克（Blake, William）　5, 109, 110, 131

C

财富　22, 70, 83, 90, 114, 132, 141, 156, 160, 165, 170, 171, 179, 181, 189, 190, 221, 222, 225, 226, 230, 232, 244, 301, 304, 323, 324, 326, 346—348, 350, 351, 354, 368—370, 395, 428—430, 433, 446, 448, 451, 452, 454, 459, 460, 466—468, 473, 480, 483

D

大同世界　350

道德　4, 7, 9, 13—18, 21, 24, 25, 28, 29, 33, 38, 39, 46, 48, 50—54, 56, 58, 59, 65, 84, 95, 111, 113, 119, 132, 142, 143, 148—164, 173—175, 179, 180, 185, 191, 193, 202—205, 207—215, 225—227, 230, 236, 238, 239, 255, 258—261, 263, 266—270, 277, 283—287, 289—291, 294, 295, 297—301, 303, 307, 309, 311, 333, 335, 340, 342, 343, 345, 348—351, 354, 356—358, 365, 366, 390, 392, 395, 398, 429, 434, 435, 440, 441, 448, 453, 457, 461, 467—472, 477—479, 482, 484, 486, 489

道德共同体　211, 213—215, 230

道德教化　14, 16

《道德想象》（*Moral Imagination*, 2006）　149, 151, 152

《道德政治论》（*Essays, Moral, Political, and Literary*, 1741）　4

德性　311

笛福（Defoe, Daniel）　6, 8, 12, 15, 24, 25, 113, 156, 165, 179, 181, 184—192, 267, 325, 388

砥砺　363, 369—371

《夺发记》（*The Rape of the Lock*, 1713—1717）　6, 7, 47, 48, 51, 52, 54, 56, 59, 142

F

反乌托邦特征 192,199,201,202
泛道德语境 107,108
《弗兰肯斯坦》(*Frankenstein*; *or the Modern Prometheus*, 1818) 320,351, 352,355,357,358,361

G

感伤主义 108,307
哥德史密斯 (Goldsmith, Oliver 1730—1774) 6,8,11,12,15,219,220,222, 225—227,233,283,307,311,313,367, 370
哥特元素 320,322,323,328,329
个人主义焦虑 352
公民自由 4,327
共同体想象 101,307
共同体形塑 5,8,11,14,61,63,76,89, 130,156,157,179,180,220,249,283, 307,308,316
共同体愿景 155—157,351
《古舟子咏》(*The Rime of the Ancient Mariner*, 1798) 319,332,334,335, 341—343,350
《关于国民政府的两篇论文》(*Two Treatises of Government*, 1689) 4
国家观念 61,63,64,68—72,89,90,94—98,100—102

H

华兹华斯 (Wordsworth, William) 6, 77—89,107,109,111,125—137,334, 340,388,390,394,471,480
《荒村》(*The Deserted Village*, 1770) 219,220,225—227,367,369,370

J

吉本 (Gibbon, Edward) 63,64,66—68, 70—73,75,76,387

教诲 29,34,47,48,56,59,160,189,204, 295,306,366,408,424
教养 27,28,33,142—150,153,154,170, 212,261,267,315,402,403

K

卡西尔 (Cassirer, Ernst) 4,5,390
柯勒律治 (Coleridge, Samuel Taylor) 81,84,109,125,137,319,320,332—335,338,340—351,426,427,431,433
科贝特 (Cobbett, William) 219,227—235,369,370,391,394—396
科技 116,117,168,171—173,175,320, 350,352,354,355,367
科学信仰焦虑 352

L

理查逊 (Richardson, Samuel) 8,16,141, 155—160,163—167,202,203,205,206, 208—211,214,265—267,274,393
理性 4—10,12,16,17,31,32,36,46,48, 63,64,78—80,82,83,85,105,107—133,135—137,142,150,151,156,158, 171,174,188,195,197,198,200—202, 204,235,237,238,268,269,279,280, 285,286,289,294,300,303,307,319—322,325,340,341,352,355,357,360, 361,400,405,411,431,432,434,441, 458,465,478,488
另类生存 186
卢梭 (Rousseau, Jean-Jacques) 4,72, 179,206,266,311,316,389,392,393, 439
《鲁滨逊漂流记》(*The Life and Strange Surprising Adventures of Robinson Crusoe*, 1719) 8,12,13,113,179—182,184,185,189,191—193
伦理 4,7,13,15,17,21,25,39,56,82,98, 119,142,155,159,160,175,179,180,

185,203,205,207,209—215,224—227,230,236,238—243,245,283—286,289—291,294,295,297,299,301,303,307,309,311,346,354,365,369,389,392—394,397,429,456,457,466,470

《论人间不平等的起源——这种状况是天经地义的吗?》(Discourse on the Origin and Basis of Inequality Among Men, 1775) 4

《罗马帝国衰亡史》(The History of The Decline and Fall of the Roman Empire, 1776—1781) 63,64,66—73,75,76,387

洛克(Locke, John) 3,4,23,24,28,35,45,46,63,107,109,146,160,175,179,263,267,284—287,290,388—390,392

M

麦考莱(Macaulay, T. B.) 3,320,393

《曼斯菲尔德庄园》(Mansfield Park, 1814) 219,236

《漫步者》(The Rambler, 1750—1752) 21,25,174,266

冒险精神 113,180—182,185,186

美德 16—18,50—54,81,82,93,109,163,173,175,180,197,198,202—204,206,207,211—215,222,223,225,255,258,259,264,265,267,306,307,331,345,387,392,397,400,403,431,453

民族共同体 4,101

民族良心 130,289

模糊和保守 332

磨合 363,369,371

P

《帕梅拉》(Pamela, 1740) 8,16,17,180,202—215,265,267,274,393

《旁观者》(The Spectator, 1711. 3—1712. 12) 8,12,15,21,25,26,29,31,33—35,289,398,399

蒲柏(Pope, Alexander) 5—8,17,46—48,50—52,55—57,59,141,156,165,173,484

Q

《骑马乡行记》(Country Rides, 1822) 219,227—230,232,234,235,369,370

骑士精神 36,38—40,64,90,92—94,98,101,102,331,396

启蒙运动 4,5,21,31,64,67,107,133,237,238,319,325,327,355,357

契约精神 13,189,191,192

情感主义思潮 107,108,112,269,360

趣味 7,12,14,31—35,108,146

R

人格修养 13,16

《人性论》(A Treatise of Human Nature, 1739) 4

S

萨特(Sartre, Jean-Paul) 21,46,393

三一律 9—11

嬗变 3,4,7,8,11,22,23,31,64,68—72,94,100,102,283—285,290,291,365—367

社会共同体 335,342,343,349,350

《社会契约论》(The Social Contract, or Principle of Political Right, 1762) 4,311,392,393

社会使命 13,14,16

社群关系焦虑 352,358

深度共同体 77,78,80,84,86

《绅士特里斯川·项狄之生平与见解》(The Life and Opinions of Tristram Shandy, Gentleman, 1759) 115

审美快感 169,175,176

审美趣味 7,10,31,111,179,181,183,

185,186,321,341,394
生活/生活方式 7,23,33,39,63,117,124,132,134,135,144,161,168,170,175,176,181,189,225,226,266,280,283,284,290,291,301,311,365,369,403
生命与情感 130
《诗的艺术》(*L'art Poetique*,1925) 5,8,10,14,387
诗性语言 47,48,56,59,64,245
《抒情歌谣集》(*Lyrical Ballads, with a Few Other Poems*,1798) 125,334
司各特(Scott, Sir Walter) 64,89—94,96,98,99,101—103,394,395,484
斯特恩(Sterne, Laurence) 8,108,115—124,391
斯梯尔(Steel, Richard) 8,14,15,24,25,28,29,271,289,290,398,401,402
斯威夫特(Swift, Jonathan) 6,8,15,24,29,30,43,44,114,115,173,192—202,393,394,423

T

汤因比(Toynbee, Arnold) 181
特里林(Trilling, Lionel) 149,150
滕尼斯(Tönnies, Ferdinand) 78,79,156,211

W

《文化》(*Culture*,2016) 142,143
《文化定义札记》(*Notes towards the Definition of Culture*,1948) 89
文化救赎 319,332,334,335,343,350
文学想象 334,335,341,342
文学语言 26,28,35,43,64,123,125,126
沃波尔(Walpole, Horace) 319—322,324—326,328,330,331
乌托邦 159,186,192,193,196—202,291,319,331,332,354,371,387,392,394
乌托邦冲动 155,180,192,193,196—198,202,321,331

X

希梅尔法布(Himmelfarb, Gertrude) 148,151,152
《闲谈者》(*The Tatler*,1709.4—1711.1) 8,12,15,21,25,27,28,35,271
谢里丹(Sheridan, Richard Brinsley) 6,8,11,17,283,295,299,303—305,307
心智培育 15,19,21,23,24,26,30,36,38—40,43,44,47,48,50—52,56,59,80,129,179,186—190,283,284,286,290,303,305—307,342,366,367
新古典主义 1,4—7,9,10,12—14,17,321,322
新兴阶级 155
幸福 24,46,47,101,128,129,157,158,162,165,168—173,175,176,186,195,209,211,217,219,220,222,224,226,228,230,232,235—242,244,245,259,274,289,291,300,306,308,309,329,346,350,359—361,367—370,393,407,453,458,462,466
幸福伦理 217,219,236,239—241,245
休谟(Hume, David) 4,263,268,359
《序曲》(*The Prelude*,1850) 8,77,79—82,84,86,87,131,136,390
雪莱(Shelley, Mary) 109,110,137,229,230,319,320,351—356,358—361,393,395

Y

伊格尔顿(Eagleton, Terry) 142,143,159,199,243,321,331
英格兰 37,96,99—102,134,145,160,173,183,219,220,232,235,263,265,266,268,298,367,369,391,395,444,464,483
英国浪漫主义 111,125,127,130,131,

334,360

《英国史》(*The History of England from the Accession of James the Second*, 1848) 3

《英语词典》(*A Dictionary of the English Language*, 1755) 8,36,37,40,41,43—45,404

愿景描绘 196,202

约翰逊（Johnson, Samuel） 6,8,10,15,36—41,43—47,142,167—176,239,262,266,269,279,389,395,396,404

Z

责任感 139,141,142,163,238,240,241,303,440

责任自觉 155

账簿语言 12,13,180,182—185,192

政治焦虑 323,329

秩序意识 139,141,142,156,158,176

转型焦虑 22,23,117,126,141,142,179,220,224,226,233,235,275,290,291,301,316,317,319—322,328,329,332,333,351,352,355,361,369,371

自我形塑 11,247,249,260—266,270,355,366

《自由的想象》(*The Liberal Imagination*, 1950) 149

自由愿景 270,271,274,276